BASTEI
LÜBBE
TASCHENBUCH

Weitere Titel der Autorin:

Im Land des Eukalyptusbaums (auch als Audio erschienen)
Der Ruf des Abendvogels
Im Glanz der roten Sonne
Ein Hoffnungsstern am Himmel
Am Fluss des Schicksals
Die Insel der roten Erde (auch als Audio erschienen)
Im Tal der flammenden Sonne (auch als Audio erschienen)
Im Schatten des Teebaums
Der Duft der Eukalyptusblüte
Im Hauch des Abendwindes

Titel in der Regel auch als E-Book erhältlich

Über die Autorin:

Elizabeth Haran wurde in Simbabwe geboren. Später zog ihre Familie nach England und wanderte von dort nach Australien aus. Heute lebt sie mit ihrem Mann in einem Küstenvorort von Adelaide in Südaustralien. Sie hat zwei erwachsene Söhne. Ihre Leidenschaft für das Schreiben entdeckte sie mit Anfang dreißig; zuvor arbeitete sie als Model, besaß eine Gärtnerei und betreute lernbehinderte Kinder.
www.elizabethharan.com

ELIZABETH HARAN

LEUCHTENDE SONNE, WEITES LAND

Roman

Aus dem australischen Englisch
von Sylvia Strasser

BASTEI LÜBBE
TASCHENBUCH

BASTEI LÜBBE TASCHENBUCH
Band 16612

1. Auflage: Februar 2012

Dieser Titel ist auch als E-Book erschienen

Vollständige Taschenbuchausgabe
der bei Lübbe Ehrenwirth erschienenen Hardcoverausgabe

Bastei Lübbe Taschenbuch und Lübbe Ehrenwirth in der
Bastei Lübbe GmbH & Co. KG

Titel der australischen Originalausgabe:
»A Faraway Place in the Sun«

Lektorat: Melanie Blank-Schröder
Landkarte: Reinhard Borner
Titelbild: getty images/Neil Emmerson
Umschlaggestaltung: Gisela Kullowatz
Satz: Dörlemann Satz, Lemförde
Gesetzt aus der Caslon
Druck und Verarbeitung: GGP Media GmbH, Pößneck
Printed in Germany
ISBN 978-3-404-16612-1

Sie finden uns im Internet unter
www.luebbe.de

Bitte beachten Sie auch: www.lesejury.de

Der Preis dieses Bandes versteht sich einschließlich
der gesetzlichen Mehrwertsteuer.

Ich widme dieses Buch
meiner lieben Freundin Eleanor Robinson, die wie eine
zweite Mutter für mich ist.

Eleanor, wir haben immer so viel Spaß zusammen,
und du bedeutest mir so viel.

PROLOG

Atlanta, Georgia

Januar 1946

»Polizei! Machen Sie auf, Mr. Gordon-Smith!«, befahl eine energische Männerstimme, die den Lärm auf der Straße übertönte.

Heftig wurde gegen die Tür gehämmert. Margaret, Lionel und ihre beiden Kinder konnten die aufgebrachte Menge hören, die sich in der Dunkelheit vor dem weißen Lattenzaun versammelt hatte, der den gepflegten Garten umgab. Die Nachbarn in diesem überwiegend von Weißen bewohnten, gutbürgerlichen und sonst so ruhigen Vorort von Atlanta waren vermutlich genauso erschrocken über den Aufruhr da draußen wie Lionel und seine Familie, denen die Anfeindungen des Pöbels galten.

Begonnen hatte alles zwei Tage zuvor nach dem tragischen Tod der siebenjährigen Valmae Brown. Inzwischen hatte sich die Lage derart zugespitzt, dass die Familie um ihr Leben fürchten musste und sich nicht mehr aus dem Haus wagte.

Lionel spähte vorsichtig durch die Spitzengardinen des Fensters neben der Haustür. Im schwachen Lichtschein konnte er zwei uniformierte Männer auf der Veranda erkennen. Hinter ihnen, auf der Straße, sah er zornige Gesichter im Schein einiger Fackeln.

»Es ist wirklich die Polizei«, sagte er mit einem Blick auf das verängstigte Gesicht seiner Frau. »Ich lasse sie besser herein.«

»Warte! Bist du auch ganz sicher?«, flüsterte Margaret angespannt. Sie sorgte sich vor allem um ihre beiden Kinder, die sie auf ihr Zimmer geschickt hatte, wo sie zwischen den geschlossenen Vorhängen hindurch auf die Straße hinauslugten.

Die dreizehnjährige Jacqueline war ungewöhnlich vernünftig

und pragmatisch für ihr Alter, während Mitchell, ihr achtjähriger Bruder, ein rechter Wildfang war. Die Geschwister standen einander sehr nahe. Jacqueline, die sich nicht erklären konnte, warum sich die aufgebrachten Schwarzen da draußen versammelt hatten, war starr vor Angst, aber sie versuchte, sich ihrem Bruder zuliebe nichts anmerken zu lassen.

»Von denen droht uns bestimmt keine Gefahr«, sagte Lionel nach einem weiteren prüfenden Blick aus dem Fenster.

Jetzt erst sah er, dass die beiden Polizisten keine Unbekannten waren. Er wusste, sie waren wegen Margaret gekommen. Sosehr ihn der Gedanke auch beunruhigte, dass sie sie festnehmen könnten – im Augenblick wäre sie im Gefängnis vermutlich sicherer als zu Hause.

Lionel schob den Riegel zurück, ließ die Beamten herein, schloss die Tür schnell wieder und verriegelte sie erneut. Er hatte Sergeant Riley und den jungen Officer Jellicoe bereits zwei Tage zuvor kennen gelernt, als sie Margaret wegen Valmae vernommen hatten.

»Warum unternehmen Sie nichts gegen den Pöbel da draußen?«, fragte Lionel ungehalten. Er konnte seinen Zorn kaum unterdrücken.

»Meine Männer versuchen, die Leute zu zerstreuen, Sir«, erwiderte Sergeant Riley entschuldigend und mit einem Seitenblick auf Margaret. »Ich habe angeordnet, dass die Rädelsführer festgenommen werden. Ich schätze, dann werden die anderen nach Hause gehen.«

In Wirklichkeit hielt er die Lage für so ernst, dass er Verstärkung von einem anderen Revier angefordert hatte. In den amerikanischen Südstaaten waren die als »Jim Crow« bekannten Gesetze zur Einhaltung der Rassentrennung, mit denen eine Diskriminierung der schwarzen Bevölkerung einherging, immer noch in Kraft, auch wenn sich allmählich ein Wandel bemerkbar machte. Da im Süden die Arbeitslosigkeit unter den Schwarzen sehr hoch war, hatten sich während des Zweiten Weltkriegs viele freiwillig zum

Militär gemeldet. Sie waren mit Handkuss genommen worden, sodass sich die Regierung jetzt gezwungen sah, ihre scheinheilige Haltung aufzugeben: Man konnte die Schwarzen nicht länger als Bürger zweiter Klasse behandeln.

Aber unter den Weißen gab es Gruppierungen, die sich vehement gegen den Wandel sträubten und an der alten Ordnung festhalten wollten. Nachdem in der Gegend unlängst zwei Morde verübt worden waren, hatten sich die Spannungen zwischen Schwarz und Weiß verschärft. Die Schwarzen forderten Wiedergutmachung für das erlittene Unrecht. Und Valmaes Tod war in ihren Augen ein Unrecht von ungeheuren Ausmaßen. Ein weiterer Mord. Obwohl alle »Beweise« Margaret entlasteten, verlangten die Schwarzen, dass sie ins Gefängnis gesteckt wurde.

Lionel konnte es nicht fassen, dass die Polizei offenbar nicht imstande war, mehr für ihn und seine Familie zu tun. Er hätte seinem Unmut gern Luft gemacht, beherrschte sich aber, um seine Frau nicht noch mehr zu beunruhigen. In ohnmächtigem Zorn ballte er die Fäuste.

Jacqueline öffnete die Zimmertür vorsichtig einen Spalt breit und lauschte.

»Wir sind gekommen, um Ihnen mitzuteilen, dass die Ermittlungen abgeschlossen sind, Mrs. Gordon-Smith. Der Fall wird zu den Akten gelegt. Es wird keine Anklage gegen Sie erhoben werden«, sagte Sergeant Riley.

Jacqueline wusste nicht genau, was der Polizeibeamte damit meinte, aber sie sah, dass ihre Mutter alles andere als erleichtert wirkte, und das verwirrte sie. Der Sergeant trat näher zu ihrer Mutter hin und raunte ihr etwas zu, das Jacqueline aber nicht verstehen konnte. Das blasse Gesicht ihrer Mutter verzerrte sich vor Kummer, und sie rang nervös die Hände, was sie nur tat, wenn sie sehr aufgewühlt war.

»Es ist mir egal, was Sie sagen«, brach es aus ihr hervor. »Ich bin schuldig! Ich weiß es, und die da wissen es auch.« Sie machte eine vage Handbewegung zu der Menge draußen auf der Straße hin und begann unvermittelt zu schluchzen.

Lionel legte seiner Frau tröstend seinen Arm um die zuckenden Schultern. »Hör auf, dir Vorwürfe zu machen, Maggie. Woher hättest du wissen sollen, dass das kleine Mädchen auf dem Parkplatz war? Es war dunkel, und sie hätte um diese Zeit zu Hause sein sollen. Wenn man jemandem die Schuld an diesem schrecklichen Unglück geben kann, dann ihren Eltern.«

»Aber ich wusste, dass sie immer wieder zur Ballettschule kam«, erwiderte Margaret unter Tränen. »Ich hätte besser aufpassen müssen. Ich hätte mich vergewissern müssen, dass sie nicht in der Nähe ist.«

»Das hätte auch nichts geändert. Du warst nicht für sie verantwortlich, Maggie. Wann wirst du das endlich begreifen?«, stieß Lionel frustriert aus.

Er wusste nicht mehr, wie oft er in den letzten beiden Tagen versucht hatte, ihr ihre Schuldgefühle auszureden, aber Margaret wollte einfach nicht auf ihn hören. Als ehemalige professionelle Balletttänzerin, die an der privaten Vivienne School of Ballet unterrichtete, konnte sie die Begeisterung des kleinen schwarzen Mädchens für das Tanzen sehr gut verstehen. Sie machte sich bittere Vorwürfe, dass sie sich nicht stärker für die Kleine eingesetzt hatte, deren sehnlichster Wunsch es gewesen war, Ballettunterricht zu nehmen.

Jacqueline versuchte, sich einen Reim auf das, was sie aufgeschnappt hatte, zu machen. Offenbar gab ihre Mutter sich die Schuld am Tod eines schwarzen Mädchens, und die Schwarzen in der Stadt schienen sie ebenfalls dafür verantwortlich zu machen. Aber was genau sollte ihre Mutter getan haben? Und wie war das kleine Mädchen ums Leben gekommen? War sie überfahren worden?

Jacqueline hatte Angst, die Polizei werde ihre Mutter mitnehmen, doch es sah nicht danach aus. Sie freute sich natürlich darüber, aber sie fragte sich auch, weshalb die Menschen draußen auf der Straße so wütend waren, wenn ihre Mutter unschuldig war.

»Sie sollten wissen, dass da draußen auch einige Reporter warten«, fügte der Sergeant warnend hinzu. »Wenn die Zeitungen Wind davon bekommen, dass wegen Valmae Browns Tod keine Anklage gegen Sie erhoben wird, könnte das die Stimmung anheizen.« Er sah Lionel ernst an. »Das heißt, es könnte noch wesentlich mehr Ärger geben. Vielleicht wäre es ganz gut, wenn Sie die Stadt für eine Weile verlassen würden.«

Was er in Wirklichkeit dachte, nämlich, dass es für die Familie lebensgefährlich sein könnte zu bleiben, behielt er für sich, da Margaret sich ohnehin schon am Rand eines Nervenzusammenbruchs befand. Er brauchte nicht deutlicher zu werden. Lionel arbeitete in der britischen Botschaft, er wusste um die Brisanz der Situation.

Im gleichen Augenblick ließ ein gewaltiges Krachen und Klirren, das vom Nachbarhaus kam, sie alle zusammenfahren.

»Margaret, schau bitte nach den Kindern«, bat Lionel. Als sie außer Hörweite war, fragte er mit gedämpfter Stimme, wobei er abermals einen besorgten Blick nach draußen warf: »Was meinen Sie, werden wir jemals in unser Zuhause zurückkehren können?«

»Ich wollte Ihre Frau nicht unnötig beunruhigen, Sir, aber ich an Ihrer Stelle würde die Stadt so schnell wie möglich verlassen. Ich habe nicht genug Leute, um Sie und Ihre Familie im Ernstfall schützen zu können, und der Pöbel da draußen will Blut sehen.« Der Sergeant senkte seine Stimme zu einem Flüstern. »Die Ballettschule, wo Valmae Brown ums Leben kam, wurde vor ein paar Stunden in Brand gesetzt, und am Everglade Drive sind zwei Geschäfte überfallen und verwüstet worden. Bei einigen Ihrer Nachbarn sind die Fenster eingeworfen worden. Die Lage wird von Stunde zu Stunde brenzliger. Berichten die Zeitungen erst einmal darüber, dass auf eine Anklage gegen Ihre Frau verzichtet wird, könnten Sie und Ihre Familie ernsthaft in Gefahr sein.«

Lionel nickte. Ihm war der Ernst der Situation völlig klar. »Sie haben Recht. Ich werde Ihren Rat befolgen.«

»Gibt es einen Hinterausgang?«

»Ja. Von der Garage gelangt man auf eine kleine Straße hinter dem Haus.«

»Gut. Dann sehen Sie zu, dass Sie so schnell wie möglich von hier wegkommen«, riet der Sergeant.

Margaret kam vom Kinderzimmer zurück. Im gleichen Moment war draußen ein dumpfes Scheppern zu hören. Der Sergeant lugte aus dem Fenster. Auf dem Fußweg vom Bürgersteig zur Haustür lag eine Statue, die von ihrem Sockel im Vorgarten gestoßen und zerbrochen war. Einige Polizisten versuchten, die aufgebrachte Menge zurückzudrängen.

»Ich muss zu meinen Leuten«, sagte der Sergeant. Er nickte Lionel mit einer knappen Kopfbewegung zu. »Viel Glück, Sir. Ma'am.«

Lionel ließ ihn hinaus und sperrte die Tür sofort wieder zu.

»Wir sind in großer Gefahr, nicht wahr?«, wisperte Margaret, der die düstere Miene des Polizeibeamten und sein unheilvoller Tonfall nicht entgangen waren.

»Pack schnell ein paar Sachen zusammen, Maggie«, sagte Lionel. »Der Sergeant hat Recht. Wir können nicht hierbleiben.«

»Was wird aus dem Haus?« Sollten sie alles, was sie besaßen, alles, woran sie hingen, einfach zurücklassen?

»Das Haus ist nicht so wichtig. Das Leben unserer Kinder steht auf dem Spiel.«

Lionel bemühte sich, einen kühlen Kopf zu bewahren, aber innerlich schäumte er. Es erboste ihn, dass die Polizei nicht imstande war, seine Familie und sein Zuhause zu schützen.

»Ich lass schon mal den Motor warmlaufen.« Er wollte es nicht riskieren, dass der Wagen nicht ansprang und sie einem wütenden Pöbel ausgesetzt waren.

Lionel warf sich seinen Mantel über und eilte durch die Hintertür zur Garage. Margaret kehrte ins Kinderzimmer zurück, wo sie Jacqueline und Mitchell, die beide schon bettfertig waren, befahl, sich wieder anzuziehen.

»Aber warum denn, Mom? Gehen wir fort? Wohin gehen wir?«, fragte das Mädchen.

»Ich weiß es nicht«, antwortete Margaret kopfschüttelnd. »Frag nicht so viel, beeilt euch lieber!«

Ein lautes Poltern ließ sie zusammenzucken. Sie spähte ängstlich aus dem Fenster und sah, dass etwas auf die vordere Veranda geschleudert worden war. Sie dachte an ihren Garten, den sie so liebevoll gepflegt hatte, an die Steinfiguren und die Blumen in den bunten Übertöpfen, die ihn im Sommer schmückten. Sie glaubte nicht, dass irgendetwas davon übrig bleiben würde. Ihr war nach Weinen zumute, aber sie riss sich um ihrer Kinder willen zusammen.

»Bleibt von den Fenstern weg, hört ihr?« Margarets Stimme zitterte.

Hastig raffte sie ein paar Kleidungsstücke aus den Schubladen der Kommode zusammen und warf alles in eine Tasche. Dann lief sie in ihr Schlafzimmer, um ein paar Sachen von sich und Lionel einzupacken. Als sie ein Schubfach aufzog, fiel ihr Blick auf ihre Fotoalben. Sie nahm zwei heraus, die Fotos der Kinder enthielten, und legte sie in den Koffer. Kleidung konnte man ersetzen, die Fotos nicht. Nach kurzer Überlegung warf sie auch ihr Tagebuch hinein. Sie hoffte, Lionel würde sie verstehen.

Als er wenige Minuten später wieder hereinkam, hatte sie eine Tasche und einen Koffer gepackt. Die Kinder waren dick eingemummelt. Es war bitterkalt, so kalt wie lange nicht mehr, und es schneite seit einigen Stunden ununterbrochen. Lionel nahm die Tasche in die eine Hand, den Koffer in die andere.

»Seid ihr so weit?«

Margaret nickte und sah ihre beiden Kinder besorgt an. Mitchell hielt seine hölzerne Spielzeuglok an sich gepresst. Er hatte die Eisenbahn zu seinem achten Geburtstag wenige Wochen zuvor geschenkt bekommen.

»Möchtest du nicht eine von deinen Puppen mitnehmen, Jacqueline?« Ihre Tochter spielte schon seit langem nicht mehr mit ihren Puppen, aber Margaret dachte, dass sie vielleicht ein Andenken an ihre Kindheit mitnehmen wolle. Immerhin war es möglich, dass sie ihr Zuhause bei ihrer Rückkehr nicht mehr vorfinden würden.

»Nein«, erwiderte das Mädchen ernst. »Ich bin zu alt zum Puppenspielen, Mom.«

Diese Worte brachen Margaret schier das Herz. Ihre Tochter musste viel zu schnell erwachsen werden, dabei war sie mit ihren dreizehn Jahren doch noch ein Kind, das auf ihren Schutz und ihre Fürsorge angewiesen war.

»Wohin gehen wir, Daddy?«, fragte Mitchell. Er war noch zu klein, um den Ernst der Situation erfassen zu können. Für ihn war der unvorhergesehene Ausflug ein spannendes Abenteuer.

»Ich weiß es noch nicht, mein Sohn.«

Lionel klemmte sich die Reisetasche unter den Arm und ergriff Mitchells Hand. Der Junge blickte vertrauensvoll zu ihm auf. Lionel gab es einen Stich. Er würde lieber sterben, als zuzulassen, dass seiner Familie ein Leid geschah.

Das Splittern von Glas schreckte sie auf. Margaret stieß einen Entsetzensschrei aus, als sie den rötlichen Lichtschein bemerkte, der aus dem Wohnzimmer fiel. Die Fensterscheibe war mit einem Brandsatz eingeworfen worden, einer mit Benzin gefüllten Flasche, die mit einem Lumpen zugestopft war, den man angezündet hatte. Der Boden war mit Scherben übersät. Schon hatten die Flammen auf die schweren Vorhänge übergegriffen und züngelten über den Teppich.

Margaret drückte ihre beiden völlig verängstigten Kinder fest an sich, während sie mit weit aufgerissenen Augen auf die gespenstische Szenerie starrte. Durch das zerbrochene Fenster konnte sie dunkle Gestalten durch den Vorgarten schleichen sehen und hörte Drohungen und Beschimpfungen, die sich gegen sie und ihre Familie richteten.

»Machen wir, dass wir hier rauskommen«, stieß Lionel gepresst hervor. Er konnte nicht fassen, wie schnell ihr aller Leben sich in einen Albtraum verwandelt hatte.

»Aber wir müssen doch etwas tun!«, stammelte Margaret.

Sie liebte ihr Zuhause über alles, aber kaum hatte sie die Worte ausgesprochen, als sie es auch schon bereute. Sie mussten sich und ihre Kinder in Sicherheit bringen. Alles andere war im Grunde unwichtig.

»Dafür haben wir keine Zeit. Los, beeilt euch!« Lionel drängte seine Frau und seine Kinder zur Hintertür.

Sie liefen zur Garage. Als Margaret und die Kinder eingestiegen waren, warf Lionel einen prüfenden Blick in die schmale Straße hinter dem Grundstück. Sie wirkte verlassen. Er eilte zum Auto und sprang hinein.

Sekunden später rollte der Wagen auf die schneebedeckte Nebenstraße. Lionel ließ die Scheinwerfer ausgeschaltet, als er nach links auf die Hauptstraße einbog, die früher an diesem Tag geräumt worden war. Er fuhr langsam, um nicht auf sich aufmerksam zu machen, er hoffte inständig, dass ihre Flucht unbemerkt blieb.

Einige Augenblicke lang glaubte er schon, sie hätten es geschafft und seien in Sicherheit, doch dann hörte er plötzlich jemanden brüllen: »Da sind sie! Los, hinterher! Die schnappen wir uns!«

Lionel schlug das Herz bis zum Hals. Er schaltete die Scheinwerfer ein, gab Gas und fuhr so schnell, wie die schlüpfrige Straße es zuließ. Im Rückspiegel sah er, wie sie von ein paar Männern zu Fuß verfolgt wurden. Aber es gelang ihm, sie abzuhängen. Er atmete auf, als sie endlich auf die Schnellstraße gelangten. Eine Weile schien es, als hätten sie ihre Verfolger abgehängt, doch auf einmal tauchten Scheinwerfer im Rückspiegel auf. Das Fahrzeug, zu dem sie gehörten, kam rasch näher.

»Gott, steh uns bei«, murmelte Lionel.

Margaret blickte ihn angstvoll an. »Was ist?«

Er antwortete nicht. Er umklammerte das Lenkrad mit beiden Händen und trat das Gaspedal durch, aber in seiner Panik verlor er auf der vereisten Straße die Kontrolle über den Wagen. Das Auto schlidderte seitwärts in den am Straßenrand aufgetürmten Schnee. Margaret und die Kinder schrien auf. Lionel nahm den Fuß vom Gaspedal, und die von einer Vakuumpumpe betriebenen Scheibenwischer schoben die Schneeflocken schneller von der Windschutzscheibe. Irgendwie gelang es Lionel, das Fahrzeug wieder unter Kontrolle zu bekommen.

Er streifte seine Frau mit einem Seitenblick. Selbst in dem schummrigen Licht im Fahrzeuginneren konnte er erkennen, dass sie kalkweiß geworden war. Die beiden Kinder klammerten sich auf der Rückbank aneinander. Mitchell blickte ängstlich über die Schulter aus dem Heckfenster. Schließlich drehte er sich um, kniete sich hin und wischte mit der Hand über die angelaufene Scheibe.

»Da ist ein Wagen hinter uns, Daddy. Er ist ganz schön schnell.« Lionel antwortete nicht. Der Junge wandte sich seiner Schwester zu. »Verfolgt er uns?«

»Nein, nein«, beruhigte Jacqueline ihn. »Setz dich wieder richtig hin.«

»Hast du nicht gehört?«, fuhr Margaret ihn an. »Tu, was deine Schwester sagt.«

Lionel trat das Gaspedal von neuem durch.

»Nicht so schnell!«, kreischte Margaret. Sie spürte, wie der Wagen auf der glatten Straße ins Rutschen kam, und klammerte sich an ihren Sitz. Das Schneetreiben war so dicht, dass sie kaum ein paar Meter weit sehen konnten.

Lionel blickte nervös in den Rückspiegel. Die Scheinwerfer hinter ihnen kamen rasch näher, und sie waren praktisch völlig allein auf dieser Schnellstraße. Nackte Angst schnürte Lionel die Brust zusammen. Er malte sich aus, wie seine Frau und seine Kinder von Valmae Browns Angehörigen aus Rache ermordet wurden. Das durfte er nicht zulassen. Seine Familie bedeutete ihm mehr als alles auf der Welt, und sie verließen sich darauf, dass er sie beschützte. Er flehte im Stillen, dass ein Wunder geschah.

Die Straße beschrieb einen lang gezogenen Rechtsbogen. Lionel schlug das Lenkrad ein, aber der Wagen reagierte nicht, die Räder blockierten. Sie fuhren geradewegs auf die Gegenfahrbahn. In diesem Moment näherte sich ein Fahrzeug. Lionel kniff die Augen gegen das grelle Scheinwerferlicht zusammen. Er hörte noch, wie Margaret einen gellenden Schrei ausstieß, dann prallten sie mit dem Kühler in eine Schneeverwehung am Straßenrand, fast gleichzeitig wurden sie von dem entgegenkommenden Fahrzeug gerammt. Der Wagen schoss über die Leitplanke hinweg und eine Böschung hinunter, überschlug sich mehrfach und blieb neben einer Bahnlinie auf dem Dach liegen.

Plötzlich war es totenstill. Nur das Surren und Zischen der sich drehenden Räder war zu hören.

Als Jacqueline die Augen aufschlug, herrschte Dunkelheit rings um sie her. Sie wusste nicht, wie viel Zeit vergangen war. Sie wusste nur, dass ihr Genick und ihre Schulter furchtbar wehtaten und sie entsetzlich fror. Erst nach einer ganzen Weile wurde ihr klar, dass sie auf der Innenseite des Wagendachs lag und nicht auf der Rückbank.

»Mom?«, krächzte sie schwach. »Dad?« Niemand antwortete.

Sie tastete mit beiden Händen ihre Umgebung ab. Jacqueline fand Mitchell im selben Moment, als der Strahl einer Taschenlampe sein lebloses, blutüberströmtes Gesicht erfasste. Seine Spielzeuglok lag neben ihm.

»Wach auf, Mitchell«, wisperte Jacqueline, die eine düstere Vorahnung überkam. »Mitchell? Wach doch auf!«

Ihre Augen füllten sich mit Tränen. Sie hörte Stimmen, einige waren weiter weg, andere ganz nah. Sie lauschte. Ob ihre Eltern sich schon aus dem Wagen befreit und Hilfe geholt hatten?

»Alles in Ordnung?«, fragte eine freundliche männliche Stimme. Jacqueline drehte den Kopf ein klein wenig und erblickte einen Mann, der im Schnee kniete und durch das zersplitterte Fenster zu ihr hereinsah. »Hab keine Angst, wir holen dich gleich da raus.«

»Wo ist meine Mom?«, wimmerte das Mädchen. »Ich will zu meiner Mom.«

Obwohl sie benommen und völlig verwirrt war, hörte sie genau, wie jemand leise sagte: »Der Junge und die Frau haben es nicht geschafft.«

Diese Worte sollten ihr Leben für immer verändern.

I

Oktober 1964
Küste von South Australia

»Da bist du ja, Henry!«, rief Jacqueline, als sie ihren Mann an der Schiffsreling erblickte.

Henry, der sich angeregt mit einer blonden Frau unterhalten hatte, fuhr erschrocken herum. »Jacqueline!« Die Umstehenden blickten verblüfft auf, so entgeistert hatte er den Namen seiner Frau ausgesprochen. »Ich habe gar nicht damit gerechnet ... ich meine, schön, dass du an Deck gekommen bist, Liebes.« Er lächelte gezwungen.

Jacqueline hatte seit Wochen kaum etwas zu sich genommen, deshalb war sie entkräftet und ganz außer Atem, nachdem sie von ihrer Kabine auf dem C-Deck die drei Treppen zum Promenadendeck hinaufgestiegen war. Sie war so sehr mit sich selbst beschäftigt, dass sie die merkwürdige Reaktion ihres Mannes nicht bemerkte. Auf wackligen Beinen stakste sie auf dem schlingernden Schiff an die Reling und umklammerte sie mit beiden Händen.

»Als ich durch das Bullauge Land gesehen habe, hielt ich es unten nicht mehr aus.« Jacqueline zog die salzige Seeluft tief in die Lungen. »Herrlich! Endlich wieder frische Luft!« Sie schloss die Augen und streckte ihr blasses Gesicht der Morgensonne entgegen, die sie mit ihren warmen Strahlen liebkoste.

Zum ersten Mal seit Wochen war ihr nicht sterbenselend. Seit sie in Amerika an Bord der *Liberty Star* gegangen war, war sie seekrank gewesen. Der Schiffsarzt hatte ihr verschiedene Mittel gegen die heftige Übelkeit verabreicht, aber nichts hatte wirklich geholfen. Viele Menschen würden seekrank, sogar Seeleute seien nicht dagegen gefeit, hatte er ihr erklärt, den einen oder anderen habe man schon auf seinem Bett festbinden müssen, damit er nicht über Bord sprang, weil ihm so fürchterlich übel war. Jacqueline hatte fast zwei Wochen in ihrer Kabine verbracht, Henrys verblüffte Reaktion über ihr unverhofftes Auftauchen verwunderte sie daher nicht.

»Falls du jemals wieder die Absicht haben solltest, eine Schiffsreise mit mir zu machen, bringe ich dich um, Henry«, drohte sie ihm.

Abermals atmete sie tief durch. Da sie die Augen immer noch geschlossen hatte, sah sie nicht, wie ein Ausdruck nervösen Unbehagens über das Gesicht ihres Mannes huschte.

Nach einiger Zeit öffnete Jacqueline die Augen wieder, blinzelte und seufzte. »Ich hätte nie gedacht, dass ich einmal so froh sein könnte, Land zu sehen«, flüsterte sie ergriffen. Sie ließ ihren Blick über den langen weißen Strand und die Kiefern dahinter schweifen und rief ihrem Mann zu: »Sag mir bitte, dass wir uns dem Hafen von Melbourne nähern.«

»Nein, das da vorne ist Outer Harbour in South Australia. Wir legen hier einen Zwischenstopp ein, bevor es nach Melbourne weitergeht.«

Jacqueline machte ein enttäuschtes Gesicht. »Aber wir werden doch von Bord gehen und uns ein bisschen die Beine vertreten können, oder?«

Henry schüttelte den Kopf. »Meines Wissens nicht. Hier dürfen nur die Passagiere, die nach Adelaide wollen, das Schiff verlassen.«

Jacqueline stöhnte. Doch dann sagte sie sich, dass es nach knapp vier Wochen auf See auf einen Tag mehr oder weniger auch nicht ankam. »Wer war eigentlich die blonde Frau, mit der du dich unterhalten hast?«, fragte sie unvermittelt.

»Welche Frau?«, entgegnete Henry mit ausdrucksloser Miene.

Jacqueline schaute über seine Schulter auf die Frau, die ein Stück entfernt mit dem Rücken zu ihnen stand und sich jetzt mit einem anderen Passagier unterhielt, dessen Frau nicht besonders glücklich darüber schien.

»Na, die in dem kurzen lila Minirock, der weißen Bluse und den Schuhen mit den zerschrammten Absätzen.« Jacqueline hielt es für überflüssig, die schönen Beine zu erwähnen. Henry war kein Frauenheld, aber blind war er auch nicht.

Henry drehte sich nicht um. Es überraschte ihn nicht im Mindesten, dass seiner Frau ein unwichtiges Detail wie zerschrammte Absätze auffiel. Jacqueline hatte die Angewohnheit, die merkwürdigsten Dinge an anderen Menschen zur Kenntnis zu nehmen. Hatte ihn das anfangs noch fasziniert, fand er diese Marotte mittlerweile einfach nur nervtötend. »Ach so, die! Oh, das ist nur eine Mitreisende ...«

»Das dachte ich mir beinahe, Henry«, versetzte Jacqueline trocken. »Ein Mitglied der Crew oder ein blinder Passagier würde wohl kaum mit Minirock und Pfennigabsätzen hier herumlaufen.«

Henry lief rot an. Er räusperte sich und wechselte das Thema. »Morgen um diese Zeit legen wir in Melbourne an, wenn alles gut geht, Jacqueline. Dann hast du wieder festen Boden unter den Füßen.«

»Ich kann's kaum erwarten«, erwiderte sie.

Etwas am Gesichtsausdruck ihres Mannes irritierte sie. Aber sie führte die ängstliche Angespanntheit, die sich auf seiner Miene spiegelte, auf den bevorstehenden Neuanfang in einem fremden Land zurück und fand seine Gefühle verständlich. Henry würde in das Möbelgeschäft seines Bruders einsteigen, das sie zu vergrößern beabsichtigten. Nachdem er fünfzehn Jahre lang in New York City einen auf Küchengeräte spezialisierten Elektrohandel geführt hatte, war es ganz normal, dass ihm ein wenig mulmig bei dem Gedanken war, sich die Leitung einer Firma, die er nicht selbst aufgebaut hatte, mit seinem Bruder zu teilen, den er jahrelang nicht gesehen hatte. Dennoch waren sie beide der Meinung gewesen, dass ein neuer Anfang in einem fremden Land genau das Richtige für sie war. Henrys Bruder hatte Australien als Land der vielen Möglichkeiten beschrieben, ihnen von seiner endlosen Weite, dem warmen Klima und der leuchtenden Sonne vorgeschwärmt.

Henry warf einen flüchtigen Blick über seine Schulter. Die hübsche Blondine war fort. Er wandte sich wieder seiner Frau zu. Der Wind spielte mit ihren langen, seidigen braunen Haaren. Ihre blasse Haut ließ sie kränklich aussehen, ihr weißes Kleid unterstrich das noch. Da sie während der Überfahrt fast nichts bei sich behalten hatte, hatte sie ein paar Pfund abgenommen. Von den weiblichen Rundungen, die er einmal so geliebt hatte, war kaum noch etwas zu sehen.

Die angegriffene Gesundheit seiner Frau verstärkte Henrys Schuldgefühle. Aber jetzt gab es kein Zurück mehr, er würde tun, was getan werden musste. Er holte tief Luft und sagte ernst: »Jacqueline.«

»Hm?«, machte sie abwesend, den Blick aufs Festland gerichtet, in Gedanken bei ihrem neuen Zuhause. Jetzt, wo Australien und ihr Ziel in diesem fremden Land in greifbare Nähe gerückt waren, war sie zum ersten Mal seit ihrer Abreise aus New York richtig aufgeregt.

»Ich muss etwas mit dir besprechen. Etwas sehr Wichtiges.«

Henrys Herz raste, der Schweiß brach ihm aus allen Poren, und es gelang ihm nicht, das Zittern in seiner Stimme zu unterdrücken. Er hatte eigentlich warten wollen, bis sich seine Frau vollständig erholt hatte, aber er merkte, wie ihm die Zeit davonlief.

»Jacqueline, hörst du mir überhaupt zu?«

»Was sagst du?« Sie wandte den Kopf und sah den Mann, mit dem sie seit zehn Jahren verheiratet war, prüfend an. Er sah besser aus denn je. »Hast du Sport getrieben, Henry?«

»Sport?« Er nestelte nervös an seinem Hemdkragen. »Unsinn! Wie kommst du denn auf so was?«

»Du siehst blendend aus, richtig gesund, irgendwie jünger.«

Er war vor einem knappen Jahr vierzig geworden, aber er wirkte nicht viel älter als sie selbst, und sie war einunddreißig. Obwohl er immer auf eine gepflegte Erscheinung geachtet hatte, war er noch sorgfältiger gekleidet als sonst. Außerdem konnte sie riechen, dass er sein bestes Rasierwasser benutzt hatte.

Jacqueline konnte sich sehr gut an den vierzigsten Geburtstag ihres Mannes erinnern, weil er Henry in eine Art Krise gestürzt hatte, die sich unter anderem in einem starken Wunsch nach Veränderung geäußert hatte. Das könne doch nicht alles gewesen sein, hatte er gesagt, es müsse doch noch mehr im Leben geben, es sei höchste Zeit, etwas Neues anzufangen. Nicht lange danach hatten sie den Entschluss gefasst, nach Australien auszuwandern.

»Im Gegensatz zu mir bist du auf See offenbar richtiggehend aufgeblüht«, bemerkte Jacqueline und versuchte, sich ihren Neid nicht anmerken zu lassen. Sie hatte das Gefühl, in den letzten Wochen um zehn Jahre gealtert zu sein. Befangen kramte sie ihre Sonnenbrille hervor und setzte sie auf, damit man ihre müden Augen nicht sah.

Henry, der von heftigen Schuldgefühlen geplagt wurde, machte den Mund auf, um zu protestieren, klappte ihn dann aber wieder zu und schwieg.

»Kein Wunder, dass sich Frauen, die halb so alt sind wie du, für dich interessieren«, neckte sie ihn. »Du bist der attraktivste Mann auf diesem Schiff, und du bist praktisch wochenlang allein gewesen.« Genau wie sie selbst. Sie hatte sich manches Mal sehr einsam gefühlt, aber sie machte Henry keinen Vorwurf deswegen. Sie konnte ja nicht erwarten, dass er die ganze Zeit bei ihr in der Kabine saß und ihr Gesellschaft leistete. Das wäre egoistisch. »Ein Glück, dass ich dir vertrauen kann und dich nicht ständig im Auge behalten muss.«

Sie scherzte nur, aber Henry fühlte sich höchst unbehaglich. »Lass uns nach unten gehen, Jacqueline, ich muss unbedingt mit dir reden.« Er hasste sich für das, was er ihr antun würde, aber er konnte nicht länger mit dieser Lüge leben.

»Nach unten? Ich denke gar nicht daran! Es wäre mir völlig egal, wenn ich diese Kabine nie wieder von innen zu sehen brauchte. Weißt du, was? Ich glaube, ich werde heute Nacht an Deck schlafen. Warm genug ist es.«

Obwohl es erst Morgen war, war es tatsächlich schon recht warm. Seit sie den Äquator überquert hatten, herrschte in den Kabinen bereits um die Mittagszeit eine unerträgliche Hitze, nachts war es nicht viel besser. Jacquelines Beschwerden wegen der unzureichenden Klimaanlage waren auf taube Ohren gestoßen, und das Lüftchen, das durch das Bullauge hereinwehte, reichte bei weitem nicht zur Kühlung aus. Sie konnte es Henry nicht übel nehmen, dass er die meiste Zeit oben an Deck verbracht und nachts manchmal sogar in einem Liegestuhl geschlafen hatte.

»Jacqueline, bitte!«, sagte Henry beschwörend. Er konnte diese Unterhaltung nicht noch länger hinausschieben, er hatte ohnehin bis zur letzten Minute damit gewartet.

Jacqueline musterte ihn irritiert. Er hörte sich so furchtbar ernst an. Andererseits neigte er dazu, die Dinge zu dramatisieren. »Wir können uns doch hier unterhalten, Henry. Die frische Luft und der Sonnenschein tun mir so unendlich gut!«

»Nein, Liebes, wir müssen unter vier Augen miteinander reden.« Henry fasste seine Frau bei der Hand und steuerte auf einen Niedergang zu. Er fürchtete, Jacqueline werde ihm eine Szene machen, und er wollte nicht, dass andere Passagiere etwas davon mitbekamen.

Jacqueline machte sich los. »Ich will aber nicht nach unten, Henry! Warum setzen wir uns nicht in einen Salon, damit ich wenigstens das Festland sehen kann?«

Normalerweise war er Wachs in ihren Händen, aber dieses Mal ließ er sich nicht erweichen. »Was ich dir zu sagen habe, ist nicht für fremde Ohren bestimmt. Ich muss darauf bestehen, dass wir unsere Kabine aufsuchen.«

»Na schön, wie du willst.« Jacqueline, die sich keinen Reim auf sein merkwürdiges Verhalten machen konnte, gingen die verrücktesten Gedanken durch den Kopf, als sie ihrem Mann durch einen

Korridor zu einem der Niedergänge folgte, die zu den unteren Kabinendecks führten. Hätte er nicht so offensichtlich vor Gesundheit gestrotzt, hätte sie geglaubt, er werde ihr mitteilen, dass er schwer erkrankt sei. Wahrscheinlich, so vermutete sie, ging es um die Teilhaberschaft mit seinem Bruder. Sie hatte von Anfang an den Eindruck gehabt, dass er nicht wirklich begeistert war von der Vorstellung, Möbel zu verkaufen. Aber musste er deshalb gleich so theatralisch werden?

Henry schloss die Kabinentür und begann, nervös auf und ab zu gehen. Jacqueline setzte sich auf das Bett und strich mechanisch die Falten in der Tagesdecke glatt. Henry bemerkte es. Ihr Perfektionismus ging ihm auf die Nerven.

»Lass das doch, Jacqueline«, fauchte er.

Erschrocken blickte sie auf.

Er fuhr sich übers Haar. Jetzt, wo es so weit war, wusste er nicht, wie er vorgehen sollte. Einfach mit der Wahrheit herausplatzen oder es ihr schonend beibringen? Aber wie er es auch anfangen würde, das Ergebnis wäre das gleiche – Jacqueline wäre tief verletzt.

»Was ist denn los mit dir, Henry? Warum bist du so gereizt? Man könnte ja meinen, du hättest etwas zu verbergen«, stichelte sie und fügte scherzend hinzu: »Hast du eine heimliche Affäre mit einer Reisebekanntschaft?«

Henry blieb wie angewurzelt stehen. »Wie … wie kommst du denn darauf?«, stammelte er schuldbewusst.

Jacqueline musterte seinen entgeisterten Gesichtsausdruck. »Das war nur ein Witz, Henry. Du meine Güte, sei doch ein bisschen lockerer!« Sie hatte sich immer glücklich geschätzt, weil sie sich keinen treueren Mann wünschen konnte. Wenn er doch nur ein bisschen mehr Humor hätte!

Henry bekam plötzlich weiche Knie. Er ließ sich neben Jacqueline aufs Bett fallen und stützte seinen Kopf in beide Hände. Selten war ihm etwas so schwer gefallen, aber jetzt gab es kein Zurück mehr.

»Ist es wegen des Geschäfts?«, fragte Jacqueline und sah ihren Mann forschend an. »Hast du es dir anders überlegt? Willst du dich doch nicht mit deinem Bruder zusammentun? Ich könnte es verstehen, weißt du, und Philip sicher auch.«

Henry schüttelte den Kopf. »Nein, darum geht es nicht.« Er sah in die vertrauensvollen braunen Augen seiner Frau und versuchte, sich nicht wie ein erbärmlicher Schuft vorzukommen. »Ich weiß nicht, wie ich es dir sagen soll, und deshalb sage ich es einfach geradeheraus. Ich habe ... jemanden kennen gelernt ...«

Er wandte sich ab und knetete nervös seine Hände. Henry kannte Jacquelines Wutausbrüche. In ihrer Ehe hatte er den einen oder anderen erlebt, ihr Jähzorn konnte ziemlich Furcht einflößend sein.

»Du hast ... jemanden kennen gelernt«, wiederholte sie verwirrt. Sie glaubte, sich verhört zu haben. »Das ist nicht komisch, Henry.«

Er dachte an die Zukunft, die er sich so sehr wünschte, und nahm all seinen Mut zusammen. »Ich meine es ernst, Jacqueline. Ich habe eine andere Frau kennen gelernt, und ich möchte ein neues Leben mit ihr beginnen.«

Es war eine Wohltat gewesen, mit jemandem zusammen zu sein, der nicht nach Perfektion strebte, der keinen Gedanken an etwas so Unwichtiges wie zerschrammte Absätze verschwendete. Doch das behielt er für sich.

»Henry, ich verstehe kein Wort! Wovon redest du da?« Jacqueline starrte ihn bestürzt an. Falls das ein Witz sein sollte, konnte sie überhaupt nicht darüber lachen. Aber es schien ihm vollkommen ernst zu sein. »Du hast mich um die halbe Welt geschleppt, damit wir beide hier ein neues Leben beginnen können, du und ich!«

»Ich will dir nicht wehtun, Jacqueline, aber du weißt, dass ich mir immer eine Familie gewünscht habe.« Es war schäbig, ihr ein schlechtes Gewissen machen zu wollen, aber sie ließ ihm keine andere Wahl.

Jacqueline war wie vor den Kopf geschlagen. Kinder waren seit Jahren kein Thema mehr gewesen. Ihre Ehe war kinderlos geblieben, und irgendwann hatten sie sich damit abgefunden. Einmal hatten sie sogar eine Adoption in Erwägung gezogen, den Gedanken aber wieder verworfen.

Eine heftige Übelkeit erfasste sie, aber dieses Mal lag es nicht an den Schlingerbewegungen des Schiffs. »Ich weiß nicht, was du mir eigentlich sagen willst, Henry, aber was es auch sein mag, ich kann im Moment nicht damit umgehen.«

Panik stieg in ihr auf. Ihr Herz hämmerte. Das konnte nur ein schlechter Traum sein! In ihrer gegenwärtigen Verfassung war sie nicht in der Lage, eine seelische Krise zu meistern, und sie konnte nicht glauben, dass Henry sie ausgerechnet jetzt damit konfrontierte. Genauso wenig konnte sie glauben, dass er sie betrogen hatte. Sie hätte ihre Hand für ihn ins Feuer gelegt.

»Es tut mir leid, Jacqueline, aber wir können diese Unterhaltung nicht aufschieben. Ich habe mich auf dieser Reise in eine andere Frau verliebt – ich möchte sie heiraten und eine Familie mit ihr gründen.«

Plötzlich ertrug Henry die Nähe zu seiner Frau nicht mehr. Er stand auf und stellte sich mit dem Rücken zur Tür vor sie.

Jacqueline sah ihren Mann fassungslos an. Seine Worte schienen keinen Sinn zu ergeben. Es war, als hätte er in einer fremden Sprache zu ihr gesprochen. »Wie kannst du dich in dieser kurzen Zeit so sehr in eine andere verlieben, dass du sie heiraten und Kinder mit ihr haben willst? Das ist doch nicht möglich! Zumal du bereits eine Frau hast!«

»Ich weiß, dass das alles sehr schnell gegangen ist, aber unsere Gefühle füreinander sind nun einmal da, wir können sie nicht ignorieren.«

Jacqueline schüttelte nur den Kopf. Henry hatte offensichtlich den Verstand verloren, eine andere Erklärung konnte es nicht geben.

»Du kannst ja nichts dafür, dass du keine Kinder bekommen kannst«, fuhr er fort. »Du sollst wissen, dass ich dir deswegen nicht böse bin.«

Jacqueline starrte ihn offenen Mundes an. Sie hatte keine Ahnung gehabt, dass das Thema Kinder so wichtig für ihn war. Er hatte ihr nie diesen Eindruck vermittelt. »Wie großzügig von dir«, bemerkte sie bissig. »Ich dachte, wir seien uns einig gewesen, dass in unserem Leben kein Platz für Kinder ist.«

Henry senkte seinen Blick. »*Du* warst dir einig, Jacqueline.« Vielleicht hätte er darauf gedrängt, ein Kind zu adoptieren, wenn er nicht das Gefühl gehabt hätte, dass sie es im Grunde nicht wollte, weil es ihren Lebensstil zu sehr beeinträchtigen würde. »Ich habe mir immer Kinder gewünscht, und allmählich läuft mir die Zeit davon. Ich bin kein junger Mann mehr.«

Jacqueline musterte Henry wortlos. Das war nicht ihr Ehemann, der da vor ihr stand, sondern ein grausamer, herzloser Fremder. Jetzt kam es ihr auf groteske Weise absurd vor, dass sie ihm gerade eben noch gesagt hatte, wie jung und attraktiv er aussah. Zumindest war ihr jetzt der Grund dafür klar.

»Ist das nicht nur eine Ausrede, weil du scharf auf so ein junges Ding bist?« Es wollte ihr nicht in den Kopf, dass er sie nicht mehr liebte und sie betrogen hatte, während es ihr so schlecht gegangen war. »Seien wir doch mal ehrlich: Du bist viel zu egoistisch, um ein guter Vater zu sein.« Sie hatte ihn in all den Jahren verwöhnt, ihm jeden Wunsch von den Augen abgelesen und so dafür gesorgt, dass er bequem geworden war.

Henry zuckte zusammen. Er hatte natürlich damit gerechnet, dass sie ihn beschimpfen würde, aber für einen Egoisten hielt er sich nicht. Er wich unwillkürlich einen Schritt zurück und prallte gegen die Kabinentür.

»Wenn wir wirklich ehrlich sein wollen, Jacqueline, dann müssen wir zugeben, dass wir schon eine ganze Weile nicht mehr glücklich miteinander sind«, konterte er.

»*Ich* war glücklich, Henry, aber anscheinend hast du vergessen, mir zu sagen, dass du es nicht warst.«

»Jacqueline, ich … ich möchte die Scheidung«, sagte er ruhig.

Eine beklemmende Stille trat ein. Henry beobachtete seine Frau. Sie war sichtlich schockiert. Das kam schließlich völlig unerwartet, für ihn genauso wie für sie. Dennoch war er erleichtert, dass der gefürchtete Wutausbruch ausblieb.

»Die Scheidung«, murmelte sie nach einer Weile ganz benommen. Sie hätte nie gedacht, dass sich dieses Wort einmal auf sie und Henry beziehen könnte. »Du willst einfach so die Scheidung.« In diesem Moment war ihr die Tragweite dessen, was das Wort bedeutete, gar nicht bewusst. Sie wusste nur, dass das neue Leben, das sie gemeinsam geplant hatten, im Begriff war, sich in Luft aufzulösen.

Er nickte. »Ja. Es tut mir wirklich leid, Jacqueline. Ich weiß, dass der Zeitpunkt alles andere als günstig ist, aber solche Dinge passieren einfach, dagegen ist man machtlos.« Auch für ihn war das Ganze völlig überraschend gekommen.

Jacqueline blickte zu Boden. Dann stand sie langsam auf und versuchte, einen klaren Gedanken zu fassen. »Soso, es tut dir leid«, sagte sie mühsam beherrscht. »Das ist wirklich reizend. Mal sehen, ob ich das richtig verstehe, Henry. Nur um weiteren Missverständnissen vorzubeugen. Während ich wochenlang krank hier unten liege, fängst du eine Affäre mit einer anderen Frau an, und jetzt willst du sie heiraten und eine Familie mit ihr gründen. Trifft das in etwa den Kern der Sache?« Sie hoffte immer noch, er werde gleich in Gelächter ausbrechen und sagen, er habe sie nur auf den Arm nehmen wollen.

Henry bekam einen roten Kopf. Der gefürchtete Wutausbruch schien unmittelbar bevorzustehen, das spürte er. »So, wie du es sagst, klingt es sehr billig, aber es stimmt, ich habe mich in eine andere verliebt«, sagte er leise. Er hoffte, sie besänftigen zu können, wenn er sich zerknirscht zeigte.

»Diese Frau, mit der du es hinter meinem Rücken getrieben hast, hat sie gewusst, dass du verheiratet bist, dass deine Frau schwer seekrank und ans Bett gefesselt ist und sich heftig übergeben muss, während ihr zwei … euch amüsiert habt?« Jacqueline wollte sich nicht im Einzelnen vorstellen, was die beiden miteinander machten, es war zu schmerzhaft.

»Ja«, antwortete Henry nur.

Jacqueline traute ihren Ohren nicht. »Sie hat es gewusst?«, kreischte sie. »Was für eine Sorte Mensch ist sie denn?«

Henry dachte daran, wie betroffen seine neue Liebe gewesen war, als er ihr gebeichtet hatte, dass er verheiratet und seine Frau mit an Bord war. Aber ihre Gefühle füreinander waren zu stark gewesen. »Ich weiß, was ich dir damit antue …«, stotterte er und wollte weiter zurückweichen, aber er stand schon mit dem Rücken an der Tür.

Jacqueline machte eine unwillige Handbewegung. »Woher willst du überhaupt wissen, dass deine neue Flamme Kinder bekommen kann?«, zischte sie wütend.

Henry trat verlegen von einem Fuß auf den anderen.

Jacqueline starrte ihn fassungslos an. Das Flittchen konnte in dieser kurzen Zeit ja nicht von ihm schwanger geworden sein, und das bedeutete … »Sie hat schon Kinder?« Der Gedanke, dass diese Frau ebenfalls verheiratet sein könnte, war ihr noch gar nicht gekommen.

»Eines. Einen kleinen Jungen.«

Jacqueline war, als hätte ihr jemand in den Magen geboxt. Sie konnte sich einfach nicht vorstellen, dass Henry für das Kind einer anderen den Vater spielte. »Dann hat sie doch sicher auch einen Ehemann!«

Henry schüttelte den Kopf. »Nein. Hör zu, Jacqueline, ich möchte die Scheidung einreichen, sowie wir in Melbourne angekommen sind«, sagte er völlig emotionslos. »Wenn alles glattgeht, wirst du eine großzügige Abfindung bekommen, das verspreche ich dir.«

Sie funkelte ihn so hasserfüllt an, dass er sich vorkam, als wäre er mit einem blutrünstigen Raubtier in einem kleinen Käfig eingesperrt.

»Wenn alles glattgeht …«, äffte sie ihn nach. Es brachte sie zur Weißglut, dass er anscheinend glaubte, er könne sie mit Geld bewegen, den Weg für ihn und seine Geliebte freizumachen. »Wie heißt dieses Flittchen überhaupt, für das du mich so eiskalt abservierst?«

»Das tut nichts zur Sache.« Henry wollte nur noch weg. »Das ist völlig unwichtig.«

»Nicht für mich!«, schrie Jacqueline, außer sich vor Wut. Plötzlich durchzuckte sie ein Gedanke. »Ist es diese Blondine, mit der du dich vorhin so angeregt unterhalten hast, die mit den schäbigen Absätzen?« Sie sah die Frau im Geist vor sich – man konnte sie sich nur schwer als Mutter eines kleinen Jungen vorstellen.

Henry erschrak. »Bitte lass Verity aus dem Spiel!«

Er wollte auf keinen Fall, dass sie seiner neuen Liebe nachstellte. Verity hatte schon genug durchgemacht. Sie war verwitwet und reiste mit ihren Eltern, den Darcys, und ihrem zweijährigen Sohn. Ihr Mann war anderthalb Jahre zuvor bei einem Unfall auf einer Baustelle ums Leben gekommen. Henry war begeistert, dass er sofort die Rolle des Stiefvaters übernehmen konnte, aber das behielt er ebenso für sich wie den Hinweis darauf, dass Verity nicht nur sehr attraktiv und süß war, sondern auch mit beiden Beinen fest auf dem Boden stand und sie mindestens noch zwei Kinder miteinander haben wollten. Auch ihre Eltern mochten ihn. Anfangs waren sie zurückhaltend gewesen, aber als sie merkten, wie gut er und Verity zusammenpassten, und erfuhren, dass er ihrer Tochter und ihrem Enkel ein angenehmes Leben bieten konnte, schlossen sie ihn in ihr Herz und boten ihm jede nur denkbare Unterstützung bei der Beendigung seiner »unglücklichen« Ehe an.

»Verity?«, wiederholte Jacqueline ungläubig. Was für ein Name für eine langbeinige Blondine.

»Nicht so laut!«, zischte Henry verlegen.

Sie schlug ihm mit der flachen Hand auf die Brust. »Was fällt dir ein! Ich rede so laut, wie ich will! Hast du Angst, jemand könnte von deiner schmutzigen kleinen Affäre erfahren? Oder dass du mich einfach wegwirfst wie eine alte Zeitung, weil ich keine Kinder bekommen kann?«

»Lass uns nicht streiten, Jacqueline.« Henry wich zur Seite, weg von der Tür. »Das hat doch keinen Sinn. Ich liebe dich nicht mehr, das ist nun mal nicht zu ändern.«

»Oh, wie reizend von dir! Ich soll mich heimlich, still und leise davonschleichen, damit du mit deiner Verity glücklich werden kannst! Was erwartest du von mir? Dass ich irgendwo im australischen Busch verschwinde, nachdem ich in die Scheidung eingewilligt habe?«

Er zuckte mit den Schultern. Seine Gleichgültigkeit machte sie rasend. »Ist es dir so egal, was aus mir wird?«, kreischte sie. »Ich bin fremd hier, ich kenne niemanden, ich habe weder Freunde noch Familie hier!«

»Ich habe dir doch gesagt, du bekommst eine großzügige Abfindung«, erwiderte er ungerührt. »Damit kannst du erster Klasse nach New York zurückfahren, wenn du das willst.«

Sie starrte ihn an. Sie konnte nicht glauben, dass er so kaltschnäuzig sein konnte. Sollte sie nach Hause zurückkehren und ihrem Vater und all ihren Freunden erzählen, dass ihr Mann sie wegen einer anderen Frau verlassen hatte, noch bevor sie Melbourne erreicht hatten? Was für eine Demütigung!

»Ich habe dir zehn Jahre meines Lebens geschenkt, und als Dank dafür, dass du immer ein schönes Zuhause und ein gutes Essen hattest, wirfst du mich weg für diese … diese …«

»Es war ja nicht so, dass du hättest putzen und kochen müssen, Jacqueline. Dafür hatten wir eine Haushälterin.« Er wollte nicht so grausam sein, sie darauf hinzuweisen, dass man das Arrangieren von Blumensträußen wohl kaum als Hausarbeit betrachten konnte.

»Aber ich war diejenige, die alles organisiert hat, Henry.«

Wut und Enttäuschung trieben Jacqueline Tränen in die Augen. Sie würde ihm allerdings nicht den Gefallen tun, in seiner Gegenwart zu weinen. Hastig wandte sie sich ab, bückte sich, zog ihren Koffer unter dem Bett hervor und fing an, ihre Sachen aus Schubläden und Schrankfächern zu reißen. Erbost faltete sie die Kleidungsstücke zusammen und warf sie hinein.

Henry schaute ihr einen Augenblick zu. »Was tust du denn da?« Er dachte, sie wolle vielleicht in eine andere Kabine umziehen. »Du kannst ruhig hierbleiben, Jacqueline. Ich werde …«

»Ich will aber nicht hierbleiben«, stieß sie grimmig hervor. Jetzt konnte sie die Tränen nicht mehr zurückhalten.

»Ich glaube nicht, dass du für eine Nacht noch eine andere Kabine bekommen wirst«, gab Henry zu bedenken.

»Ich will keine andere Kabine. Ich will nur fort von diesem Schiff und von dir und von diesem Flittchen mit den schäbigen Absätzen.«

»Wir sind doch erst morgen da«, stammelte Henry.

»Ich will aber heute noch von Bord«, fauchte sie.

Sie würde keinen Tag länger auf diesem Schiff verbringen, zusammen mit Henry und seiner Geliebten. Jacqueline knallte den Kofferdeckel zu, obwohl sie erst einen kleinen Teil ihrer Sachen eingepackt hatte.

»Das … das kannst du doch nicht machen!«, stotterte Henry.

»Das werden wir ja sehen!« Wütend ließ sie die Schlösser einrasten.

»Jacqueline, ich bitte dich! Wir haben doch bis nach Melbourne gebucht und … und wir müssen doch den ganzen Papierkram wegen der Scheidung erledigen!«

»Ich muss gar nichts!«, geiferte sie wutschäumend. »Du bist derjenige, der die Scheidung will, also kümmere du dich gefälligst auch um den Papierkram!« Sie schnappte ihre Handtasche, nahm ihren Koffer und stürmte an Henry vorbei aus der Kabine.

Er folgte ihr in den Korridor. »Jacqueline! Jacqueline, warte doch!« Panik erfasste ihn. »Wo willst du denn hin? Du kannst jetzt nicht von Bord gehen!«

Jacqueline antwortete nicht. Ohne sich noch einmal umzudrehen, eilte sie nach oben, wo bereits alle Vorbereitungen für das Ausbringen des Fallreeps und das Ausbooten der Passagiere getroffen wurden. Sie wünschte sich nichts sehnlicher, als Henry durch ihr vorzeitiges Von-Bord-Gehen größtmögliche Unannehmlichkeiten zu bereiten und sein verlogenes Gesicht nie wiederzusehen.

2

Jacqueline ging gemeinsam mit einundfünfzig anderen Passagieren von Bord. Die Zollformalitäten waren in einer guten Stunde erledigt. Während sie warten und mehrere Formulare ausfüllen musste, hatte sie reichlich Zeit zum Nachdenken. Sie konnte einfach nicht glauben, dass Henry sich in eine andere Frau verliebt hatte und sich allen Ernstes von ihr trennen wollte. Das ist sicher wieder nur eine seiner Krisen, sagte sie sich. Sobald er merkte, dass sie tatsächlich von Bord gegangen war, würde er Vernunft annehmen und ihr nachlaufen.

Erst als sie die Schiffssirene hörte und ihr klar wurde, dass die *Liberty Star* ohne sie nach Melbourne weiterfahren würde, konnte sie sich nichts mehr vormachen: Es war Henry bitterernst, er wollte tatsächlich die Scheidung, damit er mit seiner Verity ein neues Leben beginnen konnte. Die Wahrheit traf sie wie ein Schlag ins Gesicht. Da stand sie nun, mutterseelenallein in einem fremden Land, praktisch ohne Geld und mit wenig mehr als dem, was sie auf dem Leib trug, und hatte keine Ahnung, was sie mit dem Rest ihres Lebens anfangen sollte.

Der grauhaarige Beamte am Einwanderungsschalter betrachtete prüfend den Pass, den sie ihm reichte, verglich das Foto mit der Frau, die vor ihm stand, und studierte ihre Reiseunterlagen.

»Hier steht, Ihr Reiseziel ist Melbourne, Mrs. Walters«, sagte er schließlich.

Er sah, dass sie geweint hatte, aber das war nicht ungewöhnlich. Einige Passagiere weinten, weil das Wiedersehen mit Angehörigen, die sie lange nicht gesehen hatten, bevorstand, und andere, weil sie ihren Entschluss auszuwandern schon wieder bereuten.

»Ja, das ist richtig«, erwiderte Jacqueline schniefend.

»Und weshalb sind Sie dann in Adelaide von Bord gegangen?«

Jacqueline blinzelte. Ihre Augen hatten sich mit Tränen gefüllt, und sie sah alles wie durch einen Schleier hindurch. »Darf man denn seine Meinung nicht ändern? Spielt es eine Rolle, wo in diesem Land ich leben möchte?« Ihre Nerven lagen blank, ihre Stimme klang fast hysterisch. Andere Passagiere wurden auf sie aufmerksam. Ihre Reaktion weckte auch das Misstrauen des Schalterbeamten.

»Es muss doch einen Grund für Ihre Meinungsänderung geben«, sagte er und sah sie aus seinen blauen Augen durchdringend an. Er übte diesen Beruf lange genug aus, er wusste, wenn jemand etwas zu verheimlichen hatte.

»Ja, den gibt es, aber das ist meine Privatsache«, gab sie patzig zurück. Sie kramte ein Taschentuch hervor und schnäuzte sich. »Das geht Sie überhaupt nichts an. Kümmern Sie sich lieber um Ihren Papierkram.«

Jetzt war es ganz still geworden rings um sie her. Sie spürte, wie die Leute sie anstarrten.

Der Schalterbeamte warf ihr einen argwöhnischen Blick zu und blätterte dann abermals in ihrem Reisepass. »Sind Sie allein gereist oder mit Ihrem Mann, Mrs. Walters?«

»Herrgott noch mal, was spielt das denn für eine Rolle? Ja, ich bin mit meinem Mann gereist, aber ich will nicht darüber reden«, fauchte sie.

»Ist er hier?« Der Beamte ließ seinen Blick über die Passagiere schweifen.

»Nein, er ist nicht hier. Sind Sie schwer von Begriff? Ich habe doch gerade gesagt, ich will nicht darüber reden.« Jacqueline hatte keine Lust, vor allen Leuten zu erklären, dass ihr Mann sie gerade verlassen hatte.

Der Beamte zählte zwei und zwei zusammen. Allem Anschein nach hatte sich die sichtlich aufgewühlte junge Frau mit ihrem Mann gestritten und das Schiff aus einer Anwandlung heraus verlassen. Wahrscheinlich bereute sie ihren spontanen Entschluss bereits.

»Wo ist Ihr Mann jetzt, Mrs. Walters?«

Jacqueline starrte ihn an. Ihre Unterlippe zitterte. Sie hätte diesen Menschen ohrfeigen können, weil er sie wie ein unmündiges Kind behandelte. Als müsste sie sich jede Entscheidung von ihrem Mann absegnen lassen.

»Würden Sie bitte meine Frage beantworten, Mrs. Walters?«

Auf einmal hatte sie genug von diesem Verwirrspiel und machte ihren Gefühlen Luft. »Mein Mann hat mir vor einer Stunde erklärt, dass er die Scheidung will, damit er die Frau, mit der er mich auf der Reise hierher betrogen hat, heiraten kann«, sagte sie laut und deutlich. Sollten die Leute doch von ihr denken, was sie wollten. »Können Sie mir sagen, warum ich an Bord bleiben und mit ihm und diesem Flittchen bis nach Melbourne weiterfahren sollte?«

Dem Beamten war sichtlich unbehaglich zumute. Er räusperte sich. In all den Jahren hatte er schon die verrücktesten Sachen in seinem Beruf erlebt, aber das war eine Premiere.

»Nun? Ich höre«, sagte Jacqueline bissig.

»Mrs. Walters, ich kann Ihnen die Einreise nur genehmigen, wenn ich sicher sein kann, dass Sie über die nötigen Mittel verfügen, um Ihren Lebensunterhalt zu bestreiten, und nicht auf der Straße landen werden.«

Was es ihn kümmerte, hätte sie am liebsten erwidert, ihrem Mann war es schließlich auch egal, was aus ihr wurde. »Ich … ich kann mir einen Job suchen«, antwortete sie. »Ich bin sehr wohl in der Lage, für mich zu sorgen.«

Die Leute ringsumher belauschten die Unterhaltung mit morbider Faszination. Einige jedoch, hauptsächlich Frauen, hatten unwillkürlich Mitleid mit Jacqueline.

Der Beamte sah sie ernst an. »Haben Sie Freunde oder Angehörige hier in South Australia, bei denen Sie wohnen können, Mrs. Walters?«

»Ich werde schon eine Unterkunft finden.« Jacqueline reckte ihr Kinn. »Ich gehe doch davon aus, dass es in diesem Land Hotels gibt.«

»Sicher gibt es hier Hotels, aber auf lange Sicht ist das eine kostspielige Lösung«, gab der Beamte zu bedenken. Er wollte nicht herzlos erscheinen, er dachte nur praktisch.

»Ich kann mir ein Zimmer in einer Pension nehmen oder beim Christlichen Verein Junger Frauen unterkommen.«

»Dort werden leider nur Frauen unter dreißig aufgenommen«, wandte der Beamte ein. »Und Sie sind …«

»Ich weiß, wie alt ich bin, danke«, fauchte sie. Die Wut trieb ihr Tränen in die Augen. Sie drehte sich Hilfe suchend zu den Frauen in der Schlange hinter ihr um. »Typisch Mann, nicht? Als ob es ein Verbrechen wäre, über dreißig zu sein!«

Die blonde Frau unmittelbar hinter ihr nickte zustimmend. Dann wandte sie sich an den Beamten. »Mrs. Walters kann bei uns im Britannia Hotel in Port Adelaide wohnen.« Jacqueline tat ihr leid, und sie fühlte sich genötigt, ihr zu helfen.

Jacqueline drehte sich um und betrachtete die Frau genauer. Sie war Mitte bis Ende dreißig, hatte kurze, lockige Haare und lebhafte blaue Augen. Sie lächelte Jacqueline mitfühlend an. Das »uns« bezog sich offenbar auf sie und die Frau neben ihr.

»Ich heiße Vera Westward«, stellte sie sich vor. An den Beamten gewandt, fügte sie hinzu: »Ich werde mich persönlich um Mrs. Walters kümmern. Ich kenne jemanden von einer Arbeitsvermittlung, der ihr sicherlich eine Stelle besorgen kann.«

Jacqueline kam sich wie eine Fürsorgeempfängerin vor, aber die Hauptsache war, dass sie das Abfertigungsgebäude so schnell wie möglich verlassen konnte. »Sehen Sie? Das ist also überhaupt kein Problem«, sagte sie mit gespielter Selbstsicherheit zu dem Beamten. Ihr Blick fiel auf ihren Trau- und ihren Verlobungsring, als sie auf ihre Einreisepapiere schaute. Die beiden Ringe hatten ein Vermögen gekostet. Sie streckte dem Beamten ihre Hand hin, damit er den Schmuck begutachten konnte. »Im Notfall kann ich immer noch meine Ringe verkaufen. Ich habe sowieso keine Verwendung mehr dafür«, fügte sie frostig hinzu.

»Na schön.«

Der Beamte griff zum Stempel. Da ihm eine solche Situation noch nie untergekommen war, gab es keinen Fall, an dem er sich hätte orientieren können. Er stempelte Jacquelines Pass und reichte ihn ihr. Sie nahm ihn wortlos entgegen, nickte der Frau hinter ihr, die ihr zu Hilfe gekommen war, kurz zu und eilte aus dem Gebäude.

Als Jacqueline aus dem Abfertigungsgebäude trat, konnte sie noch das Heck der *Liberty Star* sehen, die Kurs auf Melbourne nahm. Die Passagiere an Deck waren kleine, nicht voneinander zu unterscheidende Figuren. Sie fragte sich, ob Henry sich unter ihnen befand, ob er nach ihr Ausschau hielt und seinen Entschluss vielleicht schon bereute. Oder hielt er seine neue Liebe im Arm und war erleichtert, weil er seine Frau schneller losgeworden war, als er befürchtet hatte?

Inzwischen war es Mittag, die Sonne schien, und es war furchtbar heiß. Einige Reisende wurden von aufgeregten Freunden und Verwandten in Empfang genommen. Es tat weh, ihre Wiedersehensfreude mit anzusehen, und so wandte sich Jacqueline ab und schloss sich einer Gruppe von Passagieren an, die um das Gebäude herum und zur Straße gingen. Während die anderen in verschiedene Richtungen davoneilten, blieb Jacqueline stehen und schaute sich ratlos um. Wie zum Hohn ertönte in diesem Moment die Schiffssirene ein zweites Mal. Jacqueline war wie betäubt. Sie konnte es nicht fassen, dass Henry sie einfach hatte gehen lassen. Sie schwankte zwischen blinder Wut, Selbstmitleid und Verzweiflung.

»Hau doch ab!«, zischte sie, während ihr die Tränen übers Gesicht liefen. »Ich brauche dich nicht, du verlogener Gigolo.«

Nie zuvor hatte sie sich einsamer gefühlt als in diesem Augenblick. Und wenn sie ehrlich war, musste sie zugeben, dass sie überstürzt und kopflos gehandelt hatte. Wenn ihre Ehe schon nicht mehr zu retten war, hätte sie wenigstens warten sollen, bis finanziell alles zwischen ihnen geregelt war, bevor sie sich daranmachte, sich ein neues Leben ohne Henry aufzubauen.

Jacqueline blinzelte ihre Tränen fort und kramte in ihrer Handtasche. Fünf Pfund und ein bisschen Kleingeld, das war alles, was sie bei sich hatte. Damit würde sie nicht weit kommen. Und was jetzt?, dachte sie verzweifelt.

»Da sind Sie ja!«, rief eine Frauenstimme. »Wir haben Sie schon gesucht!«

Jacqueline drehte sich um. Vera Westward und die Frau, die in der Abfertigungshalle neben ihr gestanden hatte, kamen auf sie zu. Beide trugen schwer an ihren Koffern. Jacqueline wischte sich verstohlen die Tränen ab und setzte ihre Sonnenbrille auf.

»Vielen Dank, dass Sie mir da drin geholfen haben, aber ich komme schon zurecht. Wirklich«, versicherte sie, weil sie nicht wollte, dass Vera sich in irgendeiner Weise verpflichtet fühlte.

»Mir ist es ernst mit meinem Angebot. Sie können gern bei uns wohnen. Es sei denn, Sie haben andere Pläne.«

»Ich … äh … nein«, erwiderte Jacqueline kopfschüttelnd.

»Das ist übrigens meine Freundin, Tess Clarke.«

Jacqueline musterte die andere Frau flüchtig. Sie war jünger und wog mindestens zwanzig Pfund mehr als Vera. Sie hatte lange, rötlich braune Haare, grüne Augen und ein freundliches Lächeln.

»Guten Tag«, sagte sie herzlich.

»Hallo, ich bin Jacqueline Walters. Aber das haben Sie ja wahrscheinlich schon mitgekriegt. So wie alle anderen im Abfertigungsgebäude.« Sie wurde rot, als sie an ihren Ausbruch am Schalter dachte.

Vera machte eine wegwerfende Handbewegung. »Schwamm drüber. Der Bahnhof muss dort auf der anderen Straßenseite sein, und die Züge verkehren anscheinend pünktlich.« Sie schaute auf ihre Armbanduhr. »Das heißt, uns bleiben noch zwanzig Minuten.«

Die beiden Frauen machten sich unverzüglich auf den Weg. Jacqueline folgte ihnen nach kurzem Zögern. Vera und Tess mühten sich mit ihrem schweren Gepäck ab, ihr eigener Koffer wog so gut wie nichts.

Am Fahrkartenschalter kauften die drei Frauen Fahrkarten nach Port Adelaide. Zwei Bänke standen im Schatten des Bahnhofsgebäudes. Tess und Vera setzten sich, froh über die Verschnaufpause, Jacqueline wischte erst mit ihrem Taschentuch über den Sitz, bevor sie Platz nahm. Tess und Vera wechselten einen viel sagenden Blick.

Auf der anderen Seite der Gleise befand sich eine weitläufige, eingezäunte Grünfläche. Man konnte Golfspieler zwischen den vereinzelt auf dem Rasen stehenden Bäumen sehen. Abgesehen von einer Landstraße hinter dem Golfplatz war nicht viel von der Landschaft zu erkennen. Auf der Bank neben den drei Frauen saß ein junges Paar mit zwei kleinen Kindern. Die Familie war ganz mit sich selbst beschäftigt.

»Ich habe Sie gar nicht an Bord gesehen, Jackie«, sagte Tess, die rechts von Jacqueline saß.

»Ich möchte Jacqueline genannt werden, wenn es Ihnen nichts ausmacht.«

»Oh, entschuldigen Sie«, sagte Tess ein wenig verlegen. »Es ist nur so ein langer Name, finden Sie nicht?«

»Nein, eigentlich nicht«, erwiderte Jacqueline. »Sie haben mich auf dem Schiff wahrscheinlich deshalb nicht gesehen, weil ich fürchterlich seekrank war und meine Kabine so gut wie nie verlassen habe. Es ist ein wunderbares Gefühl, endlich wieder festen Boden unter den Füßen zu spüren«, fügte sie seufzend hinzu. Verstohlen wischte sie sich eine Träne aus dem Augenwinkel. »Sie müssen entschuldigen, dass ich mich so merkwürdig benehme. Das passt eigentlich gar nicht zu mir, aber im Moment bin ich vollkommen mit den Nerven fertig.«

»Sie haben allen Grund dazu, wie mir scheint«, meinte Vera mitfühlend.

»Eigentlich geht es ja niemanden etwas an, dass mein Mann mich auf dem Schiff betrogen hat, während ich so krank war. Aber dieser Mensch am Schalter hat mich derart bedrängt, dass ich keine andere Wahl hatte, als ihm die Wahrheit zu sagen. Mich vor allen Leuten so zu demütigen!«

Schluchzend hielt Jacqueline sich ihr Taschentuch vors Gesicht. Das junge Paar auf der Bank nebenan hatte mitgehört und bedachte sie jetzt mit einem befremdlichen Blick.

»Ihr Mann scheint ja ein schöner Mistkerl zu sein«, bemerkte Tess.

»Ob Sie's glauben oder nicht, aber er war ein guter Ehemann«, räumte Jacqueline schniefend ein. »Ich hätte niemals gedacht, dass er mich betrügen würde.«

»Ich will ja nicht neugierig sein, aber haben Sie Kinder?«, fragte Vera.

»Nein.« Jacqueline schüttelte den Kopf. Wie war es möglich, dass sie nicht bemerkt hatte, wie sehr Henry sich eine Familie wünschte?

»Seien Sie froh«, tröstete Vera. »Wenn Kinder da sind, ist eine Scheidung immer schwierig.« Sie dachte an ihre eigene Kindheit zurück. »Ich war zehn, als meine Eltern sich scheiden ließen, und das hat mich geprägt.«

»Ich kann keine Kinder bekommen«, gestand Jacqueline leise. »Deshalb hat Henry mich wegen einer anderen verlassen. Das hat er zumindest gesagt.«

Normalerweise redete sie niemals mit wildfremden Menschen über persönliche Dinge, aber nach allem, was sie im Abfertigungsgebäude bereits über sich erzählt hatte, kam es jetzt auch nicht mehr darauf an.

Vera starrte Jacqueline fassungslos an. »Was?«

»Das darf doch wohl nicht wahr sein!«, empörte sich auch Tess.

»Seit Henry vierzig geworden ist, benimmt er sich irgendwie merkwürdig«, fuhr Jacqueline fort. Es tat ihr unendlich gut, sich ihre Sorgen von der Seele reden zu können. »Wir hatten ein gut gehendes Geschäft in New York, aber plötzlich wollte er alles aufgeben und in Australien noch einmal von vorn anfangen. Ich hatte keine Ahnung, dass er sich so sehr ein Kind wünscht. Wir haben zwar mit dem Gedanken an eine Adoption gespielt, aber die Sache nie ernsthaft in Angriff genommen.« Eigentlich hatten sie nur ein einziges Mal darüber gesprochen und danach nie wieder.

»Kennen Sie die Frau, mit der er Sie betrogen hat?«, fragte Tess. »Haben Sie sie zur Rede gestellt?«

»Tess! Sei nicht so neugierig. Das geht uns nichts an.« Vera warf Jacqueline einen schuldbewussten Blick zu.

»Lassen Sie nur, das ist schon in Ordnung.« Jacqueline sah Tess an. »Ich habe sie heute Morgen zufällig gesehen, als sie sich mit Henry unterhielt. Da wusste ich natürlich noch nichts von ihrer Affäre.«

»Und? Wie ist sie so?«, forschte Tess.

Vera sah ihre Freundin strafend an.

»Anfang bis Mitte zwanzig«, begann Jacqueline.

»Typisch!« Tess rollte viel sagend mit den Augen.

»Blond, sehr gute Figur, knapper Minirock, zerschrammte Absätze ...«

Vera und Tess wechselten einen verdutzten Blick.

»Zerschrammte Absätze?«, wiederholte Tess.

»Ja, sie trug weiße Sandalen mit hohen, schäbigen Absätzen. Solche Dinge fallen mir immer sofort auf.«

Vera schaute auf Jacquelines Füße. »Aber dass Sie zwei verschiedene Schuhe anhaben, haben Sie nicht bemerkt?«

Jacqueline fiel aus allen Wolken, als sie sah, dass Vera Recht hatte. Sie trug eine weiße Sandalette, die hinten offen war und zwei Riemchen über dem Spann hatte, und eine, die einen Fersenriemen und einen breiten Riemen über dem Vorderfuß hatte. Da die Schuhe gleich hohe Absätze hatten, war ihr beim Gehen nichts aufgefallen.

»O mein Gott!«, entfuhr es ihr.

Sie erinnerte sich, dass beide Paar Schuhe neben dem Bett gestanden hatten. Das eine Paar hatte sie an Deck angehabt und es sich von den Füßen gekickt, als sie mit Henry heruntergekommen war. Bei ihrem überstürzten Aufbruch war sie dann offenbar in je einen Schuh von jedem Paar geschlüpft.

»Vielleicht haben Sie ja noch so ein Paar im Koffer?«, meinte Tess.

Jacqueline ließ den Kofferdeckel aufschnappen. Bestürzt sah sie, wie wenige Sachen sie eingepackt hatte. Und nicht ein einziges Paar Schuhe, nicht einmal ihre bequemen Hausschuhe. »Nein, ich hab gar keine Schuhe dabei«, jammerte sie. »Was mach ich denn jetzt? Ich kann doch nicht so herumlaufen!«

»Ach was!«, sagte Tess beruhigend. »Das merkt doch kein Mensch.«

»Natürlich merkt man das!« Jacqueline stellte rasch ihren Koffer vor ihre Füße. Die Schuhe waren gleichsam der Tropfen, der das Fass zum Überlaufen brachte. Sie fing wieder zu weinen an. »Wie konnte ich nur so dumm sein, praktisch ohne Geld, Kleider und mit unterschiedlichen Schuhen von Bord zu gehen?«, schniefte sie.

Vera legte ihr tröstend einen Arm um die Schultern. »Ich würde Ihnen ja ein Paar von mir borgen, aber meine sind Ihnen zu klein.«

»Und meine zu groß«, stellte Tess fest, als sie ihren Fuß neben den von Jacqueline stellte. »Außerdem sind meine Absätze auch alle zerschrammt.«

»Sie können sich doch in Port Adelaide ein billiges Paar kaufen«, schlug Vera vor.

Das erinnerte Jacqueline daran, dass sie sich so schnell wie möglich eine Arbeit suchen musste. »Dieser Mann von der Arbeitsvermittlung, von dem Sie gesprochen haben, hat der Ihnen schon eine feste Stelle beschafft?«

»Na ja, nicht direkt«, druckste Vera. »Er hat uns sozusagen angeworben.«

»Ich verstehe nicht ganz.«

»Wir haben uns auf ein Inserat gemeldet, in dem Frauen gesucht wurden, die in Australien die Bekanntschaft von einsamen, heiratswilligen Farmern machen wollen«, erklärte Tess.

Jacqueline starrte sie entgeistert an. »Was?«

Auch das junge Paar auf der Bank nebenan wechselte einen verdutzten Blick.

»Ja. Eine Agentur in Port Adelaide hat das Inserat in mehreren amerikanischen Zeitungen geschaltet«, ergänzte Vera. »Wir werden in die Flinders Ranges weiterfahren, wo wir unsere zukünftigen Ehemänner kennen lernen.«

»Das ist das Verrückteste, was ich je gehört habe«, sagte Jacqueline spontan. Als ihr bewusst wurde, dass die beiden Frauen, die so nett zu ihr waren, das vielleicht als Beleidigung auffassten, fügte sie hastig hinzu: »Entschuldigung, das war nicht besonders höflich von mir. Aber so etwas habe ich wirklich noch nie gehört.«

»Kein Problem«, meinte Vera. »Ich kann mir vorstellen, dass sich das komisch anhört.«

»Komisch ist nicht das richtige Wort«, entgegnete Jacqueline, die an Henry dachte. Sie war so tief verletzt, dass sie ihre Gefühle nicht verbergen konnte. »Man kann den Männern nicht trauen, das hat mir mein lieber Mann gerade bewiesen. Und dabei habe ich geglaubt, dass ich ihn kenne! Ich hielt ihn für einen der treuesten, integersten Menschen, die mir je begegnet sind. Deshalb verstehe ich nicht, wie man überhaupt auf die Idee kommen kann, einen völlig Unbekannten zu heiraten. Das ist doch Wahnsinn!«

»Wir machen uns keine Illusionen«, erwiderte Vera ruhig. »Wir hoffen nicht auf die große Liebe.«

»Wir hatten beide nicht viel Glück mit den Männern«, ergänzte Tess. »Ich war zweimal verlobt, und Vera war einmal verlobt und einmal verheiratet.«

Vera machte eine wegwerfende Handbewegung. »Das ist eine Ewigkeit her, und die Ehe hat nicht lange gehalten.« Sie wusste selbst, dass diese Heirat ein Fehler gewesen war.

»Und ihr habt trotz allem die Nase nicht voll von den Männern?« Jacqueline war es unbegreiflich, wie man nach solch negativen Erfahrungen noch ans Heiraten denken konnte.

»Nein, wieso denn?« Tess zuckte mit den Schultern. »Wir sind unzählige Male belogen und betrogen und verlassen worden. An den Märchenprinzen glauben wir nicht mehr, aber wer weiß, vielleicht gibt es hier ja ein paar anständige Männer. Wir betrachten das Ganze im Grunde als ein Abenteuer. Klappt es, wunderbar, und wenn nicht, fahren wir eben wieder nach Hause.«

Jacqueline wusste nicht so recht, was sie von dieser gleichgültigen Einstellung der Ehe gegenüber halten sollte, aber sie bewunderte die beiden Frauen unwillkürlich für ihre stoische Haltung, mit der sie so viel Liebeskummer überstanden hatten.

»Ich finde, ihr seid sehr tapfer. Aber was mich betrifft, so werde ich garantiert nie wieder heiraten«, fügte sie bitter hinzu.

»Man soll nie nie sagen!« Tess zwinkerte Jacqueline zu.

»In diesem Fall schon«, beharrte diese. Sie schwieg einen Augenblick nachdenklich. »Mir bleibt nichts anderes übrig, als nach vorn zu schauen und ein neues Leben zu beginnen. Ich werde nie wieder Henrys Namen erwähnen! Ich will nicht einmal mehr an ihn denken.«

Vera nickte. »Ja, das ist verständlich.«

Aber es war auch unrealistisch, das wusste sie aus eigener Erfahrung. Jacqueline würde ihren Kummer verarbeiten müssen, ob es ihr gefiel oder nicht.

Jacqueline sah erst Tess, dann Vera an. »Versprecht ihr mir, nie wieder seinen Namen zu erwähnen?«

»Wir versprechen es«, antwortete Vera, und Tess nickte bekräftigend.

»Ich möchte nicht, dass irgendjemand erfährt, dass ich verheiratet war. Behaltet das für euch, in Ordnung?«

Vera nickte. »Es ist das Beste, wenn man einen Schlussstrich unter die Vergangenheit zieht. Werden Sie jetzt Ihren Mädchennamen wieder annehmen?«

Jacqueline dachte kurz nach. Die Idee war verlockend, aber nicht durchführbar. »Alle meine Papiere sind auf meinen Ehenamen ausgestellt. Ich werde vorläufig einfach Miss Jacqueline Walters sein. Und sobald es geht, werde ich meinen Mädchennamen wieder annehmen.«

In diesem Moment fuhr der Zug in den Bahnhof ein. Die drei Frauen erhoben sich und griffen nach ihrem Gepäck.

»Also dann, meine Damen, auf geht's, unser neues Leben wartet!«, sagte Vera.

»Jawohl, auf geht's!«, stimmte Tess fröhlich zu.

Jacqueline wünschte, sie könnte die heitere Zuversicht ihrer beiden Begleiterinnen teilen, aber sie konnte nicht vergessen, dass sie nur wenige Stunden zuvor noch eine ganz andere Vorstellung von ihrem neuen Leben gehabt hatte.

3

Da es keine Taxis am Bahnhof von Port Adelaide gab, machten sich die Frauen wohl oder übel zu Fuß auf zum Britannia Hotel in der Lipson Street, nachdem sie sich den Weg hatten beschreiben lassen. Er führte über die Commercial Road durch ein belebtes Geschäftsviertel mit etlichen Hotels und vielen Geschäften. Zum ersten Mal bekamen die drei einen Eindruck vom Stadtleben in Australien. Es gab so viel zu sehen, dass sie nicht viel miteinander sprachen. Sie staunten über die Namen der Läden, die andere Bezeichnungen hatten als bei ihnen in den USA, und über die Autos. Sie hatten noch nie zuvor einen Holden gesehen, aber dieses Fabrikat war in Australien offenbar sehr beliebt.

Vera fiel die saloppe Kleidung der Ureinwohner auf, die sich auch in Aussehen und Körperbau von den Schwarzen in Amerika unterschieden. Sie waren weder so groß noch so muskulös oder langbeinig, und die meisten gingen barfuß. Jacqueline fand, dass ihre Züge grobschlächtiger als die der amerikanischen Schwarzen waren, doch das sagte sie nicht laut.

Es war früher Nachmittag, als sie das Hotel erreichten. Die Sonne stach vom Himmel, und die Frauen, vor allem Vera und Tess mit ihrem schweren Gepäck, waren verschwitzt und erschöpft und durstig.

Jacqueline blieb vor dem Eingang stehen. »Hören Sie, ich finde das nicht richtig. Ich will Ihnen wirklich nicht zur Last fallen. Ich kann mir nicht einmal ein Zimmer in einer Absteige leisten, geschweige denn in einem guten Hotel wie diesem.« Es war ihr peinlich, das zuzugeben, aber es wäre ihr noch viel unangenehmer gewesen, wenn Vera und Tess für sie bezahlt hätten.

Das Britannia stand an einer Straßenecke – ein cremefarbenes, zweistöckiges Gebäude mit einem an zwei Seiten umlaufenden Balkon, braun abgesetzten Fenstern und dekorativen Ecksteinen. Auf einer Tafel am Eingang konnte man lesen, dass es am 3. Oktober 1850 eröffnet und nach einem Brand, der es völlig zerstört hatte, 1898 wieder aufgebaut worden war.

»Ihr seid beide wirklich nett zu mir gewesen, aber ich finde, ich sollte mir irgendwo eine billige Pension suchen«, fuhr Jacqueline fort.

»Machen Sie sich mal deswegen keine Gedanken«, versuchte Vera sie zu beruhigen. »Die Agentur, die uns die Überfahrt bezahlt hat, bezahlt auch für unsere Unterkunft. Sie fallen uns wirklich nicht zur Last.«

»Bestimmt nicht? Von den Kosten einmal abgesehen, möchte ich nicht, dass Sie meinetwegen enger zusammenrücken müssen.«

»Ursprünglich waren wir zu viert, aber zwei Frauen haben kalte Füße gekriegt und im letzten Moment einen Rückzieher gemacht. Die Agentur weiß das noch gar nicht, deshalb rechnet das Hotel mit vier Personen, und das heißt, es ist genug Platz für uns drei.«

Das beruhigte Jacqueline ein wenig. »Ich bin Ihnen wirklich sehr dankbar für alles«, sagte sie gerührt. Die Begegnung mit Vera und Tess war ein richtiger Glücksfall.

»Nichts zu danken«, entgegnete Vera. »Wir Frauen müssen doch zusammenhalten.«

Sie betraten das Hotel, meldeten sich an und gönnten sich dann im Salon erst einmal einen Drink, bevor sie zu ihrem Zimmer hinaufgingen. Es war groß, hatte vier Einzelbetten und war gemütlich eingerichtet. Auch das Bad auf der anderen Seite des Flurs war ziemlich geräumig und einigermaßen sauber, aber es sah aus, als wäre es seit dem Wiederaufbau des Hotels nicht mehr modernisiert worden. In der Wanne hätte ein halbes Dutzend Kinder Platz gehabt – was vermutlich auch schon vorgekommen war –, aber die Emaille am Wannenboden blätterte, und die Wasserhähne waren uralt. Vom Zimmer aus führte eine Tür auf den Balkon, auf dem einige Korbsessel standen. Weiße und pfirsichfarbene Geranien schmückten mit ihren Hängetrieben das Geländer. Von hier aus konnte man in der Ferne die Frachtschiffe im Hafen sehen.

Nachdem sie ihre Sachen ausgepackt und sich ein wenig frisch gemacht hatten, beschlossen Vera und Tess, die Agentur Cavendish aufzusuchen.

»Die Angestellte an der Rezeption meinte, es sei nicht weit bis zur Chandler Street«, sagte Vera.

»Möchten Sie uns begleiten? Oder wollen Sie sich lieber ein bisschen ausruhen?«, fragte Tess.

»Ich muss mir als Allererstes ein Paar Schuhe besorgen«, erwiderte Jacqueline. »Ich kann mich doch so nicht auf Arbeitssuche machen. Was soll denn mein zukünftiger Chef von mir denken?«

Vera nickte. »Gut, dann treffen wir uns später wieder hier.«

Die drei Frauen verließen das Hotel gemeinsam und trennten sich dann. Während Vera und Tess sich auf den Weg zur Agentur Cavendish machten, sah sich Jacqueline nach einem Schuhgeschäft um. Sie brauchte nicht lange zu suchen. Als sie vor dem Schaufenster stand und die Auslage betrachtete, hörte sie drinnen im Radio den Beatles-Song *All My Lovin'*. Wehmütig dachte sie an ihr altes Leben zurück. Doch dann schob sie diese Gedanken energisch beiseite und betrat den Laden.

Es war schwieriger, ein passendes und obendrein erschwingliches Paar Schuhe zu finden, als sie gedacht hatte. Zu guter Letzt entschied sie sich für weiße Sandalen, die ihr eine halbe Nummer zu groß waren. Etwas anderes konnte sie sich nicht leisten. Ihr wurde schmerzlich bewusst, dass ihre ohnehin geringe Barschaft durch den Schuhkauf noch weiter geschrumpft war. Aber sie bemerkte auch den Blick, mit dem die Verkäuferin das sonderbare

Paar Schuhe musterte, das sie an den Füßen trug. Jacqueline, der das furchtbar peinlich war, behielt ihre neuen Schuhe gleich an und bat die junge Frau, ihre alten wegzuwerfen.

»Ich suche Arbeit«, sagte sie, als sie bezahlt hatte. »Sie wissen nicht zufällig etwas?«

»Im Café dort drüben wird eine Kellnerin gesucht«, antwortete die junge Frau Kaugummi kauend. »Und in den Hotels ist meistens ein Job als Putzhilfe oder Zimmermädchen zu bekommen.«

»Gibt's noch irgendetwas anderes außer Essen servieren und putzen?«

»Was suchen Sie denn?«

Die Verkäuferin konnte höchstens sechzehn sein, bemühte sich aber krampfhaft, älter auszusehen. Sie trug einen knappen Minirock, hochhackige Schuhe, hatte stark geschminkte Augen und toupiertes Haar.

»Na ja, ein Job in einem Modegeschäft wäre nicht schlecht«, meinte Jacqueline nach kurzer Überlegung. Da sie sich immer gern Kleider gekauft hatte, konnte sie sich gut vorstellen, dass es Spaß machen würde, welche zu verkaufen.

»Ich wüsste im Moment keinen«, murmelte das Mädchen zerstreut. »Haben Sie denn schon mal in einer Boutique gearbeitet?«

Jacqueline lachte herablassend. »Nein, das nicht, aber Kleider verkaufen kann ja nicht so schwer sein, oder?«

Die Verkäuferin musterte sie empört. »Sie sind nicht von hier, stimmt's? Die Kleidergrößen in Australien sind anders, und Sie müssen sich auch mit einer Registrierkasse auskennen.«

Jetzt war es Jacqueline, die ein entrüstetes Gesicht machte. Was glaubte dieses junge Ding denn? Dass sie zu dumm war, um zu lernen, wie man mit einer Ladenkasse umging?

»Außerdem suchen die meisten Geschäftsinhaber jemanden mit Berufserfahrung«, fügte das Mädchen eine Spur hochnäsig hinzu.

Jacqueline platzte der Kragen. »Jetzt hören Sie mir mal gut zu! Ich bin fast doppelt so alt wie Sie, das heißt, ich habe eine ganze

Menge Lebenserfahrung. Und Sie haben bestimmt auch nicht gewusst, wie man eine Registrierkasse bedient, als Sie von der Schule abgegangen sind, oder?«

»Äh … nein, das nicht«, murmelte das Mädchen verdutzt.

»Und wie sind Sie dann zu diesem Job gekommen?«

»Meiner Tante gehört der Laden«, gestand das Mädchen kleinlaut.

»Jetzt ist mir alles klar. Sonst könnten Sie auch nicht hier stehen und Kaugummi kauen, während Sie Kunden bedienen.«

Jacqueline machte auf dem Absatz kehrt und verließ den Laden. Sie glaubte noch, das Mädchen brummeln zu hören: »Wenigstens laufe ich nicht in zwei verschiedenen Schuhen herum«, aber sie ignorierte es, weil ihr keine passende Antwort darauf einfiel.

Draußen auf der Straße blieb sie einen Augenblick stehen und schaute sich unschlüssig um. Sie konnte sich beim besten Willen nicht vorstellen, zu kellnern oder zu putzen, aber sie wollte auch nicht mit knurrendem Magen auf einer Parkbank schlafend enden. Und genau das konnte passieren, wenn Tess und Vera erst einmal abgereist waren und sie bis dahin keine Stelle gefunden hatte. Sie dachte an Henry. Blinde Wut packte sie. Es war ganz allein seine Schuld, dass sie jetzt in dieser Situation war! Eigentlich hätten sie am folgenden Tag ihr gemeinsames neues Leben in Melbourne beginnen sollen, eigentlich hätte sie sich keine Sorgen machen sollen, wo sie schlafen und wovon sie ihre nächste Mahlzeit bezahlen sollte.

»Verdammt sollst du sein, Henry«, knurrte sie. Zorn und Verzweiflung schnürten ihr die Kehle zu.

Dann atmete sie tief durch, straffte sich und ging zum Black Diamond Café auf der anderen Straßenseite. Im Fenster hing ein Schild:

KELLNERIN GESUCHT, BERUFSERFAHRUNG VON VORTEIL.

Jacqueline verspürte ein nervöses Kribbeln im Bauch. Fast wäre sie weitergegangen, aber sie merkte, dass sie Hunger hatte, und das gab den Ausschlag. Sie sprach sich Mut zu, holte tief Luft und betrat das Lokal.

Als sie zum Tresen ging, ließ sie ihren Blick über die Gäste schweifen. An den Tischen saßen Familien und Paare, aber auch vierschrötige, kräftige Männer, Dockarbeiter, wie sie vermutete. Es war nicht die Art von Gastwirtschaft, in der sie selbst gegessen oder die sie in ihrem früheren Leben überhaupt betreten hätte, doch die Dinge hatten sich geändert. Und sie selbst musste sich ändern, wollte sie überleben.

Eine sichtlich überlastete Frau stand hinter der Theke. Sie hatte die Haare zu einem unordentlichen Knoten zusammengesteckt und trug eine verschmierte, dunkel eingefasste Brille. Ihre ergrauenden Haare deuteten darauf hin, dass sie Ende fünfzig oder Anfang sechzig war.

»Ein Tisch für eine Person?«, fragte sie mit matter Stimme, als Jacqueline vor ihr stand. Sie sprach mit einem leichten Akzent.

»Nein, ich komme wegen der Stelle als Kellnerin.«

Die Frau sah sie erstaunt an. »Haben Sie schon einmal als Kellnerin gearbeitet?«

Sie musterte Jacquelines weißes Kleid, ihre manikürten Nägel und die wertvollen Ringe. Und ihr fiel auf, dass sie sich in dieser Umgebung nicht besonders wohl zu fühlen schien.

»Ja, zu Hause in den Vereinigten Staaten«, log Jacqueline, einer plötzlichen Eingebung folgend. Weil sie ein schlechtes Gewissen hatte, fügte sie leise hinzu: »Das ist aber schon eine Weile her …«

»Ich könnte dringend Hilfe gebrauchen, weil ich meine Kellnerin gerade gefeuert habe. Also – wann können Sie anfangen?«

Die Frau wusste vor Arbeit ganz offensichtlich nicht, wo ihr der Kopf stand. Sie eilte hinter dem Tresen hervor und begann, einen der Tische abzuräumen.

»Ich … äh … wann Sie wollen«, stotterte Jacqueline, die sich die Gelegenheit nicht entgehen lassen wollte, sich aber andererseits fragte, warum die Wirtin eine Kellnerin gefeuert hatte, wenn sie so dringend eine Arbeitskraft benötigte. Außerdem hätte sie gern gewusst, wie viel sie verdienen konnte.

»Schön, dann schnappen Sie sich eine Schürze, hinter der Theke hängt eine, und nehmen die Bestellung von Tisch sechs auf«, sagte die Frau. »Ich heiße übrigens Irma. Mein Mann Donald ist der Koch, Kochen ist praktisch das Einzige, wofür er taugt. Und der Faulpelz von einem Geschirrspüler ist mein Neffe, Freddie.«

»Jacqueline Walters.« Sie streckte Irma ihre Hand hin, ließ sie aber wieder sinken, als sie sah, dass Irma bereits sechs schmutzige Teller und Besteck auf einer Hand balancierte und mit der anderen nach mehreren Gläsern griff.

Sie knallte das Geschirr in die Küchendurchreiche, machte Freddie mit einem lauten Befehl darauf aufmerksam und drückte Jacqueline, die sich nicht vom Fleck gerührt hatte, eine Schürze, einen Notizblock und einen Stift in die Hand.

»Binden Sie sich die besser um, sonst bleibt Ihr weißes Kleid nicht lange so weiß.« Es war eine Feststellung, kein gut gemeinter Ratschlag, aber Jacqueline band sich die Schürze dennoch um.

»Bevor ich anfange, hätte ich gern noch gewusst, wie viel ich eigentlich verdiene«, sagte sie.

Irma guckte sie groß an. »Einen Shilling die Stunde«, knurrte sie fast ärgerlich. »Wenn Ihnen das zu wenig ist, es gibt genug andere, die den Job wollen.«

»Nein, nein, das ist schon in Ordnung«, versicherte Jacqueline hastig, obwohl ihr der Lohn ziemlich niedrig vorkam.

Irma entspannte sich. »Die Tagesgerichte stehen dort angeschrieben.« Sie zeigte auf eine Schiefertafel neben dem Tresen. Die Wand, an der sie hing, hätte einen frischen Anstrich vertragen können. Dann eilte Irma zu dem Tisch, den sie gerade abgeräumt hatte, und warf eine frische Tischdecke darüber.

Jacqueline sah mit zusammengekniffenen Augen zu der Schiefertafel. Die verschmierte Kreideschrift war kaum zu entziffern.

»Zu den Krakauern und dem Kartoffelpüree gibt's Zwiebelsoße, zum Steak und der Nierenpastete Erbsen, Karotten und Kartoffelpüree«, klärte Irma sie auf. »Wir haben ungefähr noch sechs Steaks und sechs Portionen Nierenpastete. Wenn die alle sind, wischen Sie das Gericht von der Tafel. In dem Korb hinter dem Tresen sollte genug sauberes Besteck liegen. Es sei denn, Freddie ist beim Spülen mal wieder eingeschlafen.«

»Was sind denn Krakauer, Irma?« Jacqueline wollte nicht dumm dastehen, falls sie danach gefragt wurde.

»Na, Würste natürlich!« Irma starrte sie verblüfft an. »Was haben Sie denn gedacht?«

Sie verdrehte kopfschüttelnd die Augen. Das konnte ja heiter werden mit ihrer neuen Serviererin.

Die Tür ging auf, einige Gäste kamen herein und steuerten auf einen freien Tisch zu. Jacqueline sah unsicher zu ihnen hin und schaute dann Irma an.

»Worauf warten Sie?« Irma drückte ihr ein paar Speisekarten in die Hand und gab ihr einen aufmunternden Schubs.

Die neuen Gäste, zwei Männer und zwei Frauen, hatten sich an Tisch fünf gesetzt. Jacqueline reichte ihnen die Speisekarten und blieb dann nervös am Tisch stehen, um die Bestellung aufzunehmen. Wieder ging die Tür auf, eine Gruppe Männer kam herein. Da Irma einen weiteren Tisch abräumte, holte Jacqueline noch ein paar Speisekarten vom Tresen und brachte sie zu den Männern an Tisch sieben.

»Tisch sechs möchte bestellen«, sagte Irma zu Jacqueline, als sie an ihr vorbeieilte, ein schmutziges Tischtuch im Arm und einige Salz- und Pfefferstreuer in den Händen.

»Bringen Sie uns erst mal sechs Kaffee«, brummte einer der Männer. »Drei mit Milch, drei stark und schwarz.« Er trug kein Hemd unter seiner Weste, und seine tätowierten Arme hatten den Umfang ihrer Taille.

»In Ordnung.«

Jacqueline nickte, fühlte sich aber jetzt schon überfordert. Sie eilte zum Tresen zurück, wo eine Kaffeekanne, Tassen, ein Milchkännchen und eine Zuckerdose standen. Sie schenkte sechs Tassen ein und musste dann dreimal an den Tisch laufen, weil sie nur zwei Tassen auf einmal tragen konnte. Sie rutschte in ihren zu großen Schuhen, und das verunsicherte sie zusätzlich.

Als sie den Männern ihren Kaffee gebracht hatte, winkten die Gäste an Tisch fünf, weil sie bestellen wollten, und dabei hatte sie noch nicht einmal die Bestellung von Tisch sechs aufgenommen. Sie eilte zu Tisch fünf und notierte viermal Steak und Nierenpastete, drei Kaffee und einen Tee. Im Laufen riss sie den Zettel von ihrem Notizblock und legte ihn für Donald in die Küchendurchreiche. Nachdem sie den Kaffee und den Tee eingeschenkt und an Tisch fünf gebracht hatte, hastete sie zu Tisch sechs, wo die Gäste allmählich ungeduldig wurden.

»Wir müssen bald wieder zurück ins Büro«, sagte eine der beiden Frauen verschnupft. »Bringen Sie uns zweimal Steak und Nierenpastete, aber beeilen Sie sich bitte.«

»Sofort, Miss.« Als Jacqueline zur Küchendurchreiche hetzte, wurde sie von einem Mann an Tisch sieben angehalten.

»Sie sind neu hier, nicht wahr?« Er musterte sie anzüglich von Kopf bis Fuß.

»Stimmt«, erwiderte Jacqueline kühl.

»Wir würden jetzt gern bestellen, Schätzchen.« Er grinste ordinär. Seine Zähne waren verfärbt, sein buschiger Schnurrbart überwucherte seine untere Gesichtshälfte fast vollständig.

»Ich bin gleich bei Ihnen«, sagte Jacqueline. Sie hasste es, Schätzchen genannt zu werden, aber sie hielt den Mund, weil sie ja erst seit ein paar Minuten in dem Lokal arbeitete.

Sie brachte Donald die Bestellung von Tisch sechs und eilte dann zu den Männern zurück. Noch während sie ihre Wünsche notierte, rief Donald aus der Küche, das Essen für Tisch fünf sei fertig.

»Eine Sekunde, ich bin gleich wieder da«, sagte Jacqueline, die nicht wollte, dass das Essen kalt wurde, zu den Männern.

Sie hastete zur Durchreiche, brachte zwei Teller an Tisch fünf, eilte zurück und holte die anderen zwei Teller. Donald guckte verdutzt, als er sich einer völlig Fremden gegenübersah, sagte aber nichts, weil er vor Arbeit nicht wusste, wo ihm der Kopf stand. Als sie das Essen serviert hatte, kehrte sie an Tisch sieben zurück. Unterdessen wurde das Lokal immer voller.

Jacqueline hatte gerade die Bestellungen der Männer notiert, viermal Steak und Nierenpastete, zweimal Krakauer und Kartoffelpüree, als Donald sie schon wieder zu sich rief. Er hatte das Essen für Tisch sechs in die Durchreiche gestellt und meinte: »Steak und Nierenpastete sind alle.«

»O nein!« Jacqueline erschrak. Jetzt erst fielen ihr Irmas Worte wieder ein. Nachdem sie das Essen serviert hatte, ging sie zu Tisch sieben und teilte den Männern mit, dass sie kein Steak und keine Nierenpastete mehr hätten.

»Das ist aber nicht nett«, rief einer der Männer. »Ich hab mich schon darauf gefreut, und es steht auf der Tafel.« Er zeigte mit dem Finger darauf.

»Tut mir leid«, erwiderte Jacqueline zerknirscht. »Die letzte Portion ist eben erst weggegangen.«

»Hm. Wie wär's, wenn Sie später irgendwo was mit mir trinken gehen würden? Als kleine Wiedergutmachung sozusagen.« Auch er warf ihr einen anzüglichen Blick zu, und seine Kameraden feixten.

»Nein, danke«, zischte Jacqueline frostig. »Ich bin verheiratet.« Sie war immer noch Henrys rechtmäßige Ehefrau.

»Ein Jammer. Wir hätten bestimmt viel Spaß miteinander, Schätzchen.« Er musterte sie und leckte sich dabei bedeutungsvoll die Lippen.

Jacqueline stieg die Zornesröte ins Gesicht. »Was darf ich Ihnen stattdessen bringen?«, fragte sie, Stift und Notizblock in der Hand.

»Sie sind ein bisschen hochnäsig für eine Serviererin, Schätzchen«, bemerkte der Mann. »Schön, dann nehm ich eben die Krakauer mit Kartoffelpüree und eine Portion Liebe dazu.« Er lachte schallend, und seine Freunde fielen mit ein.

Jacqueline ignorierte sie und eilte mit der neuen Bestellung zur Durchreiche. Irma fing sie ab.

»Geht's nicht ein bisschen schneller?«, rügte sie stirnrunzelnd. »Ich dachte, Sie hätten schon mal gekellnert.«

»Ich mache, so schnell ich kann«, gab Jacqueline zurück.

Ihr Gesicht brannte. Sie könne unmöglich noch schneller hin und her hetzen, hätte sie gern erwidert und sich am liebsten auch über die aufdringlichen Gäste beschwert, aber sie verkniff es sich.

»Dann müssen Sie eben mehr Teller auf einmal tragen«, brummte Irma, bevor sie an einen der Tische eilte.

Jacqueline schluckte ihren Ärger herunter. Sie nahm einen Teller von der Durchreiche und platzierte ihn auf ihrem Unterarm, so wie sie es bei Irma gesehen hatte. Dann nahm sie den zweiten Teller in die Hand und einen dritten in die andere. Der heiße Teller verbrannte ihr den Arm, aber sie biss die Zähne zusammen und schlängelte sich eilig zwischen den Tischen hindurch zu Tisch sieben.

Plötzlich sprang ein Kind von seinem Platz auf, rannte um seinen Stuhl herum und prallte mit Jacqueline zusammen. Der Teller, den sie auf ihrem Unterarm balancierte, schwankte bedenklich und fiel zu Boden. Sie stieß einen spitzen Entsetzensschrei aus und versuchte, die anderen beiden Teller zu retten. In diesem Moment rutschte sie in der Soße, die sich auf dem Fußboden verteilt hatte, aus, verlor das Gleichgewicht und landete unsanft auf dem Po. Die Teller krachten klirrend auf den Boden, Soße und Kartoffelpüree spritzten ringsumher.

Jacqueline hockte benommen auf dem Fußboden. Der Einzige, der ihr zu Hilfe kam, war ausgerechnet der aufdringliche Dockarbeiter. Den Blick auf ihre Beine geheftet, beugte er sich über sie und fasste sie um die Taille.

»Finger weg!«, zischte sie und zog sich ihren Rock, der beim Sturz hochgerutscht war, wieder herunter. Alle Gäste starrten sie an. Sich an einem Stuhl festhaltend, rappelte sie sich mühsam hoch.

»Du meine Güte«, grummelte Irma ärgerlich, als sie die Bescherung sah. »Was ist denn passiert, Mrs. Crispin?«, wandte sie sich an einen Gast.

Verdutzt, weil nicht zuerst sie gefragt wurde, machte Jacqueline schon den Mund auf, doch die Mutter des kleinen Jungen, der sie umgerannt hatte, war schneller.

»Ihre Serviererin hat meinen Sohn umgestoßen, Irma. Kann sie denn nicht besser aufpassen? Vor allem, wenn sie heiße Speisen trägt. Mein Johnny hätte sich verbrühen können!«

»Ich bitte vielmals um Entschuldigung, Mrs. Crispin«, sagte Irma und warf Jacqueline einen bitterbösen Blick zu.

Jacqueline schnappte empört nach Luft. »Das ist gar nicht wahr! Er ist in mich hineingerannt, nicht umgekehrt!«

»Wenn Mrs. Crispin sagt, dass Sie ihren Sohn umgestoßen haben, dann ist das auch so«, stieß Irma gepresst hervor. »Und jetzt wischen Sie endlich diese Sauerei auf, bevor noch einer von meinen Gästen ausrutscht, stürzt und mich verklagt.«

Jacqueline starrte sie sprachlos an. Sie wischte sich langsam die Hände an ihrer Schürze ab und schaute dann über ihre Schulter an sich hinunter. Ihr Rock war voller brauner Soßenflecken und Kartoffelpüreespritzer, und am Saum klebten gebratene Zwiebelringe.

»Ich bitte um Entschuldigung«, wandte sich Irma an ihre Gäste. »Ich möchte Sie bitten, auf Ihren Plätzen zu bleiben, bis wir hier sauber gemacht haben. Es wird nicht lange dauern.«

»Und was ist mit mir?«, fragte Jacqueline aufgebracht. »Sehen Sie mich doch mal an!« Nicht nur ihr Kleid, auch ihre Arme und Beine hatten etwas abbekommen. Und Irma fragte nicht einmal, ob sie sich verletzt hatte.

»Sie sind gefeuert!«, zischte die Wirtin. »Und das zerbrochene Geschirr werden Sie mir bezahlen!«

»W-was?«, stammelte Jacqueline. »Und was ist mit meinem Kleid? Wer bezahlt mir das?«

Irma funkelte sie wütend an und ließ sie stehen.

Jacqueline riss sich ihre Schürze herunter, schleuderte sie wutentbrannt auf den Fußboden, schnappte ihre Handtasche, die sie hinter dem Tresen abgestellt hatte, und stapfte Richtung Tür. Doch Irma versperrte ihr den Weg.

Sie streckte die Hand aus, die Handfläche nach oben, und meinte: »Sie schulden mir einen Shilling.«

»Das kann nicht Ihr Ernst sein!«, fauchte Jacqueline.

»Und ob das mein Ernst ist. Wenn ich jedes Mal das Geschirr bezahlen müsste, das irgendeine meiner tollpatschigen Kellnerinnen kaputt schlägt, wäre ich längst arm.«

»Tja, da haben Sie dieses Mal Pech, weil ich nämlich keinen Cent besitze«, erwiderte Jacqueline laut. »Und selbst wenn es anders wäre, würden Sie nichts von mir bekommen. Vielleicht sollten Sie Ihr Personal besser behandeln, damit Ihre Angestellten es bei Ihnen aushalten. Und jetzt gehen Sie mir aus dem Weg, und zwar auf der Stelle!«

Irma machte zwar ein grimmiges Gesicht, trat aber zur Seite. Sie wollte keinen Skandal heraufbeschwören, und diese Frau war genau der Typ, der nicht vor einer Szene zurückschrecken würde. Ohne sich noch einmal umzudrehen, stürmte Jacqueline an ihr vorbei und aus dem Lokal.

Gegen Tränen ankämpfend, eilte Jacqueline auf schnellstem Wege zum Britannia Hotel zurück. Sie merkte, wie die Leute sie anstarrten, und es war ihr furchtbar peinlich. Sie konnte nicht glauben, dass Irma sie gefeuert hatte, obwohl sie doch gar nichts dafür konnte.

Im Hotel eilte sie nach oben. Tess und Vera waren noch nicht zurück. Sie ging ins Bad, zog ihr Kleid aus und wusch sich. Sie hatte nur noch ein einziges frisches Kleid. Als sie sich umgezogen hatte, machte sie sich auf die Suche nach der Hotelwäscherei. Das Hotel bringe seine Schmutzwäsche in eine Wäscherei gleich um die Ecke, sagte eines der Zimmermädchen und beschrieb ihr den Weg.

Die Wäscherei befand sich in einem Gebäude, das aussah wie eine Lagerhalle. Ungefähr zehn Frauen arbeiteten dort. Neben fünf großen Kesseln für die Kochwäsche standen eine Reihe von Wasch- und Wringmaschinen. In einem anderen Bereich waren Büglerinnen bei der Arbeit, vor einem großen geöffneten Tor am Ende der Halle hingen zahllose Wäscheleinen. Die Wäsche trocknete schnell in der warmen Luft, die hereinwehte, und sie war vor Regen geschützt.

Jacqueline trat auf eine der Frauen zu. »Entschuldigen Sie, ich habe Ihre Adresse von einem Zimmermädchen in meinem Hotel …«

»Oh, kommen Sie wegen der freien Stelle? Heute ist mal wieder der Teufel los hier!«

»Eigentlich wollte ich mein Kleid reinigen lassen, aber einen Job suche ich zufällig auch.« Jacqueline konnte ihr Glück kaum fassen. Aber es war ja auch höchste Zeit, dass sich das Blatt für sie wendete.

»Wir haben sowieso schon alle Hände voll zu tun, und jetzt ist auch noch eine Ladung Overalls von einem Fischkutter reingekommen. Wenn Sie es übernehmen wollen, die zu waschen, sind Sie eingestellt.« Die Frau warf einen Blick auf das zusammengerollte Kleid in Jacquelines Händen. »Was ist denn passiert?«

»Oh, ich … äh … ein kleines Missgeschick in einem Lokal«, antwortete Jacqueline ausweichend. »Da sind überall Soßenflecken drauf.«

»Die sind bestimmt nicht leicht wieder rauszukriegen, aber von mir aus können Sie das Kleid zu den Overalls geben, wenn Sie den Job haben wollen.«

»O ja, sehr gern!«

»Wunderbar.« Die Frau zeigte auf die Kochkessel. »Dort in dem Regal steht Waschpulver, Sie müssen eine Menge Bleichmittel hineingeben. Schaffen Sie das alleine? Ich habe einen ganzen Berg Bügelwäsche vor mir.«

Obwohl sie sich gar nicht so sicher war, versicherte Jacqueline, das sei kein Problem, das schaffe sie schon. Beim Waschen konnte sie schließlich nichts kaputtmachen und über niemanden stolpern, was sollte also schiefgehen?

Als sie sich den Overalls näherte, stieg ihr ein fürchterlich beißender Fischgestank in die Nase. Sie hielt sich mit einer Hand die Nase zu, während sie mit der anderen die fünfzehn mit Fischblut verschmierten Overalls in den Kessel warf. Dass sie ihr einst so schönes weißes Kleid mit hineinwerfen sollte, behagte ihr gar nicht, aber was blieb ihr anderes übrig? Nachdem sie reichlich Waschpulver und einen Spritzer Bleichmittel hineingegeben hatte, drückte sie die Kleidungsstücke mit einem langen Holzstab in das heiße Wasser und rührte sie herum.

Es dauerte nicht lange, bis Jacqueline der Schweiß aus allen Poren brach, nicht nur, weil die Arbeit schwerer war, als sie gedacht hatte, sondern auch, weil es in der Wäscherei entsetzlich heiß war. Aber wenigstens hatte sie einen Job gefunden, und dafür war sie dankbar.

Als sie einen der Overalls nach einer Weile mit dem Holzstab aus dem Wasser fischte und sah, dass die Flecken immer noch drin waren, gab sie noch mehr Bleichmittel in den Kessel. Sie solle eine Menge Bleichmittel nehmen, hatte die Frau zu ihr gesagt, aber was verstand sie unter »eine Menge«?

Einige Minuten später machte Jacqueline abermals die Probe aufs Exempel, indem sie mit dem Holzstab ihr Kleid aus der Waschbrühe zog und es begutachtete. Die Flecken waren zwar verblasst, aber immer noch erkennbar, also schüttete sie eine weitere Portion Bleichmittel hinein. Die Kleidungs- und Wäschestücke, die an den Leinen hingen, waren makellos sauber. Jacqueline wurde nervös. Wenn es ihr nicht gelang, die Flecken aus den Overalls und aus ihrem Kleid zu entfernen, würde sie sicherlich wieder gefeuert werden. Sie schraubte die Flasche Bleichlauge auf und gab einen weiteren kräftigen Schuss in das Wasser.

»Alles klar bei Ihnen?«, rief die Frau am Bügelbrett ihr zu. »Die Overalls müssten jetzt sauber sein. Jetzt sollten Sie sie spülen und dann durch die Wringmaschine ziehen.«

»Wollte ich gerade machen«, antwortete Jacqueline, als ob sie genau wüsste, was sie tat.

Die Spültröge standen zwischen den Kochkesseln und den Wäschewringern. Mithilfe des Holzstabs fischte sie die Overalls und ihr Kleid nacheinander aus dem Waschwasser und tauchte sie in das kalte Spülwasser. Jacqueline beobachtete eine Frau an einer der Wringmaschinen. Es schien nicht schwierig zu sein.

Nach dem Spülvorgang fischte sie den ersten Overall aus dem Wasser und schob das Kleidungsstück zwischen die Walzen, darauf achtend, dass sie nicht die Finger dazwischenbekam. Als sie ihn auf der anderen Seite herauszog, riss der Stoff plötzlich. Jacqueline erschrak. Was hatte sie denn jetzt schon wieder falsch gemacht? Doch dann sagte sie sich, dass es vielleicht ein alter Overall und der Stoff schon fadenscheinig war. Der nächste Overall war fleckenlos sauber, roch aber stark nach der Bleichlauge. Als Jacqueline ihn durch den Wäschewringer zog, passierte genau das Gleiche wie beim ersten Mal: Der Stoff riss.

»O nein!«, rief sie panisch. Sie fischte ihr Kleid aus dem Wasser. Es zerfaserte zwischen ihren Fingern. »Mein schönes Kleid!«, jammerte sie.

Die Büglerin eilte zu ihr. »Was ist denn passiert?«

Jacqueline wusste nicht, was sie sagen sollte.

Die Frau griff nach dem zerfledderten Overall. Die Kinnlade klappte ihr herunter. »Wie haben Sie das denn geschafft?« Sie zog einen weiteren Overall aus dem Spültrog. Er fiel auseinander wie die anderen Kleidungsstücke auch.

»Ich weiß auch nicht«, murmelte Jacqueline völlig verblüfft.

»Womit haben Sie die denn gewaschen?«

»Mit Seifenpulver«, Jacqueline zeigte ihr die Schachtel, die sie verwendet hatte, »und Bleichmittel, wie Sie gesagt haben.«

»Wie viel Bleichmittel haben Sie genommen?« Die Frau schnupperte an dem Stoff, der einen stechenden Geruch verströmte. Dann ging sie zum Regal und griff nach der großen Flasche Bleichmittel. »Das Zeug ist stark«, meinte sie und schnappte im nächsten Moment erschrocken nach Luft. »Das ist eine Viereinhalbliterflasche, und jetzt ist sie fast leer! Kein Wunder, dass der Stoff auseinanderfällt. Das viele Bleichmittel im heißen Wasser hat ihn angegriffen.«

Jacqueline riss entsetzt die Augen auf. Sie konnte nicht glauben, was sie da getan hatte.

»Fünfzehn Overalls im Eimer«, sagte die Frau verärgert. »Die werden wir bezahlen müssen.«

»Ich sag Ihnen lieber gleich, dass ich kein Geld habe«, sagte Jacqueline hastig und in wachsender Panik.

Die Frau wurde blass. »Warten Sie hier, ich hole schnell den Chef.«

Sie hatte Jacqueline kaum den Rücken zugedreht, als diese sich aus dem Staub machte. Sie bahnte sich einen Weg zwischen den aufgehängten Wäschestücken hindurch zu dem offenen Tor und verschwand, so schnell sie konnte.

Im Hotel hastete Jacqueline in ihr Zimmer und warf sich aufs Bett. Ihr Herz raste. Vor Aufregung und Angst hätte sie am liebsten geweint, aber sie nahm sich zusammen. Sie hatte sich geschworen, dass sie es auch ohne Henry schaffen, dass sie auch ohne ihn ihr Leben meistern würde, und nichts konnte sie von diesem Entschluss abbringen.

Einige Minuten später hörte sie Stimmen draußen im Flur und wollte schon auf den Balkon flüchten. Doch es waren nur Tess und

Vera. Sie unterhielten sich angeregt über ihre Pläne, aber als sie Jacquelines verstörte Miene sahen, verstummten sie. Sie wussten sofort, dass etwas nicht stimmte.

»Sie haben sich neue Schuhe besorgt, wie ich sehe.« Vera bemerkte auch, dass sie sich umgezogen hatte.

»Ja, ich hatte auch zwei Jobs, seit wir uns das letzte Mal gesehen haben, und habe beide auf spektakuläre Weise wieder verloren«, gab Jacqueline düster zurück.

»Wie bitte?«, entfuhr es Tess.

»Ich hab schon befürchtet, es sei die Polizei.« Jacqueline warf einen besorgten Blick in den Flur hinaus. »Vielleicht sollten wir besser die Tür zumachen.«

»Wollen Sie uns nicht erzählen, was passiert ist?«, fragte Vera sichtlich beunruhigt. Sie setzte sich auf ihr Bett, Tess schloss die Tür.

Jacqueline berichtete von ihrem Missgeschick in dem Lokal und schloss mit den Worten: »Die Wirtin hatte überhaupt kein Mitleid mit mir, obwohl ich ja gar nichts dafür konnte. Im Gegenteil, sie hat mich rausgeworfen und auch noch verlangt, dass ich das zerbrochene Geschirr bezahle.«

»Das ist ja furchtbar!«

Tess stellte sich die Szene bildlich vor und konnte sich das Lachen kaum verbeißen. Als sie Jacquelines vorwurfsvollen Blick bemerkte, setzte sie eine teilnahmsvolle Miene auf.

»Und der zweite Job? Was war mit dem?«, fragte Vera.

»Als ich mein Kleid in die Wäscherei um die Ecke brachte, sagte eine der Frauen dort, es sei eine Stelle frei, also habe ich gleich angefangen. Ich musste Overalls waschen. Mein fleckiges Kleid habe ich mit in den Kessel geworfen, aber dann habe ich viel zu viel Bleichmittel hineingeschüttet, und die Overalls und mein Kleid sind beim Wringen völlig zerfasert. Als ich zu der Frau sagte, ich könne den Schaden nicht bezahlen, weil ich kein Geld hätte, ging sie, um den Chef zu holen. Da bin ich weggelaufen. Was hätte ich denn tun sollen? Wenn sie nun die Polizei verständigt hätte und ich festgenommen worden wäre?«

Dieses Mal konnte sich Tess nicht mehr beherrschen. Sie platzte laut heraus.

Jacqueline machte ein gekränktes Gesicht. »Das ist überhaupt nicht komisch.«

Auch Vera hatte Mühe, ernst zu bleiben. »Ich kann mir nicht vorstellen, dass man Sie deswegen gleich verhaftet hätte.«

»Ich musste nie putzen oder irgendwelche Hausarbeiten erledigen«, sagte Jacqueline bedrückt. »Mein Vater arbeitete in der Botschaft, wir hatten Hausangestellte, und mein Mann … mein Exmann und ich hatten eine Haushälterin. Ich hab doch keine Ahnung vom Kellnern oder Wäschewaschen.« Sie sah die beiden Frauen verlegen an. »Ihr denkt bestimmt, dass ich zu nichts zu gebrauchen bin.«

»Ach, Unsinn!«, tröstete Vera sie. »Jeder hat eine besondere Begabung für irgendetwas. Ihre Stärke zum Beispiel ist …« Sie brach ab, weil sie nicht weiterwusste.

»Ja?«

»… die Organisation«, beendete Vera ihren Satz. »Sie sind ganz offensichtlich ein Organisationstalent.«

»Wenn das alles ist, was ich kann, dann gute Nacht«, meinte Jacqueline mutlos. »Es gibt garantiert nicht viele Jobs, in denen Organisationstalent gefragt ist, ohne dass man selbst arbeiten muss.«

Vera und Tess wechselten einen nachdenklichen Blick. »Denkst du, was ich denke?«, fragte Vera.

»Ich glaub schon«, erwiderte Tess lächelnd. Sie sahen beide Jacqueline an.

»Was? Was denkt ihr?« Sie schaute von einer zur anderen.

»Wir kommen doch gerade von der Agentur Cavendish«, begann Vera.

»Ja, ich weiß.« Jacqueline nickte. Dann riss sie entsetzt die Augen auf. »Ihr denkt doch hoffentlich nicht, dass ich wieder einen Ehemann brauche!«

Tess winkte ab. »Nein, nein, nichts dergleichen. Mr. Cavendish hat uns erklärt, dass wir zuerst nach Wilpena Station fahren werden, einer Schaffarm in den Flinders Ranges, wo wir ein paar Tage bleiben werden. Dort wird auch die erste Begegnung mit den Heiratskandidaten stattfinden.«

»Der Besitzer von Wilpena Station ist verwitwet und sucht anscheinend jemanden, der seinen Haushalt führt«, ergänzte Vera aufgeregt.

»Ich bin doch keine Haushälterin!«, erwiderte Jacqueline entgeistert. »Ich dachte, ich hätte gerade klargemacht, dass ich weder kochen noch putzen kann.«

»Das müssten Sie auch nicht, weil Mr. Cavendish angedeutet hat, dass es Angestellte dort gibt«, sagte Tess. »Ich glaube, der Farmer braucht jemanden, der die Bediensteten beaufsichtigt und dafür sorgt, dass alles reibungslos klappt. Er hat uns gefragt, ob wir jemanden wüssten, aber an Sie haben wir in dem Moment natürlich nicht gedacht.«

Jacqueline machte ein zweifelndes Gesicht. »Ich weiß nicht, ob ich auf einer abgelegenen Farm leben könnte. Ich bin ein Stadtmensch. Ich könnte mir gut vorstellen, in Adelaide zu wohnen, das einige hunderttausend Einwohner hat. Aber mitten im Busch? Ich weiß nicht recht.«

»Je mehr Menschen, desto mehr Mitbewerber um freie Stellen«, gab Tess zu bedenken.

»Es wird sicher nicht leicht sein, etwas Passendes zu finden«, räumte Jacqueline ein. »Aber eine einsame Farm ist nichts für mich. Dafür gehe ich viel zu gern einkaufen. Und ich brauche Abwechslung.«

»Es gibt auch Städte im Busch, nicht allzu weit von der Farm entfernt. Die beiden größeren heißen Hawker und Quorn. Blinman und Beltana sind kleiner. Da gibt es sicher auch Läden und Hotels.

Wisst ihr, was? Warum gehen wir nicht nach unten und essen und trinken etwas? Dann lässt es sich besser plaudern.«

Jacqueline war einverstanden, und so gingen die drei Frauen in den Salon hinunter. Da es für das Abendessen noch zu früh war, bestellten sie Sandwiches und ein Bier-Limonade-Mischgetränk.

Nach dem Essen fühlte sich Jacqueline viel besser.

»Was wisst ihr eigentlich über eure zukünftigen Ehemänner?«, fragte sie neugierig.

»Nicht besonders viel«, gestand Vera. »Der eine heißt Tim Edwards, der andere Michael Rawnsley. Die beiden haben ebenfalls Schaffarmen – in der Nähe von Wilpena Station. Tims Farm heißt Arkaba und die von Michael Rawnsley Park.«

»Das ist alles, was ihr über sie wisst?« Jacqueline konnte es nicht fassen.

»Na ja, ich weiß auch, dass Michael fast fünfzig ist, nie verheiratet war, aber jetzt gern eine Familie gründen würde.« Vera senkte verlegen den Blick. Sie wusste, dass es für sie ein bisschen spät war, um noch an Kinder zu denken. Aber noch nicht zu spät, hoffte sie.

Jacqueline sah sie stirnrunzelnd an. »Haben Sie sich nie gefragt, wieso ein Mann in diesem Alter nie geheiratet hat?«

»Eigentlich nicht. Draußen auf dem Land gibt es zu wenig Frauen. Anscheinend ziehen die meisten Mädchen in die Städte, sobald sie alt genug sind, weil sie Arbeit suchen und etwas erleben wollen.«

»Das heißt, dass sich die wenigen verbliebenen Frauen die attraktiven Männer geangelt haben und nur die hässlichen übrig geblieben sind«, stellte Jacqueline fest.

Vera sah sie mit großen Augen an, musste dann aber lachen. »Ich stelle mir lieber vor, dass Michael einfach nur schüchtern ist.«

»Sie sind eine ausgesprochene Optimistin, wie mir scheint«, bemerkte Jacqueline.

»Im Gegensatz zu Ihnen. Aber nach allem, was Sie durchgemacht haben, kann ich das verstehen. Ich war früher auch so, das liegt hinter mir. Ich habe mir vorgenommen, allem Neuen gegenüber aufgeschlossen zu sein.«

Jacqueline sah Tess an. »Und was wissen Sie über Ihren eventuellen Ehemann?«

»Ich trau mich fast nicht, es zu sagen«, entgegnete Tess mit gespielter Ängstlichkeit.

»Nur zu, du hast doch nichts zu verlieren«, ermutigte Vera sie.

»Also schön. Er ist zweiunddreißig und offenbar extrem zurückhaltend. Er hat nie auch nur eine Freundin gehabt.«

Jacqueline riss die Augen auf. »O mein Gott, Tess! Der Mann muss abgrundtief hässlich sein!«

Tess und Vera lachten, bis ihnen die Tränen kamen.

Jacqueline starrte die zwei Frauen ungläubig an. Als sie sich wieder beruhigt hatten, fragte sie: »Aber angenommen, die Männer sind euch unsympathisch? Was dann?« Es wollte ihr einfach nicht in den Kopf, wie man einen völlig Unbekannten heiraten konnte.

»Dann heiraten wir sie natürlich nicht«, antwortete Tess. »Wir sind nicht dazu verpflichtet. Aber falls wir uns entschließen sollten, wieder abzureisen, müssten wir die Heimreise aus eigener Tasche bezahlen.«

»Und wenn euch diese beiden äußerst schüchternen Männer gefallen sollten, wie geht es dann weiter? Ich meine, wird es so etwas wie eine Verlobungszeit geben?«

»Na ja, nur eine sehr kurze«, erwiderte Vera. »Wir werden ein paar Tage auf Wilpena Station bleiben, weil die Farm sozusagen neutraler Boden ist. Die Männer werden uns besuchen, und wir werden so viel Zeit wie möglich mit ihnen verbringen, um einander besser kennen zu lernen. Es könnte ja auch sein, dass wir *ihnen* unsympathisch sind.«

»Kann ich mir nicht vorstellen«, warf Tess augenzwinkernd ein. »Wer könnte uns beiden Hübschen schon widerstehen?«

»Okay, Tess, ab jetzt kriegst du nur noch Limonade«, tadelte Vera streng, musste dann aber lachen.

»Wann werdet ihr abreisen?« Die Frauen würden Jacqueline fehlen, das wusste sie jetzt schon.

»Morgen«, sagte Tess.

»Was? Schon?« Jacqueline hatte geglaubt, sie würden noch ein paar Tage bleiben.

»Ja, wir nehmen den Zug nach Port Augusta, dort wird uns entweder Michael oder Tim abholen und nach Wilpena Station fahren.«

Jacqueline behagte der Gedanke, schon am kommenden Tag wieder allein zu sein, gar nicht. »Ihr werdet mir fehlen«, sagte sie leise.

»Begleiten Sie uns morgen Früh doch zu Mr. Cavendish«, schlug Vera vor. »Es kann nicht schaden, sich wegen der Stelle auf Wilpena Station zu erkundigen.«

»Nein, wahrscheinlich nicht.« Jacqueline zuckte die Achseln. Allzu viele Möglichkeiten hatte sie nicht. »Und dieser Mr. Cavendish ist sicher, dass der Besitzer der Farm keine Frau sucht?«

»Ja, er sagte, er habe erst vor kurzem seine Frau verloren. Er hat auch erwähnt, dass der Mann vier Söhne hat.«

»Was? Dann sucht er ein Kindermädchen! Ich bin kein Kindermädchen. Ich habe keinerlei Erfahrung mit Kindern.«

»So, wie ich das verstanden habe, sind die Kinder schon älter«, sagte Vera. »Sie arbeiten anscheinend zusammen mit ihrem Vater auf der Farm. Er braucht wohl jemanden, der dafür sorgt, dass das Essen pünktlich auf dem Tisch steht und das Haus in Ordnung ist. Er braucht eine Frau, die zu Hause alles organisiert, während er arbeitet. Wie ich schon sagte, jemanden, der die Angestellten beaufsichtigt. Zu Lebzeiten seiner Frau war das offensichtlich ihre Aufgabe.«

»Ich weiß nicht recht.« Jacqueline schüttelte den Kopf. Sie konnte sich nicht mit dem Gedanken anfreunden, mit einem fremden Mann und dessen Söhnen unter einem Dach zu leben.

»Hören Sie sich erst mal an, was Mr. Cavendish zu sagen hat«, schlug Tess vor. »Danach können Sie immer noch entscheiden.«

»Ja, das stimmt«, murmelte Jacqueline niedergeschlagen.

»Wenn Sie den Job annehmen, wären Tess und ich in der Nähe, wir könnten uns besuchen, das wäre doch nett.«

»Die Farmen könnten meilenweit auseinanderliegen«, gab Jacqueline zu bedenken.

»Aber es gibt bestimmt Telefone dort draußen. Wir könnten jeden Tag miteinander reden und uns gelegentlich besuchen.«

»Wir müssen unbedingt Auto fahren lernen, Vera«, sagte Tess.

Jacqueline, die ebenfalls nicht fahren konnte, bewunderte den Unternehmungsgeist der beiden Frauen.

»Ja, du hast Recht. In der Weite dort draußen ist das bestimmt nicht schwer«, erwiderte Vera aufgeregt.

Jacqueline schwieg. Im Stillen fasste sie einen Entschluss: Sie würde sich am anderen Tag in aller Frühe von neuem auf Arbeitssuche machen. Falls sie etwas Passendes fand, würde sie in der Stadt bleiben. Sie konnte sich beim besten Willen nicht vorstellen, auf einer Schaffarm zu leben, aber sie sagte nichts, weil sie Vera und Tess, die so hilfsbereit und nett zu ihr gewesen waren, nicht vor den Kopf stoßen wollte.

4

Als die drei Frauen am anderen Morgen im Speisesaal des Hotels frühstückten, bestand Jacqueline darauf zu bezahlen, obwohl sie ihr letztes Geld dafür ausgeben musste.

»Ihr habt mir so geholfen. Ich weiß nicht, wie ich das jemals wiedergutmachen soll«, sagte sie, als Vera und Tess protestierten.

»Das ist doch nicht der Rede wert«, versicherte Vera. »Man hilft doch, wenn jemand in der Klemme steckt.«

»Ich hoffe, das wird sich bald ändern. Ich werde gleich nachher die Stellenanzeigen studieren. Irgendwie habe ich das Gefühl, dass ich heute etwas finde.«

»Ich denke, Sie sollten trotzdem mit Mr. Cavendish reden, bevor wir abreisen«, riet Tess.

»Mal sehen«, erwiderte Jacqueline. Obwohl ihr davor graute, allein zurückzubleiben, konnte sie sich einfach nicht mit dem Gedanken anfreunden, auf einer Schaffarm zu leben.

»Vera und ich möchten nach dem Frühstück einen Spaziergang am Kai machen. Hätten Sie Lust mitzukommen?«

Jacqueline schüttelte den Kopf. »Nein, danke. Falls ich in der Zeitung eine geeignete Stelle entdecke, will ich die Erste sein, die sich bewirbt.«

Nicht lange danach verabschiedeten sich die beiden Frauen. Jacqueline schlug die Lokalzeitung auf und ging die Stellenangebote gewissenhaft durch. Drei markierte sie. Dann ließ sie sich von einer der Reinigungskräfte des Hotels den Weg zu den einzelnen Adressen beschreiben.

In Haines' Farben- und Tapetengeschäft wurde eine Verkäuferin gesucht. Jacqueline wartete schon vor dem Eingang, als der Laden um neun Uhr öffnete.

»Haben Sie Erfahrung im Bereich Dekoration?«, fragte Mr. Haines, als sie ihm sagte, sie komme wegen der Stelle.

»Äh … nein«, antwortete Jacqueline völlig überrumpelt. »Aber ich verstehe etwas von Farbzusammenstellungen.« Als Mr. Haines ein wenig enttäuscht schien, fügte sie hastig hinzu: »Mein Talent liegt eher im Bereich Management.«

»Tatsächlich? Könnten Sie das näher erläutern?«

»Nun, mir oblag die Leitung der Dekorationsarbeiten in der britischen Botschaft in New York City.« Sie fand, das klang sehr beeindruckend, und gelogen war es auch nicht. Ihr Vater hatte sie nicht nur mit der Beaufsichtigung der Maler in der Botschaft beauftragt, sondern sie auch um Rat bei der Auswahl der Farben für den Anstrich und die Tapeten gefragt. Alle waren vom Ergebnis begeistert gewesen.

»Oh«, sagte Mr. Haines. »Das ist gut, aber unsere Kunden wünschen einen Ansprechpartner mit praktischer Erfahrung. Sie werden Sie zum Beispiel um Tipps fürs Tapezieren bitten. Haben Sie denn schon einmal selbst tapeziert?«

»Nein, das nicht«, räumte Jacqueline ein. »Aber ich habe dabei zugeschaut, ich weiß, wie's gemacht wird.«

»Das ist nicht ganz dasselbe.« Mr. Haines' Lächeln gefror. »Haben Sie schon einmal gemalt?«

»Nur auf Leinwand«, scherzte Jacqueline, aber Mr. Haines fand das gar nicht komisch.

»Sie müssen dem Kunden erklären können, für wie viele Quadratmeter ein Eimer Farbe reicht, ob es sich um abwaschbare Farbe oder Farbe mit Seidenglanz handelt und so weiter. Sie müssen ihn beraten können, ob er einen Pinsel oder lieber eine Rolle verwenden soll und was sich für welchen Anstrich am besten eignet.«

»Sie haben eine Verkäuferin gesucht, keinen handwerklich versierten Allrounder«, versetzte Jacqueline. Sie war frustriert, weil sie sich von den drei Jobs, die sie in der Zeitung angestrichen hatte, bei diesem hier die größten Chancen ausgerechnet hatte.

»Sie haben Recht, in der Anzeige stand nichts davon, dass Berufserfahrung als Maler oder Tapezierer erwünscht ist«, gab der Ladenbesitzer zu. »Das ist Ihnen gegenüber ungerecht.«

»Dann geben Sie mir also eine Chance?« Die leise Verzweiflung in Jacquelines Stimme war unüberhörbar.

Mr. Haines ließ sich erweichen. »Ich sag Ihnen was. Die Wand dort drüben dient als Demonstrationsfläche fürs Tapezieren. Wenn Sie eine Tapetenbahn so anbringen können, dass das Muster auch zu der Bahn daneben passt, kriegen Sie den Job.«

»Oh, ich danke Ihnen!«, erwiderte Jacqueline überschwänglich.

»Danken Sie mir lieber noch nicht. Wie gesagt, erst will ich eine einwandfreie Arbeit sehen, dann sehen wir weiter.«

»Gut. Das ist nur fair.«

An der Demonstrationswand hingen bereits drei Tapetenbahnen. Mr. Haines drückte Jacqueline eine Tapetenrolle in die Hand und zeigte ihr, wo der Eimer Kleister stand und was sie sonst noch benötigte: eine Trittleiter, eine Schere, einen Stift, eine Kleisterbürste und einen Tapezierwischer. »Ich muss nach hinten ins Lager und eine Bestellung für Farbe zusammenstellen. Der Kunde will sie noch vor Mittag abholen. Rufen Sie, wenn Sie fertig sind oder wenn Kundschaft kommt.«

»Ja, mach ich«, versicherte Jacqueline eifrig.

Als der Ladenbesitzer nach hinten gegangen war, schaute sie von der Wand zu der Tapetenrolle in ihrer Hand. So schwer kann das doch nicht sein, dachte sie. Sie hatte früher in der Botschaft den Tapezierern mehr als einmal zugesehen. Man musste die Tapetenbahn in der richtigen Länge von der Rolle abschneiden, kleistern und anbringen.

Wäre doch gelacht, wenn ich das nicht schaffen würde, dachte

Jaqueline zuversichtlich. Nachdem sie die Rolle ein paar Minuten hin und her gedreht hatte, machte sie einen Strich mit dem Bleistift und schnitt die Bahn dann an der markierten Linie entlang ab.

So weit, so gut, dachte sie fröhlich. Da sie keinen Tapeziertisch sehen konnte, legte sie den abgeschnittenen Streifen zum Auftragen des Kleisters auf den Fußboden, wo sich das Papier aber an beiden Enden aufrollte. Zu guter Letzt nahm Jacqueline die Trittleiter und stellte sie auf das eine Ende, während sie die Kleisterbürste in den Eimer tauchte und den Kleister vom anderen Ende her auftrug – schön dick, damit die Tapete auch gut an der Wand hielt. Als sie dann aber mit der gekleisterten Tapetenbahn in der Hand auf die Trittleiter stieg, wellte sich das nasse Papier und rollte sich nicht nur vom unteren Ende her auf, sondern auch von den Seiten. Außerdem klebte es an der Leiter fest. Als Jacqueline das obere Ende an der Wand anbringen wollte, pappte das untere an ihrer Wade. Sie musste sich bücken, um es zu lösen, und wäre dabei fast von der Leiter gefallen.

»Verdammt«, schimpfte sie leise vor sich hin.

Als Jaqueline sich wieder aufrichtete, gab es ein ratschendes Geräusch, und das vom Kleister durchnässte Papier riss in der Mitte entzwei.

»O nein! Das darf doch nicht wahr sein!«, jammerte sie.

»Kommen Sie klar?«, rief Mr. Haines vom Lagerraum.

»Ja, ja, alles bestens«, erwiderte Jacqueline panisch. Sie wollte nicht, dass er nach vorn kam und die zerrissene Tapete sah.

Fieberhaft überlegte sie, was sie tun sollte. Schließlich nahm sie den oberen Teil der Bahn, klatschte ihn an die Wand und schob das Papier so lange hin und her, bis das Muster mit dem der bereits angebrachten Tapete übereinstimmte. Jetzt erst sah sie, dass sie die Rolle schief abgeschnitten hatte, aber das war nicht mehr zu ändern.

Jacqueline stieg schnell von der Leiter, um das untere, abgerissene Ende zu holen, das sie Stück für Stück vorsichtig vom Boden abschälen musste, damit das Papier nicht noch einmal riss. Als sie es endlich geschafft hatte, klatschte sie den Streifen an die Wand, aber das obere und das untere Stück passten nicht richtig zusammen, dazu warf die Tapete Blasen und Falten. Jacqueline versuchte, sie mit den Handballen flach zu klopfen und das Papier glatt zu streichen, aber sie erreichte nur, dass es an mehreren Stellen riss.

Verzweifelt trat sie einen Schritt zurück und begutachtete ihr Werk. Es war eine einzige Katastrophe. In ihrer Panik schnitt sie kleine Fetzen von der Tapetenrolle ab und klebte sie über die Löcher und Risse, damit man die Wand dahinter nicht sah. Sie war gerade fertig, als sie den Ladenbesitzer kommen hörte.

»Na, hat's geklappt?«, fragte er. »Ah, die Tapete hängt, wie ich sehe.«

»Äh … ja«, stammelte Jacqueline. Sie stellte sich mit klopfendem Herzen vor ihr Werk und hoffte, dass Mr. Haines nicht so genau hinsah.

»Oh, jetzt hab ich meine Brille hinten liegen lassen«, sagte er. »Einen Augenblick, ich bin gleich wieder da.« Er ging noch einmal zurück ins Lager.

Dankbar für die Galgenfrist atmete Jacqueline erleichtert auf. Doch dann vernahm sie plötzlich ein seltsames Geräusch hinter sich. Sie drehte sich um und sah entsetzt, wie die Tapetenbahn sich am oberen Ende ablöste. Durch ihr eigenes Gewicht wurde sie heruntergezogen und fiel schließlich vollständig ab. Zurück blieben nur die Fetzen, die sie im unteren Teil angepappt hatte, um die Löcher und Risse in der Tapete zu verdecken.

Jacqueline zog es vor, nicht auf Mr. Haines zu warten. Sie schnappte sich ihre Handtasche und flüchtete so schnell sie konnte.

Jacqueline lief eine halbe Stunde durch die Straßen, um ihre flatternden Nerven zu beruhigen. Dann ging sie zur Redaktion des *Messenger Newspaper* unweit des Bahnhofs, wo eine Bürogehilfin für die Ablage und die Telefonzentrale gesucht wurde. Obwohl ihr

Erlebnis im Tapetengeschäft ihrem Selbstbewusstsein arg zugesetzt hatte, sagte sie sich, das müsste zu schaffen sein, zumal sie in Henrys Geschäft auch hin und wieder für seine Sekretärin eingesprungen war und Anrufe entgegengenommen hatte.

In der Zeitungsredaktion wurde sie vom Chefredakteur, einem älteren Mann, empfangen. Die bisherige Bürogehilfin sei Knall auf Fall gegangen, erklärte er. »Sie ist einfach mit ihrem Freund durchgebrannt, können Sie sich das vorstellen? Das ist eine unglaubliche Rücksichtslosigkeit, selbst wenn man bedenkt, dass sie in aller Eile heiraten musste, weil …«

Er brach ab und räusperte sich. Der Chefredakteur brauchte nicht mehr zu sagen, Jacqueline verstand schon: Offenbar war die Bürogehilfin in anderen Umständen, deshalb die eilige Heirat.

»Die Unterlagen und Briefe stapeln sich inzwischen schon«, fügte der Chefredakteur hinzu. »Wir brauchen dringend jemanden, der Ordnung in den Laden bringt.«

Jacqueline schöpfte Hoffnung. Wenn er so dringend Hilfe brauchte, würde das ihre Chancen, eingestellt zu werden, vielleicht verbessern.

»Wir haben erst vor kurzem ein Compactus-Verschieberegalsystem bekommen. Marcie hätte wenigstens bleiben können, bis sie ihre Nachfolgerin eingearbeitet hätte.«

Jacqueline hatte keinen blassen Schimmer, wovon der Mann sprach.

Als er ihren verständnislosen Blick bemerkte, fuhr er fort: »Ich erwarte nicht, dass Sie damit vertraut sind, weil es ein völlig neues Ablagesystem ist. Aber Sie sollten Erfahrung in der Bedienung einer Telefonanlage haben. Wir haben hier fünfzehn Angestellte in verschiedenen Büros, da kann es manchmal hoch hergehen. Im Zeitungsgeschäft kommen viele wichtige Informationen per Telefon, wir können es uns nicht leisten, dass ein Anrufer aus der Leitung fliegt oder mit dem falschen Ansprechpartner verbunden wird.«

Der Chefredakteur hatte die letzten Worte kaum ausgesprochen, als im Raum nebenan kräftig geflucht wurde. Er blickte leicht verlegen drein. »Das ist einer unserer Nachwuchsreporter. Er hat das Telefon vorübergehend übernommen.« Er ging zur Tür. Jacqueline folgte ihm und spähte um die Ecke. »Was ist denn passiert, Dennis?«, fragte der Chefredakteur den jungen Mann, der in sich zusammengesunken vor der Schaltzentrale saß.

»Ich glaube, ich habe gerade Mr. Fitzgerald zu Mr. Sansbury gestöpselt anstatt zu John Vincent. Oder Mr. Sansbury zu Mr. Lincoln? Ich weiß es selbst nicht mehr«, stotterte der junge Mann verwirrt.

»Dann sollten Sie vielleicht die Finger von der Zentrale lassen«, fauchte der Chefredakteur.

Jacqueline starrte die Telefonanlage, eine Furcht einflößende Konstruktion mit unzähligen Leitungen, Stöpseln und blinkenden Lämpchen, erschrocken an.

Der Chefredakteur zog die Brauen hoch und warf ihr einen fragenden Blick zu.

Jacqueline schüttelte den Kopf. »Ich verstehe nichts von einer Telefonzentrale, tut mir leid. Aber ich könnte es lernen.«

»Können Sie wenigstens Schreibmaschine schreiben? Fünfzig Anschläge die Minute sind das Minimum. Jeder Bewerber muss einen Test absolvieren.«

»Ich habe in der Schule tippen gelernt, aber ich bin inzwischen ein bisschen langsam geworden«, gestand Jacqueline verlegen.

Der Chefredakteur stieß einen frustrierten Seufzer aus. »Wenn Sie sich weder mit dem Ablagesystem noch mit der Telefonzentrale auskennen und nicht mal einigermaßen tippen können, sind Sie leider nicht die Richtige für uns.« Er rang sich ein höfliches Lächeln ab und brachte Jacqueline zur Tür.

Jacquelines Selbstbewusstsein hatte einen weiteren gewaltigen Dämpfer bekommen. Die Versuchung, sich geschlagen zu geben und ins Hotel zurückzukehren, war groß. Doch die Bäckerei – die letzte Stelle der drei, die sie in der Zeitung angestrichen hatte – lag nur wenige Häuser weiter. Eine Verkäuferin wurde gesucht, Berufserfahrung war nicht erforderlich. Jacqueline sagte sich, dass sie nichts zu verlieren hatte. Bei ihrem Glück war die Stelle wahrscheinlich sowieso schon vergeben.

Als sie den Laden betrat, bediente eine etwa zwanzigjährige junge Frau gerade einen Kunden. Jacqueline wartete und betrachtete unterdessen die verschiedenen Brotsorten und Kuchen. Das Gebäck sah köstlich aus und duftete ganz wunderbar. Als der Kunde gegangen war, erklärte Jacqueline der jungen Verkäuferin, dass sie wegen der Stelle gekommen sei.

»Oh, dann wollen Sie also meine Nachfolgerin werden«, erwiderte das Mädchen fröhlich. »Ich höre morgen auf. Ich heiße Alice.«

»Jacqueline Walters.«

Alice kam hinter der Verkaufstheke hervor. Sie war klein und zierlich, hatte sehr kurze, rabenschwarze Haare und leuchtende blaue Augen. »Sie müssten dann auch hier wohnen, wegen der ungewöhnlichen Arbeitszeit. Das würde Ihnen doch nichts ausmachen, oder?«

»Man würde mir eine Wohnung stellen?« Jacqueline konnte ihr Glück kaum fassen.

»Ja, hinter der Bäckerei. Kommen Sie, ich zeig sie Ihnen.«

Alice rief nach einem jungen Mann namens Bill und bat ihn, sie kurz im Laden zu vertreten. Dann führte sie Jacqueline durch eine enge Gasse an der Bäckerei entlang zu einer Tür, neben der zwei kleine Fensterchen in die Wand eingelassen waren. Sie fischte einen Schlüssel aus ihrer Tasche und schloss die Tür auf.

»Stören Sie sich nicht an dem Durcheinander«, sagte sie lachend. »Ich packe gerade.«

»Verstehe.« Jacqueline war ganz aufgeregt.

Eine Stelle und eine Wohnung obendrein? Das war zu schön, um wahr zu sein. Voller Vorfreude trat sie hinter Alice ein, aber die Ernüchterung folgte augenblicklich.

»Falls Sie eingestellt werden, fangen Sie morgens um vier an, sechs Tage in der Woche«, erklärte Alice. »Deshalb besteht Colin auch darauf, dass seine Verkäuferin hier wohnt. Er kriegt Sie wach, falls Sie verschlafen. Mir ist das x-mal passiert.«

Während Alice redete, schaute Jacqueline sich um und versuchte, sich ihre Enttäuschung nicht anmerken zu lassen. Unter einem der Fenster befand sich eine winzige Kochnische samt schmutzigem Geschirr. Das Bett am anderen Ende des Zimmers war zerwühlt. Neben dem Bett stand ein kleiner Kleiderschrank, dessen Tür nur noch an einem Scharnier hing. Überall standen halb gepackte Kartons herum.

»Das Bad ist dort drüben.« Alice stieg über ein paar Schachteln. »Eigentlich ist es nur eine Dusche mit einer Toilette, aber es ist völlig ausreichend.«

Jacqueline streckte ihren Kopf vor und spähte um die Ecke. Das Bad war kleiner als der Schrank und uralt. Die Milchglasscheibe des Fensterchens war gesprungen, von den Wänden blätterte der Anstrich ab, in den Ecken schimmelte es. Der Duschvorhang, der vermutlich einmal cremefarben gewesen war, hatte sich modrig grau verfärbt. Es würde nicht leicht sein, ein gemütliches Zuhause aus dieser »Wohnung« zu machen.

»Es ist nicht gerade luxuriös, aber ich habe schon in übleren Löchern gehaust, vor allem auf dem Land«, sagte Alice.

»Wirklich?« Jacqueline dachte an Tess und Vera, die aufs Land hinausziehen wollten, und hatte unwillkürlich Mitleid mit den beiden.

Alice nickte. »Na, was sagen Sie? Gefällt Ihnen die Wohnung?«, fragte sie erwartungsvoll.

»Na ja, ich denke, sie hat … man kann sicher etwas daraus machen«, antwortete Jacqueline vage. Etwas Besseres fiel ihr nicht ein.

Sie dachte an das bezaubernde, geräumige Haus, in dem sie mit Henry gewohnt hatte und das dank ihrer Haushälterin immer tadellos sauber gewesen war. Ihr Ankleidezimmer war ungefähr doppelt so groß wie Alice' ganze Wohnung. Trotz ihrer ohnmächtigen Wut auf Henry trauerte sie plötzlich ihrem alten Leben nach, das für immer verloren war.

»Genau, da lässt sich bestimmt was draus machen«, meinte Alice. »Ich hatte nur nie Lust dazu.«

Jacqueline versuchte, sich vorzustellen, wie sie neue Vorhänge nähte und die Wohnung auf Vordermann brachte, doch es gelang ihr nicht.

»Kommen Sie, ich bringe Sie jetzt zu meinem Chef«, sagte Alice und ging zur Tür.

Nach einem letzten Blick in den Wohnraum folgte ihr Jacqueline. Draußen fragte sie die junge Frau, warum sie weggehe.

»Eine Arbeit wie diese hält man nicht lange durch.«

»Und warum nicht?« Als Jacqueline sich die Haare aus dem Gesicht strich, bemerkte sie, dass Alice' Blick ihre teuren Ringe streifte.

»Wenn man morgens um vier aufstehen muss, fallen einem spätestens um acht Uhr abends die Augen zu. Sich mit Freunden treffen, etwas unternehmen, das alles ist nicht drin. Man hat kein Leben mehr. Jedenfalls keines außerhalb der Bäckerei.«

»Das ist mir egal«, murmelte Jacqueline abwesend. Waren Tess und Vera erst einmal fort, hatte sie sowieso niemanden mehr.

»Sie sind verheiratet, oder? Ich frage nur, weil Sie einen Ehering tragen. Arbeitet Ihr Mann woanders?«

Jacqueline wand sich einen Augenblick. »Äh … nein, ich bin nicht mehr verheiratet«, erwiderte sie. Sie hätte sich ohrfeigen können, weil sie nicht daran gedacht hatte, ihre Ringe abzustreifen.

»Oh! Meine Schwester ist auch geschieden«, sagte Alice sachlich. »Aber das ist besser so.«

»Warum das denn?«

»Ihr Mann war ein Schürzenjäger. Er hat sich an alles rangemacht, was einen Rock trug.«

Jacqueline lief rot an. Hätte sie doch nicht gefragt! Sie musste an Verity denken, Henrys neue Liebe. Aber Alice merkte nicht, dass sie einen roten Kopf bekommen hatte. Sie ging vor Jacqueline her durch die schmale Gasse und plapperte ungerührt weiter.

»Colin, mein Chef, ist ganz in Ordnung«, sagte sie über ihre Schulter. »Bill auch. Er ist Colins Sohn. Er hilft im Laden aus, wenn viel los ist, und macht alle Botengänge, aber Bäcker will er nicht werden. Colin dagegen ist Bäcker mit Leib und Seele. Es wäre gut, wenn Sie auch gern kochten und backten.«

Die Mahlzeiten, die Jacqueline in ihrer zehnjährigen Ehe zubereitet hatte, konnte man an einer Hand abzählen. Mrs. Bronte, ihre Haushälterin, war eine hervorragende Köchin gewesen. Sie hatte dafür gesorgt, dass auch dann etwas im Kühlschrank bereitstand, wenn sie ihren freien Tag hatte. Der Abschied von ihr war ihnen nicht leichtgefallen, aber da Mrs. Bronte ohnehin in den Ruhestand gehen wollte, war ihr der Zeitpunkt ganz recht gewesen.

»Aber ich muss doch nicht backen, oder?«, fragte Jacqueline erschrocken.

»Nein, nein, das macht Colin alles selbst. Aber es wäre gut, wenn Sie sich für die Zubereitung und die Rezepte interessierten.«

Jacqueline erwiderte nichts darauf. Kochen und Backen und alles, was damit zusammenhing, interessierte sie nicht im Geringsten.

Inzwischen waren sie in der Backstube angelangt. Alice machte Jacqueline mit ihrem Chef bekannt, einem leutseligen, beleibten, grauhaarigen Mann, dessen Brillengläser so staubig vom Mehl waren, dass es an ein Wunder grenzte, dass er überhaupt noch etwas sehen konnte. Er lächelte Jacqueline erfreut an, als er hörte, dass sie wegen der Stelle gekommen war.

»Ich sage es lieber gleich – ich habe keinerlei Erfahrung in dieser Branche«, bekannte Jacqueline.

»Wunderbar«, entgegnete der Bäcker zu ihrer Überraschung. »Ich bringe meinen Gehilfen gern selbst bei, was sie wissen müssen, und das ist einfacher, wenn sie noch unbedarft sind. Hat Alice Ihnen gesagt, dass die Unterkunft gestellt wird?«

»Ja, sie hat mir die Wohnung schon gezeigt«, sagte Jacqueline so sachlich, wie es ihr möglich war.

»Und?«, fragte Colin gespannt, als erwarte er, dass Jacqueline ihm vor Begeisterung um den Hals fallen müsse. »Wann können Sie anfangen? Alice ist nur noch bis morgen Nachmittag hier. Wie wär's mit übermorgen? Sie könnten morgen Abend einziehen, wenn Sie wollen.«

»Oh, äh … ich …«, stammelte Jacqueline völlig überrumpelt. »Reicht es, wenn ich Ihnen morgen Bescheid gebe?«

»Sicher.« Der Bäcker zuckte mit den Schultern. »Aber wenn jemand kommt, der gleich anfangen kann, haben Sie Pech gehabt. Sie müssen keine Miete bezahlen, vergessen Sie das nicht, von Ihrem Lohn wird Ihnen also nichts abgezogen.«

»Oh.« Jacqueline fragte sich, ob es eine Dummheit war, nicht sofort zuzugreifen.

»Können Sie mir nicht doch heute noch Bescheid geben?«

Jacqueline zögerte. Sie dachte an die schäbige Wohnung und konnte sich nicht entschließen. »Sie hören spätestens morgen Mittag von mir. Ich … ich habe noch eine andere Stelle in Aussicht.« Eilig verabschiedete sie sich.

Als Jacqueline durch die Commercial Road schlenderte, ließ sie sich die Sache noch einmal durch den Kopf gehen. Jeden Morgen um vier Uhr aufstehen? Dazu diese grausige Wohnung, die halb so groß war wie die Schiffskabine auf der *Liberty Star*? Der bloße Gedanke machte sie krank.

Im Vorbeigehen betrachtete sie die Auslagen der Geschäfte. Sie hatte nichts, um sich irgendetwas kaufen zu können, und das allein sollte Grund genug sein, die Stelle anzunehmen. Vor dem Schaufenster einer Pfandleihe blieb sie stehen. Neben Fotoapparaten, Ferngläsern, einem Sortiment Messer mit Elfenbeingriffen, Uhren und einem Plattenspieler war auch eine große Auswahl an Schmuck ausgestellt. Jacqueline schaute auf den Verlobungs- und den Trauring an ihrer linken Hand. Warum sollte sie die Ringe behalten? Henry schuldete ihr etwas für zehn Jahre Treue und Loyalität, und sie konnte das Geld gut gebrauchen. Entschlossen betrat sie den Laden.

Als sie einige Minuten später wieder herauskam, hatte sie nach zähem Feilschen einhundertzwanzig Pfund in der Tasche. Sie wusste, dass sie betrogen worden war – ihre Ringe waren sehr viel mehr wert –, aber einhundertzwanzig Pfund waren besser als gar nichts. Jacqueline kaufte sich gleich zwei neue Kleider, die heruntergesetzt waren, sowie Unterwäsche und machte sich dann gut gelaunt auf den Rückweg zum Hotel.

Als Vera und Tess von ihrem Spaziergang zurückkamen, drängten sie Jacqueline, sie zur Agentur Cavendish zu begleiten und sich anzuhören, was George Cavendish über die Stelle auf Wilpena Station zu sagen hatte. Jacqueline willigte ein; schließlich hatte sie nichts zu verlieren.

Der Agenturinhaber war ein realistischer Mann mit einer ordentlichen Portion Humor. Er freute sich sichtlich, dass Tess und Vera eine Interessentin für die Stelle auf der Schaffarm mitgebracht hatten.

»Ich kenne Ben Dulton, ich bin sogar durch meine Frau entfernt verwandt mit ihm. Vor einigen Jahren lernte ich ihn auf einem Familientreffen in Port Augusta, der Heimatstadt meiner Frau, kennen – auf seiner Farm war ich auch schon. Er ist ein sehr netter Mann«, sagte George. »Normalerweise gehört Heiratsvermittlung nicht zu meinem Metier«, fügte er dann schmunzelnd hinzu, »aber Ben, der selbst sehr glücklich verheiratet war, hatte Mitleid mit den einsamen Farmern in den Flinders Ranges und bat mich deshalb um diesen Gefallen.«

»Sind Sie sicher, dass er keine Frau für sich selbst sucht?«, fragte Jacqueline ohne Umschweife.

»Ganz sicher. Seine Frau starb erst vor zwei Monaten ganz plötzlich an Herzversagen. Ihr Tod hat ihn furchtbar mitgenommen. Die beiden standen sich so nahe, wie das bei zwei Menschen nur möglich ist. Ich habe nie ein glücklicheres Paar kennen gelernt. Auch wenn es sich klischeehaft anhört, aber sie waren seelenverwandt. Cindy zu ersetzen wäre das Letzte, das Ben vorschwebte.«

»Sie haben mir meine Frage hoffentlich nicht übel genommen, aber ich wollte ganz sichergehen. Vielleicht könnten Sie mir mehr über die Stelle erzählen, Mr. Cavendish?«

»Aber gern. Was möchten Sie denn wissen?«

»Mr. Dulton hat Kinder, wie ich gehört habe.«

»Das ist richtig, er hat vier Söhne, die alle an der Seite ihres Vaters auf der Farm arbeiten. Ben braucht jemanden, der im Wesentlichen dafür sorgt, dass zu Hause alles glattläuft, während er sich um die Farm kümmert oder vielleicht auch mal ein paar Tage unterwegs ist. Ich sollte vielleicht noch hinzufügen, dass Wilpena Station in einer der landschaftlich schönsten Gegenden South Australias liegt.«

Das beeindruckte Jacqueline nicht im Mindesten. Sie interessierte sich nicht für die Landschaft, sondern für die elementaren Fragen. »Würde die Betreffende auch das Kochen und Putzen übernehmen müssen?«

Bevor George antworten konnte, sagte Vera schnell: »Es gibt doch Hausangestellte dort, nicht wahr, Mr. Cavendish?«

George, ein scharfsinniger Mensch, sah sie an und begriff sofort, zumal ihm der Widerwille in Jacquelines Stimme nicht entgangen war. Auf der anderen Seite hielt er sie für eine gescheite Frau, die sich für Bens Farm als Gewinn erweisen könnte. »Ja, äh … das ist richtig. Es gibt eine Frau dort, die kocht und sauber macht.«

»Und warum kann sie dann nicht den Haushalt führen?«, fragte Jacqueline.

George machte ein nachdenkliches Gesicht, während er sich seine Antwort sorgfältig zurechtlegte. »Nun, Dot ist zwar fleißig, aber sie hat die Dinge einfach nicht im Griff. Sie gehört zu den Menschen, die keinerlei Organisationstalent haben.«

»Sie schon«, sagte Vera zu Jacqueline. »Hab ich nicht gesagt, dass das eine wertvolle Fähigkeit ist?«

»Bens jüngerer Bruder lebt übrigens auch auf dem Anwesen«, warf George ein.

»Wohnen sie alle im selben Haus?« Jacqueline versuchte, sich vorzustellen, mit zwei Männern und vier mehr oder weniger erwachsenen Jungen unter einem Dach zu leben. In dem großen Haus, das sie mit Henry bewohnt hatte, waren sie abgesehen von Mrs. Bronte allein gewesen.

»Nein, Nick wohnt in dem kleinen Haus, in dem früher der Buchhalter wohnte. Er hilft überall dort, wo er gebraucht wird, sei es mit den Schafen oder beim Hufeschmieden oder bei der Buchführung. Er ist ein Eigenbrötler, ein richtiges Original.«

»Beim Hufeschmieden?« Jacqueline zog die Brauen hoch. »Benutzen sie da draußen etwa noch Pferde als Fortbewegungsmittel?«

»O ja, in dem Gelände dort sind sie zum Schafetreiben unverzichtbar.«

»Aber es gibt doch auch Autos, oder?«, fragte sie. Dass sie den Eindruck hatte, dass das Landleben ziemlich primitiv war, sagte sie nicht laut.

»Aber selbstverständlich. Sehr viel mehr kann ich Ihnen allerdings nicht über die Stelle sagen, Miss Walters. Wie gesagt, Ben sucht jemanden, der für den reibungslosen Ablauf im Haus sorgt.«

»Jemanden, der organisieren kann«, ergänzte Vera. »Darin ist Jacqueline besonders gut.«

»Wunderbar!«, meinte George. »Und wer wäre geeigneter für diese Rolle als eine Frau?« Er lächelte Jacqueline zu. »Na, was sagen Sie dazu?«

»Ich weiß nicht recht.« Sie zögerte. »Wie muss ich mir das Haus denn vorstellen?« Alice' Bemerkung über Wohnungen im ländlichen Raum hatte sie nicht vergessen.

»Es ist ganz bezaubernd«, versicherte George.

Jacqueline machte ein skeptisches Gesicht.

»Es gibt draußen auf dem Land sehr stattliche Anwesen, Miss Walters«, sagte George, der ihre Zweifel bemerkte.

»Wissen Sie, ich habe heute Morgen mit einer jungen Frau gesprochen, die mir erzählte, sie habe auf dem Land in entsetzlich schäbigen Wohnungen gewohnt. Das wäre wirklich nichts für mich.«

Deshalb – weil sie auf keinen Fall in diesem grässlichen Loch hausen wollte – hatte sie sich entschlossen, die Stelle in der Bäckerei nicht anzunehmen, mochte ihre Lage auch noch so misslich sein.

»Nun, das mag schon sein. Auf dem Land gibt es in der Tat äußerst primitive Unterkünfte. In der Stadt allerdings auch. Aber Wilpena Station gehört eindeutig nicht dazu. Früher hieß das Anwesen bei den Farmern aus gutem Grund *Die Residenz*. Damals hatte das Haus fünf Zimmer mit Verandatüren und stoffbespannten Decken, einen Steinkeller, schindelgedeckte Veranden und eine angebaute Küche. Inzwischen ist es um sieben Zimmer erweitert und grundlegend modernisiert worden. Die Küche wurde vollständig renoviert, es gibt eine Glasveranda, ein Arbeitszimmer und einen großen Raum, in dem Bens Jungs unterrichtet wurden, solange sie noch im schulpflichtigen Alter waren.«

»Das klingt wunderbar, finden Sie nicht auch, Jacqueline?«, sagte Vera eifrig. »Ich wünschte fast, ich könnte für immer dort bleiben.«

»Wollen wir hoffen, dass Ihr neues Zuhause genauso schön ist«, meinte George. »Falls Sie sich zum Heiraten entschließen sollten.«

Vera nickte. »Ja, wollen wir es hoffen.«

George sah Jacqueline an. »Nun, was halten Sie von dem Angebot?«

Sie zögerte. »Ich weiß offen gestanden nicht, ob ich in der Abgeschiedenheit leben kann.« Das war nur die halbe Wahrheit. In

Wirklichkeit schreckte sie die Vorstellung, putzen und kochen zu müssen.

»Nun, es gibt einige Städte in der Nähe«, sagte George. »Und es kommen immer Besucher auf die Farmen. Mehrmals im Jahr finden Grillfeste auf Wilpena statt, zu denen viele Gäste eingeladen werden. Miss Clarke und Miss Westward werden auch für einige Tage dort bleiben, wie Sie ja wissen. Und falls Ben mich bittet, die Anzeigenkampagne für heiratswillige Frauen zu wiederholen, würden auch andere Frauen auf die Farm hinauskommen. Ich möchte noch hinzufügen, dass Wilpena eine der reichsten Farmen in der Gegend ist. Die Stelle wird angemessen bezahlt, aber wenn Sie zusagen, müssen Sie sich für ein Jahr verpflichten.«

»Warum das denn?«, fragte Jacqueline erstaunt und misstrauisch zugleich.

»Ich werde ehrlich zu Ihnen sein. Das Leben auf einer Farm ist nicht leicht, und Ben möchte, dass seine neue Angestellte nicht vorschnell urteilt.«

Jacqueline hatte genug gehört. »Es tut mir leid, Mr. Cavendish, aber ich fürchte, das ist nichts für mich.« Wenn sie nicht die Möglichkeit hatte zu gehen, falls es ihr nicht gefiel, würde sie das Risiko nicht eingehen. Sie stand auf.

George erhob sich ebenfalls. »Das ist schade, aber ich respektiere Ihre Entscheidung.«

Da alles so weit besprochen war, was Vera und Tess anging, verabschiedeten sich die drei Frauen.

Vera und Tess warteten mit ihrem Gepäck in der Halle des Hotels auf ihr Taxi, während Jacqueline sich ein Einzelzimmer für die kommende Nacht nahm, weil sie anderntags nach Adelaide fahren und sich dort auf Stellensuche machen wollte. Mit dem Geld für ihre versetzten Ringe würde sie ein paar Tage auskommen.

»Ihr werdet mir fehlen«, sagte sie wehmütig zu den beiden Frauen.

Vera seufzte. »Ich wünschte, wir könnten in Verbindung bleiben. Aber Tess und ich wissen ja noch nicht, ob wir tatsächlich auf Arkaba oder auf Rawnsley Park Station landen werden, und Sie wissen genauso wenig, wohin es Sie verschlagen wird.«

Jacqueline nickte. Sie wusste selbst, wie unsicher ihre Zukunft war. Sie hatte den Frauen von der Stelle in der Bäckerei erzählt und ihnen auch gesagt, weshalb sie sie nicht annehmen wollte. Sie würde am Nachmittag zu Colin gehen und ihm Bescheid geben. »Tja, dann heißt es jetzt wohl Abschied nehmen. Nochmals vielen Dank für alles, was ihr für mich getan habt.«

»Nichts zu danken«, erwiderte Tess. »Wir würden uns wirklich freuen, wenn Sie mit uns kämen. Aber wir verstehen auch, dass Sie Ihren eigenen Weg gehen wollen.«

»Ich hoffe, ihr beide werdet sehr glücklich werden«, sagte Jacqueline und meinte es aus tiefstem Herzen.

»Ja, das hoffen wir auch. Hätten Sie uns bloß nicht diesen Floh mit den hässlichen Männern ins Ohr gesetzt. Jetzt fragen wir uns ständig, was uns da draußen wohl erwartet.«

Jacqueline musste lächeln. Sie wusste, dass Vera nur Spaß machte. »Rechnen Sie mit dem Schlimmsten, dann sind Sie hinterher angenehm überrascht.«

»Na, wunderbar. Es wird Zeit für uns, sonst verpassen wir noch den Zug.« Tess drückte Jacqueline kurz und gab ihr einen Kuss auf die Wange. Dann liefen sie hinaus zum Taxi, das gerade angekommen war. Auch Vera umarmte sie. »Alles Gute, Jacqueline.« Die Frauen stiegen ein, zogen die Türen zu und winkten durch das offene Fenster.

»Ich wünsche Ihnen viel Glück!« Jacqueline winkte, bis sie das Taxi aus den Augen verlor. Eine tiefe Traurigkeit überkam sie. Sie wusste nicht, wie sie die letzten vierundzwanzig Stunden ohne die Hilfe dieser beiden großartigen Frauen überstanden hätte. Sie vermisste sie jetzt schon. Auf einmal fühlte sie sich furchtbar einsam.

Vera und Tess saßen am Fenster des Zuges, der kurz vor der Abfahrt in Port Adelaide stand. Sie würden in die Stadt zum Hauptbahnhof fahren und dort in einen anderen Zug umsteigen, der sie am Nachmittag weiter nach Port Augusta bringen sollte.

Der Schaffner hatte bereits das Signal zur Abfahrt gegeben, als Tess glaubte, sie habe Jacqueline vorbeihasten sehen. Erst als sie George Cavendish erkannte, der mit Jacquelines Koffer in der Hand über den Bahnsteig eilte, war ihr klar, dass sie sich nicht getäuscht hatte.

»Vera, guck mal, da kommt Jacqueline!«, rief sie aufgeregt.

Die Frauen beugten sich aus dem Fenster und kreischten vor Freude, als sie Jacqueline in den Zug steigen sahen. George reichte ihr ihren Koffer hinauf, der Schaffner schloss die Tür und kontrollierte Jacquelines Fahrkarte. Dann setzte sich der Zug mit einem Ruck in Bewegung.

Einige Augenblicke später betrat Jacqueline das Abteil.

»Was machen Sie denn hier?«, fragte Vera fröhlich, während Tess George Cavendish zuwinkte.

»Ich hab's mir anders überlegt«, stieß Jacqueline noch ganz außer Atem hervor. »Mr. Cavendish hat mich hergefahren, nachdem ich den Vertrag unterschrieben hatte.«

»Das ist ja wundervoll!« Vera klatschte vor Begeisterung in die Hände. »Aber woher auf einmal dieser Sinneswandel?«

»Na ja, ich habe mir überlegt, wie mutig es von euch ist, ein neues Leben mit einem Mann anzufangen, den ihr überhaupt nicht kennt. Und da habe ich mir gesagt, wenn ihr das könnt, dann kann ich mich doch für ein Jahr verpflichten, einen Haushalt zu führen.« Sie lächelte verlegen und fügte augenzwinkernd hinzu. »Außerdem habe ich mich einsam gefühlt ohne euch zwei!«

5

Der Bahnhof in Adelaide war ein massiver Sandsteinbau im neoklassizistischen Stil. Die drei Frauen bestaunten die riesige Marmorhalle mit ihrem Kuppeldach, die als Wartesaal diente. Während in den oberen drei Stockwerken des Gebäudes die Eisenbahnverwaltung untergebracht war, befanden sich auf der unteren Ebene eine große Cafeteria, ein Friseur und Toiletten.

Nachdem sie eine Kleinigkeit in der Cafeteria gegessen und sich danach ein wenig frisch gemacht hatten, gingen die drei zu den Bahnsteigen, von denen es dreizehn gab. Der *Ghan* stand bereits auf den Gleisen. Er kam zweimal die Woche durch Port Augusta, wenn er nach Alice Springs im Norden fuhr. Als Vera den Zugführer fragte, warum der Zug *Ghan* heiße und was das auf einem der Waggons aufgemalte Kamel zu bedeuten habe, erklärte er ihr, der Spitzname gehe auf die afghanischen Kameltreiber zurück, die bei der Erschließung des Landesinneren von unschätzbarem Wert gewesen seien. Ohne sie wären die Städte im Outback niemals gegründet worden und niemals überlebensfähig gewesen.

»Gibt es denn heute auch noch Kamele im Outback?«, wollte Vera wissen.

»O ja, in Broken Hill und Marree gibt es große afghanische Gemeinden, aber auch in kleineren Orten überall im Land leben Afghanen und züchten Kamele. Die in Australien gezüchteten Tiere sind nicht mit Räudemilben infiziert, deshalb werden sie oft nach Übersee exportiert. Komisch, nicht wahr? Australische Kamele gehen nach Arabien!«

»Das ist wirklich faszinierend«, meinte Vera ganz aufgeregt.

Jacqueline hingegen zweifelte mehr denn je an der Richtigkeit ihrer Entscheidung, als sie hörte, dass die Menschen im Outback zum Überleben auf Kamele angewiesen waren.

Andererseits, so sagte sie sich, würde sie auf Wilpena wenigstens ein Dach über dem Kopf haben und Geld verdienen. Sie würde die Trennung von Henry verarbeiten und sich überlegen können, was sie mit dem Rest ihres Lebens anfangen wollte, während sie gleichzeitig ein bisschen was für die Zukunft zurücklegen konnte. Ein weiterer, nicht unwesentlicher Vorteil war, dass Vera und Tess in der Nähe wohnen würden, falls es mit ihren Heiratsabsichten klappte. Sie hatte die beiden wirklich gern; es war gut zu wissen, dass jemand da war, auf den man sich verlassen konnte.

Eine Stunde später hatten sie die Stadt und all ihre Vororte hinter sich gelassen. Die Landschaft, die am Zug vorbeisauste, hatte sich dramatisch verändert, und Jacquelines Zweifel wurden wieder stärker. Mit wachsendem Unbehagen sah sie, wie das Land offener und flacher wurde und sich in eine dürre Einöde verwandelte. Die winzigen Häuser in den kleinen Ortschaften, durch die sie kamen, standen auf weitläufigen, staubigen Grundstücken. Nicht wenige Anwesen schienen unbewohnt, schon vor langer Zeit verlassen. Jacqueline kamen sie wie Zeugen des immerwährenden Kampfes gegen die Natur vor, der die Bewohner irgendwann zermürbt hatte. Sie dachte an ihr wunderschönes Backsteinhaus in der West Side von New York und fühlte plötzlich Übelkeit aufsteigen.

»Eine trostlose Gegend, nicht?«, bemerkte sie, ohne ihre Enttäuschung zu verbergen.

»Ich finde, die Landschaft ähnelt manchen Teilen der USA«, erwiderte Vera unbekümmert. »Vor allem dem Westen.«

»Das kann ich offen gestanden nicht beurteilen. Ich bin so gut wie nie aus New York rausgekommen. Das einzig annähernd Ländliche, das ich in den letzten zwanzig Jahren gesehen habe, ist der Central Park«, gestand Jacqueline.

»Sind Sie in den Staaten geboren worden?«, fragte Tess, die einen leichten Akzent bei Jacqueline herauszuhören meinte.

»Nein, ich bin in Stoke-on-Trent in Staffordshire geboren worden. Das liegt etwa auf halbem Weg zwischen Manchester und Birmingham.« Zu ihren spärlichen Kindheitserinnerungen gehörten jene an üppig grüne Wiesen und kurvenreiche schmale Landstraßen.

»Im Ernst?« Vera machte große Augen. »Ich komme nämlich aus Nottingham. Meine Eltern sind nach Amerika ausgewandert, als ich fünfzehn war.«

Jacqueline wunderte sich, weil ihr nicht die Spur eines englischen Akzents aufgefallen war. Aber Vera war auch einige Jahre älter und hatte länger in den Staaten gelebt.

»Wie alt waren Sie, als Sie in die USA kamen?«, fragte Vera.

»Fast zwölf«, antwortete Jacqueline knapp. Sie sprach nicht gern über ihre Kindheit. Aber weil sie nicht unhöflich erscheinen wollte, fügte sie hinzu: »Mein Vater arbeitete für die britische Botschaft und wurde nach Amerika versetzt.«

»Das ist interessant«, meinte Tess. »Ist Ihre Familie direkt nach New York gezogen?«

Jacqueline zögerte. »Nein, wir wohnten zuerst in Atlanta.« Sie schaute aus dem Fenster, in der Hoffnung, dass die beiden Frauen den Wink verstanden.

Doch Tess ließ nicht locker. Sie rechnete kurz nach und sagte dann: »Das muss in den Vierzigerjahren gewesen sein, nicht?«

Jacqueline nickte nur. Schmerzliche Kindheitserinnerungen stiegen in ihr empor.

»Das war keine leichte Zeit in den Südstaaten in den Vierziger- und Fünfzigerjahren«, fuhr Tess im Plauderton fort. »Meine Familie hat eine Zeit lang in Mississippi gelebt. Ich kann mich kaum noch daran erinnern, weil ich damals noch zu klein war, aber meine

Eltern haben erzählt, dass sie einige Male umziehen mussten, weil es immer wieder zu Unruhen kam. Irgendwann hatte mein Dad genug davon, und wir sind ganz aus dem Süden weggezogen. Wie war das bei Ihnen?«

Jacqueline rutschte unruhig auf ihrem Platz hin und her. Bruchstücke von Erinnerungen zogen an ihrem geistigen Auge vorbei: die aufgebrachte Menge, die sich, mit den Fäusten drohend und Beschimpfungen rufend, vor dem Haus versammelt hatte; der letzte Blick auf ihr Zuhause, wo bereits die Flammen aus dem Dachstuhl in den Nachthimmel loderten, als sie mit dem Auto geflüchtet waren.

»Mein Vater und ich sind 1946 nach New York gezogen«, sagte sie schließlich. Tess und Vera machten ein verdutztes Gesicht, und so fügte sie leise hinzu: »Das war gleich nach dem Autounfall …«

»Oh«, machte Tess erschrocken.

Sie und Vera, die ebenfalls ahnte, dass sich damals etwas Furchtbares zugetragen haben musste, wechselten einen bedeutungsvollen Blick und schwiegen betreten.

»Meine Mutter und mein kleiner Bruder kamen dabei ums Leben«, flüsterte Jacqueline kaum hörbar.

Ihr Vater sprach bis heute nicht darüber, daher hatte sie nie verstanden, warum der Pöbel ihre Mutter für den Tod eines schwarzen Mädchens verantwortlich gemacht hatte. Sie selbst hatte die schmerzliche Erinnerung so gut es ging verdrängt. Erst seit einigen Jahren konnte sie darüber sprechen, ohne gleich in Tränen auszubrechen.

»Das ist ja furchtbar«, sagte Vera mitfühlend.

»Ohne Mutter aufzuwachsen war bestimmt schwer«, fügte Tess teilnahmsvoll hinzu. »Das muss ein schrecklicher Verlust gewesen sein.«

Jacqueline nickte. »Ja, das war es. Dad hat mich allein großgezogen, obwohl er ein viel beschäftigter Mann war, tat er sein Bestes, um mir Vater und Mutter gleichzeitig zu sein. Er wusste, wie sehr ich meine Mom und Mitchell, meinen Bruder, vermisste.«

Dass sie selbst alles getan hatte, um ihren Vater nicht mit ihrem Kummer zu belasten, und dass sie nach Kräften versucht hatte, ihre Mutter zu ersetzen, erwähnte sie nicht. Nach ihrem Umzug nach New York hatte ihr Vater zwar eine Haushälterin eingestellt, aber es war Jacqueline, die dafür sorgte, dass das Essen so zubereitet wurde, wie er es mochte, und die ihm jeden Wunsch von den Augen ablas, als könnte sie seinen Schmerz dadurch lindern.

»Das Leben kann schon grausam sein.« Vera tätschelte Jacquelines Hand. Als wäre der Tod von Mutter und Bruder nicht schon hart genug gewesen, war sie jetzt auch noch mit einem untreuen Ehemann gestraft worden. »Aber Sie werden sehen, das Beste kommt noch«, fügte sie mit einem tröstlichen Lächeln hinzu.

»Meinen Sie?« Jacqueline blickte auf das flache Land, das sich erstreckte, so weit das Auge reichte.

»Lebt Ihr Vater noch?«, fragte Tess.

»Ja, er wohnt immer noch in New York. Er ist jetzt im Ruhestand, aber noch rüstig und aktiv für sein Alter. Er ist Mitglied in verschiedenen Klubs und hat einen großen Bekannten- und Freundeskreis, aber er hat versprochen, Henry und mich zu besuchen, sobald wir …« Sie brach mitten im Satz ab. Ihr schnürte sich die Kehle zu, als sie daran dachte, dass sie ihrem Vater würde schreiben müssen, was passiert war.

Vera tätschelte Jacqueline abermals beruhigend die Hand. Die Frauen schauten wieder aus dem Fenster. Im Nordosten erstreckte sich eine kupfrig schimmernde Bergkette, die aus der Ferne völlig kahl und vegetationslos erschien.

»Sind das die Flinders Ranges?«, fragte Jacqueline bedrückt beim Anblick der unwirtlichen Gegend.

Vera, die ihr gegenüber und gegen die Fahrtrichtung saß, blickte über ihre Schulter. »Ja, ich denke schon. Man hat uns gesagt, sie erstrecken sich fast fünfhundert Meilen weit in den Outback hinein. Das ist der größte Gebirgszug South Australias. Unser Ziel liegt irgendwo in der Mitte, glaube ich.«

»Na, großartig«, murmelte Jacqueline.

»Mr. Cavendish hat uns von den Tieren erzählt, die dort leben«, sagte Tess aufgeregt. »Ich kann's kaum erwarten, sie zu sehen. Es gibt mehrere Känguru- und Wallaby-Arten und eine unglaubliche Vielzahl von Vögeln, unter anderem Papageien, Galahs, Emus und Keilschwanzadler. Ich freue mich schon auf die Kängurus, die sehen auf Fotos so süß aus. Zum Knuddeln!«

»Hat er auch gesagt, dass es dort Schlangen gibt?«, fragte Jacqueline. Sie hatte viel über die Giftschlangen in Australien gelesen. Henry hatte ihr versprochen, sie würden in der Stadt wohnen, wo es keine Schlangen gab. Und jetzt war sie auf dem Weg in eine Gegend, die ihr wie ein Paradies für Schlangen vorkam. »Habt ihr gewusst, dass es in Australien einige der gefährlichsten Giftschlangen der Welt gibt?«

Vera und Tess sahen sich unsicher an. Dann sagte Tess ausweichend: »Ich weiß, dass es alle möglichen Eidechsen gibt.«

»Die kann ich auch nicht ausstehen«, murmelte Jacqueline niedergeschlagen. »Und ich hab gehört, dass sie in Australien ganz schön groß werden können.«

»Es ist doch schön, unbekannte Tierarten kennen zu lernen. Das gehört nun einmal dazu, wenn man in einem fremden Land ein neues Leben anfängt«, erwiderte Vera geduldig. Sie konnte dennoch verstehen, dass Jacqueline nach all ihren negativen Erfahrungen Neuem gegenüber nicht unbedingt aufgeschlossen war.

Jacqueline verzog schmerzlich das Gesicht.

»Nach den Regenfällen im Winter verwandeln sich die Berge in ein wahres Blütenmeer, hat Mr. Cavendish erzählt. Die Leute fahren anscheinend hunderte von Meilen, nur um sich die Blütenpracht anzusehen«, sagte Tess.

Jacquelines Miene hellte sich ein wenig auf. »Ich liebe Blumen. Wir hatten einen wunderschönen Garten«, fuhr sie wehmütig fort.

»Er war nicht besonders groß, aber wir hatten ein paar Bäume und alle möglichen Blumen.« Wieder musste sie an Henry denken, der ihr einen Garten an ihrem neuen Wohnort versprochen hatte. Der Gedanke stimmte sie traurig.

»Ich könnte mir denken, dass es auf Wilpena Station einen Garten gibt«, sagte Vera, um sie aufzuheitern. »Platz genug haben sie dort bestimmt.«

»Meinen Sie?«, fragte Jacqueline hoffnungsvoll.

»Wundern würde es mich nicht.«

Nach mehrstündiger Fahrt fuhr der Zug in den Bahnhof von Port Augusta ein. Das 1852 gegründete Port Augusta war ein Naturhafen und nach Augusta Sophia Young, der Ehefrau des damaligen Gouverneurs von South Australia, Sir Henry Edward Fox Young, benannt worden. Die Hafenstadt lag an der Ostküste einer Halbinsel, der Eyre Peninsula, am nördlichen Ende des Spencer Gulf. Mit der Erschließung landwirtschaftlicher Flächen im Norden und Nordwesten von South Australia wuchs auch die Stadt. Eine anhaltende Dürre in den Sechzigerjahren des 19. Jahrhunderts brachte einen Rückschlag in der wirtschaftlichen Entwicklung, aber mit der Transaustralischen Eisenbahn kehrte 1912 der Wohlstand zurück. Das Industriezeitalter wurde eingeläutet, und der Hafen stand nicht länger im Mittelpunkt der Aktivitäten.

Vera und Tess waren nervös, weil die erste Begegnung mit Michael Rawnsley oder Tim Edwards bevorstand. Sie wussten nicht, wer von beiden sie abholen würde. Auch Jacqueline war trotz der Sorge um ihre ungewisse Zukunft neugierig.

Auf dem Bahnhof herrschte Hochbetrieb, weil fast gleichzeitig mit dem *Ghan* der *Indian Pacific*, der von Sydney nach Perth verkehrte, eingetroffen war. Die drei Frauen schleppten ihr Gepäck auf den Bahnsteig, wo sie sich suchend umschauten. Ein Meer von Gesichtern wogte um sie herum, aber niemand trat auf sie zu. Nach einer Weile fuhr der *Ghan* Richtung Norden ab, der *Indian Pacific* verließ den Bahnhof wenig später in Richtung Westen. Die drei Frauen blieben allein auf dem Bahnsteig zurück und sahen sich neugierig um.

»Auf in ein neues Leben!«, sagte Vera. Sie wandte sich an Jacqueline. »Ab jetzt sollten wir aber zum unkomplizierteren Du übergehen.«

Tess stimmte ein. Dann sah sie sich suchend um. »Es ist keiner da! Ich glaub's einfach nicht!«, sagte sie verdutzt. »Und was machen wir jetzt?«

»Wir warten noch eine Weile«, beruhigte Vera sie. »Vielleicht ist demjenigen, der uns abholen soll, ja irgendwas dazwischengekommen, und er verspätet sich.«

Tess blickte besorgt drein. »Oder er war da, hat uns nicht gefunden und ist wieder gegangen.«

»Das kann ich mir nicht vorstellen.« Vera schüttelte den Kopf. »Wir warten einfach noch ein paar Minuten.«

Die Frauen gingen mit ihrem Gepäck zu einer Bank und setzten sich.

»Mr. Cavendish hat gesagt, er habe gestern mit dem Quorn Hotel telefoniert, und der Besitzer hätte versprochen, auf Wilpena Bescheid sagen zu lassen, dass wir heute ankommen. Die haben uns bestimmt nicht vergessen«, fügte Vera beruhigend hinzu. Insgeheim war auch sie besorgt, aber sie wollte nicht, dass Tess sich unnötig aufregte.

»Gibt's denn auf Wilpena kein Telefon?«, fragte Jacqueline. Wie primitiv musste die Farm denn sein, wenn es nicht mal ein Telefon gab? Wie sollte sie da mit Vera und Tess in Verbindung bleiben?

»Anscheinend nicht«, erwiderte Vera, und Jacquelines Stimmung trübte sich noch mehr.

Eine Stunde später saßen die Frauen immer noch da, und ihre Enttäuschung wuchs mit jeder Minute. Jacqueline sah sich in ihren Vorbehalten, was das Leben auf dem Land anging, bestätigt und ärgerte sich, dass sie den Vertrag für eine Anstellung auf einer Farm unterschrieben hatte, wo es nicht einmal ein Telefon gab. Außer ein paar Bahnangestellten und einigen Reisenden, die sich Fahrkarten kauften, hielt sich niemand mehr im Bahnhof auf.

Tess wandte sich an Vera. »Mr. Cavendish hat doch gesagt, dass wir am Bahnhof abgeholt würden, oder?«

Vera nickte. »Ja, da bin ich mir ganz sicher.«

»Ich finde, wir sollten uns irgendwo ein Hotel suchen«, meinte Tess mutlos. Sie hatte diesen Vorschlag jetzt schon drei Mal gemacht. »Ich hab keine Lust, hier auf dem Bahnhof herumzusitzen, wenn es dunkel wird.« Sie guckte sich ängstlich um.

»Wir warten noch ein paar Minuten«, entschied Vera. »Wenn doch noch jemand kommt, weiß er nicht, wo er uns suchen soll.« Sie stand auf, um sich die Beine ein wenig zu vertreten.

»Und wenn niemand mehr kommt?«, gab Tess ärgerlich zurück. »Also *so* habe ich mir den Start in unser neues Leben wirklich nicht vorgestellt.«

Sie hatte den Satz kaum ausgesprochen, als Jacqueline sie knuffte. »Schau mal, der Mann dort am Ende des Bahnsteigs wirkt irgendwie verloren. Ob der nach euch beiden Ausschau hält?«

Vera, die es gehört hatte, drehte sich um. Vor dem Fahrkartenschalter stand tatsächlich ein Mann, der mit sichtlichem Unbehagen in ihre Richtung blickte. Seinem Hut und seinen Stiefeln nach zu urteilen, konnte es sich schon um einen Farmer handeln.

»Hallo!« Vera winkte ihm zu. »Sie sind nicht zufällig wegen uns gekommen?«

Der großgewachsene, dunkelhaarige Mann in dem weißen Hemd und der Moleskinhose nahm seinen Hut ab und kam langsam näher. Er war schlank und breitschultrig und ging leicht gebeugt. Er machte einen nervösen Eindruck. Als er näher gekommen war, konnte man seine grauen Schläfen erkennen. Sein Gesicht war offen und liebenswürdig, aber er vermied es, den Frauen in die Augen zu sehen.

»Ich soll hier eine Miss Tess Westward und eine Miss Vera Clarke abholen«, sagte er gehemmt. »Sind Sie das?« Er war verwirrt, weil die Frauen zu dritt waren.

»Beinahe«, erwiderte Vera lächelnd. »Ich bin Vera Westward, und das ist Tess Clarke.«

»Oh, hab ich das nicht gesagt?« Sein Missgeschick war ihm furchtbar peinlich.

»Nein.« Vera schüttelte lachend den Kopf.

Froh, dass sie es so locker nahm, entspannte sich der Mann. Er lächelte schüchtern. »Ich bin Michael Rawnsley.«

Er gab Vera die Hand, aber Tess hielt ihre Arme vor der Brust verschränkt. Michaels Blick ruhte ungewöhnlich lang auf Vera, und sie wurde rot. Sie achtete bei einem Mann immer zuerst auf die Hände, und die von Michael waren groß, rau und schwielig. Offenbar arbeitete er hart, und das schätzte sie an einem Mann. Kleine Hände und einen schlaffen Händedruck konnte sie nicht ausstehen. Michael Rawnsley konnte also den ersten Pluspunkt für sich verbuchen.

»Freut mich sehr.« Vera lächelte ihn herzlich an.

»Ich hatte schon Angst, Sie hätten es sich vielleicht anders überlegt und seien gar nicht gekommen.«

»Wir warten seit einer Stunde hier«, fauchte Tess. »Sie können von Glück sagen, dass wir überhaupt noch da sind!«

»Tess!«, sagte Vera tadelnd. »Es gibt bestimmt einen guten Grund, weshalb Mr. Rawnsley sich verspätet hat. Nicht wahr, Mr. Rawnsley?«, wandte sie sich an ihn.

Er drehte verlegen seinen Hut in den Händen. »Ich habe erst am Nachmittag erfahren, dass Sie heute mit dem Zug ankommen. Ich habe mich sofort auf den Weg gemacht. Es tut mir wirklich leid, dass Sie warten mussten …«

Er war draußen bei den Schafen gewesen, als Donny Braddock vom Quorn Hotel kam und ihm mitteilte, die Agentur Cavendish habe angerufen, die Frauen kämen mit dem Spätnachmittagszug an. Als die beiden Männer sich noch kurz unterhielten, verplapperte sich Donny. Er hatte den Anruf bereits am Tag zuvor entgegengenommen, dann aber zu tief ins Glas geschaut und die Sache völlig vergessen. Und auf dem Weg zu Michael hatte er noch einen langen Schwatz mit Ben Dulton gehalten. Michael hatte ihn angeschnauzt und war eilig nach Hause zurückgekehrt zum Duschen, Rasieren und um sich frische Sachen anzuziehen. Als er losfahren wollte, sprang der Jeep nicht an. Dann, als der Motor endlich lief, war er in halsbrecherischem Tempo nach Port Augusta gerast.

»Das macht doch nichts, Mr. Rawnsley«, sagte Vera, die ganz hingerissen war von seinen blauen Augen. »Jetzt sind Sie ja da.« Sie warf Jacqueline einen triumphierenden Seitenblick zu. Michael Rawnsley sah gar nicht übel aus. »Das ist übrigens Jacqueline Walters. Sie wird auf Wilpena Station arbeiten.«

»Oh! Freut mich sehr, Miss Walters.« Michael schüttelte Jacqueline die Hand. »Da wird Ben aber froh sein. Seit dem Tod seiner Frau tut er sich ziemlich schwer so ganz ohne Hilfe auf der Farm.«

»Jacqueline, Mr. Rawnsley.« Sie kam sich wie eine Betrügerin vor, wenn sie mit »Miss Walters« angeredet wurde – schließlich war sie ja immer noch verheiratet.

»Und ich bin Michael, oder Mike, wie meine Freunde sagen.« Dass sie ihn auch Lanky Rawnsley, das »lange Elend«, nannten oder Red Eye Rawnsley, »Rotauge«, wenn er mal wieder einen über den Durst getrunken hatte, verschwieg er lieber.

»Schön. Dann kann's jetzt ja losgehen«, meinte Vera, die es kaum erwarten konnte.

»Von mir aus gern.« Michael nahm einen Koffer und wollte sich einen zweiten unter den Arm klemmen, damit er auch Jacquelines Gepäck tragen konnte, aber die Koffer waren zu groß und zu schwer. Sie könne ihren selbst tragen, er sei ganz leicht, versicherte Jacqueline ihm.

»Mein Auto steht dort drüben«, sagte Michael und ging voraus.

»So hässlich, wie du prophezeit hast, ist er aber nicht«, sagte Tess zu Jacqueline.

Michael hörte es und drehte sich zu den Frauen um. Er hatte rote Ohren bekommen. Vera lächelte ihm freundlich zu, stieß Tess aber ärgerlich mit dem Ellenbogen in die Seite.

»Wieso? Stimmt doch!«, fuhr Tess ungerührt fort. »Hoffentlich sieht Tim Edwards genauso gut aus.«

Vera verdrehte genervt die Augen, grinste dann aber wie die Katze, die von der Sahne genascht hat. »Schsch!«, machte sie. »Nicht so laut!«

Tess zuckte mit den Schultern. »Soll er doch weghören.«

Vera warf ihrer Freundin einen gereizten Blick zu, aber im nächsten Moment lächelte sie schon wieder. Sie konnte einfach nicht anders.

Auf dem Parkplatz vor dem Bahnhof steuerte Michael auf einen ziemlich ramponierten Pick-up zu. Nachdem er die Koffer auf die Ladefläche gewuchtet hatte, drehte er sich zu den drei Frauen um, die alle schick angezogen waren, weil sie einen guten Eindruck zu machen hofften.

»Das ist Ihr Auto?«, fragte Jacqueline ungläubig. Die Farbe konnte man nicht mehr erkennen, so verrostet und zerbeult und staubig war das Fahrzeug.

»Ganz recht.« Ein Hauch von Stolz schwang unerklärlicherweise in Michaels Stimme mit. »Ich konnte ja nicht ahnen, dass ihr zu dritt kommt, deshalb habe ich den Ute genommen. Drei passen gut vorne rein, für vier wird es zu eng, und ich muss fahren, weil die Schaltung ein bisschen knifflig ist.« Er hoffte inständig, dass der Motor anspringen würde, damit er nicht wie der letzte Trottel dastand.

»Den Ute?«, wiederholte Tess verständnislos.

»Ja, so heißen diese Pick-ups hier bei uns«, erklärte Michael.

»Haben Sie denn keine Limousine?« Jacqueline konnte es nicht fassen, dass Michael seine mögliche zukünftige Frau in so einem Schrotthaufen abholen kam.

»Mit einer Limousine kann man auf einer Farm nicht viel anfangen. Ich habe noch einen Austin A 70, aber das ist auch ein Pick-up, und da passen nur zwei Personen hinein. Aber er ist ein richtiges Arbeitstier. Mit dem kann ich Baumstümpfe aus dem Boden ziehen oder einen Berg Heuballen auf die Ladefläche türmen, und er läuft und läuft und läuft!«

Michael versuchte ganz offensichtlich, die Frauen zu beeindrucken, aber Jacqueline war zum Weinen zumute. Eine von ihnen dreien würde auf der Ladefläche Platz nehmen müssen, und es war nicht schwer zu erraten, wer das sein würde. Sie streifte Vera und Tess mit einem flüchtigen Blick und schlug dann vor, ein Taxi nach Wilpena Station zu nehmen. Das Geld wollte sie sich von Ben Dulton zurückholen.

»Um diese Zeit werden Sie keinen Taxifahrer finden, der in die Berge hinausfährt«, erwiderte Michael.

Er schien ein wenig erstaunt über ihren Vorschlag. Es gab nur zwei Taxis in Port Augusta, und deren Fahrer waren am späten Nachmittag in der Kneipe anzutreffen. Jacqueline wusste nicht, was sie davon halten sollte.

»Ich weiß, was wir machen«, sagte Tess und sah dabei Vera an. »Ich setze mich mit Jacqueline nach hinten, und du bleibst vorne bei Michael.« Sie hätte sich zwar gern nach vorn gesetzt, damit sie Michael über Tim Edwards hätte ausfragen können, aber sie wollte Jacqueline nicht allein auf der Ladefläche fahren lassen. Und Vera war bestimmt froh, dass sie Michael eine Weile für sich allein hatte. »Das wird lustig, du wirst sehen«, fügte sie an Jacqueline gewandt hinzu.

»Lustig!«, entfuhr es Jacqueline. Sie fragte sich, ob Tess zurechnungsfähig war. Sie wollte keine Spielverderberin sein, aber sie dachte nicht im Traum daran, sich auf die Ladefläche dieser Rostlaube zu setzen.

»Dann wäre das ja geklärt«, beendete Michael die Diskussion.

Er klappte die hintere Ladeklappe herunter, nahm Jacqueline ihren Koffer aus der Hand und warf ihn neben den von Vera und Tess. Jacqueline riss fassungslos Mund und Augen auf. Die Ladefläche war übersät mit Strohbüscheln, bedeckt von einer dicken roten Staubschicht und undefinierbarem Unrat, den sie sich lieber nicht aus der Nähe ansehen wollte. Und dieser Mensch hatte ihren sündhaft teuren Vintage-Yankee-Clipper-Koffer aus einem Fachgeschäft in Manhattan in diesen Dreck geschleudert, als handelte es sich um einen Sack Hühnerfutter!

»Und wie kommen wir da hinauf?«, fragte Tess. Sie trug ebenso wie Jacqueline einen engen Rock. Hinaufklettern konnten sie also nicht.

»Sie gestatten?« Michael fasste Tess um die Taille und hob sie mühelos auf die Ladefläche. Bevor Jacqueline wusste, wie ihr geschah, hatte er das Gleiche mit ihr gemacht.

»He!«, schrie sie empört.

Sie guckte auf ihre neuen weißen Sandalen hinunter, die jetzt schon mit rotem Staub überzogen waren. Sie hätte ihrem Ärger gerne Luft gemacht, aber Tess stieß die Gepäckstücke mit dem Fuß nach hinten an die Rückwand der Fahrerkabine, ließ sich auf ihren Koffer fallen und klopfte mit der Hand auffordernd auf Veras. Vera und Michael waren vorne eingestiegen. Der Motor stotterte ein wenig, als Michael den Zündschlüssel drehte, sprang dann aber an. Michaels Pick-up setzte sich mit einem Ruck in Bewegung, und Jacqueline plumpste auf Veras Koffer.

»Ich kann nicht glauben, dass man uns zumutet, auf der Ladefläche dieser Schrottmühle zu fahren«, zischte sie. Vergeblich versuchte sie, den Staub von ihrem Koffer zu wischen, bekam aber nur schmutzige Hände davon. »Iiiih!« Sie säuberte sich die Hände mit ihrem Taschentuch.

»Es ist ein herrlicher Tag und praktisch windstill, so schlimm wird es schon nicht werden«, meinte Tess. Jetzt, wo die Begegnung mit Tim Edwards bevorstand, ließ sie sich ihre gute Laune durch nichts mehr verderben.

Jacqueline war das Ganze furchtbar peinlich. Sie lief rot an, als sie auf dem Weg vom Parkplatz an zwei Fahrzeugen vorbeikamen, deren Insassen zu ihnen her starrten. »Ich komme mir wie der letzte Hinterwäldler vor«, brummte sie. Tess konnte sich das Lachen nur mühsam verkneifen.

Auf der Schnellstraße zerrte der Wind an Jacquelines und Tess' Haaren und peitschte sie ihnen ins Gesicht. Stroh und Staub wurden aufgewirbelt, sodass sie kaum etwas sehen oder gar richtig atmen konnten. Zu allem Überfluss war auch noch der Auspuff des Wagens defekt. Der ohrenbetäubende Krach machte jede Unterhaltung unmöglich.

Nach ein paar Meilen bog Michael auf eine Straße ab, die auf die Berge zuführte. Es war noch immer ziemlich heiß, und Jacqueline spürte, wie die Sonne auf ihrem Gesicht, ihren Armen und Beinen brannte. Tess war ein dunklerer Hauttyp, deshalb machte ihr die Sonne nicht so viel aus. Jacqueline warf einen verdrossenen Blick durch die Heckscheibe – Vera und Michael plauderten unbekümmert miteinander.

Sie kamen durch Quorn, eine verschlafene kleine Stadt, und ließen sie hinter sich zurück. Nach einer Weile erreichten sie Hawker, eine etwas größere Ortschaft, wo ein paar Fahrzeuge vor den Geschäften und Hotels parkten, aber keine Menschenseele zu sehen war. Tess und Jacqueline hätten zu gern Halt gemacht und etwas getrunken, um den Staub in ihren ausgedörrten Kehlen herunterzuspülen, aber Michael und Vera waren so sehr miteinander beschäftigt, dass sie die beiden Frauen scheinbar vergessen hatten.

»Ist es noch weit?«, schrie Jacqueline.

Tess schüttelte den Kopf. »Ich glaub nicht«, brüllte sie zurück.

Im nächsten Moment stieß sie einen spitzen Schrei aus, weil Michael von der asphaltierten Straße auf einen unbefestigten Weg abgebogen war und der Jeep über die Schlaglöcher hüpfte. Jacqueline und Tess hielten sich aneinander fest, so gut sie konnten.

Als Jacqueline abermals durch die verschmierte Heckscheibe guckte, drehte Vera sich lächelnd zu ihr um und formte mit den Lippen lautlos die Worte: »Alles in Ordnung?«

Jacqueline schüttelte den Kopf, doch Vera hatte sich schon wieder Michael zugewandt.

Der Zustand der Straße verschlimmerte sich, und die zwei Frauen auf der Ladefläche wurden durchgeschüttelt und herumgeworfen wie Kartoffelsäcke. Vom verkrampften Festhalten taten ihnen schon die Arme weh, während der Jeep bergab und bergauf, durch Schlaglöcher und ausgetrocknete Flussbetten rumpelte. Durch die Staubwolken, die er aufwirbelte, konnten sie fast nichts von der Landschaft ringsum erkennen.

Plötzlich quietschte Tess vor Freude. Drei Emus liefen hinter ihnen über die Straße. »Schau mal!« Sie zeigte aufgeregt auf die großen, flugunfähigen Vögel.

Jacqueline musste erst ihre Haare aus dem Gesicht streichen. »Was? Wo?« Sie blinzelte.

»Sieh doch nur!« Tess deutete abermals auf die Emus.

Fast im gleichen Augenblick entdeckte sie eine Gruppe Kängurus am Straßenrand, darunter auch *joeys*, wie die jungen Kängurus in Australien genannt werden. Die Tiere richteten sich auf und sahen dem Jeep neugierig nach. Mit ihrem graubraunen Fell waren die Kängurus zwischen den vereinzelten dürren Grasbüscheln, die sich an die ausgedorrte rote Erde klammerten, perfekt getarnt.

Auf einmal krachte das Heck des Jeeps in ein Schlagloch. Jacqueline wurde gegen die Seitenwand geworfen und stieß sich das Knie so fest an, dass sie vor Schmerz aufschrie. Sie war so wütend, dass sie nicht einmal aufgeblickt hätte, wenn eine Elefantenherde vorbeigezogen wäre. Tess achtete nicht auf sie, so fasziniert war sie von der Begegnung mit den fremdartigen Tieren.

Nicht lange danach bogen sie von der Straße in eine schier endlose Auffahrt ein. Der Jeep fuhr jetzt langsamer, und die Frauen konnten zwischen Bäumen hindurch auf einem riesigen Grundstück ein Haus und einige andere Gebäude ausmachen. Ein Drahtzaun umgab das Haupthaus und einen Garten, der mit seinen vertrockneten Sträuchern und dürren Bäumen in der staubigen Erde einen niederschmetternden Anblick bot. Ein Mann eilte aus dem Haus, gefolgt von zwei Hunden, die aufgeregt bellend den Jeep umkreisten.

»Willkommen auf Wilpena Station, meine Damen«, rief er.

Vera und Michael stiegen aus. Während Vera sich dem Farmer vorstellte, ging Michael nach hinten, um Jacqueline und Tess herunterzuhelfen. Er machte große Augen, als er die beiden völlig zerzausten, staubbedeckten Frauen erblickte.

Er hob zuerst Tess von der Ladefläche und wartete dann, bis Jacqueline sich aufgerappelt hatte. Ihr taten sämtliche Knochen weh, vor allem das Knie, das sie sich angeschlagen hatte. Ihr am Morgen noch seidig schimmerndes Haar, das sie hochgesteckt hatte, ähnelte einem vom Wind gebeutelten Vogelnest. Im Gesicht und auf Armen und Beinen hatte sie einen Sonnenbrand. Ihr himmelblaues Kleid mit den weißen Besätzen war vom roten Staub verschmutzt.

»Mussten Sie rasen wie ein Verrückter?«, fauchte Jacqueline, als sie zur Heckklappe humpelte.

Michael half ihr herunter und lud dann das Gepäck ab. Er sah Vera Hilfe suchend an. »Ich bin nicht gerast«, verteidigte er sich. Verglichen mit der Fahrt nach Port Augusta zum Bahnhof war er Schritttempo gefahren. »Die Straßen sind ein bisschen holprig hier draußen.«

»Ein bisschen holprig? Ich komme mir vor, als wäre ich in einen Tornado geraten!«

Jacqueline zupfte sich ärgerlich ein paar Strohhalme aus den Haaren und schaute sich dann um. Statt des grünen Rasens und der Blumenbeete, die sie erwartet hatte, sah sie rings um das Haus nichts als rote, staubige Erde. Nirgendwo auch nur ein einziger grüner Grashalm. Selbst die Bäume schienen mehr grau als grün.

»Das kann ja wohl nicht das Haus sein, das einmal *Die Residenz* genannt wurde, oder?«, brummte sie und merkte nicht einmal, wie taktlos ihre Bemerkung war.

Eine schmucklose Veranda lief rings um das Haus, einen einstöckigen Steinbau mit einem eisenverkleideten Dach. Hinter einem Zaun stand eine winzige Holzhütte und ein Stück dahinter ein großes Steingebäude. In der Ferne konnte man eine Koppel mit Pferden sehen sowie eine Schmiede. Der Schuppen dahinter schien vor noch nicht allzu langer Zeit errichtet worden zu sein. Jacqueline dachte an George Cavendishs Beschreibung der Farm und war maßlos enttäuscht. Idyllische Landschaft? Stattliches Anwesen? Darunter stellte sie sich etwas anderes vor. Es war ihr anzusehen, was sie dachte.

»Mr. Dulton«, sagte Vera nervös, »das ist Jacqueline Walters, Ihre neue Angestellte.«

»Ich habe erst heute Morgen erfahren, dass außer Ihnen beiden noch jemand kommen wird«, sagte Ben zurückhaltend.

Er war Ende fünfzig, hatte seine grauen Haare aber bereits mit vierzig Jahren bekommen. Cindy, seine verstorbene Frau, hatte ihn immer liebevoll ihren Silberfuchs genannt. Ihr zuliebe hatte er sich auch einen Bart wachsen lassen, der genauso silbergrau wie seine Haare war. Ben war nicht übermäßig groß, aber muskulös und kräftig.

»Willkommen auf Wilpena, Miss Walters«, sagte er und musterte Jacqueline, der das gar nicht recht war. Sie konnte sich vorstellen, wie verheerend sie nach der Fahrt aussah. Ben spürte, wie verstört sie war, und entschied, über ihre unhöfliche Bemerkung hinwegzusehen.

»Danke«, murmelte Jacqueline befangen. Sie fragte sich, wie Ben Dulton reagieren würde, falls sie von ihrem Vertrag zurückträte. Im Augenblick erwog sie das ernsthaft.

»Kommen Sie«, fuhr Ben fort. »Auf der Veranda warten Erfrischungen auf Sie. Sie müssen ganz ausgetrocknet sein nach der Fahrt hierher.«

»Das ist sehr nett, vielen Dank«, erwiderte Vera mit einem besorgten Seitenblick auf Jacqueline. Sie schaute sich um, als wäre sie soeben auf dem Mars gelandet. »Eine kleine Erfrischung können wir gebrauchen, nicht wahr, Mädels?«

»Ich könnte glatt einen Swimmingpool austrinken, so einen Durst habe ich!«, witzelte Tess.

Jacqueline schwieg.

»Wenn Sie mir folgen wollen, meine Damen.« Ben öffnete das Tor.

»Weg da! Haut ab!«, fauchte Jacqueline die beiden Hunde an, die hingebungsvoll an ihren Füßen schnupperten. Sie vermutete, dass sie auf der Ladefläche des Jeeps in irgendetwas Verdächtiges getreten war.

»Rusty! Blue!«, rief Ben, und die Hunde gehorchten sofort.

Ben gefiel das Auftreten seiner neuen Angestellten überhaupt nicht. Wenn sie keine Hunde mochte, hatten sie ein ernsthaftes Problem miteinander.

Vera und Tess folgten Ben auf die Veranda, wo auf einem Tisch Gläser und ein Krug bereitstanden. Jacqueline trottete mürrisch hinterher. Sie hatte sich noch nie so schmutzig und so unwohl in ihrer Haut gefühlt.

»Wo ist denn das Bad, Mr. Dulton?«, fragte Jacqueline in barschem Ton, während Ben ihnen allen einschenkte. »Ich möchte zuallererst ein Bad nehmen, bevor ich mich ausruhe und etwas trinke.«

Ben guckte sie verdutzt an. »Wir haben keine Badewanne. Wir müssen hier draußen sehr sparsam mit dem Wasser umgehen, weil wir es aus Wassertanks beziehen.«

»Was?« Jacqueline traute ihren Ohren nicht. »Keine Badewanne! Kein Telefon! Kein fließendes Wasser! Wo bin ich denn hier bloß hingekommen?« Es kostete sie ihre ganze Willenskraft, nicht in Tränen auszubrechen.

»Sie können die Dusche benutzen«, meinte Ben mit einem flüchtigen Blick auf Vera und Tess, denen Jacquelines Benehmen sichtlich peinlich war. »Aber Sie dürfen nur kurz duschen. Es hat wochenlang nicht geregnet, unsere Wasservorräte sind knapp geworden. Die Haustür ist auf. Durch den Flur und die letzte Tür rechts.«

»Nur kurz!« Jacqueline konnte es nicht fassen. »Ich will mir die Haare waschen!«

»Dann sollten Sie sich besser beeilen. In der Dusche stehen drei Eimer, fangen Sie das Duschwasser auf, dann können Sie sich die Haare damit ausspülen.«

Jacqueline klappte die Kinnlade herunter. Sie starrte Ben einen Augenblick entgeistert an, nahm ihren Koffer, wandte sich dann schroff ab und stapfte zornig ins Haus.

Ben sah Tess und Vera verblüfft an.

»Nehmen Sie es ihr nicht übel«, meinte Tess. »Jacqueline ist eigentlich sehr nett, aber die Fahrt hierher auf der Ladefläche des Jeeps hat ihr gar nicht behagt.«

»Außerdem hatte sie vor ihrer Ankunft in Australien ziemlich viel Pech«, fügte Vera hinzu. »Sie wird es Ihnen sicher noch erzählen. Urteilen Sie bitte nicht zu streng über sie.«

»Wie will sie das Leben hier draußen meistern, wenn ihr schon die Fahrt hierher zu viel war?«, gab Ben zurück. »Und Pech haben wir alle schon mal gehabt. Das ist kein Grund, sich derart aufzuführen.«

»Sie ist bestimmt besserer Laune, wenn sie sich frisch gemacht hat«, sagte Tess, die inständig hoffte, dass Jacqueline sich entschuldigen würde. »Sie kann Schmutz nicht ausstehen, wissen Sie«, fügte sie hinzu, weil sie dachte, Ben werde diese Eigenschaft sicher zu schätzen wissen.

»Staub und Schmutz gehören nun mal zum Leben hier draußen«, erwiderte Ben ungerührt. »Länger als fünf Minuten bleibt hier nichts staubfrei. Hat sie überhaupt schon einmal auf dem Land gelebt? Wahrscheinlich nicht, oder?«

»Vielleicht in England, wo sie geboren wurde, ich weiß es nicht. In den Vereinigten Staaten hat sie in New York gelebt. Sie wird sich schon eingewöhnen«, fügte Vera hinzu, als sie Bens Enttäuschung bemerkte. »New York ist eine mitleidlose Stadt, und Jacqueline hat in ihrem Leben schon viel durchmachen müssen. Ich bin sicher, dass sie auch hier zurechtkommt, wenn sie eine Chance erhält.«

Da Ben nicht wusste, wie er diplomatisch ausdrücken sollte, was er dachte, zog er es vor, zu diesem Thema zu schweigen.

Michael gesellte sich erst jetzt zu ihnen.

»Möchtest du auch ein Glas Limonade, Mike?«, fragte Ben. »Für ein Bier ist es zu früh, du hast sicher noch eine Menge Arbeit vor dir.«

»Das kannst du laut sagen, deshalb werde ich mich auch gleich wieder auf den Weg machen. Aber danke für das Angebot, Ben. Wir sehen uns dann morgen.« Er lächelte Vera schüchtern an.

»Wieso? Was ist morgen?«, fragte sie.

»Ich werde morgen Abend eine Grillparty geben, damit die Damen meine Nachbarn kennen lernen«, erklärte Ben. »Nichts Besonderes, bloß ein kleiner Imbiss, ein paar Bierchen. Ein paar Bekannte werden kommen. Tim Edwards kann es kaum erwarten.« Bei diesen letzten Worten sah er Tess an, die rot wurde und lächelte. Die beiden Männer wechselten einen Blick und fingen dann zu lachen an.

Was Vera und Tess nicht wissen konnten, war, dass Tim Edwards sich in ein Nervenbündel verwandeln würde, wenn er erfuhr, dass die Frauen eingetroffen waren. Tim war für seine Schüchternheit bekannt. Ben und Mike würden ihn vermutlich verschnüren und mit Gewalt nach Wilpena zum Grillfest schleifen müssen.

Michael klopfte Ben auf die Schulter und verabschiedete sich. Auf dem Weg zu seinem Auto drehte er sich noch einmal um und winkte Vera zu.

Als die Freundinnen und Ben Platz genommen hatten, sagte Tess, die sich fragte, was die Männer so komisch gefunden hatten: »In einem Ihrer Briefe erwähnten Sie, dass Tim sehr schüchtern ist.«

Ben nickte. »O ja, das ist er allerdings. Sie werden schon den ersten Schritt machen müssen, fürchte ich, denn wenn Sie darauf warten, dass er es tut, werden Sie bis in alle Ewigkeit warten. Er ist ein anständiger Kerl mit einem goldenen Herzen. Sie werden also nichts bereuen, das versichere ich Ihnen. Aber er kriegt bestimmt Schweißausbrüche vor lauter Nervosität, wenn wir ihn zu dem Grillfest einladen.«

Tess hatte Mitleid mit dem armen Tim. Sie selbst war als Kind auch sehr schüchtern gewesen, sie wusste, wie man darunter leiden konnte. Hätte ihre Mutter nicht darauf bestanden, dass sie an allen möglichen außerschulischen Aktivitäten teilnahm, hätte sie ihre Gehemmtheit vielleicht nie abgelegt.

»Hat er deshalb nie geheiratet?«, fragte sie. Sie befürchtete, dass Tim ein größeres Problem hatte, äußerte es aber nicht laut.

»Tja, er hätte erst einmal eine Freundin haben müssen, bevor er hätte heiraten können«, erklärte Ben. »Aber er hat nie eine gehabt. Hier draußen gibt's viel zu wenige Frauen im heiratsfähigen Alter. Wir sagen ihm seit Jahren, er soll in die Stadt gehen und sich dort eine Frau suchen, aber er hat sich nie dazu durchgerungen. Deshalb bin ich auf die Idee gekommen, eine Frau hierher einzuladen. Aber wir werden ihm erst morgen Nachmittag Bescheid sagen, dass Sie da sind, damit er keine Zeit hat, eine Ausrede zu erfinden, warum er nicht zu dem Grillfest kommen kann.«

»Tess wird ihm seine Schüchternheit schon austreiben«, sagte Vera zuversichtlich.

»Das hoffe ich sehr. Sie werden sehen: Ist der Funke erst einmal übergesprungen, werden Sie sich inmitten eines flammenden Infernos wiederfinden.«

Die beiden Frauen lachten herzlich über diesen Vergleich, und Ben grinste. Er mochte die zwei. Sie hatten Humor und standen mit beiden Beinen fest im Leben. Er bezweifelte nicht, dass sie das Leben hier draußen meistern würden. Er wünschte nur, er könnte das Gleiche von seiner neuen Haushälterin sagen.

Als Jacqueline zwanzig Minuten später wieder herauskam, hatte sie ein frisches Kleid an und sich die Haare gewaschen.

»Das hat ja lange gedauert«, brummte Ben. »Hoffentlich haben Sie nicht den ganzen Vorrat im Regenwassertank aufgebraucht.«

»Ich habe mich in kürzester Zeit gewaschen«, gab Jacqueline patzig zurück. »Die letzten zehn Minuten habe ich damit zugebracht, meine verfilzten Haare auszukämmen.«

»Ich würde jetzt auch gern das Bad benutzen, wenn Sie nichts dagegen haben«, sagte Tess zu Ben und stand auf. »Ich werde mich beeilen, versprochen.«

Ben nickte. »Nur zu. Hätten Sie lieber heißen Tee oder Eistee?«, wandte er sich an Jacqueline.

»Eistee, bitte.« Sie setzte sich auf den Stuhl, auf dem Tess gesessen hatte. Als Ben ihr ein Glas reichte, fiel sein Blick auf Jacquelines stark gerötete Arme und Beine. Jacqueline spannte sich unwillkürlich an und zupfte an ihrem Rocksaum.

Ein wenig beleidigt, weil sie anscheinend dachte, er habe lüstern auf ihre Beine gestarrt, sagte Ben: »Ich glaube, Dot hat eine Salbe gegen Sonnenbrand im Medizinschränkchen. Sie hat Heilmittel für alles, was man sich vorstellen kann.«

»Dot?«, wiederholte Jacqueline fragend.

»Sie hilft mir im Haus.«

»Ach so, Ihre Köchin und Putzfrau.« Das musste die Haushilfe sein, die George Cavendish erwähnt hatte. »Wo ist sie denn?«

Jacqueline hatte einen flüchtigen Blick in die Zimmer geworfen, das Haus kam ihr ziemlich unordentlich und schmutzig vor. Sie nahm sich vor, mit dieser Dot ein paar Takte über ihren Reinlichkeitsstandard zu reden.

»Ihr Sohn ist krank, deshalb war sie die letzten Tage nicht da«, antwortete Ben.

»Dann mussten Sie selbst kochen?«, fragte Vera.

»Ich kann ein Steak in die Pfanne hauen, wir verhungern schon nicht«, sagte Ben mit einer lässigen Handbewegung. »Aber ich kann trotzdem jede Hilfe gebrauchen.«

»Ihrem Haushalt nach zu urteilen, fehlt es dieser Dot offensichtlich an der Fähigkeit zur reibungslosen Organisation«, bemerkte Jacqueline, während sie den trostlosen Garten betrachtete.

Vera, die im Gegensatz zu Jacqueline Bens irritierten Gesichtsausdruck sah, war zutiefst beunruhigt. Wenn Jacqueline so weitermachte, würde sie diese Stelle nicht lange innehaben. »Jacqueline wird dafür sorgen, dass hier in Zukunft alles wie am Schnürchen klappt«, versicherte sie Ben.

»Wollen wir's hoffen«, grummelte er mit einem skeptischen Blick in Jacquelines Richtung.

Falls seine neue Haushälterin nicht zu seiner Zufriedenheit arbeitete, konnte sie wieder ihre Koffer packen, so wie es im Kleingedruckten des Vertrags stand, den sie unterschrieben hatte. Er hoffte, dass sie das gelesen hatte. Sie war hier, um ihm und seiner Familie das Leben leichter, nicht schwerer zu machen.

6

Nachdem Ben sich noch eine Weile mit den Frauen unterhalten hatte, erhob er sich und bat sie, ihm ins Haus zu folgen. »Ich habe heute Morgen das Gästezimmer für Sie und Tess hergerichtet«, sagte er zu Vera. »Die beiden Frauen, die nicht mitgekommen sind, hätte ich im früheren Schulzimmer untergebracht. Dort kann jetzt Miss Walters wohnen. Es steht ein Schlafsofa drin.«

»Das klingt wunderbar, nicht wahr, Jacqueline?«, sagte Vera fröhlich über die Schulter.

»Ja, ganz wunderbar«, murmelte Jacqueline tonlos.

»Wir können die Betten selbst beziehen, Ben«, bot Vera an. »Sie haben bestimmt genug anderes zu tun. Sie müssen uns nur sagen, wo Sie die Bettwäsche aufbewahren.«

Ben nickte erfreut. »Das ist nett von Ihnen, danke. Auf einer Farm ist der Tag immer viel zu kurz. Bettwäsche finden Sie im Flurschrank. Im Kühlschrank sind Lammkoteletts und Gemüse fürs Abendessen«, fügte er hinzu, wobei er Jacqueline ansah. Die bemerkte dies aber gar nicht. »Wir bauen unser eigenes Gemüse hinterm Haus an, es ist also immer reichlich vorhanden.«

»Wir werden uns um alles kümmern, keine Sorge«, versicherte Vera mit einem tadelnden Seitenblick auf die gleichgültige Jacqueline. »Sie können beruhigt an Ihre Arbeit zurückkehren.«

»Gut. Dann werd ich mal nach meinen Jungs sehen. Sie sollten eigentlich die Schafe in den Pferch treiben, weil wir in den kommenden Tagen mit dem Scheren der Schmutzwolle beginnen wollen. Ich denke, wir werden in ungefähr einer Stunde wieder zurück sein.«

Froh, dass er die Hausarbeit den Frauen überlassen konnte, verließ Ben das Haus durch die Hintertür, nachdem er seinen Gästen noch ihre Zimmer gezeigt hatte.

Als Vera und Tess ihre Koffer in ihr Zimmer gebracht hatten, ging Vera wieder in den Flur, nahm Bettwäsche aus dem Schrank und schaute nach Jacqueline. Die sah sich verwundert einen seltsamen Apparat an, der auf einem Schreibtisch in dem früheren Schulzimmer stand.

»Hast du eine Ahnung, was das sein soll?«, fragte sie.

Vera warf die Bettwäsche auf das Sofa und trat neben sie. »Sieht wie ein Radio aus, würde ich sagen.« Das Gerät hatte Knöpfe und Skalen, ein Mikrofon und einen Empfänger. »Wir werden Ben fragen, wenn er zurückkommt.« Sie blickte sich um. »Das ist ein hübsches Zimmer, nicht wahr?« Es war geräumig und hatte Glastüren, die auf die Veranda hinausführten. An einer Wand befand sich ein großes Bücherregal.

Jacqueline schwieg.

»Bist du enttäuscht?«, fragte Vera leise.

Jacqueline nickte und kämpfte vergeblich gegen die Tränen an. »Ich habe es mir ganz anders vorgestellt«, erwiderte sie mit belegter Stimme.

»Ben scheint mir ein sehr netter Mann zu sein. Und das Haus ist doch groß und gemütlich.«

»Es ist schmutzig und unordentlich!« Jacqueline wischte sich die Tränen von den Wangen.

»Du hast doch gehört, was Ben gesagt hat. Die Putzfrau war seit Tagen nicht da, und er hat vier Söhne. Du kannst von einem Männerhaushalt nicht erwarten, dass er tadellos in Ordnung ist. Ich bin mit drei Brüdern aufgewachsen, ich weiß, wovon ich rede. Meine arme Mutter musste immerzu hinter ihnen her räumen.«

Jacqueline putzte sich die Nase. Vera hat ja Recht, dachte sie, wahrscheinlich bin ich nach den Strapazen der letzten Tage einfach ausgelaugt und sehe deshalb alles so schwarz. »Du hast Recht.

Mir geht's bestimmt besser, wenn ich mich ein bisschen ausgeruht habe.«

Vera tätschelte ihr die Hand. »Ganz bestimmt. Du bist geistig und körperlich erschöpft, kein Wunder, nach allem, was du hinter dir hast. Morgen sieht die Welt schon wieder ganz anders aus, du wirst sehen. Glaubst du, du kommst klar mit der Bettcouch? Dann könnten Tess und ich schon mal mit dem Abendessen anfangen.«

Vera drückte Jacqueline liebevoll die Schulter, als diese nickte, und verließ dann das Zimmer.

Jacqueline war todmüde. Sie fühlte sich wie gerädert nach dem langen Tag und der zermürbenden Fahrt auf der Ladefläche des Pick-ups, wo sie der Sonne und dem Wind ausgesetzt gewesen war. Sie fragte sich, woher Vera und Tess die Energie zum Kochen nahmen. Gähnend ließ sie sich auf die Couch fallen. Nur ein paar Minuten, dachte sie.

Jacqueline fuhr erschrocken auf. War das Bens Stimme, die sie geweckt hatte? War sie eingeschlafen? Jacqueline horchte.

Ben unterhielt sich mit Vera, die in der Küche das Abendessen zubereitete, während Tess im Wohnzimmer Ordnung schuf und den Tisch deckte.

»Wo ist denn Miss Walters?«

»In ihrem Zimmer, sie macht ihr Bett«, antwortete Vera, obwohl sie sich schon gedacht hatte, dass Jacqueline eingeschlafen war.

»Macht es Ihnen auch nichts aus, dass Sie kochen müssen?« Ben beobachtete Vera, die geschäftig am Herd und an der Arbeitsfläche hantierte. Ein großer Topf Gemüse köchelte auf dem Herd, und die Koteletts brutzelten in der Pfanne. »Immerhin sind Sie und Tess meine Gäste.« Das Kochen, dachte er, wäre eigentlich Miss Walters' Aufgabe gewesen, sie ist jetzt meine Angestellte, kein Gast.

»Ach wo, ich koche gern, Ben«, erwiderte Vera, während sie Mehl für eine Soße siebte. »Das hat mir während der Überfahrt richtig gefehlt. Ich muss sagen, ich hätte nicht erwartet, einen elektrischen Herd hier draußen vorzufinden, schon gar nicht so einen wunderschön glänzenden, weiß emaillierten. Er sieht aus wie neu.«

»Den habe ich meiner Frau letztes Jahr zum Geburtstag geschenkt, als wir die neue Küche angebaut haben. Ich habe ihn an den Generator angeschlossen. Cindy war es ein Gräuel, auf einem Holzkohleherd zu kochen, deshalb hat sie sich riesig darüber gefreut.« Der Gedanke, dass sie sich nicht lange an ihrem neuen Herd hatte erfreuen können, brach ihm schier das Herz.

»Dann wird der Strom im Haus also von einem Generator erzeugt?«

»Ja, von mehreren. Sie stehen in dem Schuppen neben dem Haus. Da fällt mir ein, normalerweise isst mein Bruder Nick mit uns, aber heute ist er in Hawker. Er kommt erst morgen zurück.«

»Ach ja, richtig, Mr. Cavendish hat erwähnt, dass Ihr Bruder auch hier wohnt. Dann ist er also Junggeselle?«

»Ja, und daran wird sich wohl auch so bald nichts ändern. Er ist viel unterwegs. Er ist drei Mal um die Welt gereist und viele Male kreuz und quer durch ganz Australien.«

»Hört sich nach einem besonders reiselustigen eingefleischten Junggesellen an.« Vera lächelte.

»Tja, er ist um einiges jünger als ich, deshalb kann er sich mit dem Heiraten noch Zeit lassen. Im Gegensatz zu mir ist er darüber hinaus ein gut aussehender Bursche.«

Vera schaute Ben verblüfft an. »Was reden Sie denn da! Sie könnten sich vielleicht mal rasieren, aber Sie haben markante Züge und wunderschöne Augen.«

Jetzt war es Ben, der verblüfft dreinblickte. Er kratzte sich verlegen am Kopf und murmelte: »Also, ich weiß nicht so recht …«

Vera schmunzelte, weil sie ihn mit ihrem Kompliment in Verlegenheit gebracht hatte. »Sie sagten, Ihr Bruder sei jünger als Sie?«

»Ja, ich war das älteste von acht Kindern, Nick das jüngste. Zwischen uns liegen zwanzig Jahre und sechs Geschwister.«

»Wow!«, staunte Vera.

Ben grinste. »Meine irischen katholischen Eltern hätten nach mir und meiner Schwester vielleicht getrennte Betten oder besser noch getrennte Schlafzimmer einführen sollen. Aber sie haben immer behauptet, sie müssten Heizkosten sparen, und so kam eben ein Kind nach dem anderen.«

Vera lachte laut heraus. Ben mochte ihr Lachen, es tat gut, sich mit ihr zu unterhalten. »Wie lange hat eigentlich die Überfahrt gedauert?«, fragte er.

»Knapp vier Wochen.«

»Ich bin noch nie mit einem Schiff gefahren, aber ich könnte mir vorstellen, es ist schön, sich zurückzulehnen und sich bedienen zu lassen.«

»Ja, eine Schiffsfahrt ist etwas Schönes, aber nur, wenn die See nicht allzu rau ist. Zum Glück werde ich nicht seekrank, im Gegensatz zu der armen Jacqueline. Ihr war anscheinend furchtbar übel.«

»So?« Ben runzelte die Stirn.

Vera nickte. »Ja, sie hat erzählt, dass sie fast die ganze Zeit in ihrer Kabine zugebracht hat, weil es ihr so schlecht ging.«

Das wunderte Ben nicht. Diese Jacqueline schien ihm eine recht zarte Konstitution zu haben. Na ja, ein Jahr in den Flinders Ranges würde sie stählen.

»Es war schon schön, sich an einen gedeckten Tisch zu setzen und sich nicht um den Abwasch kümmern zu müssen«, fuhr Vera fort. »Aber das Kochen hat mir trotzdem gefehlt.«

Ben beobachtete sie schweigend. »Es tut richtig gut, mal wieder eine Frau in dieser Küche hantieren zu sehen«, sagte er schließlich.

Eine Spur Traurigkeit schwang in seiner Stimme mit. Solange Cindy am Leben gewesen war, hatte Dot nie gekocht, und nach dem Tod seiner Frau hatte sie sich geweigert, den neuen Herd zu benutzen. Sie kochte draußen im Freien über offenem Feuer. Das Essen, das sie zubereitete, schmeckte nicht besonders gut; vor allem seine Söhne aßen es mit sichtlichem Widerwillen.

»George Cavendish hat erwähnt, dass Sie Ihre Frau erst vor kurzem verloren haben«, sagte Vera mitfühlend. »Ich kann mir vorstellen, dass das eine schwere Zeit für Sie ist, allein schon wegen Ihrer Kinder.«

»Meine Söhne sind feine Burschen und fast schon erwachsen, aber Cindy fehlt mir wirklich sehr. Sie fehlt uns allen.« Der Schmerz über ihren Verlust überkam ihn manchmal mit einer solchen Heftigkeit, dass er es fast nicht ertragen konnte, doch das wollte er nicht zugeben. »Ich kann oft gar nicht glauben, dass sie nicht mehr da ist und dass ich sie nie wiedersehen werde.«

Ben stieß einen tiefen Seufzer aus und schien in sich zusammenzusinken, doch einen Augenblick später hatte er sich wieder gefangen. Er wechselte das Thema. »Wie sind Sie denn auf der Fahrt hierher mit Mike Rawnsley ausgekommen?«

»Bestens. Er scheint ein netter Mann zu sein«, erwiderte Vera lächelnd. »Anfangs war er ziemlich schüchtern, aber dann unterhielten wir uns über alles Mögliche. Solche Gemeinsamkeiten sind wichtig, finden Sie nicht auch?«

»O ja, allerdings. Mann und Frau sollten immer auch Freunde sein in einer Ehe.« Er hatte Cindy immer als seine beste Freundin betrachtet.

»Ja, das sehe ich genauso«, sagte Vera und dachte dabei an ihre katastrophale erste Ehe.

Sie und Vincent Rutledge waren vom ersten Moment an verrückt nacheinander gewesen. Sie war neunzehn, er einundzwanzig gewesen, als sie sich kennen lernten. Sechs Monate später heirateten sie. Aber als die Leidenschaft nachließ, stellten sie fest, dass sie nicht das Geringste gemeinsam hatten, und ließen sich scheiden. Es folgte eine weitere kurze Verlobung, die nach genau dem gleichen Schema ablief. Danach entschied Vera, dass sie sich Freundschaft und gemeinsame Interessen als Basis für ihre Beziehungen wünschte. Da sie in den letzten Jahren in den USA keinen Mann getroffen hatte, der diesen Vorstellungen entsprach, hatte sie beschlossen, ihr Glück mit einem einsamen australischen Farmer zu versuchen.

»Ich kann es kaum erwarten, Mike besser kennen zu lernen«, gestand sie.

Dass sie sich spontan zu ihm hingezogen fühlte und er sich offenbar auch zu ihr, war völlig überraschend gekommen. Sie hatte bestenfalls mit Freundschaft gerechnet, nicht aber mit einem erotischen Prickeln zwischen ihnen gleich in den ersten Stunden nach dem Kennenlernen. Ob es anhielt, war natürlich eine andere Frage.

»Dazu werden Sie morgen beim Grillen reichlich Gelegenheit haben. Die Nachbarn sind alle schon ganz gespannt, Mike wird also aufpassen müssen, dass nicht ein anderer kommt und Sie ihm wegschnappt.«

Vera lachte.

»Ich meine es ernst«, sagte Ben, der sich nicht sattsehen konnte an ihren funkelnden blauen Augen. Sie war eine attraktive Frau, und er konnte sich sehr gut vorstellen, dass einige der Männer in der Gegend ein Auge auf sie werfen würden. Was ihm jedoch am meisten an ihr gefiel, waren ihre Herzlichkeit und ihre Wärme.

»Der Gedanke, dass sich die Männer um mich reißen könnten, ist lachhaft«, sagte Vera errötend. »Aber danke, dass Sie mein Selbstbewusstsein gestärkt haben.«

Ben verstand nicht, weshalb sie eine so schlechte Meinung von sich hatte. »Ich kann es kaum erwarten, bis die Leute hier Sie und Tess zu Gesicht bekommen.« Das würde ein Spaß werden!

»Klar, bei dem Frauenmangel hier draußen wäre es kein Wunder, wenn ich einem Mann, der von früh bis spät nur seine Herden sieht, als Traumfrau erschiene.«

Ben lachte schallend. »So verzweifelt sind die Männer hier nun auch wieder nicht, dass sie eine prima Frau nicht erkennen würden, wenn sie eine sehen. Da wir mit zwei weiteren Frauen gerechnet haben, werden zwei Männer ganz schön lange Gesichter machen, fürchte ich.«

Er dachte an Tom Stevens und Cyril Luxton, die sich auf ihre zukünftigen Bräute gefreut hatten. Es würde ihn nicht wundern, wenn sie versuchten, Vera und Tess Michael und Tim abspenstig zu machen. Chancen durften sie sich seiner Meinung nach allerdings keine ausrechnen.

»Ach herrje, daran hab ich gar nicht gedacht!«

»Es könnte natürlich sein, dass sie jetzt versuchen werden, sich an Miss Walters heranzumachen«, fuhr Ben nachdenklich fort. Sie war zweifelsohne eine attraktive Frau, aber ob sie eine gute Farmersfrau würde? Ben war skeptisch.

Vera erschrak. Jacqueline hatte sicher nicht daran gedacht, dass es auch von Nachteil sein konnte, wenn sie sich als unverheiratete Frau ausgab. Sie nahm sich vor, sie zu warnen.

»Für mich hört es sich komisch an, wenn Sie von Nachbarn sprechen«, sagte sie, um das Thema zu wechseln. »Wo hier die Menschen so weit voneinander entfernt wohnen.«

»Glauben Sie mir, wir kennen uns trotz der großen Entfernung besser als die Leute, die in der Stadt Tür an Tür wohnen. Das kommt wahrscheinlich daher, dass wir hier draußen auf gegenseitige Hilfe angewiesen sind und uns aufeinander verlassen müssen.«

Vera dachte an die amerikanischen Großstädte, wo die Menschen nebeneinanderher lebten. Das würde sie sicher nicht vermissen.

Tess kam in die Küche, um Gläser und einen Krug Wasser zu holen.

»Na, und Sie? Glauben Sie, dass Sie sich hier draußen auf dem Land mit den vielen Fliegen und dem Mistgestank wohl fühlen werden?«, wollte Ben wissen.

»O ja, ganz bestimmt.« Tess lachte. »Wir haben uns so darauf gefreut, nicht wahr, Vera? Nicht auf die Fliegen und den Mistgestank natürlich, sondern auf die endlose Weite und die Herzlichkeit der Menschen hier.«

Ben nickte zufrieden. »Das ist die richtige Einstellung. Ich denke, ihr zwei werdet euch hier bei uns sehr wohl fühlen.« Er war sich nicht so sicher, ob das auch auf Jacqueline zutraf.

Von draußen hinter dem Haus waren Stimmen zu hören.

»Das werden meine Jungs sein«, sagte Ben nicht ohne Stolz.

Im gleichen Moment, als die Hintertür zufiel, trat Jacqueline aus ihrem Zimmer. Da sie noch ein bisschen verschlafen war und sich ihren von den Strapazen und der Hitze schmerzenden Kopf hielt, bemerkte sie die beiden Jungen, die an ihrer Zimmertür vorbeigingen, erst, als sie mit ihnen zusammenprallte. Sie schnappte empört nach Luft.

»He! Könnt ihr nicht aufpassen?«, fuhr sie die zwei an. Dann sah sie, dass es Aborigines waren, und riss erschrocken die Augen auf.

Ben kam aus der Küche gelaufen. Seine Adoptivsöhne und Jacqueline standen sich wie versteinert gegenüber und starrten sich verdutzt an. »Was ist denn passiert?« Ben ließ seine Blicke von einem zum anderen wandern.

»Ich …«, stammelte Jacqueline. Ihr Herz klopfte. Bruchstücke albtraumhafter Kindheitserinnerungen zogen an ihrem inneren Auge vorbei, als sie sich den beiden Schwarzen, die vielleicht um die fünfzehn Jahre alt sein mochten, gegenübersah.

»Wir haben gar nichts gemacht, Dad!«, protestierte einer der Jungen.

Dad? Jacqueline riss die Augen noch weiter auf. Hatte er gerade Dad zu Ben gesagt?

»Ich weiß, mein Sohn, schon gut«, grummelte Ben mit einem strafenden Blick auf Jacqueline. »Das ist Jackie Walters«, fügte er hinzu. Er war vor lauter Arbeit nicht dazu gekommen, seinen Söhnen von ihr zu erzählen. »Sie ist unsere neue Haushälterin.« Er sah Jacqueline streng an. »Miss Walters, das sind meine Söhne Sid und Jimmy.«

Jimmy schien ein wenig älter zu sein als Sid. Beide waren ziemlich groß und schlank, hatten kurze schwarze Haare und große braune Augen. Sie sahen aus wie Brüder.

»Ihre Söhne?«, wiederholte Jacqueline ungläubig. In diesem Moment ging die Hintertür auf, und zwei weitere junge Burschen kamen herein. Es waren Weiße, sie waren einige Jahre älter als die Aborigines.

»Ganz recht, *meine Söhne.* Und das hier sind Geoffrey und Bobby, meine anderen beiden Söhne. Jungs, das ist Jackie Walters.«

Keiner der vier sagte etwas. Die zwei Älteren spürten die angespannte Atmosphäre und bemerkten die Fassungslosigkeit auf Jacquelines Gesicht. Sie vermuteten, dass es etwas mit ihren jüngeren Brüdern zu tun hatte, und reagierten sofort mit innerer Abwehr.

»Jacqueline«, verbesserte sie scharf. Jackie klang ihrem Gefühl nach viel zu ordinär.

»Sollen wir Sie etwa Jacqueline rufen?«, knurrte Ben. »Erstens ist das viel zu umständlich, und zweitens hört es sich stinkvornehm an, finden Sie nicht?«

»Nein, absolut nicht«, erwiderte sie hochnäsig.

»Aber ich«, entgegnete Ben. »Wir werden Sie Jackie nennen, und damit basta.«

»Was riecht denn hier so gut, Dad?« Bobby zog schnuppernd die Luft ein.

»Ja, ich rieche es auch«, meinte Geoffrey. »Was gibt's denn zum Essen? Ich bin schon am Verhungern!«

»Wascht euch erst mal, bevor ihr euch an den Tisch setzt«, befahl Ben. Alle vier stöhnten auf. »Wir haben Gäste, ihr könnt nicht wie Schafe stinken, wenn ihr mit drei Damen am Tisch sitzt!«

Widerwillig schlurften die Jungen in Richtung Bad. Als sie außer Hörweite waren, trat Ben dicht an Jacqueline heran, sah ihr fest in die Augen und sagte leise, aber drohend: »Haben Sie ein Problem damit, dass zwei meiner Söhne Aborigines sind?«

»N… nein«, stotterte sie. »Ich … ich hab sie nur nicht gesehen, und ich hätte nicht damit gerechnet, dass Ihre Söhne …«

»Eingeborene sind?«

»Ja, äh … ich meine … das hat mir niemand gesagt.«

»Warum auch? Cindy und ich haben die beiden adoptiert, als sie noch ganz klein waren. Ich könnte sie nicht mehr lieben, wenn sie mein eigen Fleisch und Blut wären. Alle meine Söhne sind anständige, hart arbeitende Burschen«, betonte Ben.

»Davon bin ich überzeugt«, versicherte Jacqueline hastig.

Sie schämte sich für ihre törichte, verletzende Reaktion, aber sie konnte einfach nichts dafür. Ben sah sie eindringlich an. Er hoffte, sie hatte verstanden, dass er nicht zulassen würde, dass man seine Söhne beleidigte oder respektlos behandelte.

In diesem Moment streckte Vera den Kopf aus der Küche. »Das Essen ist fertig, Ben«, sagte sie. »Soll ich es schon auf den Tisch bringen?«

»Ja, Vera, seien Sie so gut. Die Jungs kommen gleich.« Nachdem er Jacqueline einen letzten warnenden Blick zugeworfen hatte, ging er hinaus, um den Hunden Wasser zu geben. Füttern würde er sie später.

Vera ging zu Jacqueline und fragte mit gedämpfter Stimme: »Was war denn hier los?« Sie hatte gehört, dass geredet worden war, aber keine Einzelheiten mitbekommen.

»Als ich aus meinem Zimmer kam, bin ich mit zwei Jungen zusammengestoßen …«

»Mit Bens Söhnen?«

»Ja, und sie sind … schwarz.«

»Wie? Schwarz?« Vera blickte verwirrt drein.

»Es sind Aborigines. Ich bin so erschrocken. Ich dachte …«

Jacqueline verstummte. Sie wollte nicht, dass Vera einen falschen Eindruck bekam, aber sie hatte so viele furchtbare Erinnerungen an die Nacht, in der ihre Mutter und ihr Bruder ums Leben kamen.

»Vielleicht war seine Frau eine Schwarze«, meinte Vera achselzuckend. Ehen zwischen Schwarzen und Weißen waren in den USA heutzutage nichts Ungewöhnliches mehr.

Jacqueline schüttelte den Kopf. »Nein, Ben und seine Frau haben die beiden Jungen adoptiert. Er hat auch noch zwei weiße Söhne. Ich war nur so überrascht. Ich hatte nicht damit gerechnet, dass er zwei schwarze Söhne haben könnte.«

»Ja, das kann ich mir vorstellen. Aber du hast doch keine Vorurteile gegen Farbige, oder?«, fragte Vera ohne Umschweife. Falls doch, würde Jacqueline im ländlichen Australien ein Problem haben.

»Nein, natürlich nicht«, erwiderte sie leise. Sie gab nur ungern zu, dass sie sich seit jener Nacht vor so vielen Jahren vor ihnen fürchtete, doch sie hielt sich nicht für voreingenommen.

»Die soll bloß nicht glauben, dass sie den Platz unserer Mom einnehmen kann«, sagte einer der Jungen im Bad so laut, dass die Frauen es hören mussten. Die Gehässigkeit in seiner Stimme war unüberhörbar.

»Die hält sich anscheinend für was Besseres«, meinte ein anderer.

»Pah! Wir werden ihr schon zeigen, dass sie das nicht ist«, knurrte der erste.

Jacqueline sah Vera erschrocken an.

»Das darfst du nicht so ernst nehmen«, flüsterte Vera. »Sie haben erst vor kurzem ihre Mutter verloren. Da ist es ganz normal, dass sie so reagieren.«

»Ich bin doch nicht hier, um ihnen die Mutter zu ersetzen«, gab Jacqueline empört zurück.

»Ich weiß das, aber sie nicht. Sie werden es mit der Zeit schon merken. Hab ein bisschen Geduld!«, riet Vera.

Beim Abendessen machte Ben Tess und Vera mit seinen Söhnen bekannt. Danach drehte sich die Unterhaltung um die Arbeiten, die die Jungen auf der Farm erledigten. Jacqueline sagte nichts. Sie fing unfreundliche Blicke von Geoffrey und Bobby auf und bemühte sich, nicht in Sids oder Jimmys Richtung zu schauen, was den beiden älteren Söhnen allerdings auffiel.

»Das Essen war ganz hervorragend, Vera«, lobte Ben. Seine Söhne hatten ihre Mahlzeiten in Rekordzeit hinuntergeschlungen und nagten jetzt noch die Kotelettknochen ab.

»Danke«, erwiderte Vera lächelnd. »Ich habe übrigens noch einen Reispudding gemacht. Er ist im Ofen. Mit Obst und Sahne schmeckt er besonders gut, aber ich habe im Kühlschrank kein Obst gefunden.«

»Wir haben versucht, Obstbäume anzupflanzen, aber die einzige Sorte, die die extremen Sommer hier überlebt, sind Zitronen. Vielleicht könnte Jackie frische Limonade zubereiten. Cindy hat das immer gern gemacht.«

Ben sah Jacqueline bei diesen Worten an, doch diese schwieg. Sie hatte keinen blassen Schimmer, wie man Limonade machte, das gehörte ja auch, da war sie sich sicher, zu Dots Aufgaben und nicht zu ihren.

»Reispudding klingt gut, nicht wahr, Jungs?«, sagte Ben gereizt, als Jacqueline keine Antwort gab.

Die Jungen nickten eifrig.

»Ich mach das schon, Vera, bleib du nur sitzen.« Jacqueline sprang auf. Sie war froh, das Zimmer wenigstens für kurze Zeit verlassen zu können, so unbehaglich war ihr in Gegenwart der vier Jungen.

»Das ist nett von dir, danke.«

»Ich hole die Dessertschälchen«, sagte Tess. Sie stand ebenfalls auf und räumte die Teller ab. Nur die abgenagten Knochen lagen noch darauf; ansonsten waren sie so sauber, als wären sie bereits gespült worden.

Während Ben und seine Familie sich den Nachtisch schmecken ließen, zog Jacqueline sich in ihr Zimmer zurück und machte ihr Bett. Als es fertig war, streifte sie ihre Sachen ab, schlüpfte zwischen die Laken und schlief sofort ein.

»Wo ist Jackie?«, fragte Ben, als Vera und Tess mit dem Abwasch anfingen.

»Ich … weiß nicht«, antwortete Tess und warf Vera einen unsicheren Blick zu.

»Ich glaube, sie hat sich hingelegt«, meinte Vera. »Sie hat sich nicht wohl gefühlt.«

»Ich bezahle sie doch nicht fürs Schlafen«, wetterte Ben. »Es geht nicht, dass sie den Abwasch meinen Gästen überlässt!«

»Seien Sie ihr nicht böse, Ben«, bat Vera, »ich habe Ihnen doch gesagt, dass sie eine schwere Zeit hinter sich hat. Morgen sieht alles anders aus.«

Ben glaubte, dass Vera in ihrer Gutmütigkeit Jacqueline nur in Schutz nehmen wollte. »Das will ich hoffen.«

»Wir würden uns nachher auch gern zurückziehen, wenn es Ihnen nichts ausmacht.«

»Natürlich macht mir das nichts aus. Morgen ist ein großer Tag. Ich werde mich auch bald hinlegen. Wir wollen morgen Früh mit dem Scheren der Schmutzwolle anfangen, bevor wir den Schuppen für das Grillfest herrichten.«

»Wird auf einer Farm denn auch samstags gearbeitet?«, fragte Tess, die von Landwirtschaft wenig Ahnung hatte.

»Die Tiere wissen nicht, was für ein Tag ist, sie müssen jeden Tag gefüttert oder gemolken werden. Auf einer Farm gibt's keinen Ruhetag.«

Tess spürte eine Gefühl der Enttäuschung aufkommen. Das hörte sich an, als ob Tim nicht viel Zeit für sie haben würde, falls sie heiraten sollten. Sie fragte sich, ob Vera das genauso sah.

Am anderen Morgen standen Tess und Vera in aller Frühe auf, um das Frühstück zuzubereiten.

»Wo ist Jackie?«, lautete Bens erste Frage, nachdem er den beiden Frauen einen Guten Morgen gewünscht hatte. Er war mit seinen Söhnen bereits draußen bei den Schafen gewesen und hatte auch die Hühner und die Hunde schon gefüttert, eine Aufgabe, die Jacqueline künftig übernehmen sollte.

»Sie … äh … macht die Betten«, flunkerte Vera.

Sie wusste, Jacqueline würde Ärger bekommen, wenn sie sich nicht am Riemen riss. Als sie Ben und seinen Söhnen das Frühstück aufgetischt hatte, huschte sie hinaus und zum Schulzimmer. Sie klopfte leise an.

»Herein«, rief Jacqueline.

Als Vera eintrat, saß sie angezogen auf dem Schlafsofa und schaute mit melancholischem Gesichtsausdruck aus dem Fenster. Vera stöhnte innerlich auf. Es hatte nicht den Anschein, als ob Jacquelines Stimmung sich aufgehellt hätte.

»Na, gut geschlafen?«, fragte sie betont munter.

»Nein, überhaupt nicht«, erwiderte Jacqueline tonlos.

»Ben hat schon nach dir gefragt. Ich hab ihm gesagt, du machst die Betten«, flüsterte Vera.

Jacqueline guckte sie verblüfft an. »Ich dachte, ich soll hier die Hausangestellten beaufsichtigen, aber ich hab nicht den Eindruck, dass es hier überhaupt welche gibt«, schmollte sie.

Vera überlegte, wie sie Jacqueline den wahren Sachverhalt schonend beibringen könnte. »Na ja, Ben erwartet wohl, dass du für Dot einspringst, während sie sich um ihr krankes Kind kümmern muss. Auf dem Land ist es selbstverständlich, dass man sich gegenseitig aushilft, weißt du.«

Jacqueline verzog unwillig das Gesicht. Es kam ihr gar nicht in den Sinn, dass Vera und Tess für sie eingesprungen waren und sie ihnen wirklich dankbar dafür sein sollte. »Glaubst du, er wird darauf bestehen, dass ich den Vertrag erfülle, wenn ich ihm sage, das Ganze sei ein schrecklicher Irrtum?«

Vera starrte sie entgeistert an. »Das wird er ganz bestimmt. Er hat nicht ohne Grund auf einem Vertrag bestanden.«

»Aber wenn ich nicht imstande bin, die Arbeit, für die ich mich verpflichtet habe, zu leisten?«

Vera kannte den Wortlaut des Vertrags zwar nicht, aber sie war sicher, dass Jacqueline da nicht so leicht wieder herauskommen würde. »Wenn Dot erst wieder da ist, wird es bestimmt leichter für dich werden, Jacqueline. Bis dahin musst du versuchen, das Beste daraus zu machen.«

Die Hintertür fiel zu. Augenblicke später sahen sie Ben und seine Söhne zu den Schafpferchen stapfen. Die Hunde trotteten hinterher.

»Komm, jetzt iss erst mal was.« Vera rüttelte sie sanft an der Schulter. »Tess und ich machen nachher die Salate für die Grillparty. Du kannst uns dabei helfen.«

»Ich kann doch nicht kochen, Vera«, brummte Jacqueline und stand langsam auf.

»Für Salat musst du höchstens Eier kochen können, und das kann jeder. Jetzt komm schon!«

Jacqueline folgte Vera in die Küche, wo sie aber nicht beim Zubereiten der Salate half, sondern lustlos in ihrem Frühstück stocherte.

»Im Garten wächst unglaublich viel Gemüse«, sagte Vera, als sie sechs Eier zum Kochen aufs Feuer setzte. Sie hatten Kopfsalat und Tomaten gewaschen und Zwiebeln und Gurken geschält. »Hoffentlich gibt es auf Rawnsley Park Station auch so einen schönen Gemüsegarten.«

Tess kicherte. Vera wurde rot, musste aber ebenfalls lachen. Sie hatte von Michael Rawnsley geträumt und konnte es kaum erwarten, ihn wiederzusehen. Auch Tess fieberte dem ersten Treffen mit Tim Edwards entgegen, wenngleich es schwierig werden würde, eine Beziehung zu einem derart schüchternen Mann anzubahnen. Aber sie war bereit für diese Herausforderung. Schließlich hatte sie eigens dafür die weite Reise auf sich genommen.

Während Tess und Vera aufgeregt über das bevorstehende Grillfest plauderten, saß Jacqueline in dumpfem Schweigen versunken daneben. Als Vera sie nach einer Weile fragte, was sie denn anziehen werde, sagte sie, sie werde nicht zu der Party gehen.

»Was?« Vera guckte sie verblüfft an.

Auch Tess machte ein verdutztes Gesicht. »Wieso denn nicht?«

»Wieso sollte ich?«, gab Jacqueline sauertöpfisch zurück.

Tess und Vera wechselten einen viel sagenden Blick. »Weil die Leute, die kommen werden, deine künftigen Nachbarn sind«, erwiderte Vera. »Willst du sie denn nicht kennen lernen?«

»Die meisten werden ledige Männer sein, oder nicht? Wenn sie denken, ich bin unverheiratet, werden sie versuchen wollen, mit mir zu flirten, und das kann ich im Moment wirklich nicht brauchen.« Nach ihrer bitteren Enttäuschung mit Henry hielt sie alle Männer für verlogene Mistkerle.

Tess nickte. »Ja, das kann ich verstehen.«

»Ja, ich auch«, meinte Vera, die an ihre Unterhaltung mit Ben dachte.

Jacqueline sah die Frauen bedrückt an. Sie wollte nicht an Henry denken und daran, was er mit Verity, seiner neuen Liebe, in Melbourne machte, aber ihre Gedanken kreisten fast zwanghaft um dieses Thema. Sie stellte sich vor, wie sich die zwei auf Haussuche begaben, und wurde von blinder Wut gepackt. Sie malte sich aus, wie Henry den Vater für Veritys kleinen Sohn spielte – bei diesem Gedanken hätte sie sich fast übergeben. Es war so ungerecht, dass Henry alles bekam, was er sich gewünscht hatte, während sie hier in einer trostlosen Einöde hockte, wo nicht einmal eine Blume oder ein Grashalm wuchs. Und wo man zu allem Überfluss auch noch von ihr erwartete, dass sie für andere Hausarbeiten erledigte.

Um die Mittagszeit bereiteten Vera und Tess ein paar belegte Brote für Ben und seine Söhne. Ob sie ihnen die Sandwiches nicht bringen wolle, fragte Vera Jacqueline, als die Männer nicht nach Hause kamen.

»Nein, Bens Söhne können mich nicht leiden«, brummte sie.

»Ach was«, meinte Vera. »Sie brauchen nur ein bisschen Zeit, um sich an die neue Situation zu gewöhnen.«

»Ich weiß doch gar nicht, wo sie sind«, nörgelte Jacqueline.

»Ben sagte etwas von Schmutzwolle scheren in einem Pferch unweit vom Haus. Sie können nicht weit weg sein.«

Jacqueline stieß einen gereizten Seufzer aus und machte sich wohl oder übel mit den Sandwiches auf den Weg. Sie brauchte wirklich nicht lange zu suchen. Ben und seine Söhne stellten im Schuppen Tische und Bänke für das Grillfest auf. Jacqueline war heilfroh, dass sie nicht in die Nähe der Schafpferche musste.

»Ich hab euch etwas zu essen gebracht. Belegte Brote.«

Die Jungen würdigten sie keines Blickes, aber Ben schien angenehm überrascht. »Danke, Jackie. Ich hab gar nicht gemerkt, dass es schon so spät ist.« Er warf einen Blick auf seine Armbanduhr.

Jacqueline packte die Sandwiches aus. »Soll ich euch einen Krug Tee bringen?«, fragte sie mit einem schüchternen Seitenblick auf die Jungen.

»Wir haben Wasser, das reicht fürs Erste. In einer Stunde werden wir hier fertig sein.« Ben nahm sich ein Sandwich. »Tess und Vera sind bestimmt schon ganz aufgeregt, könnte ich mir denken.«

»O ja, sie wissen nur noch nicht, was sie anziehen sollen.«

»Und Sie?«, nuschelte Ben mit vollem Mund. Auch seine Söhne ließen es sich schmecken.

Jacqueline senkte den Blick. »Ich werde nicht kommen«, sagte sie leise.

»Darf ich fragen, warum Sie meine Nachbarn und Freunde nicht kennen lernen wollen?« Ben sprach immer offen aus, was er dachte. Cindy hatte ihn oft deswegen getadelt, aber ändern konnte sie ihn nicht.

»Ich … ich möchte lieber allein sein. Wenn es Ihnen nichts ausmacht.«

»Ganz, wie Sie wollen. Da, wo Sie herkommen, ist Alleinsein wahrscheinlich ein Luxus, bei uns hier draußen ist es eine Lebensweise.«

Cindy hatte sich oft über die Einsamkeit beklagt, wenn er unterwegs gewesen war, um die Schafherden zusammenzutreiben.

Er sah Jacqueline prüfend an. Er hatte den Verdacht, dass irgendjemand ihr sehr wehgetan hatte. Deshalb musste sie so verschlossen und zugeknöpft sein. Er konnte sich nicht vorstellen, dass ein Mensch von Natur aus so in sich gekehrt war.

Jacqueline erwiderte nichts. Als sie den leeren Korb nahm und sich zum Gehen wandte, bemerkte sie, wie Bobby und Geoffrey einen triumphierenden Blick wechselten. Die beiden freuten sich ganz offensichtlich, dass sie nicht zum Grillen kommen würde.

Tess und Vera machten sich gegen sechs Uhr auf zum Schuppen. Noch war es hell, aber Ben hatte für später bereits Lampen aufgehängt. Sie müsse ihre flatternden Nerven unbedingt mit ein paar Drinks beruhigen, bevor Tim komme, meinte Tess.

»Ich hab gar nicht den Eindruck gehabt, dass du so ein nervöser Typ bist«, sagte Jacqueline.

»Bin ich normalerweise auch nicht. Ich bin es nur jetzt, da ich weiß, dass Tim so eine Panik davor hat, mich kennen zu lernen.«

»Ihr seht ganz bezaubernd aus«, sagte Jacqueline bewundernd, als Tess und Vera sich verabschiedeten.

Tess hatte sich für ein rotes Kleid entschieden. Die Farbe stand ihr ganz ausgezeichnet, und der farblich passende Lippenstift auf ihren vollen Lippen unterstrich die verführerische Wirkung noch. Vera trug ein golden, weiß und schwarz bedrucktes Kleid, das ihre schlanke Figur betonte und ihr helles Haar besonders vorteilhaft zur Geltung brachte. Große Kreolen vervollständigten die Garderobe. Die beiden Frauen waren so aufgeregt wie zwei Schülerinnen vor dem Abschlussball. Jacqueline konnte sie verstehen: Möglicherweise war dieser Abend der Beginn eines neuen Lebensabschnitts für sie.

Sie wünschte Vera und Tess von Herzen Glück. Sie hatten es wirklich verdient. Sie selbst hatte es ihrer Meinung nach zwar auch verdient, aber sie glaubte nicht, dass es in nächster Zukunft zu ihr kommen würde.

Als Tess und Vera gegangen waren, zog Jacqueline sich in ihr Zimmer zurück und schaute zu, wie Jeeps, Pick-ups und Utes auf das Grundstück fuhren und neben dem Schuppen parkten. Zuerst sagte sie sich, die Einsamkeit werde ihr guttun. Doch dann stellte sie fest, dass das Gegenteil der Fall war. Unweigerlich kehrten ihre Gedanken zu Henry und den vielen einsamen Stunden in der Schiffskabine zurück.

Als es dunkel wurde, kam Vera noch einmal zurück zum Haus.

»Ich hab dir etwas zu essen gebracht«, sagte sie zu Jacqueline und stellte einen Teller mit zwei gegrillten Lammkoteletts und einer Portion Salat auf den Tisch. Jacqueline, der der Duft von gebratenem Fleisch in die Nase gestiegen war, knurrte schon der Magen.

»Das wäre doch nicht nötig gewesen«, erwiderte sie. Sie hatte ein schlechtes Gewissen, weil Vera sich ihretwegen so viel Mühe machte.

»Ach was, du musst doch essen! Und außerdem hab ich dir das da mitgebracht.« Vera hielt eine Flasche Wein hoch.

»Wunderbar! Das ist genau das, was ich jetzt brauche.« Jacqueline hoffte, der Wein werde sie benebeln, damit sie nicht mehr an Henry und Verity denken musste. »Ist Tim Edwards schon da?«

»Ja, er ist da«, erwiderte Vera zögernd.

»Und?«, forschte Jacqueline. »Wie ist er so?«

»Schwer zu sagen. Er ist mit Mike hergefahren, und kaum war er ausgestiegen, eilte er geradewegs zu den Getränken und ließ sich ein Bier geben. Seitdem geht er Tess aus dem Weg. Steuert sie auf ihn zu, flüchtet er regelrecht in die andere Richtung. Im Moment hat sie's aufgegeben. Sie unterhält sich mit Tom Stevens und Cyril Luxton. Die beiden haben mit den Frauen gerechnet, die in letzter Sekunde kalte Füße bekommen haben. Falls Tim sich zu sehr geniert, könnte sich einer der zwei an Tess heranmachen.«

»Wie sieht er denn aus?«, fragte Jacqueline neugierig.

»Gar nicht übel. Groß, rotblond, braun gebrannt, durchtrainiert. Er sieht jünger aus, als er ist, aber Tess hat immer schon eine Schwäche für junge, unerfahrene Männer gehabt.« Sie selbst bevorzugte maskuline, reife Männer, Männer wie Michael Rawnsley. »Wenn er nur nicht so schüchtern wäre! Als Mike mich ihm vorstellte, wäre er fast in Ohnmacht gefallen.« Sie verdrehte in komischer Verzweiflung die Augen.

»Die arme Tess. Ob das heute Abend noch was mit den beiden wird?«

»Ich will's hoffen. Sie haben schon ein paar Bierchen gezischt, da kann noch alles Mögliche passieren.«

Vera grinste, als sie Jacquelines verblüffte Miene sah. »Den Ausdruck hab ich von Ben aufgeschnappt.«

»Und wie läuft's mit Mike und dir?«

»Wir sind noch gar nicht groß zum Reden gekommen. Es sind noch acht andere Männer da.«

»Keine Frauen?« Jacqueline hatte aus der Ferne nicht sehen können, ob in den Autos Männer oder Frauen saßen.

»Doch, drei sind mit ihren Ehefrauen gekommen. Sie sind alle schrecklich nett. Richtige Landfrauen. Wahrscheinlich werde ich mal genauso werden.«

Jacqueline zog eine Braue hoch. »Und die ledigen Männer? Flirten sie?«

»Flirten wäre zu viel gesagt. Mike sorgt schon dafür, dass sie mir nicht zu nahe kommen, aber sie sind alle sehr gesprächig.«

Vera genoss es ganz offensichtlich, im Mittelpunkt zu stehen, und Jacqueline freute sich für sie.

»Ich hoffe, dass ich Mike später ein bisschen für mich allein haben werde«, fuhr Vera fort. »So, dann werd ich mal wieder gehen. Soll ich später noch einmal wiederkommen?«

»Nein, nein, mach dir um mich keine Gedanken. Ich werde früh schlafen gehen, denke ich.« Jacqueline streifte die Weinflasche mit einem flüchtigen Blick. Wenn sie die ausgetrunken hatte, wäre sie alle Sorgen los – zumindest für eine Weile. »Und jetzt geh und amüsier dich!«

»Na schön. Tess und ich werden dir morgen ausführlich Bericht erstatten.« Vera lächelte und verließ das Zimmer.

Jacqueline ließ sich das Essen schmecken, es war wirklich köstlich. Sie trank ein großes Glas Wein dazu und fühlte, wie sie sich allmählich entspannte. Als sie aufgegessen hatte, nahm sie die Flasche und ihr Glas mit ins Wohnzimmer, ließ sich aufs Sofa fallen und legte die Füße auf einen Hocker. Nach dem dritten Glas war sie ziemlich beschwipst. In ihrem Kopf drehte sich alles. Sie hatte den Wein schnell heruntergestürzt, und da sie sonst kaum Alkohol trank, war die Wirkung umso stärker. Aber es tat gut, nicht mehr denken zu müssen, den Schmerz der vergangenen Tage zu betäuben. Sie schloss die Augen und seufzte selig.

Tess dachte fieberhaft darüber nach, wie sie Tim zum Reden bringen konnte. Sie hatte durch Will Baxter herausgefunden, dass Tim früher Rodeos geritten war und viele Preise eingeheimst hatte.

»Er war bekannt für seine ausgefeilten Techniken«, erzählte Will. »Er konnte ein Kalb schneller mit dem Lasso einfangen als jeder andere im Land. Er war einfach unschlagbar.«

»Ach, wirklich!«

Das brachte Tess auf eine Idee. Sie borgte sich einen von Bens Stricken und ging zu einem Baumstumpf unweit der Scheune. Aus dem Schuppen fiel genügend Licht, sodass sie den Baumstumpf und Tim sie sehen konnte. Dann versuchte sie, ein Lasso zu knüpfen und es über den Baumstumpf zu werfen.

»Verdammt!«, schimpfte sie laut, als sie danebenwarf und die Schlinge sich auflöste.

Tom Stevens wollte ihr zu Hilfe kommen, aber Ben hielt ihn zurück. Er konnte sich denken, was Tess im Schilde führte. Er zwinkerte einigen anderen Männern zu. Tim, der hinter Mike stand, bekam nichts davon mit. Verstohlen beobachtete er Tess.

Sie unternahm einen zweiten Versuch, dann einen dritten und einen vierten. Alle schlugen fehl, weil sie keine richtige Schlinge zustande brachte. Aus dem Augenwinkel spähte sie immer wieder unauffällig in Tims Richtung.

Irgendwann konnte Tim es nicht mehr mit ansehen, wie ungeschickt Tess sich anstellte. Er leerte die Bierflasche in seiner Hand, atmete tief durch und ging zu ihr.

»So wird das nie was«, meinte er. Er nahm ihr den Strick aus der Hand, ohne sie dabei anzusehen.

»Was mache ich denn falsch?«, fragte Tess mit unschuldigem Augenaufschlag.

»Ich zeig's Ihnen. Sehen Sie, so geht das.«

Tim knüpfte das Seilende zu einer perfekten Schlinge. Tess schaute ihm dabei zu, als hätte sie nie zuvor etwas Aufregenderes gesehen, und dachte bei sich, was für unbedarfte, leicht zu übertölpende Lebewesen die Männer doch waren.

»Und so wird es geworfen.« Tim ließ das Lasso dreimal über seinem Kopf kreisen und warf es. Es landete exakt über dem Baumstumpf.

»Wow, Sie sind ja richtig gut!«, sagte Tess bewundernd. »Das würde ich auch gern können. Könnten Sie mir das beibringen?«, fügte sie schnell hinzu, bevor Tim sich wieder aus dem Staub machen konnte.

Er räusperte sich. »Klar, warum nicht.«

Er bekam rote Ohren, war aber gleichzeitig erfreut, dass eine Frau sich für seine große Leidenschaft begeisterte. Als er ging, um das Lasso wiederzuholen, drehte sich Tess schnell zu Vera um und reckte siegessicher einen Daumen hoch.

Tim zeigte ihr geduldig, wie man das Lasso richtig warf, und Tess stellte sich absichtlich dumm dabei an. Nach einer Weile lachten sie beide, Tim wirkte viel entspannter. Tess fragte ihn behutsam aus. Woher er denn so gut mit dem Lasso umgehen könne, forschte sie. So kam er auf seine Rodeozeit zu sprechen, für ihn die schönste

Zeit seines Lebens und eines der wenigen Themen, über die zu reden er nicht müde wurde. Tess mochte ihn auf Anhieb, sie hätte ihm stundenlang zuhören können. Wir haben zum Glück noch den Rest unseres Lebens, um uns über die Dinge zu unterhalten, die *mir* Spaß machen, dachte sie.

Vielleicht würde sie diese Geschichte eines Tages sogar ihren Enkelkindern erzählen.

Jacqueline saß immer noch im Wohnzimmer auf dem Sofa. Sie hatte die Flasche Wein ausgetrunken und döste benommen vor sich hin.

»Sind Sie wach?«, fragte jäh eine Männerstimme.

Jacqueline schreckte hoch. »Jetzt schon«, murmelte sie.

Neben dem Sofa stand ein dunkelhaariger Mann und grinste sie an. »Sie müssen Jackie sein.«

Sie betrachtete sein hübsches Gesicht und fragte sich, ob sie träumte. Sie hatte ihn gar nicht kommen hören.

»Ich heiße Jacqueline. Jacqueline Walters«, nuschelte sie. »Und Sie sind …?« Ob es einer der Gäste der Grillparty war? »Dürfen Sie sich überhaupt hier im Haus aufhalten?«

Der Mann guckte sie verdutzt an. »Ich bin Nick. Nick Dulton, Bens Bruder.« Er streckte seine Hand aus. »Hat man Ihnen nicht gesagt, dass auch ich auf Wilpena wohne?«

Nick ließ seine Blicke anerkennend über sie wandern. Wieso hatte Ben nicht erwähnt, wie attraktiv sie war? Sie hatte eine milchige Haut, die stellenweise gerötet war von einem leichten Sonnenbrand, und große dunkle Augen, in denen man sich verlieren konnte. Ihre Beine waren auch nicht übel.

»Nein. Ich meine, ja.« Jacqueline, vom Alkohol umnebelt, schüttelte den Kopf und versuchte, einen klaren Gedanken zu fassen.

Als sie die entgegengestreckte Hand ergriff, ließ Nick sich neben sie auf das Sofa fallen, ohne jedoch ihre Hand loszulassen. »Sie gestatten?«

Sie zog ihre Hand zurück, was er nicht zu bemerken schien. Prüfend betrachtete sie ihn. Sie konnte kaum glauben, wie gut er aussah. »Sie sehen Ihrem Bruder aber gar nicht ähnlich«, sagte sie.

»Zum Glück«, gab Nick grinsend zurück. »Es gibt Tage, da könnte Ben mit seiner Visage die Schafe erschrecken.«

Jacqueline lachte laut heraus. Innerhalb von Sekunden war ihr alles Mögliche an ihm aufgefallen: die glänzenden Stiefel, die eng sitzende Hose, das weiße Hemd, die braun gebrannte Haut, die Art, wie ihm seine dunklen Haare in die Stirn fielen. Die haselnussbraunen Augen funkelten schelmisch, und sein Lächeln war geradezu entwaffnend.

»Ben hat mir erzählt, Sie seien die neue Haushälterin und nicht zum Grillen gekommen, weil Ihnen nicht danach sei. Das hat mich offen gestanden ziemlich neugierig gemacht. Ich sagte mir, entweder hat sie ein Gesicht wie das Hinterteil einer Kuh, oder aber sie will mit uns einfachem Landvolk nichts zu tun haben, weil sie sich für etwas Besseres hält.«

»Ich habe zwar noch nie das Hinterteil einer Kuh aus der Nähe betrachtet, aber ich hoffe nicht, dass ich so schlimm aussehe«, brummelte Jacqueline.

»Nein, ganz im Gegenteil. Warum sitzen Sie also allein hier herum, anstatt sich auf einen Plausch und ein Bier zu den Nachbarn zu setzen? Haben Sie Angst, einer könnte sich an Sie heranmachen?«

Nick hatte keine Ahnung, dass er den Nagel auf den Kopf getroffen hatte. »Ich, äh … mir war einfach nicht nach Gesellschaft zumute«, erwiderte Jacqueline. Warum zeigte er nur solches Interesse an ihr?

»Ich finde es nicht gut, dass Sie ganz allein hier drinnen hocken.«

»Ich bin nicht allein.«

Nick blickte sich stirnrunzelnd um. »Ich hab zwar schon ein paar Bierchen gekippt, aber so blau, dass ich jemanden übersehen könnte, bin ich noch nicht.«

»Die hier hat mir Gesellschaft geleistet.« Jacqueline hob die Weinflasche hoch, in der sich gerade noch ein kleiner Schluck befand. Sie blinzelte angestrengt. »Komisch, das meiste ist anscheinend verdunstet.« Sie konnte sich nicht erinnern, jemals so viel Alkohol getrunken zu haben.

Nick lachte. »Sie werden es nicht glauben, aber mir ist genau das Gleiche passiert. Seit ich vor einer knappen Stunde heimgekommen bin, ist der Inhalt von drei Bierflaschen vor meinen Augen verdunstet. Einfach so! Muss an der Hitze liegen.«

Er lehnte sich entspannt zurück und legte seine Füße neben ihre auf den Hocker. Die Geste hatte etwas unangemessen Vertrauliches, aber Jacqueline nahm es in ihrem beschwipsten Zustand nicht wahr.

»Drei Flaschen! Mir scheint, Sie haben ein Problem. Hicks!«, entfuhr es ihr laut. Sie kicherte.

Nick lachte.

Sie konnte nicht glauben, wie unbefangen und locker sie sich neben diesem völlig Fremden fühlte. Sie saßen so eng nebeneinander, dass sie die goldenen Einsprengsel in seinen haselnussbraunen Augen sehen konnte. Er hatte perfekte Zähne, die in seinem braun gebrannten Gesicht strahlend weiß leuchteten. Jacqueline hatte plötzlich das sonderbare Verlangen, Nick zu küssen.

Der Gedanke wirkte wie eine kalte Dusche. Du meine Güte, durchfuhr es sie. Was ist denn los mit dir? Hör auf, solchen Unsinn zu denken! Errötend wandte sie ihr Gesicht ab, weil Bens Bruder sie eindringlich ansah.

»Stimmt etwas nicht? Stinke ich vielleicht nach den Schafen?«

»Nein, nein, Sie riechen gut«, versicherte sie hastig.

Jacqueline leerte das Glas, das auf dem Beistelltisch stand, und spähte dann aus dem Augenwinkel auf Nicks gebräunte, muskulöse Arme. Seine Haut war wunderschön, so ganz anders als Henrys bleiche, sommersprossige Haut. Sein Hemd spannte sich über seinem Waschbrettbauch und seiner kräftigen Brust. Unglaublich, wie attraktiv dieser Mann war! Und noch viel unglaublicher war, dass sie so ins Schwärmen geriet.

»Es stört Sie doch nicht, dass ich mich zu Ihnen gesetzt habe, oder?«, fragte er mit heiserer Stimme. »Sagen Sie es mir, wenn ich wieder gehen soll. Ich vertrage einiges, wissen Sie, ich bin so dickhäutig wie ein Goanna.«

»Ein Goanna?«

»Ein Waran.« Nick setzte seine Bierflasche an die Lippen. »Ich bin ein paar Tage weg gewesen, mir ist im Moment auch nicht nach Gesellschaft zumute«, murmelte er müde. »Aber ich könnte es Ihnen nicht verdenken, wenn Sie lieber Ihre Ruhe haben wollen.«

»Nein, nein, bleiben Sie nur«, hörte Jacqueline sich sagen.

Sie schenkte sich den letzten Schluck Wein ein. Obwohl sie es nicht für möglich gehalten hätte, fühlte sie sich wohl in seiner Gesellschaft.

»Sie wollen sich also in Zukunft um uns Junggesellen kümmern, hm?« Er lächelte sie an.

»Könnte man so sagen, ja.«

»Haben Sie denn Erfahrung auf diesem Gebiet?«, frotzelte Nick.

Sie schüttelte den Kopf. »Nein, eigentlich nicht.« Henry war schließlich kein Junggeselle gewesen.

»Und? Glauben Sie, Sie werden der Aufgabe gewachsen sein?«, fragte er grinsend.

»Warten wir's ab. Sind Sie denn sehr ungezogen?« Erst als sie es ausgesprochen hatte, wurde ihr bewusst, dass sich das wie ein Flirtversuch anhörte.

»Manchmal schon«, entgegnete Nick. »Kann sein, dass Sie mich ab und zu züchtigen müssen.«

Wieder wurde Jacqueline rot, konnte aber nicht umhin, sein Lächeln zu erwidern. »Ich denke, das schaffe ich.«

Sie nahm seinen frischen, herb-männlichen Duft wahr. Ein betörender Duft. Sie atmete ihn tief ein und machte eine Sekunde lang die Augen zu. Als sie sie wieder öffnete, ruhte sein Blick auf ihr. Die kleine Lampe im Wohnzimmer schuf mit ihrem warmen Licht eine intime Atmosphäre. Jacqueline kam die Szene völlig unwirklich vor.

»Sie sind eine klasse Frau, Jackie«, murmelte Nick rau.

Jacqueline schluckte, weil sich plötzlich ein Kloß in ihrer Kehle gebildet hatte. Sie verspürte das unbändige Verlangen, diesen Mann zu berühren und von ihm berührt zu werden. Eine irrwitzige Sekunde lang sehnte sie sich danach, wieder begehrenswert zu sein.

Sie senkte den Blick und flüsterte: »Danke, aber Sie übertreiben.« Wahrscheinlich lag es am Bier, dass er ihr ein solches Kompliment machte.

»Nein, ganz bestimmt nicht. Und ich bin auch sicherlich nicht der Erste, der Ihnen das sagt.«

Jacqueline kam sich auf einmal sehr verletzlich vor. »Ich habe mich seit einer Ewigkeit nicht mehr schön oder begehrenswert gefühlt«, sagte sie und war sich nicht einmal bewusst, dass sie laut dachte.

Sie stieß einen schweren Seufzer aus. Zum ersten Mal kam ihr der Gedanke, dass Henry vielleicht nicht so Unrecht gehabt hatte mit seiner Bemerkung, zwischen ihnen habe es schon lange nicht mehr gestimmt. Sie hatte es nur nicht gemerkt. Erst jetzt, wo sie darüber nachdachte, fiel ihr auf, dass sie sich nicht erinnern konnte, wann er ihr das letzte Mal gesagt hatte, sie sei schön oder begehrenswert.

Als sie sich Nick zuwandte, berührte er mit dem Handrücken ihr Gesicht. Ihr stockte der Atem. »Glaub mir, du bist eine überaus attraktive Frau.«

Jacqueline ergriff seine Hand und drückte sie an ihr Gesicht. Sie schloss die Augen. Seine Haut fühlte sich genau so an, wie sie es sich vorgestellt hatte. Sie schmiegte ihre Wange in seine Hand und schwelgte in dem wunderbaren Gefühl seiner Berührung. Sie wusste, es war nicht richtig, was sie tat, aber das war ihr egal.

Normalerweise betrachtete sie die Dinge von allen Seiten, wägte ab und analysierte, aber sie wollte jetzt nicht denken. Sie wollte nichts weiter als fühlen.

Sie küssten sich leidenschaftlich. Als sie sich voneinander lösten, blickte sie ihm in die Augen und wisperte: »Geh mit mir ins Bett. Ich will mit dir schlafen.«

Nick zögerte. Sie hatte eine ganze Flasche Wein ausgetrunken. Wusste sie noch, was sie tat? Er wollte die Situation nicht ausnutzen.

»Bist du sicher?«

»Ja, ganz sicher«, flüsterte sie. »Du verstehst das wahrscheinlich nicht, aber ich möchte mich wieder als Frau fühlen. Schlaf mit mir, Nick. Bitte.«

Obwohl sein Verstand ihm sagte, dass es ein Fehler war, stand er auf, streckte die Arme nach ihr aus und zog sie an sich. Sie war wunderschön, er konnte nicht leugnen, dass er sich zu ihr hingezogen fühlte. Er wusste nichts über sie, aber er hatte die brennende Sehnsucht in ihrer Stimme gehört. Jacqueline legte den Kopf an seine Schulter, als er sie auf seinen Armen in ihr Zimmer trug.

7

Stimmen, die irgendwo von draußen kamen, rissen Jacqueline aus einem tiefen Schlaf. Sie stöhnte auf, weil ihr der Schädel brummte und ihre Kehle ganz ausgedorrt war. Verschlafen spähte sie durch die Vorhänge der Verandatür und stellte verwirrt fest, dass es noch dunkel war. Silbernes Mondlicht fiel auf den staubtrockenen Garten. Die spärlichen Gräser und Sträucher warfen bizarre Schatten. Dann nahm sie eine Bewegung wahr. Jacqueline kniff die Augen zusammen und starrte angestrengt in die Dunkelheit. Vor der Veranda standen zwei Gestalten. Erst als sie Veras Stimme hörte, erkannte sie ihre Freundin und Mike Rawnsley.

»Schsch!«, machte Vera und kicherte wie ein Schulmädchen. »Sonst wecken wir Jacqueline noch auf.«

Schon passiert, dachte Jacqueline mürrisch.

»Ich werd jetzt besser gehen«, murmelte Mike, zog Vera aber noch fester an sich und küsste sie stürmisch.

»Mmm«, schnurrte Vera. »Musst du wirklich schon gehen?«

»Ja, aber das sage ich schon seit fünf Stunden, nicht? Ich kann mich einfach nicht von dir losreißen. Ich wünschte, ich könnte bleiben.« Er küsste sie auf den Hals, und sie gab Laute des Wohlbehagens von sich.

Jacqueline wandte sich peinlich berührt ab und drehte sich auf die andere Seite. Plötzlich ertastete sie warme Haut. Sie schnappte erschrocken nach Luft und war schlagartig hellwach. Entsetzt riss sie die Augen auf, als sie Nick Dulton neben sich liegen sah. Seine gleichmäßigen Atemzüge verrieten ihr, dass er fest schlief.

»O mein Gott!«, wimmerte sie und fuhr wie von der Tarantel gestochen hoch.

Im ersten Moment hätte Jacqueline ihn am liebsten angeschrien und aus ihrem Bett geworfen, aber sie hatte Angst, Vera und Mike auf sich aufmerksam zu machen. Sie griff sich an ihren dröhnenden Kopf und versuchte krampfhaft, sich zu erinnern. Nach und nach fiel ihr alles wieder ein, und als sie an die Stunden voller ungezügelter Leidenschaft in Nicks Armen dachte, erfasste sie eine glühende Hitzewelle, die im Gesicht begann und sich bis zu ihren Zehen hinunter ausbreitete.

Sie wäre vor Scham am liebsten im Boden versunken, als ihr einfiel, wie sie Nick angefleht hatte, mit ihr zu schlafen. Was sollte er nur von ihr denken? Er wird mich für ein schamloses Flittchen halten, dachte sie verzweifelt. Noch nie hatte sie so etwas gemacht. Henry war der erste Mann in ihrem Leben gewesen, und bis zu ihrer Hochzeit hatten sie sich fast ausschließlich unter der Aufsicht ihres Vaters getroffen. Außerdem hätten ihre eigenen moralischen Grundsätze es nie zugelassen, dass sie die Initiative ergriff und aus purer Begierde mit einem wildfremden Mann ins Bett stieg. Das würde ihr Nick natürlich nicht glauben. Warum sollte er auch?

Jacqueline verwünschte sich dafür, dass sie mehr getrunken hatte, als ihr guttat. Nur dadurch war sie so empfänglich geworden für die Komplimente dieses attraktiven Mannes.

Vorsichtig schlüpfte sie aus dem Bett und stellte fest, dass sie vollständig nackt war. Sie tastete umher, fand ihr Kleid auf dem Fußboden und hielt es schützend vor sich. Dann spähte sie zur Verandatür hinaus. Vera und Mike waren nicht mehr zu sehen. Immerhin etwas, dachte sie. Während sie in aller Eile und so leise wie möglich ihr Kleid überstreifte, überlegte sie fieberhaft, wie sie die Angelegenheit am besten vertuschen konnte. Sie würde einfach behaupten, Nick sei betrunken gewesen, deshalb habe sie ihm ihr Bett zur Verfügung gestellt und selbst auf dem Sofa geschlafen.

Und falls er irgendeine Andeutung auf das machte, was zwischen ihnen passiert war, würde sie alles abstreiten und sagen, er habe sich das nur eingebildet. Ja, das müsste funktionieren. Auf Zehenspitzen schlich Jacqueline aus dem Zimmer.

In der Küche trank sie zuerst einmal zwei große Gläser Wasser. Als sie an der Spüle stand, dachte sie über ihren Plan nach. Die Sache hatte natürlich einen Haken: Nick wohnte hier, er würde niemals glauben, dass er so ungalant gewesen war und ihr Bett mit Beschlag belegt hatte, wo er nur wenige Schritte zu seinem eigenen Haus hätte gehen müssen. Jacqueline stöhnte auf. Vielleicht würde sie ihn wenigstens davon überzeugen können, dass sie nicht miteinander geschlafen hatten. Nein, das würde auch nicht funktionieren, weil sie mit Sicherheit betrunkener gewesen war als er. Sie beschloss, bei der Wahrheit zu bleiben – dass sie so etwas nämlich noch nie in ihrem Leben getan hatte. Jacqueline hoffte inständig, Nick werde ihr glauben.

Sie stand noch immer in Gedanken versunken an der Spüle, als Vera durch die Hintertür hereinkam. Ihre neue Freundin fuhr erschrocken zusammen. Sie hatte nicht erwartet, um diese Uhrzeit jemanden in der Küche anzutreffen.

»Du bist schon auf?«, stammelte sie schuldbewusst, weil sie dachte, sie und Mike hätten sie aufgeweckt.

Jacqueline sah ihr ihr schlechtes Gewissen an, aber sie war Vera dankbar dafür, dass sie sie, wenn auch unbeabsichtigt, geweckt hatte. Wäre sie erst am Morgen neben Nick aufgewacht oder womöglich von Ben überrascht worden, wäre die Demütigung noch viel größer gewesen. Dann wäre sie keine Sekunde länger auf der Farm geblieben.

»Du doch auch«, konterte Jacqueline, die Vera kaum in die Augen schauen konnte.

Vera wurde rot. Ein verträumtes Lächeln spielte um ihren Mund. »Mmm«, machte sie. »Hast du nicht schlafen können?«, murmelte sie zerstreut.

»Äh … nicht besonders gut, nein.« Jacqueline dachte an den attraktiven Mann in ihrem Bett. »Hast du dich gut amüsiert?«

»O ja, es war ein wundervoller Abend!« Vera seufzte. »Wir haben uns stundenlang unterhalten und so viel Gemeinsames entdeckt, und er küsst ganz wunderbar.« Sie kicherte. »Ich glaube, ich habe mich in ihn verliebt.«

»Wirklich? Darauf wäre ich nie gekommen«, erwiderte Jacqueline schmunzelnd. Trotz ihrer eigenen Sorgen freute sie sich für Vera.

»Bin ich so leicht durchschaubar?« Vera gähnte ausgiebig. Auf einmal war sie todmüde.

»Du strahlst wie ein Honigkuchenpferd, Vera.«

Vera lachte. Sie war grenzenlos glücklich. »Ich glaube, ich werde mich noch ein bisschen hinlegen. Ich kann mich kaum noch auf den Beinen halten. Bis später.« In der Tür blieb sie auf einmal stehen und drehte sich um. »Ich könnte doch in deinem Bett schlafen, dann wecke ich Tess nicht auf.«

Jacqueline stockte der Atem. Sie geriet in Panik. »Äh … nein … nein, das geht nicht.« Sie suchte fieberhaft nach einer glaubwürdigen Ausrede. »Ich … ich möchte mich auch noch ein Stündchen hinlegen.«

In diesem Moment kam Ben in die Küche. »Nein, das werden Sie nicht«, meinte er. »Sie werden jetzt das Frühstück für mich und meine Jungs machen.« Er sah Vera prüfend an. »Sind Sie gar nicht im Bett gewesen?« Sie sah völlig erschöpft aus.

»Ehrlich gesagt, nein.« Was würde Ben wohl von ihr denken?

Aber Ben, der im Grunde seines Herzens ein Romantiker war, lächelte nur. »Sie und Mike haben sich anscheinend gut verstanden. Das freut mich.«

»Ja, es war ein wunderschöner Abend.« Vera seufzte wohlig. »Bis nachher.«

Jacqueline sah, dass sie auf das Zimmer zuging, das sie sich mit Tess teilte, und atmete auf. Doch die Erleichterung währte nicht lange. Wenn Ben nun seinen Bruder aus ihrem Zimmer kommen sah? Er würde doch sofort zwei und zwei zusammenzählen. Ihr wurde regelrecht schlecht bei dem Gedanken.

»Ich kann heute Morgen nicht kochen, Ben«, stotterte sie. »Ich habe … gestern Abend zu viel getrunken … und mir geht's gar nicht gut.«

Sie würde ihm ein anderes Mal beibringen, dass sie weder an diesem Tag noch sonst irgendwann zu kochen beabsichtigte. Im Moment gab es Wichtigeres. Sie musste so schnell wie möglich in ihr Zimmer zurück und Nick über die Veranda hinausbefördern.

»Ich habe auch ein paar Bierchen getrunken«, erwiderte Ben ungerührt, »aber ich muss heute trotzdem wieder an die Arbeit und meine Jungs auch. Und vorher brauchen wir ein anständiges Frühstück.«

»A … aber heute ist doch Sonntag«, protestierte Jacqueline.

»Das spielt keine Rolle. Ein Farmer muss sich jeden Tag um seine Herden kümmern. Außerdem müssen wir den Schuppen nach dem Grillen aufräumen. Sonntagnachmittags können wir meistens ein paar Stunden ausspannen, aber erst nach dem Essen. Denken Sie daran, dass Sie gleich nach dem Frühstück eine Lammkeule in den Ofen geben, damit sie zum Mittagessen fertig ist.«

Jacqueline riss die Augen auf. Jetzt hatte sie aber wirklich genug! »Damit Sie's wissen – ich werde nicht kochen.«

Die Worte waren schroffer als beabsichtigt herausgekommen, weil ihre Nerven bis zum Zerreißen gespannt waren. Nick in ihrem Zimmer und Ben, der sie herumkommandierte – das war entschieden zu viel.

»Sie *werden* kochen, solange Sie hier sind«, erwiderte Ben genauso barsch. »Außerdem werden Sie putzen, die Wäsche waschen und die Hunde und die Hühner füttern. Das Gemüse werde ich aus dem Garten ausgraben, weil der Boden sehr hart ist, aber Sie werden die Beete mit dem Brunnenwasser wässern, und zwar täglich bei dieser Hitze.«

Jacqueline guckte Ben entsetzt an. »Ich denke nicht im Traum daran! Ich habe diese Stelle angenommen, weil man mir sagte, ich solle Ihre Angestellten beaufsichtigen. Es war nie die Rede davon, dass ich Hausarbeiten verrichten muss.«

Ben machte ein erstauntes Gesicht. »Angestellte? Ich habe niemanden außer Dot, die mir im Haus hilft. Sie wird Ihnen zur Hand gehen, wenn sie wieder da ist, aber es ist ganz sicher nicht Ihre Aufgabe, ihr Befehle zu erteilen. Und solange sie sich um ihr krankes Kind kümmert, werden Sie alle anstehenden Arbeiten hier erledigen.«

Jacqueline war den Tränen nahe. »Ich … ich glaube, es war ein Fehler, die Stelle anzunehmen.«

»Tja, das tut mir leid für Sie, aber Sie haben einen Vertrag unterschrieben, und den werden Sie einhalten. Sie haben ihn doch hoffentlich gelesen! Falls Sie ihn nicht erfüllen, schulden Sie mir ein Jahresgehalt.«

Jacqueline riss bestürzt die Augen auf. Sie hatte den Vertrag nicht gelesen, weil sie ihn in aller Eile unterschrieben hatte, damit sie noch den Zug bekam, in dem Vera und Tess saßen. Sie könnte Ben nicht einmal mit dem Gehalt für einen einzigen Tag entschädigen, geschweige denn für ein ganzes Jahr.

»Nur zu Ihrer Information, Jackie. Meine Frau hat sehr viel mehr gearbeitet, und sie ist nicht dafür bezahlt worden.«

Jacqueline hätte gern darauf erwidert, dass das ja wohl die Aufgabe einer Ehefrau sei, aber da sie selbst eine Putzfrau und eine Haushälterin gehabt hatte, verkniff sie sich diese Bemerkung.

»Ich habe immer eine Haushälterin gehabt«, versuchte sie Verständnis bei Ben zu heischen. »Ich kenne mich nicht aus mit Hausarbeiten. Es wäre also in Ihrem eigenen Interesse, wenn Sie mich aus dem Vertrag entließen.«

»Kommt nicht infrage.« Ben schüttelte den Kopf. »Ich glaube, dass eine Frau von Natur aus kochen und putzen kann. Es liegt in eurem Wesen, andere zu umsorgen und sich um sie zu kümmern.

Außerdem hat uns der liebe Gott zwei Hände gegeben, also machen Sie Gebrauch davon.«

Jacqueline brach in Tränen aus. »Was fällt Ihnen ein, mich so zu behandeln!«

»Denken Sie ja nicht, dass Sie mich damit herumkriegen. Ich habe mehr Mitleid mit einem Schaf, das in einem Zaun feststeckt, als mit einer Frau, die heult, weil sie vor der Arbeit zurückscheut.« Ben verglich Jacqueline unwillkürlich mit Cindy, die ohne zu klagen von früh bis spät geschuftet hatte.

Jacqueline konnte es nicht fassen. Er verglich sie mit einem Schaf! Nach allem, was Henry ihr angetan hatte, war diese Bemerkung der Tropfen, der das Fass zum Überlaufen brachte. »Ihr Männer seid so herzlos, alle miteinander!«, schleuderte sie Ben wütend entgegen.

»Ach ja?« Er verschränkte ungerührt die Arme vor der Brust.

»Jawohl, herzlos und gemein!«, fauchte sie.

Bens Söhne, die gerade aus ihren Zimmern gekommen waren, standen im Flur und lauschten. Sie sahen sich schweigend an und waren sich einig, dass Jacqueline ihnen nach diesem Wortwechsel noch unsympathischer wurde. Leise zogen sie sich ins Bad zurück.

»Falls Vera und Tess heiraten sollten, und nach dem Verlauf des gestrigen Abends scheint mir das ziemlich wahrscheinlich, werden Sie die einzige Frau hier sein, bis Dot zurückkommt. Ich würde Ihnen daher raten, Ihre Einstellung zu ändern. Obwohl Vera und Tess Gäste sind, hat es ihnen nichts ausgemacht, mit anzupacken und auszuhelfen.«

»Sie sind in der Absicht hierhergekommen, einen Farmer zu heiraten, ich nicht«, entgegnete Jacqueline hitzig. »Farmersfrau scheint mir nur ein anderes Wort für Sklavin zu sein.«

»Wer würde ein faules Weibsstück wie Sie schon zur Frau haben wollen«, knurrte Ben verächtlich.

Jacqueline schnappte empört nach Luft. »Ich war zehn Jahre verheiratet«, brach es aus ihr hervor. »Und ich war eine gute Ehefrau!« Sie schluchzte auf, als sie daran dachte, was sie Henry alles abgenommen, wie sie ihm den Rücken freigehalten hatte, damit er sich ganz seinem Geschäft widmen konnte.

Ben fiel aus allen Wolken. »Sie waren verheiratet?« Er fragte sich plötzlich, ob sie vielleicht verwitwet war.

Jacqueline war beleidigt, weil Ben so überrascht schien, aber sie hatte bereits zu viel gesagt. »Ich will nicht darüber reden«, fauchte sie.

»Hören Sie, wenn Ihr Mann gestorben ist, dann tut mir das sehr leid«, sagte Ben aufrichtig.

»Gestorben?« Wie kam er denn auf so etwas? Da sie Ben nicht in diesem Glauben lassen wollte, sagte Jacqueline, als sie sich wieder gefasst hatte: »Er ist nicht gestorben.«

»Aber … wo ist er dann?«

»In Melbourne, soviel ich weiß«, erwiderte sie verbittert. Sie hoffte, Ben umstimmen zu können, wenn sie sich ihm anvertraute. Dann ließ er sie vielleicht gehen.

Ben schwieg einen Moment, dann fragte er: »Hat er Sie verlassen?«

»Weggeworfen hat er mich wie ein Paar alte Schuhe.«

Jacqueline konnte Ben ansehen, wie schockiert er war, und schöpfte neue Hoffnung. Wenn er Mitleid mit ihr hatte, würde er sie vielleicht aus dem Vertrag entlassen.

»Ich möchte nicht aufdringlich sein, aber darf ich fragen, was passiert ist?«

Jacqueline ließ den Kopf hängen. Es war ihr peinlich, Ben die Wahrheit zu sagen, aber ihre Zukunft hing davon ab. »Er … er hatte eine Affäre auf dem Schiff, mit dem wir nach Australien gekommen sind«, begann sie leise. »Er gestand mir alles – kurz bevor wir in Adelaide anlegten – und bat mich um die Scheidung. Ich kann keine Kinder bekommen, und jetzt will er eine Familie gründen mit seiner Geliebten. Ich bin in Adelaide mit nichts als ein paar Kleidern von Bord gegangen, und er ist mit seiner neuen Liebe nach Melbourne weitergereist.« Jacquelines Blick war tränenverschleiert, aber sie konnte die Fassungslosigkeit auf Bens Gesicht sehen.

»Das ist ja eine schlimme Geschichte«, murmelte er nach einer Weile.

Jetzt wurde ihm so manches klar, andererseits fragte er sich, ob Jacqueline ihren Mann nicht in die Arme einer anderen getrieben hatte. Sie erinnerte ihn ein wenig an die stacheligen Feigendistelkakteen, die er auf seiner ersten Farm an der australischen Ostküste vorgefunden und mit Stumpf und Stiel ausgerottet hatte.

Jacqueline warf Ben einen besorgten Blick zu. Sie hoffte, dass es kein Fehler gewesen war, sich ihm anzuvertrauen. »Ich möchte nicht, dass sich das herumspricht. Ich wäre Ihnen wirklich dankbar, wenn Sie es für sich behielten.«

Ben nickte. »Natürlich, das versteht sich von selbst. Hierherzukommen und diese Stelle anzunehmen war das Beste, das Sie tun konnten, Jackie.«

»Was?« Sie traute ihren Ohren nicht. »Sie sehen doch selbst, dass ich für dieses Leben nicht geschaffen bin. Es tut mir nur leid, dass ich Ihre Zeit verschwendet habe. Und dass ich Sie gerade so unverschämt angefahren habe. Aber nach allem, was mein Mann mir angetan hat …«

»Ach, man hat mir schon Schlimmeres an den Kopf geworfen«, erwiderte Ben und grinste.

Jacqueline merkte erst nach einem Moment, dass er sie offenbar auf den Arm nahm. Sie wollte nur eines: zurück in die Stadt, wo es Telefone, Wasser für ein schönes Bad und elektrischen Strom ohne Einschränkungen gab. Hühner und Hunde füttern war keine Arbeit für sie. Den bloßen Gedanken daran empfand sie als Zumutung. Sollten doch seine Söhne diese Aufgaben übernehmen!

»Sie haben meine Zeit nicht verschwendet, und Sie sollten Ihre nicht damit vergeuden, über die ungünstigen Karten, die das Leben Ihnen ausgeteilt hat, nachzusinnen.«

»Ich weiß, dass ich nach vorn schauen muss.«

»Genauso ist es. Schicksalsschläge treffen jeden von uns. So ist das Leben.« Es war dieser Gedanke gewesen, der ihm nach Cindys Tod die Kraft gegeben hatte weiterzumachen – und natürlich seine Söhne. »Man steht wieder auf, klopft sich den Staub aus den Kleidern und macht weiter. Sie haben die Stelle vermutlich nur angenommen, damit Sie ein bisschen was verdienen und ein Dach über dem Kopf haben, hab ich Recht?«

Jacqueline nickte.

»Das hab ich mir gedacht. Ich habe nicht ohne Grund auf einem Ein-Jahres-Vertrag bestanden, Jackie. Man muss sich an das Leben hier draußen gewöhnen, und die meisten Städter bringen nicht die Geduld auf, hierzubleiben und herauszufinden, wie wunderschön das Leben hier sein kann. Sie werden genau das tun.«

Jacqueline klappte die Kinnlade herunter. »Aber …«

»Sie haben doch selbst gesagt, dass Sie bisher ein sehr behütetes Leben geführt haben. Ich denke, es wird Zeit, dass sich das ändert, finden Sie nicht auch?«

Jacqueline hatte es die Sprache verschlagen. Die Dinge entwickelten sich völlig anders, als sie erwartet hatte. Worauf wollte Ben hinaus?

»Harte Arbeit hat noch nie jemandem geschadet«, fuhr Ben fort. »Und eines dürfen Sie mir glauben: Wenn Sie nach einem langen Arbeitstag ins Bett fallen, sind Sie viel zu müde, um sich selbst zu bemitleiden.«

»Ich bin nicht für harte Arbeit geschaffen«, protestierte Jacqueline, der Verzweiflung nahe. Sie hatte den Verdacht, dass Ben sie wie eine Sklavin halten wollte, und das würde sie mit Sicherheit nicht überleben.

»Hören Sie auf, sich herunterzumachen, Jackie. Das Gefühl, etwas Sinnvolles geleistet zu haben, wenn man abends nach harter Arbeit ins Bett geht, ist Gold wert, Sie werden sehen. Da wir gerade von harter Arbeit sprechen – wo bleiben eigentlich meine Jungs? Ich werd mal nach ihnen sehen.«

Ben verließ die Küche, und Jacqueline starrte ein paar Sekunden dorthin, wo er gerade noch gestanden hatte. Sie konnte es nicht fassen. Sie hatte ihm das demütigendste Erlebnis ihres Lebens gebeichtet, und es hatte nicht das Geringste geändert. Was tun? Sie hatte weder das Geld für einen Anwalt noch für die geforderte Abstandssumme. Ihr blieb nichts anderes übrig, als zu hoffen, dass Ben seine Meinung noch ändern würde.

Dann fiel ihr siedend heiß der Mann in ihrem Bett ein. Sie huschte über den Flur in ihr Zimmer. Ihr Bett war leer. Nick musste das Zimmer über die Veranda verlassen haben. Jacqueline atmete auf. Im nächsten Moment hörte sie Ben nach ihr rufen. Sie presste ärgerlich die Lippen aufeinander und kehrte in die Küche zurück.

Ben saß am Tisch. »Die Jungs werden gleich da sein.« Anscheinend erwartete er, dass sie anfing, das Frühstück zu machen, aber sie hatte keine Ahnung, was zu tun war. Während sie noch nervös die Hände an ihrem Kleid rieb und überlegte, kamen die Jungen nacheinander in die Küche geschlurft und setzten sich an den Tisch.

Ben sah sie strafend an. »Wo bleiben eure Manieren?«

Geoffrey blickte als Erster ganz kurz auf. »Morgen«, murmelte er und senkte den Blick sofort wieder.

Seine Brüder machten es ihm nach.

»Guten Morgen«, sagte Jacqueline und sah jeden von ihnen kurz an. »Was hättet ihr gern zum Frühstück?« Sie hoffte inständig, sie wünschten sich nichts Komplizierteres als Toast.

Die vier Brüder wechselten Blicke und zuckten mürrisch mit den Schultern.

»Was ist denn los mit euch heute Morgen?« Ben sah seine Söhne kopfschüttelnd an und wandte sich dann an Jacqueline. »Rühreier auf Toast wäre wunderbar. Die Eier im Kühlschrank sollten noch reichen, nach dem Frühstück müssen Sie im Hühnerstall die Eier von heute Morgen einsammeln.«

»Im Hühnerstall?«, echote Jacqueline ungläubig. Im Geist sah sie sich in ihren weißen Sandalen durch Hühnerkot staksen und schauderte vor Ekel.

Geoffrey, der ihre Gedanken las, grinste hämisch, und seine Brüder feixten ebenfalls.

»Ja«, sagte Ben. »Die Hühner legen jeden Morgen.«

»Kann nicht einer der Jungs die Eier einsammeln?«

Die beiden älteren funkelten Jacqueline grimmig an, aber Jimmy und Sid rutschten unruhig auf ihren Stühlen hin und her.

»Als sie kleiner waren, haben sie das gemacht, aber inzwischen gibt es auf der Farm wichtigere Aufgaben für sie.«

»Verstehe«, brummte Jacqueline. Für die niedrigen Arbeiten war sie zuständig.

Sie nahm eine Schüssel Eier aus dem Kühlschrank und schaute sich suchend nach dem Brot um.

»Das Brot ist im Brotkasten«, sagte Ben und zeigte mit dem Finger darauf. »Fürs Frühstück sollte es noch reichen, aber danach müssen Sie frisches backen.«

»Ich? Brot backen?«

Geoffrey warf seinem Vater einen gereizten Blick zu. Was hatte eine unfähige Person wie diese Jacqueline in ihrer Küche verloren? Er sprang auf und knurrte: »Wir können uns unser Frühstück selbst machen. Holt Butter und Marmelade, während ich das Brot toaste«, wandte er sich an seine Brüder.

Jacqueline drückte sich schüchtern an die Wand, während die vier großgewachsenen Jungen mit flinken Bewegungen in der Küche hantierten.

»Mach mir auch einen Toast, Geoffrey«, bat Ben. Er hätte darauf bestanden, dass Jacqueline kochte, wäre nicht zu befürchten, dass der Morgen fast herum war, bis sie etwas zu essen bekämen. Er stand auf. »Kommen Sie, Jackie, ich zeige Ihnen unterdessen den Gemüsegarten und den Hühnerstall.« Er verließ die Küche, und Jacqueline folgte ihm widerwillig.

Der große, hoch eingezäunte Gemüsegarten lag ungefähr fünfzehn Meter vom Haus entfernt. Als sie näher kamen, sah Ben, dass der Maschendrahtzaun an einer Stelle heruntergedrückt war.

»Diese verdammten Kängurus«, grummelte er. »Ich werde den Zaun gleich nachher reparieren, sonst ist morgen Früh alles weggefressen.«

Das Gemüse wurde in langen, geraden Reihen angebaut, die aber vom Unkraut überwuchert waren. Für Jacqueline sah alles gleich aus. Abgesehen von den Kürbissen kannte sie keine einzige Gemüsesorte.

»Die Kängurus sind wählerisch, sie fressen nicht alles, aber sie trampeln alles nieder. Jetzt, wo Sie da sind und mir das eine oder andere abnehmen, kann ich mich ans Unkrautjäten machen. Aber wässern müssen Sie die Beete schon.« Er zeigte ihr den Brunnen und wie man die Pumpe einschaltete. Ein langer Schlauch lag zusammengerollt auf dem Boden. »Im Brunnen ist genug Wasser, Sie brauchen nicht damit zu geizen. Es ist kein Trinkwasser, aber fürs Gießen kann man es verwenden und fürs Wäschewaschen auch.«

Er zeigte auf ein kleines Gebäude. »Das dort drüben ist die Waschküche. Die Waschmaschine funktioniert, aber die Wäscheschleuder ist im Eimer. Sie werden die Wäsche also von Hand auswringen müssen, bis ich sie repariert habe.«

Jacqueline stöhnte innerlich auf. Dann entdeckte sie eine Badewanne, die hinter dem Geräteschuppen stand. »Was macht denn die Wanne hier draußen?«

»Die habe ich herausgeschafft, als ich die Dusche eingebaut habe. Für eine Badewanne braucht man viel zu viel kostbares Wasser aus der Zisterne. Das wäre eine Verschwendung.«

Jacqueline hielt es für Verschwendung, eine Badewanne so zweckentfremdet verkommen zu lassen. Zu Hause in New York hatte sie fast täglich ein Schaumbad genommen, manchmal Kerzen auf dem Wannenrand aufgestellt und eine gute Stunde so richtig entspannt. Das fehlte ihr ganz schrecklich.

»Wir benutzen die alten Wannen als Pferdetränke«, fuhr Ben fort.

»Als Pferdetränke?« Was für ein Frevel, dachte Jacqueline.

»Ja, dafür eignen sie sich ganz hervorragend. Man kann den Stöpsel ziehen, das alte Wasser ablaufen lassen und sie leicht reinigen.«

Sie gingen zum Hühnerstall, der hinter dem Gemüsegarten lag. In dem eingezäunten Pferch stand eine Holzhütte, in der die Hühner nachts schliefen und ihre Eier in kleine Kisten legten. Ben öffnete das kleine Gatter und hielt es für Jacqueline auf. Sie zögerte, als sie den mistbedeckten Boden sah und blickte dann auf ihre weißen Sandalen.

»Nun machen Sie schon!« Ben fasste sie am Arm und zog sie energisch in den Pferch. Ein Dutzend Hennen trippelte auf Futtersuche umher. »Ich hab keine Lust, den Hühnern nachzulaufen, wenn sie entwischen, und wenn sie sich zu weit weg wagen, werden die Dingos sie holen.«

»Dingos? Sind das nicht diese Wildhunde?« Vera und Tess hatten sich auf der Zugfahrt nach Port Augusta über diese Tiere unterhalten.

»Ganz recht, und für einen hungrigen Dingo ist ein Huhn ein gefundenes Fressen. Außerdem gibt's hier auch den einen oder anderen Fuchs.«

»Greifen sie auch uns an? Die Dingos, meine ich.«

Ben schüttelte den Kopf. »Nein, aber manchmal, wenn sie wirklich hungrig sind, kann es sein, dass sie ein Kind als Beute betrachten.«

»Ein Kind! O Gott!«

Jacqueline suchte mit den Blicken ängstlich die Umgebung ab, während Ben das Gatter zumachte und mit dem mitgebrachten Eimer zum Hühnerstall ging. Die Hennen scharten sich neugierig um Jacqueline, gackerten aufgeregt, scharrten im Dreck und schlugen mit den Flügeln.

»Ben, Hilfe!«, kreischte sie, als ein Huhn an ihrer Hand pickte, und riss ihre Arme hoch.

Ben kam zu ihr gelaufen. »Was ist denn los?«

»Die Viecher gehen auf mich los!«, schrie sie entsetzt.

»Das ist nicht Ihr Ernst, oder?« Ben verscheuchte die Hühner mit dem Fuß.

»Doch, sie können mich nicht leiden!«, stieß Jacqueline aus, die Augen vor Angst weit aufgerissen.

Bens Söhne beobachteten die Szene von der Hintertür aus und wollten sich schier totlachen.

»Reden Sie doch keinen Blödsinn«, meinte Ben kopfschüttelnd. »Die sind bloß hungrig, das ist alles.« Er ging zum Tor und verließ den Pferch.

»Sie können mich doch nicht hier allein lassen!«, rief Jacqueline panisch, als die Hennen sich aufs Neue um sie scharten.

»Ich will bloß das Futter holen«, versetzte Ben ungeduldig.

Ein großes schwarzes Huhn pickte an der Schnalle ihrer Sandale, und Jacqueline stieß einen markerschütternden Schrei aus. »Sie beißen mich!«

Ben verdrehte gereizt die Augen. Er stapfte zu einer Holzkiste und schöpfte mit einer Kelle Körner in einen Eimer. Dann kehrte er zum Hühnerpferch zurück, wo Jacqueline immer noch kreischend und mit den Armen rudernd von einem Fuß auf den anderen hüpfte. Ohne sie zu beachten, ging Ben zu einem Trog und schüttete das Futter hinein. Sofort kamen die Hühner herbeigerannt und begannen zu picken. Ben wandte sich Jacqueline zu und musterte sie, als hätte er eine Irre vor sich.

»Erstens können Hühner nicht beißen. Sie haben keine Zähne.«

»Nein?« Jetzt, wo sie darüber nachdachte, wurde ihr klar, dass er Recht hatte. Sie kam sich auf einmal ziemlich dumm vor.

»Und zweitens frage ich mich, wie eine erwachsene Frau Angst vor einem harmlosen kleinen Huhn haben kann!«

»Eines hat mich angegriffen. Da, sehen Sie?« Jacqueline zeigte auf einen winzigen roten Fleck an ihrer Hand.

»Meine Güte, Sie können wirklich von Glück sagen, dass Sie nicht genäht werden müssen.« Ben verdrehte viel sagend die Augen. »Diese verdammten Städter haben keinen blassen Schimmer«, knurrte er vor sich hin.

Jacqueline hörte es, aber es war ihr egal. Sie lief Ben hinterher, als hinge ihr Leben davon ab. Als er das Tor hinter ihnen geschlossen hatte, kam sie sich noch törichter vor. Die Hennen pickten friedlich ihre Körner und hatten überhaupt nichts Furchteinflößendes mehr.

Ben griff nach dem leeren Eimer. »So, jetzt können Sie gefahrlos wieder reingehen und die Eier einsammeln.«

Jacqueline riss die Augen auf. »Ich werde ganz sicher nicht noch einmal da hineingehen!«

»O doch, das werden Sie«, konterte Ben und drückte ihr den Eimer in die Hand. »Nun machen Sie schon.« Er öffnete das Tor und nickte mit dem Kopf in Richtung der kleinen Holzhütte. »Es müssten ungefähr ein Dutzend Eier im Stall sein. Passen Sie auf, dass Sie keines zerbrechen.«

Jacqueline sah ihn kläglich an, aber Ben ließ sich nicht erweichen. »Nun gehen Sie schon. Solange sie fressen, sind Sie in Sicherheit«, fügte er spöttisch hinzu. Er fasste sie am Arm, schob sie in den Pferch zurück und machte das kleine Tor wieder zu.

»Gehen Sie ja nicht weg«, bat sie mit einem nervösen Blick über die Schulter zum Futtertrog hin.

»Nein, nein, ich warte hier.« Ben wusste, dass diese Härte der einzige Weg war, sie zu zwingen, ihre Ängste zu überwinden.

Immer wieder ängstlich zu den Hühnern hin spähend, huschte Jacqueline hinter ihnen vorbei zum Hühnerstall, wo sie in aller Eile die Eier einsammelte. Schnell lief sie zum Tor zurück.

»Schon fertig?«, wunderte sich Ben.

Sie nickte. »Machen Sie auf. Schnell!« Die Tür hatte nicht nur innen, sondern auch außen einen Riegel.

Als Ben geöffnet hatte, schlüpfte sie hastig hinaus und gab ihm den Eimer. Angewidert betrachtete sie ihre Schuhsohlen.

»Nehmen Sie künftig eine Hand voll Körner mit, wenn Sie reingehen, dann sind die Hühner abgelenkt«, riet Ben. »Und Sie brauchen sich nicht vor gefährlichen Schnabelhieben zu fürchten«, fügte er grinsend hinzu.

Jacqueline warf ihm einen finsteren Blick zu. Im Hintergrund konnte sie Bens Söhne lachen hören. »Vielleicht sollte ich lieber eine Axt mitnehmen«, knurrte sie.

»Das können Sie machen, wenn Brathähnchen auf dem Speiseplan steht.«

Jacqueline machte ein entsetztes Gesicht. »Ich werde ganz bestimmt kein Huhn töten! Nichts und niemand wird mich dazu bringen!«, erwiderte sie heftig.

Erst als sie das Zucken um Bens Mundwinkel bemerkte, wurde ihr klar, dass er sie auf den Arm genommen hatte.

»Und jetzt gehen wir zu den Hunden«, sagte er.

Der große Zwinger befand sich hinter dem Schuppen, in dem die Generatoren untergebracht waren. Die hölzernen Hundehütten standen auf Backsteinen und lagen vor Wind und der Nachmittagssonne geschützt im Schatten des Schuppens.

»Warum haben sie keine Decken in ihren Hütten?«, wollte Jacqueline wissen.

»Das sind Arbeitstiere, keine Schoßhunde«, erwiderte Ben.

»Ein Grund mehr, sie gut zu behandeln«, gab sie zurück.

Cindy hatte ihnen einmal im Winter Decken in die Hütten geworfen, aber die Hunde hatten nichts Besseres zu tun gehabt, als sie an einem Regentag, als sie nicht gearbeitet hatten, in den Dreck zu zerren. »Ich schneide das Fleisch für die Hunde klein und bewahre es in einem Kühlschrank in der Waschküche auf. Sie können ein paar Essensreste daruntermischen.«

Jacqueline blickte skeptisch drein. »Tun sie mir auch nichts?«

»Nein, die sind völlig harmlos.«

»Wer weiß. Immerhin haben sie Zähne«, bemerkte sie bissig.

Ben seufzte entnervt. »Ich sage doch, die tun Ihnen nichts. Sie arbeiten hart, deshalb muss ich sicher sein, dass sie anständig gefüttert werden. Sorgen Sie dafür?«

Jacqueline nickte widerstrebend.

»Ach, noch etwas. Die Hühner fressen auch altes Brot und Gemüseabfälle wie Schalen und Kohlblätter.«

»Dot wird mir doch beim Füttern zur Hand gehen, oder?«

»Ja, ja«, antwortete Ben zerstreut. Jacqueline sah ihn scharf an, aber Ben war mit seinen Gedanken schon wieder woanders.

»Haben Sie Nick eigentlich gestern Abend noch getroffen?« Er lief voraus in Richtung Haus.

Jacqueline blieb abrupt stehen. »Nick?«

»Ja, meinen Bruder. Ich habe ihm gesagt, Sie seien im Haus, und er meinte, er wolle Sie gern kennen lernen. Er ist danach nicht mehr auf die Grillparty zurückgekommen. Wahrscheinlich ist er anschließend gleich ins Bett gegangen.«

Jacqueline spürte, wie ihr das Blut in den Ohren rauschte. »Ach so, ja, Nick, ja, den habe ich gestern Abend noch getroffen«, stotterte sie und beeilte sich, Ben zu folgen. Sie hatte Nick gesehen, und danach war er tatsächlich gleich ins Bett gegangen, und zwar mit ihr.

Sie betraten das Haus durch den Hintereingang. Kaum standen sie im Flur, kam Nick herein. Er hatte sich umgezogen.

»Guten Morgen«, rief er fröhlich.

Im Gegenlicht konnte Jacqueline seinen Gesichtsausdruck nicht erkennen.

»Wir haben gerade von dir gesprochen«, meinte Ben.

»Nur Gutes, hoffe ich«, witzelte Nick mit einem amüsierten Seitenblick auf Jacqueline, die feuerrot anlief und am liebsten im Erdboden versunken wäre.

»Ich habe Jackie gerade gefragt, ob ihr euch schon miteinander bekannt gemacht habt«, fuhr Ben fort und ging in die Küche.

Nick folgte ihm. Jacqueline brachte es kaum fertig, ihn anzusehen.

»Hat sie dir nicht von unserem aufregenden Abend erzählt?«

Ben blieb stehen und sah seinen Bruder fragend an. Jacqueline riss entsetzt die Augen auf und wurde ganz blass.

»Nein, kein Wort«, erwiderte Ben. Er erinnerte sich nur, dass sie erwähnt hatte, sie habe zu viel getrunken.

Nick setzte eine Unschuldsmiene auf. »Wir haben uns wirklich glänzend verstanden, nicht wahr, Jackie?«

Sie ballte die Fäuste und funkelte ihn zornig an. Warum hielt er nicht einfach den Mund? »Ja, das … äh … finde ich auch. Ich kann mich ehrlich gesagt nicht mehr so genau erinnern, weil ich ein bisschen zu tief ins Glas geschaut habe.«

»Fragen Sie mich, wenn Sie etwas über unseren Abend wissen wollen. Ich kann mich an jede Einzelheit erinnern«, sagte Nick anzüglich.

»Oh, ich kann mir nicht vorstellen, dass so viel Erinnernswertes geschehen ist«, erwiderte Jacqueline. Es war ihr furchtbar peinlich, dass er in einem fort Dinge sagte, die falsch ausgelegt werden konnten – oder richtig, je nach Standpunkt.

»Vielen Dank«, sagte Nick gekränkt. »Ich hatte eigentlich gehofft, ich hätte einen bleibenden Eindruck hinterlassen, so wie meistens …«

Jacqueline wusste genau, worauf er anspielte. Sie warf Ben, der ihren Wortwechsel interessiert verfolgte, einen Seitenblick zu. »Tja, ich fürchte, da muss ich Sie enttäuschen«, sagte sie spitz und hoffte, dass sie ihn damit mundtot gemacht hatte.

Inzwischen hatten sie die Küche erreicht, wo Bens Söhne am Tisch saßen, frühstückten und über Jacquelines Erlebnis im Hühnerhof kicherten. Als Nick hereinkam, strahlten alle vier. Kein Zweifel, sie mochten ihren Onkel sehr.

»Was ist denn los mit euch heute Morgen?«, wunderte sich Nick, als es seine Neffen vor unterdrücktem Gelächter schüttelte.

»Nichts, nichts«, krächzte Geoffrey mühsam beherrscht. Bobby ahmte eine Henne nach und gackerte, und Sid und Jimmy kicherten hemmungslos.

Nick schüttelte den Kopf.

»Möchten Sie auch einen Toast?«, fragte Jacqueline über die Schulter, während sie sich die Hände wusch. Dann schnitt sie ein paar Scheiben Brot herunter.

»Ja, gern«, antwortete Nick. »Und ein paar Spiegeleier, wenn es Ihnen nichts ausmacht.«

Jacqueline hörte ihm an, dass sie seinem Selbstbewusstsein einen Dämpfer versetzt hatte, aber genau das hatte sie ja beabsichtigt. Es geschah ihm ganz recht.

Sie schaltete eine Herdplatte ein, nahm eine Bratpfanne von einem Haken an der Wand, stellte sie darauf, gab Butter hinein und schlug ein paar Eier auf. Obwohl ihre Hände zitterten wie Espenlaub, gingen die Dotter nicht kaputt. Aber ein Stückchen Schale fiel in die Pfanne, und sie verbrannte sich, als sie es mit dem Finger herausfischte. Jacqueline spürte Nicks Blick auf sich ruhen, und das machte sie noch nervöser. Sie schaute sich nach einem Toaster um, konnte aber keinen sehen. Nick kam ihr zu Hilfe. Er zog ein Kuchengitter aus dem Backofen, legte die Brotscheiben darauf und schob das Gitter wieder hinein.

»Sie müssen die Scheiben nach ein paar Minuten wenden«, sagte er leise.

Nick stand dicht neben ihr, aber sie wagte nicht, in seine haselnussbraunen Augen zu schauen. Stattdessen spähte sie zu Ben hinüber, der sich mit einem seiner Söhne über das Säubern der Wassertröge unterhielt. Von den Spannungen zwischen ihr und seinem Bruder schien er nichts mitzubekommen.

Jacqueline toastete das Brot und stellte es vor Nick und Ben mit einem Teller voller Spiegeleier auf den Tisch, dann entschuldigte sie sich und ging in ihr Zimmer, um ihr Bett zu machen. Als sie die Tür hinter sich geschlossen hatte, atmete sie auf.

Sie hätte es keine Sekunde länger im selben Raum wie Nick ausgehalten.

Kurze Zeit später hörte sie die Hintertür ins Schloss fallen. Jacqueline seufzte erleichtert. Endlich! Die Männer waren fort. Sie ging in die Küche, um etwas zu essen. Ihr knurrte schon der Magen.

»Ich hab mich schon gefragt, wo Sie geblieben sind.«

Jacqueline fuhr herum. Nick lehnte lässig in der Tür zum Wohnzimmer.

»Ich dachte, Sie seien mit Ben und den Jungs hinausgegangen!«

»Ich wollte unter vier Augen mit Ihnen reden. Über heute Nacht.«

Jacqueline wurde rot von den Haarwurzeln bis hinunter zu den Zehenspitzen. »Sie wollten mich mit Ihren Anspielungen wohl unbedingt vor Ihrem Bruder in Verlegenheit bringen.«

Ein jungenhaftes Lächeln spielte um seine Lippen. »Nein, aber es war lustig, Sie zappeln zu sehen.«

»Schön, dass wenigstens Sie Ihren Spaß hatten«, fauchte sie. »Was ist denn schon dabei? Ich …«

»Hören Sie«, fiel Jacqueline ihm ins Wort. »Damit eines klar ist: Ich trinke normalerweise kaum Alkohol, und ich benehme mich normalerweise auch nicht so …«

»… leidenschaftlich?«, ergänzte Nick.

Ihre Verlegenheit wuchs. »Ganz recht. Das war nicht ich gestern Abend. Ich habe eine schlimme Zeit hinter mir, und was ich da in der Nacht getan habe, passt überhaupt nicht zu mir.«

Nick starrte Jacqueline ungläubig an. »Verstehe. Sie wollen damit sagen, dass ich die Situation ausgenutzt habe, obwohl ich das gar nicht wollte.«

Jacqueline dachte, er meinte, er habe eigentlich gar nicht mit ihr schlafen wollen, was für sie alles noch viel schlimmer machte. »Ich habe Sie nicht dazu gezwungen«, erwiderte sie patzig.

»Wie hätte ich Nein sagen können, wo Sie mich so lieb darum gebeten haben«, gab Nick sarkastisch zurück.

Sie zog hörbar die Luft ein und musste sich beherrschen, um ihn nicht zu ohrfeigen. »Es wird das Beste sein, wenn wir so tun, als wäre nichts passiert«, stieß sie gepresst hervor.

»Ganz, wie Sie wollen.« Nick richtete sich auf. »Mir soll's recht sein. Trotzdem ist es schade. Im Gegensatz zu Ihnen finde ich nämlich, es war eine denkwürdige Nacht.«

Jacqueline guckte Nick sprachlos an. Machte er sich jetzt über sie lustig? Oder meinte er das ernst? Dann sagte sie: »Ja, es wäre mir wirklich lieber. Wir sind zwei Fremde, die betrunken waren und verantwortungslos gehandelt haben. Es wird nicht wieder passieren. Ich will nicht, dass irgendjemand davon erfährt, und ich hoffe, Sie sind ein Gentleman und können den Mund halten.«

»Gentleman hat mich noch nie jemand genannt, aber ich kann schon den Mund halten – manchmal jedenfalls«, entgegnete Nick leichthin und ging zur Hintertür. »Bis später«, rief er über die Schulter zurück.

»Ja, bis später«, murmelte Jacqueline.

Sie blickte ihm mit gemischten Gefühlen nach. Seine lässige, gleichgültige Haltung brachte sie ganz aus dem Konzept. Sie wusste wirklich nicht, was sie von ihm halten sollte.

8

Jacqueline setzte sich an den Küchentisch und knabberte einen Toast. Mit den Gedanken war sie bei ihrer Unterhaltung mit Nick. Als sie aufgegessen hatte, fiel ihr Blick auf die Lammkeule, die Ben auf die Anrichte gelegt hatte. Sie hatte noch nie etwas Aufwändigeres als Schinken- oder Hühnchensalat zubereitet, aber sie hatte Mrs. Bronte unzählige Male beim Kochen zugeschaut. Rinderbraten war Henrys Lieblingsgericht gewesen, das hatte es jede Woche gegeben. Lammfleisch war sicher auch nicht schwerer zuzubereiten. Trotzdem war sie nervös. Ein Glück, dass Tess und Vera da waren! Sie würden ihr bestimmt helfen, sobald sie aufgestanden wären.

Nach einigem Suchen fand sie in einem Schrank einen Bräter, gab die Lammkeule hinein und bestrich sie mit Bratenfett aus dem Kühlschrank, so wie sie es bei Mrs. Bronte gesehen hatte. Dann stellte sie den Topf in den Ofen. Sie kannte sich zwar mit diesem Gerät nicht aus, aber sie drehte an einem Schalter, der ihr der richtige zu sein schien. Mrs. Bronte hatte das Gemüse immer ungefähr eine Stunde später hinzugefügt und zusammen mit dem Fleisch gegart. Also setzte sie sich hin und fing an, Kartoffeln und Möhren zu schälen und einen Kürbis klein zu schneiden. Es musste für neun Personen reichen, und da ihr das Schälen und Putzen des Gemüses nicht gerade leicht von der Hand ging, brauchte Jacqueline fast eine Stunde. Sie war gerade fertig, als Tess in die Küche kam.

»Guten Morgen, Jacqueline«, nuschelte sie verschlafen.

»Guten Morgen, Tess.« Jacqueline sah sie neugierig an. Täuschte sie sich, oder war Tess ein wenig verkatert? »Tee?«, fragte sie.

»O ja, gern, eine ganze Kanne, wenn's geht.« Tess hielt sich ihren Kopf. »Es ist so still im Haus, nicht, dass ich mich beklagen möchte, aber wo sind sie denn alle?«

»Draußen, arbeiten.«

»Selbst am Sonntag? Heute ist doch Sonntag, oder?«

»Ja, aber es gibt trotzdem zu tun. Zum Mittagessen sind sie zurück. Hast du gut geschlafen?«

»Nein, eigentlich nicht.« Tess erinnerte sich, dass sie reichlich wirres Zeug geträumt hatte. Sie gähnte. »Das war vielleicht ein Abend, kann ich dir sagen!«

Jacqueline stellte eine Tasse Tee vor sie hin. »Wie ist es denn gelaufen? Hat Tim seine Schüchternheit abgelegt?«

»Ja, zu guter Letzt schon. Nachdem ich mir etwas ausgedacht hatte, um ihn zu überlisten.«

Jacqueline platzte fast vor Neugier. »Was denn? Spann mich nicht so lange auf die Folter!«

»Ich habe so getan, als würde ich mich fürs Lassowerfen interessieren.«

»Was?«

Tess grinste. Sie erzählte in allen Einzelheiten von ihrem raffinierten Plan, der so erfolgreich gewesen war.

»Das war ganz schön schlau von dir«, schmunzelte Jacqueline.

»Ach, weißt du, die meisten Männer können einer hilflosen Frau nicht lange tatenlos zusehen. Ich wusste, dass Tim keine Ausnahme sein würde, zumal er das Lassowerfen meisterhaft beherrscht.«

»Ein Glück, dass dir keiner der anderen Männer zu Hilfe gekommen ist«, meinte Jacqueline. »Sonst hätte dein schöner Plan nicht funktioniert.«

»Stimmt, aber ich glaube, Ben und Mike haben dafür gesorgt, dass das nicht passiert. Wie auch immer, es hat jedenfalls geklappt. Ich habe Tim dazu gekriegt, dass er mir von sich erzählt hat, und das hat ihm geholfen, seine Schüchternheit zu überwinden.« Sie grinste schelmisch. »Ich habe es natürlich ausgenutzt, dass er keinerlei Erfahrung mit Frauen hat, aber es ging nicht anders.«

»Das war ganz schön raffiniert, Tess«, sagte Jacqueline bewundernd.

»Ja, nicht wahr? Ich bin auch ziemlich stolz auf mich. Ich würde zu gern wissen, wie es bei Vera und Mike gelaufen ist. Ich habe die beiden gegen Mitternacht aus den Augen verloren, aber als ich so um eins ins Bett bin, war Vera noch nicht da.«

»Sie ist erst heute Morgen nach Hause gekommen. Ich war zufällig wach«, fügte Jacqueline hinzu und dachte dabei an den großen, dunkelhaarigen und viel zu attraktiven Mann, den sie beim Aufwachen neben sich entdeckt hatte.

»Heute Morgen erst! Hat sie gesagt, wo sie war?«

»Nein, und ich habe auch nicht danach gefragt. Wahrscheinlich ist sie mit Mike spazieren gegangen.«

»Die ganze Nacht?«, entfuhr es Tess ungläubig.

»Sie wollten bestimmt allein sein, um sich ein bisschen näher kennen zu lernen. Das scheint geklappt zu haben, Vera hat nämlich gemeint, sie habe sich in Mike verliebt.«

»Ehrlich? Das ist ja wundervoll!« Tess strahlte. »Dann steht uns also eine Hochzeit ins Haus.«

»Gut möglich.« Jacqueline nickte. »Und du? Hast du dich auch schon in Tim verliebt?«

»Sagen wir mal so: Ich mag ihn wirklich gern. Ich weiß gar nicht, wann ich ihn wiedersehen werde, er hat nichts gesagt. Ich weiß nicht mal, ob er mich auch mag.«

»Ganz bestimmt! Er wird sich bloß nicht getraut haben, es dir zu gestehen.«

»Na, jedenfalls will nicht immer ich diejenige sein, von der die Initiative ausgeht. Ich habe den ersten Schritt gemacht, jetzt ist *er* dran. Stell dir vor, ich habe ihn sogar geküsst«, fügte Tess verschämt lächelnd hinzu.

Jacqueline dachte daran, wie sie sich Nick an den Hals geworfen hatte, und wurde unwillkürlich rot. Sie wünschte, es wäre bei einem Kuss geblieben. »Und, wie hat er reagiert?«

Tess lächelte verträumt. »Erst war er schon verdutzt, aber dann hat es ihm gefallen, glaube ich.« Ihr Gesicht verfinsterte sich plötzlich. »Deshalb verstehe ich auch nicht, warum er mir zum Abschied keinen Kuss gegeben hat, sondern es auf einmal so eilig hatte.« Da Mike nicht aufzufinden war, hatte einer der anderen Gäste Tim angeboten, ihn mitzunehmen, und Tim hatte sofort zugesagt, was Tess sehr verletzend fand. Als hätte er es nicht erwarten können, von ihr wegzukommen! »Vielleicht war ich zu aufdringlich und habe ihn verscheucht«, fügte sie bedrückt hinzu.

»Das kann ich mir nicht vorstellen«, sagte Jacqueline, um sie zu trösten.

Tess zuckte die Achseln. »Wir werden ja sehen. Aber eines steht fest: Ich werde nicht um seine Hand anhalten! In dem Punkt bin ich altmodisch. Falls er mich heiraten will, muss er mir schon einen Antrag machen.«

Jacqueline nickte. »Ja, das kann ich verstehen. Ich könnte auch nie einen Mann bitten, mich zu heiraten.« Aber ich hätte auch nie geglaubt, dass ich einen Mann bitten würde, mit mir zu schlafen, fügte sie im Stillen hinzu. Sie schwor sich, nie wieder einen Tropfen Alkohol anzurühren.

»Weißt du, Vera und ich machten uns keine Illusionen, als wir hierherkamen, um einen völlig Fremden zu heiraten«, fuhr Tess nachdenklich fort. »Wir haben nicht erwartet, mit Rosen und Geschenken überhäuft zu werden oder die große Liebe zu finden, aber seit gestern Abend weiß ich, dass ich mich im Grunde meines Herzens nach ein klein wenig Romantik sehne. Obwohl ich unzählige Enttäuschungen erlebt habe, glaube ich immer noch an Kavaliere. Vielleicht hältst du mich deswegen für dumm oder wirklichkeitsfremd.«

»Ach was! Ich kann dich ja verstehen, Tess. Es ist völlig in Ordnung, sich eine romantische Beziehung mit einem galanten Mann zu wünschen. Das hast du verdient.«

Tess seufzte. »Ich weiß aber nicht, ob Tim der Richtige dafür ist. Wenn er nur nicht so schüchtern wäre!«

Nachdem die beiden Frauen noch eine Weile über das Grillfest geplaudert hatten, sprang Jacqueline plötzlich auf. »O mein Gott! Das Essen! Das hab ich völlig vergessen! Ich muss das Gemüse in den Ofen geben, sonst ist es nicht fertig, wenn die Männer nach Hause kommen.«

»Was gibt's denn?«, wollte Tess wissen.

»Lammkeule. Die hab ich schon vor einer ganzen Weile in den Ofen gestellt.«

»Ich rieche gar nichts«, sagte Tess schnuppernd.

»Jetzt wo du es sagst – ich auch nicht. Ich hab den Ofen doch eingeschaltet.«

Tess stand auf und öffnete die Backofentür. »Der Ofen ist kalt!«

»Was? Das kann doch nicht sein!«, rief Jacqueline panisch aus. »Ob er kaputt ist?«

Tess sah sich die Herdschalter genauer an. »Du hast eine Herdplatte eingeschaltet, nicht den Ofen.« Sie drehte erst am einen, dann am anderen Schalter. »So, jetzt ist er an.«

»O nein!«, jammerte Jacqueline. »Das Essen wird niemals rechtzeitig fertig sein! Ich habe Ben gleich gesagt, dass ich nicht kochen kann. Ich habe ihn regelrecht angefleht, mich aus meinem Vertrag zu entlassen. Sogar von Henry habe ich ihm erzählt! Und weißt du, was er darauf geantwortet hat? Ich hätte zwei gesunde Hände und ich solle Gebrauch davon machen. Ich kann nicht einmal einen Backofen einschalten! Ich bin zu nichts zu gebrauchen!« Sie war einem Zusammenbruch nahe.

»Rede keinen Unsinn, Jacqueline, das ist doch kein Weltuntergang.« Sie guckte auf die Uhr an der Wand. Es war kurz vor zehn. »Wann kommen sie denn zurück?«

»Ich weiß nicht genau. Gegen Mittag, denke ich. Bis dahin ist das Fleisch bestimmt nicht gar, oder?« Die Lammkeule war ziemlich groß, und Mrs. Bronte hatte das Fleisch immer stundenlang bei niedriger Temperatur gegart, damit es schön zart wurde.

»Wahrscheinlich nicht, aber ich stelle eine höhere Temperatur ein, dann geht's schneller. Bis um eins sollte alles fertig sein, und so lange müssen sie eben warten.«

»Und das schadet dem Braten nicht?«, fragte Jacqueline besorgt.

»Du meinst, die höhere Temperatur? Nein, nein. Ich werde ein paar kleine Häppchen machen, damit sie nicht verhungern, bis das Essen auf den Tisch kommt. Mach dir keine Sorgen, das kriegen wir schon hin.«

»Was täte ich nur ohne dich, Tess!«, sagte Jacqueline dankbar.

»Kochen ist gar nicht so schwer, weißt du, und jeder macht mal einen Fehler. Ich habe auch schon ein paarmal das Essen anbrennen lassen.« Tess warf einen Blick auf das Gemüse in der Spüle. »Schäl noch ein paar Kartoffeln und Möhren«, riet sie. »Jungs in dem Alter können futtern wie Scheunendrescher.« Sie ging zur Tür. »Ich bin gleich wieder da, ich will nur schnell ins Bad.«

Als sie kurz darauf zurückkam, erzählte Jacqueline, dass sie auch noch Brot backen müsse.

»Ich hab nicht die leiseste Ahnung, wie das geht«, gestand sie.

»Das ist ganz leicht. Wir bereiten alles vor, dann können wir das Brot in den Backofen schieben, sobald das Fleisch fertig ist.«

Tess zeigte Jacqueline, wie man einen Brotteig zubereitete. Als sie schließlich einen Laib geformt hatte, deckte sie ihn mit einem Tuch ab, damit der Teig gehen konnte. Dann erklärte sie Jacqueline ein paar einfache Kochrezepte.

»Es wird bestimmt Fleisch übrig bleiben, das kannst du aufschneiden und einen Salat dazu machen. Meine Mutter hat früher immer eine Fleischpastete aus Lammfleischresten gebacken. Das geht ganz leicht.« Sie beschrieb ihr die einzelnen Schritte ausführlich, und Jacqueline hörte aufmerksam zu. So schnell konnte sie ja wohl doch nicht aufgeben.

Es war halb eins, als Ben, Nick und die vier Jungen zurückkamen. Der köstliche Essensduft stieg ihnen schon in die Nase, bevor sie die Tür geöffnet hatten. Er sterbe fast vor Hunger, sagte Ben, und Jacqueline, die es zufällig hörte, wurde noch nervöser, als sie ohnehin schon war.

Tess streckte den Kopf zur Küchentür heraus, als die Männer nacheinander zum Händewaschen ins Bad gingen. »Das Essen ist bald fertig. Auf der Veranda warten ein paar kleine Häppchen auf euch, damit ihr euch schon mal was zwischen die Zähne schieben könnt.«

Die beiden Männer und die Jungen sahen sich achselzuckend an und gingen nach draußen auf die Veranda, wo Tess eine Platte Cracker mit Käse und Tomaten sowie zwei Flaschen Bier und einen Krug Wasser hingestellt hatte. Die Männer und die Jungen griffen gierig zu.

Als Tess und Jacqueline sich Augenblicke später zu ihnen gesellten, sagte Jacqueline: »Das Essen ist gleich fertig.«

Ben nickte. Dann sagte er: »Meine Frau hat diese Cracker immer gern gegessen. Das ist das erste Mal seit ihrem Tod, dass ich wieder welche esse.« Er schob sich noch einen in den Mund.

»Ich habe die Packung im Küchenschrank gefunden«, meinte Tess. »Sie war noch nicht angebrochen, deshalb hab ich mir gedacht, dass sie noch genießbar sein müssten.«

»Hmh«, nuschelte Ben mit vollem Mund. »Sie schmecken gut.« Er schluckte und fügte dann hinzu: »Das Essen duftet köstlich.«

Seine Blicke wanderten von Tess zu Jacqueline. Nach allem, was sie ihm erzählt hatte, nahm er an, dass Tess die meiste Arbeit in der Küche geleistet hatte. Hoffentlich hatte Jacqueline wenigstens aufmerksam zugeschaut, damit sie in Zukunft wusste, wie's gemacht wurde.

Nick benahm sich, als wäre in der vergangenen Nacht nichts passiert. Jacqueline beobachtete ihn verstohlen. Eigentlich hätte sie ihm dafür dankbar sein sollen, aber stattdessen merkte sie, dass sie gekränkt war. Wie konnte er nach Stunden voller heißer Leidenschaft so tun, als wäre nichts gewesen? Sie hätte nie gedacht, dass seine Haltung sie so verletzen würde.

»Ich seh mal nach dem Essen«, sagte sie und ging ins Haus zurück.

»Wann kommt Tim denn wieder?«, wollte Ben wissen.

»Ich habe ehrlich gesagt keine Ahnung«, erwiderte Tess kopfschüttelnd. »Er ist gestern Abend einfach gegangen. Ich bin mir nicht mal sicher, ob ich ihm sympathisch bin.«

»Wenn er's nicht ist, dann wird es eben ein anderer«, sagte Ben, doch Tess blickte nicht sehr glücklich drein. »Sie mögen ihn, hab ich Recht?«, fragte er.

Tess nickte. »Ich werde abwarten müssen und sehen, was passiert. Vielleicht klappt es, und wir werden ein Paar. Und wenn nicht, wird sich etwas anderes finden.«

»Das ist die richtige Einstellung, Tess.« Ben konnte es ihr nicht verübeln, dass sie nicht über ihre Gefühle sprechen wollte. Seiner Ansicht nach war Tim Edwards ein ausgemachter Narr. Anstatt dafür zu sorgen, dass kein anderer sich Tess schnappte, hatte er die erstbeste Gelegenheit genutzt, um nach Hause zu fahren.

Eine Stunde später saßen alle satt und zufrieden am Tisch. Sogar Bens Söhnen schien das Essen geschmeckt zu haben. Eine gute Mahlzeit war für die Männer offenbar sehr wichtig, aber Jacqueline wusste nicht, ob sie ohne fremde Hilfe so ein leckeres Mahl auf den Tisch bringen konnte. Vor lauter Nervosität hatte sie ihr eigenes Essen kaum angerührt.

»Das Warten hat sich wirklich gelohnt«, meinte Ben und tätschelte sich zufrieden den Bauch. Seit dem Tod seiner Frau hatte er nicht mehr so hervorragend gegessen. »Das war ausgezeichnet, Jackie. Vor allem für jemanden, der behauptet, nicht kochen zu können.«

Sie dachte an den kalten Backofen. »Das ist fast ganz allein Tess' Verdienst.«

»Nein, das ist nicht wahr«, erwiderte Tess. »Ich hab nur den Ofen eingeschaltet und mit der Soße geholfen. Den Rest hast du gemacht.«

Ben wandte sich Nick zu. »Hast du eigentlich Rachel in Hawker getroffen?«

Jacqueline horchte auf, hielt aber ihren Blick gesenkt.

»Ja, wir haben uns Freitagabend im Hawker Hotel zum Essen getroffen. Es war ein reizender Abend«, antwortete Nick beiläufig.

Jacqueline presste die Lippen aufeinander. Also gab es doch alleinstehende Frauen in der Gegend!

»Und? Hast du das Essen mit ein paar Bierchen heruntergespült, Onkel Nick?«, fragte Geoffrey grinsend.

»Aber sicher. Es waren sogar ein paar Bierchen zu viel. Wir haben im Hotel übernachtet.«

Jacqueline lief rot an, aber Ben und die Jungen lachten schallend.

»Wie geht es Rachel? Kommt sie mal wieder vorbei?«, fragte Ben.

»Es geht ihr prächtig, wie immer.« Nick lächelte. »Sie hat nichts gesagt, aber ich denke, sie wird demnächst vorbeikommen.«

»Sie ist ein lieber Mensch«, sagte Ben. »Und so lustig. Und eine verdammt gute Ärztin obendrein.«

»Ja, das stimmt.« Ein liebevolles Lächeln huschte über Nicks Gesicht.

»Ist Rachel Ihre Freundin?«, fragte Jacqueline schärfer als beabsichtigt und funkelte Nick finster an.

Der Gedanke, dass er mit ihr ins Bett gegangen war, obwohl es bereits eine Frau in seinem Leben gab, war mehr, als sie ertragen konnte.

Nick sah sie erstaunt an.

»Sie wäre zu gern seine Frau«, antwortete Ben grinsend. »Rachel hat seit Jahren ein Auge auf ihn geworfen, aber Nick kriegt man schwerer zu fassen als einen Floh auf einem Hund.«

Nick lachte. »Rachel und ich haben eine Vereinbarung, weißt du.«

»Überleg es dir nicht zu lange mit dem Heiraten, Nick. Nicht, wenn du eine Familie willst. Du bist auch nicht mehr der Jüngste«, fügte Ben hinzu. »Und eine feine Frau wie Rachel hat bestimmt eine Menge Verehrer. Du solltest zugreifen, solange du noch die Gelegenheit dazu hast.«

»He, so alt bin ich nun auch wieder nicht«, erwiderte Nick in gespielter Entrüstung und lachte.

Jacqueline war niedergeschmettert. Es hatte ganz den Anschein, als ob Nick ein Schürzenjäger war, der mit jeder Frau ins Bett stieg, die ihm über den Weg lief. Wie hatte sie nur so dumm sein können! Zumal nach der bitteren Enttäuschung mit Henry. Sie sprang auf und verließ das Zimmer. Die anderen am Tisch sahen sich verdutzt an.

Als Nick kurz darauf ein paar Teller in die Küche brachte, war Jacqueline nicht, wie er erwartet hatte, da. Er trat in den Gang hinaus, um nach ihr zu sehen, und bemerkte, dass die Tür zu ihrem Zimmer einen Spaltbreit offen stand. Beim Näherkommen sah er sie erregt auf und ab gehen.

Er klopfte an und fragte: »Stimmt was nicht, Jackie?«

Sie blieb abrupt stehen und funkelte ihn zornig an. »Warum haben Sie mir nicht gesagt, dass Sie mit jemandem zusammen sind?«, zischte sie.

»Sie haben mich nicht gefragt«, antwortete er ganz überrascht. »Und außerdem …«

»Sie haben nichts gesagt, weil ich niemals mit Ihnen ins Bett gegangen wäre, wenn ich es gewusst hätte«, fauchte sie, während sie gegen die Tränen ankämpfte.

»Das ist nicht wahr! Außerdem war es Ihre Idee, dass wir miteinander ins Bett gehen, schon vergessen?«

»Nicht so laut!«, fuhr sie ihn an. »Nein, ich habe es nicht vergessen! Wie könnte ich auch, wenn Sie mich ständig daran erinnern!« Ihre Wangen glühten.

»Warum haben Sie mich nicht gefragt, ob ich eine Frau oder eine Freundin habe, wenn Ihnen das so wichtig ist?«

Sie wusste, er hatte Recht. Aber in der Hitze des Augenblicks hatte ihr Verstand ausgesetzt. »Sie waren es doch, der jede Menge Süßholz geraspelt und mir ins Ohr geflüstert hat, wie schön und begehrenswert ich sei. Ich war empfänglich dafür, weil ich verletzlich war, und das haben Sie schamlos ausgenutzt!«

Nick traute seinen Ohren nicht. »Woher zum Teufel hätte ich wissen sollen, dass Sie verletzlich waren?« Sie hatte sich verzweifelt angehört, nicht verletzlich.

Jacqueline presste ärgerlich die Lippen zusammen. Auch in diesem Punkt musste sie ihm Recht geben.

»Hören Sie, ich habe weder eine Frau noch eine feste Freundin«, fuhr Nick in ruhigerem Ton fort. Er mochte die Frauen gern, aber er war nicht der Typ, der etwas mit mehreren gleichzeitig hatte.

»Ja, nach allem, was Ihr Bruder erzählt hat, gehen Sie jeder festen Bindung wohl strikt aus dem Weg«, knurrte Jacqueline wütend.

Nick breitete hilflos die Arme aus. »Ich verstehe nicht, warum Sie so sauer deswegen sind.«

»Sie hätten es mir sagen müssen, dass Sie eine intime Beziehung mit dieser Rachel haben«, beharrte sie, »und zwar bevor wir … bevor wir …« Sie brach ab, weil sie nicht wusste, wie sie es umschreiben sollte.

»Ich habe nie behauptet, dass ich wie ein Mönch lebe. Ich bin ein ganz normaler Mann.«

Jacqueline schnaubte. »O ja, das kann man wohl sagen!« Sie spürte, dass sie den Tränen nahe war. Aufgebracht stürmte sie an ihm vorbei und ging zurück ins Esszimmer.

Ben und Tess musterten sie prüfend. Man konnte ihr ansehen, wie aufgewühlt sie war. Doch bevor sie ihr Fragen stellen konnten, kam Nick herein und meinte, er werde ein kleines Nickerchen halten.

»Danke für das fantastische Essen, Ladys«, sagte er, wobei er Tess ansah und Jacqueline nur mit einem flüchtigen Blick streifte.

»Eine gute Idee«, stimmte Ben seinem Bruder zu. »Ich werde mich auch ein wenig aufs Ohr legen.«

Tess gähnte. Vera war noch nicht aufgestanden, sie hatten ihr eine Portion vom Mittagessen aufgehoben.

»Ja, ich auch, gleich nach dem Abwasch.«

»Das können doch die Jungs machen«, sagte Ben und stand auf.

Alle vier machten ein langes Gesicht. »Ich mach das schon«, bot Jacqueline sofort an. Bens Söhne konnten sie sowieso nicht leiden, sie wollte die Situation nicht noch verschlimmern.

Die Jungen wiederum dachten, sie wolle das Regiment in der Küche übernehmen.

»Sie können Ihnen ruhig zur Hand gehen«, sagte Ben streng. »Sie sind gestern Abend früher ins Bett gekommen als wir.« Er gähnte ausgiebig. »Sid und Jimmy können den Tisch abräumen, und Geoffrey und Bobby können abtrocknen.«

Die Jungen wagten nicht, ihrem Vater zu widersprechen. Sid und Jimmy stellten das schmutzige Geschirr in die Spüle, Jacqueline wusch ab, und Geoffrey und Bobby trockneten das Geschirr und räumten es wieder ein. Keiner sprach ein Wort, auch die Jungen untereinander nicht. Jacqueline suchte nach einer Bemerkung, um das Eis zu brechen, aber ihr wollte nichts einfallen. Sie waren im Nu fertig. Die Jungen verließen eilig die Küche.

Jacqueline ging in ihr Zimmer, warf sich aufs Bett und schlief fast augenblicklich ein.

Es war dunkel draußen und ganz still im Haus, als Jacqueline aufwachte. Sie guckte verschlafen auf ihre Armbanduhr. Halb acht. Schnell stand sie auf und ging in die Küche. Ben hatte ihr einen Zettel hingelegt: Er habe die Hunde um fünf gefüttert und sich danach wieder hingelegt.

Jacqueline beschloss, einen kleinen Spaziergang zu machen – sie durfte sich nur nicht allzu weit vom Haus entfernen. Bens Worte über die Dingos fielen ihr wieder ein, und sie erschauerte.

Es war ein wunderschöner Abend. Sie ging zuerst zu der Hütte, die dem Haupthaus am nächsten lag. Jacqueline wusste von Ben, dass der strohgedeckte Holzbau mit den zwei winzigen Fenstern im Lauf der Jahre schon als Unterkunft des Zahlmeisters, als Büro, als Quartier für den Postzusteller und für den Buchhalter gedient hatte. Damals war die Farm sehr viel größer gewesen. Heute stellte Ben nur noch Leute bei Bedarf ein, und die Hütte war Nicks Zuhause geworden. Dahinter befand sich die Garage, in der Ben und Nick ihre beiden Autos abstellten. Die Tür war geschlossen, aber Jacqueline öffnete sie und warf neugierig einen Blick hinein.

Dann ging sie weiter. Am Himmel funkelten unzählige Sterne, und eine sanfte Brise wehte einen fremdartigen Duft heran, der, wie sie vermutete, von den Blättern der Eukalyptusbäume stammte. So also riecht es hier, dachte sie staunend. Der Geruch war so neu für sie wie ihr Leben im australischen Busch.

Sie schlenderte weiter und genoss die nächtliche Stille. Plötzlich war ihr, als hörte sie Stimmen. Sie entdeckte ein großes Gebäude mit einer Bruchsteinmauer, blieb stehen und lauschte. Ja, das waren eindeutig Stimmen.

Vorsichtig ging sie an dem zweistöckigen Haus entlang, bis sie zu einer Tür kam. Jacqueline öffnete sie behutsam und spähte hinein. Es war schummrig, aber sie konnte Vorräte erkennen – sie schien sich in einer Lagerhalle zu befinden. Säcke standen dort, große und kleine Packen und Ballen, Fässer und Dosen, und alles war auf Brettern gestapelt, die an Drähten an den Deckenbalken aufgehängt waren. Jacqueline stutzte, begriff dann aber, dass das durchaus Sinn machte, denn so waren die Vorräte vor Nagetieren und Ungeziefer sicher. Es gab keine Fenster in der Halle, sodass es im Sommer angenehm kühl sein musste und so schnell nichts verdarb. Wer auch immer diese Lagerhalle gebaut hatte, hatte sich ganz offensichtlich etwas dabei gedacht.

Jacqueline schloss die Tür wieder und ging weiter. Alte, rostige Wagenräder lehnten an der Backsteinmauer. Jetzt konnte sie in der Ferne den Schein eines Lagerfeuers erkennen. Dunkle Gestalten bewegten sich rings um das Feuer. Von dort kamen auch die Stimmen, die sie vorher gehört hatte. Obwohl sie zu weit entfernt war, um irgendetwas zu verstehen, hatte Jacqueline das Gefühl, dass es sich um eine fremde Sprache handelte.

Ganz geheuer war ihr die Szene, die sie da beobachtete, nicht, aber ihre Neugier überwog. Sie huschte zu einer Baumgruppe, die ihr ausreichend Deckung bot, und spähte vorsichtig hinter einem Baumstamm hervor. Die Menschen am Lagerfeuer waren Ureinwohner, wie sie jetzt erkennen konnte. Ihr Herz pochte heftig, ihre Handflächen wurden feucht, als sie sich voller Entsetzen an die Nacht viele Jahre zuvor erinnerte, in der sie auch schwarze Gestalten im Feuerschein gesehen hatte – eine Nacht, die ihr Leben für immer verändert hatte. Jacqueline war damals erst dreizehn Jahre alt gewesen, die Erinnerung daran, wie sie aus dem Heckfenster des Autos geschaut und die Flammen aus dem Dach ihres Elternhauses hatte züngeln sehen, hatte sich jedoch unauslöschlich in ihr Gedächtnis eingebrannt. Sie fröstelte.

Als Jacqueline ihre zitternden Beine wieder unter Kontrolle hatte und zum Haus zurücklaufen wollte, sah sie einige der Männer in ihre Richtung blicken. Sie blieb wie versteinert stehen. Im Schatten der Bäume fühlte sie sich sicherer als auf freiem Feld. Wieder spähte sie hinter dem Stamm hervor. Unter den Aborigines befanden sich auch ein paar Kinder. Ein kleiner Junge weinte. Eine Frau, wahrscheinlich seine Mutter, kniete neben ihm. Jacqueline beobachtete, wie sie mit beiden Händen Asche aus dem Feuer schöpfte und seinen kleinen Körper damit einrieb.

»Was tut sie denn da?«, flüsterte sie erschrocken. Die Asche musste doch heiß sein!

Jetzt fächelte die Frau dem Jungen Rauch ins Gesicht. Der Kleine hustete und schrie und versuchte, sich aus ihrem Griff zu winden, aber die Frau hielt ihn unerbittlich fest. Als sie noch mehr Asche auf seinem Körper verrieb und der Junge noch lauter kreischte, konnte Jacqueline es nicht mehr mit ansehen. Sie trat aus dem Schatten der Bäume und schrie:

»Aufhören! Hören Sie sofort damit auf! Sie tun dem Kind doch weh!«

Die Aborigines fuhren überrascht herum. Einige Männer machten drohend ein paar Schritte auf Jacqueline zu, die Frau richtete sich auf und zog den Jungen an sich.

Jacqueline wurde jetzt erst bewusst, dass sie die Gruppe auf sich aufmerksam gemacht hatte. Als die Männer erregt auf sie zeigten und etwas in ihrer Sprache riefen, erschrak sie. Sie wich zurück, drehte sich dann abrupt um und lief wie von Furien gehetzt zum Haus zurück. Völlig außer Atem kam sie dort an.

Jacqueline riss die Hintertür auf und stürzte in die Küche. Vera, die am Tisch saß und das Lammfleisch aß, das Tess für sie aufgehoben hatte, guckte verdutzt auf.

»Was ist denn mit dir los?«, fragte sie, als sie Jacquelines panischen Gesichtsausdruck sah.

»Wo … ist … Ben?«, keuchte Jacqueline.

»Keine Ahnung, ich hab ihn nicht gesehen.«

Jacqueline eilte in den Flur. »Ben!«

»Was ist denn passiert?«, fragte Vera.

»Ich habe … gerade … ein paar … Aborigines gesehen«, stieß Jacqueline atemlos hervor. Sie fragte sich, ob sie ihr gefolgt waren. Ob Ben wohl für alle Fälle eine Waffe im Haus hatte?

»Na und?«, meinte Vera achselzuckend und aß in aller Ruhe weiter. »Das ist hier draußen sicher nichts Ungewöhnliches.«

»Sie haben ein Kind misshandelt«, sagte Jacqueline schnaufend.

Vera ließ die Gabel, die sie gerade zum Mund führen wollte, sinken. »Was? Bist du sicher?«

In diesem Moment erschien Ben in der Küchentür. »Mir war, als hätte ich jemanden rufen hören«, sagte er gähnend. Er schlurfte zum Wasserkessel, um sich Tee aufzubrühen.

»Ich habe gerade ein paar Aborigines gesehen«, berichtete Jacqueline aufgeregt.

»So?«

»Ja, sie haben ein Lagerfeuer auf Ihrem Land angezündet. Ungefähr dreißig Meter hinter dem Lagerhaus.«

Ben winkte ab. »Ja, ich weiß. Das ist ein heiliger Ort für das Volk der Adnyamathanha. Sie werden sie öfter dort sehen.« Er setzte sich mit seinem Tee an den Tisch.

Jacqueline konnte es nicht fassen. »Soll das heißen, Sie erlauben den Aborigines, sich auf Ihrem Land zu versammeln?«

Ben sah sie verdutzt an. »Das Land gehörte ihnen, bevor wir hierherkamen. Es steht mir nicht zu, ihnen den Zutritt zu Wilpena zu verwehren.«

Anscheinend hatte Ben keine Ahnung, was auf seinem Land vor sich ging. »Eine der Frauen hat ein Kind misshandelt. Wollen Sie nicht etwas dagegen unternehmen?«, ereiferte sie sich.

»Misshandelt?«, wiederholte er verwirrt.

»Ja, ich habe gesehen, wie sie einen kleinen Jungen mit heißer Asche eingerieben hat. Er hat fürchterlich geweint. Der arme Kerl muss Verbrennungen am ganzen Körper haben.«

Vera schlug sich entsetzt die Hand vor den Mund. »Das ist ja furchtbar!«

»Und dann hat sie dem Kleinen auch noch Rauch ins Gesicht gewedelt«, fuhr Jacqueline fort.

Ben lächelte. »Kein Grund zur Besorgnis, Ladys. Das war eine rituelle Handlung, was Sie da beobachtet haben, Jackie. Die Aborigines wissen schon, was sie tun.«

»Das kann nicht Ihr Ernst sein!« Jacqueline war fassungslos. »Diese Frau hat dem Jungen absichtlich Verbrennungen zugefügt! Man sollte die Polizei verständigen!«

»Sie hat die Asche bestimmt vom Rand des Feuers genommen, wo sie kalt ist«, versicherte Ben. »Glauben Sie mir, ich lebe lange genug hier, ich habe eine Ahnung von den Sitten und Bräuchen der Ureinwohner.«

Jacqueline presste ärgerlich die Lippen aufeinander.

»Die Aborigines glauben an die heilende Kraft der Asche«, fuhr Ben fort. »Sie behandeln sich erfolgreich selbst – seit tausenden von Jahren.«

Jacqueline schnaubte verächtlich. »Also, ich finde diese Bräuche äußerst primitiv.«

In diesem Moment betrat Sid die Küche. Er hatte Jacquelines Bemerkung gehört und konnte sich denken, wovon sie sprach. Der junge Aborigine warf ihr einen grimmigen Blick zu. Wortlos schenkte er sich ein Glas Wasser ein und ging wieder.

Ben sah Jacqueline an. »Diese Salbe für Ihren Sonnenbrand …«

»Was ist damit?«

»… die ist von den Ureinwohnern hergestellt worden, und sie hat geholfen, oder?«

Jetzt erst fiel Jacqueline auf, dass die Rötung zurückgegangen war und ihre Haut sich nicht schälte. »Ja, das stimmt«, gab sie widerwillig zu.

Ben nickte zufrieden. »Ich gebe Ihnen einen guten Rat, Jackie. Sie werden es hier draußen viel leichter haben, wenn Sie sich allem, was die Aborigines betrifft, aufgeschlossen gegenüber zeigen.«

Da sie nichts darauf zu erwidern wusste, verließ Jacqueline ohne ein weiteres Wort die Küche. Für sie stand fest, dass der kleine Junge misshandelt worden war, und niemand würde sie vom Gegenteil überzeugen können.

Sie war gerade im Begriff, die Tür zu ihrem Zimmer zu schließen, als der Apparat, der auf dem Schreibtisch stand, laut zu knistern anfing. Ben hörte es, eilte durch den Flur und klopfte an. Als Jacqueline ihn hereinließ, eilte er an das Gerät, ergriff das Mikrofon und drehte an einem Schalter.

»Hier Wilpena Station, bitte kommen. Over.« Er drückte mit dem Daumen einen Knopf seitlich am Mikrofon. Wieder ein Knistern, dann war die Stimme eines Mannes zu hören. Ben wandte sich lächelnd zu Jacqueline und Vera um, die ebenfalls herbeigeeilt war. »Das ist Mike von Rawnsley Park Station.« Ein freudiges Lächeln huschte über Veras Gesicht.

Inzwischen hatte sich auch Tess zu ihnen gesellt, die von den lauten Stimmen in der Küche geweckt worden war.

Ben setzte sich vor das Funkgerät. »Hallo, Mike, was gibt's? Over.«

»Könnte ich mit Vera sprechen, Ben? Over.«

»Ja, sicher. Sie steht zufällig neben mir.« Ben winkte Vera zu sich. »Wann lässt du dich denn wieder bei uns sehen? Over.«

»Im Moment sieht's schlecht aus, weil wir gerade eine Schafherde für den Verkauf zusammentreiben. Over«, antwortete Mike. Seine Stimme klang seltsam blechern.

Vera blickte enttäuscht drein. Sie setzte sich vor das Funkgerät, und Ben zeigte ihr, wie sie es bedienen musste.

»Dann werde ich Sie jetzt allein lassen, damit Sie ungestört reden können«, sagte er.

»Nein, bleiben Sie ruhig«, erwiderte Vera. Sie war sich nicht sicher, ob sie mit dem Funkgerät umgehen konnte. Sie drückte den Knopf, den Ben ihr gezeigt hatte. »Hallo, Mike«, sagte sie hörbar nervös.

»Sie müssen *over* sagen, wenn Sie auf Antwort warten«, raunte Ben ihr zu.

»Oh. Over.«

»Guten Abend, Vera«, sagte Mike. »Wie geht's dir? Over.«

»Gut. Mir geht's sogar ganz wunderbar«, fügte sie lächelnd nach einem scheuen Seitenblick auf Ben, Jacqueline und Tess hinzu. »Over.«

»Vera«, fuhr Mike fort, »ich bin nie ein Mann vieler Worte gewesen, aber ich muss dir etwas Wichtiges sagen.« Nach einer kleinen Pause fügte er hinzu: »Ich finde, wir haben uns gestern Abend wirklich gut verstanden, was meinst du? Over.«

»Ja, das empfinde ich genauso, Mike. Over.« Veras Stimme zitterte.

»Ich habe nie an Liebe auf den ersten Blick geglaubt, aber seit ich dich das erste Mal gesehen habe, habe ich Herzklopfen wie ein Schuljunge.« Mike hoffte inständig, dass Ben nicht in der Nähe war und zuhörte.

Er hatte seine Worte ganz offensichtlich einstudiert. Vera wertete das als Beweis dafür, dass er die ganze Zeit an sie gedacht hatte, und war überglücklich.

»Geht es dir vielleicht auch so? Over«, fuhr Mike fort.

»Ja, Mike, mir geht es ganz genauso«, hauchte Vera. »Over.« Sie sah zu Ben hin und errötete.

Er verstand den Wink. Er nickte Tess und Jacqueline zu und bedeutete ihnen, ihm in den Flur hinaus zu folgen. »Lassen wir die beiden allein«, flüsterte er.

Tess freute sich für ihre Freundin. Wenigstens eine, für die sich der Wunsch nach Romantik erfüllte.

»Vera, ich weiß, wir kennen uns erst seit ein paar Stunden, aber … aber ich möchte dich trotzdem fragen, ob du meine Frau werden willst. Over.«

Ben, Jacqueline und Tess hatten durch die angelehnte Tür alles mit angehört und guckten sich sprachlos an. Als Vera nicht antwortete, stieß Tess die Tür auf und spähte ins Zimmer. Vera saß da wie vom Donner gerührt.

»Worauf wartest du?«, zischte Tess.

Vera schaute sie groß an. Insgeheim hatte sie zwar mit einem

Heiratsantrag gerechnet, aber jetzt, wo Mike ihr sehr viel früher als erwartet tatsächlich die bewusste Frage gestellt hatte, konnte sie es nicht glauben.

»Du musst ihm antworten«, drängte Tess leise, aber beharrlich.

»Ach so, ja.« Vera löste sich aus ihrer Erstarrung. »Ja! Ja, natürlich will ich deine Frau werden!«

»Over«, flüsterte Tess und rollte mit den Augen.

»Over!«, fügte Vera hastig hinzu und lachte. Sie zitterte vor Aufregung so sehr, dass sie kaum das Mikrofon halten konnte.

Auch Mike lachte vor Erleichterung. Er hatte schon mit dem Schlimmsten gerechnet, als Vera so lange schwieg. »Das ist wunderbar! Vor Dienstag werde ich allerdings keinen Geistlichen bekommen. Ich hoffe, das ist in Ordnung, weil ich sowieso nicht früher hier wegkann. Wir müssen die Schafe, die verkauft werden sollen, verladen. Over.«

»Mach dir keine Gedanken deswegen, das ist in Ordnung.« Auf diese Weise hätte sie noch ein klein wenig Zeit, *ihre* Gedanken zu ordnen. »Wo hast du die Trauung denn geplant? Over.«

Ben stand im Türrahmen und lauschte freudestrahlend.

»Wie wär's, wenn wir auf Wilpena heiraten würden? Ich bin kein besonders religiöser Mensch, ich kann auf eine kirchliche Trauung verzichten. Over.«

»Ja, mir geht's genauso. Mir soll's recht sein. Over.«

»Frag Ben, ob er damit einverstanden ist. Over.«

Vera sah Ben an, der eifrig nickte. »Ja, er ist einverstanden. Over.«

»Ein Glück, er soll nämlich mein Trauzeuge sein. Ohne ihn hätte ich dich nicht kennen gelernt. Sag ihm, ich bringe das Bier und das Fleisch fürs Grillen mit. Over.«

Wieder nickte Ben zustimmend.

Vera sah Tess an und bemerkte den wehmütigen Ausdruck in ihren Augen. »Sag mal, hast du Tim Edwards seit gestern gesehen? Over.« Sie ließ Tess nicht aus den Augen, während sie auf Mikes Antwort wartete.

»Nein, und ich weiß, dass ihn auch von den anderen niemand gesehen hat. Keine Ahnung, wo er steckt.« Vera sah Tess mitleidig an. »Dann bis Dienstag, Vera. Ich freue mich. Over.«

»Ja, ich mich auch«, antwortete sie lächelnd. »Halt, warte, wann kann ich denn mit dir rechnen? Over.«

»Ich sag dir noch Bescheid. He, was ist das für ein Gefühl, verlobt zu sein? Over.«

»Ein wundervolles! Over.« Vera lachte.

»Gute Nacht, Vera. Schlaf gut«, sagte Mike zärtlich. »Over.«

»Gute Nacht«, wisperte Vera. »Over.«

Ben nahm ihr das Mikrofon aus der Hand. »Meinen Glückwunsch, Mike! Over und Ende.«

Vera sprang auf. Sie kreischte vor Freude, als sie Tess um den Hals fiel und sie fest an sich drückte. »War das nicht romantisch?«, fragte sie verzückt. Dann löste sie sich von Tess und umarmte Jacqueline, die sie beglückwünschte.

»Ja, das war es«, sagte Tess.

Ein trauriges Lächeln spielte um ihre Lippen. Jacqueline wusste, was sie dachte. Sosehr sie sich für Vera freute, sosehr wünschte sie sich auch ein klein wenig Glück für sich selbst. Aber es hatte nicht den Anschein, als ob sie es bei Tim Edwards finden würde.

9

Mike traf am Dienstag um die Mittagszeit auf Wilpena ein. Vera, die sich in Jacquelines Zimmer für die Trauung fein machte, sah ihn aus seinem Pick-up aussteigen. Er trug einen dunklen Anzug mit Krawatte und hatte sich die Haare ordentlich frisiert, wie sie entzückt feststellte. Sie seufzte verträumt. Er sah so elegant aus, dass sie auch in einer Kathedrale hätten heiraten können. Doch dann fiel ihr Blick auf seine Füße, und sie musste unwillkürlich lachen. Zum Anzug trug er seine staubigen Arbeitsstiefel. Sie beobachtete, wie er das Bier und das Fleisch für die Hochzeitsfeier aus dem Ute auslud und hörte Ben und Nick wegen seiner Aufmachung frotzeln. Vera konnte gar nicht aufhören zu lächeln. In ihren Augen sah Mike wie der absolute Traummann aus – trotz der staubigen Stiefel.

Sie drehte sich zu Tess und Jacqueline um. »Ist er nicht ein attraktiver Mann?«, schwärmte sie. Sie konnte kaum glauben, wie positiv sich die Dinge für sie entwickelt hatten. Sie hätte platzen können vor Glück.

»Ja, ja«, gab Tess zurück und zog sie von der Verandatür weg. »Jetzt beeil dich lieber, sonst kommst du noch zu spät zu deiner eigenen Trauung.« Sie gab sich alle Mühe, sich ihre Niedergeschlagenheit nicht anmerken zu lassen.

Es wäre ihr viel lieber gewesen, Tim hätte ihr ins Gesicht gesagt, dass sie nicht sein Typ sei oder dass er doch nicht heiraten wolle, aber sich nach ihrer ersten Begegnung ohne ein Wort der Erklärung nicht mehr zu melden war, als hätte er sie vor dem Altar sitzen lassen. Wenn nicht noch schlimmer. Die Nachricht, dass sie den weiten Weg von Amerika hierhergekommen war, um zu heiraten, und Tim ihr eine Abfuhr erteilt hatte, würde sich wie ein Lauffeuer verbreiten. Sie wusste, wie gerne die Leute klatschten, und die Männer auf Wilpena bildeten da keine Ausnahme.

Den Vormittag über hatten die Frauen verschiedene Salate zubereitet, während Nick und Ben und die vier Jungen im Schuppen Bänke und Tische aufgestellt und alles für die Hochzeitsparty vorbereitet hatten. Tess hatte durch das halb geöffnete Badezimmerfenster zufällig eine Unterhaltung zwischen Ben und Nick belauscht.

»Es wäre schön gewesen, wenn Tess und Vera am selben Tag geheiratet hätten«, meinte Ben. »Ich hatte den Eindruck, dass Tess und Tim sich gut verstanden. Aber anscheinend hat er doch noch kalte Füße gekriegt und ist abgehauen.«

»Glaubst du wirklich, er ist fort und hat seinem Verwalter die Leitung der Farm überlassen?«

»Sieht ganz danach aus. Kein Mensch hat ihn seit dem Grillfest mehr gesehen. Das ist wirklich ungewöhnlich.«

Tess fühlte sich gedemütigt, als sie das hörte.

»Tess ist eine klasse Frau, es wird sich schnell herumsprechen, was für ein Esel Tim ist, weil er es nicht gemerkt hat«, sagte Nick.

»Da hast du allerdings Recht.« Nach einer kleinen Pause fuhr Ben fort: »Da wir keine Doppelhochzeit feiern, habe ich mir gedacht, wir feiern im kleinen Kreis. Ich habe die Bensons eingeladen. Tom Stevens und Cyril Luxton waren zufällig dort, um sich eine Schurschere von Ian zu borgen, und haben sich gleich selbst eingeladen. Ein paar Bierchen umsonst, das lassen sich die beiden natürlich nicht entgehen. Aber ich denke mir, dass vor allem Tess der Grund ist. Hoffentlich endet das Ganze nicht damit, dass sie sich ihretwegen die Köpfe einschlagen, wenn sie sich erst mal ein paar hinter die Binde gekippt haben.«

»Ich werde einen Eimer kaltes Wasser bereitstellen. Für alle Fälle«, meinte Nick. Man konnte hören, dass er dabei grinste.

»Ich kann mir nicht vorstellen, dass Tess sich für einen von ihnen erwärmen kann«, sagte Ben nachdenklich. Tess schien große Sympathie für Tim zu hegen. Sie war sichtlich bedrückt und enttäuscht, weil er sich nicht mehr meldete.

»Ich kann es ihr nicht verdenken«, erwiderte Nick lachend. »Wäre ich eine Frau, müsste ich ein halbes Fässchen Bier trinken, bevor ich einen der beiden sympathisch finden könnte. Oder besser noch ein ganzes Fass.«

»Hast du in letzter Zeit mal in einen Spiegel geschaut?«, zog Ben ihn auf.

»Nein, weil alle einen Sprung haben, nachdem du das letzte Mal reingeschaut hast«, gab Nick zurück.

Die Brüder lachten.

»Aber ganz im Ernst«, fuhr Ben nach einem Augenblick fort. »Mich wundert's nicht, dass diese Amerikanerinnen entschieden haben, nicht herzukommen, um Tom und Cyril kennen zu lernen. Das war eine wirklich kluge Entscheidung. Die zwei sind gute Kumpel, aber manchmal muss man sich schon fragen, ob sie zusammen wenigstens ein Hirn haben. Ich gehe jede Wette ein, dass sie von Frauen rein gar nichts verstehen. Ich würde zu gern wissen, was sie den beiden Amerikanerinnen geschrieben haben.«

Nick lachte abermals. »Ja, ich auch. Aber eines muss man ihnen lassen: Für das Grillfest am Samstagabend haben Cyril und Tom sich richtig in Schale geworfen.«

»Ja, aber auch nur, weil Mike ihnen zwei Hemden geliehen und darauf bestanden hat, dass sie saubere Hosen anziehen. Bin gespannt, wie sie heute zur Hochzeit aufkreuzen werden. Aber ich glaube, alle Mühe wäre vergebens. Tess ist einfach viel zu gut für die beiden.«

Tess lächelte, als sie das hörte. Dennoch war sie niedergeschlagen. Sie mochte Tim mehr, als sie zugeben wollte. Ihr einziger Trost war, dass sie keine Zeit gehabt hatte, ihre Gefühle zu vertiefen, sonst hätte die Zurückweisung noch viel mehr geschmerzt.

Um Viertel vor eins traf Reverend Meeke ein, der die Trauung vollziehen würde. Er war jung und erst sechs Monate zuvor in Adelaide zum Priester geweiht worden. Die Stelle als Stellvertreter von Reverend Hopkins in der Kirche St. Luke in Hawker war seine erste. Reverend Meeke war ein stiller, einfühlsamer und fürsorglicher Mensch und bei den Frauen sehr beliebt. Da er Schwierigkeiten hatte mit der rauen Art der Männer auf dem Land und ihren teils recht groben Scherzen, war er gleichsam zur Abhärtung in die Berge geschickt worden. Mit Erfolg: Inzwischen zog er sich bei entsprechenden Bemerkungen nicht mehr in sein Schneckenhaus zurück, sondern lachte mit.

Bräute pflegten im Allgemeinen verspätet zu ihrer Trauung zu erscheinen. Nicht so Vera. Sie war so aufgeregt, dass sie lange vor der eigentlichen Zeremonie in die Scheune eilte. Sie trug ein schlichtes knielanges, ärmelloses cremefarbenes Kleid, das sie sich eigens für ihre Hochzeit gekauft hatte. Es betonte ihre schlanke Figur und passte sehr gut zu ihren goldblonden Haaren. Mike strahlte, als er sie erblickte.

Tess und Jacqueline begleiteten ihre Freundin. Tess hatte das butterblumengelbe Kleid angezogen, das sie sich eigentlich für ihre Hochzeit gekauft hatte, weil es ihr einziges wirklich gutes Kleid war. Als Tom und Cyril sie und Jacqueline sahen, sperrten sie Mund und Augen auf und gafften die Frauen ungeniert an, bis Ben sie in die Rippen stieß und strafend ansah.

Die zwei Farmer waren zu Pferd und in ihrer Arbeitskleidung – verdreckten Hosen und ausgeleierten, schmuddeligen, einst marineblauen Unterhemden – gekommen. Beide waren unrasiert und stanken nach Schaf. Sogar ihre Hüte waren zerbeult und speckig. Als Ben sie beiseitenahm und darauf hinwies, dass es angebracht gewesen wäre, vorher zu baden und sich umzuziehen, guckten sie ihn erstaunt an.

»Wozu denn so ein Aufwand?«, meinte Tom. »Bloß weil Mike diese Kleine heiratet, die er praktisch kaum kennt?«

»Kein Wunder, dass ihr immer noch ledig seid«, knurrte Ben.

»Ich weiß gar nicht, was du hast«, erwiderte Cyril beleidigt. »Wir haben den ganzen Morgen gearbeitet.« Da sie sich selten in Gesellschaft von Frauen befanden, war ihr Äußeres normalerweise unwichtig.

Ben schüttelte den Kopf. »Ist euch schon mal aufgefallen, dass mehr Fliegen um euch herumschwirren als um einen Misthaufen?«

»Sind auch nicht mehr als sonst«, brummelte Tom und verscheuchte mit einer lässigen Handbewegung die Fliegen von seinem Gesicht.

»Frauen aus der Stadt mögen keine Fliegen«, sagte Ben und trat ein paar Schritte zurück, als fürchtete er, die üble Dunstwolke könnte an ihm hängen bleiben. Er hatte geduscht und trug saubere Sachen.

»Warum kommen sie dann zu uns aufs Land, wenn sie keine Fliegen leiden können?«, entgegnete Cyril mit seiner Ansicht nach unschlagbarer Logik.

»Genau. Wenn eine Frau einen Farmer heiraten will, dann erwartet sie doch, dass er wie sein Vieh riecht«, ergänzte Tom selbstgefällig.

»Aber nicht auf einer Hochzeit.« Ben sah Nick an und schüttelte den Kopf. Er wusste, dass er nur seine Zeit vergeudete. Tom und Cyril stierten schon wieder zu Tess und Jacqueline hinüber.

Nick lachte. »Sogar die Schafe rennen vor den beiden davon«, raunte er seinem Bruder zu. »Verdenken kann man's ihnen nicht.«

Tom und Cyril konnten es kaum erwarten, dass die Zeremonie anfing, weil die Getränke erst nach der Trauung ausgeschenkt wurden. Sie brauchten ein paar Bierchen, um sich Mut anzutrinken, damit sie sich an Jacqueline und Tess heranmachen konnten.

Zwei weitere Viehzüchter kamen herangeritten. Ben war nicht überrascht, sie zu sehen. Sobald sich herumgesprochen hätte, dass sich zwei unverheiratete Frauen auf Wilpena aufhielten, würden sicher noch mehr Männer den Weg auf seine Schaffarm finden.

Die Neuankömmlinge wurden herzlich willkommen geheißen. Kurz darauf trafen die Bensons, die nächsten Nachbarn, mit ihrem Pick-up ein. Meryl hatte ein hübsches geblümtes Sommerkleid an und trug Schuhe mit hohen Absätzen. Ian, ihr Mann, sah aus, als wäre er direkt aus einem Schafpferch gekommen. Das war er auch, aber Meryl hatte darauf bestanden, dass er sich wenigstens ein frisches Hemd anzog.

Dann war es endlich so weit. Reverend Meeke bat das Brautpaar, sich bei den Händen zu fassen.

»Du siehst wunderschön aus«, flüsterte Mike Vera zu. Seine Hände zitterten.

»Du aber auch«, erwiderte sie leise. Sie war so aufgeregt. Dass Mike sich ihretwegen solche Mühe gegeben und einen Anzug angezogen hatte, obwohl er sich sichtlich unwohl darin fühlte, rechnete sie ihm hoch an.

»Liebe Freunde, liebe Nachbarn. Wir haben uns heute hier versammelt …«, begann der Reverend.

In diesem Moment war in der Auffahrt wieder Hufgetrappel zu hören. Tess drehte sich um, aber es war nicht Tim, wie sie gehofft hatte, sondern erneut zwei Viehzüchter. Enttäuscht wandte sie sich wieder um und kramte ein Taschentuch aus ihrer Handtasche. Sie wusste, sie würde während der Trauzeremonie weinen müssen.

Sie und Vera hatten sich auf der Überfahrt fast jeden Abend ihre Hochzeit ausgemalt, hatten überlegt, ob sie morgens kirchlich oder ganz leger am Nachmittag oder abends in einem Garten oder vielleicht sogar unter dem Sternenhimmel heiraten würden. Aber jedes Mal hatten sie sich vorgestellt, dass sie es Seite an Seite taten. Nie war ihnen der Gedanke gekommen, nur eine von ihnen könnte vor dem Altar stehen. Vera hatte sich schon einige Male entschuldigt, aber sie konnte ja nichts dafür, und Tess hatte nach Kräften versucht, sich ihre Enttäuschung nicht anmerken zu lassen.

Unmittelbar vor dem Ringtausch bat Mike den Reverend, ein paar Worte sagen zu dürfen. Er war es nicht gewohnt, über seine

Gefühle zu sprechen, aber er wusste, dass sich das ändern musste. Diese Eheschließung war für ihn die erste und sollte auch die letzte sein. Und eines hatte er sich geschworen: Er würde Vera niemals für selbstverständlich nehmen.

Reverend Meeke nickte. »Aber natürlich. Nur zu.«

Mike blickte in Veras glänzende blaue Augen und versuchte, seine Gefühle in den Griff zu bekommen. Nach ein paar Sekunden räusperte er sich und begann leise:

»Ich hatte die Hoffnung, eine Frau zu finden, mit der ich mein Leben teilen kann, fast schon aufgegeben. Da hatte Ben die Idee mit der Anzeigenkampagne. Anfangs war ich skeptisch, aber dann sagte ich mir: Was soll's? Du hast doch nichts zu verlieren. Ich hätte nie gedacht, dass das funktionieren würde, aber dann hast du, Vera, auf meine Anzeige geantwortet. Als wir uns schrieben, habe ich mir ein Bild von dir gemacht. Und du hast dir wahrscheinlich auch eines von mir gemacht.« Ben hatte geraten, keine Fotos auszutauschen, damit man sich nicht von Äußerlichkeiten beeinflussen ließ.

Vera nickte lächelnd.

»Ich weiß nicht, ob ich deinen Vorstellungen entspreche, aber ich weiß, dass du tausendmal besser bist als die Frau, von der ich jede Nacht geträumt habe. Ich habe mir offen gestanden keine allzu großen Hoffnungen gemacht, dass wir Zuneigung füreinander empfinden würden, aber dann habe ich mich im ersten Moment schon in dich verliebt, und zwar heftig …« Er lachte verlegen, und Vera stimmte mit ein, weil sie genauso empfand. Sie würden ohne jeden Zweifel eine leidenschaftliche Hochzeitsnacht verbringen.

»He, Rawnsley, benimm dich«, rief Ian Benson dazwischen, und die Männer lachten schallend.

Mike bekam rote Ohren, sah Vera aber unverwandt an. »Ich glaube, ich darf sagen, dass wir ein bisschen älter und klüger als zwei schwärmerische Teenager sind.« Vera nickte zustimmend. Aus dem Hintergrund rief ihm jemand zu, er sei ein alter Knacker, und wieder lachten alle. Mike achtete nicht darauf. »Ich glaube, unsere Ehe hat wirklich alle Chancen. Ich fühle mich auserwählt, weil ich mich jetzt auf meine Zukunft freuen kann, und ich habe einen Grund, morgens aufzustehen und den ganzen Tag hart zu arbeiten. Du wartest auf mich, wenn ich abends nach Hause komme.«

Vera standen Tränen in den Augen. Sie drückte Mikes Hände und sah ihn zärtlich an. »Es war ein großes Wagnis, hierherzukommen, um einen wildfremden Mann zu heiraten«, erklärte sie bewegt. »Daheim in den Staaten erklärte uns jeder für verrückt. Aber etwas sagte mir, dass ich das Richtige tue – vielleicht war es weibliche Intuition, vielleicht war es Wahnsinn, ich weiß es nicht. Ich habe mir einen schüchternen, einsamen Farmer vorgestellt. Er sah nicht so gut aus wie du, und er brachte mein Blut nicht in Wallung wie du, und trotzdem bin ich gekommen. Und jetzt … Zum ersten Mal in meinem Leben habe ich das Gefühl, meinen Platz gefunden zu haben. Ich freue mich auf eine gemeinsame Zukunft mit dir, und ich fühle mich geehrt, dass du mich zur Frau nimmst.« Vera lächelte, aber in ihren Augen schimmerten Tränen. »Ich bin mir ganz sicher, dass unsere Gefühle füreinander sich zu einer tiefen Liebe entwickeln werden, einer Liebe, die ein Leben lang halten wird.«

Mike lächelte. Ihre Worte hatten auch ihn sichtlich bewegt, und sie spürte, dass er das Gleiche dachte wie sie.

Sie tauschten die Ringe, und dann sagte der Reverend: »Hiermit erkläre ich euch zu Mann und Frau. Sie dürfen die Braut jetzt küssen, Mr. Rawnsley.«

Mike zögerte einen Augenblick.

»Na los, Mike, gib ihr einen kräftigen Schmatz!«, forderte Nick ihn auf, und alle lachten, pfiffen und jubelten. Die Worte erinnerten Jacqueline an ihre heiße Liebesnacht, und ihre Wangen brannten, als Nick sich kurz zu ihr umdrehte.

Mike nahm Vera in seine Arme und küsste sie stürmisch. Alle klatschten Beifall, traten dann näher und gratulierten dem Paar mit Küsschen oder Schulterklopfen.

Plötzlich fiel ein Lasso über Tess' Kopf. Die Schlinge zog sich zu, sodass ihre Arme seitlich an ihren Körper gefesselt waren. Tess schnappte erschrocken nach Luft und drehte sich um. Was sie entdeckte, ließ ihr Herz aufgeregt höher schlagen. Einige Meter hinter ihr saß Tim in weißem Hemd und mit einem weißen Cowboyhut auf einem großen Schimmel. Das andere Ende des Lassos hatte er um den Sattelknauf geschlungen.

»Was soll das denn?«, stammelte Tess, als sie sich von ihrem ersten Schreck erholt hatte.

Alle drehten sich zu Tim um. Eine Sekunde lang wirkte er verunsichert, doch dann sagte er: »Ich habe mir meine Frau eingefangen.«

»Was?« Tess fiel aus allen Wolken. Keiner sprach ein Wort, alle starrten Tim ungläubig an.

Der wurde blass und schluckte schwer. Er hatte nicht damit gerechnet, dass alle ihre Aufmerksamkeit auf ihn richten würden. Seine Kehle war so trocken wie der Staub, den die leichte Nachmittagsbrise aufwirbelte.

Tess fürchtete schon, er werde sein Pferd herumreißen und davongaloppieren, aber Tim sah ihr fest in die Augen und platzte heraus: »Willst du … willst du meine Frau werden, Tess Clarke?«

Tess traute ihren Ohren nicht. »Deine Frau?«, wiederholte sie kaum hörbar.

Tim stieg ab, ging zu ihr, streifte ihr das Lasso über den Kopf und wickelte es mit zitternden Händen auf. »Ja, Tess, meine Frau. Willst du mich heiraten?« Er sah sie ernst an.

Da erst kam Tess zu Bewusstsein, dass er es tatsächlich ernst meinte. Sie suchte einen Augenblick nach Worten. »Als du dich nicht mehr gemeldet hast, dachte ich, du möchtest mich nicht«, sagte sie leise.

Tim gingen tausend Fragen durch den Kopf. Hatte sie sich in einen anderen verliebt? Es gab genug ledige Männer, die keine Zeit verlieren und sich um sie bemühen würden. Er verwünschte sich für sein Zaudern.

»Ich war unterwegs, ich habe die ganze Gegend nach einem Schimmel abgesucht, weil ich dir einen romantischen Antrag machen wollte.« Tim warf den anderen Männern einen flüchtigen Blick zu und wurde rot. »Aber ich sehe schon, es war ein Fehler.« Er ließ den Kopf hängen. Er kam sich wie der größte Idiot ganz Australiens vor.

Tess löste sich augenblicklich aus ihrer Erstarrung. »Nein! Nein, das war kein Fehler! Das ist wundervoll, was du dir da ausgedacht hast, und du siehst so … so unheimlich gut aus!« Sie lachte nervös.

»Dann willst du mich also heiraten?«, fragte Tim mit brüchiger Stimme. Er konnte es noch gar nicht glauben.

»Ja! Ja, ich will!«, erwiderte Tess halb lachend, halb weinend und warf sich in seine Arme.

Tim strahlte, als er sie hochhob und herumwirbelte. »Ich hab mir immer schon ein Mädchen einfangen wollen. Aber sich eine Ehefrau einzufangen ist tausendmal besser!« Er küsste sie leidenschaftlich. Die Hochzeitsgäste johlten und klatschten Beifall.

Tim hatte für sein Vorhaben seinen ganzen Mut zusammennehmen müssen. Er hatte als Dreizehnjähriger ein Erlebnis gehabt, das ihn nachhaltig geprägt hatte. Fast ein ganzes Jahr hatte er heimlich für seine Klassenkameradin Lucy Fisher geschwärmt. Als er seinen Vater fragte, wie er ihre Zuneigung gewinnen könne, riet er ihm, ihr eine Schachtel Pralinen zu schenken. Tim wusste, wann Lucy Geburtstag hatte, und so überraschte er sie an diesem Tag nach der Schule mit einer riesigen, goldfarbenen Schachtel erlesener Köstlichkeiten, für die er wochenlang sein Taschengeld gespart hatte. Lucys Freundinnen waren zugegen, als er ihr das Geschenk überreichte. Sie waren neidisch und eifersüchtig und kicherten und machten sich lautstark über ihn lustig. Lucy, die sich vor ihren Freundinnen nicht blamieren wollte, lachte Tim ins

Gesicht, warf die Schachtel achtlos auf den Boden und ließ ihn stehen.

Tim hatte während seiner ganzen Schulzeit nie wieder ein Mädchen angesehen. Nach der Schule zogen die Mädchen entweder fort, um anderswo Arbeit zu suchen, oder heirateten, und Tim hatte keine Gelegenheit mehr gehabt, eine Frau kennen zu lernen, die ihm geholfen hätte, seine schlechte Erfahrung zu vergessen.

In der Nacht nach seinem ersten Treffen mit Tess hatte Tim kein Auge zugetan. Er musste unentwegt an sie denken. Er wusste, die Gelegenheit, noch einmal einer Frau wie ihr zu begegnen, würde sich nie wieder bieten, und er hatte panische Angst, durch seine Unfähigkeit alles zu verderben. Er fürchtete, dass es schon zu spät war, weil er das Grillfest so überstürzt verlassen hatte, und sah nur noch eine Chance: Er musste ihr irgendwie imponieren. Aber wie?

Tim dachte an seinen Vater, der ein überaus romantischer Mann gewesen war, der seiner Frau oft Blumen mitgebracht oder ihr kleine Gedichte geschrieben hatte. Seine Mutter hatte ihm einige Male erzählt, wie er auf einer Kutschfahrt durch den Londoner Hyde Park um ihre Hand angehalten hatte. Sie war so hingerissen, dass sie gar nicht auf den Gedanken gekommen wäre, seinen Antrag abzulehnen. Diese kleinen romantischen Gesten waren es, die eine Beziehung lebendig erhielten, hatte sie ihrem Sohn mit auf den Weg gegeben.

Eine Kutsche würde er nicht auftreiben können, das wusste Tim, und so war er auf die Idee mit dem Schimmel gekommen. Doch dann war es schwieriger und zeitaufwendiger gewesen, einen Schimmel zu finden, als er gedacht hatte. Und als er Tess mit dem Lasso eingefangen und ihr entsetztes Gesicht gesehen hatte, fühlte er sich wieder wie damals als Dreizehnjähriger vor Lucy Fisher. Eine Sekunde lang hatte er fest damit gerechnet, aufs Neue ausgelacht zu werden.

»Wer hätte das von Tim gedacht«, sagte Ben zu seinem Bruder. Er grinste übers ganze Gesicht. Er freute sich vor allem über die fassungslosen Mienen von Tom und Cyril.

»Ich bestimmt nicht«, erwiderte Nick kopfschüttelnd. »Bist du sicher, dass das Tim Edwards ist und nicht irgendein Doppelgänger, der sich als Cowboy verkleidet hat?«

»Schätze, er will einen edlen Ritter darstellen«, meinte Ben, war sich aber nicht ganz sicher.

Nick zuckte mit den Schultern. »Keine Ahnung. Aber er hat sein Mädchen gekriegt, das ist die Hauptsache.«

»Na, ihr zwei, habt ihr gut aufgepasst?«, wandte sich Ben an Tom und Cyril. »So erobert man eine Frau! Und nicht mit einem dreckigen Unterhemd und einem Knuff in die Rippen.«

Cyril machte ein beleidigtes Gesicht, aber Tom schien unbeeindruckt. »Wenn mich eine haben will, dann muss sie mich nehmen, wie ich bin«, maulte Cyril.

»Ja, mich auch«, ergänzte Tom. Kein Mensch würde ihn dazu kriegen, in so einem Aufzug herumzulaufen, nur um Eindruck bei einer Frau zu schinden.

»Tja, warum zieht ihr zwei dann nicht zusammen?«, schlug Nick vor.

Ben lachte laut heraus. Tom und Cyril wechselten einen verlegenen Blick und liefen rot an.

»Heißt das, ich soll noch eine Trauung vollziehen?«, fragte Reverend Meeke.

»Sieht ganz danach aus«, erwiderte Ben.

Tim hatte es gehört. »Vielleicht können Sie mir ja ein Sonderangebot machen, Reverend. Zwei zum Preis von einer«, scherzte er. Sein Selbstbewusstsein hatte gewaltigen Auftrieb bekommen.

Der Reverend lachte. »Ja, warum nicht!«

Jacqueline hielt sich im Hintergrund, als Tim und Tess getraut wurden. Sie freute sich sehr für Vera und besonders für Tess, die ihren Traummann doch noch bekam. Aber das Glück der anderen erinnerte sie auch an ihr eigenes Unglück. Sie dachte an Henry und fragte sich unwillkürlich, ob er seiner Verity schon einen romantischen Antrag gemacht hatte, obwohl er von ihr, Jacqueline, noch gar nicht geschieden war.

Jacqueline ahnte nicht, dass Nick sie beobachtete. Etwas beschäftigte, ja bedrückte sie, das konnte er ihr ansehen, auch wenn sie sich alle Mühe gab, sich nichts anmerken zu lassen. Er hätte zu gern gewusst, was hinter dieser hübschen Stirn vor sich ging.

Nach der Trauzeremonie grillte Ben das Fleisch und bewirtete seine Gäste, und Jacqueline ging ihm dabei zur Hand. Sooft einer der Männer mit ihr zu flirten versuchte, ließ sie ihn höflich, aber bestimmt abblitzen. Als sie das Gefühl hatte, dass es nichts mehr für sie zu tun gab, entfernte sie sich unauffällig von der Hochzeitsgesellschaft und ging ins Haus zurück.

Sie war innerlich viel zu aufgewühlt, um zur Ruhe zu kommen. Früher hatte sie sich immer in einem ausgiebigen Bad entspannt, aber diesen Luxus konnte sie sich auf Wilpena nicht leisten. Oder vielleicht doch? Sie dachte an die ausrangierte Badewanne hinter dem Geräteschuppen. Dort wäre sie völlig ungestört. Aber Ben würde sicherlich zornig werden, wenn sie Wasser für ein Bad verschwendete. Ach was, sagte sie sich dann. Ein einziges Bad! Die anderen würden sowieso nichts merken, die würden die nächsten Stunden mit Essen und Trinken beschäftigt sein.

Jacqueline ging noch einmal hinaus und vergewisserte sich, dass die Hunde Wasser hatten – füttern würde sie sie später. Zurück in der Küche suchte sie nach einem Lappen, um die Badewanne vor dem Füllen zu putzen. In diesem Moment kamen Vera und Tess aufgeregt plappernd herein und gingen in ihr Zimmer. Jacqueline folgte ihnen und streckte den Kopf zur Tür hinein.

»Was habt ihr denn vor?«

»Wir packen, wir werden bald abreisen. Unser neues Zuhause wartet«, sagte Vera fröhlich.

»Oh«, machte Jacqueline enttäuscht.

»Was hast du denn?«, fragte Tess.

»Ach, nichts. Es ist nur … Ihr werdet mir ganz schrecklich fehlen«, fügte sie bedrückt hinzu.

Vera und Tess wechselten einen schuldbewussten Blick. In ihrer überschwänglichen Freude hatten sie keinen Gedanken mehr an Jacqueline und deren Gefühle verschwendet.

»Wir sind doch nicht aus der Welt«, tröstete Tess sie. »Ben hat uns versprochen, dass er dich so oft wie möglich zu uns fährt.«

»Trotzdem«, murmelte Jacqueline geknickt. »Ich weiß nicht, wie ich ohne euch hier zurechtkommen soll. Das wird eine einzige Katastrophe werden.« Wenn sie nur ans Kochen dachte, noch dazu für so viele Personen. Sie würde darauf bestehen, dass diese Dot das übernahm.

»Du schaffst das schon.« Tess legte ihr einen Arm um die Schultern.

Jacqueline war sich da nicht so sicher. Bens Söhne konnten sie nicht leiden, das Verhältnis zu Nick war getrübt, und Ben schien entschlossen, sie wie eine Sklavin zu halten. Könnte ich doch mein altes Leben zurückhaben!, dachte sie. Sie wünschte sich inständig, alles wäre wieder so wie früher. Ihr war nach Weinen zumute, aber sie kämpfte tapfer gegen die Tränen an. Sie wollte Vera und Tess nicht ihren Hochzeitstag verderben. »Kommt ihr mich auch besuchen?«, fragte sie kläglich.

»Sooft es geht«, versicherte Tess, während sie ihren Koffer aufklappte.

»Tim und Mike haben ja auch Funkgeräte zu Hause, wir drei können also jeden Tag miteinander plaudern«, meinte Vera.

Das war nicht das Gleiche wie miteinander unter demselben Dach zu wohnen, aber Jacqueline sagte nichts.

»Du kommst schon klar, das klappt schon, du wirst sehen«, fuhr Vera aufmunternd fort.

»Wie weit seid ihr denn weg?«, fragte Jacqueline und merkte selbst, dass sie sich wie ein kleines Mädchen anhörte.

»Nur ein paar Meilen«, erwiderte Vera.

»Was sagst du zu Tims Heiratsantrag, Jacqueline?«, fragte Tess erwartungsvoll. »War das nicht süß?«

»O ja, das war es wirklich«, entgegnete Jacqueline. Sie versuchte so viel Begeisterung zu zeigen wie möglich. »Wer hätte gedacht, es könnte so romantisch sein, wie ein Stier mit dem Lasso eingefangen zu werden?«

»Also, ich nicht! Ich war so perplex, dass es mir glatt die Sprache verschlagen hat, und das sieht mir gar nicht ähnlich.«

»Das stimmt allerdings«, warf Vera ein. »Tess ist wirklich nicht auf den Mund gefallen. Und je glücklicher sie ist, desto besser funktioniert ihr Mundwerk. Der arme Tim tut mir jetzt schon leid!«

»Ach, du!« Tess schlug im Spaß nach ihr. »Tim hat mir erzählt, er habe mich von dem Moment an heiraten wollen, als er gesehen habe, dass ich mich fürs Lassowerfen interessiere. Jetzt werde ich natürlich auch in Zukunft so tun müssen, als ob mich das faszinieren würde.« Sie verdrehte in gespielter Verzweiflung die Augen. »Aber er hat auch gesagt, dass er mich unwiderstehlich und wunderschön findet«, fügte sie strahlend hinzu. »Die Mühe lohnt sich also.«

»Und er hat wirklich so lange nach einem Schimmel suchen müssen?«, fragte Jacqueline.

Das war schon bemerkenswert. Sie hatte gar nicht gewusst, dass es Männer gab, die sich so sehr bemühten, eine Frau glücklich zu machen. Sie hatte noch keinen getroffen.

»Ja, er musste bis nach Peterborough – das liegt weiß Gott wie viele Meilen weit weg. Deshalb dachten alle, er hätte kalte Füße gekriegt und sich aus dem Staub gemacht.«

»Einen Mann wie diesen muss man schon suchen«, meinte Vera kopfschüttelnd.

Tess strahlte vor Stolz. »Ja, nicht wahr? Ich hoffe nur, dass er auch während der Ehe so romantisch bleibt.«

Irgendwo vor dem Haus wurde gehupt.

»Das wird *mein Mann* sein«, sagte Vera ganz aufgeregt und ließ den Kofferdeckel zuschnappen. An Jacqueline gewandt, fügte sie hinzu: »Wir nehmen Tess und Tim nach Arkaba Station mit, bevor wir nach Hause fahren, weißt du.« Der Schimmel würde auf Wilpena bleiben, bis Tim ihn holen konnte.

Jacqueline musste lächeln über Tess' ehrfürchtig staunenden Gesichtsausdruck, als Vera die Worte »nach Hause« benutzte. Sie umarmte die beiden ein letztes Mal. »Viel Glück, ihr zwei. Ich hoffe, ihr werdet sehr, sehr glücklich.«

»Wir tun unser Bestes«, erwiderte Tess trocken. »Und du hör auf, dir Sorgen zu machen. Dieses eine Jahr wird im Nu herum sein, und du wirst eine Menge nützliche Dinge lernen, du wirst sehen.«

»Ja, vielleicht«, entgegnete Jacqueline leichthin.

Falls sie durch irgendein Wunder tatsächlich ein Jahr aushalten sollte, würde sie gewiss nie wieder eine Stelle annehmen, wo sie kochen oder putzen musste, so viel stand fest.

Jacqueline stand auf der Veranda und beobachtete, wie Tim und Tess auf die Ladefläche von Mikes ramponiertem Ute kletterten. Vera saß natürlich vorne bei ihrem Mann. Mike ließ den Motor an, und dann fuhren die vier winkend und unter dem lauten Jubel der Hochzeitsgäste in einer Staubwolke davon. Ein wehmütiges Lächeln spielte um Jacquelines Lippen. Dann wandte sie sich ab, ließ in der Küche einen Eimer voll Wasser laufen und ging wieder hinaus, um die alte Wanne zu putzen.

Zur gleichen Zeit bat Ben Sid, nach den Hunden zu sehen, für den Fall, dass Jacqueline es vergessen haben sollte. Als Sid den Zwinger betrat, sah er zufällig, wie Jacqueline hinter dem Zaun neben dem Geräteschuppen verschwand. In aller Eile gab er den Hunden ihr Fressen. Dann schlich er Jacqueline hinterher. Er spähte um die Ecke des Schuppens und sah, dass sie die alte Wanne säuberte. Schnell flitzte er zu seinen Brüdern zurück und erzählte ihnen von seiner Beobachtung.

»Was sie wohl vorhat?«, überlegte Geoffrey. »Im Haus hat sie doch noch kein einziges Mal einen Putzlappen angefasst, und jetzt macht sie die Wanne sauber? Merkwürdig.«

»Vielleicht will sie ein Bad nehmen«, sagte Bobby. »Es sei denn, Dad hat sie darum gebeten, die Wanne zu schrubben, weil er sie braucht.«

»Kann ich mir nicht vorstellen.« Jimmy schüttelte den Kopf. »Im Moment brauchen wir keinen weiteren Wassertrog.«

»Bobby hat Recht. Sie will baden. Kommt, das sehen wir uns an.« Geoffrey grinste.

»Bist du verrückt?« Bobby starrte seinen Bruder entgeistert an. »Dad bringt uns um, wenn er herauskriegt, dass wir ... dass wir heimlich eine nackte Frau beluchst haben.«

Geoffrey boxte ihn auf den Arm. »Ich will sie doch nicht nackt sehen, du Trottel«, zischte er. »Vielleicht fällt uns etwas ein, wie wir sie dazu bringen können, von hier abzuhauen.«

»Ach so, das ist was anderes«, meinte Bobby erleichtert.

Die vier Brüder vergewisserten sich, dass ihr Vater abgelenkt war, dann huschten sie davon.

Als die alte Wanne voll war, holte Jacqueline ein Handtuch aus dem Bad und zog sich dann hinter dem Geräteschuppen aus. Ihre Sachen warf sie über den Zaun des Gemüsegartens, an dem eine Kletterpflanze emporrankte, die sie noch nie zuvor gesehen hatte. Der Zaun war vollständig zugewuchert, sodass sie vor neugierigen Blicken sicher war. Sie stieg in die Wanne und ließ sich genüsslich seufzend in das Wasser gleiten.

Jacqueline legte den Kopf zurück, schloss die Augen und spürte, wie ihre Anspannung allmählich nachließ. Sie konnte sich fast vorstellen, in ihrem Badezimmer daheim in New York zu sein. Fast.

Jener Teil ihres Lebens kam ihr jetzt schon wie eine ferne Erinnerung vor.

Unterdessen schlichen sich Bobby und Geoffrey von der anderen Seite an den Zaun heran, über dem Jacquelines Kleider hingen. Sid und Jimmy standen Schmiere – der eine hinter dem Haus, der andere an der Seite. Ganz leise und vorsichtig zogen die beiden Brüder die Kleidungsstücke und das Handtuch vom Zaun und ließen sie auf ihrer Seite hinunterfallen, wo sie für Jacqueline unerreichbar waren. Sie würde zum Gartentor und um den Zaun herumgehen müssen, um sie wiederzuholen. Angezogen waren ein paar Meter keine Entfernung, splitterfasernackt allerdings schon. Die Jungen mussten sich beherrschen, um nicht laut loszuprusten.

Nach einer Weile öffnete Jacqueline die Augen. In den Bäumen ringsum saßen Vögel. Sie hörte eine Krähe krächzen, eine zweite antwortete. Irgendwo in der Ferne stieß ein Kookaburra sein keckerndes Lachen aus. Ein Schwarm Gelbwangenkakadus flog kreischend über sie hinweg, und unter einem Baum schrie ein Galah, der nach Samenkörnern suchte. Sogar der eine oder andere Schmetterling flatterte vorbei, und ein paar neugierige Spatzen ließen sich in den Büschen ringsum nieder. Ein tiefer Frieden erfüllte Jacqueline, zum ersten Mal seit ihrer Ankunft in Australien.

Sie ließ ihre Blicke über die Eukalyptusbäume schweifen, deren Schönheit sich ihr erst jetzt erschloss. Sie kamen ihr nicht mehr so eintönig wie bei ihrer Ankunft vor. Ein endloser blauer Himmel spannte sich über ihr. Die beschauliche Landschaft tat ihrer wunden Seele gut. Alles würde gut werden, sie musste die Dinge einfach auf sich zukommen lassen und nicht jede Einzelheit im Voraus planen, wie sie das früher immer getan hatte. Jacqueline hatte lernen müssen, dass vier kleine Wörter jeden noch so perfekten Plan zunichte machen konnten, vier kleine Wörter: *Ich möchte die Scheidung.*

Sie wandte ihre Aufmerksamkeit wieder den Eukalyptusbäumen zu. Ihre Stämme schimmerten in verschiedenen Weiß-

und Grautönen. Einige waren vollkommen glatt, während andere ihre Rinde in großen Stücken abwarfen, was einmalig auf der Welt war, soviel Jacqueline wusste. Einige Bäume waren schwarz und verkohlt, wie sie sorgenvoll bemerkte. Offenbar ein Andenken an ein Buschfeuer. Die Eukalyptusbäume waren ganz anders als die Bäume, die sie aus den Staaten kannte. Sie schienen unter härtesten Bedingungen um ihr Leben kämpfen zu müssen. Dieser Gedanke half Jacqueline, ihre eigene Situation aus einem anderen Blickwinkel zu betrachten. Das Leben war nicht immer leicht, aber irgendwie musste es weitergehen.

Ein Rascheln schreckte sie aus ihren Überlegungen. Sie fuhr auf, Wasser schwappte über den Wannenrand. Vorsichtig beugte sie sich vor und suchte ängstlich den Boden nach Schlangen ab. Nichts. Dann sah sie ein Känguru auf der anderen Seite des Gemüsegartens und lehnte sich erleichtert zurück. Das Tier hatte sich aufgerichtet und beobachtete sie neugierig. Jacqueline schmolz beim Anblick des possierlichen Beuteltiers dahin. Sein gräuliches Fell sah seidenweich aus. Seinem sehnsüchtigen Blick auf den Gemüsegarten nach zu urteilen, hatte der arme Kerl Hunger. Da es lange nicht geregnet hatte, wuchs kaum noch ein Grashalm, und die spärlich vorhandene Nahrung mussten die Kängurus sich mit den Emus und den Schafen oder Rindern der Viehzüchter teilen.

Während Jacqueline wieder ihren Träumen nachhing, überlegten die vier Brüder, wie sie ihren Vater dazu bewegen konnten, im Haus nach Jacqueline zu suchen.

»Wir könnten sagen, wir hätten Rauch gerochen«, schlug Sid vor.

»Nein.« Geoffrey schüttelte den Kopf. »Dad würde sofort merken, dass nirgendwo ein Feuer brennt.« Er dachte nach. Plötzlich hellte sich seine Miene auf. »Ich hab's!«

Er ging zu seinem Vater, setzte eine besorgte Miene auf und meinte: »Als Sid zu den Hunden gegangen ist, kam es ihm so vor, als hätte er Jackie weinen hören, Dad.«

Ben nickte. »Ich werd mal nach ihr sehen.« Er konnte sich gut vorstellen, dass sie nach dem Abschied von ihren beiden Freundinnen traurig war und sich allein fühlte.

Nick, der den Wortwechsel zufällig mit angehört hatte, sagte: »Lass nur, Ben, ich muss sowieso ins Bad, ich werde mich um Jackie kümmern.«

»Ich weiß nicht recht.« Ben zögerte. Jacqueline hatte sich ihm anvertraut, deshalb hielt er es für besser, wenn er zu ihr ging.

»Wir sind prima miteinander ausgekommen«, versicherte Nick. »Ich seh mal nach ihr.«

Ob sie ihm auch von ihrem untreuen Mann erzählt hatte? Ben wollte nicht danach fragen. »Na gut. Aber sag Bescheid, wenn ich etwas tun kann.«

»Mach ich.«

Nick ging zum Haus. Seine Neffen schauten ihm nach und grinsten verstohlen. Ob Jacqueline nun von ihrem Vater oder ihrem Onkel nackt im Garten überrascht wurde, spielte keine Rolle. Es würde ihr auf alle Fälle furchtbar peinlich sein.

Jacqueline fühlte sich tatsächlich etwas entspannter und kletterte rasch aus der Wanne. Sie drehte sich nach dem Handtuch und ihren Kleidern, die sie über den Zaun geworfen hatte, um und schnappte erschrocken nach Luft. Das konnte doch nicht wahr sein! Sie waren nicht mehr da. Sich mit beiden Händen so gut es ging bedeckend, huschte sie an den Zaun und spähte auf die andere Seite. Jacqueline geriet in Panik, als sie ihre Sachen auf der staubigen Erde liegen sah. Wie war das möglich? Es war doch gar nicht windig.

»O nein!«, jammerte sie ärgerlich.

Und was jetzt? Sie schaute sich nach einem Stock um, der lang genug wäre, dass sie sich hinüberbeugen und nach ihren Sachen fischen konnte, aber sie fand nichts Geeignetes. Ihr würde nichts anderes übrig bleiben, als am Zaun entlang und durch das Tor auf die andere Seite zu gehen. Aber wenn nun jemand kam?

Jacqueline holte tief Luft und nahm ihren ganzen Mut zusammen. Auf einmal hörte sie Schritte. Erschrocken ging sie in die Hocke und presste sich dicht an den Zaun. Falls es möglich war, am ganzen Körper rot zu werden, dann tat sie das jetzt mit Sicherheit. Sie kniff die Augen fest zu, wie ein kleines Kind, das sich dadurch unsichtbar zu machen glaubt.

Nick, der das ganze Haus nach Jacqueline abgesucht, sie aber nirgends gefunden hatte, ging wieder hinaus. Ob sie spazieren gegangen war? Als er seinen Blick in die Runde schweifen ließ, bemerkte er ein seltsames Bündel auf dem Boden am Zaun unweit des Geräteschuppens. Nick ging hin, bückte sich, hob die Kleidungsstücke auf und schüttelte sie aus. Ein Handtuch fiel herunter, und er hob es nachdenklich auf.

Jacqueline hockte auf der anderen Seite des Zauns und hielt den Atem an. Sie hatte die Augen immer noch fest geschlossen.

Nick konnte sich im ersten Augenblick keinen Reim auf seine Entdeckung machen, dann fiel ihm jedoch die alte Badewanne ein, und er musste grinsen. Er schaute über den Zaun. Die Wanne war mit Wasser gefüllt, aber es saß niemand darin. Er stutzte. Dann dämmerte es ihm. Schmunzelnd beugte er sich über den Zaun und konnte nur mühsam ein Lachen verkneifen, als er Jacquelines nackten Rücken erblickte.

»Sie haben nicht zufällig etwas verloren?«

Jacqueline erkannte seine Stimme sofort. Sie riss die Augen auf, blickte nach oben und sah entsetzt, wie Nick ihre Kleider und das Handtuch über den Zaun hielt. Sie schnappte sich ihre Sachen, blieb aber in der Hocke.

»Verschwinden Sie«, fauchte sie wütend. Sie wäre am liebsten im Boden versunken, so peinlich war ihr das Ganze.

»Aber, aber! Ich wollte Ihnen doch nur behilflich sein«, erwiderte Nick belustigt. Dass er offensichtlich seinen Spaß an ihrer misslichen Lage hatte, brachte sie noch mehr in Rage.

»Haben Sie meine Sachen hinuntergeworfen?«

»Nein, ich habe sie eben erst entdeckt.«

»Sie könnten wenigstens so viel Anstand besitzen und die Augen schließen«, zischte Jacqueline.

Nick zuckte die Achseln. »Wozu? Es ist nicht das erste Mal, dass ich Sie nackt sehe …«

»Halten Sie den Mund!«, fuhr sie ihn an. »Dann drehen Sie sich wenigstens um!«

»Von mir aus.« Übers ganze Gesicht grinsend, drehte er sich Richtung Haus und verschränkte die Arme vor der Brust.

Jacqueline richtete sich auf und wickelte sich in ihr Handtuch. Sie würde ins Haus huschen und sich dort anziehen. Sie wollte keine Sekunde länger als unbedingt nötig in Nicks Gegenwart verbringen.

»Nick!«, rief eine Frauenstimme.

»Verdammt«, brummte er. Es war Rachel Roberts, die gerade um die Hausecke bog und auf ihn zukam. Jacqueline duckte sich schnell wieder hinter den Zaun.

»Was machst du denn hier draußen?«, fragte Rachel. »Ben hat gemeint, du wärst im Haus.«

»Ach, ich, äh … ich hab gedacht, ich hätte eine Schlange gesehen«, stammelte er.

Als Jacqueline das Wort Schlange hörte, gab sie vor Schreck einen erstickten Laut von sich. Nick drehte sich unwillkürlich um.

»Was war das denn?«, fragte Rachel näher kommend.

»Das? Oh, äh … das … muss die Schlange gewesen sein.« Nick eilte ihr entgegen, legte ihr den Arm um die Schultern und drehte sie in Richtung Haus.

Rachel zog eine Braue hoch. »Schlangen geben nicht solch quiekende Laute von sich!«, entrüstete sie sich.

»Das war eindeutig ein Zischen, und es war eine sehr große Schlange. Lass uns besser zum Haus zurückgehen. Wer weiß, vielleicht ist sie giftig.«

»Willst du nicht dein Gewehr holen? Ich hab gehört, ihr habt eine neue Haushälterin. Vielleicht hat sie Angst vor Schlangen.«

»Nein, nein, sie fürchtet weder Tod noch Teufel«, erwiderte Nick.

Jacqueline konnte Nick anhören, dass er sich das Lachen verbeißen musste, und das brachte sie zur Weißglut. Sie spähte durch eine winzige Lücke im überwucherten Zaun. Die Frau an Nicks Seite war groß, schlank und blond, ein Typ wie Verity. Sie hatte sich die Haare zu einem Pferdeschwanz zusammengebunden. Ben hatte erzählt, dass sie ihr Haar so frisierte, wenn sie beruflich unterwegs war – in ihrer Freizeit trug sie es offen.

»Wie wär's mit einem Drink?« Nick legte seinen Arm um Rachels Taille. Die Geste hatte etwas sehr Vertrauliches, beinah Intimes.

»Zu einem Glas Limonade sag ich nicht Nein. Ich muss noch Patienten besuchen, weißt du.«

»Schön, dass du vorbeigekommen bist. Ich freue mich immer, dich zu sehen«, sagte Nick mit schmeichelnder Stimme.

»Das ist lieb von dir«, erwiderte Rachel erfreut. »Ich war gerade in der Nähe, und da dachte ich, ich schau kurz bei euch vorbei. Ich hatte ja keine Ahnung, dass auf Wilpena heute eine Hochzeit gefeiert wird.«

Ihre Stimmen wurden leiser, als sie sich entfernten und schließlich um die Hausecke bogen.

Jacqueline stand langsam auf. Vorsichtig schaute sie sich nach allen Seiten um, dann ließ sie das Wasser aus der Wanne ablaufen und huschte, ihr Handtuch mit einer Hand festhaltend und die Kleider unter dem Arm, eilig zum Haus zurück. Sie hätte Nick umbringen können. Er hatte sie nicht nur in größte Verlegenheit gebracht und sich auch noch köstlich darüber amüsiert, sondern absichtlich mit Rachel geflirtet, weil er genau wusste, dass sie ihn hören konnte. Sie hatte keine Ahnung, was für ein Spiel er da spielte, aber es gefiel ihr ganz und gar nicht.

10

Jacqueline fand keinen Schlaf. Es ging ihr viel zu viel im Kopf herum. Sie hörte, wie Ben und seine Söhne spätnachts polternd ins Haus kamen. Dann kehrte wieder Ruhe ein, aber sie konnte immer noch nicht einschlafen. Sie musste an Nick und Rachel denken. Die Ärztin war nicht sehr lange auf der Party geblieben, sie hatte sie durchs Fenster davonfahren sehen. Rachel und Nick hatten allem Anschein nach eine enge, ja sogar intime Beziehung. Jacqueline wusste, sie hatte kein Recht, sich darüber zu ärgern oder eifersüchtig zu sein, weil Nick in aller Öffentlichkeit mit Rachel geflirtet hatte, aber sie konnte einfach nicht anders. Sie kam zu dem bitteren Schluss, dass er genau wie alle anderen Männer war. Man konnte ihm nicht trauen. Es war eine schmerzhafte Lektion.

Das war aber nicht das Einzige, das ihr zu schaffen machte. Nach ihrem Bad im Freien war sie zu den Hunden gegangen, um sie zu füttern, doch das Fleisch, das Ben für sie in den Kühlschrank gelegt hatte, war weg gewesen. Offenbar hatten die Hunde ihr Fressen bereits bekommen. Je länger sie darüber nachdachte, desto sicherer war sie, dass die Jungen die Tiere gefüttert hatten, und sie würde sich auch nicht wundern, wenn sie herausbekäme, dass sie ihre Kleider auf dem Zaun entdeckt und sie absichtlich hinuntergeworfen hatten, um sie bloßzustellen.

Jacqueline verkrampfte sich innerlich bei dem Gedanken, sie könnte dabei beobachtet worden sein, wie sie sich ausgezogen hatte, aber was sollte sie tun? Sie konnte die Jungen nicht zur Rede stellen. Sie würden alles abstreiten, und beweisen konnte sie nichts. Jacqueline nahm sich vor, künftig mehr auf der Hut zu sein.

Und dann fuhr ihr ein ganz anderer Gedanke durch den Kopf: Sie gab es zwar nur ungern zu, aber die Männer hatten Recht – »Jacqueline« war in der Tat ein ziemlich langer Name und viel zu fein für die Gegend.

Na schön, dann sollen sie mich eben Jackie nennen, dachte sie seufzend.

Am anderen Morgen, als Jacqueline das Frühstück zubereiten wollte, sah sie, dass keine Eier mehr im Kühlschrank waren. Sie nahm einen Eimer, ein paar alte Brotrinden und einige Salatblätter, ging dann hinaus zur Futterkiste und schöpfte eine Kelle Körner heraus, bevor sie den Hühnerhof betrat. Die Hühner kamen augenblicklich herbeigetrippelt. Sie warf das Brot und die Salatblätter auf den Boden, schüttete die Körner in den Trog und lief dann schnell in den Stall, um die Eier einzusammeln. Sie hätte sich nicht beeilen müssen, die Hennen waren ja abgelenkt, aber sie waren ihr einfach nicht geheuer.

Im Nu hatte Jacqueline den Eimer mit Eiern gefüllt, aber als sie das kleine Gatter öffnen wollte, merkte sie, dass es verschlossen war. Sie rüttelte panisch daran, doch die Tür gab nicht nach. Den Riegel auf der Innenseite hatte sie selbst vorgeschoben, als sie hereingekommen war, aber anscheinend war der Fallriegel an der Außenseite irgendwie heruntergerutscht. Der Maschendraht war zu eng, als dass sie die Hand hätte hindurchstecken und den Riegel nach oben stoßen können.

Sie saß fest.

In wachsender Panik schaute Jacqueline sich um. Ben hatte Maschendraht über den gesamten Hühnerhof gespannt, damit die Falken nicht herabstoßen und die Küken holen konnten, und er hatte auch dafür gesorgt, dass nirgendwo ein Fuchs eindringen konnte.

Die Hühner hatten ihre Körner gepickt und auch die Essensreste fast vertilgt. Jacqueline drückte sich angstvoll an die Umzäunung und überlegte, was sie tun sollte. Um Hilfe rufen? Ben war nach der langen Nacht sicher noch nicht aufgestanden, und Nick würde sie von seiner Unterkunft aus niemals hören. Dennoch – sie hatte keine andere Möglichkeit.

»Hilfe! Hilfe!«, schrie sie.

Drinnen im Haus standen Geoffrey und Jimmy am Küchenfenster, spähten durch den Netzvorhang und lachten sich halb tot. Nachdem ihr Plan am Abend zuvor fehlgeschlagen war, war ihnen die Idee gekommen, Jacqueline im Hühnerhof einzusperren. Sie waren ihr dorthin gefolgt, und Geoffrey hatte den Fallriegel heruntergeschoben.

Jetzt hatten die Hennen alles aufgefressen und trippelten neugierig auf Jacqueline zu. Sie schwang den Eimer mit den Eiern, um sie zu verscheuchen, doch sie erreichte nur, dass die Hühner wild flatternd und aufgeregt gackernd umherrannten, fast alle der gerade eingesammelten Eier fielen heraus und zerbrachen. Den Tränen nah, presste sie sich an den Zaun und schrie erneut.

»Hilfe! Warum hilft mir denn niemand!« Jacqueline schloss die Augen und hoffte inständig, dass Ben wach wurde und sie hörte.

Als sie die Augen wieder öffnete, sah sie einen kleinen eingeborenen Jungen ein paar Schritte vom Hühnerhof entfernt. Er beobachtete sie neugierig. Jacqueline fiel ein Stein vom Herzen. Der Junge war zwar zu klein, um an den Fallriegel heranzureichen, aber er würde Hilfe holen können.

»Hallo«, sagte sie. »Sei so gut und geh ins Haus, ja? Hol Ben!«

Der Junge starrte sie mit seinen riesengroßen braunen Augen an und blieb stumm. Ob er sie überhaupt verstehen konnte?

»Ben holen«, sagte sie und zeigte zum Haus hin. Der Junge reagierte nicht.

»Wo ist deine Mom? Würdest du sie bitte holen?«

Wieder keine Reaktion. Vielleicht sprach der Kleine nur seinen Stammesdialekt.

»Ben!«, schrie Jacqueline. Sie warf einen ängstlichen Blick über die Schulter auf die gackernden Hennen.

»Hilfe!«, brüllte sie wiederum aus Leibeskräften und stieß dann ein wütendes Grollen aus.

Plötzlich kam Leben in den kleinen Jungen. Er fing zu weinen an, als würde man ihm den Hals umdrehen.

Jacqueline erschrak. »Schsch! Hab keine Angst«, sagte sie beruhigend. »Ich will dir doch nichts …« Sie brach mitten im Satz ab, als sie eine Aborigine-Frau auf den Hühnerhof zukommen sah.

»Was tust du mit meinem Yuri?«, herrschte sie Jacqueline böse an und zog den Jungen an sich.

»Ich? Gar nichts! Ich sitze hier fest. Ich hab um Hilfe gerufen und …«

In diesem Moment erkannte sie die Frau wieder: Es war dieselbe, die einen kleinen Jungen, und zwar diesen kleinen Jungen, wie sie jetzt merkte, mit heißer Asche eingerieben hatte. Der Junge trug nun allerdings ein T-Shirt.

»Was machst du da drinnen?«, fragte die Frau und musterte sie abschätzig.

»Das hab ich doch gerade gesagt! Ich komme nicht mehr raus. Ich habe Eier eingesammelt und … Ach, das ist doch jetzt völlig egal, mach endlich auf und lass mich raus!« Abermals rüttelte sie an der Tür.

Die Frau stellte sich schützend vor den kleinen Jungen, der immer noch schluchzte. »Was hast du meinem Yuri getan?« Hatte die weiße Frau den Verstand verloren?

»Gar nichts, Herrgott noch mal!«, erwiderte Jacqueline und stampfte ärgerlich mit dem Fuß auf. Sie war doch diejenige gewesen, die seinen armen kleinen Körper mit heißer Asche eingerieben hatte!

»Was ist denn los da drüben?« Ben war von dem Krach wach geworden, in aller Eile in seine Hose gestiegen und stand jetzt auf der hinteren Veranda.

Die Aborigine-Frau stapfte zu ihm hinüber, den kleinen Jungen zerrte sie hinter sich her. »Warum sperrst du diese Verrückte im Hühnerhof ein, Ben?«

»Was?«

Ben griff sich an seinen Brummschädel. Hätte er doch nur nicht so viel von Ian Bensons selbst gebrautem Bier getrunken! Ian hatte den ganzen Abend damit geprahlt, und als das Bier ausgegangen war, war er nach Hause gefahren, um Nachschub zu holen. Meryl war mitgefahren und stocksauer gewesen, weil ihr Mann noch einmal allein zu der Party zurückgekehrt war.

»Ich bin nicht verrückt!«, protestierte Jacqueline wütend. »Und jetzt lasst mich endlich hier raus!«

Ben trottete zum Hühnerhof hinüber. »Was zum Teufel machen Sie denn da drin, Jackie?«, brummte er gereizt.

Obwohl er sichtlich verschlafen und verkatert war, hätte er ruhig ein wenig teilnahmsvoller sein können, fand sie. »Ich sitze fest. Ich kriege die Tür nicht mehr auf!« Ben musste denken, dass sie sogar zu dumm war, eine Tür zu öffnen.

Ben schob den Fallriegel auf. »Wie ist das denn passiert?«

»Woher soll ich das wissen!«, kreischte Jacqueline hysterisch. Sie stieß Ben unsanft zur Seite, als sie an ihm vorbei aus dem Hühnerhof drängte. Draußen blieb sie erst einmal stehen und holte ein paarmal tief Luft.

Ihr zitterten immer noch die Knie, als sie an der Aborigine-Frau vorbei zum Haus ging. Die Frau beäugte sie misstrauisch und hielt ihren kleinen Jungen fest an der Hand. Jacqueline warf ihr einen finsteren Blick zu. Als Bedrohung betrachtet zu werden machte sie rasend.

»Ach, Jackie, das sind übrigens Dot und Yuri«, sagte Ben gähnend und steuerte auf den Hintereingang zu. Er brauchte dringend eine Tasse Kaffee zum Munterwerden.

»Dot?« Jacqueline sperrte Mund und Augen auf. »Dieselbe Dot, die hier im Haus hilft?« Sie war nie auf die Idee gekommen, Dot könnte eine Aborigine sein, noch dazu eine mit schlechten Manieren.

»Genau die.« Ben drehte sich noch einmal kurz um. »Dot, das ist Jackie Walters. Sie arbeitet jetzt hier.«

»Was? Und ich? Was wird aus mir? Willst du mich nicht mehr hierhaben, Ben?«

»Unsinn! Ich habe dir doch gesagt, dass ich eine zusätzliche Hilfe einstellen will.«

»Nein, das hast du nicht gesagt«, murrte Dot ärgerlich.

»Doch, ich habe es dir gesagt«, beharrte Ben. »Du weißt es bloß nicht mehr.«

Dot war spät abends zusammen mit einigen anderen Aborigines auf die Hochzeitsparty gekommen, aber Ben hatte ihr nichts von Jacquelines Ankunft erzählt, weil Dot unberechenbar sein konnte, wenn sie etwas getrunken hatte, was zum Glück nicht oft vorkam. Eigentlich hatte er erst unter vier Augen mit ihr reden wollen, aber jetzt, nach dieser Begegnung, war es dafür zu spät.

Dot hatte zwar nichts gegen eine zusätzliche Hilfe einzuwenden, da es viele Hausarbeiten gab, um die sie sich gern drückte, doch sie hatte ihre Eigenheiten. Sie machte zum Beispiel immer eine verdrießliche Miene, als ob sie ständig schlecht gelaunt wäre – und das war sie tatsächlich meistens. Ben und seine Söhne hatten sich daran gewöhnt, aber anderen flößte ihr grimmiges Gesicht Angst ein. Sie kochte grundsätzlich nur im Freien. Von Arbeitseinteilung hielt sie rein gar nichts. Die Wäsche wusch sie bei Gelegenheit, und mit dem Putzen verhielt es sich genauso. Sie vertrug keine Kritik, und wenn man versuchte, sie zur Eile anzutreiben, bekam sie einen Wutanfall wie ein verwöhntes kleines Kind. Danach ließ sie sich tagelang nicht blicken.

Jacqueline wiederum hatte auch ihre Marotten. Ben war aufgefallen, dass sie schmutzige Hände hasste und Küchenutensilien prüfend ansah, ob sie auch sauber waren. In dem Lager, in dem Dot lebte, teilten sich mehrere Ureinwohner einen einzigen Eimer Wasser zum Waschen. Die beiden Frauen hätten nicht verschiedener sein können, Konflikte schienen also vorprogrammiert. Ben hoffte inständig, dass sie sich dennoch irgendwie zusammenrauften. Er hatte genug andere Sorgen. Wenn es nicht bald regnete, würden die Schafe abmagern. Verkaufen wollte er sie nicht, weil er zum jetzigen Zeitpunkt keinen guten Preis bekäme – zum einen, weil viele Farmer ihre Tiere verkauften, zum anderen, weil die Wollpreise gefallen waren. Gezänk und Reibereien in den eigenen vier Wänden war das Letzte, was er im Moment gebrauchen konnte.

Die Frauen funkelten sich grimmig an und folgten Ben dann ins Haus.

»Sie hat meinem Yuri Angst gemacht«, beklagte sich Dot.

»Ich?«, empörte sich Jacqueline. »Ich habe gesehen, wie du ihn neulich abends misshandelt hast.«

Sie musterte die Aborigine abschätzig. Dot war sehr mager, aber sie hatte große, schwere Brüste, die von keinem Büstenhalter in Form gehalten wurden. Jacqueline fragte sich unwillkürlich, ob sie ein Baby hatte, das sie stillte. Sie trug keine Schuhe an ihren breiten, staubigen Füßen, und ihre Haare sahen verfilzt aus. Aber sie hatte lebhafte, intelligente Augen, denen nicht viel zu entgehen schien.

»Wovon redet sie denn da?«, fragte Dot mit schriller Stimme.

Ben drehte sich zu ihr um und seufzte müde. »Niemand will deinem Kind auch nur ein Haar krümmen, Dot«, sagte er so ruhig, wie es ihm mit seinem Brummschädel möglich war. »Und das Kind ist auch nicht misshandelt worden«, fügte er an Jacqueline gewandt hinzu.

Er hatte die halbe Nacht damit zugebracht, Tom und Cyril, die sturzbetrunken waren, davon abzuhalten, ins Haus einzudringen, und er fand, Jacqueline sollte ihm dafür dankbar sein. Er stellte den Wasserkessel auf. Er brauchte wirklich dringend einen Kaffee.

Die Hände in die Seiten gestemmt, wandte sich Dot Jacqueline zu und fauchte: »Komm meinem Yuri nicht zu nahe, hörst du? Er mag dich nicht.« Dann ging sie zum Kühlschrank, nahm Milch heraus und schenkte dem Kind ein Glas ein.

»Das war die letzte Milch«, sagte Jacqueline ungläubig. »Jetzt ist nichts mehr da für Tee und Kaffee.«

Dot hatte ein paar Tropfen verschüttet, machte jedoch keine Anstalten, sie wegzuwischen. Sie funkelte Jacqueline böse an. »Yuri braucht die Milch, weil du ihm solche Angst gemacht hast!«

»Das ist nicht wahr! Dich sollte man wegen Kindesmisshandlung anzeigen!«, gab Jacqueline wütend zurück.

Ben hob beschwichtigend die Hände. »Ruhe! Hört endlich auf zu streiten! Ich will, dass ihr beide Seite an Seite arbeitet, verstanden?« Er setzte sich und hielt sich den Kopf, in dem offenbar jemand mit einem Vorschlaghammer zu arbeiten begann. »Im Schrank ist noch genug Milchpulver, Jackie. Und ich habe Ihnen schon einmal gesagt, dass Dot den Jungen einer Heilbehandlung unterzogen hat. Sie sehen doch selbst, dass es ihm gut geht.«

»Wenn er Verbrennungen hat, sieht man sie unter dem T-Shirt nicht«, erwiderte Jacqueline.

»Er hat keine Verbrennungen«, gab Dot entrüstet zurück. »Meine Medizin hat ihn gesund gemacht.« Sie drohte Jacqueline mit dem Finger. »Pass auf, was du sagst! Wenn du Ärger machst, wirst du mich kennen lernen!«

»Sie wird keinen Ärger machen«, sagte Ben schnell und warf Jacqueline einen warnenden Blick zu.

Die ballte die Fäuste. »Vielleicht hat sie ja *mir* Ärger gemacht. Irgendjemand hat mich schließlich im Hühnerhof eingeschlossen.« Sie sah Dot viel sagend an.

»Das ist doch lächerlich!«, meinte Ben. »Warum sollte jemand so etwas tun?«

In diesem Moment betrat Geoffrey die Küche. Er tat so, als

müsse er gähnen und sei noch ganz verschlafen. In Wirklichkeit hatte er gelauscht. »Hallo, Dot. Hallo, Yuri.«

Er tätschelte dem Jungen den Kopf. Jacqueline ignorierte er absichtlich. Er hoffte, sie werde ihn beschuldigen, sie im Hühnerhof eingesperrt zu haben, weil er wusste, dass sein Vater nicht nur Dot, sondern auch ihn verteidigen würde.

»Der Riegel ist nicht von allein heruntergefallen«, sagte Jacqueline und warf Geoffrey einen misstrauischen Blick zu.

Ben konnte es nicht fassen. »Sie werden doch nicht allen Ernstes behaupten wollen, dass jemand Sie absichtlich eingeschlossen hat!«

»Für mich sieht es ganz danach aus.« Jacqueline verschränkte die Arme vor der Brust.

»Wir haben doch alle noch geschlafen.«

»Nein, nicht alle.« Jacqueline sah abermals Dot an. Bens Augen wurden schmal, und sie wusste, was er dachte. Er kannte ihre Einstellung den Aborigines gegenüber. »Ist der Riegel schon einmal von allein zugefallen?«

»Nein.« Ben schüttelte den Kopf. Aber was für einen Sinn sollte es haben, seine neue Haushälterin im Hühnerhof einzusperren?

»Die Eier sind ja kaputt«, sagte Dot plötzlich und zeigte in den Eimer, den Jacqueline auf dem Küchentisch abgestellt hatte.

»Was?« Ben warf ebenfalls einen Blick hinein. »Das darf doch nicht wahr sein!«, meinte er ärgerlich.

Jacqueline wurde rot. »Ich habe den Eimer geschwenkt, um die Hühner zu verscheuchen …«

»Verrückte Frau«, zischte Dot. Sie schnappte nach Yuris Hand und zerrte ihn mit sich aus der Küche.

Jacqueline atmete unwillkürlich auf. Dann kam ihr ein Gedanke. »Wer hat eigentlich die Hunde gestern Abend gefüttert?«

»Ich habe Sid gesagt, er soll nachsehen, ob sie schon etwas gehabt haben. Warum?« Ben stand auf und schenkte sich Kaffee ein.

»Ach, nur so«, entgegnete Jacqueline beiläufig.

Sie sah Geoffrey an, doch dessen Miene blieb ausdruckslos. Jacqueline konnte sich denken, was passiert war, aber sie wollte niemanden beschuldigen.

»Was essen wir denn jetzt zum Frühstück, Dad, wenn wir keine Eier haben?«, fragte Geoffrey mit einem verschlagenen Blick auf Jacqueline.

Ben klappte die Backofentür auf und zog ein Blech heraus, auf dem ein paar kalte Koteletts lagen. »Reste, wie's aussieht«, brummte er.

Jacqueline fühlte sich furchtbar. Bedrückt verließ sie die Küche. Was für ein schrecklicher Morgen! Sie setzte sich auf die Veranda hinter dem Haus in den Schatten. In der Sonne war es schon recht warm. Sie war sich ziemlich sicher, dass Bens Söhne hinter all den Gemeinheiten steckten. Die Jungen wollten sie von Wilpena vertreiben. Würde Ben sie doch nur gehen lassen! Sie würde augenblicklich ihre Koffer packen.

Geoffrey und sein Vater hörten die Hintertür ins Schloss fallen. »Was will diese Frau hier bei uns, Dad? Sie taugt zu rein gar nichts. Warum jagst du sie nicht davon? Sie ist doch zu nichts zu gebrauchen!«

»So etwas sagt man nicht, Geoffrey«, wies Ben ihn zurecht. »Jeder Mensch ist zu irgendetwas zu gebrauchen.«

»Sie nicht«, beharrte Geoffrey. »Was hat sie denn bisher gemacht? Sie hat nicht geputzt und unsere Wäsche nicht gewaschen. Wir haben keine sauberen Sachen mehr im Schrank. Bei Mom wäre das nicht passiert. Mom hätte unser Frühstück rechtzeitig fertig und das Mittagessen auch. Diese Jackie kann ja nicht mal Eier einsammeln! Gib's zu, Dad, verglichen mit dieser Frau ist Dot eine perfekte Haushälterin.«

Jacqueline, die von der Veranda aus alles mit anhören konnte, war am Boden zerstört.

»Gib ihr eine Chance, Geoffrey.« Ben wusste, wie sehr sein

Sohn seine Mutter vermisste, deshalb ließ er ihm mehr durchgehen als sonst. »Sie ist doch erst ein paar Tage bei uns.«

»Das sind ein paar Tage zu viel«, gab Geoffrey verdrossen zurück. Normalerweise war er nicht so frech zu seinem Vater, aber diese Jacqueline hatte etwas an sich, das ihn reizte.

Jacqueline hatte genug gehört. Mit tränenverschleierten Augen stand sie auf und rannte die Verandatreppe hinunter durch das Tor zur Auffahrt in Richtung Straße.

Am Ende der Auffahrt setzte Jacqueline sich unter einen Eukalyptusbaum. Dort entdeckte Ben, der schon überall nach ihr gesucht hatte, sie eine Stunde später. Erleichtert ging er auf sie zu.

»Was machen Sie denn hier?«, fragte er sanft. Er hatte schon gedacht, sie sei weggelaufen, und befürchtete, eine Suchmannschaft zusammenstellen zu müssen. Man konnte sich leicht verirren in den Bergen.

»Ich wollte allein sein«, murmelte sie, ohne ihn anzusehen. Hätte sie gewusst, in welche Richtung sie gehen musste, hätte sie vielleicht versucht, Tess oder Vera zu erreichen.

Ben setzte sich neben sie in das dürre Gras. Er schwieg einen Moment, dann sagte er leise: »Ich nehme an, Sie haben gehört, was mein Sohn über Sie gesagt hat.«

»Er hat ja Recht. Ich bin zu nichts zu gebrauchen.« Ihre Stimme zitterte. »Warum lassen Sie mich nicht einfach gehen?«

»Ich glaube nicht, dass Sie zu nichts zu gebrauchen sind, Jackie. Im Gegenteil. Ich halte Sie für eine sehr gescheite Frau.«

Jacqueline schnaubte. »Ja, eine sehr gescheite Frau, die sich vor Hühnern fürchtet!«

»Wir haben alle unsere Ängste.«

»Sie bestimmt nicht.«

Ben machte einen sehr selbstsicheren Eindruck, und sie hatte große Achtung vor ihm, weil er seine vier Söhne allein großzog und gleichzeitig die Farm leitete.

»Haben Sie eine Ahnung! Und dummerweise weiß jeder, der mich kennt, darüber Bescheid.«

Jacqueline sah ihn neugierig an. »Wovor haben Sie denn Angst?«

Ben zögerte kurz. »Vor Ärzten und Krankenhäusern und allem, was damit zusammenhängt.«

»Das ist doch nicht schlimm.«

»Schlimmer, als Sie denken. Mich kriegen keine zehn Pferde in eine Arztpraxis, ich hasse den Geruch nach Desinfektionsmitteln, und ich falle fast in Ohnmacht, wenn ich eine Injektionsnadel nur sehe. Deshalb besucht Rachel Roberts mich immer hier bei mir zu Hause.«

»Und wenn Sie nun einmal ernsthaft krank werden oder einen Unfall haben?«

»Ich hatte schon ein paarmal böse Unfälle hier auf der Farm, aber ich habe mich trotzdem geweigert, zum Arzt oder ins Krankenhaus zu gehen. Letztes Jahr habe ich mir mit einer Sense ins Bein geschnitten. Meine Frau war stocksauer, weil die Verletzung hätte genäht werden müssen, ich mich aber strikt geweigert habe. Sie war überzeugt, die Wunde würde sich infizieren und ich würde mein Bein verlieren.« Er lächelte wehmütig.

»Aber Sie haben Ihr Bein noch«, sagte Jacqueline.

»Ja, und das habe ich nur Dot zu verdanken. Ich habe es Cindy nie erzählt, aber die Wunde hat sich tatsächlich infiziert. Dot bat einen der Stammesältesten, mir eine Medizin zuzubereiten. Die Entzündung ging zurück, die Wunde heilte ab. Die Aborigines überleben seit tausenden von Jahren ohne Krankenhäuser und Ärzte. Und da sagte ich mir, das kann ich auch.«

Jacqueline sann über seine Worte nach.

»Auch meine Söhne haben Ängste.«

»Wirklich?«

»Natürlich. Geoffrey hat sich als Kind vor der Dunkelheit gefürchtet. Gewitter mag er heute noch nicht, und vor tiefem Wasser hat er Angst. Na ja, Gewitter gibt's bei uns nur selten, und die Flüsse sind die meiste Zeit ausgetrocknet. Bobby hatte früher panische Angst vor Geistern. Er redet nicht mehr viel darüber, aber mir ist aufgefallen, dass er nachts nicht allein aus dem Haus geht. Jimmy kann kein Blut sehen, nicht einmal vom Nasenbluten, und Sid fürchtet sich merkwürdigerweise vor Motten. Merkwürdigerweise deshalb, weil Motten zum Speiseplan der Ureinwohner gehören. Sie sehen also, jeder Mensch fürchtet sich vor irgendetwas.«

Jacqueline blickte gedankenverloren in dic Ferne.

Ben warf ihr einen flüchtigen Blick zu. »Verglichen mit New York muss es hier sehr ruhig sein.«

»Stimmt. Ich frage mich, wie ich mich daran gewöhnen soll.«

»Cindy ist es nicht leichtgefallen, sich an die Einsamkeit zu gewöhnen«, sagte Ben seufzend. »Ich war nicht gerade der perfekte Ehemann, wissen Sie. Ich habe meine Frau oft allein gelassen, weil ich auf der Farm zu tun hatte.«

»Sie hat bestimmt verstanden, dass es nicht anders ging.«

»Trotzdem. Ich wünschte, ich hätte ihr öfter gesagt, wie dankbar ich ihr war für alles, was sie getan hat.« Ben schwieg einen Augenblick. »Geoffrey und seine Brüder vermissen ihre Mutter ganz furchtbar.«

»Das kann ich gut verstehen«, flüsterte Jacqueline.

»Dann können Sie vielleicht auch verstehen, dass jede Frau verglichen mit ihrer Mutter schlecht abschneiden muss.«

»In meinem Fall stimmt das ja auch noch«, erwiderte sie trocken. »Aber ich bin doch nicht hier, um den Platz ihrer Mutter einzunehmen.«

»Wenn man trauert, denkt man nicht rational, sondern mit dem Herzen.«

Jacqueline erwiderte nichts darauf. Sie wusste, was es hieß zu trauern. Ben erzählte ihr nichts Neues.

»Die Jungen idealisieren ihre Mutter in der Erinnerung. Deshalb fällt es ihnen so schwer, eine neue Frau im Haus zu akzeptieren. Cindy war in der Tat eine wunderbare Mutter und Ehefrau. Sie war zu gut für diese Welt.«

Ben ließ seine Blicke über das Land schweifen. Er bewunderte seine Schönheit, wusste aber auch, wie unerbittlich und grausam das Leben in der Einöde sein konnte.

Jacqueline, die sich über seine seltsame Bemerkung wunderte, sah ihn verstohlen an.

»Es war unsagbar hart, sich einen Platz hier draußen zu schaffen, so viele gute Menschen haben alles verloren.«

»Aber Sie sind doch sehr erfolgreich als Farmer, oder? Ich meine, wenn ich mir das alles ansehe …«

»Es stimmt, wir hatten gute Jahre, aber sehr viel mehr schlechte. Wenn der Regen kommt und die Ernte gut ausfällt und die Lämmer fett werden, neigt man dazu, die schlechte Zeit zu vergessen. Aber es hat seit mindestens vier Jahren nicht mehr richtig geregnet, und das bricht vielen das Genick. Die Bensons zum Beispiel stehen dicht am Abgrund. Gut möglich, dass sie noch dieses Jahr aufgeben müssen, und wenn der Regen nicht endlich kommt, werde ich der Nächste sein. Dezember, Januar, Februar sind immer schon trockene Monate gewesen, es sieht also nicht besonders gut aus.«

Jacqueline, die nichts von Bens großen Sorgen geahnt hatte, kam sich auf einmal dumm vor – ihre eigenen Probleme waren im Vergleich dazu so unbedeutend.

»Sehen Sie sich bloß das Gras an.« Ben riss eine Hand voll dürrer Halme aus dem staubigen Boden und warf sie enttäuscht zur Seite. »Die armen Schafe finden kein Futter mehr. Sie magern immer mehr ab. Wenn das so weitergeht, werde ich sie erschießen müssen.«

Jacqueline schnappte erschrocken nach Luft. »Das ist nicht Ihr Ernst!«

»Leider doch«, sagte Ben todunglücklich. »Ich prüfe unsere Wassertanks immer sorgfältig auf undichte Stellen. Wir sind auf jeden Tropfen angewiesen. Zum Glück können die Schafe das Brunnenwasser trinken.«

Jacqueline senkte den Blick. Sie hatte ein furchtbar schlechtes Gewissen, weil sie Wasser zum Baden verschwendet hatte. Hätte sie geahnt, wie schlecht es stand, hätte sie das gewiss nicht getan.

Ben sah sie an. »Wir brauchen Sie hier, Jackie. Ich brauche Sie, damit Sie aus meinem Haus ein Zuhause machen und ich mich auf die Farm konzentrieren kann. Glauben Sie, dass Sie das schaffen?«

»Ich werde es versuchen, Ben«, versprach sie. Sie hatte das Gefühl, dass sie ihm das schuldig war.

»Das ist die richtige Einstellung. Und jetzt kommen Sie. Gehen wir zurück.« Er stand auf und streckte ihr seine Hand hin.

Sie legte ihre Hand in seine. Sie würde ihn auf seiner schweren Reise begleiten. Das bedeutete aber auch, dass sie sich seinen Söhnen gegenüber bewähren musste. Und zum ersten Mal seit ihrer Ankunft auf Wilpena war Jacqueline von ganzem Herzen dazu bereit.

11

Nach der Ankunft in Melbourne mietete Henry im Ambassador Hotel durch Türen verbundene Suiten für sich, Verity und ihren Sohn sowie die Darcys. Eigentlich hätten er und Jacqueline mit dem Zug in die eine Stunde entfernten Dandenong Ranges zu seinem Bruder Philip und dessen Frau Ruth fahren sollen, wo sie wohnen wollten. Doch Henry wusste, er konnte schlecht mit einer anderen Frau und drei ihrer Angehörigen bei ihm auftauchen. Philip war ein eifriger Kirchgänger und ein Mann mit strikten altmodischen moralischen Grundsätzen. Falls er sich nicht radikal geändert hatte, was Henry für unwahrscheinlich hielt, würde er wenig Verständnis dafür zeigen, dass sein Bruder seine Frau während der Überfahrt abgeschoben und sich mit einer anderen eingelassen hatte.

Henry fand erst drei Tage nach seiner Ankunft den Mut, Philip anzurufen.

Philip, der wusste, wann der Dampfer in Melbourne angelegt hatte, war in großer Sorge.

»Ich dachte schon, es sei etwas passiert! Wo bleibt ihr denn, Henry? Ich habe in der Reederei angerufen, aber die konnten mir auch keine Auskunft geben. Ruth und ich haben drei Züge aus Melbourne abgepasst. Wir haben uns große Sorgen gemacht und die ganze Zeit neben dem Telefon gesessen!«

»Entschuldige, Philip, es tut mir wirklich leid. Ich musste mich erst ein wenig erholen.«

»War die Überfahrt so schlimm?«, fragte Philip. Das konnte aber doch kein Grund sein, nicht wenigstens kurz anzurufen.

»Sie war … lebensverändernd«, erwiderte Henry viel sagend. »Es tut mir wirklich leid, dass ihr euch solche Sorgen gemacht habt. Sag mal, würde es dir etwas ausmachen, wenn wir uns morgen hier in der Stadt treffen würden?«

»In der Stadt?«, wiederholte Philip verdutzt. »Habt ihr es euch anders überlegt? Wollt ihr doch nicht hier bei uns wohnen?«

Henry zögerte kurz. »Es hat eine Planänderung gegeben. Das möchte ich aber nicht am Telefon mit dir besprechen. Kannst du morgen herkommen? Allein?«

Philip war verwirrt, aber seine Neugier überwog. »Sicher. Ich werde den Zug nehmen.«

»Wunderbar. Können wir uns um zwölf im Blue Daisy Café in der Bourke Street treffen?«

»Ja, sicher.« Philip kam das alles höchst merkwürdig vor. Irgendetwas stimmte nicht, da war er sich ziemlich sicher. Hatte Henry Eheprobleme oder Geldsorgen? Beides schien ihm eher unwahrscheinlich, aber er wusste nicht, was er sonst denken sollte. »Ist auch wirklich alles in Ordnung, Henry?«

»Ja, ja, alles bestens. Dann bis morgen.«

»Sag mal, in welchem Hotel seid ihr eigentlich abgestiegen?«, fragte Philip schnell, bevor Henry auflegen konnte.

»Äh …«, stotterte Henry verlegen. »Ich … äh … bin im Ambassador.« Er hoffte, Philip war nicht aufgefallen, dass er »ich« gesagt hatte. »Aber wir treffen uns in dem Café in der Bourke Street. Also dann bis morgen, Philip.« Henry legte schnell auf. Er wollte auf keinen Fall, dass sein Bruder vorschlug, ihn im Hotel aufzusuchen.

Das Ambassador war sehr luxuriös und, wie Henry bald feststellen sollte, sehr teuer. Verity und ihre Mutter nutzten vom ersten Tag an sämtliche Einrichtungen, die den Gästen zur Verfügung standen, darunter waren auch ein Kosmetiksalon und ein Swimmingpool. Es schien Verity nicht im Geringsten zu stören, dass die Kosten auf Henrys Zimmerrechnung gesetzt wurden.

Das Abendessen und das Frühstück nahmen sie im Hotelrestaurant ein. Henry hatte noch nie jemanden solche Portionen essen sehen wie die Darcys. Sie bestellten jedes Mal ein Drei-Gänge-Menü und ließen sich zusätzlich morgens Tee und abends eine warme Mahlzeit aufs Zimmer kommen. Henrys Rechnung wurde immer länger.

Verity und ihre Mutter suchten jede Boutique im Umkreis von einer Meile auf und gaben eine Unmenge Geld für Kleider aus. Obwohl er bis über beide Ohren in Verity verliebt war, war Henry angesichts seines schnell schrumpfenden Kapitals klar, dass er bald Arbeit brauchte. Das bedeutete, er würde seinem Bruder alles beichten müssen, und vor dieser Konfrontation schreckte er zurück.

Nachmittags gingen die Darcys immer mit ihrem Enkel in den Botanischen Garten oder machten einen Spaziergang am Yarra River, wo der Kleine Enten und Schwäne füttern und sich richtig austoben konnte. Henry hatte zwar keine Erfahrung mit Kindern, aber Johnny kam ihm doch viel lebhafter und quirliger als andere Kinder vor. Musste er zu lange im Hotelzimmer bleiben, wo er seinen immensen Bewegungsdrang nicht ausleben konnte, bekam er solche Tobsuchtsanfälle, dass sich die anderen Gäste beschwerten – nicht nur die vom selben Stockwerk, sondern auch die darüber und darunter.

Henry und Verity genossen die Zeit, die sie für sich allein hatten, wenn Johnny etwas mit seinen Großeltern unternahm. Im Bett ihrer luxuriösen Suite sorgte Verity dafür, dass Henry nicht an seine schwindenden finanziellen Mittel dachte. Sie ahnte nichts von seinen Schuldgefühlen gegenüber Jacqueline und seiner Sorge um sie.

Henry hatte einen Privatdetektiv engagiert, der den Aufenthaltsort seiner Frau ausfindig machen sollte. Früher oder später würde sie finanzielle Forderungen an ihn stellen. Da sie nie gearbeitet hatte, würde es ihr nicht leichtfallen, selbst für ihren Lebensunterhalt zu sorgen. Henry malte sich aus, wie sie von der Fürsorge leben musste, und dieser Gedanke war furchtbar für ihn. Aber mit der Abfindung, die er ihr zahlen wollte, wollte er hauptsächlich sein eigenes schlechtes Gewissen beruhigen.

Jacquelines persönliche Habseligkeiten hatte er in einen großen Koffer gepackt und diesen eingelagert; er würde ihn ihr nachsenden, sobald er ihre Adresse herausgefunden hatte. In erster Linie brauchte er ihre Adresse aber, um die Scheidung einreichen zu können.

An jenem Abend saßen Henry und die Darcys in einer Ecke des Speisesaals im Hotel, als Philip und Ruth hereinkamen. Die beiden ließen ihre Blicke suchend über die Gäste schweifen. Da sie nach einem Paar Ausschau hielten, achteten sie zunächst nicht auf die vier Erwachsenen und den übermäßig lauten Jungen.

Der kleine Johnny war nach einem langen Tag in der Hitze völlig übermüdet. Er quengelte und steigerte sich langsam in Wut. Maxine Darcy versuchte, ihn mit einem Stück Brot zu besänftigen, bis ihr Essen serviert wurde, aber Johnny nahm es und schleuderte es mit einem Wurf, der einem Baseballspieler zur Ehre gereicht hätte, zum Nebentisch hinüber, wo es zielsicher in einem Suppenteller landete. Henry entschuldigte sich tausendmal, aber der mit Suppe bekleckerte Gast war wütend und ließ sich nicht besänftigen. Johnny wiederum war keineswegs einsichtig und tobte weiter. Verity, die ihre neuen Designerschuhe und die dazu passende Handtasche bewunderte, während sie an ihrem Aperitif nippte, tat, als sei nichts passiert, was Henry unbegreiflich war.

Unterdessen hatten sich Philip und Ruth an den Kellner gewandt, der sie an Henrys Tisch führte.

»Hallo, Henry«, sagte Philip und berührte ihn an der Schulter. Als Henry sich erstaunt umdrehte, grinste Philip übers ganze Gesicht. »Überraschung! Ruth und ich konnten es einfach nicht erwarten, dich zu sehen, deshalb haben wir uns in den nächsten Zug gesetzt und uns im Carlisle eine Straße weiter eingemietet. Na, da staunst du, was?«

Das Carlisle war ein vornehmes Hotel, aber nicht so sündhaft teuer wie das Ambassador. Ruth und Philip waren keineswegs geizig, sie warfen ihr Geld aber auch nicht zum Fenster hinaus. Statt eine große Hypothek aufzunehmen und sich eine Villa in Toorak, einem feinen Vorort von Melbourne, zu kaufen, waren sie in ein geräumiges, gemütliches Haus in die ruhigen Dandenong Ranges gezogen. Ihr Anwesen verfügte über Swimmingpool und Tennisplatz, aber beides wurde jetzt, wo die Kinder ausgezogen waren und geheiratet hatten, kaum noch genutzt.

Philip und Ruth liebten die Nähe zur Natur. Es war nicht ungewöhnlich, dass sich farbenprächtige Papageien sowie Koalas und Opossums in ihren Garten verirrten. Rhododendren und Azaleen gediehen prächtig in dem kühlen Bergklima, von ihrem Wohnzimmer aus hatten sie einen spektakulären Blick auf das Yarra Valley. In den angrenzenden, dunstigen Ebereschenwäldern, die sich mit saftig grünen, farnbestandenen Tälern abwechselten, konnte man stundenlang wandern. Die älteste Dampflok Australiens, Puffing Billy genannt, brachte jedes Wochenende Touristen in Bergdörfer wie Belgrave, Gembrook und Emerald, wo köstlicher englischer Tee serviert wurde.

Philip hatte für sich die ideale Lösung gefunden: Er wohnte in einem Paradies in den Bergen und doch nahe genug an der Stadt, dass er täglich in sein Geschäft fahren konnte. Er hatte sich darauf gefreut, dieses Leben mit seinem Bruder zu teilen, doch Henry schien gar nicht erfreut, ihn zu sehen.

Henry bekam den Schock seines Lebens. Alle Farbe wich aus seinem Gesicht, als er aufsprang und stotterte: »Ph… Ph… Ph… Philip!«

»Jawohl, höchstpersönlich!«, rief Philip leutselig aus. Er schüttelte Henrys schlaffe, schweißnasse Hand und klopfte ihm kräftig auf den Rücken. »Die Haare sind weniger geworden, der Bauch dicker. Lass dich ansehen! Gut siehst du aus, kleiner Bruder, wirklich gut!«

Philip war kleiner und weniger durchtrainiert, als Henry ihn in Erinnerung hatte, aber er sah gesund und glücklich aus. Ruth stand hinter ihm. Als Henry sie das letzte Mal gesehen hatte, waren die beiden frisch verheiratet gewesen. Ruth hatte ein paar Pfund zugenommen, und ihre Haare waren heller, aber ihr Lächeln war noch so herzlich wie damals. Jetzt jedoch heftete sich ihr scharfer Blick auf Verity und deren Familie.

Auch Philip musterte die blonde Frau an Henrys Seite. Sie schien ihm noch sehr jung, er hatte sich Henrys Frau älter vorgestellt. »Guten Tag«, sagte er in das verlegene Schweigen hinein. »Ich bin Philip, Henrys Bruder, und das ist meine Frau Ruth.«

Er streifte erst Johnny, dann Ron und Maxine Darcy mit einem kurzen Blick. Der Junge, dessen Gesicht so hochrot war wie der künstliche Weihnachtsstern auf dem Tisch, hampelte auf seinem Stuhl herum. Ron und Maxine blickten erschrocken drein. Hätte noch ein weiterer Stuhl am Tisch gestanden, auf dem es dank Johnny ziemlich wüst aussah, hätte Philip angenommen, dass sein Bruder und Jacqueline sich zu anderen Hotelgästen gesetzt hatten. Doch das war nicht der Fall. Wer also waren diese Leute, und zu wem gehörte das Kind?

Verity, Ron und Maxine sahen erst Philip, dann Henry an. Dieser war von der unverhofften Begegnung so schockiert, dass er nicht wusste, was er sagen sollte.

»Guten Abend«, murmelte Verity leicht verdrossen. Henry hatte ihr zwar erklärt, dass er seinen Bruder noch nicht ins Vertrauen gezogen hatte, aber sein Zögern wurmte sie dennoch. Warum trat er nicht selbstsicherer auf? War es ihm so wichtig, was sein Bruder von ihm dachte?

»Willkommen in Melbourne, Jacqueline«, sagte Ruth und lächelte zaghaft. »Ich habe mich so darauf gefreut, dich endlich kennen zu lernen.«

Sie kannte Jacqueline nur von den Hochzeitsfotos, die Henry ihnen seinerzeit geschickt hatte – die attraktive Brünette, die darauf zu sehen war, strahlte Anmut, Charme und Eleganz aus. Die Blondine hier am Tisch hätte genauso gut Kellnerin in irgendeiner Kneipe in einem Arbeiterviertel von Melbourne sein können.

»Oh … äh … ich … äh … bin nicht …«, stotterte Verity und sah Henry Hilfe suchend an. Erwartete er von ihr, dass sie sich als Jacqueline ausgab?

Henry holte tief Luft und nahm all seinen Mut zusammen. Es half nichts, früher oder später würde die Wahrheit doch ans Licht kommen. »Philip, Ruth, ich möchte euch Verity vorstellen. Ron und Maxine, ihre Eltern. Und der junge Mann hier ist Johnny, Veritys Sohn.«

Der Junge jammerte inzwischen in einer Lautstärke, dass die anderen Gäste alle böse zu ihnen hersahen. Verity achtete jedoch nicht auf ihren Sohn. Sie wartete immer noch darauf, dass Henry sie als die neue Frau in seinem Leben vorstellte.

Eine Sekunde lang waren Philip und Ruth verwirrt, dann zeigte sich Erleichterung auf ihren Gesichtern. »Guten Abend«, sagten sie wie aus einem Munde.

»Entschuldigen Sie«, wandte sich Philip an Verity. »Wir dachten, Sie seien Jacqueline, Henrys Frau.« Er war heilfroh, dass Jacqueline nichts von dieser Verwechslung mitbekommen hatte. Für sie könnte das unmöglich ein Kompliment sein.

Verity nahm die offensichtliche Erleichterung der beiden pikiert zur Kenntnis. Ihr künftiger Schwager und ihre künftige Schwägerin waren ein bisschen zu hochnäsig für ihren Geschmack. Sie bezweifelte, dass sie gut mit ihnen auskommen würde.

Philip sah Henry an. »Und Jacqueline? Wo ist sie? Wir haben uns schon so auf sie gefreut.«

Henry lockerte mit einem Finger seinen Hemdkragen und lief rot an. »Sie … äh … ist nicht hier.«

»Wo ist sie denn?«

Ruth blickte sich flüchtig im halb vollen Speisesaal um. Unter den Hotelgästen befanden sich auch einige prominente Frauen, die sie aus den Klatschspalten kannte, sowie deren Ehemänner, angesehene Geschäftsleute. Alle starrten verärgert zu ihnen her, weil Johnny sich so unmöglich aufführte, und Ruth wäre vor Scham am liebsten im Boden versunken.

Sie und Philip verkehrten zwar nicht in den sogenannten besseren Kreisen, aber sie waren in den Dandenongs und den äußeren Randbezirken der Stadt durch Philips Möbelgeschäft – dasselbe, in das Henry als Teilhaber einsteigen sollte – bekannte und geachtete Leute.

Henry überlegte, ob er seinen Bruder und seine Schwägerin in die Hotelhalle bitten und ihnen die Situation dort erklären sollte. Doch der Feigling in ihm dachte, die beiden würden die Nachricht besser aufnehmen, wenn Verity dabei war.

Die Darcys wechselten einen Blick und standen auf. »Ich glaube, wir bringen den Kleinen lieber ins Bett«, sagte Ron und nahm den mittlerweile brüllenden Jungen auf den Arm. Sowohl Ron als auch Maxine waren dankbar für den Vorwand, sich aus der Schusslinie verziehen zu können. »Mir scheint, schlafen ist im Moment wichtiger für ihn als essen. Könnten wir vielleicht … äh …« Er räusperte sich verlegen. »… den … äh … Schlüssel haben?«

Philip entging nicht, dass Henry Ron den Zimmerschlüssel zusteckte.

Verity gab ihrem Sohn einen Gutenachtkuss, und die Darcys verließen mit Johnny den Speisesaal, sehr zur Erleichterung der anderen Gäste.

»Wollt ihr euch nicht zu uns setzen und mit uns essen?«, fragte Henry seinen Bruder und seine Schwägerin betont unbekümmert, während er das Tischtuch glatt strich. Obwohl er sich alle Mühe gab, konnte er seine Nervosität nicht verbergen. Er setzte sich wieder und trank sein Bier in einem Zug aus.

»Danke, aber wir haben im Carlisle einen Tisch reserviert«, erwiderte Philip mit einem Seitenblick auf seine Frau, die nicht weniger verblüfft war als er selbst.

Philips frostiger Ton machte Henry noch nervöser. Er wünschte, sie würden endlich wieder gehen. Warum hatte sein Bruder sich nicht an ihre Absprache gehalten? Er hasste es, überrumpelt zu werden.

»Ja, heute ist nämlich unser fünfundzwanzigster Hochzeitstag«, fügte Ruth stolz hinzu. In ihrer Stimme schwang aber auch leiser Tadel mit.

Henry und Verity sahen sie an. Beiden war angesichts der offenkundigen Missbilligung äußerst unbehaglich zumute.

»Ich denke, ein paar Minuten können wir uns schon zu euch setzen«, sagte Philip dann und half seiner Frau, sich zu setzen. Er fand, sein Bruder war ihm eine Erklärung schuldig.

Verity wandte sich dem sichtlich angeschlagenen Henry zu. Seine Rückgratlosigkeit gefiel ihr zwar nicht, aber zum Zeichen dafür, dass sie zu ihm hielt, legte sie ihre Hand auf seine. Es war eine beruhigende, zugleich aber auch Besitz ergreifende Geste. Sie nahm sich vor, Henry später im Bett klarzumachen, dass sie den Segen seines Bruders nicht brauchten.

Philips Züge wurden hart. Er fand diese Zurschaustellung von Vertraulichkeit absolut geschmacklos. Obwohl er Jacqueline nicht kannte, tat sie ihm von ganzem Herzen leid. »Henry, was wird hier eigentlich gespielt? Wo ist deine Frau? Hast du sie in New York zurückgelassen?«

»Nein, natürlich nicht«, erwiderte Henry mit einem Seitenblick auf Verity. Er atmete tief durch, sah seinen Bruder ernst an und hoffte inständig, dass er ihn verstehen würde. »Sie ist in Adelaide von Bord gegangen.«

»In Adelaide von Bord gegangen?«, wiederholte Philip entgeistert. »Soll das heißen, sie hat dich verlassen?« Er war fassungslos. Hatte er Henry etwa vorschnell verurteilt?

»Ja, aber …«, druckste Henry, der es Jacqueline ja nicht verdenken konnte. Er wollte ihr auch keine Schuld zuweisen, nicht einmal, um sein Gesicht zu wahren.

»Henry kann nichts dafür, er wollte ja, dass sie nach Melbourne mitkommt«, warf Verity trotzig ein.

Philip warf der Begleiterin seines Bruders einen finsteren Blick zu, und sie verstummte. »Und warum ist sie dann schon in Adelaide von Bord gegangen?« In diesem Moment hörte er sich wie der große Bruder von einst an, der den jüngeren zurechtwies, wenn dieser eine Dummheit gemacht hatte.

»Sie war … sehr aufgebracht … weil …« Henry war nicht imstande, den Satz zu beenden. Er senkte den Kopf und murmelte stattdessen: »Ich habe versucht, mit ihr zu reden, aber sie hat nicht auf mich gehört.«

»Aufgebracht?« Philip, der seinem Bruder das schlechte Gewissen ansah und die verstohlenen Blicke bemerkte, die er mit Verity wechselte, kam plötzlich ein Verdacht. »Ich nehme an, Sie waren auch an Bord?«, wandte er sich in scharfem Ton an Verity. Er kannte die Antwort bereits.

Verity wollte sich nicht nachsagen lassen, eine Ehe zerstört zu haben. Manchmal, so hätte sie gerne erklärt, war es eben Schicksal, wenn zwei Menschen sich begegneten, die füreinander bestimmt waren. Im Grunde hatten sie Jacqueline einen Gefallen erwiesen, denn jetzt hatte sie die Gelegenheit, den Mann zu finden, der wirklich zu ihr passte.

»Ganz recht«, erwiderte sie und reckte trotzig das Kinn in die Höhe. »Ich bin mit meinem Sohn und meinen Eltern gereist.«

Und ohne Mann, dachte Philip. »Ich glaube, allmählich verstehe ich«, sagte er langsam, während er seinen Blick über ihr üppiges, tief ausgeschnittenes Dekolletee, den viel zu knappen Rock und die stark geschminkten Augen wandern ließ.

Doch er konnte nicht ihr allein die Schuld geben. Henry hatte sich in Begleitung seiner Frau befunden. Er hätte mehr Stärke beweisen und der Versuchung widerstehen müssen.

»Ich wollte dir morgen alles erklären«, sagte Henry hastig. »Wenn ihr uns nur eine Minute zuhört, dann …«

»Ich glaube, ich habe genug gehört«, fiel Ruth ihm ins Wort und machte ein verkniffenes Gesicht. »Erspare uns bitte die Einzelheiten.« Sie mochte sich gar nicht ausmalen, was die arme Jacqueline durchgemacht hatte.

»Ja, wir haben auch so verstanden«, fügte Philip hinzu. Er stand auf und sagte zu seiner Frau: »Komm, Liebes, ich möchte nicht, dass unser Tisch anderweitig vergeben wird.« Eigentlich hatte er Henry und Jacqueline zum Essen einladen wollen, um gemeinsam ihr Wiedersehen und seinen Hochzeitstag zu feiern, doch das hatte sich nun in Rauch aufgelöst, genau wie Henrys Ehe. Er hatte nicht die Absicht, den Abend mit seinem Bruder und diesem billigen Flittchen zu verbringen.

Philip und Ruth wandten sich ohne ein weiteres Wort ab.

Henry geriet in Panik. »Philip!«

Sein Bruder drehte sich um. Sein Blick war kalt, seine Miene frostig.

»Was ist mit unserer Verabredung morgen? Wir wollten doch über unsere Teilhaberschaft reden.«

»Ich lasse von mir hören«, erwiderte Philip kurz angebunden mit einem letzten strafenden Blick auf Verity. Dann fasste er seine Frau um die Taille und ging in Richtung Tür.

Henry sah den beiden nach. Als sie den Speisesaal verlassen hatten, sank er stöhnend in sich zusammen. Verity musterte ihn ärgerlich, auf der anderen Seite war sie froh über diese Entwicklung. Henrys Bruder schien voller Vorurteile zu stecken, ein Glück, dass nun wahrscheinlich nichts aus der Teilhaberschaft werden würde.

»Philip ist stocksauer«, sagte Henry bedrückt und winkte dem Kellner, damit er ihm nachschenkte. »Was, wenn er mich jetzt nicht mehr als Kompagnon haben will?«

»Dann suchst du dir eben etwas anderes«, erwiderte Verity achselzuckend.

»Ohne Partner geht es aber nicht«, fuhr Henry sie an. »Wer ein Geschäft gründen will, braucht eine Menge Startkapital.«

»Du hast doch genug, oder etwa nicht?« Diesen Eindruck hatte er ihr zumindest vermittelt.

»Ich habe auch Verpflichtungen Jacqueline gegenüber.«

»Sie hat doch gesagt, dass sie nichts von dir will.«

»Sie hat in ihrem Zorn nicht gewusst, was sie gesagt hat. Es ist nur gerecht, dass ich ihr nach zehn Jahren Ehe eine anständige Abfindung zahle.«

»Wie du meinst«, erwiderte Verity spitz. Ihre Augen funkelten vor Eifersucht. Anscheinend dachte er öfter an seine Frau, als sie ahnte. »Ich hätte da eine Idee. Einer der Geschäftspartner meiner Eltern ist abgesprungen, vielleicht kannst du ja seine Anteile übernehmen.«

Henry hörte nur mit halbem Ohr zu. Der Kellner hatte ihm kaum nachgeschenkt, als er sein Glas auch schon wieder leerte. »Als Geschäft kann man das im Grunde nicht bezeichnen, oder?« Er hatte sich mit Ron und Maxine auf dem Dampfer kurz über deren Pläne unterhalten, sich aber nicht wirklich dafür interessiert.

»Vielleicht nicht in dem Sinne, wie du es kennst. Aber Dad hat heute erfahren, dass einer der Investoren für das geplante Bauvorhaben sein Kapital für ein anderes Projekt benötigt. Nach allem, was ich gehört habe, scheint das Ganze sehr profitabel zu sein, das Kapital ist nicht lange gebunden. Sie kaufen Lagerhallen auf, die nicht mehr genutzt werden, und bauen sie zu Wohnungen um. Normalerweise dauert das nicht länger als ein halbes Jahr. Danach werden die Apartments mit großem Gewinn verkauft. Anscheinend ist die Nachfrage sehr groß, weil so viele Menschen nach Australien auswandern. Hätte ich genug Geld, würde ich selbst in die Gesellschaft investieren. Aber mein Mann hatte keine Lebensversicherung abgeschlossen.«

Henrys Neugier war geweckt. »Ich kann ja mal mit deinem Vater reden«, meinte er nachdenklich.

Er kannte in New York einige Bauunternehmer, die mit dem Aufkauf, dem Umbau und dem Wiederverkauf alter Häuser reich geworden waren. Das Risiko eines solchen Geschäfts war ihm immer zu groß gewesen, aber in einem Land wie Australien mit seinen zahllosen Einwanderern war mit dieser Methode vielleicht Geld zu machen.

»Ja, das solltest du«, stimmte Verity erfreut zu.

12

In den nächsten beiden Tagen arbeitete Jacqueline härter, als sie es je für möglich gehalten hätte. Sie schrubbte Fußböden und Wände, putzte die Fenster, räumte Schränke aus, säuberte sie gründlich und räumte alles wieder ordentlich ein. Sie staubte die Möbel ab, stellte sie im Wohnzimmer so um, dass es gemütlicher wirkte. Sie entfernte die Spinnweben von den Veranden und fegte sie. Sie wusch die Vorhänge, die Bettwäsche und ganze Berge von Unterwäsche und Kleidung, und alles musste mit der Hand ausgewrungen werden, weil die Wäscheschleuder immer noch kaputt war. Ihre Hände und Handgelenke schmerzten, aber sie arbeitete unermüdlich weiter.

Nach zwei Tagen war das Haus blitzblank. Jacqueline blickte sich zufrieden um. Eigentlich hätte sie völlig erschöpft sein müssen, aber das wunderbare Gefühl, etwas geleistet zu haben und den Erfolg ihrer Hände Arbeit zu sehen, hatte sie in Hochstimmung versetzt.

Ben hatte von alldem kaum etwas mitbekommen, da er so mit der Arbeit auf der Farm beschäftigt war. Als er jetzt zur Mittagszeit hereinkam, schaute er sich staunend um.

»Bin ich hier im richtigen Haus?«

Jacqueline, die einen Staubwedel in der einen Hand und eine Dose Möbelpolitur in der anderen hielt, strahlte vor Stolz. Sie wischte sich mit dem Handrücken den Schweiß von der Stirn und sagte: »Jetzt sieht es schon ganz anders aus, nicht wahr?«

Ben nickte bedächtig. »Das kann man wohl sagen. Und wenn ich Sie so ansehe, dann scheint mir, Sie sind richtig zufrieden mit sich, hab ich Recht?«

»Ja, das stimmt«, gab sie zu. »Ich kann es selbst kaum glauben.«

Ben lächelte und nickte abermals. Dann nahm sein Gesicht unvermittelt einen wehmütigen, bedrückten Ausdruck an.

»Was ist? Hab ich etwas falsch gemacht?«, fragte Jacqueline. Vielleicht hatte sie etwas umgestellt, was an seinem Platz hätte bleiben sollen.

»Nein, nein. Ganz im Gegenteil.« Ein abwesender Ausdruck trat in Bens Augen.

Jacqueline blickte sich ratlos um. Plötzlich kam ihr ein Gedanke. »So hat es hier ausgesehen, als Ihre Frau noch am Leben wahr, oder?« Vermutlich war das Haus zum ersten Mal nach dem Tod seiner Frau richtig in Ordnung gebracht worden.

Ben nickte stumm. Er hatte nicht damit gerechnet, dass ein sauberes, aufgeräumtes Zuhause so viele Erinnerungen heraufbeschwören würde. Ihm war, als müsste Cindy jeden Augenblick durch die Tür kommen. Er räusperte sich und riss sich zusammen.

»Sie haben fantastische Arbeit geleistet, Jackie«, sagte er mit belegter Stimme. »Ich weiß das wirklich zu schätzen, aber Sie sollten sich nicht so viel Mühe machen. Hier draußen kämpft man vergebens gegen den Staub an. Fünf Minuten, nachdem Sie sauber gemacht haben, ist er wieder da. Ich bin schon zufrieden, wenn er nicht zentimeterhoch auf den Möbeln liegt.«

Typisch Mann, dachte Jacqueline. »Ich mag es nun mal nicht, wenn alles so staubig und schmuddelig ist. Wo sind denn die Jungs? Kommen sie nicht zum Essen?« Sie hatte einen ganzen Berg belegte Brote gemacht.

»Sie reparieren den Kaninchenzaun am anderen Ende unserer Weiden. Sie müssen zusehen, dass sie damit fertig werden. Ich werde ihnen etwas zu essen bringen.«

»Kaninchenzaun?«, wiederholte Jacqueline stirnrunzelnd. »Braucht man tatsächlich einen Zaun, um Kaninchen fernzuhalten?«

»O ja, allerdings. Sie halten Kaninchen wahrscheinlich für wuschelige, possierliche Tierchen, aber die Wirklichkeit sieht anders aus. Sieben Kaninchen fressen so viel wie ein einziges Schaf, und in den Bergen gibt es tausende von ihnen. Zusammen mit den verdammten Kängurus fressen sie meinen Herden auch noch die letzten Grashalme weg.«

»Das hab ich nicht gewusst«, murmelte Jacqueline bestürzt.

»Deshalb ist es so wichtig, dass der Zaun hundertprozentig dicht ist. Ein einziges Loch, und die Kaninchen schlüpfen hindurch.«

»Und was tun Sie dann?«, fragte Jacqueline, obwohl sie ahnte, wie die Antwort lauten würde.

»Ich muss sie abschießen oder Fallen stellen«, antwortete Ben lakonisch. »Sagen Sie mir Bescheid, falls Sie eines von den Viechern sehen.«

Jacqueline nickte, nahm sich aber vor, den Mund zu halten. Die Kaninchen taten ihr leid. Sie mussten schließlich auch fressen, um zu überleben. »Ich werde die Brote einpacken, dann können Sie sie Ihren Jungs bringen.«

Ben schnappte sich ein Sandwich und sah Jacqueline zu, während er aß.

»Was ist mit Nick?«, fragte sie jetzt. »Er wird doch auch Hunger haben.« Sie hatte ihn kaum zu Gesicht bekommen in den letzten Tagen.

»Er ist heute in die Stadt gefahren«, gab Ben zurück und nippte an dem Tee, den Jacqueline ihm hingestellt hatte.

Sie wartete, aber Ben fügte nichts mehr hinzu. Ob Nick sich mit Rachel Roberts traf? Eifersucht nagte an ihr. Sie versuchte zwar, es zu ignorieren, aber es gelang ihr nicht. »Hat er sich einen Tag freigenommen?«, fragte sie so beiläufig wie möglich.

»Einen Tag freigenommen? Das können wir uns nicht leisten, Jackie. Nein, er will Superphosphatdünger bestellen. Der Boden hier ist völlig ausgelaugt, aber dem Wetterbericht zufolge könnte der Wirbelsturm über Western Australia auch uns ein paar Niederschläge bringen. Deshalb sollte der Dünger für alle Fälle ausgebracht werden. Der Boden bekommt so wieder Nährstoffe, und das Gras wächst schnell und dicht. Er will sich auch nach dem Preis für Viehfutter erkundigen. Das Futter ist verdammt knapp geworden, ich schätze, es wird kaum noch bezahlbar sein. Wenn es doch nur endlich regnen würde!« Die Verzweiflung in Bens Stimme war unüberhörbar.

»Wie werden denn so große Flächen gedüngt?« Von Hand oder selbst mit einem Traktor schien das eine kaum zu bewältigende Aufgabe zu sein.

»Vom Flugzeug aus. Nick hat den Pilotenschein.« Als Ben Jacquelines überraschtes Gesicht sah, fügte er stolz hinzu: »Ja, mein kleiner Bruder hat viele Talente.«

Jacqueline, die an ein ganz bestimmtes seiner Talente dachte, bekam einen roten Kopf. Schnell wandte sie sich ab. »Ich habe gar kein Flugzeug gesehen«, bemerkte sie und warf Ben einen flüchtigen Blick zu.

»Es steht in einem Hangar auf Rawnsley Park Station.«

»Ach so.«

»Da wir gerade von Rawnsley Park sprechen – haben Sie inzwischen mal von Vera gehört?«, fragte Ben neugierig.

Jacqueline zuckte die Achseln. »Nein, aber das habe ich auch nicht erwartet. Immerhin ist sie in den Flitterwochen.«

»Ja, richtig«, brummelte Ben, aber sie merkte ihm an, dass er enttäuscht war.

Für das Abendessen schob Jacqueline eine Lammkeule in den Ofen. Dieses Mal vergewisserte sie sich doppelt und dreifach, dass sie den Backofen eingeschaltet hatte. Das Gemüse kochte sie vorsichtshalber, anstatt es mit dem Fleisch zu garen. Sie fing den Bratensaft auf und bereitete eine Soße damit zu, so wie sie es bei Tess gesehen hatte. Über die feinen Möhrchen gab sie vor dem Servieren einen Teelöffel Honig; das hatte Mrs. Bronte immer so gemacht.

Als Ben und seine Söhne nach Hause kamen, streiften Bobby und Sid im Flur ihre dreckigen Stiefel von den Füßen und stellten sie neben der Küchentür ab. Jacqueline sah es und machte ein ärgerliches Gesicht. Sie hatte alles so schön geputzt, und jetzt brachten die Jungen schon wieder Schmutz herein. Ben folgte ihrem Blick und sah, was sie erboste.

»Stellt eure Stiefel gefälligst auf die Veranda«, rief er seinen Söhnen zu. »Seht ihr nicht, dass Jackie sauber gemacht hat?«

Bobby und Sid zuckten erschrocken zusammen. Sie warfen Jacqueline einen wütenden Blick zu. Das sei doch nicht so schlimm, wollte sie gerade sagen, weil sie nicht noch Öl ins Feuer gießen wollte, aber Ben brachte sie mit einer Handbewegung zum Schweigen.

»Ihre Mutter hat immer hinter ihnen her geräumt, aber jetzt sind sie alt genug, dass sie selbst auf ihre Sachen achten können. In Zukunft lasst ihr eure dreckigen Schuhe gleich draußen, verstanden?«, fügte er an seine Söhne gewandt hinzu.

Als alle am Tisch saßen, stellte Jacqueline jedem einen Teller hin und setzte sich dann selbst. Die Atmosphäre war angespannt.

»Hm, das riecht gut«, bemerkte Ben und langte zu.

Die Jungen aßen schweigend und mit gesenkten Köpfen. Jacqueline beobachtete sie einen Moment und griff dann selbst zu Messer und Gabel. Nick war noch nicht wieder da, aber sie hatte ihm sein Essen im Ofen warmgestellt.

»Was haben Sie denn mit den Möhren gemacht?«, fragte Ben stirnrunzelnd.

»Warum, schmecken sie Ihnen nicht?«

»Doch, sie sind köstlich, aber süßer als sonst.«

Jacqueline atmete auf. Sie streifte die Jungen mit einem flüchtigen Blick. Alle vier aßen wie immer mit großem Appetit.

»Haben Sie Zucker zum Kochen genommen?«, fragte Ben.

»Nein, ich habe kurz vor dem Auftischen einen Teelöffel Honig darangegeben.«

»Oh. Das schmeckt wirklich gut. Gar nicht so fade, wie Möhren sonst schmecken.«

»Ist noch Gemüse da?«, fragte Sid unvermittelt. Jacqueline guckte verdutzt auf seinen leeren Teller. Sie selbst hatte gerade erst zwei Bissen gegessen.

Sie schüttelte den Kopf. »Nein. Ach herrje, hast du noch Hunger?«

»Er hat bestimmt ein Loch im Bauch«, meinte Ben verlegen.

»Wie soll ich denn von so einer kleinen Portion satt werden?«, beklagte sich Sid und schielte auf die Töpfe neben dem Herd.

»Sid! Wo bleiben deine Manieren?«, wies Ben ihn tadelnd zurecht.

»Das nächste Mal werde ich mehr kochen«, versprach Jacqueline.

Jetzt erst erinnerte sie sich wieder, was Tess über Jungen in dem Alter gesagt hatte: Sie könnten futtern wie Scheunendrescher.

»Sie sind eine bessere Köchin, als Sie denken«, meinte Ben.

Er stand auf, schmierte Butter auf ein paar Scheiben Brot und verteilte sie an seine Söhne, die die Soße auf ihren Tellern damit auftunkten. Er schnitt auch noch Fleisch für jeden von ihnen auf.

»Lassen Sie mich das machen«, bot Jacqueline an und erhob sich. Es war ihr furchtbar unangenehm, dass die Männer nicht satt geworden waren. »Soll ich noch Kartoffeln aufs Feuer stellen?«

»Nein, nein, Sie essen in Ruhe fertig.« Ben hatte bemerkt, wie langsam und damenhaft sie aß. Wahrscheinlich dachte sie, dass er und seine Söhne keinerlei Tischmanieren hätten und wie die Tiere fraßen. Plötzlich fiel ihm etwas ein. »Haben Sie daran gedacht, den Gemüsegarten zu wässern?«

Jacqueline riss erschrocken die Augen auf. »Gestern habe ich die Beete gegossen … glaube ich. Ich habe mich den ganzen Tag abgehetzt, ich weiß es wirklich nicht mehr.« Sie hatte nicht nur geputzt und gewaschen, sondern auch Brot gebacken und die Hühner und die Hunde versorgt.

»Bei dieser Hitze muss täglich gegossen werden«, sagte Ben. »Eigentlich wollte ich Unkraut jäten, aber ich bin einfach nicht dazu gekommen.«

»Das könnte ich doch machen, morgen Früh vielleicht«, bot Jacqueline sofort an.

Da sie noch nie im Leben Unkraut gezupft hatte, war sie sich nicht sicher, ob sie das Unkraut von den Nutzpflanzen würde unterscheiden können, aber sie wollte es auf alle Fälle versuchen. Ben hatte so viel um die Ohren, sie war froh, wenn sie ihm etwas abnehmen konnte.

»Das wäre wunderbar«, sagte Ben erleichtert. »Glauben Sie, Sie schaffen das?«

Mit Dot brauchte er nicht zu rechnen, weil sie sich manchmal tagelang nicht blicken ließ, wenn ihr etwas nicht passte, und ihr passte im Moment eine Menge überhaupt nicht. Aber er machte sich keine Sorgen – sobald sie Geld brauchte, würde sie zurückkommen. Fürs Nichtstun wurde sie nämlich nicht bezahlt.

»Hier im Haus gibt es praktisch nichts mehr für mich zu tun, da kann ich schon ein paar Stunden im Garten arbeiten.«

»Danke, Jackie. Das wäre mir eine große Hilfe. Lassen Sie die Hunde morgen Früh aus dem Zwinger, wir brauchen sie nicht beim Ausbessern der Zäune. Sie können hierbleiben und die Schlangen in Schach halten.«

»Die Schlangen?«, wiederholte Jacqueline panisch.

»Ja, Rusty ist blitzschnell, er hat schon einige der Biester getötet.«

Jacqueline war kreideweiß geworden. Die Angst stand ihr im Gesicht geschrieben.

Ben sah es ihr an, und seine Söhne auch. »Keine Sorge, von uns ist noch niemand gebissen worden. Wenn Sie eine Schlange sehen, weichen Sie langsam zurück, dann verschwindet sie von ganz allein wieder.«

»Langsam zurückweichen? Ich werde einen Herzschlag kriegen!«

»Die Schlangen haben mehr Angst vor uns als wir vor ihnen«, versuchte Ben Jacqueline zu beruhigen. »Tigerschlangen können aggressiv sein, aber Braunschlangen greifen nur an, wenn sie sich in die Enge getrieben fühlen.«

»Ich kann mir nicht vorstellen, dass die mehr Angst vor mir haben als ich vor ihnen«, murmelte Jacqueline. »Und ich werde ganz bestimmt nicht so nah an sie rangehen, dass ich eine Tiger- von einer Braunschlange unterscheiden kann.«

»Im offenen Gelände werden Sie kaum je einer Schlange begegnen, weil Schlangen sich gern verstecken, im hohen Gras zum Beispiel.«

»Oder im Unkraut vom Gemüsegarten«, ergänzte Geoffrey boshaft.

Jacqueline klappte die Kinnlade herunter, und Ben funkelte seinen Sohn finster an.

»Das ist mit ein Grund, weshalb das Unkraut nicht überhandnehmen darf«, sagte Ben. »Halten Sie einfach die Augen offen, okay? Falls Ihnen eine Schlange zu nahe kommt, hacken Sie ihr mit dem Spaten den Kopf ab.«

Jacqueline griff sich entsetzt an den Hals. »Den Kopf abhacken?«, krächzte sie.

Ben nickte ernst. »Das kann Ihnen unter Umständen das Leben retten.«

Jacqueline verwünschte sich für ihre Hilfsbereitschaft. »Aber ins Haus kommen sie nicht, oder?«, fragte sie ängstlich.

»Nein, nein«, log Ben.

»Einmal habe ich eine in meinem Zimmer entdeckt«, meinte Jimmy.

Ben hätte ihm am liebsten gegen das Schienbein getreten.

»Mom hat in der Waschküche mal eine Tigerschlange getötet, weißt du noch, Dad?«, warf Bobby stolz ein. »Das war vor ungefähr einem Jahr.«

»Äh … ja, richtig.« Ben lächelte Jacqueline verlegen an. »Aber das war nur eine ganz kleine. Ein Schlangenbaby.«

»Nein, es war …« Bobby verstummte abrupt, als sein Vater ihm einen warnenden Blick zuwarf.

»Wie gesagt, es war nur eine kleine«, versicherte Ben.

Jacquelines Augen waren vor Entsetzen weit aufgerissen. Sie brachte keinen Ton mehr heraus.

Als Jacqueline sich später in ihr Zimmer zurückzog, schaltete sich das Funkgerät ein. Es war Vera.

»Hallo Vera«, rief sie aufgeregt in das Mikrofon. »Ich dachte, ich würde frühestens in einer Woche von dir hören!« Sie lachte. »Aber wahrscheinlich musst du ab und zu mal Luft holen, oder? Wie geht's Mike? Ist er schon außer Puste? Over.«

»Sehr witzig«, erwiderte Vera trocken. »Ich bin schon den ganzen Tag allein. Mike hat auf der Farm zu tun. Over.«

Eine Spur Verärgerung und Bitterkeit schwang in Veras Stimme mit. Anscheinend hatte sie nicht erwartet, dass ihre Flitterwochen so bald schon vorüber sein würden.

»Aber er hat doch Leute auf der Farm, oder? Over.«

»Ja, einen Verwalter und zwei Farmarbeiter, aber die kommen offenbar nicht ohne ihn aus. Und wie steht's bei dir? Over.«

»Es geht. Ich habe heute Abend ein gutes Essen gekocht, wenn auch dummerweise nicht genug, und ich hab das ganze Haus auf Vordermann gebracht. Aber erzähl mal, wie fühlt man sich denn so als Ehefrau? Und wie ist dein neues Zuhause? Over.«

»Mit einem Farmer verheiratet zu sein heißt scheinbar, die meiste Zeit allein zu verbringen. Mike geht um sieben Uhr morgens aus dem Haus und kommt frühestens um sieben Uhr abends zurück.« Und dann war er todmüde und schlief in seinem Sessel ein. Doch das behielt sie für sich. »So hab ich wenigstens Zeit gehabt, das Haus sauber zu machen. Eine typische Junggesellenbude. Keine Organisation, nichts an seinem Platz. Over.« Vera klang deprimiert.

»Anscheinend haben wir beide den gleichen Zeitvertreib gehabt«, sagte Jacqueline, um sie aufzumuntern. »Ich habe auch geputzt und Ordnung geschaffen. Ich wohne nun mal lieber in einem aufgeräumten Haus, auch wenn ich diejenige bin, die aufräumen muss. Over.«

»Schön für dich. Over.«

»Ja, ich bin richtig stolz auf mich. Und Ben ist auch zufrieden mit mir, hab ich den Eindruck. Er hat eine Menge Sorgen zurzeit, deshalb versuche ich, ihm abzunehmen, was ich kann. Blöderweise hab ich ihm auch angeboten, den Gemüsegarten zu jäten, aber dort gibt's Schlangen. Over.«

»Ja, da musst du wirklich vorsichtig sein, Jackie. Ich habe gestern eine Schlange ganz nah an der Veranda gesehen und einen Mordsschreck gekriegt. Wie kommst du mit den Jungen klar? Over.«

»Ehrlich gesagt, nicht so besonders. Over.«

»Das wird schon. Gib ihnen ein bisschen Zeit. Over.«

»Hör mal, da fällt mir gerade ein – ich würde morgen Abend gern einen Kartoffelsalat machen. Wie mach ich den am besten? Over.«

Vera erklärte es ihr und fügte hinzu, sie solle zerkleinerte hart gekochte Eier dazugeben, das verfeinere den Geschmack.

Ihre Freundin bedankte sich und fragte dann: »Hast du mal was von Tess gehört? Over.«

»Nein. Du? Over.«

»Auch nicht.« In diesem Moment fuhr ein Auto vor. Meryl Benson stieg aus und rief nach ihr. »Ich muss Schluss machen, Vera. Eine Nachbarin ist gerade gekommen. Ich melde mich morgen wieder. Over und Ende.«

Sie eilte hinaus, begrüßte Meryl und bat sie herein.

»Ich will Sie nicht lange aufhalten, Jackie. Ich fahre morgen nach Hawker, und da wollte ich Sie fragen, ob Sie nicht Lust hätten mitzukommen.«

»O ja, schrecklich gern!« Jacqueline war begeistert von dem Gedanken, ein paar Stunden von der Farm wegzukommen. Sie hoffte sehr, dass Ben nichts dagegen hatte.

»Wunderbar. Ich werde Sie gegen halb neun abholen.« Meryl blickte sich anerkennend um. »Alle Achtung! So sauber und ordentlich hat es hier nicht mehr ausgesehen seit …« Sie verstummte abrupt.

»Seit dem Tod von Bens Frau«, beendete Jacqueline den Satz. »Ich weiß. Er hat es mir gesagt.« Plötzlich fiel ihr ein, dass sie versprochen hatte, sich um den Gemüsegarten zu kümmern. »Werden wir lange in der Stadt bleiben?«

»Nein, ich muss ja das Mittagessen zubereiten. Sie wahrscheinlich auch, nehme ich an.«

Jacqueline nickte. »Ja. Aber außerdem habe ich Ben versprochen, das Unkraut in den Gemüsebeeten zu jäten.«

Meryl sah sie erschrocken an. »Du meine Güte, das ist Männerarbeit! Fangen Sie das bloß nicht an, sonst müssen Sie es andauernd machen«, warnte sie. »Also dann bis morgen!«

Meryl war noch nicht lange fort, als Nick nach Hause kam und sich sein Abendessen aufwärmte. Jacqueline ließ ihn allein. Sie fühlte sich unbehaglich in seiner Nähe. Sie beschloss, in den Garten zu gehen, um sich anzusehen, wie viel Arbeit am kommenden Tag dort auf sie zukam. Gedankenverloren blieb sie vor einer verdorrten Bougainvillea, die an einem Bogen vor dem Haus hochrankte, stehen.

Nick kam auf die Veranda und sah zu ihr herüber. »Kaum zu glauben, aber als Cindy noch lebte, war das eine unbeschreibliche rote Blütenpracht – das ganze Jahr über.«

»Eine rote Bougainvillea ist etwas Wunderschönes«, sagte Jacqueline mit einem wehmütigen Blick auf die abgestorbenen Triebe. Sie müsste unbedingt zurückgeschnitten werden. »Ich hatte gehofft, es gäbe einen Garten hier. Ich liebe Blumengärten.«

»Cindy hat hier draußen ein wahres Paradies geschaffen, auch wenn man sich das jetzt kaum noch vorstellen kann.«

»Wie geht das ohne Wasser?«, fragte Jaqueline verwundert.

»Na ja, gelegentlich regnet es ja schon, und wenn nicht, schloss sie einen langen Schlauch an die Pumpe an und goss mit Brunnenwasser.«

»Mit Brunnenwasser«, wiederholte Jacqueline. Dass sie da nicht von selbst draufgekommen war! Wenn sich das Wasser für den Gemüsegarten eignete, würde es sich natürlich auch für einen Ziergarten eignen.

»Ja. Cindy hatte eine Unmenge Blumen in ihrem Garten, es gab sogar richtig grünen Rasen.«

Jacqueline schöpfte eine Sekunde lang neue Hoffnung, doch dann musste sie sich eingestehen, dass das viel zu viel Arbeit für sie allein war. »Das ist für eine Frau nicht zu schaffen«, bemerkte sie mutlos.

»Cindy hat Aborigines für die groben Arbeiten eingestellt, weil Ben nie Zeit hatte, ihr zu helfen«, sagte Nick. »Sie wissen eine Menge über Pflanzen, auch wenn sie sie nur zu Heilzwecken nutzen.«

»Wirklich?« Jacqueline überlegte, ob sie es Cindy nachmachen und sich an die Aborigines wenden sollte.

»Ben hat übrigens vorgeschlagen, ich soll Ihnen das Reiten beibringen, wenn ich zwischendurch mal Zeit habe«, sagte Nick.

»Das Reiten beibringen? Mir?«

»Wer auf einer Farm lebt, sollte schon reiten können. Zumal Sie nicht Auto fahren können, wie Ben gesagt hat.«

»Ich würde lieber fahren lernen«, erwiderte Jacqueline. Der Gedanke, auf einem Pferd zu sitzen, behagte ihr ebenso wenig wie der Gedanke, mit Nick allein zu sein.

»Eins nach dem anderen. Sind Sie schon mal geritten?«

»Ja, als Kind. Aber das ist lange her.«

»Das macht nichts, das vergisst man nicht. Wir fangen gleich morgen Abend an – zuerst hier auf dem Gelände, bis Sie wieder drin sind.«

Jacqueline holte tief Luft, um zu protestieren, doch Nick drehte sich einfach um und ging ins Haus zurück.

Am anderen Morgen stand Jacqueline in aller Frühe auf, briet Spiegeleier für Ben und Nick und kochte Haferbrei für die Jungen. Die Männer würden bald aufbrechen, weil sie die Schafe zum Weiden in einen anderen Pferch treiben wollten. Als Jacqueline Ben erzählte, dass sie mit Meryl nach Hawker fahren wolle, gab er ihr Geld und eine Liste mit Dingen, die sie besorgen sollte. Sie solle kaufen, was sie sonst noch für notwendig halte, sagte er.

»Vergessen Sie nicht, dass wir nach dem Abendessen reiten gehen wollen«, rief Nick ihr zu, bevor er ging.

Als alle fort waren, beschloss Jacqueline, die Zeit, bis Meryl kam, zu nutzen, um mit dem Unkrautjäten anzufangen. Sie fütterte erst die Hunde und ließ sie dann aus dem Zwinger, bevor sie mit Hacke, Spaten und Eimer bewaffnet zum Gemüsegarten ging. Sie würde sich eine Reihe nach der anderen vornehmen, damit sie später, wenn sie zurückkam, wusste, wo sie weitermachen musste.

Das Kraut der Möhren war leicht zu erkennen, Jacqueline ging davon aus, dass alles andere in der Reihe Unkraut war. Sie bückte sich, um es auszuzupfen, aber weil ihr schon nach kurzer Zeit der Rücken wehtat, ließ sie sich auf alle viere nieder. Es war eine mühevolle Arbeit. Das Unkraut war zum Teil so fest in der ausgedorrten, harten Erde verwurzelt, dass sie fast eine Stunde brauchte, bis der Eimer voll war. Dagegen dauerte es nur wenige Minuten, um Blasen an den Händen zu bekommen.

Jaqueline hatte die erste Reihe fast fertig, als sie zwischen den Pflanzen ein Ding bemerkte, das aufgrund seiner Farbe da nicht hinzugehören schien. Sie betrachtete es stirnrunzelnd und schob dann das Möhrenkraut auseinander. Im nächsten Augenblick stieß sie einen markerschütternden Schrei aus. Halb verborgen zwischen den Gemüsepflanzen lag eine Schlange, die gespaltene Zunge herausgestreckt.

Jacqueline fuhr zurück und sprang auf. Das Herz schlug ihr bis zum Hals. Wo waren nur diese verdammten Hunde, wenn man sie brauchte? Wahrscheinlich dösten sie auf der vorderen Veranda im Schatten, ihrem Lieblingsplatz.

Sekundenlang blieb sie wie versteinert stehen und starrte die Schlange an, die sich ebenfalls nicht rührte. Schließlich bückte sie sich ganz vorsichtig nach dem Spaten, hob ihn auf und warf ihn nach dem Reptil. Nichts geschah. Die Schlange blieb liegen. Jacqueline sah sich um und entdeckte hinter sich eine Stange, an der die Tomatenpflanzen hochranken sollten. Sie nahm sie und stupste die Schlange damit an. Nichts. Zaghaft, bereit zu flüchten, wenn es sein musste, stieß sie den Spaten von der Schlange weg. Noch immer keine Reaktion. Jetzt kam ihr die Sache allmählich merkwürdig vor. War die Schlange schon tot? Hatte einer der Hunde sie erwischt, bevor sie am Morgen in den Garten gekommen war?

Sie nahm all ihren Mut zusammen, näherte sich vorsichtig und schob das Kraut so weit auseinander, bis das Reptil vollständig zu sehen war. Einen Augenblick lang konnte sie nicht glauben, was sie da vor sich sah. Es handelte sich nicht um eine echte, sondern um eine Gummischlange!

Jacqueline war fuchsteufelswild. Sie brauchte nicht lange zu überlegen, wer ihr diesen Streich gespielt hatte: einer von Bens Söhnen natürlich! Sie konnte fast hören, wie sie sich über sie halb totlachten. In ohnmächtigem Zorn ballte sie die Fäuste, aber sie hatte jetzt keine Zeit, sich damit zu befassen, wie sie nach einem Blick auf ihre Armbanduhr feststellte. Sie musste sich beeilen, Meryl würde gleich kommen und sie abholen.

Auf der Fahrt in die Stadt fragte Meryl, wie Jacqueline mit Ben und den Jungen auskomme.

»Ben ist sehr bemüht, aber die Jungen mögen mich nicht«, antwortete sie wahrheitsgemäß. »Sie würden mich am liebsten hinausekeln, deshalb spielen sie mir die unmöglichsten Streiche.« Sie erzählte ihr von der Gummischlange und ihrem unfreiwilligen Aufenthalt im Hühnerhof. »Ben meint, das sei ein Versehen gewesen, aber ich weiß, dass mich jemand absichtlich eingesperrt hat.«

»Diese kleinen Teufel«, schmunzelte Meryl. »Was haben Sie jetzt vor?«

»Was soll ich schon vorhaben? Ich will mich nicht bei Ben beschweren, weil das alles nur noch schlimmer machen würde. Haben Sie vielleicht einen Tipp für mich?«

Der Pick-up polterte, eine riesige Staubwolke aufwirbelnd, über die unbefestigte Straße nach Hawker.

»Es stimmt schon, Ben hat wie alle Farmer im Moment genug andere Sorgen«, bemerkte Meryl nach einer Weile. »Aber das braucht Sie nicht davon abzuhalten, es den Jungs mit gleicher Münze heimzuzahlen, oder?« Sie sah ihre neue Nachbarin viel sagend an.

»Wie meinen Sie das?«

Meryls Augen funkelten belustigt. »Ach, ich denke, Ihnen wird schon was einfallen.«

Als sie Hawker, in Jacquelines Augen eine verschlafene Kleinstadt, wieder verließen und nach Hause fuhren, hatte sie in der Tat schon einige Ideen, wie sie sich rächen könnte.

Im Lauf der nächsten Tage spielten sich Bens Söhne und Jacqueline einen Streich nach dem anderen. Sie zog ihnen die Laken von den Betten ab, dafür legten sie ihr eine Plastikspinne in ihr Bett. Sie nähte an ihren Arbeitshosen ein Hosenbein zu und lachte, als sie hineinzusteigen versuchten und auf ihr Hinterteil plumpsten. Die Jungen revanchierten sich, indem sie ihre Schuhe versteckten. Wenn alle beim Essen zusammensaßen, verlor jedoch niemand ein Wort darüber. Einmal, als sie die Wäsche waschen wollte, fand sie eine Hand voll schlangenähnlicher kleiner Tiere in der

Wäsche. Sie fuhr erschrocken zurück und stieß einen Entsetzensschrei aus.

Nick hörte es und kam herbeigeeilt. »Was ist denn?«

»Da!« Sie zeigte auf das Hemd, auf dem die seltsamen Tiere herumwuselten. »Schlangen!«

»Das sind keine Schlangen, das sind Tausendfüßler.« Nick hob einen auf. Er rollte sich auf seiner Handfläche zusammen, rollte sich wieder auseinander und krabbelte über seine Hand.

»Iiihhh!«, machte Jacqueline beim Anblick der unzähligen Beinchen.

»Wie sind die denn hier reingekommen?«, wunderte sich Nick.

»Keine Ahnung.« Sie hatte sehr wohl eine Ahnung, aber sie sagte nichts. Sie bat Nick nur, die Tausendfüßler aus der Waschküche zu schaffen, damit sie an die Arbeit gehen konnte.

Früher an diesem Tag hatte sie über Funk mit Meryl geplaudert und ihr Bericht erstattet. Meryl hatte herzlich gelacht, und dann hatten sie sich gemeinsam weitere Streiche ausgedacht, die Jacqueline den Jungen spielen könnte.

»Jackie hat heute Morgen Tausendfüßler in der Waschküche gefunden«, sagte Nick beim Abendessen zu seinem Bruder. »Eine ganze Hand voll.«

Ben zuckte mit den Schultern. »Die sind harmlos.« Auf dem Land musste man mit allerlei Getier leben.

»Das hab ich mir gleich gedacht«, meinte Jacqueline und warf Geoffrey einen viel sagenden Blick zu. »Harmlose, süße kleine Krabbeltierchen.«

»Ach ja?« Nick zog eine Braue hoch. »Und was sollte dann das Gekreische?«

Jacqueline lief rot an, und die vier Jungen mussten sich das Lachen verbeißen.

Anfangs waren Bens Söhne sauer gewesen, als ihre neue Haushälterin es ihnen mit gleicher Münze heimzahlte, doch dann begannen sie, ihren Einfallsreichtum zu bewundern. Tagsüber bei der Arbeit und abends im Bett überlegten sie jedoch weiter gemeinsam, was sie als Nächstes anstellen und wie sie ungestraft davonkommen könnten.

Morgens aßen die Jungen meistens Haferbrei, während Ben und Nick Rührei auf Toast zum Frühstück hatten. Der Zucker wurde in einem gut schließenden Deckelgefäß im untersten Regal aufbewahrt, damit die Ameisen nicht hineinkrabbelten. Jacqueline füllte ein zweites Gefäß, das genauso aussah, mit Salz. Als Ben einen Löffel voll Zucker für seinen Tee herausgenommen hatte, tauschte Jacqueline unbemerkt die beiden Dosen aus. Nachdem sie den Haferbrei gekocht hatte, spielte sie die Erschrockene und meinte, jetzt habe sie doch glatt den Zucker vergessen. Also stand Bobby auf, reichte die vermeintliche Zuckerdose herum, und alle vier taten sich einen ordentlichen Löffel voll in ihren Haferbrei. Jacqueline nahm das Gefäß, stellte es im Regal ganz nach hinten und die Dose mit dem Zucker nach vorn. Dann ging sie hinaus, um die Hunde zu füttern.

Nach dem ersten Bissen machten alle vier Jungen entsetzte Gesichter.

»Iiihhh!« Jimmy spuckte seinen Haferbrei aus.

Ben schaute auf. »Was ist denn?«

»Ach, gar nichts«, sagte Geoffrey schnell. »Jimmy hat sich bloß die Zunge verbrannt.« Er warf seinen Brüdern einen warnenden Blick zu. Als ihr Vater sich wieder über seinen Teller beugte, sahen die drei Jüngeren ihren älteren Bruder an und schüttelten verzweifelt den Kopf. Sie konnten das Zeug unmöglich essen. Geoffrey stand auf, griff nach der Zuckerdose, befeuchtete seine Fingerspitze, steckte sie in das Gefäß und dann in den Mund. Es war Zucker, wie er völlig verwirrt feststellte.

»Nun macht schon, Jungs, beeilt euch ein bisschen«, sagte Ben ungeduldig und stand auf. »Auf uns wartet eine Menge Arbeit.« Er stapfte aus der Küche.

»Und? Ist das Salz?«, fragte Jimmy leise.

»Nein, Zucker«, antwortete Geoffrey immer noch ganz baff.

»Ich versteh das nicht, ich hab den Haferbrei vorher probiert, und da hat er nicht salzig geschmeckt. Ich kann das nicht essen«, beklagte sich Sid und leerte seinen Brei in die Spüle.

»Ich auch nicht«, maulte Jimmy und machte es ihm nach.

»Wie hat sie das bloß gemacht?«, wunderte sich Geoffrey.

»Das ist mir egal«, versetzte Bobby. »Das geht jedenfalls zu weit. Jetzt können wir den ganzen Morgen Kohldampf schieben.«

Die vier Jungen standen betroffen an der Spüle und guckten ihrem Frühstück hinterher, das durch den Abfluss sickerte. Plötzlich fing Geoffrey lauthals zu lachen an. Anstatt zu Ben zu laufen und sie bei ihm anzuschwärzen, hatte Jacqueline sie nach ihren eigenen Regeln geschlagen. Er sah seine Brüder an, und sie stimmten in sein Gelächter mit ein. Es war wirklich zu komisch.

»Das können wir nicht auf uns sitzenlassen«, meinte Bobby, als sie sich beruhigt hatten und das Haus verließen. »Das müssen wir ihr heimzahlen.«

Geoffrey nickte. »Darauf kannst du wetten.«

13

Eine Woche, nachdem Henry den Privatdetektiv Brent Masterson engagiert hatte, meldete sich dieser und schlug ein Treffen vor. Sie verabredeten sich für drei Uhr am selben Nachmittag in der Bar des Criterion Hotel.

Das Criterion war ein typisches Arbeiterlokal, ein Treffpunkt für jene, die auf Baustellen, in Handwerksbetrieben, in Restaurants und Reinigungsfirmen arbeiteten. Es war klein und ein bisschen schmuddelig, aber das Essen war billig, die Portionen groß, und Drinks wurden nicht selten mit einem derben Witz serviert, der bei der Kundschaft gut ankam.

Henry wachte gegen zwei Uhr von seinem Mittagsschläfchen mit Verity auf. Sie hatten wie üblich gut gegessen: Kartoffel-Lauch-Suppe, Schweinebraten, Nachtisch. Danach waren Ron und Maxine mit Johnny am Yarra spazieren gegangen. Henry und Verity hatten sich wie fast jeden Tag in ihre Suite zurückgezogen, wo sie sich lange und leidenschaftlich liebten.

Vorsichtig, um Verity nicht zu wecken, schälte sich Henry aus den zerwühlten Laken. Er blieb einen Augenblick neben dem Bett stehen und betrachtete die Schlafende liebevoll. Ihre goldblonden Haare lagen auf dem Satinkopfkissen ausgebreitet, unter der dünnen Decke zeichnete sich ihre wohlgeformte Figur ab. Das Dämmerlicht hinter den schweren geschlossenen Vorhängen schmeichelte ihren Zügen und ließ sie noch jünger aussehen. Henry schaute auf, und sein Blick fiel auf den Frisiertischspiegel. Sein Haar war zerzaust, sein Gesicht aufgedunsen, sein Körper erschlafft. Er sah aus wie ein Mann mittleren Alters, und das erschreckte ihn zutiefst. Es war eine unsanfte Landung auf dem Boden der Tatsachen.

Voller Schuldgefühle erinnerte er sich an seine letzte Unterhaltung mit Jacqueline. Er lasse sie fallen wegen einer Frau, die halb so alt sei wie er, hatte sie ihm vorgeworfen. Zum ersten Mal, seit er Verity kannte, fühlte er sich tatsächlich wie ihr Vater.

Er seufzte und ließ seinen Blick über ihre Hüften schweifen. Sie waren rundlicher geworden. Kein Wunder – er war noch nie einer Frau begegnet, die einen größeren Heißhunger gehabt hatte, sowohl auf Essen als auch auf Sex. Gegen Letzteres hatte er nichts einzuwenden, aber ihre Esslust könnte sie seiner Meinung nach schon ein wenig zügeln. Doch er hütete sich, etwas zu sagen. Er kannte sie lange genug, er wusste, dass sie ihm das Leben zur Hölle machen würde, wenn er etwas Derartiges auch nur andeutete.

Dass er selbst zugenommen hatte, lag an seiner neuen Lebensweise, und er war alles andere als erfreut darüber. In New York hatte Jacqueline darauf geachtet, dass Mrs. Bronte ihm etwas Gesundes wie Salat und Obst zum Mittagessen mit ins Geschäft gab. Obwohl er sechs Tage in der Woche von acht Uhr morgens bis fünf Uhr abends arbeitete, fand er fast täglich noch eine Stunde Zeit, um Sport zu treiben. Je mehr er sich dabei quälte, desto besser fühlte er sich. Den halben Tag im Bett zu verbringen und sich zu viele zu üppige Mahlzeiten einzuverleiben passte nicht zu ihm.

Es erstaunte ihn immer wieder aufs Neue, welche Wendung sein Leben genommen hatte. Doch sobald er über die Vergangenheit nachdachte, musste er unweigerlich auch an Jacqueline denken. Hoffentlich war es Brent Masterson gelungen, sie ausfindig zu machen. Er musste wissen, ob es ihr gut ging.

Eine halbe Stunde später verließ Henry die Suite und machte sich auf den Weg zum Criterion, das zu Fuß etwa zehn Minuten entfernt lag. Er ging zügig, und so brach ihm schnell der Schweiß aus allen Poren. Die brütende Hitze, die seit ihrer Ankunft herrschte, zermürbte und ermattete ihn.

Der Privatdetektiv erwartete Henry in der Hotelbar. Sie erinnerte ihn an die anrüchigen Spelunken in den Staaten, um die er stets einen Bogen gemacht hatte.

»Haben Sie etwas herausgefunden?«, erkundigte er sich sofort.

Brent Masterson war sechzig Jahre alt und hätte eigentlich seinen wohlverdienten Ruhestand genießen sollen. Er war vielleicht körperlich ein bisschen langsamer als früher, aber sein messerscharfer Verstand funktionierte immer noch einwandfrei. Er spürte jeden Ausreißer im Nu auf und erkannte einen untreuen Ehepartner auf dreißig Schritt. Seine Haare waren kurz nach seinem fünfzigsten Geburtstag silbergrau geworden, genau wie sein kurz gestutzter Bart. Seinen lebhaften blauen Augen jedoch entging nichts, sie waren so scharf wie damals, als er als Fünfzehnjähriger seine Ausbildung in der Privatdetektei Steele begonnen hatte. Sein Beruf war sein Leben. Er hatte nicht vor, sich jemals zur Ruhe zu setzen und angeln zu gehen oder was Ruheständler sonst so machten.

»Ja, in der Tat«, erwiderte er und stellte Henry ein kaltes Bier hin.

Henry war erleichtert. »Prost!«

Er schlürfte den Schaum von seinem Glas, trank es dann in großen Zügen gierig halb aus und seufzte. Was für eine Wohltat! In dieser Hitze ging nichts über ein kühles Bier.

»Wissen Sie, ich bin jetzt seit fast fünfzig Jahren in diesem Geschäft«, fuhr Brent fort. »Ich hätte nicht gedacht, dass mich noch irgendetwas überraschen kann, aber Ihnen ist das gelungen, Mr. Walters.«

»Henry, bitte … Ich verstehe nicht ganz.«

»Darf ich offen zu Ihnen sein, Henry?«

»Ich bitte darum.«

»Ich bin unzählige Male von Frauen beauftragt worden, ihre Ehemänner aufzustöbern, weil diese ihren Unterhaltsverpflichtungen nicht nachgekommen sind. Aber noch nie hat mich ein Mann engagiert, damit ich seine künftige Exfrau ausfindig mache, damit er ihr eine Abfindung zahlen kann. Das ist wirklich einmalig.«

Brent musterte den Mann an seiner Seite neugierig. Entweder war Henry sehr ehrenwert oder sehr dumm. Oder aber er litt unter massiven Schuldgefühlen. Und falls Letzteres der Fall war, war eine andere Frau im Spiel. Dann allerdings stünde ihm noch eine Menge Ärger ins Haus, das wusste Brent aus langjähriger Erfahrung.

»Ich hätte auch nicht gedacht, dass ich das einmal tun würde«, gestand Henry. »Haben Sie sie gefunden?«

»Ich glaube, Ihre Frau lebt in den Flinders Ranges auf Wilpena Station.«

Henry glaubte, sich verhört zu haben. Er wusste, dass eine *Station* in Australien eine große Farm oder Ranch war, meistens irgendwo in einer gottverlassenen Gegend. »Was ist Wilpena Station, und wo liegt dieser Ort?«, fragte er verdutzt.

»Das ist eine Schaffarm in South Australia. Eine erfolgreiche, nach allem, was ich gehört habe, obwohl sie natürlich auch von der Dürre betroffen ist.«

»Eine Schaffarm? Das kann nicht sein. Was soll meine Frau auf einer Schaffarm?«

Henry hätte mit allem gerechnet, nur nicht damit. Da Jacquelines einziges großes Talent das Geldausgeben war, hatte er vermutet, dass sie entweder in einem Einzimmerapartment in der Stadt wohnte und in einem Damenbekleidungsgeschäft arbeitete oder aber auf öffentliche Fürsorge angewiesen war, weil sie keinen Beruf erlernt hatte und niemand sie einstellen wollte.

»Anscheinend arbeitet sie dort als Haushälterin. Sie fand die Stelle durch eine Arbeitsvermittlung in Port Adelaide.« Brent warf einen Blick in seine Notizen. »Die Agentur Cavendish.«

Eine Arbeitsvermittlung war immer ein guter Ansatzpunkt, wenn man jemanden suchte, vor allem neu Zugewanderte, die keine Angehörigen im Land hatten. In Port Adelaide gab es drei davon, durch einen Zufall hatte er gleich bei der ersten Glück gehabt.

Henry klappte die Kinnlade herunter. Dann lachte er schallend.

Brent sah ihn verblüfft an.

»Entschuldigen Sie.« Henry wischte sich Lachtränen aus den Augenwinkeln, schüttelte den Kopf und trank dann sein Bier aus. »Sie müssen die falsche Jacqueline Walters erwischt haben. Meine Frau kann sicherlich eine Haushälterin einstellen, aber die Vorstellung, dass sie selbst als eine arbeitet, ist einfach zu komisch.«

»In den Unterlagen, die sie in der Agentur ausgefüllt hat, nennt sie sich *Miss* Jacqueline Walters«, fuhr Brent unbeirrt fort.

»Sehen Sie? Ich sage Ihnen doch, Sie haben die Falsche erwischt. Jacqueline würde so etwas nie machen.«

Zerstrittene Eheleute begingen oft den Fehler, etwas für ausgeschlossen zu halten, oder, im Gegenteil, als selbstverständlich zu betrachten. Auch das wusste Brent aus Erfahrung. »Ich überprüfe die Identität der Personen, die ich suche, immer mehrfach. Ihre Frau hat sich für ein Jahr als Haushälterin verpflichtet.«

»Das ist nicht meine Frau, so glauben Sie mir doch«, beharrte Henry.

Brent ließ sich nicht aus dem Konzept bringen. »Sie hat zwar kein Geburtsdatum eingetragen, was bei einer Frau nicht ungewöhnlich ist, aber ihre Beschreibung passt genau auf Ihre Frau.«

»Das heißt noch lange nicht, dass sie es auch ist. Ich bin sicher, dass diese Beschreibung auf viele Frauen zutrifft. Jacqueline würde niemals eine Stelle als Haushälterin antreten, glauben Sie mir. Sie würde eher in dieser Hitze zu Fuß nach Melbourne marschieren und mich um Geld bitten, als irgendjemandes Toilette zu schrubben!«

»Ich habe dem Inhaber der Agentur das Foto gezeigt, das Sie mir gegeben haben, Henry. Er war sich absolut sicher, dass das die Frau ist, die er nach Wilpena vermittelt hat.«

An das Foto hatte Henry gar nicht mehr gedacht. Er machte eine bestürzte Miene. Als er die Nachricht einigermaßen verdaut hatte, sagte er: »Falls das tatsächlich stimmt, wird sie die Stelle bald wieder los sein. Das Einzige, was sie am Herd zustande bringt, ist mit Käse überbackener Toast, und selbst der ist meist angebrannt. Ich wette, sie weiß nicht einmal, wie man einen Besen benutzt.«

Brent zuckte die Achseln. Frauen konnten sich sehr viel besser auf neue Lebensumstände einstellen als Männer, vor allem, wenn es um ihr Überleben ging. Doch das wollte Henry sicherlich nicht hören. »Was soll ich jetzt machen?«, fragte er.

»Angenommen, Jacqueline arbeitet immer noch auf dieser Farm, dann möchte ich, dass Sie ihr ihren Koffer zusenden und sie bitten, die Scheidungspapiere zu unterzeichnen. Im Gegenzug werde ich ihr schnellstmöglich eine Abfindung zahlen, und zwar die Hälfte dessen, was wir ursprünglich besprochen hatten.«

Brent zog eine silbergraue Braue hoch. »Die Hälfte?«

Henry besaß wenigstens den Anstand, zerknirscht dreinzublicken. »Nun ja, ich denke, ich war im ersten Moment ein bisschen zu großzügig. Ich hatte Mitleid mit Jacqueline, verstehen Sie, aber anscheinend kommt sie ja ganz gut zurecht, und ich muss schließlich auch leben.« Es war nicht Mitleid gewesen, sondern sein schlechtes Gewissen, das ihn anfangs zu seinem großzügigen Angebot getrieben hatte, doch das wollte er nicht eingestehen, genauso wenig wie die Verschwendungssucht seiner Geliebten. »Beeilen Sie sich besser, bevor sie gefeuert wird und wir von neuem nach ihr suchen müssen.«

Henry hatte beschlossen, sich an dem Geschäft der Darcys zu beteiligen, doch dafür benötigte er mehr Kapital als ursprünglich geplant. Die Darcys hatten ihm einige der Projekte gezeigt, die enormen Gewinn abwarfen, und Henry war zuversichtlich, dass er das investierte Kapital verdoppeln oder sogar verdreifachen konnte. Die Darcys hatten nicht nur jeden Cent, den sie besaßen, in das Unternehmen gesteckt, sondern sich auch noch Geld geliehen. Alles war in einen Treuhandfonds der Baugesellschaft eingezahlt worden.

Brent nickte. »Wie Sie wünschen. Ich werde sofort ein entsprechendes Schreiben mit Ihrem Angebot aufsetzen lassen.«

Henry bestellte noch zwei Bier. »Ich verstehe einfach nicht, wie Jacqueline auf die Idee gekommen ist, auf einer Schaffarm zu leben. Sie ist ein Stadtmensch. Sie hat New York in der ganzen Zeit, die wir dort gewohnt haben, nicht ein einziges Mal verlassen.«

»Sie hat sich anscheinend mit zwei Frauen angefreundet, die in die Flinders Ranges gingen, weil sie dort Farmer heiraten wollen«, berichtete Brent. George Cavendish hatte ihm bereitwillig Auskunft gegeben, nachdem er vorgegeben hatte, Jacqueline einer Erbschaft wegen zu suchen. »Die Frauen befanden sich ebenfalls an Bord der *Liberty Star.*«

»Tatsächlich?«

Henry war erleichtert, dass Jacqueline offenbar nicht allein unterwegs war. Seine Vernarrtheit in Verity hatte ihn blind gemacht, er hatte überhaupt nicht bedacht, welche Konsequenzen eine Scheidung nach sich zog. Aus seiner Fantasiewelt war er erst unsanft erwacht, als Jacqueline ihn in Adelaide so plötzlich verlassen hatte. Er wusste jetzt, wie naiv er gewesen war. Es war höchste Zeit, das Richtige zu tun.

Auf einmal durchzuckte ihn ein Gedanke. Jacquelines Vater! Wie würde er reagieren, wenn er erfuhr, dass seine Tochter von ihrem Mann ohne einen Cent in der Tasche sitzen gelassen worden war? Auch mit seinen sechzig Jahren war Lionel Gordon-Smith nicht zu unterschätzen.

»Die Agentur Cavendish hat eine Kampagne gestartet, um Frauen aus den USA als mögliche Ehefrauen für einsame Farmer ins Land zu holen«, fuhr Brent fort. »Einige Frauen sind bereits in den Südosten von South Australia sowie in die ehemaligen Bergarbeitersiedlungen Clare, Saddleworth und Burra nördlich von Adelaide vermittelt worden. Die beiden Frauen, die mit Ihrer Frau in die Flinders Ranges gefahren sind, sind die ersten in jener Gegend.«

Henry war fassungslos. »Soll das heißen, diese Frauen kennen die Männer, die sie heiraten wollen, überhaupt nicht?«

Das erinnerte ihn an ein Filmmusical aus dem Jahr 1954, *Sieben Bräute für sieben Brüder* mit Howard Keel und Jane Powell. Aber das war eine erfundene Geschichte gewesen, nicht Wirklichkeit. Was für eine Frau würde denn tausende Meilen weit in ein fremdes Land reisen, um einen völlig Unbekannten zu heiraten?

»Sie haben sich vorher eine Zeit lang geschrieben, mehr nicht. Nicht einmal Fotos haben sie ausgetauscht. Das hört sich merkwürdig an, ich weiß, aber Mr. Cavendish meint, im Outback herrscht ein chronischer Mangel an Frauen. Aus den Großstädten hierzulande will niemand aufs Land ziehen, also sucht er in den USA nach Heiratswilligen. Die bisher geschlossenen Ehen sind offenbar alle glücklich geworden.«

»Chronischer Frauenmangel, sagen Sie …« Nannte Jacqueline sich deshalb *Miss* Walters? Weil sie auf der Suche nach einem neuen Ehemann war? Er würde es wissen, wenn sie in die Scheidung einwilligte. »Glauben Sie, dass meine künftige Exfrau sich einen reichen Farmer zu angeln versucht?«

»Denkbar wäre es«, antwortete Brent Masterson.

Er persönlich hielt es in diesem Fall zwar für eher unwahrscheinlich, aber er war gespannt auf Henrys Reaktion. Der machte ein langes Gesicht. Offenbar war er in seinem männlichen Stolz gekränkt. Nicht selten besann sich ein Mann, der seine Frau wegen einer Jüngeren verlassen hatte, wieder auf seine Frau, sobald diese einen neuen Partner gefunden hatte. Brent hatte dies mehr als einmal erlebt.

Er wusste aber auch, dass der Ehemann nur in den seltensten Fällen eine zweite Chance bekam. Meistens ging es so aus, dass er sowohl seine Ehefrau als auch seine Geliebte verlor.

Bei ihren Ausritten mit Nick konnte Jaqueline sich selbst davon überzeugen, wie trocken der Boden war. Jetzt verstand sie, weshalb Ben sich so um sein Vieh sorgte. An diesem Nachmittag war ihre dritte Reitstunde. Ein heißer Nordwind war aufgekommen, der dichte Staubwolken aufwirbelte.

Nick war ihr gegenüber höflich, aber distanziert, und das war ihr ganz recht. Das Reiten machte ihr jedoch keinen Spaß. Zurück auf der Farm sagte sie das auch. Sie fühlte sich unsicher, während Nick auf sie den Eindruck machte, als wäre er im Sattel geboren worden.

»Cindy ist immer gern auf Dixie geritten. Sie ist eine lammfromme Stute.«

»Cindy? War Dixie etwa *ihr* Pferd?«

»Ja, warum?« Nick stieg ab und löste den Sattelgurt seines Pferdes.

»Warum haben Sie mir das nicht früher gesagt?«

»Was spielt das denn für eine Rolle?«

Jacqueline konnte es nicht fassen. »Was das für eine Rolle spielt? Wie kann man nur so gefühllos sein!«

»Ich bin überhaupt nicht gefühllos.« Nick wurde allmählich ungeduldig. »Warum machen Sie so ein Aufheben davon? Ben wird sich freuen, dass Dixie bewegt wird.«

Jacqueline warf ihm einen bösen Blick zu. »Dann weiß er also gar nicht, dass ich das Pferd seiner Frau reite?«

»Nein, aber er hat bestimmt nichts dagegen.«

»Sind Sie sicher?« Jacqueline stieg ebenfalls ab. »Wenn Dixie nur irgendein altes Pferd ist, warum hat er sie dann nach Cindys Tod nicht verkauft? Er hat mir selbst gesagt, dass das Futter knapp und sehr teuer ist.«

Nick betrachtete die Angelegenheit zum ersten Mal von dieser Seite. »Wahrscheinlich ist er einfach noch nicht dazu gekommen.«

»Ich glaube eher, dass er sich nicht von ihr trennen mag, und ich bin sicher, dass er alles andere als begeistert sein wird, wenn jemand anderes sie reitet.«

»Ich kenne meinen Bruder, Ben ist ein praktisch veranlagter Mann. Es stört ihn bestimmt nicht, wenn sie von jemand anderem geritten wird.«

»Kein Wunder, dass Sie nicht verheiratet sind, so dickfellig wie Sie sind«, fauchte Jacqueline.

Nicks Züge wurden hart. »Sie tragen doch auch keinen Ehering.«

Jacqueline schnappte empört nach Luft. Sie wandte sich rasch ab, weil sie spürte, wie ihr die Tränen kamen.

Nick war verblüfft über ihre Reaktion. »Das war nicht so gemeint«, sagte er besänftigend, weil er sich plötzlich mies fühlte. »Ich weiß ja nichts über Sie, aber Sie wissen auch nichts über mich, und manchmal sind die Dinge nicht so, wie sie scheinen. Wollen wir nicht Frieden schließen? Wenigstens vorläufig.« Er nahm seinem Pferd wie auch Dixie den Sattel ab und band die beiden Pferde an den Koppelzaun.

Jacqueline atmete tief durch. »Einverstanden. Aber ich bleibe dabei: Ben sieht es bestimmt nicht gern, dass ich Cindys Pferd reite, und seine Söhne erst recht nicht.«

In diesem Moment fuhr Ben, der in der Stadt gewesen war, mit dem Ute die Auffahrt herauf und hielt vor dem Haus.

»Sie irren sich«, meinte Nick. »Aber wir werden es gleich wissen.« Er blickte zum Haus hinüber. Ben war ausgestiegen und kam auf sie zu.

Jacqueline folgte seinem Blick. »Egal, was er sagt, ich will keinen Reitunterricht mehr, und damit basta.«

»Reiten zu können kann Ihnen hier draußen unter Umständen das Leben retten. Was, wenn ein Buschfeuer ausbricht und wir irgendwo draußen auf den Weiden sind, um das Vieh in Sicherheit zu bringen? Sie würden hier festsitzen.«

Jacqueline hielt das für höchst unwahrscheinlich. Sie wollte nichts weiter als ein Stück Unabhängigkeit. »Ich würde viel lieber Auto fahren lernen.«

»Ben und ich teilen uns ein Auto, und wir können unmöglich darauf verzichten.«

»Was ist mit dem alten Vehikel in der Garage?« Es stand neben dem Ute – mit einer dicken Staubschicht bedeckt. »Auf dem könnte ich doch fahren lernen. Falls es nicht Cindy gehört hat. Und nachdem es gründlich geputzt worden ist.«

»Das ist Bens Morris Minor Saloon, Baujahr 1928. Ich bezweifle, dass er noch verkehrssicher ist, auch wenn Ben bestimmt anderer Meinung ist.«

Jacqueline wollte unbedingt Tess und Vera besuchen. Tess ging es ausgezeichnet, sie war rundherum glücklich. Tim hatte ihr das Reiten beigebracht, und sie begleitete ihn fast täglich zur Arbeit draußen auf der Farm. Sie lernte sogar, wie man Schafe zusammentrieb.

Vera dagegen klagte nach wie vor über die Einsamkeit. Sie hatte offenbar eine Pferdehaarallergie, konnte also nicht reiten lernen, und Auto fahren konnte sie auch nicht. Sie saß meistens allein zu Hause, und weil Mike keine Hausangestellten beschäftigte, hatte sie den ganzen Tag niemanden zum Reden. Mit Tess, die tagsüber draußen mit Tim unterwegs war, konnte sie sich nur abends über Funk unterhalten. Jacqueline hatte versprochen, sie so bald wie möglich zu besuchen.

»*Ich* werde Ihnen das Fahren in dieser alten Kiste bestimmt nicht beibringen«, sagte Nick. »Sie würden den ganzen Verkehr gefährden.«

»Oh, vielen Dank! So viel also zum Thema Waffenstillstand.« Jacqueline verschränkte wütend die Arme vor der Brust.

»Wieso? Ich sage doch nur die Wahrheit.«

»Ach ja?« Sie warf ihm einen bösen Blick zu. »Dann werde ich eben Ben bitten, mir das Fahren beizubringen.«

Nick wollte nicht bevormundend sein. Er dachte nur an die Viehtransporter, die die Landstraße befuhren. Wenn Jacqueline als unsichere Fahrerin in dem alten Morris zwischen die riesigen Lastwagen geriet, konnte sie leicht die Kontrolle über das Fahrzeug verlieren.

»Kommt nicht infrage. Ich will nicht, dass Sie das Leben meines Bruders aufs Spiel setzen. Seine Jungs haben schon ihre Mutter verloren, sie müssen nicht auch noch den Vater verlieren.«

»Wir können doch hier auf dem Grundstück bleiben.«

Nick seufzte gereizt. »Falls es Ihnen noch nicht aufgefallen ist – Ben ist abends so erschöpft wie ein zwanzigjähriger Hirtenhund nach einem harten Arbeitstag.«

Jacqueline wusste nichts darauf zu erwidern. Es stimmte, Ben arbeitete hart, und sie wollte ihm nicht noch zusätzliche Sorgen aufbürden. Sie wollte andererseits ihr Vorhaben aber auch nicht aufgeben.

Ben war inzwischen fast bei ihnen angelangt. »He, Nick, in der Stadt reden alle über die neueste Wettervorhersage. Es sieht ganz so aus, als würden wir Regen kriegen«, rief er seinem Bruder lächelnd zu.

»Wunderbar. Dann werde ich morgen mit dem Düngen anfangen.«

»Aber nur, wenn der Wind sich legt, sonst kannst du nicht mit dem Flugzeug aufsteigen.«

»Das klappt schon«, erwiderte Nick zuversichtlich.

Ben kannte seinen Bruder. Er war ein Draufgänger. Aber es kam nicht infrage, dass er sein Leben riskierte, um den Dünger auszubringen. »Wir werden morgen Früh entscheiden, was wir machen.« Er warf Jacqueline einen prüfenden Blick zu. Sie wirkte angespannt. »Alles in Ordnung?«, fragte er.

»Sicher.«

Jetzt erst bemerkte Ben die Pferde, die ein paar Schritte hinter ihr am Koppelgatter festgebunden waren. »Sie sind auf Dixie ausgeritten?« Ein Schatten huschte über sein Gesicht.

Jacqueline nickte. »Ich muss mich entschuldigen, Ben. Ich habe nicht gewusst, dass sie Cindys Pferd war.«

»Sie hat nie jemanden auf ihr reiten lassen. Deshalb habe ich Dixie auch nicht verkauft.«

»Das Pferd muss bewegt werden, Ben«, sagte Nick so mitfühlend er konnte.

»Ja, ich weiß«, erwiderte Ben leise. Er kämpfte sichtlich mit sich.

»Ich habe nicht daran gedacht, dass es dir vielleicht etwas ausmachen könnte, wenn jemand anderes Dixie reitet«, fuhr Nick fort. »Das liegt wahrscheinlich daran, dass ich manchmal ein wenig dickfellig bin, wie man mir gerade gesagt hat.«

Jacqueline schmunzelte.

»Wie alle Männer, schätze ich.« Bens Miene hellte sich auf. Er sah seine Haushälterin an. »Cindy hätte sicher nichts dagegen, dass Sie ihr Pferd reiten. Sie hätte nicht gewollt, dass Dixie vernachlässigt wird, und in letzter Zeit ist sie wirklich zu kurz gekommen.«

»Eigentlich würde ich viel lieber Auto fahren lernen, Ben. Ist das alte Auto in der Garage noch verkehrstüchtig?«

»Mein Morris? Natürlich. Wieso fragen Sie?«

»Wenn ich fahren könnte, könnte ich Vera und Tess besuchen. Verstehen Sie mich nicht falsch, aber mir fehlt die Gesellschaft anderer Frauen.«

Ben nickte. Cindy, die auch nicht hatte Auto fahren können, hatte sich ebenfalls nach weiblicher Gesellschaft gesehnt. Der gelegentliche Besuch einer Nachbarin war zu wenig. »Es tut mir wirklich leid, dass ich Sie noch nicht wie versprochen habe hinfahren können, Jackie. Aber abends bin ich total erledigt.«

»Das verstehe ich ja. Und deshalb wollte ich Sie bitten, mir Fahrstunden in Ihrem Morris zu geben. Ich könnte meinen Führerschein machen und Tess und Vera besuchen, wann immer ich Lust oder Zeit dazu habe. Wir können ja auf dem Grundstück bleiben, wir brauchen nicht hinaus auf die Straße, wo ich womöglich den *Verkehr gefährde*.« Sie sah Nick viel sagend an.

»Den Verkehr gefährden?« Ben lachte schallend. »Na ja, stimmt! Ich denke, Sie könnten eine Krähe auf einem Zaun erschrecken. Oder eine Eidechse überfahren.«

Jacqueline zog eine Braue hoch und guckte Nick abermals bedeutungsvoll an. »Das möchte ich auf gar keinen Fall. Ich will doch die australische Tierwelt nicht in Gefahr bringen«, bemerkte sie ironisch.

Ben lachte abermals. »Nun, ich denke, das mit den Fahrstunden wird sich einrichten lassen. Ich weiß nur noch nicht, wann.«

»Wie wär's Sonntagnachmittag nach dem Essen?«, schlug Jacqueline aufgeregt vor. »Hätten Sie da ein Stündchen Zeit?«

»Mal sehen. Falls nichts dazwischenkommt.«

Jacqueline warf Nick einen triumphierenden Blick zu. »Ich werde das Auto auf alle Fälle schon mal putzen.«

»Würden Sie das tun?« Ben machte ein erfreutes Gesicht. »In dem Fall werde ich zusehen, dass ich es einrichten kann.«

»Danke, Ben. Dann bis später.« Sie winkte Nick, der sich wohl oder übel geschlagen gab und begann, die Pferde zu versorgen, zu und wandte sich zum Gehen.

»Ach, Jackie!«, rief Ben ihr nach. »Ich habe die Post geholt, da ist eine Sendung für Sie dabei.«

Jaqueline blieb abrupt stehen und drehte sich langsam um. »Für mich? Niemand weiß, dass ich hier bin.« Sie hatte sich schon seit Tagen vorgenommen, ihrem Vater zu schreiben, was passiert war. Aber das bedeutete, dass sie die ganze fürchterliche Geschichte im Geiste noch einmal durchleben musste, und davor schreckte sie zurück.

»Anscheinend doch. Es ist ein Schrankkoffer für Sie eingetroffen – und ein Brief.«

»Ein Schrankkoffer?«, wiederholte Jaqueline verdutzt.

»Ganz recht.«

Sie wurde blass. Ihren Schrankkoffer hatte sie auf dem Schiff zurückgelassen und nicht damit gerechnet, ihn jemals wiederzusehen. Jaqueline folgte Ben ins Haus.

»Anscheinend hat Ihr Mann herausgefunden, wo Sie sich aufhalten, und Ihnen die Sachen geschickt«, sagte Ben leise.

»Wie ist das möglich?« Jacquelines Herz klopfte. Sie hatte sich in ihrer Anonymität so sicher gefühlt.

»Ich vermute, er hat bei der Agentur Cavendish Erkundigungen eingeholt.«

Jacqueline schüttelte benommen den Kopf. Doch je länger sie darüber nachdachte, desto sicherer war sie, dass Ben Recht hatte. »Henry muss einen Privatdetektiv engagiert haben«, sagte sie. »Das würde ihm ähnlich sehen. Anders kann ich mir das nicht erklären.«

»Ich werde Nick bitten, den Koffer mit mir ins Haus zu schaffen.«

»Nein«, sagte Jacqueline schnell. »Ich werde Ihnen helfen. Das schaffen wir schon.«

»Sind Sie sicher? Das Ding ist ganz schön schwer.«

»Das macht nichts, das kriegen wir schon hin.«

Nick sah seinem Bruder und Jacqueline nach, wie sie in ein Gespräch vertieft zum Haus zurückgingen. Er hatte das unbestimmte Gefühl, dass Ben mehr über sie wusste als er. Hatte sie ihm etwas über ihre Vergangenheit anvertraut? Nick wusste nicht, warum, aber er verspürte eine leise Eifersucht.

14

Auch wenn der Koffer ein bisschen ramponiert von der langen Reise war, so war es doch eindeutig ihr Koffer, wie Jacqueline schnell feststellte. Sie freute sich mehr darüber, ihn wiederzuhaben, als sie gedacht hatte. Aber als Ben ihr den Brief reichte, begannen ihre Hände unkontrolliert zu zittern.

»Kann ich Sie allein lassen, Jackie?«, fragte Ben sanft. Sie war kreidebleich geworden, nickte aber stumm.

»Ich bin in der Küche, wenn Sie mich brauchen.« Er tätschelte ihr beruhigend die Schulter, ging dann aus dem Zimmer und schloss sachte die Tür hinter sich.

Sie kannte die Handschrift auf dem Briefumschlag ebenso wenig wie den Absender in Melbourne. Eigentlich war sie enttäuscht, dass der Brief nicht von Henry war. Sie hätte sich eine Erklärung für sein mieses Benehmen gewünscht und vielleicht eine Entschuldigung, damit sie mit der ganzen Sache abschließen konnte. Schließlich holte sie tief Luft und riss den Umschlag auf. Der an sie adressierte Brief war von einem gewissen Brent Masterson unterschrieben, der vorgab, in Henrys Auftrag zu handeln und sich als Privatdetektiv auswies. Immerhin war Henry nicht vollkommen unberechenbar geworden.

Jacqueline las das Schreiben sorgfältig. Es handelte sich im Wesentlichen um eine von einem Anwalt ausgearbeitete Vereinbarung hinsichtlich der Abfindung, die sie von Henry erhalten sollte. Falls sie sie unterschrieb, würden ihr die Scheidungsunterlagen sobald wie möglich zugestellt werden. Erklärte sie sich mit der Scheidung einverstanden, würde sie umgehend ihren Scheck erhalten, andernfalls würde Henry vor Gericht die Scheidung erzwingen.

Der Brief flatterte auf den Fußboden, und Jacqueline ließ sich aufs Bett fallen. Henry konnte es anscheinend kaum erwarten, sie loszuwerden. Als ob zehn Jahre Ehe gar nichts wären! Sie fühlte sich wie vor den Kopf gestoßen, eine grenzenlose Leere machte sich in ihrem Körper breit.

Der sorgfältig formulierte Brief war erschreckend unpersönlich. Hätte ihr jemand einen Eimer eiskaltes Wasser über den Kopf geleert, hätte sie nicht fassungsloser sein können. Sie schaute dreimal nach, ob sich nicht doch ein paar persönliche Zeilen von Henry in dem Umschlag befanden, doch da war nichts.

Jaqueline konnte nicht glauben, dass er wusste, wo sie sich aufhielt, sich aber nicht die Mühe machte, sich persönlich mit ihr in Verbindung zu setzen. War sie ihm so gleichgültig? Es hatte nicht den Anschein, als bedauere er seine spontane Entscheidung oder bereue zumindest die Art und Weise, wie er sie abserviert hatte. Je länger sie darüber nachgrübelte, desto zorniger wurde sie. Sie hätte schreien mögen vor Wut.

Es kam ihr auf einmal furchtbar heiß in ihrem Zimmer vor, sie meinte ersticken zu müssen. Jäh sprang sie auf, stürmte durch die Hintertür und in den Gemüsegarten, wo sie gierig nach Luft schnappte und in ohnmächtigem Zorn hin und her stapfte.

Ben sah Jaqueline vom Küchenfenster aus. Er gab ihr ein paar Minuten Zeit, bevor er ihr nach draußen folgte. Schwer atmend stand Jaqueline mit dem Rücken zu ihm im Kürbisbeet. Ein Kürbis hatte ihre Wut zu spüren bekommen: Sie hatte ihn zu Brei zerstampft.

»Alles in Ordnung, Jackie?«, fragte Ben leise.

Sie wischte sich die Tränen von den Wangen, drehte den Kopf ein wenig zur Seite, sodass er nur ihr Profil sehen konnte, und nickte stumm.

Ben wollte sich nicht aufdrängen. Sie sollte nur wissen, dass er für sie da war. »Ich bin drinnen, wenn Sie jemanden zum Reden brauchen. Ich mache uns einen Tee«, sagte er und wandte sich zum Gehen.

»Der Brief ist von einem Privatdetektiv, den mein erbärmlicher Ehemann engagiert hat«, fauchte sie.

Ben blieb stehen und drehte sich zu ihr um.

»Er bietet mir Geld an. Im Gegenzug soll ich in die Scheidung einwilligen.« Sie wollte Henrys Geld nicht, aber sie wusste, wie viel Kapital sie nach Australien mitgebracht hatten. Henrys Angebot war eine Unverschämtheit. »Von Henry selbst keine einzige Zeile. Er hat sich nicht einmal erkundigt, wie es mir geht. Das ist doch nicht zu fassen, oder?«

»Mir scheint, Sie sollten froh sein, dass Sie ihn los sind, Jackie«, erwiderte Ben sachlich.

»Sie haben Recht. Trotzdem tut es weh, behandelt zu werden, als ob man ... nichts wäre.« Sie schluckte schwer.

»Ja, das kann ich verstehen.« Ben war unbegreiflich, wie ein Mann so schäbig zu einer Frau sein konnte.

»Ich dachte, wir seien glücklich«, sagte sie mit brüchiger Stimme. »Wir waren zehn Jahre verheiratet und hatten nie ernsthafte Probleme.« Ein Schluchzen stieg in ihrer Kehle auf. »Was habe ich nur falsch gemacht?«

Wie war es möglich, dass sie nicht gemerkt hatte, dass Henry sie nicht mehr liebte? Er hatte ihr mindestens alle zwei Wochen Blumen mitgebracht. Sie waren oft ausgegangen, hatten in romantischen Restaurants bei Kerzenlicht gegessen. Er hatte immer an ihren Hochzeitstag gedacht und ihr jedes Mal Schmuck geschenkt. Wann hatte er aufgehört, sie zu lieben?

»Ich bin sicher, dass Sie nichts falsch gemacht haben, Jackie«, sagte Ben. »Suchen Sie die Schuld nicht bei sich. Die Trennung von Ihnen ist ein Verlust für ihn, nicht für Sie. Er hat den größten Fehler seines Lebens gemacht, auch wenn ihm das vielleicht noch nicht klar ist.«

Jacqueline putzte sich die Nase und wischte sich die Tränen ab.

»Ich habe nicht gewusst, wie sehr er sich eine Familie wünscht. Er hat immer gesagt, es spiele keine Rolle, dass wir keine Kinder haben. Und dann verlässt er mich, weil er mit einer anderen eine Familie gründen will.«

»Hat er das gesagt?«

Sie nickte. »Er spielt bereits den Stiefvater für ihren kleinen Sohn. Ist das zu fassen?« Wieder stiegen ihr Tränen in die Augen.

»Warum haben Sie keine Kinder adoptiert?«, fragte er nach einem Augenblick. »Für Cindy und mich war das so erfüllend – wie eigene Kinder zu haben.«

Sie zuckte die Achseln. »Ich weiß nicht. Wir führten ein ausgefülltes Leben, hatten zahlreiche gesellschaftliche Verpflichtungen, waren viel unterwegs … Für jemanden mit einer großen Familie hört sich das egoistisch an, nicht wahr?«, fügte sie mit einem Seitenblick auf Ben hinzu. »In Ihrem Leben ist kein Platz für Ichbezogenheit und oberflächliche Vergnügungen.«

Ben bekam allmählich eine Vorstellung davon, was für eine Art Leben Jacqueline geführt hatte. »Ich konnte es mir nie erlauben, nur an mich zu denken. Wenn es nicht die Jungs sind, die mich brauchen, dann sind es meine Tiere.« Er sagte das ohne Bedauern. Ben war zufrieden mit seinem Leben. Wäre Cindy noch da, wäre es schlicht und einfach perfekt.

Er sah Jacqueline nachdenklich an. Dass sie sich in den letzten Tagen solche Mühe gegeben hatte, es allen recht zu machen, zeigte, dass sie durchaus imstande war, ihre eigenen Bedürfnisse zurückzustellen. »Ich weiß, Sie wollen das jetzt nicht hören, Jackie, aber Sie müssen nach vorn schauen, nicht zurück. Es wird nicht einfach sein, aber Sie schaffen das.«

»Mir bleibt ja wohl nichts anderes übrig«, murmelte sie bitter. Wie sollte sie nach allem, was Henry ihr angetan hatte, je wieder einem Mann vertrauen können?

»He, wie wär's, wenn ich heute Abend kochen würde?«, sagte Ben betont munter. »Es gibt meine Spezialität.«

»Und das wäre?« Jacqueline war der Appetit gründlich vergangen.

»Überbackene Käsebrote. Und weil ich auch hervorragend mit dem Büchsenöffner umgehen kann, gibt's Tomatensuppe dazu.«

Statt einer Antwort fing sie wieder zu weinen an. Ben brach es fast das Herz. Er ging zu ihr und legte ihr unbeholfen den Arm um die Schultern. »Nicht weinen, Jackie. Das hat dieser Mensch nicht verdient.« Obwohl er Henry Walters nicht kannte, war er ihm jetzt schon zutiefst unsympathisch. »Wollen wir uns heute Abend mal den Morris ansehen? Ich hab das alte Mädchen schon lange nicht mehr angekurbelt.«

Jacqueline versuchte zu lächeln, aber es wollte ihr nicht gelingen. »Dass er mir nicht wenigstens eine einzige Zeile geschrieben hat!«, flüsterte sie gedrückt. »Wenigstens ein ›Wie geht es dir, Jacqueline?‹ oder ›Kommst du zurecht so ganz allein?‹«

»Er ist ein fieser, herzloser Dreckskerl«, knurrte Ben grimmig.

Jacqueline sah verblüfft zu ihm auf.

»Oh! Entschuldigung, das ist mir so herausgerutscht. Eigentlich wollte ich das nicht laut sagen.«

Jetzt huschte doch ein Lächeln über ihr Gesicht. »Ich wünschte, ich hätte es zuerst gesagt.«

Als Henry durch die Hotelhalle ging, sprach der Empfangschef ihn an.

»Entschuldigen Sie, Mr. Walters, aber ich habe hier einen Brief für eine *Mrs. Walters*. Ist das Ihre Frau, Sir?«

Henry wusste nicht, was er antworten sollte. War Jacqueline gemeint oder Verity? Er hatte Verity zwar nicht als seine Frau ausgegeben, aber das Personal in dem Glauben gelassen, sie sei es – schließlich teilten sie sich eine Suite. »Äh … ja.« Seine Gedanken überschlugen sich. Jacqueline konnte wohl kaum gemeint sein. Wer sollte ihr einen Brief schreiben und ans Ambassador adressieren?

»Fängt der Vorname Ihrer Frau mit J an, Sir?«, fragte der Empfangschef, um sicherzugehen.

»Ja«, antwortete Henry völlig verwirrt. »Sie heißt Jacqueline.« Er lief rot an. »Darf ich?« Er streckte die Hand aus.

Der Empfangschef reichte ihm den Brief. Er war an Jacqueline adressiert, bei Philip und Ruth Walters in den Dandenongs. Henry drehte den Umschlag um. Als er den Absender sah, setzte sein Herzschlag eine Sekunde aus. »Von meinem Schwiegervater«, sagte er. »Ich werde dafür sorgen, dass meine Frau den Brief bekommt.«

»Wie Sie wünschen«, erwiderte der Empfangschef mit unbewegter Miene. Er wusste natürlich, dass Henry seine Suite mit einer Miss Darcy teilte, doch im Hotelgewerbe erlebte man so mancherlei. Daher überraschte ihn nichts mehr. Ob der kleine Junge wohl Henrys Sohn war?

»Ach, sagen Sie, wie ist der Brief denn zugestellt worden?«, fragte Henry, als er sich schon zum Gehen wenden wollte.

»Ein Herr hat ihn vor ungefähr einer Stunde abgegeben. Er schien in Eile zu sein. Seinen Namen hat er nicht genannt.«

Bei dem Herrn konnte es sich nur um Philip handeln. »Hat er nach mir gefragt?«

»Nein, Sir. Er war wie gesagt in großer Eile. Er bat mich nur, den Brief dem Ehemann von Mrs. J. Walters auszuhändigen. Ich nahm an, er meinte Sie.«

Philip hatte ihn offenbar absichtlich in Verlegenheit bringen wollen. Das war ihm gelungen, und Henry war sauer. Philip aber auch, wie es schien. Henry hoffte dennoch, dass sie eines Tages über ihre Meinungsverschiedenheiten sprechen und ihren Streit begraben könnten. Philip war sein einziger Bruder, er wollte den Kontakt zu ihm nicht vollständig abreißen lassen. Vielleicht beruhigte er sich ja wieder und gab seine selbstgerechte Haltung auf.

»Bitte erwähnen Sie niemandem gegenüber diesen Brief«, sagte Henry leise. Er wollte nicht, dass Verity davon erfuhr.

»Selbstverständlich, Sir«, erwiderte der Empfangschef. Diskretion war ein wesentlicher Bestandteil seines Berufs.

Henry nickte dem Mann zu und zog sich dann in einen ruhigen Salon zurück. Verity war oben in ihrer Suite, nachdem sie wieder einmal einen ausgedehnten Einkaufsbummel mit ihrer Mutter gemacht hatte. Er wollte gar nicht daran denken, wie viel Geld sie ausgegeben hatte. Unwillkürlich verglich er sie mit Jacqueline. Während diese sich vielleicht einmal im Monat neue Kleider geleistet hatte, gehörte das für Verity praktisch zum Alltag. Jetzt kam es ihm richtiggehend lächerlich vor, dass er Jacquelines Einkaufsgewohnheiten für maßlos übertrieben gehalten hatte.

Er starrte den Brief in seiner Hand an. Da er nur an Jacqueline adressiert war, ging Henry davon aus, dass sie ihrem Vater bereits von ihrer Trennung telegraphiert und ihn, Henry, in den Schmutz gezogen hatte, weil ihm die Chance auf eine Familie wichtiger war als ihr Glück.

Lionel würde seiner Tochter zweifellos raten, sich einen Anwalt zu nehmen und ihren Mann zu verklagen, damit sie die Hälfte seines Vermögens oder noch mehr bekam. Sie war sein einziges Kind, er würde nicht tatenlos zusehen, wie sie hintergangen wurde. Er hatte sie immer sehr beschützt, und Henry kannte den Grund dafür. Genauso wenig wie Jacqueline sprach auch Lionel nie über den Unfall, der seine Frau und seinen Sohn das Leben gekostet hatte. Aber dieses tragische Unglück hatte ihrer beider Leben für immer verändert und sie einander so nahegebracht, wie ein Vater und eine Tochter nur sein konnten.

Henry riss den Umschlag mit fahrigen Bewegungen auf. Er musste wissen, was in dem Brief stand, damit er auf eine mögliche Klage vorbereitet war. Es würde ihn nicht wundern, wenn Lionel seiner Tochter empfahl, sich einen erstklassigen Anwalt auf seine Kosten zu nehmen. Möglicherweise beabsichtigte er sogar, herüberzukommen, um Jacqueline beizustehen.

Er faltete den Brief auseinander und las.

Liebe Jacqueline,

ich hoffe, du bist gut angekommen und hast dich schon ein wenig eingelebt. Du vermisst das geschäftige New York doch nicht zu sehr? Wahrscheinlich bist du auf der Suche nach einem neuen Zuhause und machst dir Gedanken wegen der Einrichtung. Wer so gerne einkauft wie du, für den muss das ein großes Vergnügen sein.

Henry stieß einen tiefen Seufzer der Erleichterung aus. Offenbar war ihm eine kleine Gnadenfrist vergönnt, die Jacqueline Zeit gab, die ihr zugesandten Papiere, mit denen sie in die Scheidung einwilligen sollte, zu unterschreiben. Aber warum hatte Lionel den Brief nur an sie anstatt an sie beide adressiert, wie er es sonst immer tat?

Mir geht es so weit gut, aber ich vermisse euch natürlich sehr. Ich hoffe, dass ich euch bald in Australien besuchen kann. Im Augenblick bin ich damit beschäftigt, meine finanziellen Angelegenheiten zu regeln, womit ich beim Zweck meines Schreibens wäre. Auf Anraten meines Anwalts habe ich einen Teil meiner Vermögenswerte zu Geld gemacht, damit ich einerseits über ein größeres Barvermögen verfüge und mich andererseits nicht mehr um so viele Dinge kümmern muss. Es müssen Steuern und Abgaben gezahlt, Papierkram erledigt, Versicherungen abgeschlossen werden und so weiter. Ich will dich nicht mit den Einzelheiten langweilen. Jedenfalls habe ich eine Reihe Immobilien verkauft, darunter auch die Apartments in Upper Manhattan, die du einmal bekommen solltest; deshalb möchte ich, dass du das Geld aus dem Verkauf erhältst. Du und Henry könnt euch ein Haus damit kaufen oder es in euer neues Geschäft investieren. Ich finde, es ist besser, dass du das Geld jetzt bekommst, wo du es wirklich brauchen kannst, und nicht erst nach meinem Tod, der hoffentlich noch eine Weile auf sich warten lässt.

Henry ließ den Brief entsetzt sinken. Er kannte den fraglichen Apartmentblock, und er war überzeugt, dass er eine anständige Summe eingebracht hatte. Er stöhnte unwillkürlich auf, als er daran dachte, was er mit dem Geld hätte anfangen können. Er las weiter.

Das ist auch der Grund, weshalb ich diesen Brief nur an dich adressiert habe, mein Schatz – so kannst du Henry mit der freudigen Nachricht überraschen. Ich weiß doch, wie gerne du anderen eine Überraschung bereitest. Bitte teile mir deine Bankverbindung mit, dann wird mein Anwalt dir das Geld überweisen. Ich kann es kaum erwarten, von dir zu hören. Ich bin sehr gespannt auf deine ersten Eindrücke von Australien!

Sei herzlich umarmt

Dad

PS: *Es ist bitterkalt hier, ich freue mich schon auf die australische Sonne!*

Henry wurde schlecht. Er konnte sich lebhaft vorstellen, wie die ersten Eindrücke von Australien aussahen, die Jacqueline ihrem Vater schildern würde: mutterseelenallein am Kai von Outer Harbour in Adelaide zurückgelassen, während ihr Ehemann mit einer anderen Frau auf dem Dampfer davonfuhr. Henry schlug sich mit der Hand an die Stirn und stöhnte.

Ben hielt sein Versprechen und machte das Abendessen: überbackene Käsebrote und Tomatensuppe. Da Jacqueline nicht aus ihrem Zimmer kam, brachte er ihr einen Toast und einen Teller Suppe, aber sie sagte, sie habe keinen Hunger, und so trug er das Tablett in die Küche zurück.

»Warum isst sie nicht mit uns?«, fragte Geoffrey beiläufig. »Und warum hast du heute gekocht?«

»Sie fühlt sich nicht so besonders«, antwortete Ben ausweichend.

»Was hat sie denn?« Die Jungen merkten, dass ihr Vater sich sorgte. Geoffrey fragte sich, ob Jacquelines Abwesenheit mit dem jüngsten Streich zu tun hatte, den sie ihr gespielt hatten.

»Ach, nichts weiter.« Ben wandte sich ab und ging nach draußen, um die Hunde zu füttern.

Als er außer Hörweite war, flüsterte Sid seinem ältesten Bruder zu, er habe Jacqueline in ihrem Zimmer weinen hören. Es schien, als hätten sie es diesmal doch zu weit getrieben. »Glaubst du, sie wird uns bei Dad verpfeifen?«

Geoffrey schüttelte den Kopf. »Wenn sie das wollte, hätte sie es längst getan, und wir hätten schon eine ordentliche Tracht Prügel bezogen.« Er hatte von Anfang an ein ungutes Gefühl bei dieser Sache gehabt. Jetzt bereute er, dass er sich von seinen Brüdern hatte überreden lassen.

Jacqueline hockte in ihrem Zimmer vor dem Schrankkoffer und konnte sich zuerst nicht entschließen, ihn zu öffnen. Dann gab sie sich einen Ruck.

Es war ein wunderbares Gefühl, ihre persönlichen Habseligkeiten wiederzusehen, sie berühren zu können. Das vermochte ihre innere Leere wenigstens ein ganz klein wenig zu füllen. Jacqueline packte ein paar Kleider und Schuhe aus und legte einige persönliche Dinge auf den Schreibtisch, der ihr als Frisierkommode diente. Sie war überglücklich, endlich Kleider zum Wechseln zu haben, auch wenn sie für das Leben hier draußen eigentlich viel zu schade waren. Die zwei, die sie seit ihrer Ankunft auf der Farm trug, konnte sie nicht mehr sehen.

Die Fotoalben, die sie eingepackt hatte, legte sie beiseite. Sie hatte sich vorgenommen, alles, was sie an Henry erinnerte, in den nächsten Tagen zu verbrennen. Nur das gerahmte Foto von ihrem Vater stellte sie auf dem Schreibtisch auf. Einerseits tröstete sie der Anblick seines lächelnden Gesichts, andererseits bekam sie schreckliches Heimweh.

In dem Koffer befand sich auch eine Schachtel mit Dingen, die ihrer Mutter gehört hatten. Ihr Vater hatte sie ihr kurz vor ihrer Abreise mit den Worten, sie enthalte einige persönliche Erinnerungsstücke und Aufzeichnungen ihrer Mutter, in die Hand gedrückt. Ihre Mutter hatte die Schachtel in einem Schrank aufbewahrt, der mit einigen anderen Möbelstücken nach ihrem letzten Umzug eingelagert worden war. Deshalb war sie bei dem Feuer, das ihr Zuhause zerstört hatte, nicht verbrannt. Jacqueline hatte vor ihrer Abreise keinen Blick hineingeworfen, weil sie fürchtete, die Erinnerungen könnten zu schmerzhaft sein. Aber jetzt, in ihrer grenzenlosen Einsamkeit, verspürte sie eine brennende Sehnsucht nach ihren Angehörigen und wünschte sich inbrünstig, ihnen nahe zu sein.

Sie öffnete die Schachtel. Sie wusste noch, wie sie sich als kleines Mädchen verkleidet und dafür Schmuck ihrer Mutter aus dieser Schatulle genommen hatte. Neben ihrer Perlenkette lagen auch einige Ohrringe darin. Das bestickte Seidentaschentuch war ein Geschenk von Jacqueline zum Muttertag gewesen. In zwei Umschlägen fand sie Locken, eine haselnussbraune von ihr selbst, eine rötlichblonde von Mitchell. Jacqueline kamen die Tränen, als sie die Haare ihres Bruders in der Hand hielt. Behutsam schob sie die Locke in den Umschlag zurück. Sie fand Postkarten von den engsten Freundinnen ihrer Mutter in England, ein Adressbüchlein, einige Briefe sowie ein Tagebuch. Ihr Vater hatte das Tagebuch nach dem Unfall im Auto entdeckt und aufbewahrt. Jacqueline drehte es verwundert in den Händen, sie hatte gar nicht gewusst, dass ihre Mutter ein Tagebuch geführt hatte. Freudig schlug sie es auf. Was für ein Geschenk, an diesem Tag, der zu den traurigsten ihres Lebens gehörte, die Handschrift ihrer Mutter sehen und ihre Gedanken lesen zu dürfen.

Margarets erster Eintrag stammte vom Tag ihrer Abreise in Southampton. Sie berichtete, wie aufgeregt sie war, als die junge Familie in die Vereinigten Staaten aufbrach, und wie stolz, dass Lionel eine Stelle in der britischen Botschaft antreten würde. Jacqueline konnte den jugendlichen Übermut, die Zuversicht aus den Worten ihrer Mutter heraushören. Sie musste damals viel jünger gewesen sein, als sie selbst jetzt war.

Der nächste Tagebucheintrag war ein paar Tage später datiert. Sie sei fürchterlich seekrank, schrieb sie, und Jacqueline auch. Während sie beide mit kalten Umschlägen auf der Stirn und einem Eimer neben dem Bett in ihrer Kabine litten, amüsierten sich Lionel und Mitchell, denen es offenbar ausgezeichnet ging, an Deck. Jacqueline musste an ihre Überfahrt nach Australien denken, doch daran wollte sie gewiss nicht erinnert werden. Sie klappte das Tagebuch zu. Im gleichen Augenblick schaltete sich das Funkgerät ein. Es war Vera. Mike sei noch draußen auf den Feldern, sagte sie, sie warte mit dem Abendessen auf ihn.

»Was machst du so? Over.« Veras Stimme klang trübsinnig.

»Nicht viel. Over«, antwortete Jacqueline genauso deprimiert.

»Ist was passiert? Du klingst so merkwürdig. Hast du das Essen anbrennen lassen? Over.«

»Ich wünschte, es wäre nur das«, erwiderte Jacqueline bitter. »Mein Schrankkoffer ist heute angekommen. Ich habe gerade meine Sachen durchgesehen. Over.«

»Dein Schrankkoffer? Wie kann das denn sein? Over.«

»Henry hat einen Privatdetektiv beauftragt, meinen Aufenthaltsort herauszufinden. Ich habe auch einen Brief bekommen, in dem er mir eine schäbige Abfindung anbietet, wenn ich in die Scheidung einwillige. Anscheinend kann er es kaum erwarten, mich loszuwerden, und das möglichst billig. Over.«

»Dieser egoistische Dreckskerl!«, fauchte Vera wütend. »Ich an deiner Stelle würde mich weigern, irgendetwas zu unterschreiben. Ich würde diesem verlogenen Bastard eine Lektion erteilen, die sich gewaschen hat! Zerr ihn vor Gericht und knöpf ihm jeden Cent ab! Over.«

Jacqueline musste unwillkürlich lächeln über Veras hasserfüllten Ausbruch. Genau wie Ben meinte sie es nur gut, und die Tatsache, sie auf ihrer Seite zu wissen, tröstete sie ein wenig. »Ich will sein Geld nicht. Das kann er sich dorthin stecken, wo's immer finster ist. Over.«

Vera brach in Gelächter aus. Es tat gut, sie lachen zu hören. »Sei nicht dumm, es steht dir doch zu. Nimm es lieber, bevor dieses Flittchen alles zum Fenster rauswirft. Over.«

Von dieser Seite hatte Jacqueline die Sache noch nicht betrachtet. »Vielleicht hast du Recht. Aber du glaubst nicht, wie ich mich freue, endlich ein paar Sachen zum Wechseln zu haben. Over.«

»Ich wette, du siehst viel zu fein aus für die Farm. Man trägt hier nicht unbedingt das, was man in New York tragen würde. Over.«

Die beiden Frauen lachten. Dann erzählte Jacqueline vom Tagebuch ihrer Mutter. »Ich habe nie einen Brief oder sonst irgendetwas Schriftliches von meiner Mutter gelesen. Over.«

»Das ist schön, dass du durch ihre Aufzeichnungen mehr über sie erfährst, nicht wahr? Over.«

»Ja, das ist es wirklich.« Plötzlich fiel Jacqueline noch etwas ein, das sie ihrer Freundin unbedingt erzählen musste. »Ben hat ein altes Auto, mit dem er mir das Fahren beibringen will, dann kann ich dich besuchen kommen. Was sagst du dazu? Over.«

»Das ist ja fantastisch«, erwiderte Vera ganz aufgeregt. »Da freue ich mich aber! Sag mal, reden bei euch auch alle vom vorhergesagten Regen? Over.«

»O ja, und deshalb wird Nick wohl bald zu euch rüberkommen. Ben sagte, sein Flugzeug stünde auf Rawnsley Park Station, und Nick will die Weiden aus der Luft düngen, bevor der Regen kommt. Over.«

Vera musste lachen. »Kaum zu glauben, gerade haben wir uns noch über Kleider und Mode unterhalten, und jetzt reden wir über Niederschläge und Düngemittel wie zwei richtige Landfrauen. Wir haben uns ganz schön schnell eingelebt, findest du nicht? Over.«

Jacqueline musste ebenfalls lachen. »Ja, da hast du Recht. Over.« Draußen hupte jemand. Sie schaute aus dem Fenster und juchzte vor Freude.

»Was ist denn? Over.«

»Ben hat den alten Morris aus der Garage geholt. Er will mir wohl die erste Fahrstunde geben. Ich melde mich morgen wieder, Vera. Over und Ende.«

Sie sprang auf, riss die Verandatür auf und lief hinaus. Ben stand stolz neben seinem verstaubten schwarzen Morris Minor.

Jacqueline strahlte und klatschte vor Begeisterung in die Hände. Sie sah sich schon hinter dem Steuer sitzen.

Ben freute sich, dass er sie aufgeheitert hatte. »Außen habe ich nur den gröbsten Dreck weggewischt, aber innen sieht es ganz gut aus. Wenn Sie also eine kleine Runde fahren wollen? Die Auffahrt ist lang genug für den Anfang.«

»Das wäre wunderbar, Ben. Ich habe gerade mit Vera gesprochen und ihr erzählt, dass ich fahren lernen und sie bald besuchen werde.«

»Immer schön langsam, eines nach dem anderen«, bemerkte Ben und senkte den Blick, als er fragte: »Wie geht es ihr denn? Ich hätte sie gern mal wiedergesehen. Sie ist eine so nette Frau.«

Jacqueline sah ihn nachdenklich an. Nicht zum ersten Mal hatte sie das Gefühl, dass Ben eine Schwäche für Vera hatte. »Sie fühlt sich ein bisschen einsam, weil Mike so viel arbeitet und sie oft allein lässt.« Sie ging um das Fahrzeug herum und betrachtete es bewundernd. »So ein Auto habe ich noch nie gesehen. Es sieht wie ein großes Spielzeugauto aus.«

Ben setzte eine empörte Miene auf. »Ich muss doch sehr bitten!«

Jacqueline lachte. »Verglichen mit den Riesenschlitten in den USA ist das Auto hier winzig. Ich habe nie fahren gelernt, weil die Autos so groß sind – und ein unglaublicher Verkehr herrscht.«

»Der Morris Minor ist ein britisches Wunderwerk.« Ben tätschelte liebevoll die Motorhaube. »Der Autohersteller Austin in Longbridge hat in den Zwanzigerjahren eine große Zahl von Austin A7 produziert, und der Minor, der 1928 auf den Markt kam, war die Antwort der Morris Motor Company darauf. Es ist ein kleines Fahrzeug, das ist schon richtig, aber es war für den privaten Gebrauch bestimmt und insofern perfekt. Austin hat einen seitengesteuerten Motor eingebaut, dafür verwendete Morris eine obenliegende Nockenwelle, wie man sie aus dem Wolseley kannte, nur dass Morris eine abgewandelte und kleinere Version benutzte.«

Jacqueline hatte nicht die geringste Ahnung, wovon Ben redete. Der ganze technische Kram interessierte sie nicht, aber sie erfreute sich an seiner Begeisterung. »Er hat ja nur zwei Türen.«

»Stimmt. Anfangs konnten Käufer zwischen einer zweitürigen Limousine und einem viertürigen Cabrio wählen, aber zwei Jahre später kam die Limousine mit Stahlchassis auf den Markt. Heutzutage findet man sie kaum noch.«

»Aber wenn das so eine Rarität ist, sollte ich vielleicht lieber nicht damit fahren lernen«, meinte Jacqueline beunruhigt.

»Ach, der verträgt einiges. Wie gesagt, er ist ja aus Stahl. Kommen Sie, steigen Sie ein!«

Jacqueline kletterte hinters Lenkrad, Ben setzte sich daneben und erklärte ihr alles. Im Schritttempo fuhren sie zwischen den Stallungen herum und die Auffahrt hinunter und wieder hinauf. Ganz allmählich bekam Jacqueline ein Gefühl für die Handhabung von Bremse, Kupplung und Gaspedal, während sie gleichzeitig darauf achtete, wohin sie fuhr. Es dauerte nicht lange, bis sie sich sicher fühlte, wesentlich sicherer als auf einem Pferd.

»Das machen Sie sehr gut«, lobte Ben immer wieder. Eine ganze Stunde lang hörte Jacqueline nicht auf zu lächeln.

Ben war glücklich. Wenn es nach ihm ginge, dürfte sie nie mehr damit aufhören.

Als sie den Wagen schließlich wieder in die Garage stellten und zum Haus gingen, stand der Ute draußen. Nick war also da.

»Ich habe Ihnen einen Teller Suppe aufgehoben, nur für den Fall, dass Sie vielleicht doch noch Hunger kriegen«, sagte Ben.

Jacqueline lächelte ihm zu. »Ja, jetzt könnte ich wirklich was vertragen. Vielen Dank für die Fahrstunde, Ben. So viel Spaß hatte ich seit einer Ewigkeit nicht mehr.«

Er legte ihr den Arm um die Schultern. Dieses Mal kam ihm die Geste nicht so unbeholfen vor. »Es war mir ein Vergnügen. Wenn Sie das immer zum Lächeln bringt, machen wir es bald wieder, einverstanden?«

In diesem Moment trat Nick aus dem Schuppen, in dem die Generatoren untergebracht waren. Er sah seinen Bruder und Jacqueline und musterte die beiden befremdet.

Ben nahm verlegen seinen Arm von Jacquelines Schultern. »Hallo, Nick. Was machst du denn?«

»Ich habe gerade kontrolliert, ob genug Treibstoff für das Flugzeug da ist. Ich werde morgen mit dem Düngen anfangen.« Während er sich die Hände an einem öligen Lappen abwischte, fragte er sich im Stillen, ob Ben und Jacqueline sich nähergekommen waren. Ben fühlte sich vermutlich genauso einsam wie die junge Frau.

»Jackie hat gerade ihre erste Fahrstunde gehabt«, berichtete Ben stolz. »Und sie hat ihre Sache sehr gut gemacht.«

Jacqueline strahlte. »Ich werde mir mal meine Suppe aufwärmen. Das Fahren hat mich richtig hungrig gemacht.«

Sie konnte Nick ansehen, dass ihm irgendetwas nicht passte. Vielleicht ihr Fahrunterricht bei Ben? Wie auch immer, sie war froh, vor seinen finsteren Blicken fliehen zu können.

Als sie außer Hörweite war, sagte Nick zu seinem Bruder: »Ihr beide scheint euch ja blendend zu verstehen.«

»Es ging ihr nicht gut, da habe ich sie ein wenig aufgeheitert.«

»Wieso, was war denn?«

»Das soll sie dir lieber selbst erzählen«, erwiderte Ben ausweichend.

»Verstehe. Schön, dass du dich so rührend um sie kümmerst«, bemerkte Nick bissig.

Eifersucht nagte an ihm. Was sollte diese Geheimnistuerei? Ben vertraute ihm sonst doch auch alles an.

Bens Augen wurden schmal. »Willst du mir etwas sagen, Nick? Nur raus mit der Sprache.«

»Mach, was du willst. Mich geht das nichts an.« Nick wandte sich ab und stapfte davon.

Ben sah ihm kopfschüttelnd nach.

Als Ben später an diesem Abend ins Bett gehen wollte, sah er Licht in der Waschküche. Er ging hin, um nachzusehen, und fand Geoffrey am Waschbecken.

»Was machst du denn da?«

Geoffrey wirbelte erschrocken herum. »Dad! Meine Güte, hast du mich erschreckt!«

»Seit wann bist du so nervös?«

»Ich … ich hab dich nicht kommen hören, das ist alles.«

»Wieso bist du nicht im Bett?«

»Ich … äh … mir ist eingefallen, dass ich keine sauberen Socken mehr habe, deshalb wollte ich schnell noch ein paar auswaschen.« Er hoffte inständig, dass sein Vater keinen Blick ins Waschbecken warf, das er mit seinem Körper verdeckte. »Du hast gesagt, Jackie geht es nicht gut, da wollte ich sie nicht damit behelligen.«

Ben sah seinen Sohn prüfend an und zog dann witternd die Luft ein. »Sag mal, riecht es hier nach Petroleum?«

Geoffrey wurde blass. »Ja, ich wollte eine Lampe füllen und hab ein bisschen was verschüttet, aber ich habe es schon aufgewischt.«

»Wozu brauchst du eine Petroleumlampe?« Ben fand, dass sein Ältester sich sehr merkwürdig benahm.

»Ich … äh … ich dachte, ich hätte meinen Glücksstein verloren … irgendwo draußen bei den Ställen, und da wollte ich ihn suchen.«

»Glücksstein? Ich dachte, du schleppst das Ding schon lange nicht mehr mit dir herum.«

»Doch, ich hab ihn normalerweise immer in der Hosentasche.«

»So? Na ja, ich hoffe, du hast wirklich alles gut aufgewischt. Ein Feuer ist das Letzte, was wir brauchen können.«

»Es ist alles weg, Dad, aber es riecht immer noch danach.«

»Gut. Dann sieh zu, dass du in die Federn kommst. Es ist schon spät.«

»Ich bin fast fertig. Geh du nur ins Bett. Ich mach dann das Licht aus.«

Ben nickte. »Sind die Zäune in Ordnung? Du weißt ja, dass wir die Kaninchen nicht auf unseren Weiden brauchen können.«

»Ja, Dad, aber wir werden sie morgen Früh auf alle Fälle noch einmal kontrollieren.«

»Gut. Schlaf gut, mein Junge. Bis morgen.« Ben wandte sich zum Gehen.

»Gute Nacht, Dad.« Geoffrey, der unwillkürlich die Luft angehalten hatte, atmete langsam aus. Das war noch einmal gut gegangen!

Als Ben zum Haus zurückging, dachte er über das sonderbare Benehmen seines Sohnes nach. Geoffrey hatte noch nie irgendetwas selbst gewaschen. Und so schreckhaft war er sonst doch auch nicht. Merkwürdig. Doch dann gähnte er herzhaft und schüttelte den Kopf. Er war zu müde, um sich weitere Gedanken deswegen zu machen.

15

Am anderen Morgen erledigte Jacqueline die Hausarbeit in aller Eile. Sie konnte es kaum erwarten, sich in ihr Zimmer zurückzuziehen und sich wieder in das Tagebuch ihrer Mutter zu vertiefen.

Ben und Nick hatten beim Frühstück eine hitzige Diskussion darüber geführt, ob es zum Fliegen zu windig war oder nicht. Nick meinte, er könne starten, Ben war dagegen. Beide verteidigten ihre Standpunkte so dickköpfig und aggressiv, dass Jacqueline schließlich eingriff und sie daran erinnerte, dass vier Heranwachsende mit am Tisch saßen.

Es steckte mehr hinter ihrer Auseinandersetzung, es ging nur vordergründig um die Gefährlichkeit des Fliegens, das spürte sie. Sie fragte sich, ob es etwas mit ihr zu tun hatte.

Jacqueline war froh, endlich allein im Haus zu sein. Sie hatte erst einige wenige Tagebuchseiten gelesen, als die Hintertür aufgerissen wurde und unmittelbar danach mit einem Knall ins Schloss fiel. Dann hantierte jemand geräuschvoll in der Küche. Sie nahm an, dass Ben noch einmal zurückgekommen war und seinen Unmut am Küchengeschirr ausließ. Jacqueline hielt es für klüger, ihm nicht über den Weg zu laufen.

Sie warf einen Blick aus dem Fenster. Der Wind hatte sich gelegt, wie sie an den Bäumen erkennen konnte. Ein Glück. Dann würde Nick wenigstens nicht sein Leben aufs Spiel setzen, wenn er mit dem Flugzeug aufstieg, um den Dünger auszubringen.

Sie vertiefte sich wieder in das Tagebuch ihrer Mutter. Margaret schilderte ihre Freude über ihr neues Zuhause in Atlanta.

Es ist ein entzückendes Einfamilienhaus mit einem hübschen Garten und liegt in einer netten Gegend. Und es hat eine Veranda, so wie ich es mir immer gewünscht habe. Ich kann es kaum erwarten, eine Hollywoodschaukel zu kaufen, um abends mit Lionel draußen zu sitzen und den Duft des Jasmins einzuatmen, der sich am Zaun hinaufrankt. Ich möchte Spitzengardinen fürs Wohnzimmer und karierte Vorhänge für die Küche. Ich habe tausend Ideen, wie ich ein perfektes Heim für meine perfekte Familie schaffen kann.

Auf den folgenden Seiten beschrieb sie die einzelnen Zimmer, darunter auch die Tapeten und Wandfarben, die sie sich für die Kinderzimmer wünschte. Margaret führte ganz genau aus, wie sie den Garten anlegen, dass sie Lilien, Rosen, Orangen- und Pfirsichbäume pflanzen wollte. Jacqueline sah ihr damaliges Zuhause durch die Augen ihrer Mutter. Ihre Tagebucheinträge zu lesen, beschwor ihr Bild deutlich vor ihr herauf, und sie vergaß alles rings um sich herum.

Ihre Mutter erwähnte sogar die Kinderschaukel, die Lionel eines Tages mitgebracht hatte. Jacqueline lächelte. Sie erinnerte sich gut an die Schaukel, die sie so geliebt hatte, obwohl sie eigentlich schon zu alt dafür gewesen war. Margaret erzählte von ihrer Wohngegend, von ihren Bekannten. Den einen oder anderen Namen kannte Jacqueline noch. Sie habe ihren Mann gefragt, ob die Kinder einen Hund haben dürften, wenn sie sich erst einmal eingelebt hätten, schrieb Margaret. Jacquelines Lächeln erstarb. So weit war es nie gekommen.

Ganz in ihre Gedanken versunken, blickte sie auf und sah plötzlich ein kleines schwarzes Gesicht um die Ecke in ihr Zimmer lugen. Sie war so überrascht und erschrocken, dass sie einen spitzen Schrei ausstieß. Es war Yuri gewesen, der durch den Türspalt gespäht hatte. Er erschrak seinerseits und flitzte davon. Jacqueline konnte ihn weinen hören.

»Ach herrje, ich hab's nicht so gemeint, komm doch wieder

her«, rief sie. Sie ließ das Tagebuch fallen, sprang auf und lief ihm nach. Sein Wimmern kam aus der Küche.

In der Küchentür blieb Jacqueline wie angewurzelt stehen und riss entsetzt Mund und Augen auf. Es sah aus wie auf einem Schlachtfeld. Dot, die etwas zu essen machte, hatte ein unglaubliches Chaos in der Küche angerichtet, die Jacqueline sauber und ordentlich verlassen hatte.

»Was tust du denn da?«

Yuri klammerte sich an seine Mutter. »Ich? Du hast meinem Yuri wieder Angst gemacht!«, fuhr Dot sie an.

»Er hat mir einen Schrecken eingejagt, nicht umgekehrt«, gab Jacqueline entrüstet zurück. Sie ging zur Spüle. »Sieh dir bloß diese Sauerei an! Ich hatte so schön sauber gemacht.«

Dot machte ein beleidigtes Gesicht. »Mein Sohn ist hungrig, er muss essen.« Das Brot, das sie aufgeschnitten hatte, war eigentlich für das Mittagessen am folgenden Tag bestimmt gewesen. Alles war voller Krümel, Butter und Marmelade waren auf der Arbeitsfläche und auf dem Rand des Spülbeckens verschmiert, verschüttete Milch tropfte auf den Fußboden. Jacqueline dachte an die Ameisen, die angelockt würden, und verzog schmerzlich das Gesicht. Es war fast unmöglich, der Ameisenplage Herr zu werden.

»Hast du schon mal was von einem Teller und einem Schneidebrett gehört?«, kreischte Jacqueline. Sie hatte so geschuftet, und jetzt war alles umsonst.

»Schrei mich nicht so an«, rief Dot und schüttelte wütend Jacquelines Arm. »Das ist Bens Haus. Nicht deines!«

Diese Unverfrorenheit brachte Jacqueline erst recht in Rage. »Ganz richtig, das ist Bens Haus. Du kannst doch nicht einfach hier reinplatzen, dir was zu essen nehmen und einen solchen Saustall hinterlassen!«

»Hör auf, mich anzuschreien, du Verrückte!«, kreischte Dot aufgebracht.

»Wenn hier eine verrückt ist, dann du! Und jetzt mach, dass du rauskommst!«

»Du hast mir gar nichts zu sagen! Ich brauche Geld, ich muss Essen für meinen Yuri kaufen, und deshalb werde ich hier arbeiten!«

»Hier drinnen ganz bestimmt nicht. Meinetwegen kannst du was im Garten tun, wo es nicht so darauf ankommt. Und jetzt raus hier!« Jacqueline war so in Fahrt, dass sie Yuri das Stück Brot in die Hand drückte und ihn dann mitsamt seiner Mutter energisch zur Hintertür hinausschob.

In ihrer Sprache vor sich hin schimpfend, stapfte Dot wütend davon, ihren Sohn an der Hand.

Jacqueline atmete tief durch. Als sie sich ein wenig beruhigt hatte, machte sie sich daran, die Küche aufzuräumen, zum zweiten Mal an diesem Vormittag. Sie beeilte sich, weil sie unbedingt noch ein bisschen im Tagebuch ihrer Mutter lesen wollte.

Als sie mit Saubermachen fertig war, holte sie das Tagebuch aus ihrem Zimmer und setzte sich an den Küchentisch. Falls Dot auf die Idee kommen sollte, das Haus noch einmal zu betreten, würde sie ihr blaues Wunder erleben. Aber Jacqueline konnte sich nicht konzentrieren. Sie sah, dass der Wind wieder auffrischte, und sorgte sich um Nick. Nicht lange danach hörte sie über sich das Brummen eines tief fliegenden Flugzeugs.

Inzwischen war der Wind noch stärker geworden, die Bäume schwankten, unzählige Blätter wurden abgerissen und wirbelten in einer riesigen Staubwolke über den Hof. Dann krachte es ganz gewaltig. Jacqueline rannte zum Fenster und sah, dass ein riesiger Ast von einem Eukalyptusbaum unweit des Hauses abgebrochen und in ein ausgetrocknetes Bachbett gestürzt war. Ihr wurde mulmig zumute. Rings um das Haus standen viele hohe Bäume. Sie hoffte, dass Ben und die Jungen bald zurückkamen. Sie wollte nicht allein sein, wenn ein Unwetter aufzog.

Ben hatte für diesen Tag nicht nur die Kontrolle der Zäune geplant, sondern auch die Reparatur einer Windmühle. Außerdem wollte er mit dem Dippen der Schafe beginnen – sie wurden in einer desinfizierenden Lösung gebadet, wie er ihr erklärt hatte. Weder er noch seine Söhne hielten sich in der Nähe auf, falls sie Hilfe brauchte. Jacqueline dachte an Nick. Hoffentlich war er so gescheit und flog bei diesem Sturm nach Rawnsley Park Station zurück.

Plötzlich fiel ihr ein, dass kein Gemüse mehr im Kühlschrank war. Falls es zu regnen anfing, würden sich die Gemüsebeete wahrscheinlich in Schlammbetten verwandeln. Eilig schnappte sie sich einen Eimer und lief nach draußen. Dot war zum Glück nirgends zu sehen.

Der Wind riss an ihren Haaren und wirbelte ihr Staub in die Augen, als sie sich damit abmühte, Möhren und Kartoffeln aus der Erde zu ziehen. Aus dem Augenwinkel nahm sie wahr, dass jemand vorbeihuschte, der in der Waschküche verschwand. War es Dot? Jacqueline dachte nicht weiter darüber nach. Dunkle Wolken zogen auf, und der Sturm war noch einmal stärker geworden. Sie wollte so schnell wie möglich ins Haus zurück. Die Wäsche hing auf der Leine, darunter auch einiges, das gebügelt werden musste, und sie bezweifelte, dass Dot sich darum kümmern würde.

Auf einmal roch Jacqueline Rauch. Sie schaute auf und sah Flammen aus einem großen Fass neben der Waschküche züngeln. Dot stand daneben.

»Was stellt sie denn jetzt schon wieder an?«, schimpfte Jacqueline vor sich hin.

Wie konnte man bei dieser Trockenheit und diesem Wind ein Feuer draußen entfachen? Eine Ureinwohnerin sollte doch wissen, wie gefährlich das war. Ärgerlich klopfte sie sich den Staub von den Händen und beschloss nachzusehen.

Beim Näherkommen sah sie, dass Dot Kleidungsstücke in der Hand hielt und eines nach dem anderen ins Feuer warf. Als sie erkannte, dass es sich bei den Sachen um ihre Unterwäsche handelte, klappte ihr die Kinnlade herunter.

Jacqueline stürmte auf Dot zu und kreischte: »Bist du jetzt völlig übergeschnappt?«

Sie streckte die Hand aus, um ihr ihre Sachen zu entreißen, aber Dot wich blitzschnell aus. Sie rollte mit den Augen und machte ein Furcht einflößend böses Gesicht.

»Das Zeug stinkt!«, keifte sie und hielt sich die Nase zu.

In einem Korb am Boden lag die Wäsche, die Jacqueline aufgehängt hatte. Dot verbrannte nur ihre Sachen.

»Was fällt dir ein! Das ist alles frisch gewaschen«, protestierte Jacqueline empört.

Hinter sich hörte sie auf einmal das Brummen des Flugzeugs. Der Motor stotterte, setzte kurz aus und begann dann wieder zu stottern. Jacqueline drehte sich ängstlich um und sah gen Himmel. Das Flugzeug flog sehr niedrig, es wurde von den starken Windböen durchgeschüttelt. Nick hatte offenbar alle Mühe, es unter Kontrolle zu bringen. Abermals schlugen Flammen aus dem Fass. Dot warf weitere Wäschestücke hinein.

»Lass das! Hör sofort damit auf!«, schrie Jacqueline.

Sie hatte Angst, der Wind könnte Funken in das dürre Gras wehen und alles in Brand setzen. Sie wollte sich nach dem Korb bücken, aber Dot versetzte ihm einen kräftigen Tritt, er kippte um, und die Wäsche flog heraus. Jacqueline schäumte vor Wut. Sie hatte sich solche Mühe gegeben, alles sauber zu bekommen, hatte jedes Stück von Hand auswringen müssen.

»Du stinkende *lubra*«, giftete Dot. Sie bückte sich, raffte alles zusammen, was ganz offensichtlich Jacqueline gehörte, den Rest trat sie in den Staub.

Jacqueline riss ihr ein Wäschestück aus der Hand, und Dot wich eilig einige Meter zurück. Der Geruch von Petroleum stieg ihr in die Nase. Ungläubig schnupperte sie an der Wäsche. Das war doch nicht möglich! Sie roch eindeutig nach Petroleum. Kein Wunder, dass die Flammen jedes Mal, wenn Dot ein Teil ins Feuer geworfen hatte, so hoch schlugen.

»Was hast du mit meiner Wäsche gemacht?«, brüllte Jacqueline außer sich. Anscheinend hatte die Aborigine-Frau Petroleum darübergegossen, nur um ihr eins auszuwischen.

In diesem Moment hörte sie den Motor des Flugzeugs kurz aufheulen, dann stotterte er ein paarmal, bevor er ganz aussetzte. Sekunden später ließ ein gewaltiger Knall den Boden vibrieren. Jacqueline gefror das Blut in den Adern.

»Nick!«, schrie sie und fuhr herum.

Hinter einer immensen Staubwolke stieg eine Rauchsäule in den Himmel. Die Maschine war auf dem Boden aufgeschlagen. Es schien plötzlich totenstill zu sein. Nur das Rascheln der ausgetrockneten Eukalyptusblätter im Wind war zu hören.

Jacqueline löste sich erst nach einigen Sekunden aus ihrer Erstarrung. Sie konnte nicht glauben, was sie sah. War das Flugzeug tatsächlich abgestürzt?

»O Gott, was mach ich denn jetzt?«, wimmerte sie panisch.

Sollte sie per Funk Hilfe anfordern? Ben suchen? Oder versuchen, Nick zu retten? Ratlos und voller Angst die Hände ringend, rannte sie hin und her wie ein kopfloses Huhn. Dann riss sie sich zusammen. Sie wusste nicht, wo sie Ben suchen sollte. Sie wusste nicht, an wen sie sich über Funk wenden konnte.

Und Dot war auf einmal wie vom Erdboden verschluckt.

Jacqueline entschied, dass sie keine Zeit verlieren durfte. Sie musste Nick zu Hilfe eilen. Voller Panik raufte sie sich die Haare und dachte angestrengt nach. Die Pferde! Sie rannte zu den Ställen. Von dort konnte sie besser sehen. Die Absturzstelle war mindestens eine halbe Meile entfernt, und der Rauch, der vom Wind auseinandergetrieben wurde, erschwerte zusätzlich die Sicht.

In aller Eile fasste sie einen Entschluss. Jacqueline zäumte Dixie auf und sattelte sie. Sie hatte keine Ahnung, ob sie das Zaumzeug richtig anlegte oder nicht. Mit fahrigen Gesten zog sie den Sattelgurt fest und saß auf. Sie hatte panische Angst davor, allein zu reiten, aber ihre Sorge um Nick war größer. Hoffentlich war er noch am Leben!

Jacqueline musste einige Koppeln durchqueren, um zur Absturzstelle zu gelangen. Immer wieder stieg sie ab, öffnete erst das Gatter und schloss es dann hinter sich. So dauerte es eine Ewigkeit, bis sie das Flugzeug erreichte. Aber sowohl Nick als auch Ben hatten ihr eingeschärft, wie wichtig es war, die Gatter zu schließen; kein Notfall rechtfertige es, sie offen zu lassen, schon gar nicht, wenn sich Vieh auf der Koppel befand.

Endlich konnte Jacqueline die Maschine sehen. Sie hatte beim Absturz die Erde auf einer Länge von mehreren Metern aufgefräst, sich dann überschlagen und war auf dem Dach liegen geblieben. Eine Tragfläche war abgebrochen, das Leitwerk verbogen.

Jacqueline galoppierte näher heran und sprang vom Pferd. Sie ließ sich auf die Knie fallen. Die Tür war beim Aufprall aus dem Rahmen gerissen und weggeschleudert worden. Jetzt lag sie, zusammengefaltet wie Papier, ein paar Schritte entfernt. Nick hing in seinem Gurt. Er rührte sich nicht. Blut lief ihm aus den Haaren übers Gesicht.

»Nick!«, schrie sie. Er zeigte keine Reaktion.

Auf allen vieren kroch Jacqueline in das Wrack und zerrte an dem Gurt, aber er war verdreht und sehr straff gespannt, weil Nick mit seinem ganzen Gewicht darin hing. Endlich schnappte die Schnalle auf, und Nick fiel wie ein Sack vornüber. Jacqueline fühlte seinen Puls. Er lebte! Für einen Moment überkam sie grenzenlose Erleichterung, aber dann roch sie Benzin. Aus dem Tank lief Treibstoff aus. Ihr blieb fast das Herz stehen.

»O mein Gott!«, rief sie und blickte sich panisch um. Auf der ausgedorrten Erde ringsum konnte sie kleine Benzinlachen sehen, aus dem Leitwerk stieg Rauch auf.

»Nein!«, wimmerte sie. »Nick! Wach auf! Bitte, wach auf! Das Flugzeug wird gleich anfangen zu brennen!«

Er rührte sich nicht.

Jacqueline hatte sich nie zuvor so hilflos gefühlt. Sie packte den Bewusstlosen und versuchte, ihn aus dem Wrack zu ziehen. Er war schwer. Doch ihre Angst verlieh ihr ungeahnte Kräfte. Irgendwie gelang es ihr, Nick herauszuzerren. Ihr war klar, dass er möglicherweise innere Verletzungen oder Knochenbrüche hatte, aber falls das Flugzeug in die Luft flog, würde das seine geringste Sorge sein. Jacqueline warf immer wieder ängstliche Blicke in Richtung Leitwerk. Immer mehr Rauch schien aus dem zerstörten Wrack herauszuquellen. Bei einer Explosion hätten sie beide nicht die geringste Chance.

»Wach doch auf, Nick! Bitte!«, schluchzte sie, völlig am Ende. Er stöhnte.

»Nick! Aufwachen, hörst du?« Sie schlug ihm ins Gesicht, damit er zu sich kam. Er reagierte nicht. »Bitte, Nick! Das Flugzeug wird explodieren!«

Was, wenn er nicht aufstehen kann?, dachte sie verzweifelt. Wenn seine Beine gebrochen sind? Unermüdlich zerrte sie ihn Zentimeter für Zentimeter von dem Wrack weg.

Plötzlich schoss eine Stichflamme aus dem Heck. Jacqueline schrie auf. Namenloses Entsetzen packte sie. Nick stöhnte. Es schien, als käme er wieder zu sich. Sein Kopf rollte von einer Seite zur anderen, er hob die Arme, aber sie fielen schlaff wieder herunter. Irgendwann gelang es ihm, sich aus eigener Kraft auf den Bauch zu drehen. Er griff sich an den Kopf.

»Was … ist passiert?« Nick zuckte vor Schmerz zusammen und starrte benommen auf seine blutverschmierte Hand. Vorsichtig richtete er sich ein Stück auf.

»Wir müssen von hier weg, Nick! Das Flugzeug wird gleich explodieren!« Jacqueline versuchte, ihn hochzuziehen.

»Was?« Er schaute sich verwirrt um. »Verdammt!«, entfuhr es ihm, als er das brennende Leitwerk sah. Nick rappelte sich mühsam auf, ächzte und verzog das Gesicht vor Schmerzen. »Lauf, Jackie, lauf!«

»Nicht ohne dich.« Sie legte einen seiner Arme um ihre Schulter, umfasste ihn und schleppte ihn vom Wrack weg. Als sie gut zehn Meter zurückgelegt hatten, entzündete sich der Treibstoff rings um die Maschine. In Sekundenbruchteilen hatte sich ein Feuerring um das Wrack gebildet. Nicks Knie gaben nach. Er sackte zu Boden und riss Jacqueline mit sich. Im gleichen Moment gab es eine Explosion. Die Flammen schlugen meterhoch. Selbst aus dieser Entfernung konnten sie die Hitze des Feuers spüren. Scheinbar war der Treibstofftank fast leer gewesen, sonst hätte es eine Katastrophe gegeben.

Aber schon drohte die nächste Gefahr. Nick und Jacqueline sahen mit Entsetzen, dass die Funken in dem stürmischen Wind in alle Richtungen getragen wurden – auch bis zu ihnen. Wie sollten sie von diesem grausamen Ort wegkommen? Dixie war in Panik davongaloppiert und wartete in einiger Entfernung. Aber selbst wenn es Jacqueline gelänge, das Pferd einzufangen, wie sollte sie den halb bewusstlosen Nick auf Dixie hieven?

Plötzlich tauchte hinter ihnen scheinbar aus dem Nichts eine Gruppe Aborigines auf, einige sehr jung, andere alt. Die einen hatten belaubte Zweige dabei, mit denen sie die kleinen Brände im Gras ausschlugen. Die anderen traten das Feuer mit den Füßen aus, sogar jene, die barfuß gingen.

Während Jacqueline die Szene in ungläubigem Staunen beobachtete, geschah ein weiteres Wunder: Es fing zu regnen an. Die Aborigines plapperten aufgeregt in ihrer Sprache und lächelten. Mithilfe des lang ersehnten Regens gelang es ihnen zu verhindern, dass sich das Feuer weiter ausbreitete.

Grenzenlose Dankbarkeit erfüllte die junge Frau. Tränen der Erleichterung stiegen ihr in die Augen.

Nick drehte langsam den Kopf zur Seite und stöhnte. Er schien von dem, was rings um ihn her passierte, kaum etwas mitzubekommen.

»Alles in Ordnung, Nick?«

Jacqueline wischte sich die Tränen ab, die sich auf ihren Wangen mit den Regentropfen vermischten. Sie blickte auf. Einer der

Ureinwohner führte Dixie zu ihr – ein alter Mann, der viel kräftiger war, als er aussah. Er half Jacqueline in den Sattel und hievte dann Nick, der nur halb bei Bewusstsein war, hinter ihr auf das Pferd. Die anderen Aborigines blieben beim Wrack. Sie würden erst weggehen, wenn sie sicher sein konnten, dass das Feuer tatsächlich erloschen war.

»Ich danke Ihnen«, stammelte Jacqueline. Der alte Mann sah sie mit unbewegter Miene an und zeigte stumm in die Richtung, in der die Farm lag.

Am ersten Gatter stieg Jacqueline ab, öffnete es und machte es hinter ihnen wieder zu. Sie ging zu Fuß weiter. Nick war mit dem Oberkörper vornübergekippt. Seine Kopfwunde blutete stark. Jacqueline hoffte, dass er sich oben halten konnte und sie es irgendwie bis zum Haus schafften, wo sie Vera verständigen und bitten würde, Mike herüberzuschicken, damit er Nick ins Krankenhaus fuhr.

Als sie die Farm erreichten, hatte der Regen das Feuer in dem Fass gelöscht. Jacqueline half Nick vom Pferd und brachte ihn dann ins Haus, wo sie ihn zu ihrem Bett führte, ihm Hemd, Hose und Stiefel auszog und sich dann auf die Suche nach Verbandszeug machte. Sie fand es im Flurschrank, eilte zurück, säuberte die Wunde, so gut sie konnte, und legte Nick einen Verband an. Bens Bruder war wie betäubt. Seine Augen waren geschlossen, und er sprach kein einziges Wort. Jacqueline setzte sich zu ihm aufs Bett und legte ihre Hand auf seinen Arm.

»Es wird alles gut werden, du wirst sehen«, flüsterte sie, unendlich dankbar, dass er noch am Leben war.

Sie merkte jetzt erst, wie viel Kraft sie dieser furchtbare Morgen gekostet hatte, sie war körperlich und emotional völlig am Ende. Plötzlich schlug Nick die Augen auf, nahm sie in seine Arme und küsste sie.

Jacqueline war völlig überrumpelt, aber sie wehrte sich nicht. Sie ließ sich einfach fallen, genoss die Geborgenheit, die sie in seinen Armen empfand, verwundert über die Tiefe ihrer Gefühle für ihn. Ihr wurde klar, dass sie Nick für immer hätte verlieren können. All ihre aufgestauten Emotionen brachen sich Bahn in einem leidenschaftlichen Kuss.

Als sie sich schließlich voneinander lösten, flüsterte Nick: »Ich liebe dich.« Im gleichen Augenblick schlief er vor Erschöpfung ein.

Jacqueline starrte Nick fassungslos an. Hatte sie richtig gehört? Ob er sie für jemand anderes gehalten hatte? Vielleicht hatte er sie in seiner Verwirrtheit mit Rachel Roberts verwechselt.

»Nick«, wisperte sie. Er antwortete nicht.

Da hörte sie Ben draußen nach ihr rufen. Sie lief zur Hintertür. »Ich bin hier!«, schrie sie.

»Fordern Sie über Funk Hilfe an! Schnell!«, stieß Ben panisch hervor. »Nicks Maschine ist abgestürzt! Wir werden zur Absturzstelle fahren!«

»Nick ist hier, Ben.«

»Hier?«, wiederholte er verblüfft. Er hatte sich schon gewundert, warum Dixie gesattelt draußen angebunden war. »Wo ist er?«

»In meinem Zimmer.«

Ben, kalkweiß im Gesicht, lief ins Haus. Jacqueline folgte ihm. Er blieb vor dem Bett stehen und schaute aus angstgeweiteten Augen auf seinen Bruder hinunter. »Wie geht es ihm? Was ist mit seinem Kopf?«

»Er hat eine böse Wunde, aber sonst geht es ihm gut. Das glaube ich jedenfalls.«

Ben eilte zum Funkgerät und funkte Rachel Roberts an. »Rachel, Nick ist mit dem Flugzeug abgestürzt. Er ist verletzt. Over.«

»Wie schwer sind seine Verletzungen? Over.«

»Er hat eine Kopfwunde. Jackie hat ihm bereits einen Verband angelegt. Aber wir wissen nicht, ob ihm sonst noch etwas fehlt. Over.«

»Ich bin gleich da, Ben. Ich besuche gerade einen Patienten ganz in der Nähe. Ich kann in zwanzig Minuten bei euch sein. Over und Ende.«

Ben war sichtlich erleichtert. Er schaltete das Funkgerät aus und verließ mit Jacqueline das Zimmer. »Ich hab ihm gleich gesagt, er soll nicht aufsteigen. Ich hab ihm gleich gesagt, es ist zu windig«, schimpfte Ben, dessen Angst in Zorn umgeschlagen war. »Er kann froh sein, dass er noch am Leben ist, dieser Sturkopf!«

Die Jungen kamen herein. Alle wirkten bedrückt und angespannt. »Was ist mit Onkel Nick? Lebt er?«, fragte Bobby ängstlich.

»Ja, ja, er hat eine Kopfverletzung, aber Rachel wird gleich da sein. Er liegt in Jackies Zimmer.«

Alle bis auf Jimmy warfen nacheinander einen Blick in das Zimmer. Jacqueline erinnerte sich, dass Ben ihr erzählt hatte, Jimmy könne kein Blut sehen. Wahrscheinlich fürchtete er sich deshalb vor dem Anblick seines verletzten Onkels.

»Wie ist Nick eigentlich hergekommen?«, wandte sich Ben an Jacqueline.

Sie berichtete ihm, was passiert war.

»Sie haben ihm das Leben gerettet, Jackie«, sagte Ben sichtlich bewegt. »Ein Glück, dass Nick Sie auf Dixie hat reiten lassen. Sonst wäre er jetzt vielleicht nicht mehr am Leben.«

Er hatte Recht, wie Jacqueline jetzt erst klar wurde. Die Jungen sahen sie an. Dieses Mal lag keine Feindseligkeit in ihrem Blick, aber keiner sagte ein Wort.

»Gut, dann werden wir jetzt zur Absturzstelle fahren. Mal sehen, ob noch was zu retten ist«, meinte Ben.

»Vielleicht sind die Aborigines noch dort«, sagte Jacqueline. Als Ben sie fragend ansah, fügte sie erklärend hinzu: »Sie haben das Feuer gelöscht und mir geholfen, Nick auf das Pferd zu setzen. Ohne sie wäre ich verloren gewesen.«

Ben nickte. »Wir werden trotzdem nachsehen. Kann ich Sie hier allein lassen? Rachel müsste jeden Moment kommen.«

»Gehen Sie nur, machen Sie sich um mich keine Sorgen, ich komme schon zurecht«, versicherte Jacqueline ihm.

Nachdem Ben und seine Söhne fort waren, schaute Jacqueline nach Nick. Da er immer noch schlief, beschloss sie, sich ein wenig frisch zu machen. Erst jetzt nahm sie wahr, dass ihre Kleidung verschmutzt und durchnässt war. Eine attraktive Person wie Rachel Roberts sollte sie lieber nicht so sehen.

Jaqueline war gerade fertig geworden, als sie ein Auto vorfahren hörte. Sie öffnete die Tür. Die Ärztin, in Hosen und kurzärmeliger Bluse, sprang die Stufen zur Veranda hinauf. Sie trug kein Make-up, was sie bei ihrer schönen Haut auch nicht brauchte, und hatte ihre blonden Haare zu einem Pferdeschwanz zusammengebunden. Jacqueline, die sich eines ihrer New Yorker Kleider übergestreift, sich frisiert und hochhackige Schuhe angezogen hatte, kam sich auf geradezu lächerliche Weise aufgedonnert vor.

»Hallo«, grüßte Rachel. »Sie müssen die neue Haushälterin sein. Jackie, nicht wahr?«

»Ja. Bitte kommen Sie herein«, erwiderte Jacqueline befangen.

»Danke. Ich bin Dr. Rachel Roberts, aber sagen Sie Rachel zu mir. Das tun alle.« Sie betrat das Haus und musterte die junge Frau, die ihr geöffnet hatte, mit einem flüchtigen Blick. »Ein bezauberndes Kleid. Aber wie können Sie in diesen Schuhen staubsaugen?«

Jacqueline wurde rot. »Ich … äh … ich bin patschnass geworden, als ich Nick hierherbrachte, und ich hatte nichts anderes zum Wechseln. Und die Schuhe habe ich an, weil sie so gut zum Kleid passen«, stammelte sie verlegen.

»Verstehe.« Rachel lächelte. »Ich dachte schon, Sie hätten sich für mich so schick gemacht. Das wäre reine Zeitverschwendung gewesen. Ich liebe es salopp, wissen Sie.«

Jacqueline errötete noch heftiger. »Nein, nein, ich hatte wirklich nichts anderes anzuziehen«, sagte sie, um ihre Verlegenheit zu überspielen.

Ein leicht spöttisches Lächeln umspielte Rachels Lippen. Dann wurde sie ernst. »Wo ist der Patient?«

»In …« … *meinem Bett*, hatte Jacqueline schon auf der Zunge gelegen. Sie konnte sich gerade noch bremsen. »Im ehemaligen Unterrichtszimmer«, sagte sie stattdessen.

Rachel nickte und eilte durch den Flur. Sie kannte sich ja aus im Haus.

Nachdem sie Nick gründlich untersucht hatte, bemerkte sie: »Die gute Nachricht ist, dass er sich nichts gebrochen hat. Die Wunde am Kopf sieht schlimmer aus, als sie ist. Ich glaube nicht, dass sie genäht werden muss, aber man sollte sie einige Tage verbunden lassen. Er hat verdammt viel Glück gehabt, würde ich sagen.«

»Und was ist die schlechte Nachricht?«

»Er hat möglicherweise eine Gehirnerschütterung.«

Jacqueline nickte. »Gut möglich. Er hat nämlich wirres Zeug geredet.«

»Zum Beispiel?«

Jacqueline fuhr sich nervös mit der Zungenspitze über die Lippen. »Ach, nichts Bestimmtes, nur so Gefasel …«

»Ja, das ist typisch für Patienten mit Gehirnerschütterung. Glauben Sie, Sie können ihn ein paar Tage im Bett behalten?«

»Das wird schwierig werden, fürchte ich.« Nicks Worte klangen ihr noch im Ohr. Sie war unwillkürlich enttäuscht, dass sein *Ich liebe dich* vielleicht nur auf eine geistige Verwirrung zurückzuführen war.

»Sie haben Recht, aber versuchen Sie es trotzdem.« Rachel packte ihre Instrumente wieder ein. »Falls er über Kopfschmerzen oder unscharfes Sehen klagt, geben Sie mir sofort Bescheid.« Sie ließ ihre Tasche zuschnappen und sah Jacqueline neugierig an. »Und? Wie gefällt es Ihnen hier?«

»Na ja, am Anfang war es hart. Ich bin aus New York, deshalb bin ich mir hier zunächst vorgekommen wie auf dem Mars.«

»Ja, man braucht eine Weile, bis man sich an das Leben hier draußen gewöhnt hat.« Rachel lächelte. »Ich habe früher in Sydney gelebt. Als ich hierherkam, fühlte ich mich wie ein Fisch auf dem Trockenen. Es gibt keine guten Geschäfte, keine Kinos, keine Restaurants. Und an die Leute muss man sich auch erst gewöhnen.«

»Sind Sie schon lange hier?«

»Zweieinhalb Jahre. Heute gefällt es mir so gut hier, dass ich mir gar nicht mehr vorstellen kann, woanders zu leben. Sind Sie hergekommen, um einen Farmer zu heiraten?«

»Du meine Güte, nein!«, erwiderte Jacqueline regelrecht erschrocken. »Ich habe nur Arbeit gesucht.«

»Weit und breit sind Sie das Gesprächsthema Nummer eins. Sie können sich darauf einstellen, dass der Strom männlicher Besucher nicht abreißen wird. Sobald sie erst einmal ihren Mut zusammengenommen haben, werden sie es alle nacheinander versuchen.«

Jacqueline verdrehte die Augen. »Ich hab schon gehört, dass hier draußen Frauenmangel herrscht. Wie halten *Sie* denn die vielen heiratswilligen Junggesellen in Schach?« Sie sah Rachel gespannt an.

»Ach, die wissen, dass ich tabu bin, deshalb habe ich im großen Ganzen meine Ruhe.« Rachel berührte zärtlich Nicks Wange. Dann stand sie auf.

Jacqueline war maßlos enttäuscht.

»So, ich muss mich beeilen. Ich muss weiter nach Austral Downs, bei Mrs. Wilson haben die Wehen eingesetzt. Funken Sie mich an, wenn Sie mich brauchen. Wenn Sie mich nicht bei den Wilsons erreichen, dann bin ich zu Hause oder im Hawker Memorial Hospital und komme von dort noch einmal her.«

»Danke.«

Rachel drehte sich an der Haustür noch einmal um. »Es hat mich gefreut, Sie kennen zu lernen, Jackie.«

»Das Vergnügen ist ganz meinerseits.«

Jacqueline winkte der jungen Ärztin nach, als sie die Veranda hinunter und zu ihrem Auto eilte. Sie fühlte sich elend. Rachel glaubte ganz offensichtlich, dass sie und Nick ein Paar seien, während Nick überall herumerzählte, er habe keine Freundin. Wie konnte man nur so verlogen sein? An der Tür zu ihrem Zimmer blieb Jaqueline stehen und blickte mit finsterer Miene hinein. Nick schlief tief und fest.

»Ich hätte dich im Flugzeug lassen sollen«, knurrte sie. Das meinte sie natürlich nicht ernst, aber sie war wirklich erbost.

Eineinhalb Stunden später kamen Ben und seine Söhne zurück. Es regnete immer noch in Strömen, und das Farmgelände verwandelte sich allmählich in eine Schlammwüste. Während die Männer sich umzogen, brühte Jacqueline frischen Tee auf.

»War Rachel da?«, lautete Bens erste Frage, als er in die Küche kam.

Jacqueline bejahte und erzählte, was die Ärztin gesagt hatte.

»Ein paar Tage Bettruhe?« Ben schüttelte den Kopf. »Das wird kaum zu machen sein. Aber das weiß Rachel selbst am besten.« Nach einer kurzen Pause fuhr er fort: »Es grenzt schon an ein Wunder, dass Nick den Absturz überlebt hat. Wie in aller Welt haben Sie ihn nur aus dem Wrack rausbekommen?« Er war völlig fassungslos gewesen, als er das ausgebrannte Flugzeug gesehen hatte. Der starke Regen hatte glücklicherweise geholfen, das Feuer vollständig zu löschen.

Jacqueline hatte sich umgezogen und saß in einem alten Kleid am Tisch, wo sie Gemüse fürs Abendessen klein schnitt. Ben und seine Söhne setzten sich zu ihr, schenkten sich Tee ein und nahmen von den belegten Broten, die sie ihnen hingestellt hatte. Sie hatte angenommen, dass sie Hunger haben würden, wenn sie zurückkamen. Sie hatten immer Hunger.

»Ich habe ihn abgeschnallt und herausgezogen«, antwortete Jacqueline achselzuckend. »Kurz darauf fing das Flugzeug Feuer.«

»Sie haben ihn ganz allein da herausgezogen?«, staunte Ben. »Ich hätte nie gedacht, dass Sie so viel Kraft haben.«

»Als ich sah, dass Treibstoff auslief, war mir klar, dass das Flugzeug früher oder später in die Luft fliegen würde. Irgendwie musste ich Nick in Sicherheit bringen.«

»Sie haben ihm das Leben gerettet, Jackie«, sagte Ben zum zweiten Mal an diesem Tag.

»Das Gras rings um das Flugzeug fing zu brennen an, und der Wind wehte die Funken in alle Richtungen«, fuhr sie schaudernd fort. »Plötzlich tauchten die Aborigines auf. Sie schlugen die Flammen mit Zweigen aus oder traten sie aus, und das, obwohl einige nicht einmal Schuhe anhatten!«

»Einige Busch-Aborigines tragen nie Schuhe, ihre Fußsohlen sind schwielig und dick und zäh wie Leder«, erklärte Ben.

»Ich war mir nicht sicher, ob sie es schaffen würden, das Feuer zu löschen, aber dann fing es zu regnen an«, fügte Jacqueline hinzu.

Ben nickte. »Das Flugzeug können wir abschreiben. Da ist nichts mehr zu machen. Viel werden wir nicht retten können.«

Bedrücktes Schweigen trat ein. Dann fragte Ben: »Warum liegt eigentlich Wäsche auf dem Boden vor der Waschküche? Hat der Wind die Leine heruntergerissen?« Er schenkte sich Tee nach.

»Ach, das hatte ich ganz vergessen. Dot war heute Morgen da. Sie hat die Wäsche abgenommen, Feuer in dem Fass neben der Scheune gemacht und meine Sachen hineingeworfen. Können Sie sich das vorstellen?«, sagte Jacqueline empört.

Ben guckte sie verwirrt an. »Wieso das denn?« Das war selbst für Dot höchst merkwürdig.

»Keine Ahnung. Eines der Wäschestücke konnte ich ihr entreißen, es hat komischerweise nach Petroleum gerochen.«

Geoffrey machte ein erschrockenes Gesicht, was Jacqueline nicht bemerkte, Ben aber sehr wohl.

»Sie mag mich nicht«, fuhr Jacqueline fort. »Sie will mich hier weghaben. Ich vermute, dass sie meine Wäsche mit Petroleum übergossen und angezündet hat.«

»Vielleicht gibt es aber auch eine andere Erklärung. Nicht wahr, Geoffrey?« Ben sah seinen Ältesten an.

Geoffrey stockte der Atem. War sein Vater ihm auf die Schliche gekommen?

»Geoffrey hat gestern versehentlich Petroleum in der Waschküche verschüttet«, sagte Ben.

»Oh.«

Jacqueline sah Geoffrey an, dem das schlechte Gewissen im Gesicht geschrieben stand. Als sie die Waschküche betreten hatte, war nirgendwo Petroleum verschüttet gewesen; es musste also passiert sein, *nachdem* sie die Wäsche aufgehängt hatte. Und in der Waschküche verschüttetes Petroleum hätte der Wäsche auf der Leine nichts anhaben können. Jacqueline hatte den starken Verdacht, dass einer von Geoffreys Streichen in die Hose gegangen war. Aber sie sagte nichts.

»Dann war es also ein Versehen«, bemerkte sie und heuchelte Erleichterung.

»Genau. Geoffrey wird Dot das nächste Mal, wenn er sie sieht, erklären, was passiert ist, nicht wahr, mein Sohn?«

»Ja, Dad. Es tut mir leid, Jackie«, fügte er leise hinzu. Er konnte ihr nicht in die Augen sehen.

»Nicht weiter tragisch.« Sie machte eine wegwerfende Handbewegung. »So was kann jedem passieren. Und jetzt, wo mein Koffer wieder aufgetaucht ist, habe ich ja reichlich Sachen zum Wechseln.«

Geoffrey klang aufrichtig zerknirscht, und das fand sie anerkennenswert. Es sei denn, seine Reue war auf die Angst vor der Reaktion seines Vaters zurückzuführen – falls dieser die Wahrheit herausfinden sollte.

16

Es regnete die ganze Nacht in Strömen. Die Regenrinnen konnten die Wassermassen nicht fassen, das Wasser schoss in Sturzbächen über das Dach und klatschte auf die Erde, die schon seit Stunden vollkommen aufgeweicht war.

Ununterbrochen trommelte der Regen auf das Blechdach, und im Gegensatz zu den Männern tat Jacqueline kein Auge zu.

Dass sie wach lag, hatte aber noch einen anderen Grund: Nick. Er war natürlich nicht im Bett geblieben, sondern hatte am Abend darauf bestanden, zum Essen aufzustehen. Es gehe ihm gut, abgesehen von leichten Kopfschmerzen, hatte er behauptet. An Rachels Besuch konnte er sich nicht erinnern. Er wollte auch nichts davon wissen, dass er möglicherweise eine Gehirnerschütterung hatte. Und falls er sich an seine Liebeserklärung an Jacqueline oder ihren leidenschaftlichen Kuss erinnerte, so ließ er sich jedenfalls nichts anmerken. Sie hütete sich, das Thema zur Sprache zu bringen – Nick war schon gereizt genug.

Nach dem Essen bestand er darauf, in seine Hütte zurückzukehren. Ben war das gar nicht recht. Er sorgte sich, Nick könne einen Rückfall erleiden oder gar eine Hirnblutung bekommen. Er bot ihm an, ihm sein Bett zur Verfügung zu stellen, damit rasche Hilfe geleistet werden konnte, falls tatsächlich etwas passierte. Doch Nick weigerte sich eisern, und die beiden Brüder gerieten abermals in Streit.

»Wie kann so ein verdammter Dickschädel mein Bruder sein«, sagte Ben wütend. »Hättest du heute Morgen auf mich gehört, hätten wir jetzt noch ein Flugzeug.«

»Die Maschine ist wegen eines Motorschadens abgestürzt, nicht wegen des Windes«, gab Nick bissig zurück. »Hör auf, mich wie einen dummen kleinen Jungen zu behandeln! Ich bin alt genug, um allein in meinem Haus zu schlafen. Ich habe eine kleine Beule am Kopf und sonst gar nichts.«

»Ich wünschte, der Schlag auf den Kopf hätte dein Denkvermögen ein bisschen gefördert!«

An diesem Punkt griff Jacqueline ein. »Schluss jetzt, alle beide! Was ist bloß in euch gefahren? Ihr benehmt euch wie bockige kleine Kinder.« Sie sah Ben an. »Ich finde, Väter sollten ihren Söhnen ein gutes Beispiel sein.«

»Hast du gehört, Ben?«, bemerkte Nick sarkastisch.

»Das gilt auch für Onkel«, fauchte Jacqueline.

Die Männer hatten sich böse angefunkelt, und dann war Nick in seine Hütte gegangen und Ben in sein Zimmer.

Am nächsten Morgen stand Ben in aller Frühe auf. Nachdem er die Hunde und die Pferde gefüttert hatte, ging er zu dem kleinen Fluss in der Nähe des Hauses. Er führe wieder ordentlich Wasser, meinte er zu Jacqueline, als er zum Frühstück in die Küche kam, aber er glaube nicht, dass er in den nächsten Stunden über die Ufer treten werde.

»Passiert das öfter?«, fragte sie ängstlich.

»Das letzte Mal 1954. Es regnete tagelang in Strömen. Das Wasser schwappte bis an die Veranda und in den Generatorschuppen. Die Gemüsebeete glichen Reisfeldern.« Ben klang nicht allzu besorgt, aber Jacqueline war beunruhigt.

»Wenigstens füllt sich die Zisterne jetzt wieder«, sagte sie, in der Annahme, Ben werde erleichtert sein. Doch das war nicht der Fall.

»Ja, sie läuft schon über.«

»Aber das ist doch wunderbar, oder nicht? Dann brauchen wir nicht mehr so sparsam mit dem Wasser umzugehen.«

»Das Problem ist nur, dass mir der Tank nicht gefällt. Er hat am Boden Rost angesetzt, und das ist gar nicht gut. Ich hatte damit gerechnet, dass er austrocknet, dann hätte ich ihn repariert, aber jetzt fürchte ich, dass wir das viele kostbare Wasser verlieren werden. Im schlimmsten Fall wird der Tank bersten, und dann wird das ganze Haus überflutet.«

Jacqueline riss erschrocken die Augen auf.

»Ich geh noch mal raus, nach den Schafen sehen«, fuhr Ben fort und griff nach seinem Hut.

»Wir kommen mit, Dad«, bot Geoffrey sofort an.

»Nein, ihr bleibt hier. Es reicht, wenn ich bis auf die Knochen nass werde. Ich hole euch, wenn ich euch brauche.«

»Sie haben doch noch gar nichts gegessen«, sorgte sich Jacqueline. Sie war von den Abenteuern des Vortags noch so erschöpft, dass sie am liebsten wieder ins Bett gekrochen wäre.

»Das hole ich nach, wenn ich wieder da bin.« Ben stapfte aus dem Haus.

Jacqueline sah ihm nach. Es war schon komisch: Erst hatte ihm die Dürre großes Kopfzerbrechen bereitet, und jetzt, wo es regnete, waren seine Sorgen noch größer. »Gibt es hier irgendwo einen Regenmantel für mich?«, wandte sie sich an Geoffrey.

»Bestimmt. Wozu brauchen Sie ihn denn?«

»Ich muss doch die Hühner füttern und die Eier einsammeln.« Sie war zwar nicht begeistert von der Vorstellung, in dem nassen Mist herumzustapfen, aber wenigstens hatte sie inzwischen ihre Angst vor den Hennen verloren.

»Ich mach das schon«, sagte Geoffrey. Im gleichen Moment ließ ein gewaltiger Donnerschlag das Haus erzittern. Der Junge schreckte zusammen.

»Lass nur, Geoffrey, das macht mir nichts aus«, sagte Jacqueline beruhigend.

»Nein, nein, *ich* gehe«, beharrte er, obwohl ihm sichtlich unwohl in seiner Haut war.

Geoffrey sprang auf, warf sich seinen Regenumhang über und eilte aus dem Haus. Wahrscheinlich wollte er mit seinem galanten Angebot die Sache mit ihrer ruinierten Unterwäsche wiedergutmachen. Zehn Minuten später war er wieder da und reichte Jaqueline den kleinen Eimer mit den frischen Eiern. Er hatte auch die Wäsche aufgehoben, die im Schlamm neben der Waschküche lag.

»Danke, Geoffrey, das ist lieb von dir«, sagte Jacqueline lächelnd. »Wie wär's zur Abwechslung mit hart gekochten Eiern und Toast zum Frühstück?«

»Prima, danke«, erwiderte er verlegen.

Sie hörten die Hintertür zufallen, Sekunden später kam Nick in die Küche. Er hatte seine Stiefel draußen auf der Veranda ausgezogen, sich ein Handtuch aus dem Bad geschnappt und frottierte sich die nassen Haare. »Morgen. Wo ist euer Vater, Jungs?«

»Draußen bei den Schafen«, antwortete Sid.

Jacqueline sah Nick prüfend an. »Wie geht es dir heute Morgen?« Er wirkte übermüdet und bewegte sich steif. Und ihr war ganz seltsam zumute, weil sie auf einmal so vertraut miteinander sprachen.

»Gut«, brummte er.

»Hast du Kopfweh? Siehst du verschwommen?«

»Nein!«, fuhr er sie an. »Hör auf, mich zu bemuttern!«

»Jackie hat dir das Leben gerettet, Onkel Nick«, sagte Geoffrey mit Nachdruck.

Nick und Jacqueline sahen den Jungen verdutzt an. Nick, weil er über sich selbst erschrak, Jacqueline, weil er ihr zu Hilfe kam. Sie vermutete, dass es Nick schlechter ging, als er zugab, und überlegte, ob sie Rachel Roberts verständigen sollte.

Nick senkte beschämt den Kopf. »Der Junge hat Recht, Jackie. Ich muss mich bei dir bedanken. Wenn du nicht gewesen wärst, wäre ich jetzt nicht mehr hier.«

War das der Grund gewesen, weshalb er sie geküsst hatte? Aus Dankbarkeit?

Die Jungen guckten zum Backofen hinüber. Rauch quoll aus der Ofentür. Jacqueline hatte vergessen, dass sie Brotscheiben zum Toasten hineingelegt hatte.

»Ja, Onkel Nick, wenn Jackie dich nicht gerettet hätte, wärst du auch verkohlt wie das Brot im Ofen«, bemerkte Jimmy.

»O nein!« Jacqueline fuhr herum, riss die Ofentür auf und wedelte mit der Hand den Rauch weg. Die Brotscheiben waren tatsächlich so schwarz verkohlt, dass sie nicht einmal mehr an die Hühner verfüttert werden konnten.

Nick grinste und zwinkerte seinen Neffen zu. Er war am Leben und nicht ernsthaft verletzt, das war die Hauptsache. Was hatte es für einen Sinn, darüber nachzugrübeln, was alles hätte passieren können? Er hatte sein Leben schon oft aufs Spiel gesetzt, öfter, als seine Familie ahnte. Merkwürdig nur, dass es ihm dieses Mal so unter die Haut ging. Er wusste selbst nicht, warum.

Jacqueline war geknickt wegen des verbrannten Toasts, aber als sie Nick und die Jungen grinsen sah, musste sie auch lächeln. Es war so schön, dass die vier jungen Männer endlich einmal heitere Gesichter machten und Humor zeigten, selbst wenn es auf ihre Kosten geschah.

Sie saßen alle beim Frühstück, als Ben in heller Aufregung hereingestürmt kam. Der Regen fiel mit unverminderter Heftigkeit, und direkt über ihnen donnerte es. Abgesehen von den Verandadächern, die an einigen Stellen undicht waren, hatte das Wasser auf Wilpena Station bisher keinen größeren Schaden angerichtet.

Während Ben fort gewesen war, waren auf Wilpena allerdings mehrere Funksprüche eingegangen: Die Wassermassen hatten den Bahndamm bei Quorn unterspült, und aus dem Willochra Creek, einem staubigen Flussbett, war ein breiter Strom geworden. In der Nähe von Oratunga waren weitere Flüsse über die Ufer getreten. Die Überschwemmungen behinderten den Verkehr zwischen Parachilna und Blinman und sorgten für Verspätungen bei der Postzustellung.

»Auf der äußersten Koppel im Norden ist ein Baum umgestürzt!«, stieß Ben atemlos hervor. »Er hat einen Zaun zwischen zwei Koppeln niedergerissen. Von der einen sind ein paar hundert Schafe davongelaufen, von der anderen der Widder!«

»Verdammt!«, fluchte Nick.

»Sattelt die Pferde, Jungs«, befahl Ben. »Wir müssen die Tiere so schnell wie möglich wieder einfangen.«

Seine Söhne sprangen sofort auf. Jacqueline erschrak. Die Nachrichten von dem verheerenden Unwetter beunruhigten sie zutiefst.

»Sie können Ihre Söhne doch nicht bei diesem Wetter hinausschicken, Ben. Das ist viel zu gefährlich!«

Ben und die Jungen sahen sie verwundert an.

»Ich kann doch nicht ganz allein ein paar hundert Schafe zusammentreiben«, erwiderte Ben.

»Ganz recht«, stimmte Nick ihm zu. »Jeder Mann wird gebraucht.«

Ben sah ihn streng an. »Du bleibst hier und legst dich wieder hin.« Er wollte sich nicht auch noch um seinen Bruder sorgen müssen.

»Sehe ich aus, als wäre ich nicht gesund?«

»Willst du eine ehrliche Antwort?«, gab Ben aggressiv zurück.

»Das Leben Ihrer Söhne ist doch sicherlich mehr wert als ein paar Schafe«, fuhr Jacqueline aufgebracht dazwischen.

»Wenn wir unser Vieh verlieren, werden meine Söhne ihr Zuhause und ihre Lebensgrundlage verlieren. Wollen Sie das?«, knurrte Ben unwirsch.

»Na schön, wenn die Schafe so wichtig sind, dann werde ich auch beim Suchen helfen«, sagte sie.

Alle guckten sie verdutzt an.

»Nein, Sie bleiben hier«, entgegnete Ben mit Bestimmtheit. »Wir haben schon genug am Hals, wir können nicht auch noch auf Sie aufpassen.«

Jacqueline schnappte empört nach Luft. »Haben Sie schon vergessen, dass ich es war, die Ihren Bruder ganz allein aus einem brennenden Flugzeugwrack gerettet hat?«

Das saß. Ben, der nichts darauf zu erwidern wusste, machte eine ärgerliche Handbewegung. »Also gut, meinetwegen. Aber schalten Sie wenigstens vorher den Herd aus, bevor Sie noch das Haus abfackeln.«

Jacqueline fuhr erschrocken herum. Das durfte doch nicht wahr sein! Zum zweiten Mal an diesem Morgen hatte sie vergessen, dass sie Brot zum Rösten in den Backofen gelegt hatte. Wieder kringelte sich schwarzer Rauch aus der Ofentür. Schnell schaltete sie den Herd aus.

Ben ging hinaus und kam mit einem Regenmantel, der Cindy gehört hatte, zurück. Schweigend reichte er ihn Jacqueline. Sie zögerte kurz, schlüpfte dann aber hinein. Augenblicke später verließen sie alle miteinander das Haus. Ben pfiff den Hunden, die ihnen zum Stall folgten, wo sie die Pferde sattelten. Nick kontrollierte Dixies Sattelgurt und half Jacqueline beim Aufsitzen.

»Willst du nicht doch lieber hierbleiben?« Trotz der Kapuze an Cindys Regenmantel würde es nicht lange dauern, bis sie völlig durchnässt wäre. Es donnerte, und Dixies Ohren zuckten nervös.

»Nein, ich will euch helfen«, beharrte Jacqueline. »Du bist schrecklich blass, Nick. Vielleicht solltest *du* lieber hierbleiben.«

»Mir geht's prächtig«, brummte er.

Jacqueline nahm ihm das nicht ab.

Als alle im Sattel saßen, gab Ben Anweisungen. Er musste fast schreien, um das Prasseln des sintflutartigen Regens zu übertönen.

»Wir werden alle Schafe, die wir einfangen, hier auf der Hauptkoppel unterbringen. Dann können sich die anderen Weiden erholen, und wir haben Zeit, die Zäune zu reparieren. Halten Sie nach versprengten Tieren Ausschau, Jackie. Falls Sie welche sehen, holen Sie einen von uns zu Hilfe.«

»Kann ich sie nicht zurücktreiben?«

»Das ist nicht so einfach«, erwiderte Nick. »Schafe sind nicht wie Hunde, sie laufen einem nicht einfach hinterher.«

Jacqueline nickte, dachte sich aber ihren Teil. Es konnte nicht so schwer sein. Tess hatte es schließlich auch gelernt.

»Also dann, machen wir uns auf den Weg«, rief Ben.

Sie teilten sich auf, damit sie das ganze Gebiet abdecken konnten. Ben bat Jacqueline, die Auffahrt und den Hof bis hin zum Fluss im Auge zu behalten. Sie solle aber auf keinen Fall zu nahe ans Wasser reiten, warnte er.

Geoffrey wurde an die westliche Grenze der Farm geschickt. Er war froh darüber, weil dort viele Bäume standen und er sich bei dem Unwetter dort sicherer fühlte als im freien Gelände. Die meisten Bäume wuchsen allerdings am Flussufer, wo es wegen der reißenden Strömung sehr gefährlich war.

Es regnete heftiger als je zuvor. Jacqueline bedauerte fast, dass sie ihre Hilfe angeboten hatte, zumal sie kein einziges Schaf zu Gesicht bekam. Ihre Beine waren von den Schenkeln abwärts pitschnass, und das war ein ekelhaftes Gefühl. Auch Dixies Fell war schon durchnässt, die Ärmste tat ihr richtig leid. Außerdem übertrug sich Jacquelines Nervosität auf das Tier, das bei jedem Blitz, jedem Donner unruhig tänzelte. Dennoch ritt sie unermüdlich weiter die Auffahrt hinunter in Richtung Straße.

Jetzt erst sah Jacqueline, dass der Fluss die Auffahrt querte. Sie erschrak, als sie erkannte, wie schnell das Wasser floss.

»Da gehen wir nur rüber, wenn wir unbedingt müssen, Dixie«, sagte sie laut. Auf der anderen Seite der Furt konnte sie sowieso nirgendwo ein Schaf sehen.

Die Ohren der Stute bewegten sich vor und zurück, als sei sie ganz Jacquelines Meinung. Langsam setzten sie ihren Weg am Fluss entlang fort.

Auch Geoffrey ritt am Fluss entlang, allerdings viel weiter westlich als Jacqueline. Er war nervös und angespannt und vermied es, auf das reißende Wasser zu schauen. Plötzlich glaubte er ein Blöken zu hören. Er zügelte sein Pferd und lauschte angestrengt. Es war nicht leicht, weil das Prasseln des Regens alles übertönte. Doch da war es wieder. Es war eindeutig das Blöken eines Schafs, und es kam vom Fluss. Geoffrey überlief es kalt. Langsam lenkte er sein Pferd zwischen den Bäumen hindurch.

Die Stämme der Eukalyptusbäume glänzten vor Nässe, und von den Blättern tropfte der Regen. Nach der jahrelangen Trockenheit war das ein höchst merkwürdiger Anblick. Geoffrey ritt auf das Blöken zu, das in unregelmäßigen Abständen zu hören war.

Er gelangte zu einem umgestürzten Eukalyptusbaum, dessen mächtige Wurzeln wie die Finger eines Riesen aus der Erde emporragten. Es war ein sehr großer, vermutlich einige hundert Jahre alter Baum. Er war quer über den Fluss gefallen, seine ausladende Krone lag am anderen Ufer. Das Blöken wurde lauter. Geoffrey saß ab und führte sein Pferd am Zügel auf den umgestürzten Baum zu. Das Wasser stieg sehr schnell, ihm war mulmig zumute, als er Äste in allen Größen in der reißenden Strömung vorbeirasen sah.

Wieder hörte er das Blöken, jetzt schien es sehr nahe. Er suchte mit den Blicken die Umgebung ab. Nichts. Das Schaf blökte abermals. Es hörte sich an, als komme es vom anderen Flussufer, das war jedoch fast nicht möglich. Geoffrey starrte angestrengt in das Laub der Baumkrone und nahm auf einmal eine Bewegung wahr. Er traute seinen Augen nicht, als er im Geäst den Kopf des Widders erblickte.

»O nein!«, murmelte er entsetzt.

Anscheinend hatte sich das Tier mit den Hörnern in den Ästen verfangen. Sein Körper hing fast vollständig im Wasser. Es blökte in Todesangst und strampelte verzweifelt, um sich zu befreien, aber es gelang ihm nicht.

Geoffrey schlug das Herz bis zum Hals. Was sollte er jetzt nur machen? Er schaute auf das Wasser, und ihm wurde schwindlig vor Angst. Ob er Hilfe holen sollte? Aber das Wasser stieg rasend schnell. Der Widder würde ertrinken, das Gewicht seiner nassen Wolle würde ihn nach unten ziehen.

Der Junge sah den Baumstamm an. Vielleicht konnte er den Fluss auf ihm überqueren, den Widder befreien und aufs Ufer hinaufziehen. Aber Geoffrey war vor Angst wie gelähmt.

Er ballte in hilflosem Zorn die Fäuste, ärgerte sich über sich selbst, über seine würgende Angst. Sein Vater und sein Onkel hatten zwei Jahre lang jeden Penny gespart, um den wertvollen Schafbock kaufen zu können, von dem die Zukunft der Farm zu einem Großteil abhing. Wie sollte er mit der Schuld leben können, wenn er jetzt wegging und das Tier ertrinken ließ? Nein, es gab nur einen Ausweg: Er musste seine Angst überwinden und sein Möglichstes versuchen, um den Widder zu retten.

Geoffrey holte tief Luft und kletterte auf den schlüpfrigen Baumstamm. Er zwang sich, nicht auf das tosende Wasser zu schauen, sondern sich auf den Stamm zu konzentrieren. Mit seitlich ausgestreckten Armen machte er zwei Schritte, dann noch einmal zwei. Schon war er fast in der Mitte des Flusses. Er blickte kurz auf. Das Wasser stieg immer noch, es hatte fast Nase und Augen des Widders erreicht. Geoffrey wusste, er durfte keine Zeit verlieren. Ihm schlotterten die Beine, aber er setzte tapfer einen Fuß vor den anderen. Er musste es versuchen, das war er seinem Vater schuldig.

Plötzlich rammte ein riesiger Ast den Baumstamm. Obwohl die Strömung ihn weiter mit sich riss, erschrak der Junge so sehr, dass er das Gleichgewicht verlor. Er ruderte mit den Armen. Vergebens. Geoffrey stürzte. Das Gesicht gegen die nasse Rinde gepresst, klammerte er sich mit Armen und Beinen an den Stamm.

»Was machst du denn da, Geoffrey?«, schrie jemand.

Verzweifelt sah er auf. Es war Jacqueline. Sie war weiter am Fluss entlanggeritten, bis sie das reiterlose Pferd zwischen den Bäumen entdeckt hatte.

»Bist du verletzt?«

»Ich … stecke fest«, rief Geoffrey, der vor Angst wie gelähmt war und sich wie ein Schwächling vorkam.

»Sag mir, was ich tun soll!« Jacqueline fragte sich, was Geoffrey auf dem Baumstamm machte, aber für solcherlei Überlegungen war jetzt keine Zeit. »Soll ich Hilfe holen?«

»Nein!«, schrie der Junge panisch. Er wollte auf gar keinen Fall, dass sein Vater oder sein Onkel ihn so sahen. »Der Widder«, keuchte er. Die Angst schnürte ihm die Kehle zu. Er schloss die Augen, weil er fürchtete, ohnmächtig zu werden, wenn er noch länger auf die strudelnde Strömung starrte. »Er hängt fest … und … das Wasser … steigt.«

»Der Widder?« Jacqueline blickte sich suchend um. »Was für ein Widder?« In diesem Moment hörte sie das Blöken. Geoffrey hörte es auch; es klang schon bedeutend schwächer. Das Tier war erschöpft.

»Ich sehe ihn!«, rief Jacqueline. Es dauerte ein paar Sekunden, bis sie die Situation erfasst hatte. »Kannst du aufstehen, Geoffrey?«

»Nein, ich glaub nicht. Ich … ich hab solche Angst!«

Jacqueline konnte ihm anhören, wie sehr er sich für dieses Eingeständnis schämte.

Sie überlegte einen Augenblick. »Ist das Wasser sehr tief?«

»Keine Ahnung.« Der Junge hob kurz den Kopf, brachte es aber nicht fertig, den Baumstamm loszulassen. »Ich … kann nicht aufstehen. Ich kann einfach nicht.« Er ließ den Kopf wieder sinken und kam sich schrecklich feige vor.

Jacqueline beschloss zu handeln. Sie drückte ihre Fersen in Dixies Flanken und lenkte das Pferd neben dem Baumstamm ins Wasser. Sie hoffte, er würde ihnen ein bisschen Schutz vor der Strömung bieten.

»Komm schon, Mädchen, so ist's brav«, ermutigte sie die Stute, als sie in das tosende Wasser watete.

Dixies Ohren zuckten nervös, und das Weiße ihrer Augen war zu sehen. Doch schnell hatten sie den tiefsten Punkt des Flusses erreicht. Jacqueline hoffte inständig, sie würde sich im Sattel halten können, wenn die Stute schwimmen musste. Sekunden später, die Jacqueline allerdings wie eine Ewigkeit vorkamen, hatten sie den Fluss fast durchquert.

»Was soll ich tun?«, rief sie Geoffrey zu.

Geoffrey versuchte, sich aufzurichten, aber er schaffte es nicht. Er hatte seine Finger so fest in den Stamm gekrallt, dass sie taub geworden waren. »Pack ihn an den Hörnern und versuch, ihn die Böschung hinaufzuziehen«, rief er und merkte nicht einmal, dass er sie duzte. Er verwünschte sich für seine Feigheit. Was, wenn Jacqueline etwas zustieße? Wie sollte er erklären, dass er tatenlos zugesehen hatte, anstatt ihr zu Hilfe zu kommen? Sein Vater würde ihn hassen für seine Schwäche. Er war ein Hasenfuß, kein Mensch, zu dem seine jüngeren Brüder aufblicken konnten.

Jacqueline lenkte Dixie so dicht wie möglich an den Widder heran. Eines seiner gewundenen Hörner hatte sich tatsächlich in einer Astgabel verfangen, und durch den immensen Druck der Strömung schaffte er es nicht, sich allein aus dieser misslichen Situation zu befreien. Jacqueline packte das andere Horn und kickte ihre Fersen in Dixies Flanken. Die Stute machte einen Satz ein Stück die Böschung hinauf. Durch den Ruck wurde das eingeklemmte Horn aus der Astgabel gerissen, der Widder war frei. Einen Augenblick fürchtete sie, die Strömung würde ihn mit sich reißen, aber irgendwie gelang es ihm, sich durch das Wasser und unter dem Geäst des Baumes hindurchzukämpfen und festen Boden zu erreichen. Verstört blieb das Tier stehen.

Jacqueline sprang aus dem Sattel, packte den Widder an den Hörnern und zerrte ihn die Böschung weiter hinauf. Immer wieder rutschte sie auf dem morastigen Boden aus, keuchend vor Anstrengung. Endlich erreichten sie das Ufer, wo das Tier in Sicherheit war. Hechelnd vor Erschöpfung stand es mit aufgesperrtem Maul wie versteinert da.

Geoffrey, der die Rettungsaktion mit angehaltenem Atem beobachtet hatte, empfand grenzenlose Erleichterung – Jacqueline war nichts passiert, der Widder nicht ertrunken. Er nahm all seinen Mut zusammen, richtete sich in eine sitzende Position auf und rutschte auf dem Hosenboden Zentimeter für Zentimeter vorwärts. Als er die andere Seite des Flusses fast erreicht hatte, überkam ihn aufs Neue eine namenlose Angst.

»Nur Mut, Geoffrey, du schaffst das schon«, ermunterte ihn Jacqueline. Sie konnte ihm ansehen, wie er mit sich kämpfte. »Sieh mich an, Geoffrey«, befahl sie mit fester, aber ruhiger Stimme. »Sieh mich an!« Als Geoffrey zögernd aufschaute, sagte sie: »Und jetzt kommst du zu mir. Du kannst das. Sieh nur mich an, sieh nicht nach rechts und nicht nach links und vor allem nicht nach unten. Und jetzt komm, okay?«

Während der Junge sich langsam auf sie zubewegte, rief sie ihm die ganze Zeit Mut zu, ohne ihn auch nur eine Sekunde aus den Augen zu lassen. Endlich erreichte er die andere Seite. Geoffrey sackte vor Erleichterung in sich zusammen. Er schämte sich entsetzlich.

»Es tut mir leid, dass ich dir keine Hilfe war«, sagte er leise. »Ich bin neunzehn Jahre alt und ein erbärmlicher Feigling. Was musst du nur von mir denken!«

»Geoffrey, du sprichst mit einer erwachsenen Frau, die sich vor ein paar harmlosen Hühnern gefürchtet hat. Ich werde mir ganz bestimmt kein Urteil über dich anmaßen.«

»Bei dir ist das was anderes. Du bist eine Frau. Frauen dürfen Angst haben.«

»Männer auch, Geoffrey. Wir sind Menschen, und Menschen haben Schwächen und Fehler.«

Geoffrey sah auf. »Ich war es, der dich im Hühnerhof eingesperrt hat«, gestand er kleinlaut. »Ich fand es lustig, dass du solche

Angst vor den Hühnern hattest. Ich habe auch deine Wäsche mit Petroleum besprenkelt. Es tut mir so wahnsinnig leid, Jackie.«

Jacqueline legte ihm eine Hand auf die Schulter und drückte sie liebevoll. »Du hast gedacht, ich will den Platz deiner Mutter einnehmen. Aber das war nie meine Absicht. Niemand kann das.«

Geoffrey konnte sein Erstaunen nicht verbergen. Er hätte nicht gedacht, dass sie das verstehen würde. »Sie fehlt uns allen ganz schrecklich«, murmelte er, und seine Unterlippe zitterte. »Aber ich vermisse sie vielleicht noch mehr als die anderen, weil sie meine Ängste und meine Schwächen verstanden hat.« Als er das Mitgefühl in Jacquelines Augen sah, fügte er hinzu: »Aber vielleicht verstehst du das ja auch.«

Sie nickte. Zum ersten Mal bekam sie eine leise Ahnung davon, was es hieß, Mutter zu sein. Sie bedauerte, dass sie diese Erfahrung wahrscheinlich nie machen konnte.

»Mein Vater wird mich für einen Feigling halten«, stieß Geoffrey dumpf hervor. »Er wird ganz schön wütend werden, wenn er erfährt, dass ich schuld daran bin, dass du dein Leben aufs Spiel gesetzt hast.« Von Hass gegen sich selbst erfüllt, wandte er das Gesicht ab.

»Red keinen Unsinn, Geoffrey. Dixie und mir ist nichts passiert, und der Widder ist gerettet. Alles andere wird deinem Vater egal sein.«

Der Junge war nicht so überzeugt davon.

»Aber wir haben ein Problem, Geoffrey. Wie kriegen wir den Widder nach Hause?«

»An meinem Sattelknauf hängt ein Strick. Wir könnten den Widder anbinden und den Fluss an der Furt überqueren.« Er warf einen Blick zu seinem Pferd am anderen Ufer hinüber. Sofort verdüsterte sich seine Miene wieder.

»Soll ich mit Dixie hinüberreiten?«

»Nein, auf gar keinen Fall!«, sagte der Junge hastig. »Das Wasser ist noch weiter gestiegen. Ich will nicht, dass du dein Leben ein zweites Mal riskierst.«

»Dann werde ich über den Baumstamm balancieren und den Strick holen.«

Geoffrey riss die Augen auf. »Das kann ich nicht zulassen!«

»Mir wird schon nichts passieren. Ich habe früher getanzt, weißt du, ich habe ein ausgezeichnetes Gleichgewichtsempfinden.«

»Nein, Jackie, bitte nicht!« Nacktes Entsetzen stand in den Augen des Jungen.

»Ich schaff das schon, glaub mir. Und du passt auf, dass der Widder nicht wegläuft oder ins Wasser zurückplumpst.« Schon kletterte Jacqueline auf den Baumstamm und richtete sich vorsichtig auf.

»Komm zurück, Jackie«, bettelte der Junge. »Das ist viel zu gefährlich!« Wenn sie abrutschte und in den Fluss fiel, würde er nichts für sie tun können.

»Keine Angst, ich bin gleich wieder da.«

Jacqueline konzentrierte sich einen Augenblick, dann setzte sie bedächtig einen Fuß vor den anderen, die Fersen nach innen, die Fußspitzen nach außen gedreht, die Arme seitlich ausgestreckt. Ohne auch nur einen Augenblick innezuhalten, erreichte sie das andere Ufer.

Geoffrey hielt unwillkürlich den Atem an. Als sie drüben angekommen war, ging sie zu seinem Pferd, nahm das Seil vom Sattelknauf, streifte es sich über den Kopf und über einen Arm und kletterte wieder auf den schlüpfrigen Stamm.

»Sei bloß vorsichtig, Jackie«, schrie Geoffrey. Er hatte um sie fast so große Angst, wie er um sich selbst gehabt hatte.

Jacqueline antwortete nicht. Sie hatte ihre Aufmerksamkeit vollständig auf die Aufgabe gerichtet, die vor ihr lag. Fast anmutig überquerte sie den Fluss ein zweites Mal. Geoffrey reichte ihr die Hand und half ihr von dem Baumstamm herunter.

»Das war wirklich klasse«, sagte er ehrfürchtig.

Jacqueline lächelte. »Ich hab eine Idee. Du bindest den Widder an und reitest auf Dixie bis zur Furt. Und ich werde noch einmal hinübergehen, dein Pferd nehmen und mich auf die Suche nach

Ben oder Nick machen. Dann können sie kommen und dir helfen, den Widder auf die andere Seite zu bringen.«

Obwohl das Wasser in der Furt viel flacher war, würde Geoffrey den Fluss nur mit starkem Widerwillen durchqueren. Doch das ließ sich nicht vermeiden. Irgendwie mussten sie den Widder zur Farm zurückschaffen.

»Du willst noch mal da hinüber? Das gefällt mir gar nicht.« Geoffrey schüttelte zweifelnd den Kopf.

»Ich weiß was Besseres! Dein Vater könnte doch mit dem Pick-up durch die Furt fahren und dich und den Widder in den Wagen laden.«

»Ja, das ist eine prima Idee.« Geoffrey nickte anerkennend.

»Okay, so machen wir's. Dein Vater wird überglücklich sein, dass wir den Widder gefunden haben, meinst du nicht auch?«

»Und wenn er erst hört, wie mutig du warst, um ihn zu retten!«

»Du hast ihn zuerst entdeckt, Geoffrey. Ohne dich hätten wir ihn nicht gefunden. Außerdem braucht dein Vater ja nicht alles zu wissen.« Jacqueline knuffte ihn neckisch in die Seite. »Die Einzelheiten bleiben unter uns, abgemacht?« Geoffrey wurde rot, nickte aber. »Gut, dann werde ich mich mal auf den Weg machen.«

»Sei vorsichtig, Buster ist nicht so lammfromm wie Dixie«, warnte der Junge.

»Ich pass schon auf.« Abermals überquerte Jacqueline den Fluss. Inzwischen war das Wasser so weit gestiegen, dass es an einigen Stellen den Baumstamm überspülte, wodurch dieser noch glitschiger wurde.

Geoffrey wagte erst wieder zu atmen, als die junge Frau sicher drüben angekommen war. Dann stieg er auf und ritt in Richtung Furt, den Widder am Strick mit sich führend.

Als Ben und Nick mit dem Pick-up eintrafen, wartete Geoffrey schon auf sie. Es war ihnen gelungen, alle Schafe mit Ausnahme des Widders, den sie verzweifelt gesucht hatten, einzufangen. Als

Jacqueline die beiden Männer ausfindig gemacht hatte und ihnen berichtete, sie hätten den Schafbock gefunden, waren sie vor Freude fast außer sich.

Jacqueline bat Nick, Dixie durch die Furt zurückzubringen und Geoffrey im Ute fahren zu lassen.

»Das war ein hartes Stück Arbeit, er hat einiges durchgemacht«, sagte sie, ohne auf Einzelheiten einzugehen.

»Ich kann kaum glauben, dass du den Widder gefunden hast, Geoffrey«, rief Nick fast übermütig, als er auf der anderen Seite der Furt aus dem Wagen sprang. »Komm, steig ein, du fährst den Ute«, fügte er hinzu, als ob er dem Jungen damit die größte Ehre erweise.

Geoffrey, kreidebleich im Gesicht, nickte nur. Bei dem Gedanken, auf Dixie durch die Furt reiten zu müssen, hatte ihn eine solche Angst gepackt, dass er sich hatte erbrechen müssen. Er hatte im Geist schon gesehen, wie das Pferd ausglitt und mitsamt seinem Reiter von der Strömung mitgerissen wurde. Kurze Zeit später erreichten sie beide die andere Uferseite.

»Großartige Arbeit, mein Sohn«, lobte Ben, nachdem sie Nick geholfen hatten, den Widder auf die Ladefläche zu hieven. »Ich bin verdammt stolz auf dich.«

Geoffrey erwiderte nichts darauf. Wüsste sein Vater die Wahrheit, wäre er mit Sicherheit nicht so stolz auf ihn.

Auf der Farm angekommen, brachten Ben und Nick den Schafbock in einer leeren Box im Stall unter.

»Es wird ein paar Tage dauern, bis seine Wolle wieder richtig trocken ist«, meinte Ben. »Es sei denn, die Sonne kommt raus. Aber er hat alles ganz gut weggesteckt, denke ich.«

Danach führten Nick, Ben und seine Söhne ihre Pferde in den Stall, um sie trocken zu reiben. Jacqueline kümmerte sich um Dixie. Während die anderen, erleichtert über den glücklichen Ausgang der Geschichte, sich fröhlich unterhielten, war Geoffrey sehr schweigsam. Er wusste im tiefsten Inneren, dass er seinem Vater die

Wahrheit beichten musste. Wäre Jacqueline nicht gewesen, hätten sie den kostbaren Schafbock verloren.

Plötzlich hielt Nick in seiner Arbeit inne. Er starrte die anderen entsetzt an und wurde totenblass. Dann knickten ihm die Knie ein, und er brach zusammen.

17

Vera schaute aus dem Wohnzimmerfenster auf die von den sintflutartigen Regenfällen verschleierte Landschaft hinaus und wünschte sich sehnlichst, dass von irgendwoher ein menschliches Wesen auftauchen würde. Aber sie konnte nirgendwo ein Anzeichen von Leben entdecken. Kein einziger Vogel, kein Känguru, kein Emu und schon gar kein Mensch war zu sehen.

Vera sehnte sich nach Gesellschaft. Es musste nicht einmal Mike sein, wie sie sich mit schlechtem Gewissen eingestand. Jeder wäre ihr recht: ein Schafscherer, ein Reisender, der sich zufällig auf ihre Farm verirrte, oder einer der Aborigines, die in der Nähe lebten. Sie wollte endlich einmal wieder eine richtige Unterhaltung führen, ein Gespräch ohne Schuldzuweisungen oder versteckten Groll. Vera würde sogar mit Freuden über das grässliche Wetter plaudern, wenn sie sich nur endlich mit jemandem austauschen könnte.

Mike zog sich immer mehr von ihr zurück, und Vera kannte auch den Grund: Ihre Verbitterung wuchs mit jedem Tag. Kaum betrat er abends das Haus, fing sie an, sich über ihre Einsamkeit zu beklagen. Sie konnte einfach nicht anders. Sie hatte es versucht, sie hatte es wirklich versucht. Zwei Tage zuvor hatte sie ihm schluchzend ihr Herz ausgeschüttet. Sie habe sich verändert, sie erkenne sich selbst nicht mehr wieder, und sie hasse die Person, die sie geworden sei. Mike hielt sie ganz offensichtlich für hysterisch. Sie solle sich beschäftigen, sich Aufgaben suchen, die sie ausfüllten. Das hatte er ihr schon einmal geraten. Er begriff nicht, dass harte Arbeit nichts an der Tatsache änderte, dass sie von morgens bis abends ganz allein war. Wo waren denn die versprochenen Besucher? Kein Mensch war bisher zu Besuch gekommen. Er hatte sie auch nicht ein einziges Mal zu Jacqueline nach Wilpena oder zu Tess nach Arkaba gefahren, was sie ihm jeden Tag schmollend vorhielt.

Vera drückte das Gesicht an die Fensterscheibe. Die Fenster waren schmutzig, aber es war ihr egal, und das sah ihr gar nicht ähnlich. Wozu sollte sie die Fenster putzen oder die Fußböden schrubben? Wozu den Kampf gegen den Staub oder den Morast aufnehmen, wenn niemand da war, der blitzblanke Fenster oder Böden zu würdigen wusste? Wenn Mike abends todmüde heimkam, interessierte ihn weder ein sauberes Zuhause noch seine Frau – jedenfalls kam es Vera so vor.

Die Enttäuschung über ihre Ehe und der Verdruss über die Einsamkeit nagten fortwährend an ihr. Sie wusste, das war nicht gut, aber sie konnte nichts dagegen tun. Es war, als hätte sich eine dunkle Wolke über sie gesenkt und hüllte sie vollständig ein. Und das Traurige war, dass sie das alles schon einmal durchgemacht hatte.

Mike hatte darauf bestanden, nach seiner Schafherde zu sehen. Es sei doch Wahnsinn, bei diesem Unwetter das Haus zu verlassen, hatte Vera ihm entgegengehalten. Sie hatte ihn angefleht, bei ihr zu bleiben. Vergebens. Jetzt, einige Stunden später, stand sie einsam am Fenster und starrte auf das rund dreitausend Hektar große, durch Zäune in symmetrische rechteckige Koppeln eingeteilte Land hinaus, das sich in eine rote Schlammwüste verwandelt hatte. Und noch immer goss es in Strömen. Es war ein deprimierender Anblick. Nicht einmal der beeindruckende St. Mary Peak, die höchste Erhebung in der Gegend, konnte sie trösten. Sie fühlte sich wie eine Gefangene in diesem Haus, dessen Wände sich unaufhaltsam auf sie zuzubewegen schienen.

Die beklemmende Stille wurde nur vom Ticken der Standuhr, einem Erbstück der Rawnsleys, unterbrochen. Da das Dach über dem Hauptteil des Hauses relativ hoch war, war das Trommeln des

Regens auf dem Blech nur gedämpft zu hören. Im Anbau allerdings war das Dach bereits eine Stunde, nachdem Mike und sein Verwalter gegangen waren, undicht geworden. Das Wasser tropfte direkt über dem Funkgerät, das dort auf einem Tisch stand, von der Decke. Vera hatte zwar versucht, den Tisch wegzurücken, aber er war viel zu schwer, und so hatte sie das Funkgerät ein Stück weggerückt und einen Eimer unter die durchlässige Stelle gestellt. Sie konnte das monotone Tropfen des Wassers in den Blecheimer hören – wie ein Echo des Tickens der Standuhr. Auch das Verandadach war an mehreren Stellen undicht geworden, sodass sie nicht einmal einen Schritt vor die Tür machen konnte.

Veras Beklommenheit wuchs mit jeder Minute. Ihre Nervosität steigerte sich ins Unerträgliche. Sie hatte viel Zeit gehabt, über ihr früheres Leben nachzudenken. Sie hatte allein in einer bezaubernden kleinen Wohnung im fünften Stock in New Jersey gelebt und als Telefonistin in einer großen Werbeagentur gearbeitet, die den ganzen elften Stock in einem der höchsten Gebäude New Jerseys einnahm. Das Wetter hatte sie praktisch nur zur Kenntnis genommen, wenn sie von ihrer Wohnung zur Bushaltestelle geeilt und in einem überfüllten Bus, der direkt vor ihrem Büro hielt, zur Arbeit gefahren war. Sie hätte sich nicht träumen lassen, dass sie sich einmal Gedanken um Überschwemmungen oder undichte Dächer machen musste. Tagsüber hatte sie unzählige Menschen gesehen und mit einigen hundert am Telefon gesprochen, deshalb war sie abends froh gewesen, wenn sie in ihre stille Wohnung zurückkehren konnte. Außerdem hatte sie oft Besuch von Freunden gehabt, und der Verkehr unter ihrem Fenster riss nie ab.

Vera hatte sich das Leben im australischen Outback völlig anders vorgestellt. Natürlich war sie auf Probleme und Schwierigkeiten vorbereitet gewesen, aber sie hatte geglaubt, dass sie diese gemeinsam mit ihrem Mann bewältigen würde. Womit sie nicht gerechnet hatte, war diese entsetzliche Einsamkeit, die den Verstand betäubte und die Seele abtötete.

Sie sorgte sich mit jeder Stunde mehr, dass das Dach des Anbaus den Wassermassen nicht standhalten und einstürzen würde. Mike war wie meistens in ihrer kurzen Ehe nicht da, wenn sie ihn brauchte. Sie versuchte, Tess anzufunken, bekam aber keine Antwort. Auch Jacqueline konnte sie nicht erreichen.

»Die werden doch bei dem Wetter nicht draußen unterwegs sein«, murmelte Vera vor sich hin.

Die absurdesten Gedanken schossen ihr durch den Kopf. Waren Wilpena und Arkaba womöglich überflutet worden? Sie knetete nervös die Hände. Ihre irrationalen Ängste nahmen überhand. Was, wenn Mike da draußen etwas zustieß? Sie würde verhungern, weil niemand wusste, dass sie ganz allein auf der Farm war.

Vera lief in den Anbau hinüber. Der nasse Fleck hatte sich weiter ausgebreitet, das Wasser tropfte unaufhörlich, die Decke hing schon ein klein wenig durch.

»O Mike, wo bleibst du nur?«, wimmerte sie voller Angst.

Ben und seine Söhne trugen Nick ins Haus und brachten ihn in Bens Bett. Erst nach zehn Minuten konnten sie Rachel in Austral Downs erreichen. Als sie auf der Farm eintraf, war Nick bereits wieder zu sich gekommen.

»Ein Glück, dass du in der Nähe warst«, sagte Ben erleichtert, als er Rachel die Tür öffnete.

»Mrs. Wilsons Neugeborenes hat erhöhte Temperatur und einen Ausschlag, deshalb war ich in Austral Downs«, erklärte sie. »Was ist passiert? Nick ist bewusstlos geworden?«

»Ja, eben ging es ihm noch gut, und dann ist er plötzlich umgefallen wie ein Mehlsack.«

»Na, dann wollen wir uns den Patienten mal ansehen.«

Ben hatte seinen jüngeren Bruder immer für unverwundbar gehalten. Selbst bei dem Flugzeugabsturz hatte er nur eine leichte Kopfverletzung davongetragen. Deshalb erschreckte Nicks Zusammenbruch ihn umso mehr.

»Ich habe ihm gesagt, er gehört ins Bett, aber du weißt ja, wie stur er sein kann«, klagte Ben.

»O ja, allerdings, er ist *fast* so stur wie du«, frotzelte Rachel. »Was hat er denn gemacht, als er bewusstlos wurde?«

»Einige unserer Zäune sind durch umstürzende Bäume eingerissen worden, wir waren draußen und haben unsere Schafe wieder eingefangen. Als wir zurückkamen und unsere Pferde im Stall trocken rieben, ist er plötzlich umgekippt.« Ben führte Rachel in sein Zimmer.

Nick machte ein verdrießliches Gesicht, als er sie sah, und warf seinem Bruder einen bösen Blick zu. »Mir fehlt überhaupt nichts, du hättest dir den Weg hierher ruhig sparen können.«

»Überlass das nur mir«, erwiderte Rachel und betrachtete ihn prüfend. »Ein Glas Milch hat mehr Farbe als dein Gesicht.«

Nick verdrehte die Augen. »Du übertreibst maßlos. Gibt es keine Pille für so was?« Er schickte sich an, seine Beine aus dem Bett zu schwingen, um aufzustehen.

»Du bleibst schön liegen!« Rachel drückte Nick aufs Bett zurück. »Wenn du so weitermachst, werde ich dir was gegen Dickköpfigkeit verschreiben müssen.« Während sie ihn untersuchte, stellte sie ihm eine Reihe von Fragen. Einige beantwortete er ausweichend, andere nicht wahrheitsgemäß. Sie kannte ihn lange genug, um das beurteilen zu können. »Nick, ich kann dir nicht helfen, wenn du mir nicht die Wahrheit sagst«, schimpfte sie ärgerlich. »Hast du seit dem Absturz Kopfschmerzen, ja oder nein?«

»Ich habe *gelegentlich leichte* Kopfschmerzen, nichts, weswegen man sich Sorgen zu machen braucht.«

Rachel sah ihn gereizt an und kniff ihm in den Handrücken.

»Au! Was soll das denn jetzt?«

»Ein kleiner Test, ob dein Körper ausreichend Flüssigkeit hat. Du musst mehr trinken, und damit meine ich nicht Bier.«

»Ich bin den ganzen Morgen draußen gewesen, wie soll es mir da an Flüssigkeit fehlen?«, maulte Nick.

»Sofern du nicht mit dem Gesicht nach unten auf dem Boden gelegen und aus Pfützen getrunken hast, ist das sehr gut möglich«, erwiderte Rachel spitz. »Du hast die Wahl: Entweder nimmst du ausreichend Flüssigkeit zu dir, oder ich weise dich ins Krankenhaus ein, damit du an den Tropf gehängt wirst. Ich glaube nicht, dass du eine Gehirnerschütterung hast. Die Kopfschmerzen könnten also eine Folge von Flüssigkeitsmangel sein.«

Rachel bat Ben, der vor der angelehnten Tür wartete, um ein großes Glas Wasser. Als er es brachte, reichte sie Nick das Glas mit den Worten: »Davon trinkst du heute mindestens ein halbes Dutzend, verstanden?«

»Zu Befehl, Ma'am!«, antwortete Nick spöttisch.

»Benimm dich!« Sie drohte ihm scherzhaft mit dem Finger. Rachel konnte Nick nie lange böse sein, und das wusste er dummerweise; deshalb nahm er sie nicht ernst.

Er sah sie nachdenklich an. »Ich glaube, ich muss mich bei dir entschuldigen«, sagte er leise.

Sie lächelte. »Das glaube ich auch. Du bist mein aufsässigster Patient.«

»Ich kann mich ehrlich gesagt nicht so genau an deinen Besuch nach dem Flugzeugabsturz erinnern.«

»Das wundert mich nicht. Aber ich bin dir nicht böse deswegen. Wenigstens hast du mir nicht widersprochen«, neckte sie ihn.

Nick rieb sich verlegen das Kinn. »Ich weiß nur noch, dass ich mich danebenbenommen habe. Muss die Kopfverletzung gewesen sein.«

»Danebenbenommen? Ich weiß nicht, was du meinst.« Rachel packte ihre Instrumente wieder ein.

»Na ja«, druckste er, »ich habe dich doch in die Arme genommen und geküsst, oder nicht?« Er war sich auch ziemlich sicher, dass er ihr gesagt hatte, er liebe sie. »Passiert dir das so oft, dass du dich nicht an jeden einzelnen Fall erinnern kannst?«

Rachel lachte gutmütig. »Glaub mir, *daran* würde ich mich

garantiert erinnern! Du musst halluziniert haben. Vielleicht hast du ja doch eine Gehirnerschütterung. Oder es war Wunschdenken«, zog sie ihn auf und tippte ihm mit dem Zeigefinger auf die Brust.

»Es ist also nicht passiert?«, fragte Nick, um ganz sicherzugehen.

Rachel schüttelte den Kopf. »Nein, es ist nicht passiert. Ich würde mich ja gern noch ein bisschen mit dir darüber unterhalten, aber ich muss weiter.« Sie stand auf.

Nick war verwirrt. Er hatte sich den Kuss nicht eingebildet, da war er sich ganz sicher. Zumal seine Umarmung leidenschaftlich erwidert worden war.

Es klopfte. In der angelehnten Tür stand Jacqueline, in den Händen ein Tablett mit einer Teekanne und ein paar belegten Broten darauf. »Wie geht's dem Patienten?«

»So weit ganz gut«, antwortete Rachel. »Das Wichtigste ist, dass er ausreichend Flüssigkeit zu sich nimmt.«

»Dann war es also ein Schwächeanfall, weil er zu wenig getrunken hat.«

»Genau.«

Jacqueline war froh, dass es nichts Schlimmeres war. Nick hatte ihnen allen einen ganz schönen Schrecken eingejagt. Sie sah Rachel an. »Das ist sicher kein Vergnügen, bei dem Wetter Patienten besuchen zu müssen.«

»Ach, mein Jeep ist geländegängig, der bringt mich eigentlich überallhin. Und die Straßen in dieser Ecke hier sind alle passierbar. So, jetzt muss ich aber los!«

»Sei vorsichtig, Rachel«, mahnte Nick. »Bei Quorn soll es verheerende Überschwemmungen geben.«

Sie nickte. »Ja, so etwas habe ich hier überhaupt noch nicht erlebt. Pass auf dich auf, Nick! Und viel trinken, hörst du?«

»Möchten Sie nicht noch eine Tasse Tee?«, fragte Jacqueline.

»Geht leider nicht. Ich muss mich auf den Weg machen. Donny Braddock ist heute Morgen im Quorn Hotel vom Stuhl gefallen und hat sich anscheinend den Knöchel gebrochen.«

»Wie kann man sich denn bei einem Sturz vom Stuhl den Knöchel brechen?« Nick schüttelte den Kopf. »Der gute Donny muss ganz schön blau gewesen sein.«

»Er ist wohl auf den Stuhl geklettert, um eine Glühbirne auszuwechseln«, erklärte Rachel. »Kurt hat ihn darum gebeten.« Sie lächelte. Es war bekannt, dass der Hotelbesitzer Höhenangst hatte. Er stieg nicht einmal eine Treppe hinauf; aus diesem Grund hatte er sich im Erdgeschoss ein Schlafzimmer eingerichtet.

Nick machte ein zweifelndes Gesicht. »Wahrscheinlich hat Donny wieder den Clown gespielt, wie üblich.«

»Gut möglich. So richtig nüchtern ist er vermutlich nie. Aber du würdest dich wundern, wie oft jemand, der nicht alkoholisiert ist, beim Auswechseln einer Glühbirne vom Stuhl fällt. Also dann, tu, was ich dir gesagt habe, hörst du? Dann wirst du mich hier so schnell nicht wieder sehen, wenigstens nicht in meiner Eigenschaft als Ärztin.« Sie drückte liebevoll Nicks Hand.

Jacqueline wandte sich verlegen ab. »Ich lasse euch besser allein, damit ihr ungestört seid.«

»Nein, nein, nicht nötig«, wehrte Rachel ab und ging zur Tür. »Ich bin schon weg.«

Jacqueline stellte das Tablett neben dem Bett ab und folgte der Ärztin in den Flur hinaus. »Ist mit Nick wirklich alles in Ordnung?«

»Nun, er hat keine Sehstörungen und klagt auch nicht über irgendwelche Schmerzen. Soweit ich das beurteilen kann, fehlt ihm nichts Ernstes. Warum fragen Sie?«

»Er ist irgendwie anders, so launisch und schroff und gereizt. Er und Ben sind schon ein paarmal heftig aneinandergeraten. Er benimmt sich einfach merkwürdig.« Jacqueline zuckte hilflos mit den Schultern.

»Oh, ich weiß, was Sie meinen. Bei mir hat er sich gerade dafür entschuldigt, dass er mich bei meinem Besuch nach dem Absturz geküsst hat. Das muss er geträumt haben.«

Jacqueline starrte sie groß an und wurde rot.

Rachel entging ihre Reaktion nicht. »Waren Sie das, die er geküsst hat?«, fragte sie.

Jacqueline holte schon Luft, um die Frage zu verneinen, aber ihr Erröten hatte sie verraten. Sie nickte. »Ja, aber er hat nicht gewusst, was er tat.«

»Vielleicht doch«, murmelte Rachel viel sagend.

»Nein, ganz bestimmt nicht. Er hat mich für Sie gehalten, seien Sie bitte nicht böse.«

»Warum sollte ich böse sein?« Rachel guckte sie verwirrt an. »Na, egal. Ich muss jetzt wirklich gehen. Sagen Sie mir Bescheid, falls sich sein Zustand verschlechtern sollte.«

Rachel lief über die Veranda und rannte zu ihrem Jeep. Jacqueline wartete, bis sie davongefahren war, dann schloss sie langsam die Tür. Dass es Rachel gar nichts ausmachte, dass Nick sie geküsst hatte! Ob er häufiger etwas mit anderen Frauen hatte? War sie es gewöhnt und störte sich deshalb nicht mehr daran? Das wäre wirklich traurig, dachte Jacqueline.

Später an diesem Tag setzte sich Vera noch einmal ans Funkgerät und versuchte, Jacqueline zu erreichen. Dieses Mal klappte es.

»Jackie, wo warst du denn? Over.«

»Wieso? Hast du es schon einmal versucht? Over.«

»Schon ein paarmal. Ich hab mir schon Sorgen gemacht. Over.«

»Ich war mit den Männern draußen unterwegs, wir haben entlaufene Schafe gesucht.«

Nick und Ben und seine Söhne waren nach einer schnellen Mahlzeit wieder hinausgegangen, um die Zäune zu reparieren. Ben hatte gar nicht erst versucht, Nick davon abzuhalten, er wusste, es war sinnlos. Er hatte ihm lediglich gedroht, ihn draußen im Regen liegen zu lassen, wenn er noch einmal bewusstlos würde. Tatsache war, dass er Nick brauchte, und Nick wusste das.

»Ist alles in Ordnung bei dir? Over.«

»Nein. Mike ist nicht da, und das Dach ist undicht.« Dicke Wassertropfen platschten auf das Funkgerät. Vera schaute ängstlich zur Decke hinauf. »O nein!«

»Vera? Was ist denn? Over.«

»Das Wasser tropft direkt auf das Funkgerät! Und es wird immer schlimmer, ich kann es nicht noch weiter wegrücken. Ich halte das nicht mehr aus, Jackie. Ich habe es satt, dass Mike mich immerzu allein lässt und ich zusehen kann, wie ich mit allem fertig werde. Over«, klagte sie.

Einmal hatte der Generator zu rauchen angefangen. Vera, die dachte, er werde explodieren, war in Panik aus dem Haus geflohen und hatte sich mehrere hundert Meter entfernt unter einen Baum geflüchtet, wo Mike sie dann am Abend entdeckte. Ein andermal war die Pumpe ausgefallen, die das Wasser aus dem Regenwasserspeicher heraufbeförderte, und sie hatte den ganzen Tag kein Wasser gehabt. Zwei Tage zuvor waren unzählige Ameisen ins Haus marschiert, und sie hatte nicht gewusst, wie sie der Plage Herr werden sollte. Einmal war ein Opossum durch eine offene Tür hereinspaziert. Vera war so erschrocken, dass sie laut schrie, was wiederum das Tier in Panik versetzte. Es hatte nicht gleich wieder hinausgefunden und war auf den Tisch gesprungen, den Vera liebevoll fürs Abendessen gedeckt hatte, weil sie und Mike sich zwei Wochen zuvor kennen gelernt hatten. Alles war heruntergerissen worden, das Geschirr in tausend Scherben zersprungen.

»Ein undichtes Dach ist doch nicht so schlimm, Vera. Over«, tröstete Jacqueline.

»Du verstehst das nicht, Jackie. Ich bin wirklich anpassungsfähig, aber die Isolation hier draußen bringt mich noch um den Verstand. Over.«

Plötzlich stieß Vera einen markerschütternden Schrei aus. Jacqueline hörte ein lautes Krachen und dann ein Platschen.

»Vera? Vera! Alles in Ordnung? Over.«

Es knisterte ganz fürchterlich im Funkgerät. Die Verbindung wurde so schlecht, dass Jacqueline nur noch ein paar Wortfetzen aufschnappte. »Eingestürzt … Angst … elektrischer Strom … komm schnell … Name … am Gatter …« Dann brach die Verbindung vollends ab.

Jacqueline hatte Herzklopfen vor Angst und Aufregung. War die Decke eingestürzt und hatte Vera unter sich begraben? Oder hatte sie einen Stromschlag bekommen? Was tun? Sie funkte Tess an, konnte sie aber nicht erreichen. Zudem lag Arkaba noch weiter von Rawnsley Park Station entfernt als Wilpena, Tess würde Vera also auch nicht helfen können. Jacqueline überlegte fieberhaft. In Notfällen könne sie das Hawker Hotel oder das Quorn Hotel anfunken, hatte Ben ihr erklärt, aber erstens war sie nicht sicher, ob sie es richtig machen würde, und zweitens lagen sowohl Hawker als auch Quorn weit entfernt. Und was sollte sie sagen? Dass das Funkgerät auf Rawnsley Park Station ausgefallen war? Das war sicherlich kein Grund, bei diesem Wetter Hilfe loszuschicken.

Jaqueline überlegte, ob sie Dixie satteln sollte. Aber im strömenden Regen den langen Weg zu Pferd zurückzulegen, hielt sie nicht für eine gute Idee. Die Männer arbeiteten ziemlich weit vom Haus entfernt, es würde zu lange dauern, sie zu suchen und zu bitten, mit dem Pick-up nach Rawnsley Park zu fahren. Vera brauchte Hilfe, jede Sekunde war kostbar.

»Was soll ich bloß machen?«, jammerte Jacqueline verzweifelt, während sie vor dem stillen Funkgerät auf und ab ging.

Und dann fiel ihr der Morris ein.

Ben hatte den Schlüssel im Zündschloss stecken lassen. Aber als Jacqueline ihn drehte, sprang der Motor nicht an.

»Oh, komm schon!«, flehte sie entnervt.

Sie versuchte es ein zweites Mal, und dieses Mal klappte es. Der Motor röhrte auf und lief gleichmäßig weiter. Jacqueline schloss für einen Moment die Augen und rief sich ihre Fahrstunde mit Ben ins

Gedächtnis zurück. Es war ihr absolut nicht geheuer, allein zu fahren, aber sie dachte an Vera, die vielleicht verletzt war und Hilfe brauchte. Sie öffnete die Augen, holte noch einmal tief Luft, legte dann den ersten Gang ein, nahm ihren Fuß von der Kupplung und der Bremse und trat aufs Gaspedal. Der Wagen schoss vorwärts, aus der Garage und in den Hof. Der strömende Regen klatschte auf die Scheiben, und Jacqueline sah überhaupt nichts mehr. Den Fuß immer noch auf dem Gaspedal suchte sie fieberhaft nach dem Schalter für die Scheibenwischer.

Plötzlich prallte sie abrupt gegen ein Hindernis. Der Wagen kam zum Stillstand, der Motor starb ab. Jacqueline stieß einen spitzen Schrei aus und war einen Augenblick wie versteinert. Ihr Herz klopfte heftig, als sie die Wagentür öffnete, um nachzusehen, was sie gerammt hatte. Es war der Kreis aus Steinen, ein heiliger Ort für die Aborigines, wie sie von Ben wusste. Durch den Aufprall waren einige Steine verschoben worden. Alles halb so schlimm, entschied sie. Sie besah sich das Auto, konnte aber keine Schäden feststellen. Ein Glück, dass das Chassis aus Stahl war.

Eilig stieg sie wieder ein. Als sie nach einigem Suchen den Schalter für die Scheibenwischer entdeckt hatte, ließ sie den Motor wieder an und ratschte durch die Gänge, bis sie den Rückwärtsgang gefunden hatte. Behutsam gab sie Gas und fuhr ein Stück zurück, um zu wenden. Als sie den ersten Gang einlegen wollte, hämmerte jemand an die Scheibe auf ihrer Seite. Jacqueline zuckte erschrocken zusammen. Sie wandte den Kopf, sah aber nicht Ben oder Nick, wie sie erwartet hatte, sondern einen Ureinwohner, der ein wütendes Gesicht machte, drohend die Faust schüttelte und erregt auf sie einredete.

Jacqueline trat das Gaspedal bis zum Boden durch und schoss die morastige Auffahrt hinunter.

Als sie die Furt vor sich sah, über die das tosende Wasser hinwegspülte, warf sie einen ängstlichen Blick zurück. Sie konnte nicht viel erkennen, weil der Regen so stark war, aber war es möglich, dass die Aborigines sie verfolgten? Unwillkürlich blitzten Kindheitserinnerungen vor ihrem inneren Auge auf. Sie hatte schon einmal voller Angst durch die Heckscheibe eines Autos gespäht, weil sie verfolgt worden war, und kurz darauf hatte sich der Wagen überschlagen, und ihre halbe Familie war ausgelöscht worden. Sie sah heute noch das blutverschmierte, bleiche, unbewegte Gesicht ihres jüngeren Bruders vor sich. Energisch verdrängte sie dieses Bild.

Jacqueline trat das Gaspedal abermals durch, kniff die Augen zu und preschte in die Furt. Sie spürte, wie die Wassermassen das Auto bremsten, wie die Strömung an ihm zerrte. Fontänen schossen zischend auf beiden Seiten hoch. Sie hoffte inständig, dass der Motor nicht absoff. Tatsächlich gelang es ihr, die andere Seite zu erreichen. Mit unverminderter Geschwindigkeit fuhr sie weiter in Richtung Straße.

Der Regen ließ ein wenig nach, was den Männern draußen die Arbeit erleichterte. Bobby und Nick hatten den auf die Koppel gestürzten Baum zersägt und die Teile beiseitegeräumt, während die Jungen gemeinsam jenes Stück Zaun ausbesserten, das von der Baumkrone niedergerissen worden war.

»Ich kann dir gar nicht sagen, wie froh ich bin, dass du den Widder gerettet hast«, sagte Ben zu Geoffrey. »Er wird dafür sorgen, dass wir viele Lämmer bekommen werden, von deren Verkauf wir eine ganze Weile leben können. Dazu noch der Regen, der uns ausreichend Futter sichert! Es geht wieder aufwärts, und das haben wir zu einem großen Teil dir zu verdanken.«

Geoffrey erwiderte nichts. Er konnte seinem Vater nicht in die Augen sehen. Die Bewunderung in seiner Stimme war mehr, als er ertrug.

Ben sah seinen Sohn prüfend an. »Stimmt was nicht, mein Junge? Du bist so still.«

»Dad, ich muss dir etwas sagen«, murmelte Geoffrey mit belegter Stimme. Er räusperte sich. »Du denkst, ich bin furchtbar tapfer gewesen, weil ich meine Ängste überwunden habe, aber das stimmt nicht«, fuhr er fort, ohne aufzuschauen. »Jackie hat den Widder gerettet. Sie hat ihr Leben dafür aufs Spiel gesetzt, und als sie den Schafbock gerettet hatte, musste sie auch noch mich retten.«

Ben fiel aus allen Wolken. »Jackie? Jackie war es?« Er konnte es nicht glauben.

Geoffrey nickte. Endlich blickte er auf, und als er die Fassungslosigkeit in den Augen seines Vaters sah, brach es ihm schier das Herz. »Ich wollte den Widder retten. Aber dazu musste ich auf einem umgestürzten Baum über den Fluss balancieren und bin ausgerutscht …« Er ließ den Kopf hängen. Er hörte selbst, wie jämmerlich das klang.

»Mein Gott, Geoffrey, bist du etwa ins Wasser gefallen?« Alle Farbe wich aus Bens Gesicht, als ihm klar wurde, dass er seinen Sohn hätte verlieren können.

»Nein, ich hab mich wie ein kleines Kind an den Stamm geklammert – wie gelähmt vor Angst, Dad. Ich war feige …« Er fuhr fort, den Zaun aufzurollen.

Ben spürte, wie schwer es seinem Sohn fiel, seine Schwäche einzugestehen. Er fühlte seinen Schmerz, als wäre es sein eigener, und wünschte, er könnte irgendetwas sagen, damit der Junge sich besser fühlte, aber er wusste nicht, was. So schwieg er hilflos.

»Während ich an dem Baumstamm hing und nicht vor- und nicht zurückkonnte, kam Jackie auf Dixie vorbei.« Geoffrey streifte seinen Vater mit einem flüchtigen Blick. Ben machte ein völlig verstörtes Gesicht. »Sie ist durch den Fluss geritten und hat den Widder die Böschung hinaufgezerrt. Sie war unglaublich mutig, während ich nichts weiter getan habe, als mich an den verdammten Baum zu klammern.«

»Aber du hast den Widder doch gefunden, oder?« Ben konnte sich nicht vorstellen, dass Jacqueline ihn angelogen hatte. »Wenn du ihn nicht aufgespürt hättest, wäre die Geschichte ganz anders ausgegangen.«

Geoffrey schwieg. Er hielt seinen Beitrag für so unbedeutend, dass er nicht der Rede wert war.

Ein bedrückendes Schweigen trat ein. Ben, der völlig durcheinander war, versuchte, seine Gedanken zu ordnen.

Nach einer Weile sagte er: »Weißt du, mein Junge, du hättest mich auch weiter in dem Glauben lassen können, dass du es warst, der den Widder aus dem Fluss gezogen hat. Jackie hätte den Mund gehalten. Ich finde es sehr anständig von dir, dass du die Wahrheit gesagt hast.« Jetzt, wo er darüber nachdachte, wurde ihm bewusst, dass Jacqueline die Geschichte so dargestellt hatte, als hätte Geoffrey den Schafbock gerettet.

»Du kannst ruhig zugeben, dass du enttäuscht von mir bist, Dad«, sagte Geoffrey bitter. »Ich werde in deinen Augen nie ein richtiger Mann sein, und ich kann es dir nicht verdenken. Ich sehe mich selbst ja auch nicht so.«

»Ach, Junge, da irrst du dich aber gewaltig.« Ben kämpfte gegen Tränen an. »Glaubst du denn, ein richtiger Mann darf keine Schwäche zeigen oder nicht weinen?«

Geoffrey hatte seinen Vater noch nie so verletzlich erlebt. »Du bist der stärkste Mann, den ich kenne, Dad. Ich werde nie so sein wie du.«

»Sag so was nicht, Geoffrey.«

»Warum nicht? Es stimmt doch.«

»Nein, es stimmt eben nicht. Stell mich nicht auf ein Podest, das habe ich nämlich nicht verdient. Ich habe viele Fehler und Schwächen. Frag Rachel Roberts. Sag ihr, sie soll mir Blut abnehmen, und du wirst keinen größeren Feigling als mich weit und breit sehen.«

Geoffrey glaubte ihm nicht. Sein Vater sagte das sicher nur, um ihn zu trösten.

Ben sah seinem Sohn die Zweifel an. »Ich habe eine Heidenangst vor Nadeln. Du weißt selbst, wie oft ich mich schon geschnitten habe. Glaubst du, ich weigere mich aus Heldenmut, zum Arzt zu gehen? Nein, ich gehe nicht, weil ich eine panische Furcht habe, die

Wunde müsse genäht werden. Als du nach deinem Unfall letztes Jahr an der Heuballenpresse behandelt wurdest, habe ich deinen Mut bewundert. Ich konnte nicht mal hinsehen, weißt du noch? Ich habe euch erzählt, ich hätte noch draußen zu tun, aber das war geflunkert. Ich hatte schlicht Angst, ich könnte vor dir und Rachel umkippen.«

Geoffreys Mundwinkel hoben sich. »Ich wär auch fast umgekippt, Dad. Rachel musste mir Riechsalz unter die Nase halten.«

Ben grinste. »Armer Teufel. Es scheint, als kämst du ganz nach deinem Vater.« Er wurde wieder ernst und rang einen Augenblick mit sich, ob er Geoffrey noch mehr erzählen sollte, entschied sich dann aber dafür. »Nach dem Tod eurer Mutter habe ich viel geweint, mein Junge«, sagte er. »Ich habe zwar versucht, mir nichts anmerken zu lassen und euretwegen tapfer zu sein, aber glaub mir, es gab viele, viele Tage, wo ich mich am liebsten in einem Loch verkrochen hätte und nie wieder herausgekommen wäre. Deine Mutter war die Starke in unserer Familie, ohne sie bin ich verloren. Ich weiß offen gestanden nicht, wie ich es bis heute geschafft habe. Wahrscheinlich, weil es sein musste, aber es ist verdammt hart.«

Geoffrey hatte seinen Vater noch nie so reden hören. »Mom fehlt dir sehr, nicht? Du bist einsam ohne sie.« Er hatte gedacht, er und seine Brüder seien dem Vater Gesellschaft genug, doch das war ein Irrtum. Und vermutlich nicht sein einziger Irrtum, wie ihm jetzt zum ersten Mal klar wurde. Er musste noch eine Menge lernen, wenn er erwachsen werden wollte.

Ben nickte. »Einsamer, als du dir vorstellen kannst.«

»Vielleicht wirst du eines Tages noch einmal eine Frau finden, die du liebst, Dad.«

Ben sah seinen Sohn überrascht an. So erwachsen kannte er ihn gar nicht. »Das ist unwahrscheinlich, mein Junge, aber das macht nichts. Ich hatte großes Glück, eine Frau wie deine Mutter lieben zu dürfen. Ich kann nicht erwarten, ein zweites Mal so viel Glück zu haben.«

18

Die Männer kehrten nach knapp drei Stunden Arbeit zur Farm zurück. Sie hatten alle Zäune ausgebessert und waren zuversichtlich, dass nach den heftigen Niederschlägen frisches Grün auf den Weiden sprießen würde. Der Regen hatte nachgelassen und wurde jetzt wieder stärker, so waren sie froh, endlich ins Trockene zu kommen. Zudem wollte Ben unbedingt nach dem Widder sehen.

Als sie zu den Ställen ritten und absaßen, fiel Ben sofort auf, dass die Steine im heiligen Kreis der Aborigines verschoben worden waren.

»Was ist denn hier passiert?«, rief er.

Stirnrunzelnd trat er näher, um sich die Sache genauer zu betrachten. Er wusste um die Bedeutung dieses Ortes; der zerstörte Kreis war keine Bagatelle.

Nick folgte seinem Bruder, während die Jungen die Pferde in den Stall brachten. »Glaubst du, das waren Angehörige eines anderen Stammes?« Nick kratzte sich verdutzt am Hinterkopf. Die Reifenspuren des Morris waren durch den starken Regen nicht mehr zu sehen.

»Keine Ahnung.« Ben schüttelte den Kopf und wischte sich den Regen vom Gesicht. »Solange ich hier bin, habe ich noch nie erlebt, dass Angehörige eines anderen Stammes in böser Absicht nach Wilpena gekommen wären.«

Auf einmal schoss ihm ein Gedanke durch den Kopf. Er wollte sich gerade auf den Weg zur Garage machen, als ein Aborigine mit großen Schritten auf sie zueilte, zornig mit den Armen ruderte und etwas rief.

»Immer mit der Ruhe, Wirapundu«, sagte Ben, als er ihn erkannte.

Der Ureinwohner trug einen *nulla-nulla* bei sich, einen etwa vierzig Zentimeter langen, keulenähnlichen Stock, der an einem Ende spitz zulief, das andere war verdickt. Der Stock wurde als Knüppel oder auch zum Werfen benutzt. Wirapundu, einer der Stammesältesten, kam nicht oft auf die Farm, weil er den meisten Weißen nicht traute, aber bei den Adnyamathanha genoss er großen Respekt.

»Weißt du, was hier passiert ist?«, fragte Ben.

»Das war die Verrückte«, erwiderte der Aborigine aufgebracht.

Man konnte das Weiße in seinen großen Augen sehen, die aus dem tiefschwarzen, halb von einem ergrauenden buschigen Bart verdeckten Gesicht hervortraten. Er trug nichts weiter als einen schmalen Lendenschurz, der durchnässt war und an seinen knochigen Hüften klebte. Wirapundu ging barfuß. Sein sehniger Oberkörper und seine mageren Gliedmaßen glänzten vom Regen. Wasser tropfte aus seinem grau gesträhnten Haar. Der Aborigine hatte viele Kinder gezeugt. Zwei seiner ältesten Söhne hatten ihm von dem Vorfall am heiligen Kreis berichtet. Wirapundu war auch der Vater von Yuri, aber sein Englisch war noch schlechter als das von Dot.

»Welche Verrückte?«, fragte Ben, obwohl er bereits einen Verdacht hatte.

»Die böse weiße Frau! Die mit diesem donnernden Ding da …« Er zeigte Richtung Garage.

Nick sah Ben an. »Er meint doch nicht etwa Jackie, oder?«

Genau das befürchtete Ben. Er stapfte zur Garage. Der Riegel des Tors war zurückgeschoben worden. Ben öffnete es und warf einen Blick hinein. Der Morris war fort. »Verdammt«, fluchte er leise vor sich hin.

Wirapundu schwenkte seinen Knüppel und stieß aufgeregte Sätze in seiner Sprache hervor.

»Ich hab gleich gesagt, es ist ein Fehler, Jackie das Autofahren beizubringen«, bemerkte Nick ärgerlich. »Wo zum Teufel ist sie bloß hingefahren?«

»Keine Ahnung.« Ben schüttelte den Kopf. Er konnte sich nicht vorstellen, dass Jaqueline bei diesem Wetter eine Spritztour zum Vergnügen unternommen hatte. Er blickte die Auffahrt hinunter. Das Wasser schoss wütend über die Furt. »Irgendetwas muss passiert sein, sonst wäre sie bestimmt nicht ganz allein losgefahren.« Ben ging zurück zu dem Stammesältesten. »Es tut mir leid, Wirapundu. Wir werden das in Ordnung bringen.« Er bückte sich, um die Steine an ihren alten Platz zurückzuschieben.

»Nein!« Wirapundu stieß ihn zornig weg. »Nicht anfassen!« Er hob drohend seinen Knüppel.

»Immer mit der Ruhe!« Nick stellte sich schützend vor seinen Bruder.

»Schon gut.« Ben richtete sich auf und hob beschwichtigend beide Hände.

»Ich nehme an, die Steine sollen im Rahmen einer rituellen Handlung wieder ausgerichtet werden«, sagte Nick.

»Ja, wahrscheinlich. Hoffentlich wollen sie Jackie nicht opfern, um die Geister zu besänftigen«, scherzte Ben.

»Wer weiß. Wir sollten jedenfalls auf alles gefasst sein«, murmelte Nick.

Ben nickte zustimmend, drehte sich dann um und eilte zum Haus. Auf der hinteren Veranda zog er seine verdreckten Stiefel aus, schälte sich aus seiner nassen Jacke und ging hinein. Er lief unverzüglich zum Funkgerät und funkte Tess an. Nein, sagte diese, sie habe Jacqueline nicht gesehen, auch nichts von ihr gehört, aber sie sei auch eben erst nach Hause gekommen.

»Wieso, stimmt was nicht?«, fragte sie besorgt. »Over.«

»Nein, nein, alles in Ordnung«, versicherte Ben, weil er sie nicht unnötig beunruhigen wollte. »Falls Sie Jackie sehen, sagen Sie ihr bitte, sie soll sich umgehend bei uns melden oder zurückkommen, okay? Over.«

»Mach ich, aber …«

»Over und Ende«, fiel Ben ihr ins Wort, bevor sie weitere Fragen stellen konnte. Er versuchte, Rawnsley Park Station anzufunken, bekam aber keine Antwort, was äußerst ungewöhnlich war.

Nick kam herein. »Wirapundu ist fort.«

Ben sah ihn an. »Ich habe versucht, Mike Rawnsley zu erreichen, aber ich bekomme keine Verbindung. Irgendetwas stimmt da nicht.«

»Vielleicht ist das Funkgerät defekt.«

»Kann sein. Vielleicht hat sich Jackie um Vera gesorgt, als sie sie nicht erreichen konnte. Und in ihrer Angst ist sie zu ihr gefahren. Ich wüsste nicht, warum sie sonst den Morris genommen hätte.«

»Komm, wir fahren rüber und sehen nach«, sagte Nick sofort. Er sorgte sich eher, dass Jacqueline auf den morastigen Straßen verunglückt war. »Ich hab den Ute schon aus der Garage geholt.«

Ben sprang auf. »Gehen wir.«

Im gleichen Moment hörten sie ein Auto heranfahren. Als sie aus dem Fenster schauten, sahen sie den Morris neben dem Pick-up parken. Die Männer waren gleichermaßen erleichtert, doch Sekunden später schlug ihre Erleichterung in Zorn um. Sie stürmten zur Tür, weil sie Jacqueline die Leviten lesen wollten, blieben dann aber wie angewurzelt auf der Veranda stehen – nicht nur Jacqueline, sondern auch Vera stieg aus dem Wagen. Und Vera hatte einen Koffer dabei.

Die beiden Frauen liefen durch den Regen und die Stufen der Veranda hinauf.

»Bitte seien Sie Jackie nicht böse, weil sie das Auto genommen hat«, sprudelte Vera hervor, als sie Bens finstere Miene sah. Sie wusste, dass Jacqueline ein furchtbar schlechtes Gewissen hatte, weil sie ohne Bens Wissen mit dem Morris gefahren war.

»Erstens hat sie keinen Führerschein, zweitens dürfte sie bei diesem Wetter nicht allein unterwegs sein, und drittens würde Ben Ärger mit Constable Brownly bekommen, wenn etwas passiert wäre, weil er nicht dafür gesorgt hat, dass der Wagen ordnungsgemäß verschlossen ist«, sagte Nick scharf.

Jacqueline konnte weder Ben noch Nick in die Augen sehen.

»Ich bin ehrlich gesagt stocksauer«, stieß Ben aus. Er sah erst sein schlammbespritztes Auto an und dann Jacqueline. »Sie haben hoffentlich einen guten Grund für Ihren Ausflug. Eine Nachbarin zu besuchen, selbst wenn die Nachbarin Vera heißt, ist *kein* guter Grund. Also?«

»Es ist ganz allein meine Schuld«, räumte Vera verlegen ein. »Ich habe mich über Funk mit Jackie unterhalten, als die Decke über dem Funkgerät plötzlich einstürzte. Sie hat den Regenmassen nicht standgehalten. Ich habe laut geschrien und mich schnell unter den Tisch geduckt, mir ist nichts passiert, aber das Funkgerät wurde beschädigt und funktionierte nicht mehr. Jackie hatte Angst, mir könnte etwas zugestoßen sein, deshalb ist sie in ihrer Panik losgefahren, um nach mir zu sehen.«

Ben nickte langsam. »Ich verstehe.« Er sah den Koffer an. »Wollen Sie verreisen?«

Bis zu diesem Moment hatte Vera sich tapfer zusammengenommen, aber bei Bens Frage brach sie in Tränen aus. »Ich verlasse Mike, Ben«, schluchzte sie.

Ben war sprachlos.

»Ich setz Teewasser auf«, sagte Jacqueline schnell und streichelte tröstend Veras Arm.

Sie wunderte sich, dass Vera nicht schon eher zusammengebrochen war. Von ihrem unerschütterlichen Optimismus war offenbar nichts übrig geblieben – sie war das reinste Nervenbündel. Eine Tasse Tee zur Stärkung würde jetzt allen guttun.

Nachdem Jacqueline die Furt durchquert hatte und der Auffahrt bis hinunter zur Straße gefolgt war, hatte sie kurz überlegt und war dann instinktiv nach rechts abgebogen, weil sie Rawnsley Park Station in dieser Richtung vermutete. Sie fuhr langsam und wich den

Schlaglöchern aus, so gut es ging. Die ganze Zeit dachte sie an Vera. Die Minuten schienen sich zu Stunden zu dehnen. Zum Glück ließ der alte Morris sie nicht im Stich.

Sie kam an zwei Toreinfahrten vorbei, die zu Farmen führten. Jedes Mal drosselte sie das Tempo, aber erst am dritten Gatter las sie an einem Pfosten Rawnsley Park Station. Als Jacqueline das Farmhaus erreichte, hatte Vera bereits den Koffer gepackt. Sie war entschlossen, sich zu Fuß auf den Weg nach Wilpena Station zu machen – in einem Mantel von Mike und einem Paar Galoschen, die ihr einige Nummern zu groß waren.

Vera traute ihren Ohren nicht, als sie den Motor eines Autos hörte. Als der Wagen vor dem Haus hielt und jemand ausstieg, glaubte sie an eine Fata Morgana. Nachdem sie den Entschluss gefasst hatte, Mike zu verlassen, war sie innerlich ganz ruhig. Nichtsdestoweniger freute sie sich riesig, Jacqueline zu sehen. Sie umarmte und drückte sie und war ganz gerührt, dass die Freundin sich solche Sorgen um sie gemacht hatte und bei diesem Wetter ganz allein aufgebrochen war, um nach ihr zu sehen. Vera bewunderte ihren Mut noch viel mehr, als sie erfuhr, dass sie es riskiert hatte, sich durch ihre Eigenmächtigkeit Bens Zorn zuzuziehen.

Jacqueline wiederum war erleichtert, weil Vera nichts zugestoßen war. Die Nachricht, dass sie Mike verlassen wollte, schockierte sie zutiefst, aber sie stellte keine Fragen. Sie half Vera, den Koffer einzuladen, und dann konzentrierte sie sich aufs Fahren, damit sie beide heil nach Wilpena kamen.

Ben legte den Arm um Veras heftig zuckende Schultern. Sein Zorn verebbte. »Kommen Sie, gehen wir ins Haus«, sagte er beruhigend.

»Ich will Ihnen nicht zur Last fallen«, schluchzte sie, »aber ich weiß nicht, wo ich sonst hin soll.«

»Sie fallen mir doch nicht zur Last. Sie können bleiben, solange Sie wollen.« Ben nahm Veras Koffer und reichte ihn Nick. »Bringst du den bitte in Jackies Zimmer?« Er ging mit Vera ins Wohnzimmer und setzte sich mit ihr aufs Sofa. Dann schenkte er ihr ein großes Glas Brandy ein. Er hatte die Flasche seit Jahren für Anlässe wie diese, von denen es zum Glück nicht allzu viele gab, im Haus. Die eine Hälfte hatte er in den Wochen nach Cindys Tod getrunken, dann aber mit dem Trinken aufgehört, bevor das abendliche Glas Brandy zu einer schlechten Angewohnheit wurde. »Hier, trinken Sie das, bis der Tee fertig ist.«

»Danke, Ben.« Vera nahm das Glas entgegen und blickte sich schniefend im Zimmer um. »Komisch, mir ist, als wäre ich nach Hause zurückgekehrt.« Sie fühlte sich rundherum wohl auf Wilpena. Die kurze Zeit, die sie auf der Farm verbracht hatte, war eine glückliche gewesen.

Ben sah sie nachdenklich an. »Ich frage das nicht gern, Vera, aber weiß Mike, dass Sie ihn verlassen wollen?«

»Noch nicht. Ich habe ihm eine Nachricht hinterlassen. Ich glaube nicht, dass er besonders überrascht sein wird. Vielleicht wird er sogar froh darüber sein, weil er sowieso nichts mit mir anzufangen wusste.« Vera schniefte.

Ben konnte sich das beim besten Willen nicht vorstellen. Jeder Mann musste sich doch glücklich schätzen, eine wunderbare Frau wie Vera zu haben, der man jeden Wunsch von den Augen ablesen konnte. »Es geht mich ja nichts an, aber Sie schienen so glücklich mit Mike. Ich verstehe nicht, warum Sie hierhergekommen sind.«

Vera blinzelte ihre Tränen fort. »Ich sollte wohl besser gehen«, sagte sie und stand abrupt auf.

Ben ergriff ihre Hand. »So habe ich das nicht gemeint. Sie bleiben hier, und damit basta. Ich verstehe nur nicht, was passiert ist. Ich war der Meinung, Sie seien so glücklich mit Mike und im Begriff, sich in ihn zu verlieben.«

Vera setzte sich wieder und ließ die Schultern hängen. »Das dachte ich auch, aber ich war eine dumme Gans. Trotzdem möchte ich Ihnen nicht zur Last fallen.«

»Reden Sie keinen Unsinn, Vera. Ich bin gern mit Ihnen zusammen, und wenn ich mich nicht irre, gilt umgekehrt das Gleiche, oder?«

Vera nickte. Sie hatte Ben wirklich gern. Es tat gut, mit ihm zu reden. Wenn Mike nur auch so gewesen wäre!

»Wir haben uns eigentlich vom ersten Moment an gut verstanden, nicht wahr?«, fuhr Ben fort. Vera nickte abermals. Er hatte Mike aufrichtig beneidet. Doch das behielt er für sich. Er wollte nicht, dass sie dachte, er versuche, sich an sie heranzumachen. Obwohl er das gern täte. »Wollen wir nicht Du zueinander sagen?«

Vera lächelte zaghaft. »Sehr gern. Aber Mike ist Ihr … ich meine, ist dein Freund. Ich will mich nicht zwischen euch drängen.«

»Freund würde ich nicht sagen. Wir sind gute Bekannte. Er wird sicher verstehen, dass du zu Jackie geflüchtet bist. Außer ihr und Tess hast du doch keine Freundinnen hier draußen.«

Vera drückte dankbar Bens Hand. Mit gesenktem Blick bekannte sie leise: »Es war nicht so, dass ich an meinem Hochzeitstag keine Zweifel gehabt hätte. Ich hätte auf meinen Verstand hören sollen und nicht nur auf mein Gefühl. Mike und ich fühlten uns zueinander hingezogen, aber auf lange Sicht ist das bei weitem nicht genug. Ich hätte es wissen müssen, weil ich den gleichen Fehler schon einmal gemacht habe. Ich bin nicht mit romantischen Vorstellungen hierhergekommen – ich dachte, Mike und ich könnten Freunde sein, und mit ein bisschen Glück würde eines Tages aus der Freundschaft Liebe werden. Dass wir uns auf Anhieb so zueinander hingezogen fühlten, kam völlig überraschend. Ich wurde regelrecht überrumpelt, aber ich habe nicht erkannt, dass unsere Beziehung keine gesunde Basis hat. Mike hätte eine Haushälterin einstellen sollen, mehr braucht er im Grunde nicht«, fügte sie bitter hinzu.

Ben machte ein ratloses Gesicht.

»Erinnerst du dich an unsere Unterhaltung über die Bedeutung von Freundschaft?«

Ben nickte. »Ja. Eine Beziehung kann nur funktionieren, wenn Mann und Frau Freunde sind.«

»Mike und ich waren keine Freunde. Wir hätten wahrscheinlich auch nie Freunde werden können, weil wir keine gemeinsame Grundlage haben.«

»Das tut mir sehr leid, Vera. Versteh mich nicht falsch, aber vielleicht hättest du euch ein wenig mehr Zeit geben sollen.«

»Ben, ich hätte es keinen einzigen Tag länger auf Rawnsley Park ausgehalten! Diese entsetzliche Einsamkeit, tagein, tagaus. Ich war vierzehn Stunden am Tag allein.«

»Der Alltag auf einer Farm sieht nun einmal so aus, Vera.« Ben wusste nur zu gut, dass nicht jeder für dieses Leben geschaffen war.

Sie schüttelte zweifelnd den Kopf. »Hier habe ich mich nicht so einsam gefühlt.«

»Hier hattest du Jackie und Tess als Gesellschaft«, gab Ben zu bedenken.

Aber Vera glaubte nicht, dass das der einzige Grund war.

»Meine Frau fühlte sich sehr einsam hier. Manchmal, wenn ich den ganzen Tag draußen bei den Schafen war und Geoffrey und Bobby Unterricht hatten, wurde sie fast wahnsinnig vor Einsamkeit. Erst als sie Kontakt zu den Ureinwohnern bekam und wir unsere beiden jüngeren Söhne adoptierten, wurde es besser.«

»Ich wäre mit der Einsamkeit tagsüber fertig geworden, wenn ich etwas gehabt hätte, auf das ich mich hätte freuen können. Aber wenn Mike abends heimkam, entstand nie eine anregende Unterhaltung. Ich konnte mit ihm nicht reden, wie ich jetzt mit dir rede. Er wollte nie wissen, wie mein Tag gewesen war, und er erzählte nie von seinem Tag, weil er wahrscheinlich dachte, ich würde mich nicht für das Kastrieren oder Scheren von Schafen interessieren. Mike hatte mir rein gar nichts zu sagen. Er ließ sich nach dem Essen aufs Sofa fallen und schlief ein. Und ich war wieder allein.«

Ben seufzte. »Mike war immer ein stiller Mensch. Geht er mal auf eine Grillparty, hält er sich im Hintergrund, und ich habe nie erlebt, dass er selbst mal Gäste eingeladen hätte. Er ist von jeher ein

Einzelgänger gewesen, deshalb habe ich mich auch gewundert, dass er sich um eine Frau aus den USA beworben hat.«

»Tim war doch offenbar ebenfalls ganz furchtbar schüchtern, aber Tess hat es geschafft, ihn umzukrempeln. Was habe ich nur falsch gemacht?«, fügte sie verzweifelt hinzu.

»Gar nichts, Vera. Tim und Mike sind zwei verschiedene Menschen, so wie du und Tess.«

»Tess reitet mit Tim aus, sie ist ein Teil seines Lebens geworden und nimmt Anteil am Alltag auf der Farm. Zu Mikes Verteidigung sei gesagt, dass er angeboten hat, mir das Reiten beizubringen, als ich ihm erzählte, Tess würde es lernen. Aber dann hat sich herausgestellt, dass ich eine Pferdehaarallergie habe. Ich musste fürchterlich niesen, als ich den Stall das erste Mal betrat, und habe einen Ausschlag bekommen«, sagte sie bedrückt.

»Das bedeutet nur, dass du nicht reiten darfst, es bedeutet nicht, dass du für das Leben hier draußen ungeeignet wärst. Wer abends zu Hause von einer Frau wie dir erwartet wird, darf sich glücklich schätzen. Du machst aus einem Haus ein richtiges Heim.«

Vera fand es furchtbar lieb von Ben, das zu sagen, aber es konnte sie nicht wirklich trösten.

»Das hat sich jetzt ein bisschen dumm angehört. Ich wollte damit nicht sagen, dass du nur eine gute Hausfrau bist, Vera. Du bist eine wunderbare Gesprächspartnerin und obendrein eine sehr attraktive Frau.« In Bens Augen war Vera alles, was ein Mann sich nur wünschen konnte.

Sie schien ihn nicht gehört zu haben. Abwesend fuhr sie fort: »Nie kam jemand zu uns zu Besuch. Ich bekam den ganzen Tag keine Menschenseele zu Gesicht, höchstens mal einen Aborigine irgendwo aus der Ferne.«

»Wie gesagt, Mike war nie der gesellige Typ. Er mag es nicht, wenn irgendetwas seinen Tagesablauf stört. Er ist bekannt dafür, dass er nicht mal auf ein Bier in die Kneipe kommt, wenn er in die Stadt fährt, weil er etwas für die Farm braucht.«

»Genau das war ich für ihn, Ben. Eine Störung seines Tagesablaufs. Und dabei habe ich gedacht, wir könnten eines Tages vielleicht sogar ein Kind zusammen haben!« Vera kamen die Tränen. Sie wusste, ihr blieb nicht mehr viel Zeit, um Mutter zu werden. Sich von diesem Traum zu verabschieden war das Schlimmste an der ganzen Sache. »Ich war so ein Dummkopf, Ben!«

»Nein, Vera. Du hast einen Fehler gemacht, das ist alles. Wir alle machen Fehler.«

»Wie viele Fehler muss ich denn noch machen, bis ich endlich dazugelernt habe?«, klagte sie.

Ben tätschelte ihre Hand. »Sieh es einfach so: Du bist um eine Erfahrung reicher geworden.«

Um Veras Mundwinkel zuckte es. »O ja, ich verfüge mittlerweile über einen ganzen Schatz an Erfahrung.« Ihr war ein bisschen leichter ums Herz. Ben hatte Recht: Das war schließlich nicht das Ende der Welt, nur das Ende einer kurzen Ehe. Sie schaute aus dem Fenster auf den alten Morris. »Ich liebe dieses Auto, Ben.«

»Bei aller Sorge um dich – Jackie hätte trotzdem nicht allein fahren dürfen. Es hätte Gott weiß was passieren können. Ich habe ihr erst eine einzige Fahrstunde gegeben.« Er hätte sich die schlimmsten Vorwürfe gemacht, wenn ihr etwas zugestoßen wäre.

»Du musst ein guter Lehrer sein, sie fährt nämlich gar nicht schlecht. Ich bin sonst immer ein bisschen nervös, wenn ich im Auto sitze, aber an Jackies Seite habe ich mich ziemlich sicher gefühlt. Sie ist sehr vorsichtig gefahren.«

»Ein Glück«, brummte Ben. »Ich hab eine Idee. Wenn du Lust hast, gebe ich dir auch Fahrstunden in dem Morris.«

Vera strahlte. »Würdest du das wirklich tun? Aber nur, wenn du Zeit hast.«

»Nach diesen Niederschlägen sollte es bald so viel Futtergras für die Herden geben, dass wir uns das zeitraubende Zufüttern sparen können. Ich werde es mir also einrichten können.«

»Oh, das wäre wunderbar. Aber wie gesagt, ich will dir auf keinen Fall zur Last fallen und deine Großzügigkeit ausnutzen. Ich kann mir ebenso gut ein Zimmer in einem Hotel nehmen.«

Ben drückte Veras Hand. »Es tut mir unendlich leid, dass deine Ehe mit Mike gescheitert ist, Vera, aber ich freue mich, dass du da bist. Ich hab dich vermisst, weißt du.« Er senkte verlegen den Kopf. Diese letzten Worte waren ihm herausgerutscht. Er hoffte, Vera würde ihn nicht missverstehen.

Sie sah ihn leicht erstaunt an. »Wenn ich ehrlich bin, habe ich deine Gesellschaft auch vermisst. Vielleicht hätte ich nicht Mike heiraten, sondern mich als deine Haushälterin bewerben sollen«, fügte sie lächelnd hinzu.

»Wenn es nach Jackie geht, wird die Stelle bald wieder frei sein«, erwiderte Ben schmunzelnd.

Jacqueline stellte das Teegeschirr auf ein Tablett, als Nick hereinkam. Sie versuchte, ihn zu ignorieren, weil sie dachte, er wolle ihr wegen ihres kleinen Ausflugs die Leviten lesen.

Nick holte tief Luft. »Du warst es, die ich nach dem Flugzeugabsturz geküsst habe, stimmt's?«, sagte er.

Jacqueline sah verwirrt auf. Sie streifte ihn mit einem flüchtigen Blick. »Du hast mich für Rachel gehalten«, erwiderte sie kurz angebunden und hoffte, das Thema sei damit beendet.

»An ihren Besuch kann ich mich nicht erinnern, an den Kuss merkwürdigerweise schon.«

Jacqueline hantierte umständlich mit Zuckerdose und Teelöffeln, wusste aber nichts darauf zu sagen.

»Warum hast du mich nicht zurückgestoßen?«

Sie zuckte mit den Schultern. »Ich weiß auch nicht. Ich war völlig überrascht. Außerdem warst du verletzt und verwirrt.«

»Ich erinnere mich, dass du meinen Kuss leidenschaftlich erwidert hast.« So leidenschaftlich wie beim ersten Mal, als er sie geküsst hatte.

Jacqueline wurde rot. »Ich denke, du hast mich für jemand anderes gehalten?«

»Woher weißt du das?« Nick sah sie prüfend an. Rachel würde doch niemals mit Dritten über solch vertrauliche Dinge reden.

Abermals zuckte sie mit den Schultern. »Nur so eine Vermutung. Ich meine, du würdest doch sicher nicht zu mir sagen, dass du mich liebst, oder?« Sie wünschte, sie würden endlich das Thema wechseln. »Schieb's auf deine Kopfverletzung. Du hast nicht gewusst, was du redest«, fügte sie unwirsch hinzu, als er schwieg.

»Warum bist du jetzt sauer? Warum warst du es nicht gleich, als ich dich geküsst habe?« Nick verstand überhaupt nichts mehr. »Ich habe mich bei Rachel entschuldigt, ist es das, was dich ärgert?«

»Wieso musstest du dich bei Rachel entschuldigen?«, fauchte Jacqueline wütend.

»Weil ich dachte, ich hätte mich danebenbenommen.«

»Du elender Lügner«, stieß sie zornig hervor.

Jacqueline schnappte sich das Tablett und stürmte zornig aus der Küche.

Sie aßen alle zusammen zu Abend und plauderten, und Ben bot auch Jacqueline das Du an. Um zehn Uhr fiel sie erschöpft ins Bett und schlief sofort ein.

Irgendwann um Mitternacht schreckte Jacqueline aus dem Schlaf auf. Erst dachte sie, sie träume, doch dann spürte sie, wie jemand ihr Haar berührte und kräftig daran zerrte. Sie riss die Augen auf. Eine dunkle Gestalt stand über sie gebeugt.

»Wer ist da? Bist du das, Vera?«, murmelte sie schlaftrunken. Dann sah sie das Funkeln einer Messerklinge und stieß einen markerschütternden Schrei aus.

Die Gestalt rannte aus dem Zimmer und verschwand durch die offene Verandatür. Jacqueline saß kerzengerade im Bett, starr vor Schreck. Vera, die in einem Zustellbett schlief, fuhr erschrocken hoch.

»Jackie? Was ist denn los? Alles in Ordnung?«

Draußen huschten düstere Gestalten durch die Dunkelheit. Plötzlich flackerten mehrere kleine Feuer auf. Jacqueline wurde unwillkürlich an jene entsetzliche, lebensverändernde Nacht ihrer Kindheit erinnert. Sie schlug die Hände vors Gesicht und begann zu schluchzen.

»Ben!«, schrie Vera.

Nur Sekunden später flog die Tür auf, und Ben kam herein, gefolgt von Nick, der ein Gewehr in der Hand hielt. Da die Brüder großen Unmut von Seiten der Ureinwohner befürchtet hatten, war Nick dageblieben und hatte auf dem Sofa vor sich hin gedöst. Auch Bens Söhne waren aufgewacht. Verschlafen standen sie in der Tür zu Jacquelines Zimmer.

»Falscher Alarm«, sagte Ben, der sie nicht unnötig beunruhigen wollte. »Jackie hat nur schlecht geträumt. Ab ins Bett mit euch!« Die Jungen gehorchten widerspruchslos.

Draußen, nur wenige Meter vom Haus entfernt, vollführten einige Aborigines einen seltsamen Tanz, begleitet von monotonem Singsang. Im Schein der Fackeln, die einige der Ureinwohner trugen, konnte man sehen, dass sie sich Gesicht und Körper ockerfarben bemalt hatten, was ihnen ein Furcht einflößendes Aussehen verlieh. Die meisten hatten Speere oder *nulla-nullas* bei sich. Der Spuk dauerte nur einige Augenblicke, dann verschwanden die Aborigines in der Dunkelheit.

Ben hatte den Frauen eingeschärft, die Verandatür abzuschließen, aber sie hatten es vergessen. Er war wütend auf sich selbst, dass er es nicht überprüft hatte, und schloss die Tür. »Was ist passiert?«, wandte er sich an Jacqueline.

»Jemand hat an meinen Haaren gerissen«, stieß sie atemlos hervor. Sie zitterte am ganzen Körper.

Vera ging zu ihr und legte ihre Arme um sie.

Nick war außer sich. »Was? Unglaublich!«, schäumte er. »Ich gehe raus und klär das!« Er riss die Verandatür auf.

»Nein, nicht! Bleib da, Nick«, bat Jacqueline. »Es sind zu viele.«

»Sie sind zu weit gegangen«, entgegnete er.

»Bleib da, Nick«, mischte Ben sich ein. »Es ist ja im Grunde nichts passiert. Die werden sich schon wieder beruhigen.«

Nick bückte sich und hob etwas vom Boden vor der Veranda auf. Er zeigte es Ben.

»Was ist das?«, fragte dieser.

»Sieht wie eine Art Totem aus«, antwortete Nick.

»Ein Totem?«, wiederholte Jacqueline ängstlich. Was wollten die Aborigines damit? Und was hatte es mit ihr zu tun?

»Ein Gegenstand, der für die Aborigines symbolische Bedeutung hat«, erklärte Ben.

»Die Indianer in Amerika haben Totempfähle.«

»Ja, das ist so etwas Ähnliches. Bei den australischen Ureinwohnern handelt es sich meist um einen Gegenstand wie eine Feder, einen Stein oder einen Knochen, mit dem es eine besondere Bewandtnis hat. Er kann zum Beispiel aus der Gegend stammen, in der sie geboren wurden, oder in irgendeinem Zusammenhang mit der mythischen Traumzeit stehen.«

Der Gegenstand konnte aber auch Bezug zu einem Fluch haben. Doch das behielt Ben für sich. Er nahm Nick das Ding aus der Hand. Es waren zwei ausgebleichte kleine Knochen, die von Haarsträhnen umwickelt und mit einem Stück Haut, menschlicher Haut, zusammengebunden waren. Ben sah Nick besorgt an. Beide wussten, wessen Haare das waren.

Jacqueline schlug die Bettdecke zurück und stand auf. »Das sind ja meine Haare!«, rief sie entsetzt und griff sich an den Kopf, als sie den Gegenstand in Bens Hand erblickte. Jemand musste ihr mit dem Messer eine Strähne abgeschnitten haben.

Auf einmal hörten sie Stimmen. Ben schaute hinaus. Die Aborigines hatten ein Feuer an dem heiligen Kreis aus Steinen angezündet und vollführten einen rituellen Tanz.

»Was ist?«, fragte Jacqueline.

»Die Aborigines halten ein rituelles *corroboree* ab.«

»Hat das etwas mit den Steinen zu tun, gegen die ich mit dem Auto geprallt bin?«

Ben nickte. »Du hast einen heiligen Ort entweiht, Jackie.«

Jacqueline verstand die Aufregung nicht. »Das waren doch bloß Steine!«

»Nicht für die Aborigines«, erwiderte Ben kopfschüttelnd. »Die Adnyamathanha haben die Asche ihrer Vorfahren in dem Kreis verstreut, hier finden auch die Initiationsriten statt. Was du getan hast, ist ungefähr so, als würde man mutwillig eine Kirche oder eine Kathedrale zerstören.«

»Ich verstehe«, sagte Jacqueline nachdenklich. »Was meinst du, soll ich mich entschuldigen?« Der Gedanke behagte ihr zwar nicht, aber sie wollte die anderen nicht in Gefahr bringen.

»Zu diesem Zeitpunkt lieber nicht«, antwortete Ben. »Ich schlage vor, wir schließen Fenster und Türen und warten erst einmal ab. Du und Vera, ihr legt euch wieder hin, und Nick und ich werden eine Weile die Augen offenhalten.«

»Sind das die gleichen Aborigines, die mir nach dem Flugzeugabsturz geholfen haben, was meinst du?«

»Kann sein, ich weiß es nicht«, erwiderte Ben ausweichend. »Hier in der Gegend leben einige.«

Falls es sich tatsächlich um dieselben Ureinwohner handeln sollte, wog Jacquelines Vergehen noch viel schwerer: Sie würden es ihr sehr übel nehmen, wenn sie ihnen ihre Hilfe damit vergolten hatte, dass sie ihren heiligen Kreis entweihte.

Ben und Nick ließen die beiden Frauen allein. Jacqueline und Vera legten sich wieder hin, aber an Nachtruhe war nicht zu denken. Der Wind trug die unheimlichen Klänge des *didgeridoo* zu ihnen herüber, jeder Schatten ängstigte sie. Erst als die Musik kurz vor Tagesanbruch verstummte, fielen die beiden Frauen in einen unruhigen Schlaf.

19

Nick nahm sein Gewehr mit, als er seinen Bruder bei Tagesanbruch zu den Ställen begleitete, wo Ben den Widder und die Pferde fütterte. Es hatte aufgehört zu regnen. Die ersten Sonnenstrahlen stahlen sich über die Hügel und schimmerten durch das Laub der Bäume. Noch war es frisch, aber es würde ein heißer Tag werden. Eine unheimliche Stille lag über dem Land, die nur vom gelegentlichen Krächzen einer Krähe durchbrochen wurde, die den neuen Tag begrüßte.

Der heilige Kreis war wieder intakt. Noch immer hing der stechende Geruch nach Rauch vom Feuer der Aborigines in der Luft. Weder Ben noch Nick glaubten an Zauberei oder Hexerei, aber beide hatten großen Respekt vor den Bräuchen der Ureinwohner. Einem Außenstehenden mochte es lächerlich vorkommen, mit einer geladenen Waffe Wache zu stehen, aber nach den Ereignissen der vergangenen Nacht wollten sie kein Risiko eingehen.

»Die Aborigines können unberechenbar sein«, meinte Nick. »Letzte Nacht haben sie sich nur eine Haarsträhne von Jackie geholt, aber …« Er sprach den Satz nicht zu Ende. »Es kann nicht schaden, in nächster Zeit sehr wachsam zu sein.« Nick fragte sich, was es mit dem schaurigen Totem auf sich hatte.

»Ihr muss das Blut in den Adern gestockt sein, als sie aufwachte und eine dunkle Gestalt mit einem Messer in der Hand vor ihr stand«, sagte Ben. »Ich hätte auch einen Mordsschreck gekriegt. Sie hat wahrscheinlich gedacht, der Kerl will sie umbringen.«

»Jackie und Vera sollten die nächsten ein, zwei Tage in der Nähe des Hauses bleiben, und die Jungs sollten immer mit einem von uns zusammen sein.«

Ben nickte. »Ich hab ihnen noch gar nicht erzählt, was heute Nacht passiert ist.«

»Ich würde ihnen vorerst auch nichts sagen.«

Wieder nickte Ben. Sie dachten beide an Jimmy und Sid, die sehr empfindlich auf alles reagierten, was die Ureinwohner betraf. Ihre Mutter war vom Stamm der Adnyamathanha. Sie und Cindy hatten sich angefreundet. Die Aborigine hatte ihr in Haus und Garten geholfen, und Cindy hatte viel Zeit mit ihr verbracht und ihre Sitten und Bräuche kennen gelernt. Als die Aborigine schwer krank wurde und abzusehen war, dass sie sterben würde, hatte sie die Stammesältesten um Erlaubnis gebeten, ihre beiden Söhne Cindy und Ben anvertrauen zu dürfen. Der Vater der Jungen lebte nicht mehr.

Dennoch hatten sich die Dultons einer gewissenhaften Prüfung durch die Stammesältesten unterziehen müssen, bevor der Bitte unter der Bedingung entsprochen wurde, dass Jimmy und Sid in den Stammestraditionen und -geheimnissen unterwiesen wurden, sobald die Zeit gekommen war. Mittlerweile waren sie fünfzehn und sechzehn, alt genug, um in den Kreis der Erwachsenen aufgenommen zu werden. Die Aborigines konnten also jederzeit verlangen, dass sie für die Initiation zu ihrem Stamm zurückkehrten. Da Ben insgeheim fürchtete, sie könnten danach für immer bei ihrem Klan bleiben, zögerte er den Zeitpunkt, sie gehen zu lassen, hinaus.

So sorgte er sich auch jetzt auf besondere Weise um sie.

Als die beiden Männer von den Ställen zurückkamen, gab Ben den Hunden ihr Fressen, Nick ging hinein und machte das Frühstück. Sie wussten, dass die Frauen genauso wenig geschlafen hätten wie sie selbst und todmüde sein würden.

Ben hatte kaum das Haus betreten, als sie ein Auto die Auffahrt herauffahren hörten. Er war nicht überrascht, als er Mike Rawnsley aussteigen sah, und ging hinaus.

»Guten Morgen, Mike.« Sie gaben sich die Hand. Mike fühlte sich sichtlich unbehaglich, aber Ben dachte nicht daran, ihn ins Haus zu bitten.

»Morgen, Ben«, murmelte Mike. »Du kannst dir wahrscheinlich denken, warum ich hier bin.«

Ben nickte knapp.

»Wie geht es Vera? Ich habe mir Sorgen gemacht.«

»Gut«, antwortete Ben kurz angebunden. »Sie schläft noch.« Er hatte nicht die Absicht, sie zu wecken.

»Sie ist doch nicht verletzt, oder?«

»Nein. Aber wenn du dir solche Sorgen gemacht hast, warum bist du dann nicht schon gestern Abend rübergekommen?«, fragte Ben. Ihm war sein Unmut deutlich anzumerken.

»Na ja, ich dachte mir, so schlimm kann es nicht sein, weil sie mir eine Nachricht hinterlassen hat. Sie schrieb, dass sie … hier sei.« Sie verlasse ihn, hatte sie geschrieben, aber er brachte es nicht fertig, diese Worte laut auszusprechen. Er war überzeugt, dass sie alles wieder in Ordnung bringen könnten. »Aber der Schaden durch das eingestürzte Dach ist doch ziemlich groß, und ich habe mich gefragt, wie sie hierhergekommen ist.«

»Sie hat mit Jackie gesprochen, als das Dach runterkam, und Jackie war natürlich in großer Sorge, als sie Vera schreien hörte.«

»Ich verstehe.« Mike schwieg einen Augenblick. »Ich bin erst nach Einbruch der Dunkelheit nach Hause gekommen, ich war völlig erledigt. Ich habe den ganzen Tag Zäune ausgebessert. Wie sieht's bei euch aus? Hat das Unwetter viel Schaden angerichtet?«

Ben war stocksauer. Wieso war ihm noch nie aufgefallen, dass sein Kumpel offenbar nur an sich dachte? Anscheinend wusste er nicht, was wirklich wichtig war im Leben – kein Wunder also, dass ihm die Frau weggelaufen war. Ben hätte ihm am liebsten gehörig die Meinung gesagt, doch er beherrschte sich.

»Ein paar Zäune sind durch einen umgestürzten Baum beschädigt worden, wir mussten die Schafe wieder einfangen, und der Widder wäre fast im Fluss ertrunken.« Sie unterhielten sich eine Weile über landwirtschaftliche Dinge, aber es war ein oberflächliches Gespräch.

Vera, die gerade aufwachte, stand auf, als sie unter den Stimmen draußen die von Mike erkannte.

Jacqueline regte sich im Halbschlaf. »Was ist denn?«, murmelte sie schläfrig. »Sind die Aborigines zurückgekommen?« In der kurzen Zeit, die sie geschlafen hatte, war sie von schrecklichen Albträumen heimgesucht worden.

»Nein, nein, Mike ist draußen. Ich geh hinaus und rede mit ihm.«

In Morgenmantel und Hausschuhen ging sie in die Küche und schenkte zwei Tassen Tee ein, die sie mit hinausnahm und auf den kleinen Tisch auf der Veranda stellte. Sie sah dem Gespräch mit Mike mit gemischten Gefühlen entgegen, aber vermeiden ließ es sich nun einmal nicht. Sie mussten schließlich über ihre Scheidung reden.

Als Ben Vera erblickte, ging er zu ihr. Mike folgte ihm.

»Morgen, Vera.« Sie sah blass und übernächtigt aus.

»Morgen, Ben«, erwiderte sie herzlich.

Ben lächelte ihr aufmunternd zu und ließ sie dann mit Mike allein.

»Hallo, Mike«, begrüßte Vera ihren Mann kühl.

»Hallo, Vera«, antwortete er verlegen.

Sein Auftreten erinnerte sie an ihre erste Begegnung auf dem Bahnhof in Port Augusta. Auch dieses Mal drehte er nervös seinen Hut in den Händen und trat von einem Fuß auf den anderen. Doch statt eines weißen Hemdes trug er das blau karierte vom Vortag, das dringend gewaschen werden musste, wie Vera mit einem Blick feststellte. Das sollte aber nicht länger ihre Sorge sein.

Mike setzte sich, und Vera schob ihm eine Tasse hin. »Ich habe gesehen, was passiert ist. Ich wollte mich nur vergewissern, dass dir nichts zugestoßen ist«, sagte er.

»Ich habe mich in letzter Sekunde unter den Tisch geduckt, sonst wäre mein Kopf jetzt wahrscheinlich so zerschmettert wie das Funkgerät.«

»Ich verstehe das nicht, es hat noch nie ein Problem mit diesem Dach gegeben.«

»Kurz nachdem du gegangen warst, ist es undicht geworden. Erst kamen nur ein paar Tropfen, die ich mit einem Eimer auffangen konnte, aber dann wurde der nasse Fleck an der Decke immer größer und größer. Ich bekam es mit der Angst zu tun, aber du warst ja nicht da …«

»Ich verstehe«, sagte Mike leise. Wäre sie von herabfallenden Trümmern getroffen und verletzt worden, hätte sie stundenlang ohne Hilfe ausharren müssen.

Vera dachte das Gleiche, aber sie sagte es nicht laut.

Mike starrte auf seine Stiefel. »Ich weiß, dass du unglücklich bist, Vera.«

»Das bist du doch auch, Mike. Wir haben beide einen Fehler gemacht, aber das heißt nicht, dass wir für alle Zeit damit leben müssen.«

Er schaute auf und sah sie ungläubig an. »Du meinst …« Er hatte gedacht, sie sei nur wütend und werde zurückkommen, sobald ihr Zorn verraucht war.

»Ich werde nicht nach Rawnsley Park Station zurückkehren«, sagte Vera mit fester Stimme. »Es ist nicht nur die Einsamkeit, Mike. Wir haben nicht das Geringste gemeinsam.«

»Ich habe sehr lange allein gelebt, da wird man ein bisschen eigen, und der Gesprächigste bin ich sicher auch nicht«, gab er zu. »Aber ich bin sicher, dass ich mich mit der Zeit an das Leben zu zweit gewöhnen und mehr Rücksicht auf deine Gefühle nehmen werde. Ich wollte dir nie wehtun oder dich vernachlässigen.«

»Das weiß ich, Mike, aber du bist nun einmal, wie du bist, und ich will nicht, dass du dich meinetwegen änderst. Wir passen einfach nicht zusammen. Das heißt nicht, dass es nicht irgendwo eine Frau für dich gibt, die dich so liebt, wie du bist. Wir haben es versucht, aber es soll nicht sein.« Sie wollte ihm schon vorschlagen, doch Freunde zu bleiben, doch sie wusste, auch das würde nicht funktionieren. »Es wäre schön, wenn wir im Guten auseinandergehen und so schnell wie möglich einen Schlussstrich unter unsere Ehe ziehen könnten.«

Mike war wie betäubt. Er starrte benommen vor sich hin. Veras Entschluss stand offenbar fest, und er hatte keine Ahnung, wie er sie umstimmen konnte.

Ben und Jacqueline saßen am Küchentisch, von wo sie durch das Wohnzimmer und die offene Vordertür auf die Veranda blicken konnten.

»Glaubst du, Mike will Vera überreden, mit ihm nach Rawnsley Park Station zurückzukehren?«, fragte Jacqueline.

»Das wird ihm nicht gelingen«, erwiderte Ben. »Diese Ehe war ein Fehler. Das hat Vera selbst gesagt«, fügte er hastig hinzu.

Er wandte keinen Blick von Vera und Mike. Er konnte nicht verstehen, was sie sprachen, aber er registrierte sehr genau ihre Körpersprache und ihr Mienenspiel.

Jacqueline wiederum beobachtete Ben. Nicht zum ersten Mal fragte sie sich, ob er etwas für Vera empfand, ob seine Gefühle über reine Freundschaft hinausgingen.

Kurze Zeit später sprang Mike auf, marschierte zu seinem Auto, jagte den Motor hoch und preschte davon. Kies spritzte hinter den Rädern auf.

Vera kam in die Küche. Sie hatte Mike klar und deutlich zu verstehen gegeben, dass ihre Ehe zu Ende war, und ihn gebeten zu gehen. Mike war ihrer Aufforderung verärgert nachgekommen, hatte sich aber geschworen, nicht so schnell aufzugeben.

»Mike hat es aber eilig gehabt«, bemerkte Jacqueline, als sie Vera Tee nachschenkte.

»Er will nicht begreifen, dass unsere Ehe vorbei ist, aber er wird es akzeptieren müssen«, erwiderte Vera ruhig.

»Was hast du jetzt vor?« Jacqueline hoffte, sie werde noch eine Weile bleiben.

»Ich weiß noch nicht«, murmelte Vera achselzuckend und mit einem Seitenblick auf Ben. Ihre unmittelbare Zukunft hing von seiner Großzügigkeit ab. »So weit hab ich ehrlich gesagt noch nicht gedacht.«

»Das brauchst du auch nicht«, sagte Ben. »Du kannst bleiben, solange du willst. Überleg dir in aller Ruhe, was du tun willst. Es eilt nicht, überhaupt nicht.«

»Danke, Ben, das ist lieb von dir«, sagte Vera gerührt.

»Warst du heute zufällig schon in der Nähe des heiligen Kreises?«, fragte Jacqueline nach kurzem Schweigen.

Ben nickte. »Ja, die Steine befinden sich wieder da, wo sie hingehören. Ich habe mit Nick darüber gesprochen, wir finden beide, dass wir in der nächsten Zeit wachsam sein sollten. Ihr zwei solltet vorsichtshalber im Haus bleiben, und die Jungs sollten nicht allein draußen unterwegs sein. Wir werden ihnen aber vorerst nicht sagen, was passiert ist, um sie nicht unnötig zu beunruhigen.«

»Ja, das sehe ich auch so«, pflichtete Jacqueline ihm bei.

»Die Aborigines sind unberechenbar«, fuhr Ben fort. »Dass wir heute noch keine gesehen haben, will nichts heißen. Haltet die Augen offen, hört ihr?«

Vera und Jacqueline nickten. Beide waren müde und sehnten sich danach, sich noch ein wenig hinzulegen.

»Danke, dass ich hierbleiben kann, Ben«, sagte Vera, die mit ihrer Kraft am Ende war.

Er sah sie zärtlich an. »Ich freue mich, dass du da bist«, erwiderte er sanft. Als er Jacquelines prüfenden Blick auf sich ruhen fühlte, räusperte er sich verlegen. »Jackie freut sich bestimmt, weibliche Gesellschaft zu haben, nicht wahr?«

»Und ob! Ich war lange genug in der Unterzahl bei so vielen Männern im Haus!«

Vera lächelte traurig. »Ihr könnt euch nicht vorstellen, wie froh ich bin, nach dieser entsetzlichen Einsamkeit endlich wieder Menschen um mich zu haben.« Tränen funkelten in ihren Augen, und sowohl Ben als auch Jacqueline waren erschüttert. Ihnen wurde jetzt erst klar, wie sehr Vera unter der Isolation gelitten hatte.

Im Lauf der nächsten Tage stellte sich eine zwanglose Routine im Haus ein. Da die Aborigines nicht auftauchten, entspannte man sich auf der Farm allmählich wieder. Eines Abends kamen Tim und Tess zu Besuch. Tess hatte sich Sorgen gemacht, als sie Rawnsley Park Station über Funk nicht erreichen konnte, und darauf bestanden, dass Tim sie hinfuhr. Vera habe ihn verlassen und sei auf Wilpena, hatte Mike nur erklärt. Daraufhin war das Paar zur Farm gefahren, wo die drei Frauen auf der Veranda saßen und plauderten, während die Männer in der Küche bei ein paar Gläsern Bier zusammensaßen. Tess tat es unendlich leid, dass Veras Ehe nach so kurzer Zeit schon gescheitert war, und sie hatte regelrechte Schuldgefühle, weil sie selbst so glücklich war.

Aber Vera durchschaute ihre langjährige Freundin. »Mach dir keine Gedanken um mich. Ich freue mich aufrichtig für dich, Tess«, versicherte sie ihr. »Mike und ich waren einfach nicht füreinander bestimmt. Körperliche Anziehungskraft allein genügt nicht. Und selbst damit war es nach ein paar Tagen schon vorbei. Er arbeitet von früh bis spät und weigert sich, zusätzliche Arbeitskräfte einzustellen. Wenn er abends heimkommt, ist er völlig fertig. Ich habe ihm irgendetwas erzählt, und er ist mittendrin eingeschlafen!«

»Ich weiß nicht, was ich sagen soll, Vera«, meinte Tess. »Ich dachte, eure Beziehung hätte größere Chancen als meine, und jetzt ist es genau andersherum gekommen. Was hast du denn jetzt vor?«, fügte sie besorgt hinzu.

»Ben hat mir angeboten zu bleiben, so lange ich will«, erwiderte Vera lächelnd. Sie war so glücklich wie lange nicht mehr. Tagsüber half sie Jacqueline bei der Hausarbeit, und abends setzte sie sich mit Ben zusammen. Bei einem Glas Brandy unterhielten sie sich über Gott und die Welt. Der Gesprächsstoff ging ihnen nie aus. Manchmal leistete sie auch Jacqueline Gesellschaft, die bei ihr ein offenes Ohr fand, wenn sie wieder einmal deprimiert war wegen Henrys Untreue und ihrer gescheiterten Ehe.

Am Sonntag nach Veras Rückkehr saßen die beiden Frauen nach einem üppigen Mittagessen auf der Veranda. Jacqueline erzählte gerade von Cindys wunderschönem Garten, und sie überlegten, ob man ihn nicht mithilfe von Brunnenwasser wieder zu neuem Leben erwecken könnte, als ein Jeep heranfuhr und vor dem Haus hielt. Sie trauten ihren Augen nicht, als sie Tom Stevens und Cyril Luxton aussteigen sahen, beide in tadellos sauberen Sachen. Wären nicht die alten, verdreckten Arbeitsstiefel gewesen, die sie trugen, hätten sie einen fast seriösen Eindruck gemacht.

»Guten Tag, die Damen!«, grüßte Cyril und stolzierte breitbeinig den Weg hinauf. Als er seinen Hut abnahm, konnte man sehen, dass er seine Haare mit Öl gebändigt hatte. Er hatte viel zu viel aufgetragen, es lief ihm seitlich am Kopf hinunter und in seine Koteletten.

»Hallo!«, sagte Tom und grinste verlegen wie ein Schuljunge bei seiner ersten Verabredung. Auch er nahm seinen Hut ab, spuckte sich dann in eine Hand und strich sich über sein widerspenstiges Haar.

Die Frauen verzogen schmerzlich das Gesicht und hätten beinah laut herausgelacht.

»Diese beiden Clowns sind doch hoffentlich nicht hergekommen, um mit uns anzubändeln«, raunte Vera ihrer Freundin zu.

»Hallo!«, rief Jacqueline, die sich das Lachen nur mühsam verbeißen konnte. »Wollt ihr zu Ben oder zu Nick?«

In diesem Moment ging die Tür auf, und die beiden Männer traten aus dem Haus. Sie blieben wie angewurzelt stehen und starrten Tom und Cyril ungläubig an.

Ben fasste sich als Erster. »Na, das ist ja vielleicht eine Überraschung!« Im Grunde überraschte ihn das gar nicht. Er hatte damit gerechnet, dass die zwei Junggesellen früher oder später auftauchen würden. »Ich hätte euch fast nicht erkannt. Wo sind denn eure blauen Unterhemden geblieben? Müsst ihr auf eine Beerdigung?«

Der Blick, den Cyril seinem Kumpel zuwarf, sprach Bände. »Nein, wir sind hier, weil wir …«

Nick ließ ihn nicht ausreden. »Was läuft dir denn da am Gesicht runter?« Er trat näher. »Ist das Schweiß?«

»Was?« Cyril fasste sich an seine Koteletten und betrachtete dann seine ölig glänzenden Fingerspitzen. »Nein, nein«, stammelte er.

Nick grinste. »Ach so, ich verstehe! Dir ist die Flasche mit dem Haaröl auf dem Kopf ausgelaufen!«

»Sind das die Hemden, die Mike euch vor ein paar Wochen geborgt hat?«, fragte Ben.

Tom und Cyril traten nervös von einem Fuß auf den anderen.

»Deine Socken passen nicht zusammen.« Nick zeigte auf Toms durchlöcherte Stiefel. »Man kann verschiedene Farben erkennen.«

»Gar nicht wahr«, brummte Tom und schaute auf seine Füße.

Nick lachte. »Hast du überhaupt ein Paar Socken, das zusammenpasst?«

»Wir sind hier, weil wir die Damen fragen wollen, ob sie vielleicht auf einen Drink mit uns in die Stadt fahren möchten«, mischte Cyril sich ein, bevor Nick und Ben ihn und seinen Kumpel vollends zerpflückten und sie der Mut verließ.

Jacqueline und Vera waren einen Augenblick sprachlos.

»Nein, wollen sie nicht«, antwortete Nick, weil er dachte, den Frauen sei es unangenehm, das Angebot abzulehnen. Außerdem hatte er erfahren, dass Mike in der Stadt gewesen war, um sein Funkgerät reparieren zu lassen. Es würde sich also bald herumgesprochen haben, dass Vera nach Wilpena zurückgekehrt und in absehbarer Zeit wieder zu haben war.

Jacqueline sah Nick finster an. »Wir sind alt genug, um für uns selbst antworten zu können«, wies sie ihn zurecht.

Nicks Miene verdüsterte sich.

»Na, wie wär's, hätten die Damen nicht Lust, uns zu begleiten?«, fragte Tom, dessen Selbstbewusstsein in den letzten fünf Minuten gehörig gelitten hatte.

»Wir haben extra geduscht und saubere Hemden und Hosen angezogen.« *Und saubere Unterhosen*, wäre es Cyril um ein Haar herausgerutscht, er konnte sich gerade noch bremsen. »Und wir versprechen, dass wir uns nicht betrinken werden.«

»Ja, und wenn die Damen hungrig sind, werden wir etwas zu essen bestellen«, ergänzte Tom eifrig. »Kängurusteak und Pommes frites sind die Spezialität vom Hawker Hotel.«

Vera sah Jacqueline an. »Was meinst du?« Erst hatte sie ablehnen wollen, aber sie war noch nie zum Essen in der Stadt gewesen. Mike hatte sein Versprechen, sie auszuführen, nicht gehalten.

»Wenn die Herren uns einen Moment entschuldigen würden«, sagte Jacqueline und winkte Vera, ihr ins Haus zu folgen.

Cyril und Tom wechselten einen nervösen Blick. Sie fühlten sich gar nicht wohl in Gesellschaft von Ben und Nick, die sie mit Argusaugen beobachteten.

Die beiden Frauen gingen in die Küche.

»Was meinst du?«, fragte Vera.

»Ich weiß nicht so recht. Das kommt ein bisschen überraschend. Würdest du gern gehen?«

»Ehrlich gesagt ja. Ich war noch nie in der Stadt. Du?«

»Einmal, mit einer Nachbarin«, erwiderte Jacqueline. »Die Geschäfte sind nicht so besonders, es gibt außer der Tuchhandlung kein einziges Modegeschäft. Aber Hawker ist eben nicht New York.«

»Das kannst du laut sagen. Vor sechs Monaten hätte ich mir nicht träumen lassen, dass ich mich auf einen Ausflug in so ein verschlafenes Nest freuen würde. Aber nach der langen Zeit in der Einsamkeit wäre es eine willkommene Abwechslung. Ich will nur nicht, dass die beiden denken, ich könnte irgendwie an ihnen interessiert sein.« Vera schüttelte sich vor Ekel.

»Um Himmels willen, bloß nicht! Das müssen wir ihnen schon klarmachen. Wir bleiben einfach zusammen, dann kann nichts passieren.«

»Genau. Meinst du, Ben und Nick sind sauer, wenn wir gehen?«

»Bei Nick kann ich mir das nicht vorstellen, aber ich weiß nicht, ob es Ben recht wäre. Er sorgt sich sehr um dich.«

Ein verlegenes Lächeln huschte über Veras Gesicht. Dann zog sie die Stirn in Falten und meinte: »Ich habe gar nichts anzuziehen. Das Kleid, das ich zur Hochzeit getragen habe, will ich nicht anziehen.«

»Jetzt, wo ich meinen Koffer mit all meinen Sachen wiederhabe, kann ich dir was leihen.«

»Das wäre wunderbar!« Veras Miene hellte sich auf. »Also, was machen wir jetzt? Wir können sie nicht ewig da draußen warten lassen.«

Ben und Nick behielten die beiden Besucher unterdessen im Auge.

»Sie werden nicht mitkommen«, sagte Nick zuversichtlich. »Da gehe ich jede Wette ein.«

»Ich auch«, pflichtete Ben ihm bei. »Ihr seid wie die Geier! Vera ist gerade mal ein paar Tage wieder allein.«

»Na und?«, maulte Cyril. »Sie war ja bloß fünf Minuten mit Mike verheiratet. Das zählt doch nicht.«

In diesem Moment traten Jacqueline und Vera in die offene Verandatür. »Wir nehmen die Einladung gern an, Gentlemen«, sagte Jacqueline. »Wir wollen uns nur noch schnell umziehen.«

»Was?« Cyril riss verdutzt die Augen auf. Er war überzeugt gewesen, dass die beiden eine Ausrede suchten, um die Einladung abzulehnen. »Das ist wunderbar«, stotterte er.

»Gut. Wir sind gleich wieder da«, versprach Vera.

Ben und Nick hatte es die Sprache verschlagen. Sie starrten die Frauen offenen Mundes an, doch die lächelten nur und gingen wieder ins Haus.

»Lasst euch ruhig Zeit«, rief Cyril ihnen nach, während er seinen Hut aufgeregt in den Händen drehte. »Siehst du, das war clever mit den sauberen Hemden«, sagte er zu seinem Kumpel. Dann sah er Ben an. »Du hast Recht gehabt.«

»Womit?«, knurrte Ben mürrisch.

»Du hast gesagt, Frauen mögen Männer, die auf ihr Äußeres achten. Ich hab das für dummes Zeug gehalten, aber dann haben Tom und ich beschlossen, es auszuprobieren, und es hat tatsächlich funktioniert.«

Ben brummelte etwas Unverständliches vor sich hin, stapfte ins Haus und schlug die Tür hinter sich zu.

Nick ging auf Tom und Cyril zu, bis er dicht vor ihnen stand. »Lasst euch bloß nicht volllaufen! Und benehmt euch, verstanden? Sonst kriegt ihr es mit mir zu tun.«

»Spiel dich bloß nicht als großer Bruder auf, Nick, das passt doch gar nicht zu dir«, erwiderte Tom dreist.

»Pass auf, was du sagst, Stevens. Ich kann ausgezeichnet mit dem Kastrationsgerät umgehen«, stieß Nick grimmig hervor.

Dann ließ er die beiden einfach stehen und marschierte zu den Ställen hinüber.

Ben saß bei einer Tasse Tee am Küchentisch, als die Freundinnen aus ihrem Zimmer kamen. Jacqueline trug einen leichten Zweiteiler in Schwarz und Weiß mit knielangem Rock und taillierter Jacke, dazu schwarze hochhackige Lackledersandaletten und eine schwarze Handtasche. Ihre Haare fielen ihr bis über die Schultern, und sie hatte sich geschminkt. Vera trug ein ärmelloses, figurbetontes gelbes

Kleid, dessen Farbe sehr gut zu ihren hellen Haaren passte. Jacqueline hatte ihr eine Perlenkette und weiße Schuhe geborgt.

»Wow!«, entfuhr es Ben bewundernd.

In diesem Moment kamen die Jungen, die Karten gespielt hatten, in die Küche. Beim Anblick der beiden Frauen rissen sie Mund und Augen auf.

»Ihr seht toll aus«, meinte Geoffrey. »Wo wollt ihr denn hin?«

»Ins Hawker Hotel«, antwortete Jacqueline.

»Ihr seht aus wie Geburtstagstorten«, sagte Bobby begeistert. »Zum Reinbeißen!«

Die Frauen lachten.

Vera sah Ben an. »Du bist uns doch nicht böse, oder?«

»Nein, nein«, erwiderte er, was gelogen war. »Aber nehmt euch in Acht, verstanden? Ich glaube zwar nicht, dass die zwei Trottel sich betrinken werden, aber ich hätte andererseits auch nicht geglaubt, dass ich sie jemals so geschniegelt sehen würde.«

»Geht ihr etwa mit Luxton und Stevens aus?«, fragte Geoffrey, der einen Blick nach draußen geworfen hatte, ungläubig.

»Ja, wieso?«, wollte Jacqueline wissen.

»Nun, ich … äh … ich finde, das kommt ziemlich überraschend«, erwiderte der Junge achselzuckend.

»Sie haben uns eingeladen«, erklärte Vera.

»Ach so.«

»Wir passen schon auf uns auf«, wandte sich Vera an Ben. »Falls wir zum Essen dort bleiben – nicht, dass ich verrückt auf ein Kängurusteak wäre –, könnt ihr euch selbst was zu essen machen?«

»Klar doch. Es sind noch Reste vom Mittagessen da, wir verhungern schon nicht. Viel Spaß!«

»Danke, Ben. Bis später.«

»Ja. Amüsiert euch gut.« Ben ließ sich nichts anmerken, aber er erstickte fast an diesen Worten. Er gönnte Jacqueline und Vera die Abwechslung von Herzen, aber er traute Cyril und Tom nicht über den Weg.

Die Frauen kletterten in den Fond des Jeeps. Cyril ließ den Motor an.

»Damit eines klar ist: Das ist keine Verabredung«, sagte Vera, als sie die Furt durchquerten, in der das Wasser jetzt nur noch einige wenige Zentimeter hoch stand. »Sonst brauchen wir gar nicht weiterzufahren, okay?«

Tom sah Cyril an. »Alles klar«, meinte er enttäuscht.

»Wir sind nur vier Nachbarn, die miteinander ausgehen«, ergänzte Jacqueline.

»Ganz recht«, erwiderte Cyril und starrte sie im Innenspiegel lüstern an.

Vera und Jacqueline wechselten einen besorgten Blick. Sie hatten Wilpena noch nicht einmal verlassen und fragten sich schon, ob sie nicht einen Fehler gemacht hatten.

20

Vera schürzte enttäuscht die Lippen, als sie nach Hawker hineinfuhren und praktisch keine Menschenseele zu sehen war. Auf einem Friedhof herrschte mehr Leben als in dieser Kleinstadt an einem Sonntagnachmittag.

Cyril und Tom hatten während der Fahrt darüber gesprochen, wer ihrer Meinung nach alles im Lokal anzutreffen sein würde.

»Wo sind sie denn alle?«, wunderte sich Vera.

»Bestimmt schon in der Kneipe«, antwortete Cyril im Brustton der Überzeugung.

Vera warf Jacqueline einen skeptischen Blick zu.

Das Hawker Hotel lag an der Elder Terrace. Rechteckige Säulen zierten die Straßenseite des zweigeschossigen Gebäudes. Im oberen Stock mit seinem kleinen Eckbalkon befanden sich einige Gästezimmer. Cyril stellte den Wagen neben einem halben Dutzend anderer Fahrzeuge ab, ramponierten, mit getrocknetem Schlamm bespritzten Geländewagen und Jeeps; in einigen bellten Kelpies oder Border Collies.

»Anscheinend sind sechs Leute in diesem Kaff eine Menge«, flüsterte Vera der Freundin zu, als sie ausstiegen. »Zwei Drinks und wir fahren wieder nach Hause!«

Sie folgten den Männern in das Lokal, wo es zu ihrer Überraschung hoch herging. Im vorderen Teil der Bar standen einige Billardtische, im hinteren Teil gab es eine Theke, und dort wurde auch Darts gespielt. An den Wänden hingen Kuhhörner, Peitschen und rostige alte Scheren, wie man sie zur Schafschur verwendete, neben

Fotos von Sandstürmen, preisgekrönten Widdern und anderen Nutztieren. In einer Ecke stand eine Musikbox, aus der aber nicht Countrymusik dröhnte, wie man erwartet hätte, sondern *Love Me Do* von den Beatles.

Vera guckte Jacqueline erstaunt an. »Der Song war die Nummer eins in Amerika, als wir abgereist sind!«

»Ich weiß«, erwiderte diese. Sie war genauso verdutzt. Zum ersten Mal, seit sie Wilpena verlassen hatten, hatten sie nicht das Gefühl, dass es ein Fehler gewesen war, die Einladung anzunehmen.

Die beiden Frauen hatten noch nicht bemerkt, wie alle zu ihnen herstarrten. Erst als die Gäste anfingen, zu lachen, zu pfeifen und anzügliche Bemerkungen zu machen, fiel es ihnen auf.

Jacqueline guckte über Toms Schulter. »Was ist denn los?«

»Ach, das sind bloß unsere Kumpel, die uns die Hölle heiß machen«, antwortete Tom, der genau wie Cyril feuerrot geworden war. »Einfach nicht beachten.«

»Was möchten die Damen trinken?«, fragte Cyril. »Ihr seid eingeladen.«

»Einen Gin Tonic«, sagte Vera. Cyrils Fahrstil hatte ihr so zugesetzt, dass sie etwas brauchte, um ihre Nerven zu beruhigen. »Einen doppelten«, fügte sie hinzu.

»Für mich einen Wodka auf Eis«, sagte Jacqueline.

Tom kratzte sich verlegen am Kopf. »Puh, ich hab keine Ahnung, ob die hier so was Ausgefallenes haben.« Er sah zur Bar hinüber, wo eine Frau mittleren Alters randvolle Biergläser vor ein paar Männer und Frauen hinstellte. »He, Sally, hast du Gin und Wodka im Haus?«

Jacqueline und Vera wechselten einen verdutzten Blick. Eine Kneipe, in der es weder Gin noch Wodka gab? Was für eine Kneipe war das denn?

»Könnten noch irgendwo ein, zwei Flaschen rumstehen«, rief Sally zurück. »Wieso?« Da sie viel zu tun hatte, hatte sie den Neuankömmlingen noch keine Beachtung geschenkt.

»Tom und Cyril sind sich zu fein geworden für ein gewöhnliches Bier«, rief ein Mann durchs Lokal, und alle brachen in schallendes Gelächter aus.

»Klappe, ihr Beutelratten! Der Gin und der Wodka sind für unsere Gäste«, erwiderte Cyril voller Stolz.

Er und Tom traten einen Schritt zur Seite. Jetzt erst konnten alle die beiden Frauen hinter ihnen sehen, und mehr als einem Gast fiel die Kinnlade herunter. Es wurde totenstill im Lokal.

Vera und Jacqueline hätten nicht verlegener sein können, wenn sie mit nichts als einem Lächeln bekleidet in einem Schaufenster gestanden hätten.

»Es verirren sich nicht viele Fremde hierher und schon gar keine Frauen, die wie Fotomodelle aussehen«, erklärte Tom den beiden stolz. »Ihr macht ganz schön Eindruck.«

»Oh … äh … ja. Aber lassen wir das mit dem Gin und dem Wodka. Wir nehmen, was ihr nehmt«, sagte Vera zu Cyril. Hauptsache, es war etwas Alkoholisches und es kam so schnell wie möglich. »Bier ist in Ordnung. Immer her damit!«

»Das ist ein Wort!« Cyril rieb sich die Hände. »Vier Bier, Sally!«, rief er der Wirtin zu.

Sie nickte. »Kommt sofort.«

»Möchtet ihr euch an einen Tisch setzen?«, fragte Tom die beiden Frauen. »Normalerweise setze ich mich an die Bar, aber mit Rock und Absätzen könnte das schwierig werden.«

»Ja, ein Tisch wäre mir lieber.«

Jacqueline steuerte auf eine schummrige Ecke zu. Sie und Vera setzten sich mit dem Rücken zum Lokal. Es war eine Wohltat, die männlichen Gäste, die sie mit ihren Blicken auszogen, nicht sehen zu müssen.

»Ich werd verrückt!«, rief ein Mann. »Ist das etwa Cyril Luxton? Nein, das kann nicht sein. Der Cyril, den ich kenne, besitzt kein einziges sauberes Hemd.« Gelächter erscholl. »Und wer ist denn dieser Lackaffe, den er da mitgebracht hat?«

Cyril und Tom wechselten einen viel sagenden Blick.

»Ist ja gut«, knurrte Tom und machte eine obszöne Geste zu den anderen Männern hin. »Ihr habt euren Spaß gehabt, jetzt beruhigt euch mal wieder.«

»Wer heiratet denn?«, rief einer lachend.

»Niemand, und jetzt haltet gefälligst die Klappe und steckt eure Nase in euer Bier!«, rief Cyril zurück.

Jacqueline und Vera wären am liebsten im Erdboden versunken.

Sally kam und brachte das Bier. Cyril bezahlte.

»Macht euch nichts draus«, riet Sally den beiden Männern mit todernster Miene. »Ich hätte euch fast nicht wiedererkannt, aber es tut wirklich gut, euch mal in frisch gewaschenen Sachen zu sehen.«

»Danke, Sally«, erwiderte Tom.

Sally lachte laut heraus. »Aber ihr hättet wenigstens eure Schuhe putzen können, wenn ihr schon in euren Sonntagsklamotten ausgeht!«

»Jetzt fang du nicht auch noch an«, klagte Cyril. Sally lachte und zerzauste ihm neckisch die Haare.

»Iiihhh!« Sie betrachtete angewidert ihre klebrige Hand. »Was hast du dir denn in die Haare geschmiert?«

»Gar nichts.«

»Schätze, ich könnte Pommes frites auf deinem Kopf frittieren«, frotzelte Sally und wischte sich die Hand an ihrer Schürze ab.

Cyril bekam rote Ohren. Einige der anderen Gäste winkten ihn und Tom jetzt zu sich. Die zwei schnappten sich ihr Bier und standen auf. »Nicht weglaufen, die Damen! Wir sind gleich wieder da.«

Sally guckte den beiden kopfschüttelnd nach. Da ihr Mann nach einer Partie Darts wieder hinter der Theke stand, setzte sie sich auf einen kleinen Schwatz zu Jacqueline und Vera. »Ihr seid vermutlich die Frauen, von denen hier alle reden – die amerikanische Braut und Ben Dultons Haushälterin.« Tess hatte sie bereits kennen gelernt, als diese ein paar Tage zuvor mit Tim zum Essen gekommen war.

»Ganz recht. Ich bin Jackie Walters, Bens Haushälterin. Und das ist Vera Westward … ich meine, Vera Rawnsley.« Sie sah Vera unsicher an.

»Vera Westward«, verbesserte diese. »Eine Rawnsley war ich nicht allzu lange.«

»Sally MacDonald. Mein Mann Rick und ich führen den Laden hier. Ich war schon gespannt, wann ich euch endlich kennen lernen würde.« Sie sah Vera an. »Tut mir leid, dass aus Ihnen und Mike nichts geworden ist. Aber Sie haben sich ja auch kaum gekannt.«

»Danke. Ja, das ist richtig, und es hat sich herausgestellt, dass wir zu wenig gemeinsam haben. Als Grundlage für eine Ehe hat es nicht gereicht.«

»Keine Sorge, Schätzchen. Mike ist ein anständiger Kerl, aber genau wie alle anderen ungefähr so durchschaubar wie eine Schlammpfütze. Was *meinen* Mann betrifft – unser Mischlingshund handelt meistens logischer als er. Und bessere Manieren hat er auch. Aber wie heißt es so schön: Mit den Männern geht's nicht, ohne sie auch nicht. Ich meine, man kann sie ja nicht einfach erschießen«, bemerkte sie trocken.

Vera musste unwillkürlich lächeln. »Erstaunlich, wie schnell sich so was herumspricht. Ich habe Mike erst vor einigen Tagen verlassen.«

»Ja, im Outback verbreiten sich Nachrichten wie ein Lauffeuer. Mike ist in der Stadt gewesen, um sein Funkgerät reparieren zu lassen. Er hat eine solche Leichenbittermiene gemacht, dass nicht schwer zu erraten war, was passiert ist.«

»Verstehe«, murmelte Vera. Mike tat ihr beinahe leid. »Hoffentlich geht es ihm gut.«

»Aber sicher«, sagte Sally beruhigend. »Er ist das Alleinsein gewöhnt. Und einen eingefleischten Junggesellen kann man nun mal nicht ändern. Bei Tim Edwards ist das ein bisschen anders. Der ist noch jung und lernfähig. Hoffentlich weiß Tess mit einer Peitsche umzugehen, wenn er nicht spurt.« Sally lachte. Dann musterte sie die beiden Frauen ungeniert von Kopf bis Fuß. »Schicke Klamotten. So was kriegt man hier draußen sonst höchstens in Zeitschriften zu sehen.«

Jacqueline sah Vera an. »Wir wussten ehrlich gesagt nicht, was die Leute in einer Stadt wie Hawker sonntags anziehen«, meinte sie fast entschuldigend.

»Ungefähr das Gleiche wie ich«, erwiderte Sally. Sie trug alte, bequeme Sandalen, einen weiten Rock mit Elastikbund und eine kurzärmelige Bluse. Ihre hellen Haare schienen seit dem Aufstehen weder Kamm noch Bürste gesehen zu haben. »Meine Garderobe besteht aus zwei Paar Sandalen, drei Röcken, einem halben Dutzend Blusen und einem warmen Mantel. Mehr brauche ich praktisch nicht. Abgesehen von Unterwäsche natürlich«, fügte sie laut lachend hinzu.

Jacqueline und Vera stimmten in ihr Lachen ein. Sie mochten Sallys geradlinige, humorvolle Art.

»Bis mein Koffer vor gut einer Woche kam, hatte ich noch viel weniger«, bemerkte Jacqueline.

»Wieso, wo war er denn?«, wunderte sich Sally.

»In Melbourne«, erwiderte Jacqueline nur.

»Dann können Sie aber von Glück sagen, dass Sie ihn wiederhaben. Obwohl Sie wahrscheinlich nicht viel Gelegenheit haben werden, auf einer Farm so schicke Sachen zu tragen.«

»Stimmt, aber ich bin trotzdem froh. Ich habe gar nicht damit gerechnet, ihn jemals wiederzusehen.«

Jacqueline rechnete auch nicht damit, Henry jemals wiederzusehen. Inzwischen hatte sie die Papiere, die er ihr geschickt hatte, unterzeichnet, und Ben hatte alles zur Post gebracht. Einer Scheidung stand nichts mehr im Wege. Die Einzelheiten waren ihr völlig egal. Dennoch konnte sie noch immer kaum glauben, dass dieser Abschnitt ihres Lebens abgeschlossen war und sie bald wieder ledig sein würde. Als ob es die zehn Jahre Ehe mit Henry nie gegeben hätte. Sie spürte, wie ihr die Tränen kamen. Schnell griff sie zu ihrem Glas und nahm einen kräftigen Schluck Bier. Ein doppelter Wodka wäre ihr in diesem Moment allerdings lieber gewesen.

»Und? Wie gefällt Ihnen unsere kleine Stadt?«, fragte Sally.

»Nun … äh … sie … äh …« Jacqueline sah Vera Hilfe suchend an.

»Es … ist ziemlich ruhig hier.« Mehr fiel Vera nicht ein. »Aber ich habe mich auch noch nicht richtig umgeschaut«, fügte sie taktvoll hinzu.

»Für Leute aus der Großstadt muss Hawker so was wie ein Kulturschock sein«, bemerkte Sally trocken.

»Na ja, es ist schon anders als in New York«, sagte Vera. »Ich weiß offen gestanden nicht, wie man ohne all die Annehmlichkeiten und Dienstleistungen leben kann, die man in einer Großstadt für selbstverständlich hält.«

Sally blickte verdutzt drein. »Hier gibt's vielleicht nicht so viele Möglichkeiten wie in der Stadt, aber Dienstleistungsbetriebe haben wir hier auch. Hawker war im 19. Jahrhundert eine aufstrebende Eisenbahnstadt. Der Ghan ist bis 1956 hier durchgefahren. Dann haben sie die Bahnlinie weiter nach Westen verlegt.«

»Und das hat vermutlich das Ende bedeutet, nicht wahr?«, sagte Jacqueline. »So ist es doch meistens, wenn eine Stadt von einer wichtigen Verkehrsverbindung abgeschnitten wird.«

Sally nahm den vollen Aschenbecher vom Tisch und stellte ihn auf den Nebentisch. »Hawker ist keineswegs am Ende. Hier ist eine Menge los, ob ihr's glaubt oder nicht, und wir haben alles, was man zum Leben braucht.«

Jacqueline und Vera machten zweifelnde Gesichter.

»Habt ihr die Schule und das Krankenhaus gesehen?«

Vera schüttelte den Kopf. Außer einer Kirche, dem Rathaus und dem Hotel war ihr nichts Größeres aufgefallen.

»Wir haben eine richtig gute Schule, die von den Kindern aus der ganzen Umgebung besucht wird, und wir haben ein Krankenhaus mit zehn Betten.«

»Ach!« Vera versuchte, erstaunt zu wirken.

»Abgesehen von Rachel Roberts gibt es noch einen fest angestellten Arzt, der in Vollzeit arbeitet, sowie einen weiteren, der bei Bedarf kommt.«

Vera dachte an die überfüllten Schulen und Krankenhäuser in den Vereinigten Staaten und hätte fast mitleidig gelächelt.

»Was kann man denn in Hawker alles unternehmen? Ich meine, außer in die Kneipe zu gehen«, wollte Jacqueline wissen.

»Es gibt etliche Vereine hier.« Sally schaute zu Cyril hinrüber, der sein Hemd zurechtzog, nachdem Davo Richards versucht hatte, es ihm über den Kopf zu zerren. »Cyril ist Mitglied im Fotoklub, der 1956 gegründet wurde. Hat er es nicht erwähnt?«

»Nein.« Jacqueline und Vera schüttelten den Kopf.

»Ich wünschte, jemand würde ihn jetzt fotografieren. Ich kann mir nicht vorstellen, dass wir ihn je wieder so geschniegelt zu Gesicht bekommen werden, es sei denn, irgendein armes Ding erbarmt sich und heiratet ihn.« Sally streifte die zwei Frauen an ihrem Tisch mit einem flüchtigen Blick und schüttelte dann den Kopf, wie um eine verrückte Idee von sich zu schieben. »Schätze, ihr seid aus Mitleid mit Cyril und Tom in die Stadt gefahren, hab ich Recht?«

Die zwei wussten nicht, was sie darauf erwidern sollten.

Sally lachte. »Ihr braucht nicht zu antworten. Ich kann mir beim besten Willen nicht vorstellen, dass ihr so dumm seid, einen der beiden zu heiraten.« Dem konnten Jacqueline und Vera nur beipflichten.

»Es gibt hier im Hotel einen Verein, der unter anderem Bingo- und Quizabende drüben im Gemeindesaal veranstaltet«, fuhr Sally fort. »Das ist immer sehr lustig, ihr könnt gern mal vorbeischauen, wenn ihr wollt. Mein Mann organisiert das Ganze.« Sie warf einen Blick zur Bar hinüber, wo er die Gäste bediente. »Dann gibt es das Frühstück am Nationalfeiertag, das jedes Jahr im Blue Burt Park stattfindet. Der Wanderverein veranstaltet an jedem dritten Samstag im Monat Streifzüge durch den Busch. Wir haben einen Verein für Frauen, die an Handarbeiten und am Herstellen von Quilts interessiert sind. Ich bin übrigens die Schriftführerin. Wir treffen uns einmal im Monat. Es gibt einmal im Jahr eine Kunstausstellung in der Stadt, wo auch die Arbeiten der Quiltnäherinnen ausgestellt werden. Und ein richtig großes Ereignis ist das jährliche Pferderennen, das scharenweise Besucher anlockt. Was die Dienstleistungen angeht, so kann man Bankgeschäfte in der Post erledigen. Wir haben eine Fleischerei, eine Bäckerei, einen Gemischtwarenladen, eine Stoffhandlung und einen Autohändler. Und unser Frisör ist ein ebenso guter Damen- wie Herrenfrisör.«

Sally legte eine effektvolle Pause ein und fügte dann stolz hinzu: »Die meisten Männer hier haben ihren eigenen Betrieb. Gerry da drüben ist Bauunternehmer, führt Reparaturen aller Art und Malerarbeiten aus. Chris, der Typ in dem Netzhemd, der Darts spielt, ist Automechaniker. Das ist übrigens keine Schmiere auf seinen Oberarmen und seinem Rücken, das sind Haare. Er sieht zwar aus, als hätte er vor kurzem noch auf den Bäumen gelebt, aber er kann jedes Fahrzeug reparieren. Der Große an der Bar ist Fred Bryce. Er ist Schreiner und macht wundervolle Arbeiten. Hawker ist nicht nur ein kleines Bauernnest, wisst ihr.«

»Ich weiß ehrlich nicht, was ich sagen soll, Sally!« Jacqueline war völlig verblüfft.

»Gut, ich bin nämlich verdammt stolz auf unsere kleine Stadt. So, und während ihr austrinkt, werde ich mich auf die Suche nach dem Wodka und dem Gin machen. Irgendwo hab ich noch ein paar Flaschen versteckt!«

Zwei Stunden später hatten Vera und Jacqueline je eine Flasche Wodka und Gin zu einem guten Teil geleert. Sie hatten Darts und Billard gespielt und sogar die Schuhe ausgezogen, um mit den Einheimischen zu tanzen. Sie hatten weder darauf geachtet, wie viel sie selbst noch wie viel Cyril und Tom getrunken hatten. Sie lachten und scherzten mit den anderen Gästen, denen sie ein paar typisch amerikanische Redewendungen und Ausdrücke beibrachten und dafür einige typisch australische Wörter lernten. Die Nachricht, dass die beiden Frauen in der Stadt waren, hatte sich in Windeseile verbreitet, und so strömten immer mehr Männer herein. Jacqueline und Vera bemerkten es nicht, Sally dagegen schon. Ihr fiel auch auf, dass Cyril und Tom allmählich den Überblick verloren.

»Sollt ihr Jackie und Vera nicht nach Hause fahren?«, sagte sie zu Cyril, als er an die Theke kam, um eine weitere Runde zu bestellen.

»Klar doch. Und unterwegs werden wir einen kleinen Zwischenstopp einlegen«, erwiderte Cyril augenzwinkernd.

Ben und Nick spielten unterdessen Karten mit den Jungen und verloren eine Partie nach der anderen, weil sie mit ihren Gedanken ganz woanders waren. Bens Söhne gossen Öl ins Feuer mit ihren Bemerkungen darüber, wie attraktiv Jacqueline und Vera waren. Nick hatte die beiden zwar nicht mehr gesehen, bevor sie in die Stadt gefahren waren, aber Geoffreys Beschreibung genügte, ihn nervös zu machen.

Ben schaute zum x-ten Mal auf die Uhr. »Vielleicht sollte ich Sally anfunken und fragen, ob alles in Ordnung ist.« Inzwischen war es dunkel geworden, Vera und Jacqueline waren immer noch nicht zurück, und sein Zorn auf Cyril und Tom wuchs mit jeder Minute.

»Ich hab mir schon überlegt, ob ich in die Stadt fahren soll«, meinte Nick. Bis jetzt war ihm bloß noch kein triftiger Grund eingefallen. Er wollte nicht, dass Jacqueline glaubte, er spioniere ihr nach.

Jacqueline ging mit unsicheren Schritten an die Bar. Sie brauchte unbedingt ein Glas Wasser. Allmählich spürte sie den Alkohol, ihr war schwindlig, und sie hatte Angst, ihr könnte schlecht werden.

»Alles in Ordnung?«, fragte Sally, die hinter der Theke stand, und musterte sie besorgt. »Sie sind ja weiß wie die Wand! Ich glaube, Rachel hat heute Abend Dienst im Krankenhaus. Soll ich sie holen?«

»Nein, nein, mir fehlt nichts, mir ist bloß ein bisschen schwummrig«, wehrte Jacqueline ab. Es dauerte eine ganze Weile, bis sie sich in ihrem engen Rock auf den Barhocker gehievt hatte.

»Ein Jammer, dass wir Rachel verlieren«, meinte Sally, als sie ihr ein Glas eisgekühltes Wasser hinstellte.

»Verlieren?« Jacqueline runzelte die Stirn. Sie hatte Mühe, sich zu konzentrieren. »Wie meinen Sie das?«

»Na, sie heiratet doch. Wussten Sie das nicht?«

Jacqueline war wie vor den Kopf gestoßen. »Nein. Sie war vor kurzem draußen auf der Farm, aber sie hat mit keinem Wort erwähnt, dass sie heiraten wird.«

»Ach ja, richtig, Nick ist ja mit dem Flugzeug abgestürzt. Er hat verdammt großes Glück gehabt. Ich hab gehört, er hat Ihnen sein Leben zu verdanken, weil Sie ihn aus dem Wrack gezogen haben.«

Jacqueline hörte kaum hin. »Sie hat mit keinem Wort erwähnt, dass sie heiraten wird«, wiederholte sie dumpf. *Und Nick auch nicht.*

»Er hat ihr anscheinend erst vor zwei Tagen einen Antrag gemacht, ganz überraschend. Ich hab an dem Abend etwas ganz Besonderes für die beiden Turteltäubchen gekocht und ihnen eine Flasche Wein dazu serviert, einen meiner besten Tropfen.«

»Oh«, murmelte Jacqueline wie betäubt. Sie erinnerte sich, dass Nick zwei Tage zuvor nicht zum Abendessen da gewesen war. Er habe noch etwas vor, hatte Ben nur gemeint.

Sally bediente einen anderen Gast. Als sie wieder Zeit hatte, sagte Jacqueline: »Rachel hat gemeint, sie wolle nie woanders leben als in den Flinders Ranges. Und jetzt geht sie trotzdem weg?« Ben hätte doch sicherlich erwähnt, dass Nick die Absicht hatte, fortzugehen. Es sei denn, er wusste es nicht. Ja, so musste es sein.

»Ihr Verlobter muss erst seine Assistenzzeit am Royal Prince Alfred Hospital in Sydney beenden. Danach, in ungefähr sechs Monaten, kommen beide hierher zurück. Rachel hat es versprochen.«

Jacqueline verstand überhaupt nichts mehr. »Seine Assistenzzeit? Dann ist ihr Zukünftiger also auch Arzt?«

»Ja. Hat sie Ihnen nicht erzählt, dass ihr Verlobter Arzt ist?«

Jacquelines Verwirrung wuchs. »Nein. Ich … ich dachte, sie sei in Nick verliebt.«

Sally nickte. »Ist sie ja auch.«

»Ich fürchte, ich kann Ihnen nicht ganz folgen.«

»Ihr Verlobter heißt Nicholas Phillips, aber alle nennen ihn Nick. Er lebt erst seit ein paar Monaten hier. Ein sehr sympathischer Mann. Anfangs standen ihm alle ziemlich skeptisch gegenüber, aber er hat die Einheimischen in null Komma nichts für sich eingenommen. Jetzt ist er äußerst beliebt.«

Jacqueline hatte Mühe, das alles zu verarbeiten. »Ich habe Nick Dulton und Rachel doch zusammen gesehen! Ich meine, ich hatte den Eindruck, dass sie sich sehr mögen.«

»Sicher mögen sie sich, so wie Geschwister.«

Jacqueline fühlte sich auf einmal leicht und beschwingt. »Aber Ben hat einmal zu mir gesagt, Rachel würde seinen Bruder auf der Stelle heiraten.«

»Welche Frau würde das nicht?« Sally grinste. »Nick Dulton ist ein gut aussehender Mann. Ich würde ihn mir selbst schnappen, wenn ich nicht schon vergeben wäre.« Sie lachte leise.

Jacqueline war sprachlos. Sie trank einen Schluck Wasser und wünschte, sie hätte etwas Stärkeres zur Hand. Sie hatte Nick einen Lügner genannt, als er abstritt, eine Beziehung zu Rachel zu haben. »Und ich habe Nick für einen Frauenheld gehalten«, sagte sie und stöhnte.

»Nick? Nein, das kann man nicht sagen. Seit ihm vor ein paar Jahren das Herz gebrochen wurde, geht er auf Distanz. Ich glaube, jedes einzelne Mädchen hier draußen hat versucht, ihn sich zu angeln, aber er ist mit keiner von ihnen ausgegangen. Sie sind wirklich zu beneiden, wissen Sie das? Auf Wilpena mit zwei attraktiven Männern wohnen zu dürfen …« Sally seufzte. »Ben ist auch so ein lieber Kerl. Cindys Tod hat ihn ganz schön mitgenommen. Ein Jammer! Er wird wohl keine Frau mehr finden.«

Jacqueline stützte den Kopf in die Hand und stieß einen tiefen Seufzer aus. Sie kam sich wie der größte Dummkopf vor. »Für mich noch einen Wodka, Sally. Ich kann jetzt einen vertragen.«

Eine Stunde später saßen Ben und Nick immer noch in der Küche. Bis auf Geoffrey waren die Jungen nach dem Essen in ihr Zimmer gegangen.

»Mich wundert es nicht, dass Jackie und Vera mit Luxton und Stevens ausgegangen sind«, bemerkte Geoffrey plötzlich.

Sein Vater sah ihn scharf an. »Wie meinst du das?«

»Na ja, sie kommen aus einer Großstadt, da müssen sie sich hier draußen doch zu Tode langweilen. Früher sind sie bestimmt ins Theater und in Restaurants gegangen und haben Partys besucht. Bei uns hier gibt es doch nichts Vergleichbares.«

»Du meinst, das Leben hier ist nichts für sie?« Ben mochte sich gar nicht vorstellen, wie leer und tot das Haus ohne die beiden Frauen sein würde. Seit sie da waren, war wieder ein richtiges Zuhause aus der Farm geworden.

»Ich sage nur, dass sie sich hier draußen wahrscheinlich wie auf dem Mond fühlen«, erwiderte Geoffrey.

»Der Junge hat Recht«, warf Nick ein. »Das Leben auf Rawnsley Park Station war nichts für Vera, deshalb ist sie hierhergeflüchtet. Aber Jackie hat hier ja auch keine Unterhaltung.«

»Das ist nun mal der Alltag auf einer Farm.«

»Mag sein, aber wir hätten mit ihnen in die Stadt fahren können. Wir hätten mit ihnen einen Ausflug zum Wilpena Pound oder zu einer der Schluchten machen können, wir hätten mit ihnen irgendwo picknicken können.« Nick wurde jetzt erst klar, wie gedankenlos sie gewesen waren. »Frauen mögen so was.«

»Wir hatten schließlich anderes zu tun«, verteidigte sich Ben, aber im tiefsten Inneren wusste er, dass Nick und Geoffrey Recht hatten.

»Einen Sonntagnachmittag hätten wir schon mal erübrigen können, meinst du nicht auch?«

»Ja, wahrscheinlich schon«, räumte Ben ein. »Aber es gibt nicht viel, was wir tun können, um das Leben auf der Farm abwechslungsreicher zu gestalten, oder?«

»Wir könnten zum Beispiel Karten mit ihnen spielen«, schlug Geoffrey vor. Er hatte ein schlechtes Gewissen, weil er so lange versucht hatte, Jacqueline hinauszuekeln. Aber damit war jetzt Schluss, schwor er sich.

»Vielleicht sollten wir öfter Gäste einladen, Partys geben«, meinte Ben.

»Das bedeutet doch bloß noch mehr Arbeit für die Frauen«, entgegnete Nick.

Ben schüttelte den Kopf. »Ich glaube, das ist ihnen egal. Eine Party auszurichten macht ihnen Spaß.« Cindy jedenfalls war immer mit Begeisterung dabei gewesen.

»Dann lass uns doch nächste Woche eine Party geben, Dad. Eine Willkommensparty für die beiden.«

»Das ist eine ausgezeichnete Idee, Geoffrey.« Ben klopfte seinem Sohn anerkennend auf die Schulter. »Darüber freuen sie sich bestimmt.«

In diesem Moment schaltete sich das Funkgerät ein. Ben stand auf und ging in Jacquelines Zimmer hinüber. Nick und Geoffrey lauschten, schnappten aber nur ein paar Wortfetzen auf.

»Was ist passiert?«, fragte Nick, als Ben zurückkam.

»Du machst dich besser sofort auf den Weg nach Hawker. Das war Sally. Cyril und Tom sind sternhagelvoll, aber anscheinend sind Jackie und Vera auch nicht mehr nüchtern, weil jeder sie zu einem Drink einladen will. Es hat sich herumgesprochen, dass die beiden Frauen in der Bar sind, deshalb kommen die Männer von überall her.«

»Bin schon unterwegs.« Nick sprang auf. »Hoffentlich sorgt Sally dafür, dass Cyril sich nicht ans Steuer setzt.«

»Sie hat Rick hinausgeschickt, um vorsichtshalber die Luft aus den Reifen zu lassen.«

»Fährst du nicht mit, Dad?«

»Nein, ich bleibe lieber hier«, erwiderte Ben. Die Aborigines und ihre versteckte Drohung in Form des Totems hatte er noch nicht vergessen.

»Wieso? Wir können doch allein hierbleiben. Ist doch nicht das erste Mal.«

Ben und Nick wechselten einen Blick. »Ich habe noch etwas zu erledigen«, antwortete er ausweichend. »Außerdem passen vier Personen nicht in den Ute, das weißt du doch.«

»Aber wenn so viele Betrunkene in der Bar sind?«, entgegnete Geoffrey, der sich um seinen Onkel sorgte.

»Ich komme schon klar, keine Angst«, versicherte Nick.

»Dann werde ich eben mitgehen«, bot Geoffrey an.

»Nein, du bleibst hier«, befahl Ben. »Nick schafft das schon.«

»Er hatte eine Kopfverletzung, Dad. Du kannst ihn nicht allein gehen lassen. Hast du etwa Angst?«

Ben schaute seinen Sohn bestürzt an. »Nein, mein Junge«, antwortete er kopfschüttelnd.

»Sag ihm die Wahrheit, Ben«, riet Nick. »Er ist alt genug, um damit fertig zu werden.«

Ben zögerte, nickte dann aber.

Vera und Jacqueline hatten sich an ihren Tisch gesetzt, um eine kleine Verschnaufpause einzulegen. Sie waren ganz außer Atem vom Tanzen. Die beiden hatten sich zwar prächtig amüsiert, waren aber inzwischen ziemlich beduselt, und es war ihnen fast unheimlich, wie viele Männer sie umschwärmten.

»Ich will nach Hause«, quengelte Jacqueline ungefähr zum zehnten Mal. »Wo sind denn meine Schuhe? Wo ist meine Handtasche?« Sie hatten sowohl Schuhe als auch Taschen verlegt und bisher nicht wiedergefunden. »Wo kommen bloß all die Leute her?

Ich komme mir fast vor wie in New York.« Jaqueline hätte nicht geglaubt, dass sie die Stille und den Frieden der Farm einmal vermissen würde, und doch war es so.

»Kannst du Cyril und Tom irgendwo sehen?«

»Ich glaube, die sind blau«, nuschelte Vera. »Blau wie ein Veilchen. Wie sollen wir denn jetzt auf die Farm zurückkommen?«, fügte sie weinerlich hinzu.

Ihr Kopf war so schwer, dass sie ihn kaum noch aufrecht halten konnte. Plötzlich gluckste sie laut und vernehmlich. Sie schlug sich die Hand vor den Mund und kicherte. Jemand stellte einen Drink vor sie hin. Vera schaute auf, in ein Gesicht, das vor ihren Augen verschwamm. Sie kannte den Mann nicht. Oder vielleicht doch? Sie konnte sich nicht erinnern.

»Nicht für mich. Mir reicht's für heute.« Wieder hatte sie einen Schluckauf und gackerte. »Vielleicht nehm ich doch einen Schluck, aber nur einen klitzekleinen.«

»Wollen wir tanzen, Jackie?«

Jacqueline wandte den Kopf. Sie wusste nicht mehr, wie der Mann hieß, der neben ihr stand.

»Nein, nein, nein«, lallte sie. »Ich will nach Hause.«

»Ich bring dich nach Hause. Ist mir ein Vergnügen.«

Wieder blickte sie auf – etwas in seiner Stimme ließ sie frösteln. »Wer bist du?«

»Bob Fitzpatrick. Weißt du nicht mehr? Wir haben uns vorhin miteinander bekannt gemacht.«

»Tatsächlich? Kann mich nicht erinnern.« Die Ereignisse des Abends vermischten sich, sie konnte sie nicht mehr auseinanderhalten.

»Komm, lass uns noch einmal tanzen, bevor ich dich nach Hause fahre.« Bob ergriff ihre Hand.

Jacqueline machte sich los. »Nein, ich will nach Hause. Ich kann meine Schuhe nicht finden! Wo sind meine Schuhe, Vera?«

»Keine Ahnung«, gluckste sie.

»Die suchen wir später«, meinte Bob und griff abermals nach Jacquelines Hand.

»Sie will nicht tanzen, hast du was auf den Ohren? Und jetzt zieh Leine!«

Jacqueline blinzelte verdutzt, als sie die Stimme erkannte. »Nick!«, rief sie aus. Er hatte Bob unsanft zur Seite geschoben. Jacqueline sprang auf, schwankte, schaffte es aber, ihm die Arme um den Hals zu werfen. Sie war so froh, dass er da war. Sie hatte den ganzen Abend unentwegt an ihn denken müssen, jedenfalls, soweit ihr benebelter Zustand das zuließ. »Bringst du mich nach Hause?«

»Ja, und dich auch, Vera.« Ohne Bob aus den Augen zu lassen, fasste er sie am Ellenbogen, um sie auf die Füße zu ziehen.

Sally, die die Szene beobachtete, eilte herbei, stieß Bob zur Seite und half Nick mit Vera. Sally kannte Bob lange genug, sie wusste, dass er betrunken war und Streit suchte. »Verzieh dich, Bob«, sagte sie streng.

Als er nicht gleich reagierte, fügte sie drohend hinzu: »Oder muss ich erst Rick rufen?« Ihr Mann würde ihn ohne zu zögern an die frische Luft befördern, und das wusste Bob. Wer Rick Ärger machte, bekam vier Wochen Lokalverbot, und ein trockener Monat auf dem Land war schlimmer als zehn Jahre Dürre. Bob machte widerwillig Platz.

Mit Sallys Hilfe brachte Nick die zwei Frauen nach draußen. Dann eilte sie noch einmal hinein und holte Schuhe und Handtaschen der beiden, die sie hinter der Bar für sie aufbewahrt hatte. Da Vera nicht mehr aufrecht sitzen konnte, hob Nick sie auf die Ladefläche, wo sie sich hinlegte, den Kopf auf ihrer Handtasche.

»Hier kann ihr nichts passieren«, meinte Sally. »Und wenn sie sich übergeben muss, ist es hier hinten nicht so schlimm.«

Vera rollte sich auf den Rücken. »Ich kann die Sterne sehen«, seufzte sie. Dann fielen ihr die Augen zu.

Jacqueline kletterte auf den Beifahrersitz.

»Danke, dass du uns Bescheid gegeben hast«, sagte Nick zu Sally.

»Ich hab befürchtet, dass die beiden eine Menge Ärger bekommen werden.« Sie nickte mit dem Kinn Richtung Auto. »Hätte ich dich oder Ben nicht erreicht, hätte ich sie nach oben in eins der Zimmer gebracht und die Tür abgeschlossen.«

»Cyril und Tom *werden* eine Menge Ärger bekommen, verlass dich drauf«, knurrte Nick wütend. Die zwei konnten von Glück sagen, dass er sie in dem überfüllten Lokal nicht gesehen hatte. Nach der Sorge um Jacqueline und Vera stand er so unter Strom, dass er einer Prügelei nicht abgeneigt war.

»Geh nicht zu hart mit ihnen ins Gericht«, bat Sally. »Zwei Frauen wie Vera und Jackie kriegt man hier nicht alle Tage zu Gesicht. Kein Wunder, dass die Männer durchdrehen! Aber die zwei haben auch ihren Spaß gehabt – getanzt, Darts und Billard gespielt. Sie sind wirklich nett. Mit denen kann man Pferde stehlen. Hätten sie bloß nicht so viel getrunken!«

»Keine Sorge, ich bring sie auf direktem Weg nach Hause und ins Bett«, versprach Nick.

Er bedankte sich noch einmal, stieg dann ein und fuhr davon.

21

Als sie die Stadt hinter sich gelassen hatten, rutschte Jacqueline näher an Nick heran und legte den Kopf an seine Schulter.

»Ich bin so froh, dass du gekommen bist, Nick«, seufzte sie schläfrig. Eine Sekunde später fuhr sie erschrocken hoch. »O mein Gott! Wo ist Vera? Wir haben Vera vergessen!«

»Nein, haben wir nicht, sie ist hinten.«

Jacqueline drehte sich um und spähte angestrengt durch die Heckscheibe, konnte aber in der Dunkelheit nichts erkennen. »Wo denn? Ich seh sie nicht.«

»Sie hat sich hingelegt und schläft ihren Rausch aus.« Nick zog eine Braue hoch. »Ihr zwei habt ja ganz schön schwer geladen.«

Jacqueline kicherte und legte den Kopf wieder an Nicks Schulter. »Stimmt. Ich trinke gern Wodka, wenn ich schon mal etwas trinke, aber ich glaube, in der nächsten Zeit werde ich keinen Tropfen mehr anrühren.« Sie seufzte zufrieden und machte die Augen zu.

»Hat einer der Typen im Lokal euch belästigt?« Falls ja, würde er ihn sich vorknöpfen.

»Nein, nein«, antwortete sie müde. »Aber du glaubst nicht, was für grauenvolle Tänzer darunter sind!«, fügte sie lachend hinzu. Nick verdrehte genervt die Augen. »Das ist wirklich lieb von dir, dass du gekommen bist, Nick. Woher hast du gewusst, dass ich dich brauche?«

Als er schwieg, hob sie den Kopf, nahm sein Gesicht in ihre Hände und drückte ihm einen liebevollen Kuss auf die Wange.

»Lass das, Jackie! Ich muss mich aufs Fahren konzentrieren«, sagte Nick und wehrte sie ab. Er konnte sie oder irgendwelche Zärtlichkeitsbekundungen in ihrem Zustand sowieso nicht ernst nehmen.

»Ich weiß, aber ich vertraue dir. Jawohl, ich vertraue dir mein Leben an!«, sagte Jaqueline theatralisch und schmiegte sich wieder an ihn. »Du bist ein guter Mensch, Nick. Ich hätte dich nicht wegstoßen sollen. Ich weiß jetzt, dass ich mich geirrt habe. Ich hab gedacht, du seist in Rachel verliebt.«

Er streifte sie mit einem flüchtigen Blick. »Da hast du dich allerdings geirrt.«

»Ich hab dich für einen Frauenheld gehalten, für einen, der mit jeder ins Bett steigt, die er bekommen kann, aber jetzt weiß ich, dass das nicht stimmt.«

»Sag das bitte nicht weiter. Ich muss an meinen Ruf denken!«, versetzte Nick trocken.

Jacqueline kicherte und kuschelte sich noch enger an ihn. »Ich bin so froh, dass du kein Schürzenjäger bist. Mir hat schon einmal jemand schrecklich wehgetan, weißt du, und ich hatte Angst, es könnte mir ein zweites Mal passieren, deshalb habe ich dich zurückgestoßen.«

Nick runzelte verwirrt die Stirn. Doch er wusste, es hatte keinen Sinn, jetzt, wo sie so beschwipst war, nachzuhaken.

Sie schwiegen eine Weile. Dann murmelte Jacqueline: »Hab ich dir schon gesagt, dass ich es richtig süß finde, dass du gekommen bist?«

»Ja, schon ein paarmal«, entgegnete Nick. Er versuchte, sich auf die Straße zu konzentrieren. Die Scheinwerfer erfassten zahlreiche Kängurus, er musste auf der Hut sein, falls ihm eines vor den Kühler sprang.

»Ich bedeute dir wirklich etwas, nicht wahr, Nick?«

In diesem Moment hüpfte ein großes Känguru vom Straßenrand in Richtung Fahrbahnmitte. Nick riss das Steuer herum und konnte dem Tier gerade noch ausweichen. »Ja«, stieß er ohne nachzudenken hervor. »Himmel!«, entfuhr es ihm dann, weil er Vera hinten auf der Ladefläche ganz vergessen hatte. Die Ärmste musste bei dem Ausweichmanöver ganz schön herumgeschleudert worden sein. »Was hast du gesagt?«, fragte er Jaqueline. Doch sie hatte die Augen geschlossen und schien ihn nicht gehört zu haben.

Als der Pick-up kurze Zeit später über eine Schlaglochstrecke rumpelte, rutschte Jacqueline unruhig hin und her und legte sich schließlich hin, sodass ihr Kopf auf Nicks Oberschenkel ruhte.

»Ich glaube, ich habe mich in dich verliebt, Nick«, murmelte sie, und dann schlief sie ein.

Nick blickte auf sie hinunter. »Na, großartig«, brummelte er.

Ben eilte aus dem Haus, als er den Pick-up hörte.

»Wo ist Vera?«, fragte er erschrocken, als er sie nicht in der Fahrerkabine sah. »Ist sie nicht mitgekommen?«

»Sie liegt hinten«, erwiderte Nick, der zur Beifahrerseite gegangen war und Jacqueline aus dem Wagen half.

»Hinten?«

»Ja, sie musste sich hinlegen. Schaffst du es allein? Dann kann ich Jackie schon ins Haus bringen.«

Ben nickte. »Ja, ja, geh nur.« Er ließ die Heckklappe herunter. Vera lag auf der Seite, mit angezogenen Knien, den Kopf auf ihrer Handtasche, und schlummerte selig. Grenzenlose Erleichterung und andere, völlig unerwartete Empfindungen überkamen Ben. Er blieb eine Weile stehen, betrachtete die Schlafende und versuchte, sich über seine Gefühle klar zu werden.

»Komm, Vera«, sagte er dann. Sie rührte sich nicht. »Vera? Muss ich dich etwa hineintragen?« Keine Antwort.

Ben kletterte auf die Ladefläche, hob Vera kurz entschlossen hoch und trug sie auf seinen Armen ins Haus. Nick hatte Jacqueline bereits in ihr Zimmer gebracht.

Als Ben durch die Haustür trat, öffnete Vera die Augen und lächelte verträumt. »Ich hab dich vermisst«, flüsterte sie. Sie gab ihm einen Kuss auf die Wange und schmiegte dann ihr Gesicht an seinen Hals.

Ben, der froh war, dass sie wohlbehalten wieder zu Hause war, erwiderte ihr Lächeln. Innerlich allerdings schäumte er vor Wut. Cyril und Tom sollten sich die nächste Zeit besser nicht auf Wilpena blicken lassen. Plötzlich kam ihm ein Gedanke, der ihn bedrückte. Hatte Vera ihn etwa mit Mike verwechselt, als sie sagte, sie habe ihn vermisst?

Er legte sie sachte auf ihr Bett und deckte sie zu, was Nick bei Jacqueline bereits getan hatte. Die beiden Männer sahen auf die schlafenden Frauen hinunter.

»Als könnten sie kein Wässerchen trüben«, bemerkte Ben. »Die werden morgen einen schönen Kater haben. Aber Hauptsache, sie sind wieder da. Was hatten Cyril und Tom zu ihrer Verteidigung zu sagen?«

»Nichts, ich hab sie nämlich nicht gesehen.«

»Soll das heißen, sie sind gegangen und haben Jackie und Vera allein im Lokal zurückgelassen?«, knurrte Ben zornig.

»Das glaube ich nicht, aber in dem Getümmel drinnen konnte ich sie nirgends entdecken. So voll war die Kneipe noch nie. Sally meint, Jackie und Vera seien *die* Attraktion gewesen. Sie hätten sich blendend amüsiert, hätten getanzt und Billard und Darts gespielt. Aber die Männer waren schon ziemlich zu, als ich hinkam, und die Situation drohte außer Kontrolle zu geraten. Es hätte nicht viel gefehlt, und ich hätte mich mit Bob Fitzpatrick geprügelt, weil er Jackie so bedrängte.«

»Na ja, es ist ja noch mal gut gegangen«, sagte Ben und ging zur Tür. Er schüttelte den Kopf. »Aber oft möchte ich so etwas nicht durchmachen. Ich glaube, ich werde allmählich zu alt für so viel Aufregung!«

Nick löschte das Licht und folgte seinem Bruder in die Küche. »Ja, das war wirklich ein nervenaufreibender Abend.«

Er beobachtete Ben, wie er Wasser für eine Kanne Tee aufsetzte. Man konnte ihm ansehen, dass die Sorge um die beiden Frauen ihn ziemlich mitgenommen hatte.

»Du hast Vera sehr gern, nicht wahr?«, fragte Nick leise. Er begriff inzwischen selbst nicht mehr, wie er auf Bens Beziehung zu Jacqueline hatte eifersüchtig sein können, und fragte sich nach dem Grund dafür.

»Ja, das stimmt«, gestand Ben leicht verlegen. »Sie ist eine wunderbare Frau, und wir verstehen uns blendend.«

Nick setzte sich an den Tisch. Ben schenkte zwei Tassen Tee ein und setzte sich dann ebenfalls.

»Vielleicht solltest du noch einmal heiraten, großer Bruder«, sagte Nick nachdenklich. »Ich weiß, ich weiß«, fügte er hastig hinzu und hob beschwichtigend beide Hände, »Cindy liegt noch nicht lange unter der Erde, aber du wirst auch nicht jünger.«

Ben nickte. »Mir kommt die Zeit seit ihrer Beerdigung offen gestanden wie eine Ewigkeit vor.«

»Nun, wenn dir die Richtige über den Weg läuft, wäre es dumm, sie wieder gehen zu lassen.«

»Ich hätte nie gedacht, dass ich noch einmal ans Heiraten denken würde.« Ben seufzte. »Aber mir fehlt Cindys Gesellschaft, und ich fühle mich wirklich wohl in Veras Nähe. Solange ich draußen bin und arbeite, komme ich gut zurecht, aber die Abende und die Nächte sind unerträglich lang und einsam. Ich habe geglaubt, ich würde mich irgendwann daran gewöhnen, aber es wird immer schlimmer statt besser.« Das hatte Ben noch keiner Menschenseele anvertraut.

Nick hatte schon bemerkt, dass sein Bruder abends oft mit Vera zusammensaß und sich gut mit ihr verstand. »Du könntest Vera bitten hierzubleiben.«

»Ich weiß nicht, was für Pläne sie hat«, antwortete Ben ausweichend. »Und außerdem hat sie es nach dem Fiasko mit Mike bestimmt nicht eilig, eine neue Beziehung einzugehen.« Er konnte ihr das nicht einmal verdenken.

»Mit der Zeit wird sie schon darüber hinwegkommen.«

»Ich will mir keine Illusionen machen«, erwiderte Ben. »Ich bin zu alt, um noch eine Enttäuschung zu erleben.« Er schwieg einen Augenblick. »Was ist eigentlich mit dir? Meinst du nicht, es ist an der Zeit, eine Gefährtin zu suchen?«

»Ich finde, es ist an der Zeit, ins Bett zu gehen«, konterte Nick und stand auf.

»Du kannst nicht ewig davonlaufen, kleiner Bruder. Irgendwann, das garantiere ich dir, wird eine Frau auch dein Herz erobern. Vielleicht schneller, als du denkst.«

»Gute Nacht!«, rief Nick und eilte zur Hintertür hinaus. Er hatte keine Lust, über sein Privatleben zu diskutieren.

Auf dem Weg zu seiner Hütte dachte er jedoch über Bens Worte nach. Er war gewiss nicht abgeneigt, sich von einer schönen Frau wie Jacqueline verführen zu lassen, doch das bedeutete noch lange nicht, dass er auch gewillt war, ihr sein Herz zu schenken.

Als Vera am anderen Morgen in die Küche kam, waren Ben, Nick und die Jungen mit dem Frühstück fast schon fertig. Jacqueline schlief noch.

»Guten Morgen«, flüsterte Vera heiser.

Ben lächelte ihr zu. Seine Söhne schoben sich den letzten Bissen in den Mund und standen auf.

»Na, wie fühlst du dich?«, erkundigte sich Ben, als er ihr eine Tasse starken schwarzen Kaffee hinstellte.

»Mir ging's schon mal besser«, gab Vera zurück. Sie nippte dankbar an dem heißen Getränk.

Ben sah seine Söhne an. Er komme gleich nach, sagte er. Geoffrey, dem er von den Problemen mit den Aborigines erzählt hatte, hatte versprochen, kein Risiko einzugehen und sofort zum Haus zurückzukehren, falls Ureinwohner auftauchen sollten. Bobby, Sid und Jimmy sollten vorerst nichts von der Angelegenheit erfahren.

Nick erhob sich ebenfalls. »Wie geht's Jackie?«

»Sie hat ein bisschen Kopfweh«, antwortete Vera, was eine glatte Untertreibung war. »Ich auch.« Sie fasste sich an den Kopf, in dem es hämmerte und pochte. »Jackie hat erzählt, du hättest uns abgeholt und nach Hause gefahren. Es ist mir zwar peinlich, aber ich erinnere mich nicht mehr daran. Trotzdem danke, Nick. Ich wüsste nicht, wie wir ohne dich heimgekommen wären.«

»Sally hätte euch ein Zimmer gegeben, wenn sie mich oder Ben nicht erreicht hätte«, entgegnete Nick. »Cyril und Tom waren anscheinend so betrunken, dass sie sich nicht mehr hinters Steuer hätten setzen können.«

»Irgendwann haben wir sie aus den Augen verloren«, sagte Vera. »Ich weiß noch, dass wir von Männern umringt waren, aber sie waren alle harmlos.«

Ben und Nick wechselten einen viel sagenden Blick. Die beiden Frauen ahnten nicht, wie gefährlich die Situation hätte werden können.

»Ich kann nicht glauben, dass ich mich gar nicht an die Heimfahrt auf der Ladefläche erinnern kann«, sagte Vera kopfschüttelnd. »Aber mir scheint, auch Jackie hat Erinnerungslücken«, fügte sie trocken hinzu.

Wie auf ein Stichwort schlich Jacqueline in die Küche. »Guten Morgen«, flüsterte sie mit belegter Stimme und warf Nick einen verlegenen Blick zu.

»Ich hab gerade gesagt, dass ich mich gar nicht an die Heimfahrt erinnern kann. Du?«

»Ja, sicher«, antwortete Jacqueline. Sie schenkte sich eine Tasse Tee ein und gab zwei gehäufte Teelöffel Zucker hinein. Sie hatte die ganze Nacht von Nick geträumt. Jetzt allerdings machte er einen etwas befangenen Eindruck, und sie glaubte den Grund dafür zu kennen. »Zumindest teilweise. Ich glaube, ich bin irgendwann eingeschlafen. Oder?« Sie sah Nick an.

Der nickte, vermied es aber, aufzusehen. »Ich geh dann mal und schau nach den Jungs.«

»Warte, Nick, ich möchte dich etwas fragen«, sagte Jacqueline.

»Kann das nicht warten?« Er trat nervös von einem Fuß auf den anderen. »Ich hab einiges zu erledigen.« Er fürchtete, sie könnte ihr Geheimnis ausplaudern.

»Hast du gewusst, dass Rachel Roberts bald heiraten wird?« Jacqueline beobachtete seine Reaktion genau.

Nick blickte verdutzt drein. »Ich hab gewusst, dass sie mit einem Arzt zusammen ist, der als Assistenzarzt in Sydney arbeitet. Aber dass sie heiraten werden ... nein, das wusste ich nicht.«

Auch Ben war erstaunt. »Ich hätte nicht gedacht, dass das etwas Ernstes zwischen den beiden ist. Ich war der Meinung, sie wolle dich nur eifersüchtig machen.«

Nick rieb sich verlegen das Kinn.

»Sally hat mir erzählt, er sei gekommen und habe Rachel einen Antrag gemacht«, fuhr Jacqueline fort. »Sie will mit ihm nach Sydney gehen, weil er dort seine Assistenzzeit am Royal Prince Alfred Hospital beenden muss.«

Ben riss bestürzt die Augen auf. »Rachel geht von hier fort?«

»Nur vorübergehend. In sechs Monaten kommen sie beide zurück.«

Ben sah seinen Bruder an. »Es war ein Fehler, eine so feine Frau gehen zu lassen, das hab ich dir schon hundertmal gesagt.«

»Und ich hab dir schon hundertmal gesagt, dass zwischen Rachel und mir nichts ist«, gab Nick bissig zurück. Er stapfte zur Hintertür, stürmte hinaus und ließ die Tür mit einem Knall zufallen.

Jaqueline setzte sich an den Tisch. »Ist er so aufgebracht, weil Rachel einen anderen heiratet?«

»Das glaube ich nicht«, erwiderte Ben. »Nick bewacht sein Herz wie ein Hund seinen letzten Knochen.«

»Und wieso?«

»Na ja, vor ungefähr sieben Jahren hat er eine schmerzliche Erfahrung gemacht, und seitdem hält er die Frauen auf Distanz. Er spielt zwar den unbekümmerten, lebenslustigen Kumpel, aber das ist nur Fassade.«

»Was ist denn passiert?«, forschte Vera. »Uns kannst du's ruhig sagen, wir werden schweigen wie ein Grab, nicht wahr, Jackie?«

»Großes Ehrenwort!«

Ben zögerte kurz. »Nick hat damals in Broome in Western Australia gelebt und als Perlenfischer gearbeitet. Dort verliebte er sich in eine wunderschöne junge Frau. Ich glaube, sie war eine halbe Polynesierin. Er schrieb mir einige Male von ihr – ich hatte das Gefühl, dass er die Frau seines Lebens gefunden hatte. Ich freute mich für ihn. Endlich würde er heiraten und eine Familie gründen. Dann hörte ich sechs Monate nichts von ihm. Ich machte mir große Sorgen, weil er sich sonst immer bei mir meldete. Und eines Tages tauchte er völlig unverhofft hier auf der Farm auf. Sein Mädchen war mit seinem besten Freund durchgebrannt. Nick war völlig fertig. Er zog sich für ein halbes Jahr in den Busch zurück. Seitdem ist er ein gebranntes Kind. Obwohl er praktisch jede Frau bekommen könnte, kann er keiner mehr vertrauen. Er ist nie wieder eine Beziehung eingegangen. Ein, zwei Nächte, das war's. Ich dachte, das mit Rachel sei etwas anderes, weil sie viel zusammen waren. Nick hat immer behauptet, dass Rachel sich auf diese Weise die Männer vom Leib halten wolle, aber ich habe ihm das nicht abgenommen. Sieht ganz so aus, als hätte ich mich geirrt.«

Jacqueline war ganz elend zumute. Sie hatte gehofft, sie und Nick würden sich näherkommen, jetzt wo Rachel keine Konkurrenz mehr darstellte. Aber es sah nicht danach aus. Ihr wurde schlecht. »Hättest du was dagegen, wenn ich mich noch ein wenig hinlegte, Ben?«

»Nein, nein, geh nur«, erwiderte Ben. »Aber das werde ich dir vom Lohn abziehen«, fügte er im Spaß hinzu.

Nachdem Jacqueline gegangen war, herrschte eine Weile Schweigen in der Küche. Sowohl Ben als auch Vera hingen ihren eigenen Gedanken nach.

»Die Situation gestern Abend war nicht ungefährlich, Vera«, sagte Ben schließlich. »Sally hat sich große Sorgen gemacht, weil Männer von überall her in das Lokal strömten und sich volllaufen ließen. Dir und Jackie hätte Gott weiß was passieren können.«

Vera seufzte. Sie wusste, dass Ben Recht hatte. »Wir hätten nicht so viel trinken dürfen, das stimmt schon. Aber wir wollten einfach mal unseren Spaß haben. Vor allem ich, nach den langen Tagen voller Einsamkeit auf Rawnsley Park Station.«

»Wir haben euch vernachlässigt, wir hätten mehr mit euch unternehmen sollen«, räumte Ben ein. »Ihr müsst euch ja zu Tode langweilen hier draußen.«

»Nein, Ben, das ist nicht wahr. Ich habe mich nach ein bisschen Abwechslung gesehnt, das ist schon richtig, aber nach dem Abend gestern in dieser überfüllten, lauten Kneipe empfinde ich die Stille hier draußen als wahre Wohltat.« Ein erstaunter Ausdruck trat auf ihr Gesicht. »Du meine Güte, habe ich das wirklich gerade gesagt?«

»Auf Rawnsley Park Station konntest du die Stille nicht ertragen.« Ben verstand den Unterschied nicht.

»Stille und Einsamkeit sind zwei verschiedene Dinge, Ben. Das ist mir jetzt klar geworden. Hier ist es friedlich und ruhig, aber ich fühle mich trotzdem nicht einsam. Abends kommt ihr alle nach Hause, du und Nick und die Jungs. Selbst wenn Jackie nicht da wäre, könnte ich mich auf die Abende freuen. Und ich bin gern mit dir zusammen, Ben. Ich liebe unsere Unterhaltungen.«

»Meinst du das wirklich?«

Vera sah in sein gütiges Gesicht. »Ja, Ben, das meine ich wirklich so. Ich weiß, dass du deine Frau vor nicht allzu langer Zeit verloren hast und dass du dich einsam fühlst …«

»Ja, ich vermisse Cindy«, sagte er heiser. »Weißt du, viele ältere Farmer suchen sich eine Aborigine als Gefährtin. Aber das möchte ich nicht. Nur eine ganz besondere Frau könnte Cindys Platz einnehmen. Das weißt du, nicht wahr?«

Vera nickte.

»Ich will nicht, dass du denkst, ich würde mich an jede heranmachen, die mir zufällig über den Weg läuft.«

»Das weiß ich, Ben. Und ich suche keinen Ersatz für Mike. Das ist dir doch auch klar, oder?«

»Ja.« Ben nahm all seinen Mut zusammen und fragte dann: »Erinnerst du dich, dass ich dich gestern Abend ins Haus getragen habe?«

Vera dachte einen Augenblick nach. »Nur verschwommen. Warum fragst du?«

»Du hast gesagt: ›Ich habe dich vermisst.‹ Hast du mich damit gemeint oder Mike?« Ben brachte es nicht fertig, die junge Frau anzusehen, während er auf ihre Antwort wartete. Er starrte auf seine Hände.

»Ich habe dich vermisst, Ben, nicht Mike«, antwortete Vera, ohne zu zögern.

Jetzt erst wagte er aufzublicken. Sein Herz klopfte so sehr, dass er dachte, es würde ihm aus dem Leib springen. »Ich würde mich freuen, wenn du hierbliebst, Vera. Wenigstens für eine Weile. Damit wir Gelegenheit haben herauszufinden, ob mehr aus unserer Freundschaft werden könnte. Was meinst du dazu?«

Vera legte zärtlich ihre Hand auf seine. »Gib mir ein bisschen Bedenkzeit, Ben. Nur um ganz sicherzugehen.«

Ben war enttäuscht, versuchte aber, es sich nicht anmerken zu lassen. »Gut. Das ist nur fair.« Er stand auf und berührte sie an der Schulter. »Ich muss los, auf mich wartet eine Menge Arbeit.«

22

»Ben will kommendes Wochenende eine Party geben«, sagte Vera zu Jacqueline, als sie am Dienstagmorgen gemeinsam die Hausarbeit erledigten. Beide hatten sich inzwischen von ihrem Kater erholt.

»Aus welchem Anlass denn?«

»Es soll eine Willkommensparty für uns werden, hat Geoffrey mir erzählt. Ist das nicht nett? Ich glaube, Ben und Nick wollen uns ein bisschen mehr Abwechslung bieten, damit wir nicht in Versuchung kommen, noch einmal nach Hawker zu fahren und einen Abend durchzuzechen«, fügte sie augenzwinkernd hinzu.

Die zwei wussten nicht, dass Nick am Montagmorgen in die Stadt gefahren war und Sally und Rick um einen Gefallen gebeten hatte. »Ihr könnt jedem, der zu uns hinauskommen und Jackie oder Vera sehen will, ausrichten, er kann sich den Weg sparen. Und das gilt ganz besonders für Cyril Luxton und Tom Stevens.«

»Du meldest wohl eigene Ansprüche an, was?«, frotzelte Sally. Als Nick nicht widersprach, kam ihr der Verdacht, dass sie den Nagel auf den Kopf getroffen hatte.

»Ich glaube, Nick ist verliebt«, sagte sie zu ihrem Mann, als Nick fort war.

»Nick? Nie im Leben! Er hat bloß keine Lust auf unnötige Scherereien. Es hätte nicht viel gefehlt, und er hätte sich wegen dieser beiden Frauen geprügelt. Das wäre vermutlich ins Auge gegangen, die anderen waren ja weit in der Überzahl.«

»Ich gehe jede Wette ein, dass ich Recht habe. Du wirst schon sehen«, erwiderte Sally mit selbstgefälliger Miene. Sie hatte beobachtet, wie Jacqueline sich Nick an den Hals geworfen und wie rührend er sich um sie gekümmert hatte. Sie fragte sich, was die zwei auf der Heimfahrt miteinander geredet hatten.

Rick schüttelte nur den Kopf und verdrehte entnervt die Augen.

»Ich glaube, ich werde eine Weile nur noch Wasser trinken«, sagte Jacqueline jetzt. Sie hatte zwar keine Kopfschmerzen mehr, aber immer noch ein mulmiges Gefühl im Magen.

Vera nickte. »Ich werde mich auch zurückhalten, das kannst du mir glauben. Ein solcher Kater im Jahr genügt!«

Als Vera später an diesem Tag ihre Freundin suchte, fand sie sie in ihrem Zimmer, wo sie auf dem Bett lag und las.

»Da bist du! Ich hab dich schon überall gesucht!«

»Warum, soll ich dir helfen?«, fragte Jacqueline zerstreut.

»Nein, nein, die Wäsche ist bald trocken, und das Gemüse fürs Abendessen habe ich auch schon geputzt. Was liest du denn?«

»Das Tagebuch meiner Mutter.«

»Oh, dann will ich dich nicht länger stören.« Vera verließ das Zimmer.

Jacqueline hatte gelesen, was ihre Mutter über die Ballettschule schrieb, und war ganz fasziniert.

Ich bin schrecklich aufgeregt. Ich habe die Stelle als Ballettlehrerin an der Vivienne School of Ballet bekommen, die im Gemeindesaal der presbyterianischen Kirche untergebracht ist. Ich wollte immer schon Ballettlehrerin werden. Und Jacqueline darf kostenlos an meinem Unterricht teilnehmen. Die Schule gehört Vivienne Radcliffe und Audrey Burns, zwei angesehenen Damen der Gesellschaft. Viviennes Mann ist Vorsitzender des Kunstausschusses von Atlanta, und Audreys Mann ist Universitätsprofessor.

Ich habe die Stelle wahrscheinlich nur bekommen, weil Lionel Botschaftsangehöriger ist. Erst als ich das erwähnte, haben sich die beiden Frauen bequemt, mit mir zu reden. Aber von dieser Arroganz einmal abgesehen, bin ich überglücklich, dass ich die Stelle bekommen habe und tun darf, was ich so gern tue.

Der nächste Tagebucheintrag war zwei Wochen später datiert.

Ich habe neunzehn Schülerinnen, ganz reizende Mädchen. Und alle weiß. Die Eheleute Burns und Radcliffe wollen anscheinend keine Farbigen an der Schule haben. Ich bin von mehreren schwarzen Müttern gefragt worden, ob ich ihre Töchter nicht unterrichten könnte, und werde jedes Mal beschimpft, wenn ich ablehnen muss. Ich habe den Frauen erklärt, dass ich nichts dafür kann, dass ich mich an die Vorschriften halten muss, aber sie lassen ihren Unmut trotzdem an mir aus.

Es belastet mich sehr, dass ich ihnen eine Absage erteilen muss, vor allem, wenn ich die Enttäuschung auf den Gesichtern der kleinen Mädchen sehe. Sie verstehen nicht, warum sie nicht Ballett tanzen dürfen. Ein kleines Mädchen hat sogar bitterlich geweint, und mir hat es fast das Herz gebrochen.

Drei Wochen später schrieb Margaret:

Es ist bitterkalt geworden, und geschneit hat es auch schon. Trotzdem versäumen meine Schülerinnen keine einzige Stunde. Der Unterricht gibt mir sicherlich mehr als ihnen. Es ist eine solche Freude, diese Mädchen unterrichten zu dürfen! Gestern hat jemand die Tür zum Gemeindesaal mit Eiern beworfen, vermutlich aus Ärger über meine Zurückweisung der farbigen Mädchen. Was soll ich nur machen? Ich würde sie ja gern in meiner Klasse aufnehmen.

Lionel gefällt das alles gar nicht. Er will, dass ich die Stelle aufgebe, aber ich will meine Schülerinnen nicht im Stich lassen, und vor allem will ich Jacqueline nicht etwas wegnehmen, an dem ihr Herz so sehr hängt. Irgendwie werde ich das schon durchstehen.

Jacqueline schaute bestürzt auf. »Dann ist meine Mutter nur meinetwegen an dieser Schule geblieben!«, murmelte sie vor sich hin. »Wäre ich nicht gewesen, hätte sie sicherlich nicht weiterunterrichtet.« Sie erinnerte sich an das kleine farbige Mädchen, das tot auf dem Parkplatz vor der Schule gefunden worden war. »O mein Gott!«, rief sie aus. Zutiefst aufgewühlt, klappte sie das Tagebuch zu und legte es beiseite.

Jacqueline saß am Küchentisch bei einer Tasse Tee, als Vera mit einem Korb Wäsche, die sie abgenommen hatte, hereinkam. Sie fing an, die Wäschestücke zusammenzulegen, doch dann bemerkte sie Jacquelines bedrückte Miene und ihre geröteten Augen.

»Stimmt was nicht, Jackie?«

»Ach …«, murmelte diese achselzuckend, den Blick starr in die Ferne gerichtet.

»Hat es etwas mit dem Tagebuch deiner Mutter zu tun?«, forschte Vera sanft. Sie wollte nicht aufdringlich sein, aber vielleicht würde es ihrer Freundin guttun, sich auszusprechen.

»Ich …«, begann Jacqueline und verstummte wieder.

»Du kannst mir alles sagen, Jackie, das weißt du.«

»Ja, ich weiß, Vera.« Sie holte tief Luft. »Du hast Recht, es ist wirklich besser, wenn ich mit jemandem darüber rede, sonst drehe ich noch durch.«

Vera stellte den Wäschekorb vom Tisch auf den Fußboden und setzte sich.

»Erinnerst du dich, dass ich dir und Tess erzählt habe, meine Mutter und mein Bruder seien bei einem Autounfall ums Leben gekommen?«

Vera nickte. »Ja, das war auf der Zugfahrt nach Port Augusta. Deshalb freue ich mich ja auch für dich, dass du das Tagebuch deiner Mutter hast und ihr auf diese Weise nahe sein kannst.«

»Wir wurden von einem anderen Wagen verfolgt«, fuhr Jacqueline leise fort. »Das Auto kam auf der vereisten Straße ins Schleudern, durchbrach eine Leitplanke und raste eine Böschung hinunter. Es überschlug sich mehrmals und blieb neben einer Bahnstrecke liegen. Mein Vater und ich haben überlebt, meine Mutter und mein kleiner Bruder nicht.«

»O Gott, Jackie, das muss ja furchtbar gewesen sein!«, stammelte Vera fassungslos.

»Es war der schlimmste Tag meines Lebens«, sagte Jacqueline traurig.

»Du hast gesagt, ihr wurdet von einem anderen Wagen verfolgt?«

»Ja, aber ein Zeuge sagte später aus, dass dieser Wagen nach dem Unfall davonraste, und soviel ich weiß, wurde der Fahrer nie gefasst.«

»Warum hat man euch denn verfolgt?«

Jacqueline suchte nach Worten. Es fiel ihr unendlich schwer, darüber zu sprechen. »Wir mussten uns vor einem aufgebrachten Pöbel in Sicherheit bringen. Man warf uns die Fenster ein und setzte das Haus in Brand. Wir flüchteten durch die Hintertür zur Garage, wurden aber gesehen, als wir im Auto zu entkommen versuchten, und verfolgt. Ich weiß noch, wie Mitchell, mein kleiner Bruder, durch die Heckscheibe guckte und zu meinem Vater sagte, der Wagen hinter uns komme rasch näher. Dad geriet vermutlich in Panik und gab Gas. Er schaute immer wieder in den Rückspiegel, die Scheinwerfer des Fahrzeugs hinter uns blendeten ihn. Meine Mutter hatte furchtbare Angst. Er solle nicht so schnell fahren, bat sie meinen Vater inständig. Aber er wollte nicht, dass der andere Wagen uns einholte. Mitchell und ich klammerten uns auf der Rückbank aneinander.«

Vera schwieg betroffen, während sie sich auszumalen versuchte, wie schrecklich dieses Erlebnis für ein Kind und auch für die Eltern sein musste, die Angst um ihre Kinder hatten.

»Bevor der Pöbel unser Haus anzündete, waren zwei Polizeibeamte zu uns gekommen. Sie rieten meinen Eltern, sich in Sicherheit zu bringen. Der eine sagte, die Menge draußen mache meine Mutter für den Tod eines kleinen Mädchens verantwortlich, das vor der Ballettschule, an der sie unterrichtete, gefunden worden war. Ich wusste nicht, was das zu bedeuten hatte oder wie meine Mutter das Mädchen getötet haben sollte. Sie war ganz aufgelöst und gab sich die Schuld an dessen Tod. Ich konnte das überhaupt nicht verstehen, aber niemand erklärte es mir. Mein Vater weigerte sich sogar Jahre später noch, darüber zu reden. Ich habe gerade im Tagebuch meiner Mutter gelesen, dass farbige Mütter zu ihr kamen und sie baten, ihre Mädchen zu unterrichten, dass sie sie aber nicht als Schülerinnen annehmen durfte, weil die Besitzerinnen der Schule keine Farbigen dort duldeten.«

»Ich verstehe. Ich kann mich gut an jene Zeiten erinnern.« Vera, die älter war als Jacqueline, wusste genau, wovon diese sprach.

»Es gab große Spannungen zwischen Schwarzen und Weißen. Dass den Schwarzen der Besuch der Ballettschule verwehrt wurde, sorgte für zusätzlichen sozialen Zündstoff. Die Mütter der abgewiesenen Kinder gaben allein meiner Mutter die Schuld daran, nicht den Besitzerinnen der Ballettschule. Mein Vater habe sie gebeten, die Stelle aufzugeben, schreibt sie in ihrem Tagebuch, aber das wollte sie nicht, weil sie weder ihre Schülerinnen im Stich lassen noch mich enttäuschen konnte. Ich habe begeistert Ballett getanzt. Verstehst du, Vera? Was damals passiert ist, ist zum Teil meine Schuld! Meinetwegen ist meine Mutter an dieser Schule geblieben.«

»Nein, Jackie, so etwas darfst du nicht denken. Du kannst absolut nichts dafür, du warst doch noch ein Kind. Deine Mutter wollte dir eine Freude machen, aber woher hättest du um die Zusammenhänge wissen sollen? Du warst ein kleines Mädchen, das gern getanzt hat.«

Jacquelines Unterlippe zitterte. »Ich würde gern weiterlesen, Vera, aber … aber ich habe Angst vor der Wahrheit«, sagte sie mit brüchiger Stimme. »Was, wenn meine Mutter tatsächlich dieses kleine Mädchen getötet hat, und sei es unbeabsichtigt? Ich glaube, das könnte ich nicht ertragen.«

»Ich kann dich verstehen, aber du kannst erst mit der Vergangenheit abschließen, wenn du die ganze Geschichte kennst«, sagte Vera eindringlich.

Jacqueline nickte. Vera hatte Recht.

Am folgenden Nachmittag saß Jacqueline auf ihrem Bett und las Vera aus dem Tagebuch ihrer Mutter vor. Sie hatte Vera gebeten, ihr Gesellschaft zu leisten, weil sie Angst davor hatte, die Reise in die Vergangenheit ganz allein zu unternehmen.

Im Unterricht blickte ich zufällig auf und entdeckte ein kleines schwarzes Mädchen, das uns vom Notausgang, der zur Feuerleiter hinausführt, aus zuschaute. Ich erschrak. Die Kleine musste die verschneite, rutschige Treppe hinaufgeklettert sein. Ich kannte das Mädchen. Es war die Kleine, die mit ihrer Mutter gekommen war und geweint hatte, als ich sagte, sie dürfe nicht am Unterricht teilnehmen. Ich ging hinauf und sagte ihr, sie dürfe doch nicht die Feuerleiter hinaufsteigen, das sei viel zu gefährlich, und sie dürfe auch nicht allein im Dunkeln unterwegs sein. Ich schickte sie nach Hause. Sie ging widerwillig.

Zur nächsten Stunde war sie wieder da. Wieder schickte ich sie weg. Und zur nächsten Stunde kam sie erneut. Dieses Mal sagte ich nichts mehr. Bei ihrer Entschlossenheit und ihrer Hingabe wäre sie sicherlich eine ausgezeichnete Schülerin gewesen. Allein das Zuschauen schien ihr so viel Freude zu bereiten. Wie gern hätte ich sie aufgefordert, herunterzukommen und sich uns anzuschließen. Aber ich traute mich nicht. Hätte Vivienne davon erfahren, hätte sie die Schule vielleicht geschlossen, und dann wären alle meine Schülerinnen so traurig gewesen wie das kleine schwarze Mädchen.

Einige Wochen später schrieb Margaret:

Heute bin ich hinausgegangen und habe mit dem Mädchen gesprochen, das uns immer öfter beim Unterricht zuschaut. Vivienne Radcliffe hat

Wind davon bekommen, dass sie mehrmals in der Schule war. Sie hat reagiert, wie ich befürchtete, und gedroht, die Schule zu schließen, falls ich mich ihren Anweisungen widersetze. Ich habe mich aber gesorgt, weil die Kleine jedes Mal die vereiste Feuerleiter hinaufklettert und später ganz allein im Dunkeln nach Hause gehen muss, auch wenn sie nicht weit weg wohnt, wie sie erzählte. Also habe ich ihr erklärt, dass sie nicht länger zuschauen dürfe, weil es einfach viel zu gefährlich sei. Sie sagte nichts. Sie guckte mich nur an. Ich hätte ihr gern angeboten, ihr Privatunterricht zu geben, aber ich wusste, wenn Vivienne davon erfuhr, würde sie mich feuern. Ihre großen braunen Augen füllten sich mit Tränen. Ich war selbst den Tränen nahe, als ich ihr sagte, wie leid es mir tue. Sie ließ den Kopf hängen und verschwand in der Dunkelheit.

Der nächste Eintrag war am 10. Januar 1946 geschrieben worden, drei Tage vor Margarets Tod.

Die Kleine ist heute Abend doch wieder da gewesen, obwohl es schon dunkel war und den ganzen Tag geschneit hat. Ich machte mir schreckliche Sorgen um sie. Ich winkte ihr, sie solle doch hereinkommen. In diesem Moment war es mir egal, ob man mich entlassen würde oder nicht. Ich wusste, draußen war es bitterkalt, die Kleine musste doch fast erfrieren. Doch sie beachtete mich nicht.

Ich hatte mit den Mädchen die Arabeske geübt und die vier Positionen, die sie dafür beherrschen mussten. Als sie an der Stange übten, schaute ich wieder zum Notausgang hinauf, aber das kleine Mädchen war fort. Ich war erleichtert. Anscheinend hatte sie es eingesehen und war nach Hause gegangen. Eine halbe Stunde später wurden meine Schülerinnen von ihren Müttern abgeholt. Ich schloss die Tür ab und fuhr mit Jacqueline nach Hause.

Der letzte Eintrag war am darauffolgenden Tag datiert.

Heute Morgen kam die Polizei zu uns. Zum Glück waren Mitchell und Jacqueline in der Schule, sodass sie nichts davon mitbekamen. Auf dem Parkplatz vor der Ballettschule war die Leiche eines kleinen Mädchens gefunden worden. Die Polizei ging davon aus, dass sie von einem Auto erfasst worden war. Sie wollten meinen Wagen sehen. Sie fanden Blutspuren an der Karosserie.

Jacqueline schnappte erschrocken nach Luft. »Meine Mutter hat das kleine Negermädchen getötet! Deshalb hatte die Menge sich vor unserem Haus zusammengerottet! Deshalb sind wir verfolgt worden! Sie hat sie auf dem Parkplatz überfahren!«

Vera klappte den Mund auf und wieder zu. Sie wusste nicht, was sie sagen sollte.

Die beiden ahnten nicht, dass Dot sie belauschte. Da sie Geld brauchte, war sie zum Arbeiten gekommen, aber es gab nichts für sie zu tun, und so hatte sie wenigstens ein Marmeladenbrot für Yuri gemacht. Sie riss die Augen auf, als sie hörte, was Jacqueline sagte. Es war noch nicht lange her, da hatte Ben im Zusammenhang mit einem Zeitungsartikel, über den er mit Nick sprach, den Ausdruck »Neger« gebraucht. Dot hatte es zufällig gehört und gefragt, was das bedeute. Ben hatte es ihr erklärt. Jacquelines Mutter hatte also das Kind eines Schwarzen getötet. Dot fühlte sich in ihrer Meinung über Jacqueline bestätigt. Diese Frau stellte eine Gefahr für ihren Sohn dar. Sie verließ eilig das Haus, ohne dass irgendjemand etwas mitbekam.

»Lies weiter, Jackie«, drängte Vera. »Du musst die ganze Wahrheit wissen.«

Jacqueline tupfte sich die Tränen ab und atmete tief durch.

Ich war fassungslos, am Boden zerstört. Ich dachte, ich hätte das kleine Mädchen beim Rückwärtsausparken im Dunkeln erfasst, und das, während mein eigenes kleines Mädchen bei mir im Auto saß. Als ich erfuhr, dass es sich bei der Toten um eine Schwarze handelt, war mir sofort klar, dass es das kleine Mädchen war, das beim Unterricht zugeschaut hatte. Ich erzählte der Polizei, wie sie meine Schülerinnen vom Notausgang am Ende der Feuerleiter aus beobachtet hatte. Ich fühlte mich schuldig, weil ich mich nicht vergewissert hatte, ob sie tatsächlich nach Hause gegangen war. Als die Beamten daraufhin die Feuerleiter in Augenschein nahmen, entdeckten sie Blutspuren. Das kleine Mädchen, das Valmae Brown hieß, war auf einem Eisentritt ausgerutscht und in die Tiefe gestürzt. Dabei hatte es sich den Kopf angeschlagen – daher die Blutspuren. Genau das, was ich die ganze Zeit befürchtet hatte, war passiert.

Bei der Obduktion stellte sich heraus, dass sie schon tot war, als sie unten aufschlug. Sie war tot, bevor ich sie mit dem Auto erfasste. Sie war in eine Schneewehe gefallen, wo ich sie nicht sehen konnte.

Obwohl ich sie nicht getötet habe, fühle ich mich schuldig, weil ich wusste, dass sie dort oben war. Ich könne nichts dafür, ich solle mir keine Vorwürfe machen, sagt Lionel immer wieder, aber es hilft nichts. Ich mache mir bittere Vorwürfe, ich hätte mehr tun müssen, ich hätte verhindern müssen, dass sie zur Schule kommt. Das werde ich mir niemals verzeihen. Sooft ich meine Tochter ansehe, werde ich an Valmaes Mutter denken und an ihren Schmerz über den Verlust ihres Kindes. Wie soll ich jemals mit dieser Schuld fertig werden, mich jemals wieder im Spiegel betrachten können?

Die Tränen liefen Jacqueline übers Gesicht, als sie das Tagebuch zuklappte. Auch Vera hatte Tränen in den Augen.

»Deine Mutter trifft keine Schuld, Jackie«, sagte sie sanft. »Sie hat alles getan, was in ihrer Macht stand. Es war ein tragischer Unfall.«

Jacqueline nickte. »Aber Valmaes Familie gab ihr die Schuld am

Tod des Mädchens. Deshalb haben sie unser Haus in Brand gesteckt. Ein tragischer Unglücksfall löste eine Katastrophe aus. Weil Valmae ausgerutscht und zu Tode gestürzt ist, habe ich meine Mutter und meinen Bruder verloren.«

Brent Masterson hatte ein zweites Treffen mit Henry vereinbart. Als er die Bar des Criterion Hotel betrat und seine Blicke suchend über die Gäste schweifen ließ, musste er zweimal hinschauen, ehe er Henry in dem ungepflegten, aufgedunsenen Mann wiedererkannte, den er erst wenige Wochen zuvor kennen gelernt hatte. Der Detektiv fühlte sich in seinem Verdacht bestätigt: Offensichtlich hatte Henry Walters eine Geliebte, die im Begriff war, ihn auszunehmen und zugrunde zu richten.

»Hallo, Henry.« Als er vor ihm stand, fiel Brent auf, dass ein Knopf an seinem Hemd fehlte und er zwei verschiedene Socken anhatte.

Henry schaute aus trüben Augen auf. Er musste schon eine ganze Weile in der Bar gesessen haben.

»Habe ich Sie warten lassen?«, fragte Brent, obwohl er stets pünktlich war. Aus reiner Höflichkeit warf er einen Blick auf seine Armbanduhr.

»Nein, nein, ich war viel zu früh da«, antwortete Henry müde. Obwohl es noch nicht einmal Mittag war, saß er bereits beim dritten Bier.

Brent betrachtete ihn prüfend. Hatte er bei ihrem ersten Treffen noch gedacht, Henry sehe in dieser Bar fehl am Platz aus, so fiel er jetzt nicht mehr auf unter den Stammgästen aus der Unterschicht. Seine Haare waren schmuddelig und zu lang, er war unrasiert, und sein Hemd trug er seit mindestens zwei Tagen. Es ging abwärts mit ihm, und zwar rapide.

Als Brent ein Bier bestellte, starrte Henry nur dumpf vor sich hin. Er erkundigte sich nicht einmal, wie weit der Detektiv in der Scheidungsangelegenheit vorangekommen war.

»Die Scheidungsunterlagen sind zurückgekommen«, sagte Brent. »Unterschrieben.«

Einen Augenblick lang machte Henry einen niedergeschmetterten Eindruck. Obwohl er nicht erwartet hatte, dass Jacqueline um ihre Ehe kämpfen würde, war er in seiner Eitelkeit gekränkt – sie willigte scheinbar ohne weiteres in die Scheidung ein. Er fragte sich, ob sie bereits einen anderen gefunden hatte. Nicht zum ersten Mal sehnte er sich nach seinem behaglichen alten Leben zurück.

»Ihre Frau hat Ihre Bedingungen akzeptiert. Es wird also nicht nötig sein, einen Anwalt einzuschalten. Damit dürften Sie eine Menge Geld sparen.«

Henry zuckte lediglich mit den Schultern.

»Stimmt etwas nicht, Henry?«, fragte Brent nach einer kurzen Pause.

Henry zögerte, aber er musste mit jemandem über seine Sorgen reden, die ihn schon so lange drückten. »Wie ist es möglich, dass ein Leben auf einmal so kompliziert werden kann? Können Sie mir das verraten, Brent?«

Der Privatdetektiv kannte diese Rede, er hatte sie schon oft in seinem Leben in den unterschiedlichsten Variationen gehört. »Nun, meistens ist das die Folge davon, dass wir die falsche Entscheidung aus dem richtigen Grund treffen.« Er nippte an seinem Bier.

»Genauso ist es. Noch vor ein paar Monaten wusste ich genau, wohin ich gehen wollte, was ich tat und mit wem ich es tat.«

»Und jetzt?«

»Jetzt weiß ich überhaupt nichts mehr.«

Brent schwieg einen Augenblick. Es kam häufiger vor, dass seine Klienten sich bei ihm ausweinten. Zum Glück hatte er breite Schultern. »Möchten Sie darüber reden?«

Henry starrte die Theke an und sagte leise: »Auf der Überfahrt nach Australien lernte ich eine sehr attraktive Frau kennen. Sie reiste mit ihrem Sohn und ihren Eltern. Es funkte sofort zwischen uns.«

»Und was hat Ihre Frau dazu gesagt?« Brent konnte sich nicht vorstellen, dass er vor ihren Augen eine Affäre begonnen hatte, zumal Jacqueline, soweit man das anhand ihrer Fotografie beurteilen konnte, eine ungemein hübsche Person war.

Henry blickte zerknirscht drein. »Sie hatte keine Ahnung. Sie hat sich fast während der ganzen Reise in unserer Kabine aufgehalten, weil sie so seekrank war. Ich bin mir natürlich ziemlich mies vorgekommen, und das völlig zu Recht, aber Jacqueline und ich haben keine Kinder, und es wurmte mich, dass ich keine Gelegenheit haben sollte, Vater zu sein. Ich dachte, mit Verity könnte ich eine Familie gründen. Deshalb bat ich Jacqueline um die Scheidung. Das war kurz bevor das Schiff in Adelaide anlegte. In meiner Einfalt habe ich geglaubt, sie würde mich verstehen. Ich habe ein paar Tränen erwartet, mehr nicht – zumal ich ihr eine großzügige Abfindung anbot. Ich schlug ihr vor, in die Staaten zurückzukehren, wo sie ein neues Leben beginnen könnte.«

»Aber stattdessen flogen die Fetzen, hab ich Recht?«

»Na ja, ihre Reaktion fiel schon ein wenig heftiger aus, als ich erwartet hatte. Ich solle mir meine Abfindung sonst wohin schieben, schäumte sie und ging in Adelaide von Bord. Sie halten mich vermutlich für unglaublich naiv, und Sie haben völlig Recht. Ich hatte alles wunderbar bis ins Kleinste geplant, aber dabei zwei unkalkulierbare Faktoren übersehen: die Frauen in meinem Leben.«

»Sie kennen doch das Sprichwort: Erstens kommt es anders ...« Brent wusste nicht, was er sonst hätte sagen sollen. Wer so dumm war, verdiente kein Mitgefühl.

»Genauso ist es. Ursprünglich hatte ich in das Geschäft meines Bruders in einem Vorort von Melbourne einsteigen wollen. Aber Philip war immer schon ein sehr aufrechter, moralischer Mensch, und das ist er offenbar bis heute geblieben. Für einen Geschäftspartner ist dieser Charakterzug von unschätzbarem Wert, aber Philip ist mein Bruder, auf dessen Verständnis ich hoffte – hier hat er versagt. Ich brauche Ihnen wohl nicht zu erklären, dass aus der Teilhaberschaft nichts wurde, als er von meiner Beziehung zu Verity erfuhr. Seitdem habe ich ihn nicht mehr gesehen.«

Brent nickte. »Es gibt in Melbourne zahlreiche Möglichkeiten, sein Geld auf ehrliche Art und Weise zu verdienen, aber auch viele fragwürdige Angebote, wie man angeblich schnell reich wird. Man muss vorsichtig sein.«

»Das stimmt. Ich habe mich jetzt an einem Geschäft beteiligt, in das Veritys Eltern ihr Geld investiert haben.«

»Ach ja?« Brent hoffte für ihn, dass er die Sache genau geprüft hatte. Er schien nicht sonderlich begeistert. »Nehmen Sie es mir nicht übel, Henry, aber Sie machen mir nicht den Eindruck, als seien Sie sehr glücklich mit dieser Verity.«

»Sie ist jung, bildhübsch und leidenschaftlich, aber sie ist auch verdammt anstrengend und geht nicht gerade sparsam mit meinem Geld um«, gestand Henry, dem es guttat, sich seinen Kummer von der Seele reden zu können. »Trotz aller sportlichen Betätigung im Schlafzimmer habe ich in den letzten Wochen mindestens fünfzehn Pfund zugenommen, während meine Brieftasche mindestens um fünfzehnhundert Pfund leichter geworden ist.«

»Verstehe.« Brent kannte Frauen wie Verity. Sie angelten sich einen reichen Mann, dessen Geld sie dann zum Fenster hinauswarfen. Sie verprassten alles, lebten nur für den Augenblick.

»Ich wohne immer noch im Ambassador, und die beiden Suiten kosten ein Vermögen«, fuhr Henry fort. »Eigentlich hatte ich nur ein, höchstens zwei Nächte dort verbringen wollen, aber jetzt sind Wochen daraus geworden. Verity geht fast jeden Morgen mit ihrer Mutter einkaufen, sie kleiden sich in den teuersten Boutiquen ein, oder sie haben Termine für eine Maniküre oder eine Gesichtsbehandlung oder was weiß ich nicht alles im hoteleigenen Kosmetiksalon. Wie viele Gesichtsbehandlungen pro Woche braucht eine Frau denn, Herrgott noch mal? Gegessen wird nur im Hotelrestaurant, drei Gänge pro Mahlzeit, und alles auf die Zimmerrechnung.

Die müssen mich für einen gottverdammten Multimillionär halten!«, schimpfte Henry frustriert.

»Das muss aufhören«, erwiderte Brent sachlich. »Machen Sie ihnen das ohne Umschweife klar. Es hat keinen Sinn, so zu tun, als könnten Sie sich das alles leisten, während Sie heimlich, still und leise bankrott gehen.«

»Sie haben Recht, so kann es nicht weitergehen. Das Ironische daran ist, dass meine Frau bald sehr reich sein wird. Ihr Vater hat einen Teil seiner Wertpapiere sowie einen Apartmentblock in New York veräußert und will ihr das Geld auf ihr Konto hier überweisen. Er glaubt, wir seien immer noch zusammen und könnten das Geld gebrauchen, um es in das Geschäft zu stecken, das ich mit meinem Bruder geplant hatte, und ein Haus für uns zu kaufen.«

Henry kam die Galle hoch, sooft er daran dachte. Wäre er noch mit Jacqueline zusammen, könnte er ein Luxusleben führen, eine Mitgliedschaft in einem exklusiven Golfklub inbegriffen. Die Sorgen, die ihn jetzt plagten, hätte er sicherlich nicht.

»Woher wissen Sie das alles, Henry?«, fragte Brent. »Haben Sie von Ihrem Schwiegervater gehört?«

Henry wurde klar, dass er sich einen groben Schnitzer geleistet hatte. Wie konnte er nur so dämlich sein? Brent war Privatdetektiv. Er hätte sich doch denken können, dass ihm nichts entging. »Äh … ja … er … er hat uns geschrieben und den Brief an die Adresse meines Bruders geschickt. Philip hat den Brief hier abgegeben. Ich vermute, dass Jacqueline mit ihrem Vater in der Zwischenzeit Verbindung aufgenommen und die Situation erklärt hat.«

»Möchten Sie mir den Brief Ihres Schwiegervaters mitgeben, damit ich ihn ihr zustellen kann?«

»Nein, nein, nicht nötig«, erwiderte Henry eine Spur zu hastig. »Geben Sie mir ihre Adresse, dann mach ich es selbst.«

»Wie Sie möchten.« Brent zog sein Notizbuch hervor, notierte Jacquelines Adresse auf einem Zettel und reichte ihn Henry.

Der Detektiv hätte fast gelacht über diese unverhoffte Wendung des Schicksals und Henrys Pech. Falls seine Frau das Geld von ihrem Vater erst nach der Unterzeichnung der Scheidungsunterlagen bekommen hatte, hatte Henry keinerlei Anspruch darauf. Doch das behielt er für sich, er wollte nicht noch zusätzlich Salz in Henrys Wunden streuen.

»Jacqueline wird meine Abfindung gar nicht brauchen«, knurrte Henry bitter. »Sie wird so reich sein, dass sie die Farm, auf der sie wohnt, kaufen kann.«

»Sie haben die Papiere unterschrieben, Henry, Ihnen wird gar nichts anderes übrig bleiben, als ihr die Abfindung zu zahlen.«

»Ich weiß. Das und Veritys Verschwendungssucht werden mir das Genick brechen. Mit einem Gewinn aus meinen Investitionen kann ich frühestens in einem halben Jahr rechnen.«

»Ich würde Ihnen dringend raten, das Ambassador umgehend zu verlassen und in das billigste Hotel zu ziehen, das Sie finden können. Und danach drehen Sie Verity schleunigst den Geldhahn zu. Mit ein bisschen Glück werden Sie wenigstens nicht hungern müssen, bis Sie wieder flüssig sind.«

»Hört sich vernünftig an.« Und schrecklich deprimierend. Henry graute es vor dem Gespräch mit Verity, aber er wusste, dass es sich nicht vermeiden ließ.

Brent warf einen Blick auf seine Armbanduhr und trank dann aus. »Tut mir leid, dass ich Ihnen das jetzt antun muss, Henry, aber hier ist die Rechnung für meine Dienste.« Er reichte ihm einen Umschlag. »Ich muss los, ich treffe mich gleich mit einem Klienten. Lassen Sie es mich wissen, falls Sie noch irgendetwas brauchen. Das Scheidungsurteil wird Ihnen per Post zugestellt werden. Denken Sie daran, Ihre Adresse zu hinterlassen, wenn Sie aus dem Ambassador ausziehen.«

Henry seufzte. »Vielen Dank für alles, Brent. Ich werde heute noch einen Boten mit dem Rechnungsbetrag in Ihr Büro schicken.« Er schüttelte dem Detektiv die Hand.

Brent verließ die Bar. Auf dem Weg zu seinem nächsten Termin dachte er über Henrys missliche Lage nach. Jeder bekam das, was er verdiente. Dieser Gedanke hatte ihn schon oft beschäftigt. Natürlich wurden zuweilen auch gute Menschen hart vom Schicksal getroffen. Doch immer wieder kreuzte jemand wie Henry Brents Weg, jemand, auf den dieser Ausspruch zutraf, und Brent fand, dass doch etwas an dem Gedanken dran war.

Die Frau, deretwegen Henry seine Ehefrau verlassen hatte, saugte ihn aus, und seine Ehefrau würde in Kürze sehr reich sein. Henry hatte den größten Fehler seines Lebens gemacht, als er seine Frau abserviert hatte, und jetzt schien er es zu bedauern. Doch seine Reue kam zu spät. Seine Frau würde ihm niemals verzeihen.

Oder vielleicht doch?

23

Jacqueline und Vera waren in kürzester Zeit ein eingespieltes Team. Da die Hausarbeit im Nu erledigt war, konnten sie sich dem Gemüsegarten widmen, den sie ebenfalls schnell wieder auf Vordermann brachten. Als sie ihn vom Unkraut befreit, die Beete umgegraben und Samen gesammelt hatten, die sie trocknen und im nächsten Frühjahr aussäen würden, schlug Vera vor, den Vorgarten in Angriff zu nehmen.

Sie musste sich ständig beschäftigen, weil sie sofort an Ben dachte, sobald sie auch nur ein paar Minuten zur Ruhe kam. Sie war hin- und hergerissen. Auf der einen Seite erschien es ihr nicht richtig, so kurz nach dem Ende ihrer Ehe mit Mike eine neue Beziehung in Betracht zu ziehen. Auf der anderen Seite mochte sie Ben sehr gern und fühlte sich unglaublich wohl in seiner Gesellschaft. Sie hätte gern mit Jacqueline darüber gesprochen, aber sie zögerte. Was würde ihre Freundin wohl von ihr denken?

»Ich glaube, wir könnten Hilfe gebrauchen«, bemerkte Jacqueline, als sie mit Vera auf der vorderen Veranda stand und auf das verwahrloste Stück Land hinunterblickte, auf dem nach den heftigen Niederschlägen das Unkraut nur so wucherte.

»Du hast Recht«, pflichtete Vera ihr bei. »Aber unsere Männer können wir nicht fragen, die haben schon genug um die Ohren.« In ein paar Tagen sollte die Willkommensparty steigen, und Anfang der folgenden Woche würden die Schafscherer eintreffen. Bens Söhne hatten den ganzen Vormittag damit zugebracht, Werkzeuge und Geräte zu überprüfen, zu reinigen und zu schmieren. Die Brunnenpumpe war an diesem Morgen ausgefallen, sodass Nick mit der Reparatur beschäftigt war. Ben zimmerte Scherbänke für die Schafe, die geschoren werden sollten.

Die beiden Frauen auf der Veranda diskutierten gerade darüber, ob sie die abgestorbene Bougainvillea zurückschneiden oder herausreißen sollten, als Ben nach Hause kam. Er wartete immer noch auf Veras Antwort, wertete es aber als gutes Zeichen, dass sie sich bisher wenigstens nicht entschieden hatte, von Wilpena fortzugehen. Nick benahm sich Jacqueline gegenüber noch distanzierter als zuvor, und sie hatte nicht die geringste Ahnung, weshalb.

»Hallo, die Damen!«, rief Ben fröhlich. »Was macht ihr denn hier draußen?«

»Wir haben gerade überlegt, ob wir den Garten wieder auf Vordermann bringen sollen, aber das ist eine Menge Arbeit, und wir fragen uns, wie wir zwei das ganz allein schaffen können«, erwiderte Jacqueline.

Ben grinste spitzbübisch wie ein Schuljunge. »In diesem Fall habe ich gute Neuigkeiten für euch.«

Jacqueline fragte sich, ob sie es sich nur einbildete oder ob Ben tatsächlich zu strahlen anfing in Veras Gegenwart. Vera wiederum wirkte in seiner Nähe ungewöhnlich scheu.

»Was für Neuigkeiten denn?«, fragte Vera.

Bens Anblick löste kein heftiges Herzklopfen in ihr aus, sondern rief eine wohlige Wärme hervor, so als wäre er immer schon Teil ihres Lebens gewesen, wie ein bequemer alter Schuh, von dem man sich nicht trennen mag. War das nun gut oder schlecht? Sie wusste es nicht.

Ben wurde ernst. »Unsere Nachbarn, die Bensons, stecken in ziemlichen Schwierigkeiten. Sie mussten wegen der Dürre fast ihren gesamten Viehbestand verkaufen und können ihre beiden Arbeiter nicht mehr bezahlen. Das ist das Schlimmste für sie. Teddy und Des sind schon so lange bei ihnen und sehr zuverlässig.

Da habe ich ihnen angeboten, sie wenigstens ein paar Tage auf Wilpena zu beschäftigen.«

»Das ist wunderbar, Ben. Aber hast du nicht gesagt, dass es für dich auch keine leichten Zeiten sind? Ich meine, kannst du die denn bezahlen?«, fragte Jacqueline.

»Nun, wenn ich deinen Lohn kürze, dann reicht es schon«, erwiderte Ben mit todernster Miene.

»Das kann nicht dein Ernst sein!«, versetzte Jacqueline in gespielter Empörung. »Wenn ich noch weniger kriege als bisher, muss ich ja praktisch dafür bezahlen, dass ich hier arbeiten darf!«

Ben lachte. »Ich habe meine Herden ja noch, und die Schafscherer kommen nächste Woche – der Verkauf der Wolle wird einiges einbringen.«

»Wo willst du diese beiden Arbeiter denn einsetzen, Ben?«, warf Vera ein. »Beim Zimmern der Scherbänke?«

»Nun, ich dachte, sie könnten euch helfen, den Ziergarten anzulegen. Es wird höchste Zeit, dass er wieder zum Leben erweckt wird.« Ein trauriger Ausdruck huschte über sein Gesicht.

»O Ben, das wäre wundervoll!«, rief Jacqueline entzückt aus. »Dann könnten sie uns die schwere Arbeit abnehmen.«

»Genau. Ein paar Tage Arbeit haben oder nicht macht für sie und ihre Familien einen großen Unterschied.«

Vera lächelte gerührt. Diese Fürsorglichkeit und Hilfsbereitschaft war typisch für Ben.

»Überlegt euch, was ihr gemacht haben wollt, ich überlasse es euch«, fuhr er fort. »Sie werden gleich morgen Früh anfangen.«

»Hast du gehört, Vera? Wir können einen Garten anlegen!« Jacqueline klatschte vor Begeisterung in die Hände, während sie im Geist schon in einem Traum von Farben und üppigem Grün schwelgte.

»Sagt mir, was für Pflanzen ihr haben wollt, dann werde ich nach Hawker fahren und sie bestellen. Sie kommen aus einer Gärtnerei in Port Augusta, es wird also nicht allzu lange dauern, bis sie da sind.«

»Oh, danke, Ben!« Zum ersten Mal seit ihrer Ankunft auf der Farm hatte Jacqueline etwas, auf das sie sich wirklich freuen konnte.

Ben nickte lächelnd, hatte aber nur Augen für Vera.

»Ja, danke, Ben«, sagte diese und erwiderte sein Lächeln.

»Nichts zu danken. Ihr beide habt mir und meinen Jungs so viel gegeben, dass es mir ein Vergnügen ist, mich zu revanchieren.« Bens Blick wanderte von Vera zu Jacqueline.

»Ich glaube eher, du willst uns nur davon abhalten, über die Stränge zu schlagen, hab ich Recht?«, neckte Jacqueline ihn.

Ben grinste. »Ja, das auch. Ich kann Vera in Zukunft nicht andauernd vom Wagen heben und ins Bett tragen. Das macht mein Rücken auf die Dauer nicht mit.«

Vera wurde rot. »Ach, hör schon auf!«

Er lachte laut. »Ich werd mich dann mal wieder an die Arbeit machen. Ich wollte euch nur kurz Bescheid sagen, damit ihr euch überlegen könnt, wo Teddy Binningup und Des Kirrawee anfangen sollen.«

Jacqueliness Lächeln gefror. »Binningup und Kirrawee? Was für Namen sind das denn? Doch nicht etwa Aborigine-Namen, oder?«

»Doch, warum fragst du? Sie sind überwiegend weiß, aber ihre Mütter oder Väter stammen zumindest zu einem Teil von den Ureinwohnern ab.«

»Ben, wie konntest du ihnen anbieten, hier zu arbeiten?«, fragte Jacqueline fassungslos.

Ben zog die Stirn in Falten. »Ich verstehe nicht ganz.«

»Was, wenn sie herausfinden, dass ich es war, die den heiligen Kreis zerstört hat? Womöglich wissen sie es bereits.« Jacqueline rang ängstlich die Hände.

»Keine Sorge«, erwiderte Ben lächelnd. »Teddy und Des haben mit dem hiesigen Klan nicht mehr zu tun als du oder ich. Teddy stammt aus der Gegend von Yarrawonga am Murray, drüben in

Victoria, unweit von Aubury, und Des kommt ursprünglich aus Mulwala, das liegt Aubury gegenüber auf der anderen Seite des Flusses in New South Wales. Wie gesagt, beide sind mehr weiß als schwarz. Sie sind zwar entfernt mit dem Minjambutta- und dem Panderang-Klan verwandt, aber was hier passiert ist, interessiert sie nicht, glaub mir.«

Jacqueline nickte erleichtert. »Gut, wenn du das sagst.«

Ben hob grüßend die Hand und stapfte dann in Richtung Koppel davon.

»Ben ist wirklich ein feiner Mensch, findest du nicht auch?«, sagte Vera zu Jacqueline, als sie kurz darauf ins Haus gingen. Sie dachte das viele Male am Tag. Sie bewunderte Ben und schätzte seine Freundschaft.

»Du hast ihn sehr gern, nicht wahr?«, fragte Jacqueline, als sie sich an den Küchentisch setzten, um die Gestaltung ihres neuen Gartens zu planen.

»Ja, sicher«, erwiderte Vera leichthin, vermied es aber, ihre Freundin anzusehen.

»Ich meine, nicht nur als Freund.«

Vera blickte auf. »Ich bin mir nicht sicher, Jackie. Ben möchte, dass ich eine Weile bleibe, damit wir herausfinden können, ob mehr aus unserer Freundschaft werden kann. Aber ich weiß es einfach nicht.«

»Gefühle kann man nicht erzwingen, Vera. Wenn du nichts für ihn empfindest, solltest du es ihm sagen.«

»Das ist es ja gerade! Ich weiß nicht, was ich für Ben empfinde, weil ich noch für keinen Mann so empfunden habe. Ich respektiere ihn und fühle mich wohl in seiner Nähe. Er ist ein ganz wundervoller Mensch. Ich würde lieber sterben, als ihm wehzutun. Ich denke, ich könnte ihn lieben, aber ich habe kein Vertrauen mehr in mein Urteil. Deshalb ist es wahrscheinlich besser, wenn ich auf Distanz gehe.«

»Dann sag es ihm. Lass ihn nicht in dem Glauben, es könnte eine Zukunft für euch beide geben. Das wäre grausam. Er ist einsam, und ich bin sicher, er hätte gern wieder eine Ehefrau im Haus. Du siehst doch, wie glücklich es ihn macht, in ein ordentliches, gemütliches Zuhause zu kommen, sich an den Tisch setzen und eine richtige Mahlzeit essen zu können.«

Jacqueline hatte Recht, das wurde Vera jetzt klar. »Glaubst du, das ist der Grund, weshalb er sich wünscht, dass ich bleibe? Um die Leere zu füllen, die der Tod seiner Frau hinterlassen hat?«

»Nein, das glaube ich nicht.« Jacqueline schüttelte den Kopf. »Er mag dich wirklich. Ich finde nur, es wäre nicht richtig, ihm nach allem, was er durchgemacht hat, noch mehr Kummer zu bereiten.«

»Ja, das sehe ich auch so. Deshalb habe ich ihn um Bedenkzeit gebeten. Ich will ihm auf gar keinen Fall wehtun. Ich habe Mike schon wehgetan. Vielleicht sollte ich abreisen.«

»Nein, bitte nicht, Vera«, erwiderte Jacqueline panisch. »Ich weiß, das ist egoistisch von mir, aber geh nicht weg! Was soll ich denn ohne dich machen?«

Vera verzog kläglich das Gesicht. »Ist schon gut. Ich weiß doch auch gar nicht, wo ich hin soll. Am besten, ich sage Ben, dass wir nur Freunde sein können. Damit er sich keine falschen Hoffnungen macht.«

»Von mir darfst du keinen Rat erwarten, Vera«, murmelte Jacqueline bedrückt. »Ich bin die Letzte, die dir sagen darf, was du zu tun hast und was nicht.«

Vera begriff sofort, dass das eine Anspielung auf Nick war. Sie hatte das Knistern, die sexuelle Anziehung zwischen den beiden gespürt, aber nichts gesagt, weil sie Jacqueline für eine richtige Lady hielt.

Jacqueline zögerte. Sie hätte Vera gern ihr Herz ausgeschüttet, nur wollte sie nicht, dass ihre Freundin schlecht von ihr dachte. Aber vielleicht wusste Vera eine Erklärung, warum Nick ihr aus dem Weg ging.

»Was ist los, Jackie?«, forschte Vera, die ihren Gewissenskonflikt spürte.

»Ich habe eine Riesendummheit gemacht, Vera«, brach es aus Jacqueline hervor. »Gleich am Anfang, als ich hierherkam. Ich habe weder dir noch Tess etwas davon gesagt, weil ich fürchtete, ihr würdet mich für ein … ein Flittchen halten.« Ihre Stimme wurde brüchig. »So etwas habe ich noch nie gemacht, weißt du, und ich schäme mich wirklich dafür.« Ihre Wangen brannten vor Verlegenheit. Sie konnte Vera ansehen, dass sie allmählich begriff, wovon sie redete. »Das ist keine Entschuldigung«, fuhr sie hastig fort, »aber ich hatte viel zu viel getrunken, und mein Selbstbewusstsein war am Boden zerstört, und er war so ein wunderbarer Mann, und …«

»Willst du damit sagen, du hast mit Nick geschlafen?«, fragte Vera. Sie war sich sicher, dass Jacqueline es abstreiten würde.

Doch diese nickte zerknirscht und flüsterte: »Ja.« Ein schelmisches Lächeln spielte um Veras Mundwinkel. Jacqueline, die das falsch deutete, fügte hinzu: »Ich weiß, dass es nicht richtig war. Ich bereue es jeden Tag.«

»Aber warum denn? Warum sollte es dir leidtun? Wir leben in den Sechzigern, die Zeiten ändern sich. Es hat sich bestimmt richtig angefühlt, sonst hättest du es nicht getan, oder?«

»Ja, das stimmt. Es war wundervoll«, erwiderte Jacqueline seufzend. Das hatte sie bisher nicht einmal sich selbst eingestanden. »Nick ist ein faszinierender Mann. Er ist so … ich weiß auch nicht, so aufregend und männlich, genau das Gegenteil von Henry. Das ist das erste Mal, dass ich einem Mann einfach nicht widerstehen konnte. Ich muss unentwegt an unsere gemeinsame Nacht denken. Aber am nächsten Tag habe ich ihm gesagt, es sei ein Fehler gewesen, und wir sollten besser so tun, als wäre es nie passiert.«

»Das wird ihn ganz schön in seiner männlichen Eitelkeit gekränkt haben«, bemerkte Vera.

»Meinst du?«

»Aber sicher. Welcher Mann gibt schon gern den leidenschaftlichen Liebhaber, nur um sich dann anzuhören, er solle vergessen, dass es überhaupt passiert ist?«

»Oh.« Jacqueline kam sich furchtbar einfältig und unerfahren vor. »Vielleicht benimmt er sich deshalb so merkwürdig.«

Bisher hatte sie ihre gemeinsame Nacht nur von ihrer Warte aus betrachtet. Aber jetzt, wo sie darüber nachdachte, erinnerte sie sich, dass Nick am anderen Morgen ganz entspannt und locker gewesen war. Während er sogar darüber reden wollte, hatte sie in ihrer grenzenlosen Verlegenheit jedes Gespräch im Keim erstickt.

Jaqueline wünschte plötzlich inständig, sie hätte anders reagiert.

Teddy und Des kamen am folgenden Tag in aller Frühe auf die Farm hinaus. Sie waren älter, als die Frauen erwartet hatten – Mitte bis Ende sechzig schätzten sie, aber sehr rüstig für ihr Alter. Beide waren freundlich und nett und immer zu einem Scherz aufgelegt. Man sah ihnen kaum an, dass sie von Ureinwohnern abstammten. Ihre Haut war braun gebrannt und von Wind und Wetter gegerbt. Teddy hatte weißes Haar, Des überwiegend graues. Sie hatten große, ausdrucksstarke Augen und sprachen eine Art verkürztes Englisch, was aber wohl eher an ihrer mangelnden Schulbildung lag und weniger an ihrer ethnischen Zugehörigkeit. Wie Ben vorausgesagt hatte, arbeiteten sie unermüdlich. Es war fast unmöglich, sie zu einer Pause, einer Tasse Tee und einem kleinen Imbiss zu überreden.

Vera und Jaqueline hatten sich überlegt, wo sie Blumenbeete anlegen, wo sie Sträucher pflanzen und wo Rasen ansäen wollten, und sogar eine Skizze angefertigt. Während Teddy und Des das Unkraut jäteten und den Boden umgruben, schnitten die Frauen die vertrocknete Bougainvillea zurück. Dabei entdeckten sie zu ihrer Überraschung einen kleinen grünen Trieb und schöpften neue Hoffnung, dass die Pflanze sich nach dem Regen erholen und wieder austreiben würde.

Jacqueline stellte den beiden Männern Fragen über den Murray und die Städte, in denen sie gelebt hatten. Sie hatten ihre eigenen Ansichten über den Fluss.

Jacqueline hörte ihnen fasziniert zu. »Am liebsten würde ich hinfahren und mir den Murray und Aubury und Mulwala ansehen«, sagte sie sehnsüchtig.

»Das sollten Sie auch tun, Missus«, meinte Teddy. »Fahren Sie mit einem der Schaufelraddampfer, das wird Ihnen bestimmt gefallen.«

»An einem Wintermorgen ist der Fluss am schönsten, Missus«, fügte Des hinzu. »Sie können viele Vögel beobachten. Man muss einmal gesehen haben, wie die Eisvögel in den Nebelschwaden dicht über dem Wasser fliegen und auf die Jagd gehen. Das ist ein wunderschöner Anblick, Missus. Und ein über dem Lagerfeuer gebratener Kabeljau aus dem Murray ist eine Delikatesse! Man kann verdammt große Burschen aus dem Wasser ziehen.«

Vera lächelte. »Klingt wirklich verlockend, nicht wahr, Jackie?« Als diese nicht antwortete, folgte Vera ihrem Blick Richtung Stall. »Was hast du denn?«

Jacqueline blickte beunruhigt drein. »Mir war, als hätte ich Dot dort drüben zwischen den Bäumen gesehen«, murmelte sie. »Ob sie uns wohl beobachtet? Ich wüsste nicht, was sie sonst dort zu suchen hätte.« Sie schaute noch eine Weile hinüber, zuckte dann die Achseln. »Vielleicht hab ich mich getäuscht, und es war nur ein Schatten.« Wolken zogen sich seit ein paar Stunden am Himmel zusammen, es herrschte ein diffuses Dämmerlicht.

Ob es wieder ein Unwetter gab?

Nachdem Vera den Männern einen Mittagsimbiss zubereitet hatte, ging Jacqueline am späten Nachmittag hinein, um Tee aufzubrühen. Als sie an der Spüle stand und den Teekessel mit Wasser füllte, sah sie durchs Fenster Yuri drüben bei der Waschküche.

Dann muss das vorhin doch Dot gewesen sein, dachte sie. Sie behielt den Jungen einen Moment im Auge, konnte seine Mutter aber nirgends sehen. Schließlich trat sie auf die hintere Veranda hinaus. Es hatte wieder leicht zu regnen angefangen.

»Yuri! Wo ist denn deine Mutter?«, rief Jacqueline dem Jungen zu.

Der Kleine blickte ganz verstört drein, so als hätte er sich verlaufen, aber das war ja wohl nicht möglich. Jacqueline ging die Veranda hinunter und winkte ihn zu sich.

»Komm doch ins Trockene, Yuri, du wirst ja ganz nass!«

Der Junge guckte sie erschrocken an und lief weg. Jacqueline seufzte und ließ hilflos die Arme sinken. Anscheinend hatte er immer noch Angst vor ihr. Sie hoffte, dass Dot in der Nähe war. Sie selbst wollte dem Jungen nicht nachlaufen, um ihn nicht noch mehr zu erschrecken.

Als sie Vera davon erzählte, beruhigte diese sie: »Du hast doch vorhin gemeint, du habest Dot gesehen, also wird sie sicher nicht weit weg sein.«

»Ja, wahrscheinlich hast du Recht«, erwiderte Jacqueline. Sie machte sich wieder an die Arbeit und dachte nicht mehr an den Vorfall.

Kurze Zeit später begann es heftiger zu regnen, und Teddy und Des stellten sich auf der Veranda unter.

»Bei dem Wetter könnt ihr doch nicht weitermachen«, meinte Jacqueline.

»Nein, Missus, aber wir kommen morgen Früh wieder, wenn's bis dahin aufgehört hat«, sagte Des. Die beiden Männer erzählten den Frauen, dass sie ungefähr zehn Meilen weit weg wohnten, in Richtung Hawker.

»Wir haben dort ein paar Hütten auf einer Farm gemietet«, hatte Teddy erzählt.

»Habt ihr Frau und Kinder?«, fragte Vera.

»Ja, Missus. Sogar eine ganze Menge Kinder, aber die sind schon groß und leben nicht mehr bei uns«, antwortete Des lachend. »Jetzt sind bloß noch die Frauen und wir da. Mr. Dulton ist ein guter Mensch, er hat uns Arbeit gegeben. Dafür sind wir ihm dankbar, auch wenn wir nicht viel brauchen.«

Als der Regen nicht nachließ, versprachen die zwei noch einmal, am nächsten Tag wiederzukommen. Dann kletterten sie in ihren verrosteten alten Geländewagen und rumpelten davon.

Des und Teddy waren noch nicht lange fort, als Dot völlig aufgelöst an der Hintertür erschien. Ben, Nick und die Jungen waren schon zu Hause – bei dem anhaltenden Regen konnten sie nicht weiterarbeiten. Sie hatten sich gerade umgezogen, als sie Dot kreischen hörten:

»Yuri! Wo ist mein Junge?«

Ben ging und öffnete. Dot war nass bis auf die Haut. »Was ist denn los? Was schreist du denn so?«

Yuri war schon öfter verschwunden, und Dot neigte dazu, aus einer Mücke einen Elefanten zu machen, deshalb nahmen die Männer sie nicht mehr allzu ernst.

»Yuri ist verschwunden!«

»Er ist bestimmt nicht weit weg, Dot«, erwiderte Ben ruhig. »Es ist doch nicht das erste Mal, dass er ausgerissen ist.«

Jacqueline kam an die Tür. »Ich habe den Jungen vor gut einer Stunde bei der Waschküche gesehen, Ben.«

»Da hörst du's, Dot. Er steckt bestimmt hier irgendwo. Oder er ist inzwischen zu eurem Lager zurückgekehrt.«

»Nein, ist er nicht! Yuri ist nicht im Lager.« Dot war außer sich.

Ben wandte sich Jacqueline zu. »Hast du gesehen, in welche Richtung er gegangen ist?«

»Ich habe ihn gefragt, wo seine Mutter sei, als ich sie nirgends sehen konnte. Aber er hat immer noch ein bisschen Angst vor mir, deshalb ist er weggelaufen, zu den Ställen hinüber.«

Dots Gesicht nahm einen wilden Ausdruck an, eine Mischung aus Angst und Wut. »Du lügst!«, fuhr sie Jacqueline an. »Was hast du mit meinem Yuri gemacht? Deine Mama hat das Kind eines Schwarzen getötet! Und du hast meinen Jungen getötet!«

Sowohl Ben als auch Jacqueline verschlug es angesichts dieser ungeheuerlichen Anschuldigung die Sprache.

Alle Farbe wich aus Jacquelines Gesicht. Sie starrte die Aborigine aus weit aufgerissenen Augen an und stammelte: »Woher … woher weißt du das?«

Ben sah Jacqueline völlig verwirrt an. »Wovon zum Teufel redet sie?«

»Du hast meinen Yuri getötet! Ich fühle es! Wo ist mein Kind? Wo ist Yuri?«

Dot stürzte sich mit einem Aufschrei auf Jacqueline. Es gab ein kurzes Handgemenge, aber bevor Ben eingreifen konnte, gelang es ihr, sich loszureißen. Völlig aufgelöst rannte sie ins Haus.

»Was hat das zu bedeuten, Jackie?«

Nick hämmerte an ihre Tür, aber sie wollte ihn nicht sehen. Sie war völlig durcheinander. Tränen liefen ihr übers Gesicht. Vera schob Nick beiseite, schlüpfte ins Zimmer und schloss die Tür hinter sich.

»Jackie, beruhige dich doch«, sagte Vera sanft.

»Sie weiß es, Vera! Sie weiß es«, flüsterte sie mit tränenerstickter Stimme. »Wie kann sie das wissen?«

»Was, Jackie? Was weiß Dot?« Sie hatte die Aborigine durchs Küchenfenster gesehen. Dot hatte sich noch nicht beruhigt. Sie kreischte immer noch völlig hysterisch draußen herum.

»Dot sagte, meine Mutter habe das Kind eines Schwarzen getötet. Sie weiß, dass meine Mutter für Valmae Browns Tod verantwortlich gemacht wurde. Woher kann sie das wissen?«, murmelte Jacqueline fassungslos. Sie fragte sich allen Ernstes, ob Dot irgendwelche übernatürlichen Kräfte besaß.

Vera dachte kurz nach und fand sogleich eine ganz logische Erklärung. »Sie muss uns belauscht haben, ohne dass wir etwas davon mitbekommen haben.«

Jacqueline guckte sie verblüfft an.

»Als du aus deinem Tagebuch vorgelesen hast«, fuhr Vera fort. »Sie muss im Haus gewesen sein und an der Tür gelauscht haben. Weißt du noch, dass ein Marmeladentopf auf der Arbeitsfläche in der Küche stand und keine von uns beiden wusste, wie er dahingekommen war? Das muss Dot gewesen sein.«

Jacqueline nickte langsam. Jetzt kam sie sich ein bisschen dumm vor. »Ja, so muss es gewesen sein. Sie hat gehört, was mit Valmae Brown passiert ist, und jetzt meint sie, ich hätte Yuri etwas angetan.«

»Anscheinend hat sie den wichtigsten Teil unserer Unterhaltung nicht mit angehört«, bemerkte Vera entnervt.

Es klopfte. Vera öffnete. Ben stand vor der Tür.

»Dot sagt, dass die Männer auf *walkabout* sind, auf ihrer rituellen Wanderung. Deshalb haben wir ihr angeboten, nach Yuri zu suchen. Er kann nicht weit weg sein.« Ben musterte Jacqueline mit einem seltsamen Blick, so als sähe er eine völlig Fremde vor sich. Sie fühlte sich ganz elend, aber jetzt war keine Zeit für Erklärungen. »Wir müssen los, es wird bald dunkel.« Er wandte sich ab.

»Kann ich irgendetwas tun?«, fragte Jacqueline verzweifelt.

»Nein«, erwiderte Ben kurz angebunden. »Du bleibst besser hier. Ich hab keine Lust, auch noch nach dir suchen zu müssen.« Er stapfte davon.

»Wolltest du etwa ernsthaft bei diesem Wetter hinaus?«, wunderte sich Vera.

»Yuri ist irgendwo da draußen, ganz allein. Ben glaubt, ich hätte etwas mit seinem Verschwinden zu tun, sonst hätte er mich helfen lassen.«

»Ach was, Unsinn!«

»Du hast doch gesehen, wie er mich angeguckt hat«, erwiderte Jacqueline aufgebracht.

»Wir werden ihm später alles erklären«, beruhigte Vera sie.

Jacqueline schaute aus dem Fenster. Es regnete in Strömen. Das Tageslicht nahm rapide ab. »Der arme Kleine muss völlig verängstigt sein.«

Vera machte eine wegwerfende Handbewegung. »Die Aborigines leben doch im Freien, oder nicht? Ein bisschen Regen wird dem Jungen bestimmt nicht schaden.«

»Der Regen vielleicht nicht, aber es wird bald dunkel. Was, wenn er sich verlaufen hat? Oder von einem dieser Wildhunde angegriffen wird, einem Dingo? Oder in einen Fluss fällt? Einem Kind, das ganz allein da draußen unterwegs ist, kann doch alles Mögliche zustoßen. Kein Wunder, dass Dot völlig aufgelöst ist.«

Vera musste ihr Recht geben. »Mach dir keine Sorgen, die Männer werden ihn schon finden, du wirst sehen.«

Jacqueline schüttelte den Kopf. »Ich weiß, dass mich keine Schuld trifft. Trotzdem. Ich war vermutlich die Letzte, die ihn gesehen hat, und ich habe ihn erschreckt. Deshalb ist er weggelaufen. Wenn ihm etwas zustößt, werde ich mir die gleichen Vorwürfe machen wie seinerzeit meine Mutter. Ich brauche dir ja nicht zu erzählen, wie die Geschichte ausgegangen ist«, fügte sie bedrückt hinzu.

Ben, Nick und die Jungen kehrten einige Stunden später unverrichteter Dinge zurück. Sie hatten Yuri nicht gefunden. Inzwischen war es dunkel geworden, und es regnete immer noch.

»Ich hätte ihnen bei der Suche helfen sollen«, sagte Jacqueline, nachdem die völlig erschöpften Männer ins Bett gegangen waren. Das Warten und die Sorge um das Kind hatten sie zermürbt.

»Du hättest auch nichts ausrichten können«, entgegnete Vera. Sie stand auf der Veranda und blickte in die regennasse Dunkelheit hinaus. »Zumal du das Gelände nicht so gut kennst wie die Männer. Wenn dir nun auch etwas zugestoßen wäre? In ein paar Stunden wird es hell. Dann werden sie ihn schon finden, du wirst sehen.«

Bei Tagesanbruch setzten die Männer ihre Suche fort. Sie hatten nur Tee getrunken, aber nichts gegessen, und so hatte Vera ihnen einen Stapel belegte Brote zum Mitnehmen eingepackt. Wenigstens hatte es aufgehört zu regnen.

Jacqueline hörte, wie Ben und Nick besprachen, welches Gebiet sie als Nächstes absuchen wollten. Tags zuvor hatten sie sich auf die Gegend konzentriert, in der sich die Lager der Aborigines befanden, weil sie annahmen, dass Yuri in diese Richtung gegangen sei.

»Ich hab heute Nacht kein Auge zugemacht«, meinte Vera, als die Männer aufgestiegen und weggeritten waren. »Du wahrscheinlich auch nicht.«

Jacqueline schüttelte den Kopf. »Nein, ich musste dauernd an den kleinen Jungen denken. Sei so gut und gib den Hunden etwas zu fressen, Vera. Ich füttere unterdessen die Hühner.«

»Sicher, mach ich«, erwiderte Vera.

Sie war kaum durch die Hintertür hinausgegangen, als Jacqueline durch die Vordertür schlüpfte und zu den Ställen lief, wo sie in aller Eile Dixie sattelte. Sie setzte die Stute in leichten Galopp und schlug die Richtung zur Furt hinunter ein, die aufs Neue vom Wasser überspült wurde. Statt die Furt zu durchqueren, ritt sie am Ufer entlang auf die Stelle zu, wo sie und Geoffrey den Widder gerettet hatten. Ein seltsames Gefühl trieb sie in diese Richtung. Obwohl der Fluss nicht so stark angestiegen und die Strömung weniger reißend war als bei den heftigen Niederschlägen zuvor, war das ein gefährlicher Ort für einen kleinen Jungen.

Jacqueline suchte die feuchte Erde nach Fußspuren ab. Sie entdeckte viele Abdrücke. Die Spuren von Vögeln und Emus waren am leichtesten zu erkennen, die Fährten von Kängurus, Opossums und Wombats hingegen waren für ein ungeübtes Auge schwer zu unterscheiden. Aber den Abdruck eines nackten Kinderfußes würde sie mit Sicherheit erkennen. Jacqueline achtete auch auf die Sträucher – vielleicht war Yuri an einem hängen geblieben, und sie fand einen Stofffetzen von seinem T-Shirt oder seinen Shorts.

Mit den Blicken suchte sie die Uferböschung ab. Sie hoffte inständig, dass Yuri nicht in den Fluss gefallen war. Da die Flüsse jahrelang kein Wasser geführt hatten, konnte er bestimmt nicht schwimmen.

Als Jacqueline die Stelle passierte, wo der Schafbock fast ertrunken wäre, stieg das Gelände merklich an. Bäume säumten das Ufer, hauptsächlich stattliche alte Rieseneukalyptusbäume, von deren knorrigen, gewundenen Ästen das Regenwasser tropfte. Aufgrund des Gefälles war der Boden zwar nicht so schlammig wie weiter unten, aber dennoch rutschig, und Jacqueline war froh, dass Dixie sicher auftrat. Bei dem Gedanken, der kleine Junge könnte im Dunkeln am Fluss entlanggegangen sein, schauderte sie.

Ein Stück weiter oben entdeckte sie zu ihrer Linken in der feuchten, weichen Erde, wo nach dem letzten Regen da und dort ein bisschen Gras gewachsen war, Fußspuren. Jacqueline zog die Zügel an und beugte sich hinunter, um besser sehen zu können. Sie war sich ziemlich sicher, dass es sich um einen Fußabdruck handelte, der nur von einem Kind stammen konnte. Sorgfältig schaute sie sich um, konnte aber keine Spuren von einem Erwachsenen erkennen. Ein Kind, das allein unterwegs war – das konnte nur Yuri sein. Jacqueline überlegte, ob sie umkehren und Ben und Nick holen sollte, aber sie fürchtete, kostbare Zeit zu verlieren. Sie beschloss weiterzureiten.

Nach ungefähr einer Meile erreichte sie offenes Gelände. Da sie nirgendwo mehr eine Koppel sehen konnte, nahm sie an, dass sie sich nicht mehr auf Bens Land befand. Der Fluss machte einen Knick nach rechts. Jacqueline ließ ihren Blick über die Landschaft schweifen. Vereinzelte Mulga-Sträucher wuchsen auf dem lehmigen Boden; in der Ferne standen Bäume, und eine gezackte, im Morgenlicht purpur schimmernde Hügelkette erhob sich dahinter. Jacqueline nagte unschlüssig an ihrer Unterlippe. Wasserlachen hatten sich im lehmigen Boden gebildet, es war schwer, irgendwelche Spuren zu erkennen. Zu guter Letzt folgte sie ihrem Instinkt und ritt geradeaus weiter.

Plötzlich tat sich die Erde vor ihr auf. Ein tiefer Riss, hervorgerufen vielleicht durch ein Erdbeben viele hundert Jahre zuvor, zog sich durch die Landschaft.

Sie stieg ab, trat näher und schaute in den Abgrund zwischen dem verwitterten Gestein, wo vielleicht einmal Wasser geflossen war. Jetzt standen dort unten nur einige wenige Pfützen, dazwischen ein paar Mulga-Sträucher. Jacqueline fragte sich, wie weit die Spalte wohl in die Berge hineinreichen mochte. Sie dachte an Yuri und fröstelte. Ob er in der Dunkelheit irgendwo da hinuntergefallen war?

Ben hatte gesagt, sie bräuchten einen Ureinwohner als Fährtensucher, und jetzt musste sie sich eingestehen, dass er Recht hatte. Sie blickte sich hilflos um. So ohnmächtig hatte sie sich nicht einmal gefühlt, als Henry ihr erklärte, er wolle sich scheiden lassen. Obwohl sie nichts dafür konnte, dass Yuri weggelaufen war, machte Jacqueline sich Vorwürfe. Jetzt wusste sie, wie ihre Mutter sich gefühlt hatte, als man sie für Valmaes Tod verantwortlich machte.

Eine Weile stand sie ratlos da und dachte nach. Da erklang auf einmal ein leises Wimmern. Sie lauschte angespannt. Da war es wieder. Jacqueline bekam Herzklopfen. Das war kein Tier, sie war sicher, dass das Yuri war. Abermals beugte sie sich über den Rand des Abgrunds und versuchte, in dem Zwielicht dort unten etwas zu erkennen.

Wieder vernahm sie ein leises Weinen. Sie ließ Dixie zurück und ging vorsichtig zu Fuß an der brüchigen Kante der Erdspalte entlang, die sich in einer Zickzacklinie einige Meilen weit erstreckte. Die Schlucht war ungefähr drei Meter tief. Ein kleines Kind würde nicht wieder heraufklettern können, aber vielleicht könnte sie ja hinunterklettern.

Und dann auf einmal sah sie den Jungen. Er drückte sich im Sitzen an die Felswand und schluchzte. Jacqueline brach es schier das Herz, so klein und verloren sah er aus. Er war völlig durchnässt, schmutzig und zitterte vor Kälte. Ob er verletzt war, konnte sie nicht erkennen. Sie wollte nicht rufen, weil sie ihn nicht wieder erschrecken wollte. Stattdessen suchte sie eine weniger steile Stelle zum Hinunterklettern.

Jacqueline hatte ihren Abstieg kaum begonnen, als sie ins Rutschen kam, weil das brüchige Gestein sich unter ihren Händen und Füßen lockerte. Sie verlor den Halt, stürzte ab und landete unsanft auf dem Rücken. Die Luft wurde ihr bei dem harten Aufprall aus den Lungen gepresst. Einige Augenblicke blieb sie ganz still liegen und versuchte, wieder zu Atem zu kommen.

Plötzlich hörte sie ein Geräusch. Yuri kam zu ihr gekrochen. Sie blickte auf, in sein tränennasses Gesicht. Er hatte eine Schramme auf der Wange und Knie und Ellenbogen aufgeschürft, schien aber ansonsten unverletzt. Jacqueline war unsagbar erleichtert. Sie sagte nichts, lächelte ihm nur beruhigend zu. Vorsichtig, mit schmerzverzerrtem Gesicht, richtete sie sich auf. Sie presste die Lippen fest aufeinander, um nicht laut aufzustöhnen und den Jungen zu erschrecken. Ganz langsam schälte sie sich aus ihrer Strickjacke.

»Hab keine Angst, Yuri, es ist alles in Ordnung, ich will dir nur helfen«, sagte sie leise und begütigend. »Ich werde dich zu deiner Mama zurückbringen, okay?« Aber als sie dem Kind ihre Jacke umlegen wollte, wich es ängstlich zurück.

Jacqueline bedrängte den Jungen nicht. Sie rappelte sich hoch und blickte sich suchend nach einer Stelle um, wo sie hinaufklettern könnte. Als sie es versuchte, rutschte sie sofort wieder ab, die lehmige Erde gab nach. Yuri beobachtete sie wachsam.

Jacqueline ging weiter, und Yuri folgte ihr in einiger Entfernung. Abermals versuchte sie hinaufzuklettern, aber die Wand aus Erde und Fels war zu steil und bot ihr keinen Halt. Sie hätte schreien mögen vor Wut und Enttäuschung, doch sie beherrschte sich um Yuris willen.

Großartig, dachte sie bitter. Jetzt sitzen wir beide hier unten fest. Soviel sie wusste, hatte Ben nicht vor, den Jungen in dieser Gegend zu suchen. Ob Dixie inzwischen zur Farm zurückgekehrt war? Im Moment schien das ihre einzige Chance zu sein, gefunden zu werden. Die Sonne stand jetzt so hoch am Himmel, dass sie in die Felsspalte hineinschien. Jacquline setzte sich in ihr wärmendes

Licht und winkte Yuri zu sich, doch der Junge blieb, wo er war, und rieb sich weinend die Augen.

»Armer kleiner Kerl«, sagte Jacqueline leise.

Alles was er brauchte, war eine liebevolle Umarmung, ein bisschen Trost und ein paar beruhigende Worte. Wenn er ihr doch nur vertrauen würde! Sie musste Geduld mit ihm haben, doch das fiel ihr schwer. Seufzend legte sie den Kopf auf ihre angezogenen Knie und schloss die Augen. Sie hatte den Eindruck, dass sie ihm noch mehr Angst einflößte, wenn sie ihn direkt ansah. Und tatsächlich: Nach ein paar Minuten spürte sie, dass der Junge sich neben sie setzte.

Jacqueline rührte sich nicht. Eine Weile blieben sie regungslos nebeneinander sitzen. Dann hob Jacqueline vorsichtig den Arm und legte ihn um die kalten Schultern des Kindes. Yuri ließ es zu und lehnte sich an sie. Er war völlig erschöpft und verängstigt und sehnte sich nach menschlicher Wärme. Jacqueline kamen die Tränen.

»Du hast bestimmt Hunger und Durst, nicht wahr?«, flüsterte sie.

Dann fiel ihr das Stück Brot ein, das sie sich an diesem Morgen in die Hosentasche gestopft hatte. Sie rutschte ein Stück zur Seite, um es herauszukramen. Es sah inzwischen reichlich mitgenommen aus, doch das störte Yuri nicht im Geringsten. Er riss es mit beiden Händen an sich und schob es sich gierig in den Mund. Ein zaghaftes, dankbares Lächeln spielte um seine Lippen, das Jacqueline ganz glücklich machte.

»Keine Angst, Ben und Nick werden uns finden, das verspreche ich dir.«

Bald stand die Sonne so hoch am Himmel, dass die Hitze schier unerträglich wurde. Sie mussten einen schattigen Platz finden, um nicht zu viel Flüssigkeit zu verlieren. Jacqueline stand auf. Das abgekämpfte, dösende Kind in den Armen ging sie schwankend durch die Schlucht. Sie konnte sich kaum noch auf den Beinen halten, und Yuri war schwer.

Plötzlich fiel ein Schatten auf sie. Sie drehte sich um und blinzelte in die gleißende Sonne hinauf.

»Ben? Bist du das? Nick?«, rief sie, aber eine innere Stimme sagte ihr, dass es ein Fremder war, dessen Umrisse sich dunkel dort oben abzeichneten.

Ein dumpfer Aufprall hinter ihr ließ sie erschrocken herumfahren. Vor ihr stand ein Aborigine mit einem Speer in der Hand und einem mörderischen Gesichtsausdruck. Er riss ihr den Jungen aus den Armen, trat an die Felswand und hob ihn dann hoch über seinen Kopf. Jemand, der oben stand, nahm das Kind entgegen. Jacqueline war erleichtert, dass Yuri in Sicherheit war.

Sie fragte sich allerdings, welches Schicksal ihr bevorstand.

24

»Ben!«, schrie Vera, als sie draußen Stimmen hörte.

Sie lief zur Tür hinaus und durch den frisch gejäteten Garten zum Zaun, hinter dem Ben, Nick und die vier Jungen von ihren Pferden stiegen. Sie hatten einen Zeitpunkt ausgemacht, um sich zu treffen und über ihr weiteres Vorgehen zu beraten, falls sie Yuri bis dahin nicht gefunden hätten. Vera konnte ihren finsteren Mienen ansehen, dass ihre Suche erfolglos geblieben war.

»Ist was passiert?«, fragte Ben stirnrunzelnd, als er Veras panischen Ausdruck sah.

»Jacqueline ist verschwunden! Ich habe heute Morgen die Hunde gefüttert, und als ich zurückkam, war sie fort. Dixie ist auch weg.«

»Verdammt«, stieß Ben zornig hervor.

Nick stieg sofort wieder in den Sattel.

»Was tust du denn da?«, wollte Ben wissen.

»Wonach sieht es denn aus?«

»Ich dachte, wir seien uns einig gewesen, dass wir Verstärkung anfordern.«

»Tu das. Ich werde unterdessen weitersuchen, nicht nur nach Yuri, sondern vor allem auch nach Jackie.«

Ben seufzte. Er war zu müde, um sich zu streiten. »Keine Angst, wir werden sie schon finden«, sagte er beruhigend zu Vera. Er schickte sich an, ebenfalls wieder aufzusteigen.

»Du bleibst da«, befahl Nick. »Du bist völlig erledigt.«

»Du etwa nicht?«

»Ich bin jünger als du«, konterte Nick. »Also nimm wenigstens ein Mal Vernunft an!« Er sah Vera an. »Hast du eine Ahnung, in welche Richtung sie geritten ist?«

»Mir war, als hätte ich jemanden zur Straße hinunterreiten hören. Ich dachte, es sei einer von euch, aber das könnte natürlich auch Jackie gewesen sein.«

Nick schüttelte den Kopf. »Von uns war es keiner.«

»Dann ist sie bestimmt am Fluss entlanggeritten, dorthin, wo wir den Widder gefunden haben«, meinte Geoffrey.

»Das wäre denkbar«, murmelte Nick nachdenklich.

Das Gebiet am Fluss entlang war das einzige, das sie noch nicht abgesucht hatten. Da abgesehen von den Eukalyptusbäumen kaum etwas entlang des meist ausgetrockneten Wasserlaufs wuchs, war es kein guter Platz zur Nahrungssuche für die Aborigine-Frauen. Wurzeln oder Früchte gab es dort kaum. Nur die Männer gingen dort gelegentlich auf die Jagd. Das bedeutete, dass Dot nie, oder nur höchst selten, mit ihrem Jungen in der Gegend gewesen war, und deshalb war es unwahrscheinlich, dass Yuri dorthin gegangen war.

Bevor Ben etwas einwenden konnte, riss Nick sein Pferd herum und galoppierte davon.

Ben sah ihm grimmig nach. »Wir sollten unsere Nachbarn anfunken und eine breiter angelegte Suche starten.«

»Ich finde, wir sollten abwarten und Onkel Nick eine Chance geben«, erwiderte Geoffrey. »Bis auf die Flussufer haben wir alles abgesucht. Vielleicht hat er Glück.«

Ben überlegte kurz und nickte dann. »Also gut. Wir werden uns stärken und ein wenig ausruhen. Falls er in ein paar Stunden nicht zurück ist, werden wir ihm nachreiten.«

Die Anspielung auf sein Alter nahm er seinem Bruder zwar übel, aber er konnte selbst seinen Söhnen ansehen, dass sie völlig erschöpft waren. In den letzten vierundzwanzig Stunden hatten sie kaum geschlafen, und wenn er ehrlich war, konnte er sich kaum noch auf den Beinen halten.

Vera musterte ihn besorgt. »Du musst dich unbedingt ausruhen, Ben. Man sieht dir und deinen Jungs an, wie abgekämpft ihr seid.«

»Erst müssen wir Yuri finden«, erwiderte er mit matter Stimme. »Der kleine Kerl muss nach einer Nacht ganz allein in der Wildnis doch völlig verängstigt sein. Hoffentlich ist ihm nichts zugestoßen.«

Vera war zutiefst gerührt. Ben war so ein wundervoller Mann. Wie könnte sie ihn nicht lieben? Sofort jedoch schob sie diesen Gedanken von sich. So etwas durfte sie nicht denken. Eine Beziehung zu ihm konnte einfach nicht richtig sein.

Vera machte Rühreier und brühte starken, belebenden Tee auf.

»Was hat sich Jacqueline bloß dabei gedacht, sich ganz allein auf die Suche zu machen?«, fragte Ben, der ihr in die Küche gefolgt war, kopfschüttelnd. Er setzte sich mit seinen Söhnen an den Tisch. »Sie kennt sich doch praktisch nicht aus hier in der Gegend! Wahrscheinlich hat sie sich jetzt auch noch verirrt.«

»Sie fühlt sich schuldig«, erwiderte Vera zerstreut.

Ben starrte sie an. »Soll das heißen, sie hat etwas mit Yuris Verschwinden zu tun?«

»Nein, nein, so hab ich das nicht gemeint.«

»Wie dann? Und was hat es mit Dots Behauptung, Jackies Mutter habe ein schwarzes Kind getötet, auf sich? Stimmt das etwa?«

»Nein. Dot hat nur den ersten Teil der Geschichte gehört.« Vera setzte sich zu Ben. »Jackies Mutter hat 1946 an einer Ballettschule in Atlanta, Georgia, unterrichtet. Es war keine einfache Zeit, weil es immer wieder Konflikte zwischen Weißen und Schwarzen gab, die letztendlich die Bürgerrechtsbewegung in Gang setzten.«

»Die schwarze Bevölkerung wollte sich das Wahlrecht erkämpfen, nicht wahr?«, warf Geoffrey ein, der im Schulunterricht darüber gelesen hatte.

»Nicht nur das. Nach jahrzehntelanger Diskriminierung, vor allem in den Südstaaten, hatten die Schwarzen mit Recht genug von den Erniedrigungen, denen sie ausgesetzt waren. Sie durften zum Beispiel nur Schulen für Schwarze besuchen und mussten in öffentlichen Bussen ganz hinten sitzen. Oft genug wurden Schwarze für Verbrechen angeklagt, die sie nicht begangen hatten. Es gab viele Weiße, die erbitterten Widerstand gegen die Integration leisteten, und so kam es zu oftmals gewalttätigen Zusammenstößen. Jackies Mutter hätte mit Freuden schwarze Kinder unterrichtet, aber die Gründerinnen der Ballettschule waren strikt dagegen. Eines der kleinen schwarzen Mädchen, das unbedingt tanzen lernen wollten, kletterte immer wieder die Feuerleiter außen am Gebäude hinauf, um dem Unterricht zuzuschauen. Das machte es auch, als es geschneit hatte und die Stufen vereist waren.« Vera schwieg einen Moment. »Eines Abends rutschte die Kleine aus und stürzte zu Tode. Sie fiel auf dem Parkplatz in eine Schneewehe, wo man sie nicht sehen konnte. Als Jackies Mutter im Dunkeln ausparkte, streifte sie mit dem Auto die Leiche, ohne es zu merken. Die Polizei ging zunächst von einem tödlichen Unfall mit Fahrerflucht aus. Als sie den Wagen untersuchten, entdeckten sie winzige Blutspuren an der Karosserie.«

»Wurde sie festgenommen?«, fragte Ben.

»Nein, sie erzählte der Polizei von dem kleinen Mädchen, das immer wieder die Feuerleiter hinaufgestiegen war. Daraufhin wurde die Leiter genau untersucht, und so fand man heraus, dass sie gestürzt und an ihrer schweren Kopfverletzung gestorben war. Jackies Mutter fühlte sich trotzdem für ihren Tod verantwortlich. Obwohl sie Valmae gewarnt hatte, ihr immer wieder gesagt hatte, wie gefährlich es war, die vereiste Leiter hinaufzuklettern und zu später Stunde im Dunkeln allein nach Hause zu gehen, machte sie sich Vorwürfe, weil sie energischer hätte sein sollen.«

Ben schwieg nachdenklich. Dann fragte er: »Und woher weiß Dot von dieser Geschichte?«

»Jackie hat mir aus dem Tagebuch ihrer Mutter vorgelesen. Dot muss ins Haus gekommen sein und uns belauscht haben. Sie hat aber nicht die ganze Geschichte gehört. Sie hat nicht gehört, dass sich herausstellte, dass Jackies Mutter unschuldig war oder dass die Familie des Mädchens ihr die Schuld am Tod der Kleinen gab oder dass ein wütender Pöbel sich vor ihrem Haus zusammenrottete und es in Brand steckte.«

»Das ist ja furchtbar«, murmelte Ben betroffen. »Und was geschah dann?«

»Jackies Familie flüchtete im Auto. Aber sie wurden gesehen und verfolgt. Der Wagen kam auf der vereisten Straße ins Schleudern und überschlug sich. Jackies Mutter und ihr jüngerer Bruder kamen dabei ums Leben.«

Die vier Jungen waren sichtlich schockiert, und Ben schüttelte bestürzt den Kopf. »Das ist wirklich tragisch.« Ein bedrücktes Schweigen entstand, als alle am Tisch sich vorzustellen versuchten, was Jacqueline durchgemacht hatte.

»Ich verstehe aber immer noch nicht, warum sich Jackie wegen Yuris Verschwinden schuldig fühlt«, sagte Ben nach einer Weile. »Sie kann doch nichts dafür, dass er weggelaufen ist.«

»Das hat er schon öfter gemacht«, ergänzte Jimmy.

»Ich habe ihr gesagt, sie solle sich keine Vorwürfe machen und die Suche euch Männern überlassen«, erwiderte Vera. »Aber weil sie vermutlich die Letzte war, die ihn gesehen hat, und weil Dot ihr die Schuld an seinem Verschwinden gab, fühlte sie sich verpflichtet, nach ihm zu suchen. Und jetzt ist es wahrscheinlich so gekommen, wie du gesagt hast, Ben. Jetzt hat sie sich auch noch verirrt.«

»Onkel Nick wird sie schon finden«, sagte Geoffrey im Brustton der Überzeugung. Er hatte den Eindruck, dass sein Onkel Jacqueline sehr gern hatte, deshalb, da war er sich sicher, würde er sich doppelt so viel Mühe geben, sie zu finden.

Die Aborigines, die Jacqueline und Yuri gerettet hatten, waren auf der Jagd gewesen. Zwei trugen an einer Stange ein erlegtes Känguru, ein anderer hatte sich einen großen Goanna über die Schultern geworfen. Das Blut, das von den Tieren tropfte, zog Unmengen von Fliegen an. Jacqueline, die auf Dixie ritt, während Yuri auf den Schultern eines der Männer saß, wurde übel bei dem Anblick der fliegenumschwärmten Kadaver. Sie versuchte, den Ureinwohnern zu erklären, dass sie zur Farm zurückkehren wolle, aber sie gaben ihr mit barschen Worten und aufgebrachten Gesten zu verstehen, sie solle schweigen.

Jacquelines Gedanken kreisten unentwegt um den heiligen Kreis aus Steinen auf Wilpena, den sie zerstört hatte. Die Aborigines waren aus Zorn darüber in ihr Zimmer eingedrungen und hatten ihr eine Haarsträhne als Warnung abgeschnitten. Was würden sie jetzt wohl tun, wenn sie glaubten, sie habe versucht, Yuri etwas anzutun? Töten würden sie sie!

Irgendwann erreichten sie das Lager der Aborigines. Dot schloss ihren Sohn überglücklich in die Arme. Sowohl Dot als auch Yuri vergossen Tränen der Freude und der Erleichterung. Nach einer Weile löste die Mutter sich von ihrem Jungen und wandte sich Jacqueline zu. Sie fuhr zeternd auf sie los, beschimpfte sie und wäre handgreiflich geworden, wenn die Männer sie nicht zurückgehalten hätten.

Jacqueline war vor Angst wie gelähmt. Hätte sie gewusst, dass Wirapundu sich im Lager befand, hätte sie sich noch viel mehr gefürchtet. Ben hatte ihr von ihm erzählt.

Sie blickte sich verstört um und fragte sich, ob sie vielleicht fliehen könnte. Das Lager bestand aus einigen grob errichteten Hütten, sogenannten *wiltjas*, zu einem Rund aneinandergestellte Äste mit einer oder mehreren Öffnungen. Jeweils ein paar dieser *wiltjas* bildeten eine kleine Einheit, zu der ein Lagerfeuer in einem Kreis aus Steinen gehörte, über dem gekocht wurde und das in kalten Nächten Wärme spendete. Der Geruch von versengten Haaren stieg Jacqueline in die Nase. Das Känguru war in die glühenden Kohlen einer Feuerstelle geworfen worden, mitsamt Fell, Schwanz, Kopf. Den Goanna hatte das gleiche Schicksal an einem anderen Lagerfeuer ereilt. Jacqueline sah Knochen vergangener Mahlzeiten ringsum verstreut, und ihr drehte sich der Magen um.

Da sie schrecklichen Durst hatte, bat sie die Frauen um Wasser, aber entweder sie verstanden sie nicht, oder sie ignorierten ihre Bitte absichtlich. Ihr Blick fiel auf ein Gefäß, das aussah, als könnte es Wasser enthalten. Sie griff danach, ohne zu fragen, schnupperte daran und trank dann ein paar Schlucke, als sie feststellte, dass es sich tatsächlich um Wasser handelte. Dann brachte sie Yuri, der stundenlang keine Flüssigkeit zu sich genommen hatte, den Krug. Sofort fuhr Dot wieder auf sie los, aber Jacqueline stammelte eine hastige Erklärung.

Yuri streckte beide Hände nach dem Krug aus. Dot ließ ihn trinken, funkelte die Weiße aber weiter böse an.

Plötzlich näherte sich ein Mann und befahl Jacqueline, in eine der Hütten zu gehen.

Man ließ sie allein.

Als es dämmerte, betrat ein Aborigine die Hütte und zerrte Jacqueline hinaus und an ein Lagerfeuer, wo er sie aufforderte, sich zu setzen. Ihr gegenüber hatten bereits drei ältere Männer, darunter Wirapundu, Platz genommen. Ihre Gesichter waren ockerfarben bemalt, was ihnen ein wildes, Furcht einflößendes Aussehen verlieh. Sie trugen keine Kleidung an ihren dünnen, sehnigen Körpern. Die Männer begannen zu reden und zu gestikulieren, und obwohl Jacqueline sie nicht verstehen konnte, war die Drohung hinter ihren Worten und Gebärden eindeutig.

Ein weiterer Mann trat näher und setzte sich seitlich zwischen die Stammesältesten und Jacqueline. Auch er war ein Ureinwohner, und doch war etwas an ihm anders.

»Ich heiße Djula«, stellte er sich vor. »Als ich noch unter den Weißen lebte, nannte man mich David. Ich werde für dich dolmetschen.«

»Du sprichst meine Sprache!«, rief Jacqueline freudig aus. »Wie soll ich dich nennen, Djula oder David?«

»Hier bin ich Djula«, erwiderte er reserviert.

»Gut. Bitte sag diesen Männern, dass ich Yuri retten wollte. Ich wollte ihm ganz bestimmt nichts tun«, sprudelte es aus Jacqueline hervor. Sie hatte nur noch einen Wunsch: so schnell wie möglich zur Farm zurückzukehren. »Und es war auch nicht meine Absicht, den heiligen Kreis auf Wilpena Station zu zerstören. Ich hatte keine Ahnung, welche Bedeutung er hat.«

»Die heilige Stätte wird nie wieder erwähnt werden. Hast du verstanden?«

Sein strenger Ton schüchterte Jacqueline ein. Sie nickte eifrig. Wenn nicht darüber gesprochen werden durfte, bestand immerhin die Möglichkeit, dass sie ihr verziehen hatten.

»Das hier ist eine Ratsversammlung, und du wirst den Stammesältesten einiges erklären müssen, bevor sie dich wieder gehen lassen.«

»Sie können mich doch nicht gegen meinen Willen hier festhalten«, brauste Jacqueline auf. »Das ist gegen das Gesetz! Dafür können sie festgenommen werden.«

»Das Gesetz der Weißen hat hier keine Gültigkeit«, erwiderte Djula gelassen. »Hier bist du dem Gesetz des Stammes unterworfen, und man wird dich entsprechend bestrafen, wenn du die Stammesältesten nicht von deiner Unschuld überzeugen kannst. Aber sie sind gerecht, falls dir das ein Trost ist.«

»Nein, das ist mir überhaupt kein Trost!« Jacqueline hielt das alles für einen bösen Traum. Und was bedeutete »das Gesetz des Stammes«? »Was wirft man mir denn vor?«

Bevor Djula antworten konnte, rief einer der alten Männer ihm etwas zu.

»Wir müssen beginnen«, sagte er, ohne auf Jacquelines Frage einzugehen.

Inzwischen war es Nacht geworden, und die Augen der alten

Männer und ihre Haut glitzerten im Schein des Lagerfeuers, wodurch sie noch bedrohlicher wirkten. Unvermittelt stimmten sie einen monotonen Singsang an und schlugen Stöcke rhythmisch gegeneinander. Jacqueline warf Djula einen verstohlenen Blick zu. Er hatte den Kopf gesenkt, musste aber gespürt haben, dass sie ihn ansah, denn er flüsterte:

»Die Ältesten bitten die Geister ihrer Ahnen um Beistand. Sie sollen dich dazu bringen, die Wahrheit zu sagen.«

»Ich habe kein Problem damit, die Wahrheit zu sagen«, zischte Jackie wütend, was ihr einen strafenden Blick der alten Männer eintrug.

Als einer von ihnen schließlich das Wort ergriff, sah er Djula an, zeigte aber auf Jacqueline.

Djula wandte sich ihr zu. »Die Ältesten wollen wissen, warum deine Mutter ein schwarzes Kind getötet hat. Sie wollen auch wissen, ob sie dafür mit dem Tode bestraft wurde.«

Jacqueline riss bestürzt Mund und Augen auf. »Sie hat das Kind nicht getötet. Man fand heraus, dass sie unschuldig war.«

Djula übersetzte, was sie gesagt hatte. Die Ältesten wurden zornig, Wirapundu griff nach seinem Speer, und Jacqueline duckte sich unwillkürlich.

Djula sah sie beunruhigt an. »Sie glauben dir nicht. Man hat gehört, wie du zu einer Weißen sagtest, deine Mutter habe das Kind getötet. Wenn du je wieder nach Hause zurückwillst, musst du die Wahrheit sagen.«

»Das ist die Wahrheit«, beteuerte Jacqueline. »Ich habe aus dem Tagebuch meiner Mutter vorgelesen. Sie dachte, sie habe das Kind getötet, aber dann stellte sich heraus, dass das nicht der Fall gewesen war.« Da das verwirrend und nicht sehr überzeugend klang, fügte sie hinzu, sie werde ganz am Anfang beginnen und alles erklären.

»Das solltest du tun«, pflichtete Djula ihr bei. »Nur so kannst du dich retten.«

Jacqueline konnte zwar nicht glauben, dass sie sie einfach umbringen würden, aber andererseits wusste sie nichts über die Aborigines und ihre Sitten und Bräuche. Ben und Nick jedenfalls nahmen ihre Warnungen ernst, und deshalb wollte sie das auch tun. Die Ältesten nickten zustimmend, als Djula ihnen übersetzte, was Jacqueline gesagt hatte.

Sie begann ihre Geschichte mit der Ankunft ihrer Familie in Atlanta. In ihren Gedanken kehrte sie oft an diesen Punkt in der Vergangenheit zurück, weil nicht lange danach ihre Familie zerstört wurde und nichts mehr so wie früher war. Sie legte immer wieder kurze Pausen ein, damit Djula übersetzen konnte. Zuerst sprach sie leise und unbeholfen, ihre Worte klangen hohl und leer. Den Blick in die Flammen gerichtet, trat sie die Reise in ihre Vergangenheit an.

Nach einer Weile hatte sie die Anwesenheit der Aborigines fast vergessen. Sie hatte nicht bemerkt, dass sich die Frauen, darunter auch Dot, genähert und hinter ihr versammelt hatten. Das Geschichtenerzählen war ein wesentlicher Bestandteil der Kultur der Ureinwohner. Auf diese Weise gaben sie ihr Wissen und ihre Bräuche von einer Generation zur nächsten weiter.

Rings um das Lagerfeuer herrschte eine tiefe, undurchdringliche Finsternis. Die Dunkelheit brach in Australien sehr schnell herein. Ben hatte den Sonnenuntergang auf diesem Kontinent einmal mit einem Stein verglichen, der vom Himmel fiel. Im Schein der Flammen tanzten Insekten. Nur das Knistern und Prasseln des Feuers und das gelegentliche Zirpen einer Grille im Busch waren zu hören.

Jacqueline hatte noch nie in ihrem Leben an einem Lagerfeuer gesessen. Das einzige freie Stück Natur, das sie kannte, war der Central Park in New York, und der lag inmitten der Großstadt. Es war grün dort, und es gab Bäume, aber mit der unermesslichen Weite des Outback konnte man das natürlich nicht vergleichen. Und im Park waren zu jeder Tageszeit Leute unterwegs, allein oder gar einsam fühlte man sich dort nie.

Meilenweit von der Zivilisation entfernt zu sein hatte etwas Beängstigendes und zugleich Magisches. Jacqueline wusste nicht, ob es an ihrem nagenden Hunger lag, aber sie fühlte sich seltsam schwerelos. Alles kam ihr so unwirklich vor. Sogar ihre Denkvorgänge schienen anders abzulaufen. Ob dem Wasser, das sie getrunken hatte, etwas beigemischt gewesen war? Der Gedanke war absurd, aber sie wusste nicht mehr, was sie noch glauben konnte und was nicht. Diese ganze Situation war so unerwartet über sie hereingebrochen und so fern jeder Realität.

Es dauerte nicht lange, da hatte Jacqueline fast vergessen, weshalb sie ihre Geschichte erzählte. Unter dem dunklen, wolkenverhangenen Nachthimmel tauchte sie vollständig in die Vergangenheit ein, zum allerersten Mal. Sie erzählte von Valmae Brown, dem kleinen schwarzen Mädchen, von ihrem tragischen Tod und von dem Autounfall, bei dem ihre Mutter und ihr Bruder ums Leben gekommen waren. Darüber zu sprechen wirkte unglaublich befreiend, so als fiele endlich eine schwere Last von ihr ab. Unter Tränen erzählte sie von Mitchell, ihrem kleinen Bruder. Wie sehr sehnte sie sich danach, sein glückliches Gesicht wiederzusehen!

»Mitchell war ganz verrückt nach Flugzeugen. Und nach Eisenbahnen. Sein Zimmer war voll davon. Er wollte entweder Pilot oder Lokomotivführer werden, wenn er groß war. Ich glaube, er mochte einfach diese großen, lauten Maschinen.« Ein trauriges Lächeln spielte um ihre Lippen, während sie in die glühende Asche des Lagerfeuers blickte. »Ich habe mich bei meiner Mutter immer über ihn beklagt, weil er so viel Krach machte. Dann lächelte sie nur und meinte: ›Er ist ein Junge, Jacqueline, und Jungs sind nun mal laut.‹ Es war ihm nicht vergönnt, seinen Traum zu leben. Er wurde viel zu früh aus dem Leben gerissen.« Kummer und Schmerz stiegen in ihr auf und legten sich wie ein eisernes Band um ihre Brust. Sie schloss die Augen. Tränen quollen unter ihren Lidern hervor und liefen ihr übers Gesicht.

Einer der Stammesältesten wollte wissen, ob sie oder ihr Vater Verbitterung über den Tod ihrer Angehörigen empfunden hätten. Die Frage schien aus reiner Neugier gestellt und nicht als Prüfung gedacht.

»Wir fühlten eine grenzenlose Trauer.« Sie öffnete die Augen und starrte von neuem ins Feuer. »Aber wir trugen unser Leid nicht gemeinsam.« Sie wünschte, sie hätten es getan, es hätte vieles leichter gemacht, sie hatten jedoch versucht, einander zu schützen. Heute erkannte sie das. »Es brach uns das Herz, so wie Valmae Browns Tod ihren Eltern das Herz brach. Ihr tödlicher Sturz von der Feuerleiter war ein tragischer Unglücksfall. Der Tod meines Bruders und meiner Mutter brachte nur noch mehr Unglück über noch mehr Menschen. Meine Mutter hatte sich gesorgt, das kleine Mädchen könnte herunterfallen, aber was hätte sie tun können? Es war nicht ihre Schuld, dass die Kleine da war. Es war niemandes Schuld.«

Jacqueline erzählte von der Ballettschule, erklärte, was Ballett war – eine andere Art, eine Geschichte zu erzählen, sagte sie – und wie sehr sie ihre Tanzstunden geliebt hatte. Die Ureinwohner lauschten gebannt. Tanz als Ausdrucksmittel war ihnen vertraut. Jacqueline fügte hinzu, dass ihre Mutter für ihr Leben gern unterrichtet habe, dass es ihr größter Wunsch gewesen sei, nach vielen Jahren als professionelle Balletttänzerin ihr Wissen an die nächste Generation weiterzugeben. Dann wollten die Ältesten wissen, weshalb sie nach Australien gekommen und wo ihr Vater sei.

Nick näherte sich leise dem Lager, Jacqueline bemerkte ihn nicht. Er war Dixies Spuren bis zu der Felsspalte gefolgt, wo er zahlreiche Fußabdrücke und Blutspuren entdeckt hatte. Er hatte sofort gewusst, dass Jacqueline sich in der Gewalt der Aborigines befand, auch wenn er vermutete, dass das Blut von einem erlegten Tier stammte. Zutiefst beunruhigt hatte er die Spuren bis zum Lager verfolgt. Als er Jacqueline unversehrt am Lagerfeuer sitzen sah, überkam ihn eine unsagbare Erleichterung.

Nick hatte viele Male Lager der Ureinwohner aufgesucht, so auch an diesem Tag auf seiner Suche nach Yuri. Da die Aborigines sich frei auf Wilpena bewegen durften, erhoben sie keine Einwände gegen seine Anwesenheit. Dennoch musste er ihnen mit Respekt begegnen. Er wandte sich an Dot und erfuhr, dass Jacqueline zusammen mit Yuri gefunden worden war und sie den Ältesten Rede und Antwort stehen musste. Nick hielt sich abwartend im Hintergrund.

»Mein Vater lebt in Amerika, ich bin mit dem Schiff nach Australien gekommen, zusammen mit meinem Mann«, antwortete Jacqueline.

Nick fiel aus allen Wolken. Mit ihrem *Mann*? Von einem Ehemann war bisher nie die Rede gewesen. Er presste grimmig die Lippen aufeinander. Ihm warf sie eine heimliche Beziehung vor, aber sie selbst war verheiratet! Was für eine Heuchlerin.

Jacqueline hatte ihre anfängliche Befangenheit abgelegt. Hatte sie zunächst das Gefühl gehabt, sich verteidigen zu müssen, so kam es ihr jetzt so vor, als seien die Stammesältesten aufrichtig an ihr und ihrem Leben interessiert. Sie empfand es als Privileg, dass sie ihr die Möglichkeit gaben, von sich zu erzählen. Auch wenn das nicht der Fall gewesen sein sollte, so spürte sie, dass sie weise waren. Sie sah es ihren Gesichtern an. Sie war sich ziemlich sicher, dass sie sie nicht bestrafen würden, nicht, nachdem sie ihnen ihr Innerstes offenbart hatte. Vielleicht würden sie sie sogar an ihrer Weisheit teilhaben lassen.

Wo ihr Ehemann sei, wurde sie gefragt.

Jacqueline schwieg einen Augenblick. Ihre letzte Begegnung mit Henry schien eine Ewigkeit zurückzuliegen. Sie hatte Mühe, sich sein Gesicht ins Gedächtnis zurückzurufen. »Er ist in Melbourne«, antwortete sie leise. »Und er ist nicht länger mein Mann.« Er hatte die Scheidung bestimmt unmittelbar, nachdem sie die unterzeichneten Papiere zurückgeschickt hatte, eingereicht.

Nick horchte auf.

Obwohl die Ältesten sie nicht danach fragten, fuhr Jacqueline, der es guttat, darüber zu reden, fort: »Ich war auf der Überfahrt nach Australien sehr krank, weil das Schiff so schlingerte. Deshalb verbrachte ich die meiste Zeit in unserer Kabine, während mein Mann die meiste Zeit in der Kabine einer anderen Frau verbrachte. Ich wusste von nichts.«

Jacqueline blickte auf, als Djula ihre Worte übersetzte. Die Ältesten musterten sie einen Moment mit ausdruckslosen Gesichtern und wechselten dann viel sagende Blicke. Aber keiner sagte etwas.

»Als das Schiff in Adelaide anlegte, erklärte mir mein Mann, er wolle Kinder mit dieser anderen Frau haben, und bat mich um die Scheidung.« Wieder keine Reaktion. »Er bot mir Geld an, aber ich lehnte es ab und ging von Bord, und mein Mann fuhr mit der neuen Frau weiter nach Melbourne.« Djula übersetzte. Die Ältesten verzogen keine Miene.

Jacqueline sah Djula an. »Finden sie es in Ordnung, dass ein Mann sich einfach eine neue Frau sucht?«, fragte sie ungehalten.

»Sie verstehen nicht, was daran falsch sein soll. Sie selbst haben mehrere Frauen und viele, viele Kinder.«

»Ach so, sie gehören zu den Völkern, die nicht monogam leben.«

»Ganz recht. Ist dir aufgefallen, dass einige *wiltjas* mehr als einen Eingang haben?« Als Jacqueline nickte, fuhr er fort: »Jeder Eingang ist für eine andere Frau.« Er übersetzte den Ältesten, was er mit Jacqueline geredet hatte.

Sie seufzte. Wenn sie schon kein Mitleid mit ihr hatten, sollten sie wenigstens erfahren, wie tief Henrys Verrat sie verletzt hatte.

»Ich war zehn Jahre verheiratet und habe keine Kinder bekommen. Es ist schlimm für eine Frau, keine Kinder bekommen zu können.« Sie ließ den Kopf hängen. »Etwas Schlimmeres kann einer Frau nicht passieren.« Zum ersten Mal gestand sie sich ihre wahren Gefühle ein. »Ich fühlte nichts als eine große Leere in mir. Ich kam mir wie eine Versagerin vor. Aber ich ließ mir nichts anmerken, weil ich Henry schützen wollte. Irgendwann akzeptierte ich, dass ich unfruchtbar war, und ich glaubte, Henry habe es auch akzeptiert. Er war ein egoistischer Mensch. *Seine* Wünsche, *seine* Bedürfnisse kamen immer an erster Stelle. Ich konnte mir nicht vorstellen, dass er ein guter Vater geworden wäre, weil es ihm an Wärme und Opferbereitschaft fehlt. Aber er hat gut für mich gesorgt, mir fehlte es an nichts. Ich versuchte, meine Kinderlosigkeit dadurch wettzumachen, dass ich Henry jeden Wunsch von den Augen ablas. Wir hatten ein schönes Zuhause und viele gesellschaftliche Verpflichtungen. Ich achtete darauf, dass er seine Termine einhielt, sich gesund ernährte. Ich tat wirklich alles, um ihn glücklich zu machen, ich willigte sogar ein, mit ihm nach Australien zu gehen, obwohl ich mich in New York sehr wohl fühlte. Nichts deutete darauf hin, dass er mich verlassen wollte oder dass er sich sehnlichst ein Kind wünschte. Hätte er mich in Amerika verlassen, hätte ich das sogar noch verstanden. Aber mich während der Überfahrt hinter meinem Rücken zu betrügen und mich dann für eine Jüngere sitzen zu lassen war das Letzte.« Jacquelines Zorn flammte jäh wieder auf. »Es war schäbig und verabscheuenswert. Ich stand da ohne einen Cent in der Tasche, in einem fremden Land, in dem ich weder Angehörige noch Freunde hatte. Wer weiß, was aus mir geworden wäre, hätte ich nicht zufällig Tess und Vera getroffen. Und das Schönste ist, dass Henry anscheinend erwartete, ich würde zu allem Ja und Amen sagen und einfach das Feld räumen.« Sie kämpfte gegen die Tränen an.

Die Ältesten besprachen sich.

Da Djula nicht übersetzte, fragte Jacqueline ihn, was sie redeten.

»Sie sagen, das neue Leben deines Mannes wird nicht so werden, wie er es sich erhofft hat. Und du wirst das Glück einer Frau finden.«

Jacqueline verstand nicht, was das zu bedeuten hatte. Doch da die Ältesten sich immer noch berieten, wagte sie nicht, sie zu unterbrechen.

»Jetzt wird über dein Schicksal entschieden«, sagte Djula nach einer Weile zu ihr. Wirapundu winkte Dot und Yuri heran. Djula forderte Jacqueline auf, sich zu erheben und den beiden gegenüberzutreten, was sie tat.

Yuri werde über ihr Schicksal entscheiden, so hätten die Ältesten es beschlossen, teilte Djula ihr mit.

Jacqueline traute ihren Ohren nicht. »Yuri? Ein Kind soll über mein Schicksal entscheiden?«

»Die Ältesten sagen, dass das Kind vor dir zurückscheuen wird, wenn du ihm ein Leid getan hast, und dann wirst du dem Gesetz des Stammes gemäß bestraft.«

Jacqueline war fassungslos. »Obwohl ich dem Jungen nie etwas getan habe, hat er immer Angst vor mir gehabt. Sag das den Ältesten.«

Djula schüttelte den Kopf. Er forderte Dot auf, Yuri zu sagen, er solle zu Jacqueline gehen und ihre Hand nehmen. Der Junge hatte offenbar etwas zu essen bekommen, er hatte einen ganz verschmierten Mund. Er sah sehr müde aus. Dot warf Jacqueline einen misstrauischen Blick zu, wagte es aber nicht, sich der Anordnung der Ältesten zu widersetzen. Sie tat wie geheißen.

Jacqueline stand da wie versteinert, während ihr das Herz vor Aufregung bis zum Hals schlug.

Yuri schaute zu seiner Mutter auf. Wieder redete sie mit ihm und zeigte auf Jacqueline. Der Junge sah die weiße Frau an.

Sie erinnerte sich, wie er zu ihr gekommen war, als sie in der Felsspalte gelegen hatte. Dot war klein, Jacqueline war groß; zu voller Größe aufgerichtet musste sie Furcht einflößend auf den Jungen wirken. Sie ging langsam in die Hocke und sah Yuri gelassen an.

Er betrachtete sie wachsam. Ganz ruhig streckte sie ihre Hand aus und lächelte ihn schüchtern an. Der Junge zögerte einen Moment, und sie dachte, er würde zurückweichen, doch dann machte er einen Schritt auf sie zu, ergriff ihre Hand und erwiderte ihr Lächeln.

25

Nick verließ das Lager, ohne dass Jacqueline irgendetwas von seiner Anwesenheit mitbekommen hatte. Als er weit genug entfernt war, stieg er ab, setzte sich auf einen Felsbrocken und dachte nach. Jetzt ergab ihr Verhalten an dem Abend, als sie sich geliebt hatten, einen Sinn. Sie hatte sich nach der Demütigung durch ihren Mann danach gesehnt, sich wieder als richtige Frau zu fühlen, was er durchaus verstehen konnte. Genauso wie ihre Panik am darauf folgenden Tag. Mit einem völlig Fremden intim zu werden entsprach ganz offensichtlich nicht ihrem Charakter, deshalb war ihr die Nacht mit ihm so schrecklich peinlich gewesen. Er konnte aufgrund seiner eigenen schmerzlichen Erfahrung auch verstehen, dass sie Angst vor einer neuen Beziehung hatte.

Nick starrte gedankenverloren in die Dunkelheit. Er musste unentwegt an jene leidenschaftliche Nacht mit Jacqueline denken, und er wünschte sich nichts sehnlicher, als sie wieder in seinen Armen zu halten und sie zu lieben.

Die Aborigines ließen Jacqueline nicht gehen, wie sie erwartet hatte. Stattdessen führte Djula sie zu einem anderen Lagerfeuer, an dem nur Frauen saßen. Er selbst kehrte zu den Männern zurück. Widerwillig setzte sich Jacqueline ans Feuer. Man gab ihr ein Gefäß mit Wasser, und sie trank gierig.

Sie sah Dot und Wirapundu in das dem Feuer am nächsten gelegene *wiltja* hineingehen und wieder herauskommen. Anscheinend war das die Hütte der beiden. Kurz darauf brachte Dot den völlig erschöpften Yuri in die Hütte und kam allein wieder heraus. Eine Frau mittleren Alters, vielleicht eine von Wirapundus Ehefrauen, reichte Jacqueline eine flache Holzschale und gab ihr zu verstehen, dass sie essen solle. Was es auch sein mochte, es war bis zur Unkenntlichkeit verkohlt.

Weitere Frauen setzten sich ans Feuer. Jacqueline fragte sich, ob sie alle zu Wirapundu gehörten. Sie lächelten ihr zu und bedeuteten ihr wieder, doch endlich zu essen, sie plauderten ungezwungen und fröhlich miteinander wie Schwestern. Diese polygame Gesellschaftsform faszinierte Jacqueline ungemein. Ihrer persönlichen Denkart war sie völlig fremd, aber für die Ureinwohner schien dieses System zu funktionieren.

Das Essen roch gut, und Jacqueline knurrte der Magen. Aber so hungrig, dass sie Kängurufleisch essen würde, das mitsamt des Fells gebraten worden war, war sie denn doch nicht. Sie hätte gerne gefragt, was man ihr da vorsetzte, aber sie wollte die Frauen nicht beleidigen.

Als die Frau neben ihr sie mit Gesten erneut aufforderte zu essen, lächelte sie, fuhr sich mit der Zunge über die Lippen und rieb sich den Bauch: »Mmm, das riecht gut! Was ist es denn?«

Die Aborigine verstand Jacqueline nicht, aber Dot hatte ihre Frage zufällig mit angehört und übersetzte für sie. Die Frau lachte, schob ihre Hände in die Erde, als wolle sie etwas ausgraben, und zeigte dann auf Jacquelines Essen.

»Würmer!«, stieß diese entsetzt hervor. Sie konnte ihren Abscheu nicht verbergen.

Dot lachte und übersetzte wieder, und dann lachten auch die anderen. Sie sahen Jacqueline an und redeten alle durcheinander. Wollten sie ihr mitteilen, dass Würmer ein Leckerbissen waren?

Eine Frau, die Jacqueline gegenübersaß, warf ihr etwas zu, eine Art Knolle, und zeigte dann auf die Schale. Anscheinend hatten sie irgendein Wurzelgemüse gekocht.

»Ach so!«, rief Jacqueline aus, »jetzt verstehe ich! Das ist so etwas wie Möhren oder Rüben.« Sie war unendlich erleichtert, dass man ihr kein fragwürdiges Fleisch gegeben hatte.

Jacqueline beobachtete, wie die Frauen etwas mit einem Stock aus der Asche fischten und es mit den Fingern aßen. Kurz entschlossen griff sie zu dem Wassergefäß und ließ ein wenig Wasser über ihre schmutzigen Hände laufen. Die Frauen schauten ihr fasziniert zu. Dot sagte etwas zu ihnen, und sie grinsten, als ob Jacqueline nicht ganz richtig im Kopf sei. Dann begann sie zu essen, zaghaft zuerst, aber immer gieriger, weil sie solch einen Hunger hatte. Im Nu war ihre Schale leer.

Das Leben konnte wirklich manchmal die seltsamsten Wendungen nehmen. Ein paar Wochen zuvor war sie mit Henry auf dem Weg in ein neues Leben gewesen, das ihrem alten vermutlich bis aufs Haar geglichen hätte. Sie hätte ein schönes neues Zuhause, neue Möbel, eine Haushälterin und ganze Schränke voller schöner neuer Kleider gehabt. Hätte ihr jemand prophezeit, dass sie eines Tages mit Aborigines an einem Lagerfeuer auf der nackten Erde sitzen, irgendetwas in der heißen Asche gegartes Unbekanntes essen und sich dabei wohl fühlen würde, so hätte sie gelacht und demjenigen erklärt, er habe den Verstand verloren.

Aber genau so war es gekommen.

Eine ganze Weile später kam Djula auf Jacqueline zu und fragte: »Hast du genug zu essen bekommen?«

»Ja, danke. Dieses Wurzelgemüse hat wunderbar geschmeckt, so etwas habe ich noch nie in meinem Leben gegessen«, erwiderte sie gähnend. Sie war todmüde und wollte nur noch eines – nach Hause in ihr Bett.

Djula unterhielt sich kurz mit einer der Aborigine-Frauen in ihrer Sprache und wandte sich dann wieder Jacqueline zu. »Das waren Yamswurzeln, was du gegessen hast.«

»Tatsächlich? Die waren wirklich lecker.«

»Und die Goannaeier?«

Jacqueline wurde blass. »Goannaeier? Ich habe doch keine Goannaeier gegessen! Die Frauen gaben mir zu verstehen, dass sie das, was ich aß, aus der Erde ausgegraben hatten!«

»Yamswurzeln kommen aus der Erde, Goannaeier aber auch. Die Frauen haben heute einige aus einem Bau ausgegraben«, erklärte Djula. »Das ist eine Delikatesse.«

Er hatte Mühe, seine Belustigung angesichts von Jacquelines angewiderter, entsetzter Miene zu unterdrücken. Er nahm sie nur auf den Arm. Sie hatte überhaupt keine Goannaeier bekommen.

Jacqueline hatte plötzlich ein ganz flaues Gefühl im Magen.

»Es steht dir frei, ob du die Nacht hier verbringen oder nach Hause gehen willst«, fuhr Djula fort.

»Ich würde lieber gehen. Sie machen sich zu Hause sicher schreckliche Sorgen um mich, und sie werden auch wissen wollen, ob mit Yuri alles in Ordnung ist. Aber ich finde im Dunkeln bestimmt nicht zurück.« Wahrscheinlich würde sie auch am helllichten Tag nicht zurückfinden.

»Jemand wird dich begleiten«, sagte Djula und rief, man möge ihr ihr Pferd bringen.

Jacqueline war froh, die Stute wiederzusehen, und tätschelte ihr liebevoll den Hals. Zum Abschied versammelten sich die Frauen um sie, berührten sie und fassten ihre Haare an. Jacqueline spürte, dass ihre Geschichte sie bewegt hatte. Sogar Dot hatte scheinbar ihre Feindseligkeit abgelegt. Sie reichte Jacqueline ein breites, schalähnliches Tuch und sagte, sie solle es sich um die Schultern legen, damit ihr nicht kalt wurde. Anscheinend hatte sie ihre Meinung über die weiße Frau geändert, und das machte diese glücklich.

Die freundliche Aufnahme, die sie bei den Stammes-Aborigines gefunden hatte, rührte Jacqueline zutiefst. Es war in mehr als einer Hinsicht eine emotionale Reise gewesen, die sie unternommen hatte. Sie hatte nicht nur ihre Freiheit dadurch zurückgewonnen, sondern auch ihre seelischen Konflikte gelöst. Sie fühlte sich frei und leicht. Endlich konnte sie einen Schlussstrich unter die Vergangenheit ziehen und zu neuen Ufern aufbrechen.

Und das hatte sie nur den Aborigines vom Stamm der Adnyamathanha zu verdanken.

Jacqueline und ihr Begleiter hatten sich noch nicht sehr weit vom Lager entfernt, als ihnen Nick entgegenkam. Jacqueline ließ sich aus dem Sattel gleiten, lief auf ihn zu und warf sich in seine Arme.

Nick war in der Nähe geblieben. Da er die Bräuche der Aborigines kannte, hatte er gewusst, wie es nach der Prüfung, der Jacqueline unterzogen worden war, weiterging, und war sich ziemlich sicher gewesen, dass sie sich entscheiden würde, nach Hause zu gehen.

»Bist du etwa meinetwegen gekommen?«, fragte sie freudig.

»Wir haben uns große Sorgen um dich und Yuri gemacht. Ich war auf der Suche nach euch heute schon einmal im Lager, und da habe ich erfahren, dass die Männer zur Jagd gegangen sind. Ich dachte mir, möglicherweise spüren sie auch dich und Yuri auf, deshalb bin ich noch einmal hergekommen.«

»Yuri geht es gut, er ist bei seiner Mutter. Ich kann nicht glauben, dass wir uns hier mitten in der Nacht getroffen haben«, sprudelte sie aufgeregt hervor. »Die Aborigines haben mir einen ihrer Leute mitgegeben, damit er mir den Weg nach Hause zeigt.« Sie blickte sich suchend um. »Wo ist er denn hin?«

Nick warf einen kurzen Blick in die Runde. »Zum Lager zurückgegangen, würde ich sagen. Er weiß, dass du bei mir in Sicherheit bist. Du bist sicher völlig erledigt. Wollen wir nach Hause?«

»Wie weit ist es denn? Bestimmt einige Meilen, oder?« Der Gedanke an den weiten Rückweg bedrückte Jacqueline. Sie war so schrecklich müde.

»Nein, von hier aus nicht.«

Sie führten ihre Pferde am Zügel und folgten einem Pfad von den Hügeln hinunter nach Wilpena.

»Ich bin am Fluss entlanggeritten, bis ich offenes Gelände erreichte«, erzählte Jacqueline. »Dann kam ich zu einer Felsspalte. Yuri war dort hineingefallen. Als ich zu ihm hinunterklettern wollte, rutschte ich aus und stürzte ab, und dann saßen wir dort unten fest. Die Aborigines haben uns herausgeholt und zu ihrem Lager gebracht, aber mir kam es furchtbar weit bis dorthin vor.«

»Ich weiß, welche Felsspalte du meinst«, erwiderte Nick, der nicht zugeben wollte, dass er ihre Spur bis dorthin verfolgt hatte. »Von dort ist es tatsächlich ziemlich weit bis zum Lager. Aber vom Lager nach Wilpena sind es nicht einmal zwei Meilen. Dot und Yuri legen den Weg ja andauernd zurück.«

Jacqueline seufzte erleichtert und zog das Schultertuch fester um sich. Die Nacht war kühl, zumal der Wind aufgefrischt hatte.

»Bist du gut behandelt worden bei den Aborigines?«, fragte Nick.

»Ja, aber anfangs war mir schon mulmig zumute. Ich hatte ehrlich gesagt eine Heidenangst. Ich dachte, sie würden mich töten. Aber dann gaben sie mir einen Dolmetscher zur Seite, und ich durfte ihnen alles erklären.«

Sie erzählte ihm, was sich im Lager abgespielt hatte, ohne jedoch auf ihre persönliche Geschichte einzugehen. Sie würde ein anderes Mal mit ihm darüber reden, irgendwann, wenn sie nicht zum Umfallen müde war. Es tue ihr leid, dass sie sich solche Sorgen gemacht hätten, fügte sie noch hinzu, aber sie habe einfach nicht anders gekonnt, sie habe Yuri suchen müssen.

Nick hörte schweigend zu. Er fragte sich, ob sie ihm jemals gestehen würde, dass sie verheiratet gewesen war oder dass ihre Mutter und ihr Bruder bei einem Unfall ums Leben gekommen waren. Es verletzte ihn tief, dass sie offenbar kein Vertrauen zu ihm hatte.

Jacqueline spürte Nicks Zurückhaltung. Irgendetwas schien ihn zu bedrücken. Als sie auf Wilpena angekommen waren, brachten sie die Pferde in ihre Boxen, sattelten sie ab und versorgten sie mit Futter. Dann gingen sie in Richtung Haus, wo immer noch Licht brannte. Jacqueline hielt es nicht länger aus.

»Nick, habe ich irgendetwas gesagt, als du mich und Vera im Hawker Hotel abgeholt hast? Irgendetwas, das dich gekränkt hat?«

Nick zögerte. »Warum fragst du?«

»Weil du dich seitdem seltsam benimmst. Falls ich dich in irgendeiner Form gekränkt haben sollte, möchte ich mich dafür entschuldigen.«

Er sah sie prüfend an. Sie kam ihm verändert vor. »Nein, du hast mich nicht gekränkt. Im Gegenteil, du warst reichlich anlehnungsbedürftig.«

»Oh. Ist das eine höfliche Umschreibung dafür, dass ich mich an dich herangemacht habe?«

Sie gingen auf Nicks Hütte zu und verlangsamten ihren Schritt. »Ich hab das nicht allzu ernst genommen, weißt du. Du warst schließlich betrunken.«

»Was genau habe ich denn gesagt?«

Nick blickte zu Boden. Offensichtlich war ihm das Thema unangenehm.

»Habe ich zu dir gesagt, dass du wahnsinnig attraktiv und unwiderstehlich bist?«, fragte sie lächelnd.

»Du hast gesagt, ich sei süß. So was hört kein Mann gern. Ein Welpe ist süß, aber kein gestandener Mann.«

Jacqueline lachte laut heraus. Sie wusste, dass er ihr eine Bemerkung wie diese nicht nachtragen würde. »Na, so schlimm ist das aber nicht! Was habe ich sonst noch gesagt?«

Nick holte tief Luft.

»Du hast gesagt, du habest dich in mich verliebt. Aber wie gesagt, du warst betrunken und heilfroh, dass ich nach Hawker gekommen war, um dich nach Hause zu holen.«

Jacqueline blieb abrupt stehen und sah ihn an. Obwohl sie seinen Gesichtsausdruck in der Dunkelheit nicht richtig deuten konnte, fand sie den Mut, offen über ihre Gefühle zu sprechen. »Manchmal sagt man unter Alkoholeinfluss die Wahrheit. Man sagt Dinge, die man sich nüchtern nicht zu sagen trauen würde.«

Ein unbändiges Glücksgefühl erfasste Nick. Sie hatte Mut, was ihren Zauber noch verstärkte. »Glaubst du, das könnte auch auf Leute mit einer Kopfverletzung zutreffen?« Er sah sie eindringlich an.

»Gut möglich«, flirtete sie.

Ging es von ihm oder von ihr aus? Sie war sich nicht sicher, aber eine Sekunde später lagen sie sich in den Armen und küssten sich leidenschaftlich. Sie wurden beide regelrecht überwältigt von der Heftigkeit ihrer Gefühle. Nick stieß mit einer Hand die Tür auf, und sie verschwanden im Inneren der Hütte.

Ben saß am Küchentisch und schenkte sich Tee ein. Er wusste nicht mehr, wie viele Tassen er schon getrunken hatte. Seine Nerven waren zum Zerreißen gespannt, deshalb gab er einen Schuss Brandy hinein. Seine Söhne schliefen, und Vera hatte sich vor einer ganzen Weile in ihr Zimmer zurückgezogen. Er nahm an, dass sie ebenfalls zu Bett gegangen war. Er wartete auf Nachricht von Nick. Sein Bruder musste Jacqueline oder Yuri gefunden haben, sonst wäre er längst wieder da und hätte eine Suchmannschaft zusammengestellt. Es sei denn, ihm war etwas zugestoßen. Normalerweise wäre ihm dieser Gedanke nicht gekommen, weil Nick der robusteste Mann war, den er kannte. Aber der seelische Druck und die Müdigkeit setzten Ben schwer zu, sodass er nicht mehr klar denken konnte.

Ben hörte Schritte im Flur, im selben Augenblick betrat Vera die Küche. »Du bist ja noch auf!«

»Ich warte auf Nick. Ich frage mich, wo er so lange bleibt.«

Vera nickte. Sie machte sich selbst große Sorgen.

»Sobald es in ein paar Stunden hell wird, werde ich mich auf die Suche machen. Dieses untätige Herumsitzen bringt mich noch um den Verstand!«

»Warum legst du dich nicht ein wenig hin, Ben?« Vera musterte ihn besorgt. »Ich habe wenigstens ein Stündchen geschlafen.«

Ben machte eine unwillige Handbewegung. Er war am Tisch eingeschlafen, und er wusste nicht, wie lange er gedöst hatte. Er hatte die Augen einfach nicht mehr offen halten können.

Vera schenkte sich Tee ein und setzte sich Ben gegenüber. Eine Weile sprach keiner ein Wort. Dann sagte Ben leise: »In Augenblicken wie diesen wird einem plötzlich klar, wie kurz das Leben ist. Man muss nach dem Glück greifen und es festhalten, wo immer es einem begegnet. Man darf sich keine Gedanken darüber machen, ob es andauern könnte oder was andere von einem denken mögen.«

Vera wusste, dass er nicht mehr von Jacqueline, Nick oder Yuri redete. Sie hörte auch den leisen Unterton von Verzweiflung in seiner Stimme. »Ich habe mich entschieden, Ben«, sagte sie, aber sie war sich nicht sicher, ob der Zeitpunkt gut oder schlecht gewählt war. »Ich werde abreisen.«

Ben war wie vom Donner gerührt. Veras Worte trafen ihn völlig unvorbereitet. »Aber wieso?«, stammelte er. Er war überzeugt gewesen, dass sie etwas für ihn empfand, umso überraschender kam ihr Entschluss.

Vera wurde jetzt klar, dass dieser Augenblick nicht der richtige war, jetzt gab es jedoch kein Zurück mehr. »Ich werde erst gehen, wenn wir wissen, dass alle wohlauf sind«, sagte sie hilflos.

Ben registrierte diese letzten Worte überhaupt nicht. »Willst du das wirklich, Vera? Oder läufst du nur vor deinen Gefühlen davon?«

»Ich will dir nicht wehtun, Ben. Ich habe Mike schon wehgetan, und du bist so ein feiner, anständiger Mann und hast bereits einen schweren Verlust verkraften müssen. Du brauchst nicht noch mehr Kummer.«

»Hör auf, dir um mich Sorgen zu machen, denk lieber darüber nach, was dich glücklich machen würde«, entgegnete Ben unwirsch.

»Das ist genau der Punkt. Ich weiß es einfach nicht.«

»Du bist hierhergekommen, um Liebe zu finden, stimmt's? Du hast sie nicht dort gefunden, wo du sie erwartet hast, aber sie ist da, direkt vor dir. Du brauchst nur zuzugreifen! Schnapp sie dir und sei glücklich!«

Aber Vera hatte viel zu viel Angst, einen weiteren Fehler zu machen. »Ich kann nicht, Ben. Deshalb ist es besser, wenn ich abreise. Ich habe Mike bereits das Herz gebrochen, der arme Kerl hat keine Ahnung, was er falsch gemacht hat. Er ist ja nur er selbst gewesen. Sobald Jackie wieder da ist, werde ich nach Port Augusta fahren und in den Zug nach Adelaide steigen. Mein Entschluss steht fest, also versuch bitte nicht, mich umzustimmen.«

Ben fuhr sich mit beiden Händen über die Haare und seufzte zittrig. »Ich möchte glücklich sein, Vera, vor allem jedoch möchte ich, dass du glücklich bist. Ich werde mich also nicht mit dir streiten. Aber du sollst wissen, dass ich glaube, wir zwei hätten eine ganz besondere Beziehung haben können. Es ist nur so ein Bauchgefühl, aber ich irre mich selten, wenn ich auf meinen Bauch höre.«

Jacqueline schmiegte sich glücklich in Nicks Arme. Er lächelte, als er sie behaglich seufzen hörte.

»Ich muss dir etwas gestehen, Jackie.« Nick verlagerte sein Gewicht auf dem schmalen Bett, das viel zu klein für sie beide war.

»Was denn?«

»Ich bin vor meinen Gefühlen davongelaufen, seit wir das erste Mal miteinander geschlafen haben.«

»Ich habe genau das Gleiche gemacht, Nick. Als ich hierherkam, hatte ich Liebeskummer und kein Vertrauen mehr zu den Männern im Allgemeinen. Aber das ist vorbei. Ich bin mit mir selbst und mit der Welt ins Reine gekommen. Und das habe ich nur dem Stamm der Adnyamathanha zu verdanken.«

»Freut mich, dass sie so eine positive Wirkung auf dein Gefühlsleben hatten.« Er legte seine Arme fester um sie. »Vielleicht hätte ich dich schon vor Wochen in ihrem Lager abliefern sollen.

Dann hätten wir jetzt schon wesentlich mehr Kuschelstunden gehabt.«

Jacqueline lachte und versetzte ihm einen neckischen Klaps auf die Brust. »Komm, lass uns hinübergehen und Ben und Vera Bescheid sagen, dass Yuri in Sicherheit ist.«

»Einverstanden.« Nick beugte sich über sie und küsste sie liebevoll.

Ben saß am Küchentisch, als Nick und Jacqueline hereinkamen. Vera war in ihr Zimmer zurückgegangen. Ben fiel sofort auf, wie unverkrampft und glücklich das Paar wirkte. Von den Spannungen der letzten Zeit war nichts mehr zu spüren. Yuri sei wieder bei seiner Mutter, berichtete Jacqueline. Ben nickte erleichtert, froh, dass sowohl dem Jungen als auch ihr nichts zugestoßen war.

Plötzlich ging ihm ein Licht auf: Die beiden waren ganz offensichtlich ineinander verliebt. Er konnte nicht begreifen, dass ihm das nicht schon früher aufgefallen war. Er freute sich aufrichtig für sie.

Jacqueline und Nick wechselten einen Blick, als sie Bens bedrückte, abwesende Miene sahen, führten es aber auf Übermüdung zurück.

»Ist Vera schon im Bett?«, fragte Jacqueline.

»Ich glaube ja«, erwiderte Ben, vermied es aber, sie anzusehen.

»Wir sollten uns alle hinlegen und noch ein wenig schlafen, es war ein anstrengender Tag«, meinte Nick. Obwohl der folgende Tag ein Samstag war, gab es eine Menge zu erledigen: Die Vorbereitungen für das Grillfest am Sonntag und für die Ankunft der Schafscherer am Montag mussten getroffen werden. »Nach der Arbeit morgen muss ich in die Stadt und Bier für die Party besorgen. Hättest du Lust mitzukommen, Jackie?«

»O ja, gern.« Sie strahlte ihn an.

»Ich glaube, wir sollten die Party absagen«, murmelte Ben düster.

Jacqueline und Nick guckten ihn verdutzt an.

»Aber warum denn?«, wollte Nick wissen. »Falls du dir Sorgen machst, dass die Scherbänke nicht rechtzeitig fertig werden – das schaffen wir schon.«

»Nein, das ist es nicht. Vera verlässt uns, wozu also noch eine Party geben?« Ben starrte dumpf den Tisch an.

»Was?« Jacqueline wusste, dass Vera mit dem Gedanken gespielt hatte, aber sie hatte auch gesagt, sie wisse nicht, wohin.

»Ja, sie will abreisen. Wir dürfen ihr kein schlechtes Gewissen deswegen machen. Es ist ganz allein ihre Entscheidung. Ich werde sie morgen nach Port Augusta fahren. Tut mir leid, dass ich dir und den Jungs die ganze Arbeit überlassen muss, Nick, aber Vera will den Zug nach Adelaide kriegen, und wie soll sie sonst nach Port Augusta kommen?«

Nick kannte seinen Bruder gut, er konnte ihm ansehen, wie aufgewühlt er war. »Mach dir deshalb keine Gedanken, Ben. Das schaffen wir schon«, versicherte er ihm.

Am anderen Morgen stand Vera in aller Frühe auf. Als Jacqueline aufwachte, hatte sie schon ihren Koffer gepackt.

»Ich kann nicht glauben, dass du wirklich fortgehst, Vera«, sagte Jacqueline, als sie sich in der Küche eine Tasse Tee machte. Sie wäre gern noch ein bisschen liegen geblieben und hätte von Nick geträumt, aber sie sorgte sich wegen Vera.

Auch Ben war schon aufgestanden. Er hatte nur wenige Stunden unruhig geschlafen und war hinausgegangen, um die Pferde und die Hunde zu füttern.

»Es ist das Beste so«, erwiderte Vera ruhig. »Ben hat sich in mich verliebt, und ich will ihm nicht das Herz brechen.«

»Du wirst mir fehlen, Vera. Wirst du mir schreiben?«

»Aber sicher. Sag Tess, dass ich mich bei ihr melden werde, machst du das? Ich bringe es nicht fertig, ihr über Funk Auf Wiedersehen zu sagen.«

Jacqueline nickte stumm. Sie brachte kein Wort mehr heraus.

26

Vera und Ben wechselten kaum ein Wort auf der Fahrt nach Port Augusta. Vera starrte fast die ganze Zeit aus dem Fenster auf die vorbeiziehende Landschaft, ohne sie wahrzunehmen. Immer wieder blinzelte sie die Tränen weg, bemüht, sich ihre Verzweiflung nicht anmerken zu lassen.

Hin und wieder erblickte sie ein Känguru auf der Suche nach Grashalmen und jungen Pflanzentrieben, die nach dem Regen aus dem Boden sprossen. Blühende Wildblumen setzten Farbtupfer in die vom Staub befreite Landschaft, doch Vera war blind für die Schönheit der Natur. Sie hätte am liebsten haltlos geschluchzt, aber sie riss sich zusammen. Der Abschied von Jacqueline war schon schlimm genug gewesen. Beide wussten, dass sie sich wahrscheinlich nie wiedersehen würden. Aber Vera hatte noch einmal versprochen zu schreiben, sobald sie eine feste Anschrift hatte. Von Zeit zu Zeit streifte sie Ben mit einem verstohlenen Seitenblick, aber er hatte die Kiefer fest zusammengebissen und schaute starr geradeaus. Auch er hielt seine Gefühle unter Kontrolle.

Am Bahnhof bestand Ben darauf, Veras Koffer zu tragen. Als sie eine Fahrkarte gekauft hatte, gingen sie gemeinsam zum Bahnsteig.

»Du brauchst nicht zu warten, bis der Zug kommt«, sagte Vera, der es vor dem Abschiednehmen graute.

Ben blickte gekränkt drein. »Tja, dann … auf Wiedersehen, Vera«, sagte er steif. »Ich wünsche dir alles Gute.«

»Danke, Ben. Ich danke dir für deine Gastfreundschaft, und ich wünsche dir auch alles Gute für die Zukunft.« Veras Stimme zitterte. »Auf Wiedersehen«, flüsterte sie.

Sie wusste nicht, ob sie ihm einen Kuss auf die Wange geben oder ihm die Hand reichen sollte, und so tat sie keines von beiden. Sie fürchtete, ihre Selbstbeherrschung könnte zerbröseln, wenn sie ihn berührte.

Ben nickte, die Lippen fest aufeinandergepresst. Eine Sekunde lang schien er mit sich zu ringen, ob er noch etwas sagen sollte. Ein gequälter Ausdruck huschte über sein Gesicht, doch dann wandte er sich um und ging davon.

Vera brach es schier das Herz. Sie schloss die Augen. Jede Faser ihres Körpers sehnte sich danach, ihm nachzulaufen und ihn zurückzuhalten, aber sie stand da wie versteinert.

Ben war vielleicht zehn Schritte gegangen, als er sich abrupt wieder umdrehte. »Hör zu, Vera, ich weiß, du denkst, du tust das Richtige, aber das tust du nicht.«

Ihre Augen füllten sich mit Tränen, ihre Unterlippe zitterte. »Mach es uns nicht noch schwerer, Ben.«

»Vera, es ist völlig in Ordnung, dass du Zeit brauchst, um dir über deine Gefühle klar zu werden. Nimm dir alle Zeit der Welt! Aber vergiss nicht, du kannst immer zu mir zurückkommen. Ich werde warten.«

Fast wäre es um ihre Fassung geschehen. Aber sie zwang sich, stark zu sein. Sie durfte sich nicht von der romantischen Vorstellung von wahrer Liebe, die ein ganzes Leben lang anhielt, beeinflussen lassen. Für sie gab es diese Liebe nicht. »Ich werde nicht zurückkommen, Ben, warte nicht auf mich«, erwiderte sie mit belegter Stimme. Tränen liefen ihr übers Gesicht.

Ben schien selbst den Tränen nahe. Vera hasste sich dafür, dass sie ihm das antun musste. Jetzt war genau das passiert, was sie hatte vermeiden wollen: Sie hatte ihm das Herz gebrochen.

»Ich hätte nicht gedacht, dass ich noch einmal den Kummer erleben würde, jemanden zu verlieren, den ich liebe«, sagte er leise.

»Trotzdem bereue ich nicht einen einzigen Augenblick, den wir miteinander verbracht haben.«

Er drehte sich um und ging schleppenden Schrittes davon.

Vera schaute ihm nach, bis sie ihn nicht mehr sehen konnte. Erst dann wurde ihr klar, dass er ihr seine Liebe gestanden hatte, und sie begann herzzerreißend zu schluchzen.

»Verity, pack deine Sachen zusammen, wir werden ins Royal Exchange Hotel ziehen«, befahl Henry so resolut er konnte. In seiner Feigheit war er einem offenen Gespräch über Geld tagelang ausgewichen, aber jetzt trieb ihn die Not dazu. Ob es ihm gelingen würde, Verity in den Griff zu bekommen, war allerdings eine andere Frage.

Sie räkelte sich nach einem Einkaufsbummel inmitten mehrerer Taschen und Schachteln auf dem Bett ihrer Luxussuite und guckte ihn verblüfft an. »Du meinst doch hoffentlich nicht diese billige Absteige zwei Blocks von hier!«

»Das ist keine billige Absteige«, gab Henry unwirsch zurück. Das Royal Exchange war zwar himmelweit vom Ambassador entfernt und gehörte zu jener Art von Etablissement, in dem zu wohnen er sich nie hätte träumen lassen, aber er hatte keine andere Wahl und Verity auch nicht. »Mehr kann ich mir im Moment nicht leisten. Erst müssen meine Investitionen Gewinn abwerfen. Und deine Einkaufstouren sind für die nächste Zeit auch gestrichen. Du hast sowieso genug zum Anziehen. Du könntest ein Dutzend Koffer mit den Sachen füllen, die du seit unserer Ankunft in Melbourne gekauft hast.« Er erinnerte sich sehr gut, dass ihr und Johnnys ganzes Hab und Gut in zwei Koffer gepasst hatte, als sie von Bord gegangen waren.

Verity machte große Augen. »Das kann nicht dein Ernst sein, Henry!« Er wollte sie sicher nur auf den Arm nehmen. Oder?

»Und ob das mein Ernst ist! Wir werden uns schnellstmöglich ein kleines Haus oder eine bescheidene Wohnung in einem der Vororte suchen. Deine Eltern werden sich um eine eigene Unterkunft bemühen müssen.« Er hatte es satt, auch noch diese Schmarotzer durchzufüttern.

»Das haben sie schon längst getan«, erwiderte Verity.

»Wie bitte?« Henry starrte sie entgeistert an.

»Ja, sie haben vor drei Tagen den Mietvertrag für eine Wohnung unterschrieben und sind gestern Nachmittag eingezogen.« Verity setzte sich auf. Ihr Kleid spannte sich über ihrer Taille, die dicker und dicker wurde. Auch ihr Gesicht war aufgedunsen. Sie sah lange nicht mehr so hübsch aus.

»Und das sagst du mir jetzt erst?«, fuhr Henry sie wütend an. »Wir brauchen doch keine Doppelsuite für dich, mich und Johnny!« Er schäumte vor Wut, als er an die völlig unnötigen Kosten dachte. Wieso war ihm nicht aufgefallen, dass Maxine und Ron nicht mehr da waren? Dann erinnerte er sich: Er hatte am Tag zuvor schon um die Mittagszeit angefangen zu trinken und war am späten Nachmittag blau gewesen. »Deine Eltern hätten mir wenigstens sagen können, was sie vorhaben. Nachdem sie wochenlang auf meine Kosten gelebt haben, haben sie nicht einmal den Anstand besessen, sich von mir zu verabschieden!«

Die Darcys hatten sich in letzter Zeit ziemlich reserviert verhalten ihm gegenüber, doch nachdem sie wochenlang auf engstem Raum miteinander gelebt hatten, war das nicht weiter verwunderlich. Sie gingen sich alle gegenseitig auf die Nerven.

»Ich wollte es dir ja heute Abend beim Essen sagen«, schmollte Verity mit schuldbewusstem Gesichtsausdruck.

»Du hättest es mir gestern Abend beim Essen sagen können«, konterte Henry. Er hatte geglaubt, Maxine und Ron hätten sich aus Taktgefühl mit dem Kind zurückgezogen, damit er und Verity ein paar Stunden für sich allein hätten. Wenigstens brauchte er jetzt nicht mehr diese horrenden Rechnungen für Drei-Gänge-Menüs für vier Erwachsene und ein Kind zu bezahlen. »Wo sind sie denn hingezogen?« Plötzlich kam ihm eine Idee. »Könnten wir nicht bei ihnen wohnen? Das würde eine Menge Geld sparen.«

Verity wurde allmählich nervös. Falls das ein Scherz sein sollte, dann trieb er ihn jetzt aber wirklich auf die Spitze. »Sie haben sich eine Wohnung irgendwo am Yarra gemietet. Sie ist kaum groß genug für sie beide und Johnny, geschweige denn für uns alle fünf.«

Henry zog verwirrt die Stirn in Falten. »Sie haben Johnny mitgenommen?« Das kam ihm merkwürdig vor.

»Ja, es gibt dort einen kleinen Garten, da hat er mehr Freiheit als hier im Hotel.«

Wieso war eine kleine Wohnung, selbst eine mit Garten, besser für ein Kind, als in einem Luxushotel zu wohnen? »Du hast doch ihre Adresse, nehme ich an.«

»Ja, ja, die hab ich irgendwo notiert«, erwiderte Verity vage.

Für Henry ergab das alles keinen Sinn. »Verity, ich muss wissen, wo deine Eltern sind. Immerhin habe ich mein Geld zusammen mit ihrem in diese Vermögensanlage investiert.« Er verspürte ein unangenehmes Kribbeln in der Magengrube.

»Mach dir deswegen keine Gedanken, Liebling«, säuselte sie. »Ich weiß genauestens Bescheid. Ich bin zwar blond und attraktiv, aber nicht blöd. Ich werde doch nicht zulassen, dass dir etwas passiert, Henry.«

Er entspannte sich wieder ein wenig.

»Und jetzt sag mir, dass das mit dem Royal Exchange nur ein Scherz war! Wir können uns doch sicher was Besseres leisten, oder?«

»Ich fürchte nicht, nein.« Henry schüttelte den Kopf. »Ich habe Jacqueline gerade eine Abfindung überwiesen und bin deshalb ziemlich knapp bei Kasse. Gut möglich, dass ich mir einen Job suchen muss, bis die Geldanlage einen Ertrag abwirft. Du solltest dich vielleicht auch mit dem Gedanken anfreunden.«

Verity setzte eine bestürzte Miene auf. »Ich und arbeiten? Nein, nein, das ist nichts für mich.«

Henry verdrehte genervt die Augen. Er hatte nicht erwartet, dass sie seinen Vorschlag begeistert aufnehmen würde, aber wenigstens war der Wutanfall ausgeblieben, mit dem er gerechnet hatte. Wenn sie kein Geld mehr für Frisör, Kosmetikerin und Kleider ausgeben konnte, würde ihr sicher bald langweilig werden, und sie würde sich nach einem Job umsehen. Das hoffte er jedenfalls.

Jacqueline fühlte sich seit Tagen unwohl. Zuerst hatte sie dem ungewohnten Essen im Lager der Aborigines die Schuld gegeben, aber als die Übelkeit anhielt, wunderte sie sich schon ein wenig. Auch Ben ging es nicht gut. Er dachte, er habe die Grippe. Alles tat ihm weh, jeder einzelne Knochen, aber die Schmerzen in der Brust waren am schlimmsten, und darüber waren alle sehr beunruhigt. Er und Nick hatten mit den Vorbereitungen für die Schafschur viel zu tun gehabt, und als die Schafscherer endlich da waren, arbeiteten sie noch viel härter.

Jacqueline vermisste Vera sehr, Ben auch, das wusste sie. Als es ihm nicht besser ging, bat sie Rachel, zu kommen und nach ihm zu sehen. Ben ahnte nichts davon. Nick war in der Stadt, um Vorräte zu besorgen, und er hatte sich gerade ein wenig hingelegt, als es klopfte. In der Annahme, es sei Jacqueline, rief er:

»Herein.«

»Hallo, Ben«, grüßte Rachel.

»Was willst du denn hier?«, lautete die ungehaltene Antwort. Hatte er Jacqueline nicht gesagt, er brauche keinen Arzt? »Ich dachte, du seist schon fort.«

»Das ist ja eine freundliche Begrüßung!«, erwiderte Rachel in gespielter Empörung, eine Hand in die Seite gestemmt. »Ich reise übermorgen ab, deshalb möchte ich mich von allen meinen Patienten verabschieden, sogar von den griesgrämigen.«

Jacqueline hatte sie darum gebeten, Ben unter einem Vorwand zu besuchen, sie wusste, er würde es ihr übel nehmen, wenn sie Rachel in ihrer Eigenschaft als Ärztin gerufen hätte.

»Ach so«, brummte Ben zerknirscht. »Ein Jammer, dass du uns verlässt«, fügte er etwas freundlicher hinzu. »Wir alle werden dich vermissen, auch wenn du uns ständig herumkommandierst. Ich nehme an, irgendein vertrottelter alter Doktor unmittelbar vor dem Ruhestand wird dein Nachfolger werden, oder?«

Rachel lächelte. »Irrtum. Mein Nachfolger ist jung.«

»Ach ja?« Ben warf ihr einen zweifelnden Blick zu.

»Ja, er heißt Herbert Wilkins und kommt aus Dubbo in New South Wales.«

Ben seufzte genervt. »Das hat uns gerade noch gefehlt! Noch ein junger Mann!« Eine hübsche junge Frau wie Rachel dazuhaben, hatte ihm sehr gefallen, auch wenn er das nie offen zugeben würde.

»Dr. Wilkins bringt seine Frau mit, kein Grund also für die Männer hier, ihn als Konkurrenz zu betrachten. Die beiden haben ein Kind, einen Jungen, glaube ich, und seine Frau ist wieder schwanger.«

Ben schnaubte unwillig. »Mir wäre es lieber, du würdest hierbleiben. Kann dein Verlobter denn nicht ohne dich auskommen, während er seine Assistenzzeit beendet?«

»Könnte er schon, aber es wäre nicht sehr klug, ihn ganz allein in einem Krankenhaus voller attraktiver junger Schwestern zu lassen, die alle ganz verrückt nach ihm sind, oder?«

»Wahrscheinlich nicht, nein.«

Ben wollte nicht über solche Dinge nachdenken. Alles, was irgendwie mit Liebe zu tun hatte, erinnerte ihn an Vera. Nicht, dass er nicht unentwegt an sie denken würde. Es kam ihm so vor, als sei ihm das Herz aus dem Leib gerissen und mit Füßen getreten worden. Er war sicher, dass das die Ursache für seine Schmerzen in der Brust war.

»Du bist ziemlich blass um die Nase, Ben. Alles in Ordnung?«

»Ja, ja, ich glaube, ich habe mir eine Grippe oder so was eingefangen.« Er machte eine wegwerfende Handbewegung. »Nichts Ernstes. Aber wenn du schon da bist, solltest du dir Jackie einmal ansehen. Sie klagt seit Tagen über Unwohlsein.«

»Oh, davon hat sie gar nichts gesagt. Darum kümmere ich mich nachher. Zuerst werde ich dich untersuchen.«

»Das ist nicht nötig«, brummte Ben.

»Keine Widerrede«, entgegnete sie streng.

Nach der Untersuchung gelangte Rachel zu dem Schluss, dass Ben sich überanstrengt hatte. »Du mutest dir viel zu viel zu, Ben. Das ist dein einziges Problem. Du musst unbedingt kürzertreten. Warum fährst du nicht mal für eine Woche weg? Das würde dir bestimmt guttun.«

»Das geht nicht, das weißt du doch. Ich kann die Farm nicht sich selbst überlassen.«

»Nick ist doch auch noch da«, wandte Rachel ein.

Ben verzog unwillig das Gesicht. Er wollte nicht zugeben, wie einsam er sich fühlte und dass die Einsamkeit nur noch schwerer wiegen würde, wenn er fern seiner Familie irgendwo ganz allein wäre. »Ich komm schon klar. Mir fehlt nichts. Sieh lieber nach Jackie.«

Bens Sturheit brachte Rachel schier zur Verzweiflung, aber sie war machtlos.

Jacqueline saß am Küchentisch, als Rachel hereinkam. »Wie geht's Ben?«, fragte sie besorgt.

»Er braucht dringend eine kleine Auszeit, aber er will nichts davon wissen.«

»Ich glaube, er vermisst Vera«, flüsterte Jacqueline.

»Oh.« Auf den Gedanken, dass Liebeskummer hinter seinen Beschwerden stecken könnte, war Rachel gar nicht gekommen. »Er hat sich in sie verliebt?«

»Und wie! Vera hat sich auch in ihn verliebt, aber nachdem ihre Ehe mit Mike Rawnsley in die Brüche ging, hatte sie Angst vor einer neuen Bindung. Deshalb ist sie abgereist.«

Rachel nickte. »Das erklärt einiges.« Anscheinend rührten die Schmerzen in Bens Brust weniger von Überarbeitung als vielmehr von einem gebrochenen Herzen. »Gut, jetzt zu Ihnen. Was fehlt Ihnen?«

»Mir?« Jacqueline guckte die junge Ärztin erstaunt an.

»Ja, Ben hat gesagt, Sie fühlten sich seit Tagen unwohl.«

»Ach so.« Jacqueline winkte ab. »Ich glaube, ich habe im Lager der Aborigines irgendetwas gegessen, das mir nicht bekommen ist.«

»Eine Unpässlichkeit nach verdorbenen Lebensmitteln hält nicht lange an. Was für Beschwerden haben Sie denn und seit wann?«

»Seit ungefähr einer Woche wird mir immer übel, besonders morgens auf nüchternen Magen, manchmal auch schwindlig.«

»Können wir in Ihr Zimmer gehen? Ich würde gern Ihren Bauch abtasten.«

Sie folgte Jacqueline in deren Zimmer.

Als diese sich aufs Bett gelegt hatte, begann Rachel, sie abzutasten, und fragte dann: »Wann hatten Sie Ihre letzte Periode?«

Die Frage verblüffte Jacqueline. Sie dachte kurz nach. »Irgendwann auf der Überfahrt hierher.« Jetzt erst fiel ihr auf, wie lange das schon her war. »Ich war sehr krank während der ganzen Reise, wahrscheinlich hat das alles durcheinandergebracht.«

»Könnte es nicht sein, dass Sie schwanger sind?«

Jacqueline riss völlig verdutzt die Augen auf. »Schwanger? Nein, ausgeschlossen, das kann nicht sein«, stammelte sie. »Ich kann keine Kinder bekommen.«

Rachel sah sie prüfend an. »Ist das von einem Arzt festgestellt worden?«

»Nein, das nicht, das heißt, die Ärzte in New York konnten nichts finden, aber ich war zehn Jahre verheiratet und bin nie schwanger geworden.«

»Ist Ihr Mann auch untersucht worden?«

»Nein, Henry meinte, das sei nicht nötig.«

»Bei Unfruchtbarkeit muss man alle Möglichkeiten in Betracht ziehen. Die Ursache kann bei der Frau, aber genauso gut auch beim Mann liegen. Ich werde Ihnen ein bisschen Blut abnehmen und auch eine Urinprobe mitnehmen, dann sehen wir weiter. Sie bekommen die Ergebnisse auf jeden Fall, bevor ich nach Sydney abreise.«

Zwei Tage später funkte Rachel Jacqueline an. »Sind Sie allein? Over.«

»Ja, die Männer sind draußen bei den Schafen. Over«, antwortete Jacqueline.

Rachels Worte waren ihr nicht mehr aus dem Kopf gegangen, aber sie war sicher, dass sie nicht schwanger war. Sie weigerte sich, sich diesem Gedanken auch nur eine Sekunde hinzugeben, weil das ganz und gar unmöglich war.

»Die Ergebnisse sind positiv, Jackie. Over.«

»Positiv!«, wiederholte Jacqueline benommen.

»Ja, Sie sind definitiv schwanger. Seit ein paar Wochen. Over.« Rachel hatte eine Vermutung, wer der Vater sein könnte. Sie kannte Nick sehr gut und hatte bemerkt, dass er sich veränderte.

Jacquelines Gedanken überschlugen sich. Da sie während der Überfahrt so krank und Henry ja vollauf mit Verity beschäftigt gewesen war, hatten sie nicht ein einziges Mal miteinander geschlafen. Das bedeutete, dass das Kind in der Nacht gezeugt worden war, in der sie und Nick sich zum ersten Mal geliebt hatten. Jacqueline stand unter Schock.

»Jackie? Sind Sie noch da? Over.«

»Ja. Ja, ich bin noch da. Ich versuche nur zu begreifen, was Sie mir da erzählen. Over.«

»Ich kann mir denken, dass das völlig überraschend kommt. Es geht mich ja nichts an, aber falls Sie mit jemand anderem als mit Ihrem Mann intim gewesen sind, liegt der Grund für Ihre kinderlose Ehe bei ihm, nicht bei Ihnen. Over.«

»Mein Mann und ich haben während der Überfahrt nicht miteinander geschlafen, Rachel, und in Adelaide haben sich unsere Wege getrennt. Ich habe eine Beziehung zu einem anderen Mann. Over.«

»Oh.« Rachel sah sich in ihrer Vermutung bestätigt. »Nun, dann hoffe ich, dass Sie sich freuen. Over.«

»Ich bin völlig baff, aber überglücklich«, gestand Jacqueline mit Tränen in den Augen. »Ich hätte nie gedacht, dass ich einmal Mutter werden würde. Das sind wundervolle Neuigkeiten, auch wenn es überraschend kommt. Danke, Rachel. Over.«

Rachel hörte die tiefe Ergriffenheit in ihrer Stimme. »Mir brauchen Sie nicht zu danken, ich hatte nichts damit zu tun. Ich freue mich für Sie. Passen Sie gut auf sich auf, und suchen Sie so bald wie möglich meinen Nachfolger auf wegen der Schwangerschaftsvorsorge. Over.«

»Mach ich. Ich wünsche Ihnen alles Gute, Rachel. Ich hoffe, Sie kommen wieder hierher zurück. Over.«

»Ganz bestimmt sogar. Mir gefällt es ausgezeichnet in den Flinders Ranges und Nicholas auch. Over und Ende.«

Jacqueline öffnete die Glastür, trat auf die Veranda und schaute auf das Land hinaus. Sie legte ihre Hand auf ihren Bauch. Kaum zu glauben, dass darin ein neues Leben heranwuchs. Ein Baby! Nicks Baby. Sie weinte vor Freude.

Als sie sich ein wenig gefasst hatte, überlegte sie, wie sie es Nick beibringen und wie er es wohl aufnehmen würde. Würde er sich auch so sehr darüber freuen wie sie? Am liebsten wäre sie losgelaufen und hätte ihn gesucht, um ihm die gute Nachricht sofort zu überbringen, und sei es auf einer Koppel inmitten einer Schafherde. Aber sie wusste, sie musste ein bisschen feinfühliger vorgehen. Sie beschloss zu warten, bis sie ein paar Minuten für sich allein hatten.

27

Sally wischte gerade den Fußboden auf, als ein Fremder die Bar des Hawker Hotel betrat.

»Morgen«, grüßte sie und warf einen flüchtigen Blick auf die Uhr an der Wand. Es war kurz nach elf. Wochentags kamen die ersten Gäste normalerweise erst am Spätnachmittag. »Falls Sie einen Drink wollen, ich komme gleich.«

»Was könnte ich sonst wollen in einer Bar?«, gab Henry patzig zurück. Sein Ton war schärfer gewesen als beabsichtigt, aber er war furchtbar nervös.

Sally richtete sich auf, funkelte ihn grimmig an und stellte ihren Mopp in eine Ecke. Sie musterte den Fremden, einen arroganten Lackaffen aus der Stadt mit einem selbstherrlichen breiten amerikanischen Akzent. In den zehn Jahren, die sie und ihr Mann dieses Hotel im ländlichen South Australia führten, hatte sie schon allerhand gesehen und erlebt. Davor hatte sie mit Rick einen Gemischtwarenladen in Ceduna an der Westküste betrieben. In dieser Gegend gab es zwar viele Farmen, allerdings lebten auch sehr viel mehr Ureinwohner dort, was eine Reihe sozialer Probleme mit sich brachte. Sally hatte sich mit den Jahren ein dickes Fell zugelegt.

Sie trat hinter die Theke und schnauzte: »Was darf's denn sein?«

Henry merkte, dass er ihr auf den Schlips getreten war, und verwünschte sich für seine Dummheit. Schließlich brauchte er ihre Hilfe. »Ein Bier, bitte«, antwortete er so liebenswürdig er konnte. »Ein reizvolles Lokal haben Sie da«, fügte er hinzu.

Sally erwiderte nichts darauf. Henry betrachtete die mit Kuhhörnern, Peitschen und Fotos von preisgekrönten Widdern, von Viehhirten und Schafscherern dekorierten Wände. Ein Foto zeigte einen Mann, der einen erlegten Fuchs am Schwanz hochhielt. Hinter ihm konnte man einen Drahtzaun erkennen, an dem mehrere Fuchspelze aufgehängt waren. Henry verzog unwillkürlich das Gesicht. Er hatte noch nie etwas für die Jagd übrig gehabt.

Mit einem Blick, der so warm wie ein arktischer Wind war, stellte Sally sein Bier auf die Theke. »Sie sind wohl auf der Durchreise.«

Klingt eher nach einem Wunsch und nicht nach einer Frage, dachte Henry. »Ja, ich möchte zu einer Farm, Wilpena Station. Können Sie mir vielleicht sagen, wie ich dahinkomme?«

»Bleiben Sie immer auf der Hauptstraße, dann können Sie es gar nicht verfehlen.« Sally wandte sich ab, griff nach ihrem Mopp und arbeitete weiter.

Diese Wegbeschreibung war noch vager als die, die er von dem Angestellten der Autovermietung in Port Augusta bekommen hatte, wo er sich nach dem Weg nach Hawker erkundigt hatte. Henry setzte sich auf einen Barhocker, schlürfte sein Bier und dachte über die Ereignisse der vergangenen Monate nach, die ihn an diesen Punkt seines Lebens geführt hatten.

Als Sally, die die ganze Zeit über ein wachsames Auge auf Henry hatte, mit dem Boden fertig war, ging sie hinter die Theke und begann, Gläser zu polieren. Henry starrte dumpf vor sich hin. Er musste sich Mut antrinken, um Jacqueline gegenübertreten zu können. Alles hing von dieser Begegnung ab, deshalb war er aufs Höchste angespannt und nervös.

Sally riss ihn aus seinen Gedanken. »Sie sind doch nicht von der Bank, oder?« Er sah wie ein Bankangestellter aus: schwarze Hose, weißes Hemd, Schlips. Niemand kleidete sich so auf dem Land, jedenfalls nicht an einem gewöhnlichen Werktag. Außerdem trug er schwarze, auf Hochglanz polierte Schuhe, und sie hatte noch nie einem Mann in sauber geputzten Schuhen getraut. Sie konnte sich einfach nicht vorstellen, dass jemand mit glänzenden Schuhen einer ehrlichen Arbeit nachging – die Frauen natürlich ausgeschlossen.

»Von der Bank?«, wiederholte Henry verdutzt.

»Ja. Sie sind doch nicht etwa hier, weil Bens Farm versteigert werden soll, oder?« Sally wusste, dass Ian und Meryl Benson wie so viele andere jeden Tag mit dem Besuch des Gerichtsvollziehers rechneten. »Ihr habt doch keine Ahnung, was es bedeutet, eine Dürre durchzustehen. Jetzt, wo es geregnet hat, werden die Farmer auch wieder auf die Beine kommen, ihr müsst ihnen bloß ein bisschen Zeit geben. Einige wie Ben Dulton haben sich mit Mühe und Not gerade so über Wasser halten können. Aber ihr stürzt euch gleich wie die Geier auf jeden, der …«

»Ich bin hier, weil ich meine Frau sehen will«, fiel Henry ihr ins Wort. Er wusste überhaupt nicht, wovon die Wirtin redete.

Sally hielt überrascht mitten in der Bewegung inne. Sie war so perplex, dass sie sich nicht einmal für ihren Wortschwall entschuldigte. Stattdessen beugte sie sich über die Theke und sah Henry prüfend an. Ihm wurde unbehaglich unter ihrem kritischen Blick. Er hatte einen amerikanischen Akzent, und die beiden Frauen auf Wilpena kamen aus den USA. Sally wusste noch nichts von Veras Abreise, Ben hatte es niemandem erzählt. Er brachte es einfach noch nicht fertig, über Vera zu sprechen.

»Welche ist es?«, fragte sie.

»Wie bitte?« Henry hatte das Gefühl, auf einem anderen Planeten gelandet zu sein, auf dem nichts einen Sinn ergab. »Ich habe nur eine Frau.«

»Nein, ich meine, welche von den beiden draußen auf Wilpena ist Ihre Frau – Vera oder Jackie?«

Henry schüttelte verwirrt den Kopf. »Ich kenne weder eine Vera noch eine Jackie. Meine Frau heißt Jacqueline Ann Walters.«

»Ich wusste gar nicht, dass Jackie verheiratet ist.« Sally richtete sich auf. Irgendetwas stimmt hier nicht, dachte sie.

»Jacqueline«, verbesserte Henry. »Meine Frau heißt Jacqueline. Sie will nicht Jackie genannt werden.« Das Scheidungsurteil war ihm an einem Tag, der nicht schlimmer hätte sein können, zugestellt worden, aber er hoffte, Jacqueline hatte die Post noch nicht bekommen.

Sein feines Getue reizte Sally zum Lachen, sie konnte sich gerade noch beherrschen.

»Sie kennen sie?«, fragte er.

Sally nickte. »Sie ist schon hier gewesen, ja.«

»Hier?« Henry machte ein ungläubiges Gesicht. »Ich kann mir nicht vorstellen, dass meine Frau eine Kneipe wie diese besuchen würde«, fügte er angewidert hinzu.

Sally schwoll der Kamm. »Ihr Männer denkt, ihr wüsstet alles, nicht?«, spottete sie. »Sie hat sich großartig amüsiert. Sie hat mit den Einheimischen Billard und Darts gespielt, barfuß getanzt und kräftig dem Wodka zugesprochen. Sie hat nicht wenige Männer unter den Tisch getrunken, kann ich Ihnen sagen!« Sie freute sich diebisch über den bestürzten Ausdruck auf Henrys Gesicht. Einfach köstlich. Hätte sie doch nur einen Fotoapparat zur Hand!

»Mir scheint, ich bin gerade noch rechtzeitig gekommen.« Henry leerte sein Glas und kramte in seiner Hosentasche nach Kleingeld.

»Trinken Sie doch noch eins«, meinte Sally, die plötzlich eine Idee hatte.

»Nein, danke.« Henry lief rot an, als er ein paar Münzen auf die Theke warf. Sally hatte das Gefühl, dass er sich kein zweites Glas leisten konnte.

»Das geht aufs Haus«, meinte sie und schenkte ihm nach.

»Oh. Das ist sehr nett von Ihnen.« Und es kam völlig unerwartet.

»Wir hier auf dem Land sind eben gastfreundlich«, erwiderte Sally und rang sich ein Lächeln ab. »Bitte entschuldigen Sie mich, ich bin gleich wieder da.« Sie ging nach hinten in ihre Wohnung und geradewegs zum Funkgerät.

Ben war in der Küche, als das Funkgerät sich einschaltete. Da Jacqueline draußen im Gemüsegarten arbeitete, ging er in ihr Zimmer und setzte sich vor das Gerät.

»Ben, hier ist Sally vom Hawker Hotel. Over.«

»Hallo, Sally. Kannst du ein bisschen lauter sprechen? Over.« Es rauschte und knisterte, dass er Mühe hatte, sie zu verstehen.

»Hör zu, Ben, in der Bar sitzt ein Typ, der behauptet, Jackies Ehemann zu sein. Er wird sich bald auf den Weg nach Wilpena machen. Ich dachte, das solltest du wissen. Over.«

Stille.

»Ben? Bist du noch da? Over.«

»Ja. Ja, ich bin noch da, Sally, entschuldige. Ich bin nur so überrascht. Ich hätte nie damit gerechnet, dass Jackies Mann hierherkommt. Das Letzte, was ich hörte, war, dass er sich irgendwo in Melbourne aufhält. Over.«

»Dann stimmt es also? Er ist tatsächlich ihr Mann? Over.«

»Streng genommen nicht mehr. Er hat die Scheidung eingereicht, und Jackie hat eingewilligt und die Papiere unterschrieben. Over.«

»Gut für sie. Der Typ ist ein eingebildeter Großkotz! Over.«

Ben grinste. »Danke für den Tipp, Sally. Ich werde Jackie Bescheid sagen. Over und Ende.«

Er blieb einen Moment sitzen und versuchte, die Nachricht zu verarbeiten. Nick kam wahrscheinlich erst in ein paar Stunden zurück. Er war bei den Bensons und half Ian, den Generator zu reparieren. Für Jacqueline hatte er in den letzten Tagen kaum Zeit gehabt, ständig war irgendetwas dazwischengekommen. Die Nachbarn wussten, dass er sich mit Generatoren auskannte, und der von den Bensons war der zweite innerhalb von drei Tagen, der ausgefallen war.

Die Jungen hatten als Belohnung für die harte Arbeit in letzter Zeit den Nachmittag über frei. Bobby, Sid und Jimmy waren schwimmen gegangen; der Fluss führte immer noch genug Wasser, und so hatten sie die seltene Gelegenheit nutzen wollen. Geoffrey besuchte einen ehemaligen Klassenkameraden, Derek Shultz, der auf einer Nachbarfarm wohnte.

Ben ging langsam in die Küche zurück. Als Jacqueline kurze Zeit später hereinkam, sah sie ihm sofort an, dass etwas nicht stimmte. Sie stellte den Korb mit frischem Gemüse auf die Anrichte. »Was ist? Ist was passiert? Ist was mit den Jungs?«

»Nein, nein, denen geht's gut. Aber du solltest dich besser setzen.«

Jacqueline schlug das Herz bis zum Hals. »Ist was mit Nick?« Die Angst schnürte ihr die Kehle zu.

»Nein.« Ben schüttelte den Kopf. »Ich habe gerade mit Sally vom Hawker Hotel gesprochen.«

»Und?« Jacqueline ließ sich auf einen Stuhl fallen. Warum machte es Ben nur so spannend? Sie legte eine Hand auf ihren Bauch. Ihr war ein bisschen übel, aber jetzt, wo sie den Grund dafür kannte, ertrug sie es mit freudiger Gelassenheit.

»In der Bar sitzt ein Mann, der behauptet, dein Ehemann zu sein.« Ben sah sie prüfend an.

Das Scheidungsurteil war rechtskräftig, Jacqueline waren die Dokumente zugestellt worden. »Ich habe keinen Ehemann mehr«, erwiderte sie verwirrt. »Außerdem ist Henry in Melbourne. Was sollte er im Hawker Hotel wollen?« Es musste sich um eine Verwechslung handeln.

»Keine Ahnung.«

»Selbst wenn es tatsächlich Henry wäre, was ich nicht glaube, würde er sich doch nicht als mein Ehemann ausgeben, nachdem er sich von mir hat scheiden lassen.«

»Er hat Sally nach dem Weg hierher gefragt.« Ben beobachtete, wie sich unterschiedliche Emotionen auf Jacquelines Gesicht spiegelten: Schock, Wut, Verwirrung, Kummer.

»Ist er … allein?«, fragte sie nach einer Pause.

»Ich denke schon. Sally hätte es bestimmt erwähnt, wenn er jemanden bei sich hätte.«

»Was kann er hier wollen?«, murmelte Jacqueline nachdenklich.

»Meiner Meinung nach gibt es nur eine Möglichkeit.«

Sie sah ihn an. »Und die wäre?«

»Er will dich zurückhaben.«

Jacqueline klappte die Kinnlade herunter. Dann lachte sie laut heraus. »Ich würde nicht zu Henry zurückkehren, und wenn er der letzte Mann auf der Welt wäre!«, sagte sie heftig.

»Bist du sicher?«

»Natürlich bin ich sicher!« Wie konnte Ben nur eine Sekunde lang etwas anderes annehmen? »Er hat mich einfach abgeschoben, weggeworfen, für eine andere, mit der er Kinder haben wollte.«

Sie war laut geworden vor Zorn und Verbitterung. Dann kam ihr plötzlich der Gedanke, dass Henry niemals eigene Kinder haben würde. Es schien doch so etwas wie ausgleichende Gerechtigkeit zu geben. Ein Lächeln huschte über ihr Gesicht.

Jacqueline fing Bens Blick auf. Er wusste offenbar nicht, wie er ihre Reaktion deuten sollte. »Kann ich dir ein Geheimnis verraten, Ben?«

Sie musste die gute Nachricht endlich mit jemandem teilen, sonst würde sie noch platzen. Die ganzen letzten Tage hatte sie Nick nicht einen Augenblick für sich allein gehabt, aber sie nahm sich fest vor, es ihm noch am selben Abend zu sagen.

»Ja, sicher«, erwiderte Ben verwundert.

»Ich bin schwanger!« Jacqueline strahlte.

Bens Verwirrung wuchs. »Ich verstehe nicht. Hast du nicht gesagt, dein Mann habe dich verlassen, weil du keine Kinder bekommen kannst?«

»Ja, aber anscheinend war nicht ich es, die unfruchtbar ist! Es kann auch am Mann liegen! Rachel hat mir das bestätigt, aber Henry in seiner Eitelkeit hat diese Möglichkeit natürlich nie in Betracht gezogen.«

»Ja … aber … wie … es tut mir leid, Jackie, aber ich komme da nicht ganz mit«, stammelte Ben ratlos.

Jacqueline holte tief Luft. »Ich erwarte ein Kind von Nick.« Da sie und Nick noch keine Gelegenheit gehabt hatten, Ben von ihrer Beziehung zu erzählen, war sie ein bisschen nervös, wie er wohl reagieren würde.

Ben fiel aus allen Wolken. »Du erwartest ein Kind von Nick«, wiederholte er benommen.

Jacqueline nickte. »Bitte, sei nicht böse. Ich bin so glücklich!«

»Du … und Nick?« Dass sich die beiden mochten, hatte er ja schon gemerkt, aber dass sich die Dinge so weit entwickelt hatten, war ihm neu.

Abermals nickte Jacqueline.

»Zu mir hat er kein Wort gesagt«, wunderte er sich.

»Er weiß es noch gar nicht. Ich habe die ganze Zeit auf den richtigen Moment gewartet, aber es hat einfach nicht hingehauen.«

»Ach so!« Ben strahlte, sprang auf, nahm Jacqueline in die Arme und küsste sie herzlich auf die Wange. »Meinen Glückwunsch! Das ist eine wunderbare Nachricht! Ich werde Onkel!«

»Und ich werde Mutter! Ich hätte nie gedacht, dass ich einmal diese Worte sagen könnte.«

Sie war überglücklich, Ben konnte es ihr ansehen, und er freute sich von ganzem Herzen für sie. Dann wurde er plötzlich ernst. »Und was machen wir jetzt mit diesem Henry? Sally hat ihn einen eingebildeten Großkotz genannt, er hat offenbar nicht den besten Eindruck hinterlassen. Und Sally ist ziemlich scharfsichtig, weißt du.«

»Einen eingebildeten Großkotz würde ich ihn nicht nennen.« Jacqueline war so glücklich, dass sie sich diese Nachsicht erlauben konnte. »Er hat mir sehr wehgetan, aber er hatte auch seine guten Seiten.« Nicht alles in ihrer zehnjährigen Ehe war schlecht gewesen.

»Soll ich ihn dir vom Hals halten, wenn er herkommt? Es wäre mir ein absolutes Vergnügen«, versicherte Ben.

»Nein, ich bin neugierig, was er will. Ich werde mit ihm reden.«

Ben nickte, obwohl er nicht begeistert war. »Soll ich hierbleiben?«

»Nein, Ben. Ich würde lieber mit ihm allein reden, wenn es dir nichts ausmacht.«

»Gut. Ich bin im Stall, falls du mich brauchst.«

Henry traf eine knappe Stunde später auf der Farm ein. Er hatte an jedem Tor gehalten, bis er endlich das Schild mit der Aufschrift WILPENA STATION entdeckte. Ungläubig war er die lange, staubige Auffahrt hinaufgefahren. Er war sicher, dass er falsch war.

Jacquelines erster Gedanke war gewesen, sich umzuziehen und in ihre New Yorker Sachen zu schlüpfen, doch ihr war schnell klar geworden, wie albern das gewesen wäre. Die Zeiten, in denen sie Henry hatte gefallen wollen, waren längst vorbei.

Als Henry aus dem Mietwagen stieg, schaute er sich sprachlos um und versuchte, sich seine Jacqueline in dieser ländlichen Abgeschiedenheit vorzustellen. Er ließ seine Blicke über die rote Erde, die Eukalyptusbäume, die schlichten Gebäude schweifen. Statt sanfter grüner Hügel sah er im Hintergrund nur kupferfarbene Felsen aus dem Boden ragen. Das steinere Haupthaus war ein schmuckloser Bau. Der Acker vor dem Haus erinnerte ihn kein bisschen an den kleinen farbenfrohen Garten, den sie in New York ihr Eigen genannt und den Jacqueline so geliebt hatte. Es war ein umgegrabenes Fleckchen Erde, das völlig kahl war und nicht sehr einladend aussah.

Jacqueline stand am Fenster und beobachtete Henry. Seine Miene erinnerte sie an ihre eigene bestürzte Reaktion bei ihrer Ankunft auf Wilpena. Eine Ewigkeit schien seitdem vergangen, und ihre Einstellung der Farm gegenüber war eine völlig andere geworden. Sie trat auf die Veranda hinaus und lehnte sich an einen Pfosten.

Als Henry Jacqueline erblickte, starrte er sie fassungslos an. Er erkannte sie kaum wieder. Sie trug ein weites, sackähnliches Kleid und flache Schuhe, hatte sich die Haare zurückgebunden und war ungeschminkt. Er hätte nie gedacht, dass sie ihr Äußeres so vernachlässigen könnte.

»Jacqueline?«, sagte er zaghaft.

Sie wusste, dass es ihre äußere Erscheinung war, die ihn so aus dem Gleichgewicht brachte. »Henry«, erwiderte sie kalt.

Er öffnete das Tor, das in den Angeln quietschte. Dieses Geräusch und die fremde Stimme weckten die Hunde, die auf der hinteren Veranda gedöst hatten. Blue und Rusty schossen um die Ecke und auf Henry zu, den sie wütend anbellten. Sie taten nur so grimmig, sie wedelten mit dem Schwanz vor freudiger Aufregung über den unbekannten Besucher. Doch das wusste Henry nicht. Er wich erschrocken zurück und hüpfte vor Angst vor ihren gefletschten Zähnen hin und her. Jacqueline genoss das Schauspiel einen Augenblick, bevor sie die Hunde zurückrief und hinters Haus schickte.

»Was willst du hier, Henry?«

Er holte ein paarmal tief Luft, bis er sich einigermaßen von dem Schrecken erholt hatte. Henry hatte nie etwas für Hunde übrig gehabt, Jacqueline seines Wissens auch nicht. Und dennoch gehorchten ihr die Hunde aufs Wort. Er ging langsam auf sie zu, wobei er sich ängstlich nach allen Seiten umschaute, ob er vielleicht wieder attackiert würde. Hühner gackerten, womöglich wurde er gleich von einem rabiaten Hahn angegriffen.

»Ich … äh … du … äh … siehst gut aus, Jacqueline.« Er bemühte sich zwar, diplomatisch zu sein, aber sein Gesichtsausdruck sprach Bände.

»Mir geht es auch sehr gut, danke, Henry. Aber ich nehme nicht an, dass du hergekommen bist, um mir das zu sagen«, erwiderte sie frostig.

Henry musterte Jacqueline befremdet. Er fragte sich, ob er die Schuld an ihrem schlampigen Äußeren trug. Hatte sie die Trennung von ihm nicht verkraftet und vernachlässigte sich deshalb? »Du … hast dich verändert.«

»Du dich auch«, bemerkte sie. »Du hast zugenommen. Bewegst du dich nicht mehr?« Nicht, dass es sie wirklich interessiert hätte.

»Nein.« Henry zog verlegen seinen Bauch ein. »Du scheinst nicht sehr überrascht über meinen Besuch.«

»Sally, die Wirtin vom Hawker Hotel, hat dich per Funk angemeldet.« Sie wusste, was Henry jetzt denken würde.

»Per Funk?«

»Es gibt kein Telefon hier draußen.«

»Kein Telefon? Was zum Teufel ist das hier?«

»Eine Schaffarm. Komm rein, Henry.« Jacqueline ging ihm voraus in die Küche. Henry blickte sich angewidert um. Die Küche kam ihm sehr primitiv vor.

»Du hast meine Frage noch nicht beantwortet.« Sie bedeutete ihm, sich zu setzen, und nahm ebenfalls am Küchentisch Platz. »Also? Was willst du hier?«

»Ich wollte dich sehen, mit dir reden.«

»Ich wüsste nicht, worüber wir zu reden hätten. Wir sind geschieden. Das Scheidungsurteil ist rechtskräftig, meine Abfindung habe ich bekommen. Es ist alles erledigt.« Jacqueline hatte sich überlegt, die Summe für einen wohltätigen Zweck zu spenden, sich dann jedoch entschieden, das Geld zu behalten und für schwere Zeiten zurückzulegen.

Henry war zwar ein wenig entmutigt, gab aber noch nicht auf. »Ich wollte, dass du die Wahrheit erfährst.«

»Die Wahrheit«, wiederholte Jacqueline verwirrt. »Wovon redest du, Henry?«

»Ich bin auf ein paar Hochstapler hereingefallen.«

Jacqueline blieb die Sprache weg.

»Die Darcys sind polizeibekannte Betrüger. Sie leben davon, dass sie wohlhabende Männer ausnehmen. Und sie leben offenbar sehr gut davon.«

Jacqueline verstand überhaupt nichts mehr. »Wer sind die Darcys?« Und was hatte das alles mit ihr zu tun?

»Verity und ihre Eltern, Ron und Maxine.«

Jetzt dämmerte es ihr. »Was für eine Ironie des Schicksals«, bemerkte sie.

Henry ging nicht darauf ein. »Ich habe einen Privatdetektiv beauftragt, ein paar Nachforschungen anzustellen, und er fand heraus, dass sie in mehreren Ländern von der Polizei gesucht werden. Sie suchen sich ihre Opfer auf Kreuzfahrtschiffen oder in mondänen Ferienorten. Meistens ist es ein reicher Mann, der nicht selten verheiratet ist.« Er lief rot an. »Verity verführt ihn, und die Darcys überreden ihn, in ein angeblich todsicheres lukratives Unternehmen zu investieren, das es überhaupt nicht gibt. Dabei verliert er oft genug sein ganzes Vermögen.« Henry verstummte, damit Jacqueline das, was er ihr erzählte, verarbeiten konnte. Er schämte sich, es offen zuzugeben, aber er war völlig pleite. Er besaß rein gar nichts mehr.

Verity war wenige Stunden nach dem Umzug ins Exchange Hotel verschwunden. Als Henry feststellte, dass sie all ihre Habseligkeiten mitgenommen hatte, war er zwar beunruhigt gewesen, sagte sich aber, sie wolle ihm vermutlich nur eine kleine Lektion erteilen, weil sie aus dem Ambassador hatte ausziehen müssen. Doch Verity tauchte nicht wieder auf.

Henry geriet in Panik. Er hatte weder die Anschrift noch die Telefonnummer ihrer Eltern, er hatte überhaupt nichts in der Hand. Als er sein Bankkonto überprüfen wollte, auf das die Darcys zum Schein auch ihr eigenes Geld eingezahlt hatten, wurde ihm mitgeteilt, es sei aufgelöst worden. Da kam ihm zum ersten Mal der Gedanke, dass er Betrügern auf den Leim gegangen war. Und doch konnte er es einfach nicht glauben. Henry konnte nicht glauben, dass Veritys Gefühle für ihn nicht echt gewesen waren, dass sie ihm nach allem, was er für sie getan hatte, so etwas antat. Er wandte sich an die Baugesellschaft. Dort hatte man noch nie von den Darcys gehört.

»Ich habe mir doch die Projekte angesehen, die Sie mit ihnen geplant haben«, schrie er hysterisch ins Telefon. Die Darcys hatten ihm Wohnanlagen gezeigt, ihm eine Mappe mit Informationen über abgeschlossene Projekte, Verkaufszahlen, geplante Sanierungen und Neuüberbauungen vorgelegt. Er hatte alles genauestens studiert.

»Viele potenzielle Investoren besichtigen unsere Anlagen, aber wir haben keine Kunden mit Namen Darcy oder Walters. Es tut mir sehr leid.«

»Hören Sie, das muss ein Irrtum sein!« Henry dachte an das viele Geld, das er investiert hatte. Ihm wurde so übel, dass er sich beinah übergeben hätte. »Ich will mit dem Geschäftsführer sprechen.«

Er bekam einen Termin und legte die Nummer des Treuhandkontos vor, auf das er sein Geld eingezahlt hatte. »Man sagte mir, Ihre Gesellschaft verwalte diesen Treuhandfonds.« Der Geschäftsführer schüttelte bedauernd den Kopf und teilte Henry mit, die Kontonummer sei ihm völlig unbekannt.

In seiner Verzweiflung hatte Henry Brent Masterson eingeschaltet. Dieser fand heraus, dass die Darcys unter anderem wegen Betrugs und Hochstapelei in Neuseeland, in England und in den Vereinigten Staaten gesucht wurden. Ron und Maxine hatten das Land bereits verlassen. An Bord derselben Maschine befand sich auch eine Verity McKell in Begleitung eines Jungen. Entweder war Verity verheiratet oder verheiratet gewesen, oder aber sie war nicht die Tochter der Darcys. Henry war nach allen Regeln der Kunst über den Tisch gezogen und ausgenommen worden wie eine Weihnachtsgans.

Dass er sein Vermögen verloren hatte, war schlimm genug, aber dass seine Eitelkeit ihn dazu verleitet hatte, den größten Fehler seines Lebens zu begehen und Jacqueline zu verlassen, war fast mehr, als er ertragen konnte. Er ließ sich drei Tage lang volllaufen, wurde festgenommen und verbrachte vierundzwanzig Stunden in der Ausnüchterungszelle. Tiefer konnte er nicht mehr sinken. Brent Masterson stellte die Kaution für ihn. Es überraschte ihn gar nicht, dass es so weit mit Henry gekommen war.

»Ich weiß nicht, was ich sagen soll.« Jacqueline machte eine fahrige Handbewegung, eine Geste der Hilflosigkeit. Sie wusste nicht, ob Henry ihr leidtat oder nicht.

»Ich erwarte kein Mitleid von dir, Jacqueline. Ich weiß, dass ich das nicht verdient habe.« Aber er spekulierte auf ihr weiches Herz.

»Warum erzählst du mir das alles, Henry? Ich bin nicht mehr deine Frau, das alles geht mich überhaupt nichts an.«

Ihre Kälte erstaunte ihn doch ein wenig. »Ich weiß, aber immerhin haben wir zehn Jahre unseres Lebens miteinander verbracht, deshalb dachte ich, es würde dich interessieren, was mir passiert ist.«

»Du dachtest, es würde mich interessieren?«, wiederholte Jacqueline zornig. »Du hast mir meinen Koffer und die Scheidungsunterlagen zugeschickt, ohne auch nur zu fragen, wie es mir geht. Was glaubst du denn, wie ich mich da gefühlt habe? Wo waren da die zehn Jahre, die wir miteinander verbracht haben?«

»Es tut mir leid.« Er setzte eine zerknirschte Miene auf. »Aber ich habe mich schon um dich gesorgt, deshalb habe ich ja einen Privatdetektiv engagiert.«

»Du wollest lediglich wissen, wo ich mich aufhalte, damit du dich scheiden lassen und deine Verity heiraten kannst«, versetzte Jacqueline eisig.

Henry besaß immerhin den Anstand, schuldbewusst dreinzublicken. »Ich weiß, ich hätte einen Brief beifügen und mich erkundigen sollen, wie es dir geht. Ich bin ein egoistischer Mistkerl gewesen. Die Quittung dafür habe ich jetzt ja bekommen. Aber glaub mir, ich habe schon lange vorher unser altes Leben vermisst. Ich wollte nur nicht zugeben, dass ich einen Fehler gemacht habe, nicht einmal vor mir selbst.«

Sie konnte sich gut vorstellen, wann er sein altes Leben vermisste: immer dann, wenn es nicht so lief, wie er sich das dachte. »Was erwartest du von mir, Henry? Dass ich dir verzeihe?«, fragte sie sachlich. Sie hätte ihm gern alles Gute gewünscht, aber nach allem, was er ihr angetan hatte, fiel ihr das unendlich schwer.

»Ja, ich denke schon«, murmelte er mit gesenktem Kopf. Eins nach dem anderen, sagte er sich.

»Ich bin dir nicht mehr böse, Henry. Du hättest mir keinen größeren Gefallen tun können.« Jacqueline dachte an das Kind, das in ihr heranwuchs.

Henrys Kopf fuhr hoch. »Das kann nicht dein Ernst sein! Sieh dich doch mal um! Wie kannst du hier glücklich sein?«

Jacqueline strahlte.

»Hast du den Verstand verloren, Jacqueline?«, fragte Henry entgeistert.

»Nein, ganz und gar nicht. Weißt du, es gab einmal eine Zeit, da habe ich das genauso wie du gesehen. Als ich hierherkam, konnte ich nicht kochen und weigerte mich zu putzen, aber jetzt kann ich das alles. Ich kümmere mich außerdem um den Gemüsegarten und füttere die Hühner und die Hunde.«

»Du solltest nicht die Arbeiten einer Hausangestellten verrichten, Jacqueline.« Henry dachte an das Geld, das sie von ihrem Vater bekommen würde. Damit könnte sie sich zehn Hausangestellte leisten.

»Das macht mir überhaupt nichts aus, ich tue das gern, auch wenn es viel Arbeit ist. Ben hat vier Söhne, weißt du, aber es ist schön, sie um mich herum zu haben.«

»Du wärst eine gute Mutter geworden, Jacqueline. Ein Jammer, dass du keine Kinder bekommen kannst«, bemerkte Henry eine Spur herablassend.

Diese Worte machten jedes Mitgefühl, das sie vielleicht mit ihm empfunden hätte, zunichte. »Ist dir nie der Gedanke gekommen, dass du derjenige sein könntest, der unfruchtbar ist?«, brauste sie auf. Sie hatte das Thema eigentlich nicht auf den Tisch bringen wollen, aber seine Arroganz machte sie rasend. Wie hatte sie nur so blind sein können?

»Ich?« Er starrte sie an, als zweifelte er an ihrem Verstand.

»Die Ärzte, die *mich* untersucht haben, konnten nichts feststellen. Du hast dich nie untersuchen lassen. Wieso eigentlich nicht? Wieso hast du immer mir die Schuld gegeben?«

Henry machte ein beleidigtes Gesicht. »Die Ärzte wissen auch nicht alles«, gab er patzig zurück, als wüsste er es besser. »Ärzte können sich irren.«

Jacqueline ballte wütend die Fäuste. »In meinem Fall nicht. Du wirst derjenige sein, der keine Kinder haben wird, Henry.«

Er sprang auf. »Wie kannst du so etwas behaupten? Hätte es Verity nicht auf mein Geld abgesehen, hätte ich sehr wohl eine Familie mit ihr gegründet.«

Jacqueline schüttelte den Kopf.

»Wie kannst du dir so verdammt sicher sein?« Jetzt war es Henry, der ärgerlich wurde.

»Weil ich schwanger bin«, antwortete Jacqueline und stand ebenfalls auf. Sie liebte es, diese Worte laut auszusprechen.

Henry wurde blass und starrte sie ungläubig an. »Heißt das, dass wir …?«

Wieder schüttelte sie den Kopf. »Nicht ›wir‹, Henry. Ich bin mit einem anderen Mann zusammen und erwarte ein Kind von ihm.«

Henry stand da wie vom Donner gerührt, während sein Verstand zu erfassen versuchte, was sie gerade gesagt hatte. Er nahm ihre innere Stärke zur Kenntnis. Sie war nicht zusammengebrochen, wie er insgeheim gehofft hatte. Sie war nicht in seine Arme gesunken und hatte geschluchzt, wie sehr ihr altes Leben ihr fehle. Nein, sie wirkte ruhig und gefasst. Zum ersten Mal fiel ihm auf, dass sie auch ohne teure Kleider oder Make-up richtig gut aussah.

Er konnte es nicht fassen. In seiner Welt war kein Stein auf dem anderen geblieben, aber Jacqueline war glücklich in ihrer Welt, auch wenn es eine andere war als die, die sie gekannt hatte. Seine Hoffnungen, alles könnte wieder so wie früher werden, zerstoben schlagartig. Er schlug die Hände vors Gesicht und fing zu weinen an.

Jacqueline war verblüfft. Das hatte sie nicht erwartet. So kannte sie Henry überhaupt nicht. Instinktiv legte sie ihre Arme um ihn, tröstend, wie eine gute Freundin.

Sie sah Nick nicht kommen, aber er sah, wie sie den anderen Mann umarmte.

Nick war mit Ian Benson in die Stadt gefahren, um ein Ersatzteil für seine Brunnenpumpe zu besorgen. Auf dem Heimweg waren sie auf ein schnelles Bier bei Sally eingekehrt. Sie hatte von dem Mann erzählt, der behauptete, Jacquelines Ehemann zu sein, und der sich nach dem Weg zur Farm erkundigt hatte.

Nick war beunruhigt. »Ich muss sofort nach Hause.«

Unterwegs gab er Ian Benson eine Kurzfassung der Ereignisse. »Brauchst du Hilfe?«, fragte Ian spontan.

»Nicht nötig, das schaffe ich schon. Lass mich oben an der Zufahrt raus.« Er wollte das Überraschungsmoment auf seiner Seite haben, aber nun war er es, der überrascht worden war.

Ihm war nie der Gedanke gekommen, Jacqueline könnte zu ihrem Mann zurückkehren. Daher haute es ihn schier um, als er die beiden eng umschlungen in der Küche stehen sah. Er hatte mit allem gerechnet, nur nicht damit.

Ein Bild aus der Vergangenheit blitzte vor seinem inneren Auge auf. Er sah die Frau, die er damals in Broome geliebt hatte, in den Armen seines besten Freundes.

Jacqueline hörte das Aufheulen eines Motors, Reifen, die auf dem Kies knirschten. Als sie durch die geöffnete Haustür blickte, sah sie Nick im Geländewagen davonpreschen. Sie wusste sofort, dass Nick das Schlimmste annahm.

»Geh jetzt, Henry«, sagte sie panisch. Wo war Ben? Sie musste Ben finden. Er würde wissen, wo Nick hingefahren war.

»Was? Aber wieso denn?«, stammelte er. »Was ist denn?«

»Gar nichts«, lautete die knappe Antwort.

»Aber …«

»Ich wünsche dir alles Gute für die Zukunft, aber geh jetzt. Ich habe etwas Wichtiges zu erledigen.« Sie schob ihn Richtung Tür.

Aber Henry musste erst noch ein weiteres Geständnis ablegen.

Eine halbe Stunde später kletterten Jacqueline und Ben in den Morris und fuhren in die Stadt.

»Bist du sicher, dass Nick in der Bar ist?«, fragte Jacqueline zum dritten Mal.

»Ziemlich sicher.« Ben trat das Gaspedal durch, so weit es ging.

Unterwegs erzählte Jacqueline ihm, was Henry zugestoßen war. Dass er sie auch noch um Geld gebeten hatte, verschwieg sie ihm allerdings. Vielleicht hatte er gehofft, sie werde ihm ihre Abfindung anbieten. Doch sie hatte andere Pläne mit dem Geld. Sie wollte Nick ein neues Flugzeug kaufen und den Bensons ein bisschen unter die Arme greifen, damit sie sich Vieh kaufen und sich die Bank vom Halse halten konnten, bis wieder bessere Zeiten kamen. Wenn Henry so dumm war, sein ganzes Vermögen zu verlieren, hatte er eben Pech gehabt.

Jacqueline gab ihm so viel, dass er nach Melbourne zurückfahren konnte. Er solle doch seinen Bruder um einen Job bitten, schlug sie vor. Seinen Gesichtsausdruck würde sie niemals vergessen. Henry war verdammt tief gesunken. Das Leben hatte ihm eine bittere Lektion erteilt, aber vielleicht half ihm das, ein besserer Mensch zu werden.

»Ich weiß, was es heißt, plötzlich mit nichts in Händen dazustehen«, hatte sie ohne jede Bosheit zu ihm gesagt. »Das ist hart, aber es formt den Charakter.«

»Gut gemacht, Jackie«, sagte Ben anerkennend. Er war ja so froh, dass Henry genau das bekommen hatte, was er verdiente.

»Ich weiß genau, was Nick denkt.« Jacqueline rang nervös die Hände. Sie war halb krank vor Sorge. »Er wird denken, dass sich die Geschichte wiederholt.«

»Wir finden ihn, und dann kannst du ihm alles erklären«, beruhigte Ben sie. »Hör auf, dir Sorgen zu machen. Das ist nicht gut für das Baby.« Er war sehr fürsorglich geworden, seit er von ihrer Schwangerschaft wusste. Und er war fest entschlossen, Nick den Kopf zurechtzurücken, wenn es sein musste.

Jacqueline seufzte erleichtert auf, als sie den Ute vor dem Hotel stehen sah. Ihr Magen schlug Purzelbäume. Wäre sie nicht schwanger gewesen, hätte sie ein großes Glas Wodka heruntergestürzt, bevor sie Nick gegenübertrat.

Als Ben aussteigen wollte, hielt sie ihn zurück. »Gib mir zehn Minuten«, bat sie. »In der Zeit sollte ich ihm eigentlich alles erklärt haben.«

»Gut. Aber was auch passieren mag, versprich mir, dass du ganz ruhig bleibst.«

Jacqueline verdrehte die Augen. »Soll das jetzt noch gut sieben Monate lang so weitergehen?«

Ben dachte kurz nach. »Ich fürchte, ja.«

Sie lächelte und drückte seine Hand. »Irgendwie finde ich es nett von dir, dass du dich so um mich sorgst.«

Nick saß an der Theke. Außer ihm waren nur zwei weitere Gäste, zwei alte Männer aus der Stadt, in der Bar. Rick stand hinter dem Schanktisch. Nick leerte sein Glas und bestellte gerade noch ein Bier, als Jacqueline hereinkam.

Sie tippte ihm auf die Schulter. Als er sich umdrehte und sie sah, wich alle Farbe aus seinem Gesicht. Er war sicher, dass sie gekommen war, um ihm zu sagen, sie reise mit ihrem Mann ab. Das würde er nicht verkraften. Er drehte sich wieder der Theke zu.

»Kann ich dich unter vier Augen sprechen, Nick?«

»Wozu? Hab ein schönes Leben, Jackie«, knurrte er, ohne sie anzusehen.

Rick guckte ihn verblüfft an. Er kann froh sein, dass Sally nicht da ist, dachte er. Sie hätte ihm mit Sicherheit eins übergebraten für seine Grobheit.

Nick trank sein Glas halb aus und wischte sich mit dem Handrücken den Schaum vom Mund. Er konnte sich nur mit Mühe beherrschen, Jacqueline sah es ihm an.

»Nick, ich will, dass du mir zuhörst«, sagte sie streng.

Er drehte sich ganz zu ihr herum und sah sie an. »Dein Mann war da, ich hab euch gesehen.«

»Exmann«, verbesserte sie. »Wir sind geschieden.«

»Er will dich zurückhaben, oder?«

»Ja«, gestand sie. Henry hatte sie um eine zweite Chance angefleht, doch ihm war schnell klar geworden, dass er bestenfalls ein paar Pfund bekommen würde.

Nick war niedergeschmettert. »Ich hab keine Lust, mir anzuhören, dass du es dir schuldig bist, deiner Ehe noch eine Chance zu geben.«

»Gut, das wollte ich nämlich auch nicht sagen.«

»Dann hättest du es mir eben ein bisschen anders gesagt. Aber wie auch immer, es ist mir völlig egal, und ich will es nicht hören. Und jetzt entschuldige mich bitte, ich muss mich nämlich volllaufen lassen.«

Die Hände in die Seiten gestemmt, starrte Jacqueline grimmig sein Profil an. »Na schön, wie du willst. Aber ich finde das reichlich verantwortungslos von einem werdenden Vater.«

Rick schaute verdutzt auf, und auch die anderen beiden Gäste wandten sich Jacqueline und Nick zu.

Nick drehte sich ganz langsam zu ihr um.

»Na endlich hörst du mir zu!«

»Hast du gerade ›werdender Vater‹ gesagt?«, flüsterte er kaum hörbar. Hatte sie den Aborigines nicht erzählt, ihr Mann habe sich von ihr getrennt, weil sie keine Kinder bekommen könne?

»Ja, du hast richtig gehört. Wir bekommen ein Kind! Ich bin wahnsinnig glücklich, und ich hoffe, du freust dich auch, sobald du deinen Schock überwunden hast.«

Nick stand langsam auf. »Wir bekommen ein Kind«, wiederholte er ganz benommen. »Wir beide? Du und ich?«

»Ja!«, jauchzte sie. »Rachel hat mir vor ihrer Abreise bestätigt, dass der Schwangerschaftstest positiv ist!«

»Gratuliere, Nick!« Rick beugte sich über die Theke und klopfte ihm auf die Schulter.

Sally kam in die Bar. »Was ist denn los?«

Rick strahlte. »Nick und Jacqueline bekommen ein Baby!«

»Was?« Sally lachte fröhlich. »Darauf müssen wir anstoßen! Ich geb einen aus!«

Nick führte Jacqueline an der Hand ein paar Schritte weg von der Theke. »Und du freust dich wirklich darüber?«, fragte er.

»Du kannst dir gar nicht vorstellen, wie ich mich darüber freue! Ich hätte nie gedacht, dass ich jemals Mutter sein würde. Aber das ist eine andere Geschichte, ich werde sie dir später erzählen. Und du? Freust du dich denn? Sag mir bitte die Wahrheit.«

»Liebst du mich so sehr, wie ich dich liebe?«, fragte er, statt ihr eine Antwort auf ihre Frage zu geben.

Jacquelines Augen leuchteten auf. »Mehr«, antwortete sie.

»Das bezweifle ich.« Nick nahm sie in seine Arme und küsste sie leidenschaftlich.

Ben sah durch das Fenster in den Schankraum. Er lächelte zufrieden, als er das eng umschlungene Paar erblickte. Jetzt konnte er endlich entspannen. Er würde sich erst einmal ein ordentliches Bier genehmigen.

In diesem Moment fuhr das Postauto vor. Es bremste so abrupt, dass die Reifen quietschten und eine ordentliche Staubwolke aufgewirbelt wurde. Ben wartete, weil er dem Postboten den Weg ins Lokal abnehmen wollte, doch der Wagen fuhr weiter.

»Was zum Teufel …« Sich verdutzt am Hinterkopf kratzend, guckte er dem Auto nach, das die Straße hinunterfuhr, ohne noch einmal anzuhalten. Langsam legte sich der Staub wieder.

Und dort, wo gerade eben das Postauto gehalten hatte, stand Vera.

Ben klappte die Kinnlade herunter. Spielte ihm sein Verstand einen Streich? Sah er jetzt schon Gespenster? »Vera«, murmelte er ungläubig.

»Hallo, Ben.« Sie hatte ihn vor dem Lokal stehen sehen und den Postboten, der sie freundlicherweise von Port Augusta mitgenommen hatte, gebeten zu halten.

»Was machst du denn hier?«, stammelte Ben. Er war so verdutzt, dass ihm das Denken schwerfiel.

Vera, ihren Koffer in der Hand, ging langsam auf ihn zu. Ob er sich überhaupt freute, sie zu sehen? Plötzlich war sie unsicher. »Ich habe tagelang mit mir gekämpft, aber ich konnte einfach nicht in den Zug nach Adelaide steigen. Ich konnte einfach nicht.« Sie sah ihn prüfend an. »Gilt dein Angebot noch?«

»Welches Angebot?«, fragte Ben, der seinen Augen immer noch nicht ganz traute.

»Dass ich zurückkommen darf.«

Ben schluckte und räusperte sich. »Jederzeit«, erwiderte er mit belegter Stimme. »Aber was hat dich bewogen, deine Meinung zu ändern?«

Vera stellte ihren Koffer ab. »Ich dachte schon einmal, ich sei verliebt, aber ich weiß jetzt, dass das ein Irrtum war. Du hast mir gefehlt, es war eine Qual, von dir getrennt zu sein.«

Ben wusste genau, wovon sie sprach. Seine Augen wurden feucht.

»Hierherzukommen war die richtige Entscheidung. Bei der Trauung mit Mike sagte ich, ich hätte meinen Platz im Leben gefunden. Und so ist es auch. Ich stand nur neben dem falschen Mann. Ich habe viel nachgedacht in den letzten Tagen, Ben. Ich weiß jetzt, dass du der Richtige für mich bist. Ich will den Rest meines Lebens mit dir verbringen. Falls du mich noch haben willst.«

Ben konnte sein Glück kaum fassen. Er war mit der wundervollsten Frau der Welt verheiratet gewesen, er hätte sich nicht träumen lassen, dass ihm so viel Glück ein zweites Mal beschieden wäre. »Gib mir eine kleine Bedenkzeit, okay?«

Vera sah ihn einen Sekundenbruchteil lang bestürzt an, ehe ihr klar wurde, dass er sie nur auf den Arm nehmen wollte. Schon grinste Ben, riss sie an sich und küsste sie stürmisch.

»Ich liebe dich, Vera. Mit dir an meiner Seite werde ich der glücklichste Mann auf der Welt sein.« Er küsste sie abermals. »Und jetzt komm, lass uns hineingehen, das muss gefeiert werden. Zwei anstehende Hochzeiten und ein Baby! Wenn das kein Grund zum Anstoßen ist!«

»Was?« Vera guckte Ben erstaunt an. »Wer ist denn schwanger?«

Ben lachte nur und schob sie in das Lokal. Als Vera Jacqueline und Nick Arm in Arm erblickte, strahlte sie.

»Vera!« Jacqueline eilte der Freundin entgegen und umarmte sie. »Wie schön, dass du wieder da bist.« Sie freute sich riesig, vor allem für Ben.

»Was ist denn los, sag mal?«, wunderte sich Vera. »Ich war doch bloß ein paar Tage weg.«

»Tja, bei uns auf dem Land wird es eben nie langweilig, da ist immer was geboten«, bemerkte Sally. »Also, was darf's denn sein?«

EPILOG

Frühjahr 1966

»Komm, wir schauen mal, was Daddy macht, Leo.«

Jacqueline nahm ihren kleinen Sohn an die Hand, und sie gingen aus dem Haus und den Gartenweg hinunter zum Tor. Da der Kleine nur winzige Trippelschritte machte, hatte Jacqueline genug Zeit, den grünen Rasen und das leuchtende Rot der Bougainvillea zu bewundern, die wieder ausgetrieben hatte und den hölzernen Bogen, an dem sie sich emporrankte, völlig überwucherte. Die Knollen und Blumenzwiebeln, die sie und Vera in den Rabatten rings um den Rasen gepflanzt hatten, waren alle angegangen. Bald würden Narzissen, Osterglocken, Tulpen, Schwertlilien und Hyazinthen ihre Farbenpracht entfalten. Auch die Sträucher waren angewachsen. Ben und Nick hatten einen höheren Zaun zum Schutz gegen die Kängurus rings um den Garten gezogen. Da in den letzten sechs Monaten kaum Regen gefallen war, betrachteten die Tiere den künstlich bewässerten Rasen und die Gewächse als willkommene Mahlzeit.

Mit seinen vierzehn Monaten war Leo noch unsicher auf seinen kurzen Beinchen, aber er liebte die Spaziergänge zu seinem Daddy, der ihn manchmal vor sich im Sattel auf Dixie reiten ließ. Als sie an dem Schuppen vorbeigingen, in dem der Generator stand, konnte Jacqueline schon lautes, energisches Hämmern hören. Sie lächelte. Ein kleines Stückchen weiter entstand ihr neues Haus.

Der Rohbau samt dem Dach war schon seit Wochen fertig; jetzt war Nick mit dem Innenausbau beschäftigt. Jacqueline hatte vorgeschlagen, Bauarbeiter einzustellen, damit das Ganze schneller ging. Mit dem Geld von ihrem Vater hätten sie sich das leisten können. Aber Nick hatte darauf bestanden, alles selbst zu machen, weil er wollte, dass ihr Haus mit Liebe gebaut wurde. Jacqueline fand das rührend, sie liebte Nick dafür umso mehr. Andererseits konnte sie es kaum erwarten, ihren Vater wiederzusehen, damit er endlich seinen Enkel und seinen neuen Schwiegersohn kennen lernen würde. Er werde sie erst besuchen, wenn das Haus fertig sei, hatte Lionel ihr mitgeteilt.

Nick besaß viele Talente. Er konnte nicht nur Maschinen und Geräte reparieren, sondern auch fast jeden Flugzeugtyp fliegen, einschließlich des neuen Flugzeugs, das sie ihm wenige Monate zuvor zum ersten Hochzeitstag geschenkt hatte. Er war außerdem ein hervorragender Zimmermann, Maurer und Klempner, und was er nicht konnte, brachte er sich selbst bei. Nick war stolz auf seine handwerklichen und sonstigen Fähigkeiten. Gingen seine Neffen ihm beim Hausbau zur Hand, lehrte er sie geduldig, was sie noch nicht beherrschten. Insbesondere Sid machte das Werkeln viel Freude.

Er und Jimmy waren mit den Adnyamathanha auf *walkabout* gegangen, auf die rituelle Wanderung der Aborigines, damit sie Einblick in die Sitten und Bräuche der Ureinwohner bekamen und ihre Wurzeln kennen lernten. Für Ben war das eine schwere Zeit gewesen. Als seine Söhne nach zwei Monaten zurückkehrten, war er überglücklich. Er hatte sie schrecklich vermisst, und auch die Jungen hatten Heimweh nach der Farm und ihren Brüdern gehabt. Dennoch waren sie froh über die Erfahrungen, die sie gesammelt hatten, und sagten übereinstimmend, es sei gut, zwei völlig unterschiedliche Kulturen zu kennen.

»Hallo!«, rief Jacqueline.

Nick, der die Türrahmen im Inneren des Hauses einsetzte, legte seinen Hammer aus der Hand. Er strahlte, wie jedes Mal beim Anblick seiner Frau und seines kleinen Sohnes.

»Hallo, ihr zwei!« Er kam heraus, küsste erst Jacqueline auf die Wange und dann Leo, den er auf den Arm nahm.

»Kommst du voran?«, erkundigte sich Jacqueline.

Sie lächelte, als Leo seine Ärmchen um den Hals seines Vaters legte und fröhlich glucksend lachte, als Nick ihn kitzelte. Jacqueline war ganz aufgeregt. Sie hatte schon so viele Ideen für die Innenausstattung ihres neuen Heims. Sie hätten sich natürlich auch anderswo ein Haus oder ein Stück Land kaufen können, aber beide hatten auf Wilpena bleiben wollen. Ben, Vera und die Jungen waren überglücklich über diese Entscheidung.

»So langsam wird es«, antwortete Nick, der rundherum zufrieden und glücklich war – zum allerersten Mal in seinem Leben. Der Stolz, der in seiner Stimme mitschwang, war unüberhörbar. Selbst ein Blinder musste sehen, wie liebevoll jedes Detail im Haus gearbeitet war. »Morgen werden die Türen geliefert, deshalb will ich mit den Rahmen fertig werden.«

Jacqueline hatte die Türklinken bereits ausgesucht, sie waren noch in Kartons verpackt. »Kommt morgen nicht auch der Elektriker?«

Die Elektroinstallationen waren das Einzige, für das sie einen Fachmann kommen ließen, und zwar Ian Bensons Bruder Terry, der in Port Augusta lebte. Die Bensons waren so dankbar für Jacquelines Hilfe, dass sie darauf bestanden, dass Terry ihnen einen ganz speziellen Sonderpreis machte. Sie hatten die Krise überwunden und gingen wieder besseren Zeiten entgegen. Sogar Teddy und Des hatten sie wieder eingestellt, was Jacqueline besonders freute. Sie fand, sie hätte ihre Abfindung nicht besser anlegen können.

Von Henry hatte sie nichts mehr gehört, was sie aber nicht im Mindesten störte. Ihr Vater hatte ihn offenbar bei seinem Bruder aufgestöbert und ihm telefonisch gehörig die Meinung gesagt. Henry bedauere angeblich sehr, dass alles so gekommen sei, hatte Lionel berichtet, aber er glaube, dass er vor allem sich selbst bedauere, weil er alles verloren habe.

»Ja, Terry will schon in aller Herrgottsfrühe kommen«, sagte Nick. »Ich hab übrigens gute Nachrichten. Das Elektrizitätswerk will Leitungen unten an der Straße verlegen, dann kriegen wir einen Anschluss und brauchen den Generator nur noch in Notfällen.«

»Oh, das ist wunderbar!«

»Und Telefonleitungen sollen auch bald folgen«, fügte Nick hinzu. Er wusste, dass Jacqueline sich darüber ganz besonders freuen würde.

Sie riss die Augen auf. »Dann kann Dad mich in Zukunft anrufen!«

»Genau. Hast du gehört, Leo? Du kannst am Telefon mit deinem Großvater plaudern.« Leo gab ein vergnügtes Gurgeln von sich.

»Das Essen ist in einer Stunde fertig«, sagte Jacqueline. Im gleichen Moment zupfte jemand an ihrem Rock. Sie senkte den Blick und lächelte. »Hallo, Yuri!«

»Hallo«, erwiderte der Junge schüchtern, aber mit einem Lächeln.

»Wo ist denn deine Mama?«

Yuri drehte sich um und zeigte mit dem Finger auf Dot, die nur wenige Meter hinter ihnen stand.

»Hallo, Missus.« Dot hielt Jacqueline den Korb hin, den sie trug. »Ich hab ein paar Yamswurzeln.«

»Oh, das ist lieb von dir, danke, Dot. Auf dem Tisch hinterm Haus steht ein Korb Gemüse für dich.«

»Danke, Missus. Dein kleiner Sohn wird mit jedem Tag größer!«

Jacqueline lächelte. »O ja, man kann ihm fast beim Wachsen zusehen. Ich habe auch ein Glas Zitronencreme in den Korb gestellt. Vera hat sie vor ein paar Tagen gemacht.« Mit Zitronen vom eigenen Baum. »Die kann man wie Marmelade essen – auf Fladenbrot gestrichen, wird Yuri sie bestimmt mögen.«

Plötzlich kam Geoffrey schreiend und gestikulierend aus dem Haus auf sie zugerannt.

»Das Krankenhaus in Hawker hat uns gerade angefunkt«, keuchte er.

Jacqueline schnappte erschrocken nach Luft.

»Vera ist eingeliefert worden! Dad will, dass wir so schnell wie möglich hinkommen!«

Jacqueline sah Nick bestürzt an. »O nein!« Sie hatte gleich geahnt, dass so viel Glück vom Schicksal bestraft würde. »Hoffentlich ist es nichts Ernstes.« Sie hatten tags zuvor am Wilpena Pound gepicknickt, da war es Vera noch sehr gut gegangen.

»Ich hol den Wagen«, sagte Nick. Er reichte Jacqueline seinen Sohn und eilte im Laufschritt davon. Sie hatten sich nach Leos Geburt einen Jeep gekauft, weil der größer war und eine Rückbank hatte.

Jacqueline, das Kind auf den Armen, rannte ins Haus, wo sie in aller Eile ein paar Sachen für Leo in eine Tasche warf. Als sie wieder herauskam, stand Nick mit dem Jeep schon da. Die Jungs saßen alle vier im Fond. Sie kletterte hinein, und er gab Gas.

Als sie im Memorial Hospital in Hawker eintrafen, waren Tess und Tim bereits da. Das beunruhigte Jacqueline noch viel mehr. Ben hätte nicht alle zusammengetrommelt, wenn Vera nicht ernsthaft erkrankt wäre.

»Wisst ihr Näheres?«, fragte sie Tess als Erstes.

»Nein, nicht das Geringste.«

Sie und Tim waren bei dem Picknick dabei gewesen, sie wusste, dass es Vera da noch gut gegangen war. Es war ein wunderschöner, windstiller Tag gewesen, den sie alle genossen hatten. Sie hatten eine Decke unter einem Baum ausgebreitet, hatten sich die leckeren Sachen schmecken lassen, die sie von zu Hause mitgebracht hatten, und die Männer hatten ein paar Bierchen getrunken. Leo war ganz fasziniert gewesen von den Wallabys und den vielen Vögeln.

»Wie ist es ihr denn heute Morgen gegangen?«

»Gut«, antwortete Jacqueline. »Sie hat gut geschlafen und war guter Dinge. Ben musste in die Stadt, Vorräte besorgen, und da ist sie mitgefahren. Sie wollten im Hawker Hotel etwas essen.« Sie legte den Arm um Tess' Schulter. »Alles in Ordnung, Tess?«, fügte sie dann besorgt hinzu. »Du bist ganz schön blass.«

»Ich mach mir nur Sorgen um Vera. Aber ich glaube, ich muss mich setzen.«

Tim zog einen Stuhl für seine Frau heran, die im sechsten Monat schwanger war.

Eine Tür flog auf, und Ben, weiß wie eine Wand, stürzte heraus.

Jacqueline eilte auf ihn zu. »Was ist? Wo ist Vera? Geht es ihr gut?«

»Sie …« Ben brachte kein Wort mehr hervor. Jacqueline ging an ihm vorbei in das Zimmer, in dem Vera lag. Tess, Tim und Nick folgten ihr.

»Vera«, sagte Jacqueline leise. Ihre Freundin sah völlig erschöpft aus. Das Haar klebte ihr schweißnass an den Schläfen. »Wie geht es dir?«

Vera streifte sie mit einem kurzen Blick und sah dann Ben an, der neben ihr Bett trat und sich setzte.

»Es war verdammt schwer«, sagte er. »Die Ärzte dachten, sie werde es nicht schaffen.«

Jacqueline betrachtete Veras Körper, der sich schmal unter der Decke abzeichnete. Irgendetwas war schiefgegangen, war ganz furchtbar schiefgegangen. Sie konnte es Vera ansehen.

»Du hättest mich wenigstens warnen können«, flüsterte Vera Jacqueline zu.

Diese wusste, was sie meinte. Tröstend drückte sie ihr den Arm.

»Aber es geht dir doch wieder gut, oder?«, fragte Tess ängstlich.

Vera nickte. Sie wandte sich Ben zu und verzog die Lippen zu einem schwachen, zittrigen Lächeln.

Ben erhob sich und sah alle nacheinander feierlich an. »Ihr könnt uns gratulieren. Wir sind die stolzen Eltern einer Tochter!« Er strahlte übers ganze Gesicht.

»Was?«, entfuhr es Jacqueline. »Aber es ist doch noch viel zu früh!«

»Dem Baby geht es gut. Ich glaube, die Fahrt über die holprigen Straßen in die Stadt hat die Wehen ausgelöst. Ich habe eine kleine Tochter! Könnt ihr euch das vorstellen?« Er sah seine vier Söhne an, die am Fußende des Bettes standen. »Ihr habt eine kleine Schwester bekommen!«

Nach einer Schrecksekunde brachen die Jungen in lauten Jubel aus und hüpften vor Begeisterung durch das Zimmer.

»He, das ist ein Krankenhaus hier!« Rachel kam herein, sie trug noch ihren Chirurgenkittel. »Benehmt euch gefälligst!«, fügte sie streng hinzu, musste aber grinsen.

»O Ben, das ist wunderbar!« Jacqueline kamen die Tränen. »Du hast uns einen ganz schönen Schrecken eingejagt, weißt du das? Wir haben schon das Schlimmste befürchtet.«

»Tut mir leid, ich war nur so … ich weiß auch nicht. Ich war völlig durcheinander. Ich wusste nicht mehr, was ich tat.«

»Na schön, dieses eine Mal verzeihen wir dir.«

Jacqueline wusste, wie sehr sich Vera ein Kind gewünscht hatte, und als Leo auf die Welt gekommen war, hatte sich dieser Wunsch noch verstärkt. Es half nicht, dass sie seine Patentante geworden war. Weil sie monatelang nicht schwanger wurde, hatte sie Angst gehabt, sie sei schon zu alt. Umso glücklicher war sie, als es eines Tages dann doch klappte.

»Wann können wir das Baby sehen?«

»Da ist es schon«, sagte eine Krankenschwester, die in diesem Moment das Zimmer betrat. Sie legte das kleine Bündel in ihren Armen behutsam an Veras Brust.

»Seht nur, wie wunderschön sie ist!«, schwärmte Jacqueline. Tess trat näher, und die beiden Frauen betrachteten das vollkommene kleine Gesichtchen schweigend.

»Ich glaube, sie kommt nach mir«, bemerkte Ben.

»Aber nur wenn sie Pech hat«, zog Nick ihn auf. »Wenn sie Glück hat, kommt sie nach ihrem Onkel.«

Ben warf seinem Bruder einen finsteren Blick zu.

Nick grinste und schlug ihm gutmütig auf die Schulter.

»Du wirst die Nächste sein, Tess«, sagte Jacqueline lächelnd.

Tess legte die Hand auf ihren Bauch und spürte, wie das Baby sie trat. »Ja.« Ihre Augen füllten sich mit Tränen. »Es war ein weiter Weg, aber er hat sich gelohnt. Wir haben unser Glück gefunden, nicht wahr?« Sie sah Tim an. Vera und Jacqueline wandten sich den Männern zu, die sie liebten.

Nick, der Leo auf dem Arm hielt, zwinkerte Jacqueline zu, und ihr Herz hüpfte vor Freude. Eine Sekunde lang dachte sie an jenen Tag auf dem Schiff zurück, als Henry ihr sagte, er wolle die Scheidung. Sie hatte nicht ahnen können, dass ihr nichts Besseres hätte passieren können. Und doch war es so.

Sie hatte ein erfülltes Leben gefunden, ein Leben voller Freude und Glück in einem weiten Land unter einer leuchtenden Sonne.

ENDE

N

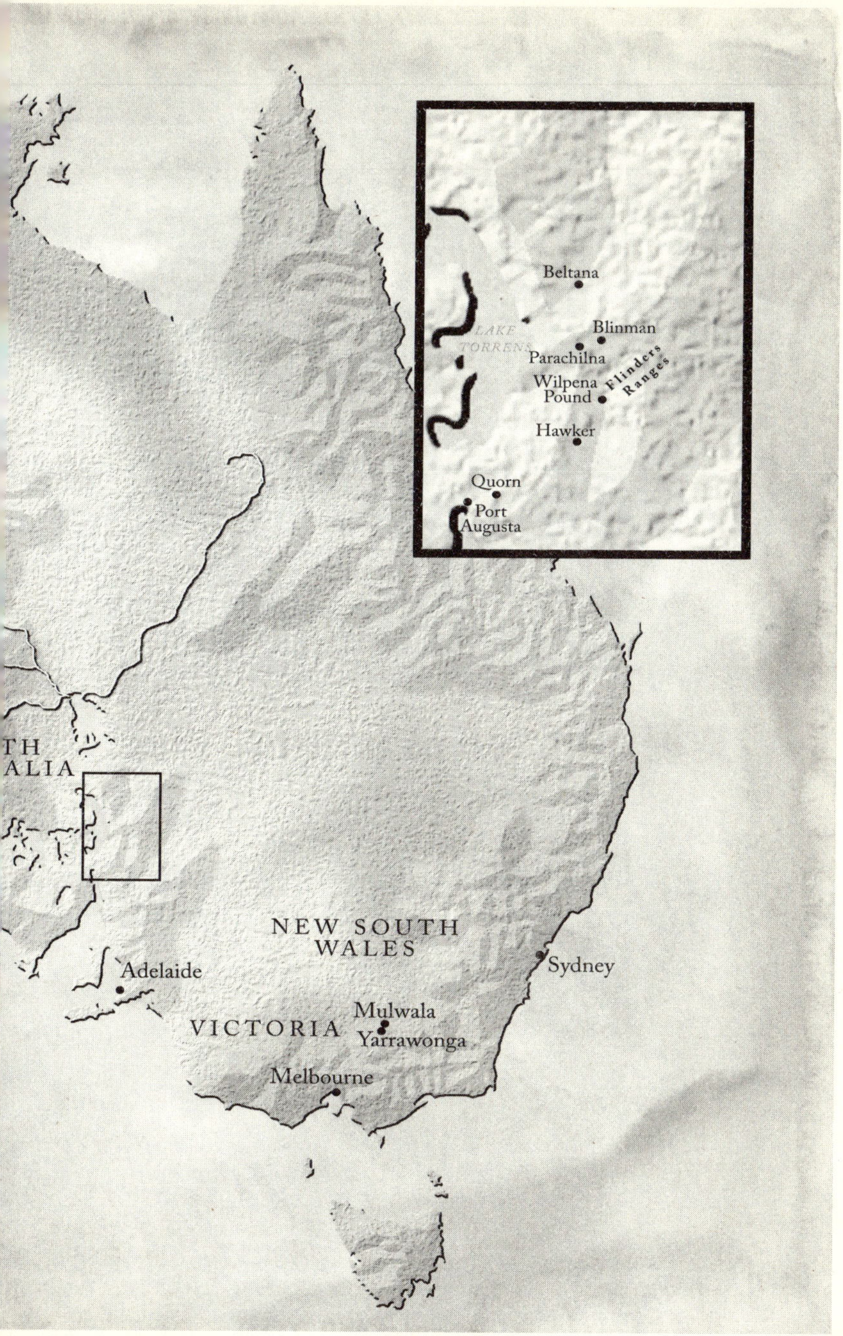

Beltana
LAKE TORRENS
Blinman
Parachilna
Flinders Ranges
Wilpena Pound
Hawker
Quorn
Port Augusta
TH
ALIA
NEW SOUTH WALES
Adelaide
Sydney
Mulwala
VICTORIA
Yarrawonga
Melbourne